KB141495

곽학송
소설 선집

곽학송
소설 선집

문혜윤 엮음

현대문학

곽학송.

담소 중인 작가.

동료들과 야유회에서. 맨 오른쪽이 작가.

앞줄은 작가와 손주, 뒷줄은 작가의 세 아들. 왼쪽
부터 차남 경식, 삼남 경선, 장남 경욱.

나들이 중인 작가. 중풍으로 몸이 불편한 상태였다.

『독목교』 표지.　　　　　　　　『자유의 궤도』 표지.

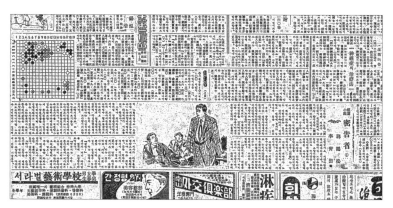

신문에 연재된 「밀약」.

〈한국문학의 재발견-작고문인선집〉을 펴내며

　한국현대문학은 지난 백여 년 동안 상당한 문학적 축적을 이루었다. 한국의 근대사는 새로운 문학의 씨가 싹을 틔워 성장하고 좋은 결실을 맺기에는 너무나 가혹한 난세였지만, 한국현대문학은 많은 꽃을 피웠고 괄목할 만한 결실을 축적했다. 뿐만 아니라 스스로의 힘으로 시대정신과 문화의 중심에 서서 한편으로 시대의 어둠에 항거했고 또 한편으로는 시대의 아픔을 위무해왔다.

　이제 한국현대문학사는 한눈으로 대중할 수 없는 당당하고 커다란 흐름이 되었다. 백여 년의 세월은 그것을 뒤돌아보는 것조차 점점 어렵게 만들며, 엄청난 양적인 팽창은 보존과 기억의 영역 밖으로 넘쳐나고 있다. 그리하여 문학사의 주류를 형성하는 일부 시인·작가들의 작품을 제외한 나머지 많은 문학적 유산은 자칫 일실의 위험에 처해 있는 것처럼 보인다.

　물론 문학사적 선택의 폭은 세월이 흐르면서 점점 좁아질 수밖에 없고, 보편적 의의를 지니지 못한 작품들은 망각의 뒤편으로 사라지는 것이 순리다. 그러나 아주 없어져서는 안 된다. 그것들은 그것들 나름대로 소중한 문학적 유물이다. 그것들은 미래의 새로운 문학의 씨앗을 품고 있을 수도 있고, 새로운 창조의 촉매 기능을 숨기고 있을 수도 있다. 단지 유의미한 과거라는 차원에서 그것들은 잘 정리되고 보존되어야 한다. 월북 작가들의 작품도 마찬가지다. 기존 문학사에서 상대적으로 소외된 작가들을 주목하다 보니 자연히 월북 작가들이 다수 포함되었다. 그러나 월북 작가들의 월북 후 작품들은 그것을 산출한 특수한 시대적 상황의 고려 위에서 분별 있게 이해되어야 할 것이다.

　이러한 당위적 인식이 2006년 한국문화예술위원회의 문학소위원회에서 정식으로 논의되었다. 그 결과 한국의 문화예술의 바탕을 공고히 하기 위한 공적 작업의 일환으로, 문학사의 변두리에 방치되어 있다시피 한 한국문학의 유산들을 체계적으로 정리, 보존하기로 결정되었다. 그리고 작업의 과정에서 새로운 의미나 새로운 자료가 재발견될 가능성도 예측되었다. 그러나 방대한 문학적 유산을 정리하고 보존하는 것은 시간과 경비와 품이 많이 드는 어려운 일이다. 최초로 이 선집을 구상하고 기획하고 실천에 옮겼던 한국문화예술위원회의 위원들과 담당자들, 그리고 문학적 안목과 학문적 성실성을 갖고 참여해준 연구자들, 또 문학출판의 권위와 경륜을 바탕으로 출판을 맡아준 현대문학사가 있었기에 이 어려운 일이 가능하게 되었다. 이런 사업을 해낼 수 있을 만큼 우리의 문화적 역량이 성장했다는 뿌듯함도 느낀다.

　〈한국문학의 재발견-작고문인선집〉은 한국현대문학의 내일을 위해서 한국현대문학의 어제를 잘 보관해둘 수 있는 공간으로서 마련된 것이다. 문인이나 문학연구자들뿐만 아니라 더 많은 사람들이 이 공간에서 시대를 달리하며 새로운 의미와 가치를 발견하기를 기대해본다.

2012년 3월

출판위원 김인환, 이숭원, 강진호, 김동식

   곽학송은 몇 개의 단편과 『철로』라는 장편으로 이름이 알려진, 그러
나 아직까지 철저히 탐구되지 않은 작가이다. 문학 전집에 수록된 몇 편
의 작품으로 남아 있을 뿐, 그동안 곽학송의 온전한 작품 세계를 접하는
것은 쉽지 않은 일이었다. 그 하나의 예가 『철로』이다. '철로'는 본래 잡
지에 연재될 때의 제목이다. 그런데 이 작품은 완성되지 못한 채 연재가
중단되었고, 상당한 분량의 원고가 덧붙여져 출간된 단행본에서는 '자유
의 궤도'로 제목이 수정되었다. '자유의 궤도'에서 감지되는 반공의 색
채 때문인지 '철로'라는 제목으로만 알려져 있지만, 곽학송의 이념적 기
반이 어느 지점에 위치했었는지는 다시 탐구될 필요가 있다.

   1920년대에 이북에서 출생하여, 3·8선을 넘어 월남을 했고, 6·25전
쟁 중에 등단하여 1950~60년대에 주로 활동했던 작가의 한 사람으로서
곽학송이 차지하는 위치는 그리 작지 않다. 곽학송은 전후 신세대 작가
중 한 사람으로서 그의 작품은 전쟁의 소용돌이에 휩쓸린 다양한 처지의
인간 군상을 보여준다. 『자유의 궤도』에는 6·25전쟁 당시 인민군 치하
의 서울에서 90일을 지낸 인물이 등장하는데, 이 인물은 '환경과 절연
된' 독립적인 행동과 사고의 방식을 보여주는, 한국문학사에서 찾아보기
힘든 독특한 개인이다. 이 작품은 곽학송의 대표작으로 알려져 있어 몇
몇 평론가와 연구자가 조명한 적이 있지만, 그것이 지니는 중요성을 고
려한다면 아직 제대로 된 평가가 이루어진 것은 아니라고 할 수 있다. 곽
학송은 한국전쟁에 관해 많은 발언을 했고, 그의 삶이 전쟁으로부터 직
접적인 영향을 받았다는 점에서 6·25전쟁에 천착한 작가로 새롭게 조명

받을 만하다.

그런데 곽학송이 그동안 문학사에서 제대로 된 평가를 받지 못했던 것은, 그의 다른 작품 경향들 때문이라는 것을 이 책을 준비하는 과정에서 알게 되었다. 1950년대에 그의 대표작으로 알려진 작품들을 창작하고 나서, 그는 한동안 연애소설, 추리소설로 창작의 방향을 선회하였다. 기존의 작품 연보를 통해서는 확인할 수 없었던 연애소설, 추리소설 등은 곽학송 문학의 숨겨진 특이점들이다. 곽학송의 작품은 '전쟁'이라는 진지한 주제에서부터 '연애'와 '추리'라는 대중적 주제로 뻗어나갔다. 그의 작품들이 한국 문단의 주요한 이슈들과 거리가 멀어졌다 하더라도 한국 문화의 관점에서는 여전히 중요한 자리를 차지했다고 볼 수 있다. 1950~60년대는 전쟁, 이데올로기, 폐허와 실존, 국가의 재건 등 묵직한 고민들로만 가득찼던 시대인 듯 보인다. 그러나 연애와 치정, 범죄와 추리, 대중적 오락 등의 가벼운 취향이 급속도로 전파되던 때이기도 했다. 이러한 경향을 자신의 작가적 여정으로 여실히 드러낸 이가 곽학송이다.

이 책은 곽학송이라는 작가의 모습을 온전히 복원하기 위한 일차적인 작업에 해당한다. 신문이나 잡지에는 발표되었지만 작품집으로 묶이지 않은 작품의 수가 훨씬 많은 작가여서, 산재해 있는 작품들을 모아 확인하는 것도 그리 쉬운 일은 아니었다. 더구나 그는 자신의 의견을 강하게 드러내는 성격은 아니었던 것 같다. 신상에 관한 발언을 별로 남기지 않았으며, 남아 있는 자료들을 통해 그의 면모를 추측하기에는 반복되는 정보가 많을 뿐 다양하고 폭넓은 정보는 별로 없었다. 그의 생애의 어느 부분에 대해서는 여전히 해소되지 않는 의문이 있으며, 작품들이 새로 발견될 가능성을 고려한다면 그의 작품 연보 역시 여전히 완성되지 못한 상태라고 해야 할 것이다.

그러나 이 책은 곽학송에 접근하는 중요한 통로가 될 수 있을 것이다. 기존 연보의 오류를 줄이기 위해 작품을 직접 찾아 대조하는 작업을 거치면서 제목, 발표 연월일의 오류 등을 바로잡았다. 그리고 기존 연보에서 누락되었던 작품들을 다수 발견하여 공백들을 메웠다. 이 책을 통해 보다 수월하게 작가 곽학송의 삶과 작품을 확인하게 되길 기대한다. 책이 나오기까지 꼼꼼하게 살펴주신 현대문학 출판부 여러분들께 감사의 말씀을 전하고 싶다.

2012년 3월
문혜윤

1. 이 책은 장편 『자유의 궤도』와 곽학송의 중·단편소설을 실은 『곽학송 소설 선집』이다.
2. 작품의 배열은 발표순을 원칙으로 하였으되, 장편 『자유의 궤도』를 먼저 실었다. 출전은 각 작품의 말미에 밝혔다.
3. 장편 『자유의 궤도』와 중편 「제주도」는 단행본을, 나머지 단편들은 잡지에 발표되었던 것을 판본으로 삼았다. 『자유의 궤도』는 1955년 4월~1956년 6월 《교통》지에 '철로'라는 제목으로 연재되다가 완료되지 않은 상태에서 수정, 보완되어 1956년 10월 『자유의 궤도』라는 단행본으로 출간되었다. 「제주도」는 1969년 12월 《창작과비평》지에 '집행인'이라는 제목으로 실렸던 것이 1976년 두 번째 소설집 『방어』에서 마지막 부분이 약간 보완된 후 '제주도'라는 제목으로 수록되었다. 따라서 두 작품 모두 단행본에 실린 것이 완결판이 된다.
4. 원문의 내용을 해치지 않는 범위에서 맞춤법, 띄어쓰기, 외래어 표기 등을 현대식으로 고쳤고, 문장의 오류와 오탈자를 수정하고, 쉼표의 위치를 의미에 맞게 조정하였다. 그러나 인물들 간의 대화는 원문의 것을 그대로 살렸다.
5. 의미 파악에 도움이 되는 경우에만 한자를 병기하였다.
6. 생소한 어휘는 독자의 이해를 위해 각주를 달았다.
7. 대화는 " "로, 독백과 강조는 ' '로, 중·단편소설은 「 」, 장편소설과 단행본은 『 』, 신문과 잡지는 《 》로 표시하였다.

차례

자유의 궤도

제1부 전야前夜

1

일천구백오십년 유월 이십오일.

현수賢洙는 그날이 일요일인지도 몰랐다. 철도에 종사하는 대부분의 사람들이 그러하듯이 격철야隔徹夜 근무를 하던 그는 그날이 일요일임을 의식할 필요가 없었던 것이다. 비단 그날뿐이 아니라 최근 수년간 요일 따위는 별로 염두에 둔 적이 없다. 주위의 그 누구가 오늘은 무슨 요일이라고 하면 그런가 싶었을 뿐이다. 좀 더 자세히 말하자면 오 년 삼 개월 전 철도에 종사하게 되고부터 일주야 이십사 시간을 계속 근무하면 다음 일주야는 휴무요, 또 다음 이십사 시간을 일하고 그다음 이십사 시간을 쉬고 하는 그런 생활을 계속해왔기 때문에 요일과는 사실상 아무런 상관이 없었다는 말이다. 물론 칠요제도가 편리하다는 것은 잘 알고 있었다. 괴로운 일이나 즐거운 일이나 육 일간쯤 계속하면 지치는 법이다. 그는 철도에 종사하기 전에 그것을 체험해온 사실이 있는 것이다. 아마 국민학교에 들어갔을 때부터였을 게다. 아버지의 손에 매어달려 처음 학교란 데를 갔을 때 어쩌면 제 또래의 아이들이 그리 많은지 신기하였다. 그가 사는 동네에도 제 또래의 아이들이 없었던 것은 아니지만 그렇게 많지는 않다. 현수는 구슬까기라든지 딱지치기라든가, 못치기 혹은 숨바꼭질 같은 조직적인 방법을 취하지 않고도 휴게시간이 얼마든지 즐거울 수 있었고, 수업시간은 또 선생이라는 자의 신기한 이야기가 재미있었으나 며칠이 지나니까 싫증이 났다. 휴게시간의 소란스러움, 그리고 선생이라는 자의 의사에 절대 복종하여야 하는 수업시간의 답답함―어느새 그는 동네 예배당 돌담 밑에서 갑순이나 수길이와 어울리던 소꿉장난이 그리워졌으며, 육 일째 되는 날은 참으로 견딜 수가 없어 교실과 운동장과 그런 것들을 버리고 달아나고 싶어졌었다. 그러나 다행히 그날은 토요일이어서 반나절을 참으면 됐었고, 또 그다음 날은 일요일이니까 두말할 것도 없이 무사했던 것이다. 그러한 그의 심정은 성년이 된 후에도 마찬가지였다. 가령 그가 즐기는 낚시질 같은 것도 그렇다. 일요일이면 으레 새벽부터 낚싯대를 메고 늪을 찾아갔었는데 그것은 그날이 휴일이라서기보다는 못 견디게 하고 싶은 그 짓을 육 일 이상 참을 수 없는 것이 더 절실한 이유였던 것이다. 그러나 철도에 종사하게 되자부터는 어느덧 그 편리함을 의식할 수 없게 되었다. 그리고 그 편리한 칠요제도의 혜택을 받고 있는 사람은, 기독교 신자를 비롯한 회사원, 관공리 등 극소수의 인간들뿐이며 시골의 농부, 도회의 막벌이 노동자, 해변의 어부 등 대다수의 사람은 아무 상관이 없다는 사실을 발견하였고, 그리하여 시간이 흐르는 사이에 차차 무관심해졌으며 드디어는 의식조차 하지 않게 된 것이다. 그러니까 철야근무에서 돌아온 현수는 그날도 여느 때와 마찬가지로 조반을 먹고 한잠 늘어지게 자고 나서 철도통신약어초고鐵道通信略語草稿를 어루만지고 있었다.

"애두…… 밤낮 그게 무슨 짓인고……. 오늘처럼 화창한 날씨에, 쯧쯧."

바느질을 하던 현수 어머니는 밖으로 나가면서 혀를 찬다.

현수는 좀 못마땅해지기 전에 우스운 생각이 들었다. 어머니까지가 나의 생활을 이상하게 여기는 것이다. 나의 생활은 이상할 아무것도 없는 것이다. 정상상태에 있다. 오히려 누구보다도 평온한 것이다. 물론 어머니까지가 나를 이상하게 여기는 이유를 모를 바 아니다. 오늘처럼 구름 한 점 없이 맑은 날에도 나는 산이나 들, 혹은 개울 같은 곳을 찾아갈 염*을 않는다. 그렇다고 아카시아 그늘 밑에 친구들과 어울려 장기를 놓는다든가 하는 일도 없다. 말하자면 나는 세상의 대부분의 사람들과 소일消日 방법이 좀 다른 것이다. 그러나 그것이 왜 이상하단 말인가. 사람이 여럿 모인 곳이란 으레 어색하고 불편한 법이다. 나처럼 구변이 없는 자는 더욱 그렇다. 제일에** 피로를 느꼈을 경우 마음대로 눈을 붙일 수가 없는 것이다. 졸음이 올 때 눈을 붙일 수 없는 것처럼 괴로운 일은 다시없을 것이다. 체면 같은 것을 무릅쓰고 누워버리면 곧잘 여러 사람의 웃음거리가 된다. 그런 변을 당한 적이 있기 때문에 나는 아예 방 안에 혼자 박혀서 마음을 편히 갖기로 한 것이다. 나는 오히려 어머나 그 밖의 여러 사람들이 이상하다. 할 일이 없이 모여서 마음에도 없는 소리를 지껄이거나 우습지도 않은 것을 가지고 웃음을 짓는 따위는 그래도 이해할 수가 있으나, 남이 하는 일에 함부로 간섭을 하는 것은 참으로 모를 일이다. 가령 나의 철도통신약어 연구에 대한 시비 같은 것이 그 단적인 예이다. 하긴 나의 연구란 대견스러운 것은 못 된다. 어머니를 비롯한 가까운 친구들까지가 나의 생활을 백안시하는 가장 큰 이유이기도 한 그 연구란 터무니없는 짓인지도 모른다. 일정日政 시대의 본을 받아 철도약어를 정하자는 이야기는 벌써부터 있었던 일이요, 철도 당국에서도 시도

* 무엇을 하려고 하는 생각이나 마음.
** 첫째로, 여럿 가운데 가장.

한 바 있었으나, 철도용어 자체가 좀처럼 우리말로 되어버릴 성질의 것이 아니어서 일어日語처럼 실용적인 효과를 낼 수는 도저히 없었던 것이다. 예로 역명을 하나 든다면 용산을 일인日人들은 'りうざん'에서 'りさ'를 뽑아 통용하였다. 통신부호로 ─ ─● ─●─●─이며 두 부호로 족하였다. 이에 비하여 우리말로는 ─●─ ─● ─●─ ─ ─●·●●─로서 여섯 부호를 쓰지 않으면 안 된다. 그렇다고 용산이라는 '용' 한 자만으로 통용시키려면 혼돈이 일어난다. 용인龍仁 혹은 용성龍城, 용문龍門 또는 용강龍岡과의 구별을 지을 수가 없으며 '산' 한 자만으로 부르려면 '산'자가 붙는 역명이 어찌나 많은지 더욱 야단스럽다. 결국 '용'에서 'ㅇ'을 따고 '산'에서 'ㅅ'을 써 일어처럼 꾸밀밖에 없는데, 그렇게 하면 부호로선 여간 간략하지 않으나, 문자로 전달할 재간은 도저히 없는 것이다. 나의 연구를 도로徒勞라고 비웃으며 나의 그런 태도를 백안시하는 이유도 그럴 듯한 것이다. 그러나 나의 약어 연구가 절대적으로 불가능하지는 않은 것이다. 특수한 예이기는 하지만 기관차는 어느새 '기'로 통용되고 있다. 일인들도 'き'로서 ─●─●● 한 부호로 통한 것처럼 비록 ●─●● ●●─로서 두 부호이기는 하지만 상당히 간략된 셈이다. '기관차'를 그대로 사용한다면 ●─●● ●●─ ●─ ●─ ●●─ ─●─●인데 이에 비할 나위 없이 편리한 것이다. 규정으로 제정하지 않은 약어가 어느새 조금도 어색하지 않게 사용되고 있다는 엄연한 사실─비록 특수한 예이기는 하지만 능히 실용적 효과를 나타내고 있음은 나의 연구의 가능성을 말해주는 것이 아닐 수 없다. 나의 연구란 결코 도로가 아니며 따라서 나의 생활은 극히 정상적이 아닐 수 없는 것이다. 물론 나의 연구는 가능성만을 내포한 채 영원히 불가능할는지는 모른다. 설사 그렇다 하더라도 앞으로 남아 있는 생애의 절반의 시간을(격철야근무를 하고 있으며, 또 야간열차 운행을 중지하지 않는 한 그 제도는 좀처럼 변경될 수 없는 것이기에) 그 짓에

소비할밖에 없는 나로서는 나에게 편리한 결과를 가져다줄 연구를 소홀
히 할 수는 없는 것이다. 그 가능성마저 버린다면…….

괘종이 한 점을 친다.

어머니가 혀를 차면서 밖으로 나간 뒤에도 한참 그 따위 생각에 골몰
하였던 현수는 괘종소리에 정신을 차리고 다시 원고용지에 시선을 던졌
다. 그때 급작스러운 구두 소리와 함께 현관문이 열렸다. 분명 어머니는
아니다. 어머니는 고무신을 신으니까.

"현수 있나?"

기호基鎬였다.

어쩐지 현수는 귀찮은 생각이 들었다. 기호는 현수와 교대근무하는
단 한 사람의 동료이다. 현수와 함께 서울 본소에서 파견된 전신원電信員
이다. 하루 한 번은 꼭 만나는 사람을 이렇게 쉬는 날까지 대하여야 하는
것은 귀찮은 일이 아닐 수 없는 것이다. 그러나 모르는 척할 수는 없었
다. 현수는 대답 대신 기지개를 하면서 일어섰다. 벌써 기호는 현관 안에
들어섰기 때문에 대답은 필요 없었던 것이다.

"또 낮잠인가? 자네 얼굴을 보면 천하태평이군. 지금 무슨 일이 일어
난 줄 아나?"

원래 성급한 친구이기는 하지만 기호의 태도는 심상치 않았다.

"도대체 무슨 일이 생겼길래……."

"정말 모르고 있었나? 전쟁이 일어났네, 전쟁이!"

"전쟁이라니?"

하고 반문은 하였으나 현수는 금방 짐작은 되었다. 신문을 통하여 삼팔
선에서 국군과 공산군 사이에 가끔 충돌이 일어나는 사실을 알고 있었기
때문이다.

기호는 현수의 태도가 어이없다는 듯이 잠깐 말이 없었으나 이어 북

한 괴뢰군이 오늘 아침 삼팔선을 넘어 대거 남침을 시작하였다는 것, 지금 서울 거리에는 일대 소동이 일어났다는 것, 그래 철도국에서도 전 종사원에게 비상소집령을 내렸다고 빠르게 입을 놀렸다.

"어서 나가세."

"그래야겠군."

기호의 뒤를 따라 현수는 밖으로 나왔다. 약간 기분이 언짢아졌다. 당연하다. 모처럼 쉬는 날까지 일을 한다는 것은 누구에게나 유쾌한 일이 못 된다. 전쟁이 일어났다는 사실—틀림없이 비극의 예고를 받은 지금, 기호가 흥분하고 있음은 그럴듯하지만 장쾌壯快한 기분에 도취된 듯한 얼굴은 또한 무엇인가. 도무지 못마땅하기만 하였으나 기호의 뒤를 따라서 몇 발자국 옮기는 사이에 그런 생각은 흐지부지되고 말았다. 뜨거운 햇빛이 머리에서 발끝까지 전신에 내리쬐이기 때문이다. 눈이 부시다. 바람은 왜 없을까. 어쩐지 평상과 다른 계절의 느낌, 즉 더위가 일찍 닥친 감이 들었으나 그러나 생각하면 조금도 이상하지는 않았다. 오늘은 유월 중의 하루라고만 알고 있었을 뿐 벌써 내일모레면 칠월이요, 그러니까 초복이 며칠 남지 않았다는 사실을 미처 생각 못한 탓에 지나지 않는다. 자동차가 지나갈 때마다 먼지가 연기처럼 보얗게 피어오르는 국도國道, 그 양쪽에 무거운 잎사귀를 늘어뜨리고 질서 있게 서 있는 가로수—숨이 막힐 듯이 답답한 무더움과 더불어 그런 풍경은 요즈음이면 매년 으레 보아온 것들이다. 다른 점이 있다면 다만 어디서인가 비행기의 프로펠러 소리가 무색無色 염열* 속을 헤치고 요란스럽게 들려오고 있다는 것뿐이다.

전쟁이 있다는 철도 선로 부근은 어딘지 좀 산만하였다.

| * 몹시 심한 더위.

남에서 북으로, 또 북에서 남으로 흘러가는 열차의 경주는 어제와 조금도 다름이 없으나 균형이 잡혀 있지 않다. 방향이 다를 뿐, 북행 열차와 남행 열차와 그리고 그 열차들로 인한 선로 부근의 풍경은 늘 비슷비슷했던 것이다. 때로는 방향의 구별조차 못한 적도 있었다. 이틀에 한 번은 꼭 낮잠을 자는 현수는 어쩌다 수면시간이 길어진 날은 북행 열차를 남행 열차로 혹은 남행 열차를 북행 열차로 착각하기가 일쑤였다. 당연한 일이다. 낮잠을 늘어지게 잔 날은 저녁을 아침으로 착각하게 마련이기 때문이다. 아침 해와 저녁 해는 비슷한 법이며, 따라서 쟁반 같은 아침 해를 향해 마구 달리는 남행 열차와 서산 위에 뻘겋게 타며 있는 저녁 해를 쫓아 고동을 울리는 북행 열차의 구별은 얼른 판정하기가 어려운 것이다. 그러나 오늘은 다르다. 확실히 구별되기 때문이다. 북행 열차에는 한결같이 초록 빛깔의 군복을 입은 군인이 가득 실려 있고, 남행 열차에는 피란민이 무슨 물건처럼 달려 있는 것이다. 더욱이 거기 웅성거리는 사람들은 북행 열차를 맞고 보낼 때 모두 당황한 표정이면서도 연방 태극기를 흔드는 것이었고, 남행 열차가 들어오면 한결같이 우울한 얼굴로 바라보기만 하는 것이다.

그런 산만한 풍경을 멀거니 바라보며 섰던 현수는 저도 모르게 히죽 웃었다.

"무엇이 우스운가? 자넨 정말 태평이군 그래……."

"그야 우습지. 자세히 보게……."

하고, 현수는 웃은 이유를 말할까 했으나 어쩐지 그런 말이 어색할 것 같아 입을 다물어버렸다. 기호는 점점 의아스러운 표정이 되었으나 다시 입을 벌리진 않고 사무실 안으로 들어가 버렸으며 그리하여 현수는 한참 더 그 산만한 풍경을 즐길 수 있었다.

그러나 선로 부근의 풍경은 이튿날부터 산만에서 혼란으로 급변하였다. 공산군 비행기의 공습이 시작되었기 때문이다. 우선 열차 운행이 순조롭지가 못하다. 할 수 없는 일이다. 비행기란 놈이 머리 위에서 요동을 치는데 기관사인들 어쩔 수가 없는 것이다. 비행기란 놈은 쉽사리 사라지지 않는다. 이곳이 목표인 듯 한번 달려들면 퍽 오랜 시간을 장난하는 것이다. 북으로 혹은 남으로 떠나려던 열차는 부득이 공차空車가 된다. 그리고 뒤에서 자꾸만 밀려드는 열차로 해서 한나절 동안에 수색역 구내는 만선滿線이 되었다. 다행히 대형폭탄은 투하되지 않았기 때문에 철도 선로는 끊어지지 않았으나 통신 선로는 치명적인 타격을 받았다. 순식간에 서울과의 연락도 개성과의 연락도 두절되었다. 전멸 상태이다. 그러나 생전 처음 당하는 공습에 통신수장通信手長을 비롯한 전 직원은 어찌할 바를 모른다. 얼빠진 사람처럼 멍하니 앉아들 있을 뿐이었다.

"수장! 이러구 있을 때가 아니오!"

기호는 심히 못마땅하다는 얼굴로 혀를 놀렸다. 그는 현수와 함께 통신 선로 보수에는 상관이 없는 사람이지만 참을 수가 없는 모양이었다.

"그러나 이 상! 이래서야 어디 작업을 하겠습니꺼, 이 상!"

수장은 일정 때부터의 습성에서 통신수를 제외한 사람을 부를 때 곧잘 '상'을 붙인다. 얼굴이 검고 몸이 거대하여 '물소'라는 별명을 가진 그는 생김생김에 비하여 겁이 많은 사람이었다. 세상이 바꾸어진다든가 하는 데 관심하는 것은 아니다. 그저 생명이 아까운 사람이다. 이렇게 위험한 상태에서는 일을 할 염을 못 낼 뿐인 것이다.

기호는 잠시 수장을 노려보다가 이번에는 현수에게 나가자고 했다. 현수는 아무 말 없이 통신수들이 소지하는 휴대전화기와 펜치를 들고 따라 나섰다.

"저놈들은 모두 빨갱이 사촌이야!"

"그렇지도 않을걸."

"두고 보지, 세상이 뒤집혀도 여기 남아 있을 테니……."

"그렇다고 빨갱이랄 순 없지."

현수는 기호의 그런 판단이 옳다고 생각되지는 않았다. 그는 너무 흥분되어 있다고 여겨졌다. 다만 목숨 같은 것을 돌보지 않고 이렇게 나서는 기호의 태도가 오직 좋았던 것이다.

기호는 원숭이처럼 전주에 달라붙었다. 언제 저렇게 전주를 타는 재주를 배웠을까? 현수는 감탄하였다.

십여 분간을 전주 위에 있던 기호는 함성을 질렀다.

"현수! 신호를 보내봐!"

그는 서울 개성 간의 통신선에 직접 휴대전화기를 연결한 것이다.

현수는 반사적으로 전화기의 핸들을 마구 돌렸다. 금방 반응이 있었다.

"용산인데요! 거기 어디세요? 개성입니까?"

다급한 교환수의 목소리였다. 그러나 현수가 대답할 사이도 없이 요란한 폭음이 동선銅線*을 통하여 울려 왔다. 용산은 폭격이 한층 더 치열하였던 것이다.

한참 후에야 용산 교환은 다시 나왔고, 현수는 서울 본소와 한두 마디 이야기를 주고받았으며, 그리하여 기호와 현수의 행동에 부끄러움조차 느낀 통신수장 이하 전 직원의 활동으로 십여 회선 중 한 회선은 끝끝내 보지保持**되었다. 현수는 그게 마치 자신의 호흡이 끊어지지 않은 것과 같이 여겨지기도 했다.

* 구리줄. 전선電線을 가리킨다.
** 온전하게 잘 지켜 지탱해 나감.

2

새벽녘부터 또렷이 들리기 시작한 대포 소리는 훨씬 가까운 곳에서 일어나고 있었다. 방송국의 보도는 국군 부대가 의정부를 탈환하고, 옹진 방면의 부대는 해주시에 돌입하였다고 외치고 있지만 그렇지도 않은 모양이었다.

피란민의 행렬은 그칠 사이 없이 밀려오는 것이다.

기호는 현수에게 공동보조를 취하자고 말하였다. 그에게는 현수만이 믿음직스러웠는지도 모른다. 수색에 주재하는 단 한 사람의 동료이기는 하였으나, 사무적인 것 이외에는 별로 말이 없는 현수가 평상시 믿음직스럽거나 하였을 리 없었고, 다른 직원을 대하는 이상으로 생각할 이유가 없었지만 이렇게 기호가 호의를 보이니 그가 밉지 않았고 무슨 일이 일어나더라도 의논할 만한 사람은 사실상 기호밖에 없다고 여겨졌다. 기호는 국군의 승리를 절대 확신하였다. 만약 적군이 서울까지 밀려들는지도 모르지만 그건 잠시라고 하며, 그런 경우에는 공산군이 임진강을 넘어 인접역인 능곡을 지났을 때 여기를 떠나도 넉넉하다고 말하였고, 운전 사무소에서 입환기入換機* 한 대는 마지막까지 보유할 터이니 문제가 아니라고 하였다. 그러나 현수는 그런 기호의 말에 아무런 흥미로 느낄 수 없었다. 반드시 기호의 말대로 될 것도 아니라든가, 어디 한 번 낯선 세상을 보자든가 하여서가 아니다. 실로 나는 도피책을 강구할 아무런 이유도 없기 때문이다. 물론 어수선해진 풍경은 온갖 사람의 행동에 변화를 가져왔으며 마찬가지로 나의 행동도 달라질밖에 없었으나, 여기를 떠날 필요는 없는 것이다. 폭탄이 터지고 기관총탄이 쏟아지는 그런 야

| * 입환용 기관차. 열차를 연결하고 분리하거나 조차장 등지에서 열차를 이동시킬 때 사용하는 차량.

단스러운 장소에서 일을 한다는 것은 위험한 짓이다. 그러나 사람의 목숨이란 장소 여하로 좌우되지는 않는다. 도리어 우리의 상식과는 반대로 위험한 장소에서 생명을 보지하기가 쉬운지도 모른다. 가령 전공電工이라든가 건축 인부, 채탄부採炭夫 같은 사람들은 늘 위험한 상태에서 노동을 하고 있지만 그렇다고 그 밖의 육체노동자보다 사망률이 높지는 않다. 조심성이 많아지기 때문에 그 반대의 현상을 나타내고 있는 것이다. 생존의 위험은 어디든지 늘 따르는 법이다. 이제 도피의 장소를 마련하여야 된다면 진작 자리를 옮겼어야 했다. 기호의 의견에 공감할 필요도 이견을 내세울 필요도 없는 것이다. 그저 나는 기호의 이지적 행동이 좋을 뿐이다. 기호나 내가 철도 수송을 위한 서울 개성 간의 통신 연락을 담당하고 수장이나 그 밖의 사람들이 통신 선로의 보수를 담당하는 수색 통신분소의 직원임을 스스로가 모두 부인하지 않고 있는 이 시간에 있어서 기호의 행동은 너무나도 정당함을 시인하면 되는 것이다. 앞으로 닥칠 시간에 있어서의 행동을 생각할 필요는 없는 것이다—라며 현수는 사흘째 되는 날도 펜치를 들고 수장과 기호를 따라 현장을 뛰어다녔고, 저녁이 되자 어제와 또 그제와 다름없이 저녁을 먹으러 집으로 향했다.

보슬비가 내리고 있었다.

피란 보따리를 머리에 이고, 등에 지고 설레는* 사람들 틈을 빠져 집으로 돌아온 현수는 거기 현관에서 구두를 신는 길수를 발견하였다. 어깨에는 장난감 같은 카빈총이 걸려 있다. 특경대特警隊 소대장으로 있는 길수는 부하들을 이끌고 문산 방면에 출동하였다가 모처로 이동하게 되어 잠시 어머니를 뵈러 온 것이다. 현수는 어쩐지 반가운 생각이 들었다. 단둘밖에 없는 형제이지만 그들은 평상시에는 과히 의좋은 편은 아니었

| * 가만히 있지 아니하고 자꾸만 움직이다.

다. 선천적으로 활발하고 패기가 있는 길수와 뚱하고 말이 없는 현수 사이에는 어딘지 늘 그늘이 져 있었다. 그렇다고 그러한 성격의 차이가 노골적으로 표면에 나타나 충돌을 일으킨 적은 없었으나 길수가 결혼을 하여 문안에서 살게 되자부터 그들은 서로 남과 진배없는 사이가 되어버렸던 것이다. 가끔 아들 며느리를 보러 가는 어머니를 통하여 겨우 연결되어왔다. 오늘처럼 형의 얼굴이 반가운 것은 처음이었다. 그러나 현수는 역시 먼저 말을 건넬 필요는 없다고 생각하면서 외면해버렸다. 마주치는 길수의 눈이 현수는 싫은 것이다.

"넌 어떻게 할 작정이냐?"

"무엇을요?"

현수는 형의 말을 얼른 납득하기가 난하였다. 좀 우습기도 하다. 그런 말은 여러 가지로 해석될 수 있었기 때문이다. 그러나 현수는 금방 형이 묻는 뜻을 알 수는 있었고, 그와 동시에 형의 사나운 눈초리를 보자 그의 오른손 주먹이 면상에 부닥치는 착각을 느꼈다.

"잠시 피해야 될 게다. 내일쯤은 놈들의 세상이 되는지도 모르니까……."

"그야 그렇지요."

길수의 말투는 의외에도 부드러웠다. 형의 주먹이 내 면상에 부닥칠 이유는 없었던 것이다. 그것은 착각에 틀림없었다. 참으로 오랜만에 형과 마주 선 나는 어릴 때 일이 내킨* 것이다. 형은 곧잘 나의 면상에 주먹질을 했었다. 내가 제 의사를 따르지 않으면 흔히 그랬던 일이 떠올랐으며 거기에다 구두끈을 매고 허리를 펴면서 오른손으로 총끈을 잡는 동작이 나의 눈에는 그렇게 비쳤을 뿐인 것이다. 결국 나는 형에게 대해서 별

---

* 본래는 '하고 싶은 마음이 생기다'의 뜻이지만, 여기서는 '생각나다', '떠오르다'의 의미로 사용되었다.

다른 생각을 품을 필요는 없다. 나에게 대하는 형의 그 엄격한 태도와 어딘지 사나운 눈초리가 변함이 없는 것처럼…….

어느새 현관 밖으로 미끄러져 나간(왜 그런지 현수는 그렇게 생각되었다) 길수는 한 번 뒤돌아다 보지도 않고 무엇에 쫓기는 것처럼 빠른 걸음으로 달아나고 있었다.

전선戰線은 기호의 말과는 판이하게 변동되어갔다. 대포 소리는 바로 뒷산 너머에서 일어나고 있었다. 적기의 내습도 잦아졌다. 연달아 날아오는 포탄을 이겨낼 수가 없어서 문산 역원들은 금촌으로 옮겼다고는 하나 적의 임진강 도강은 아군의 반격에 완전히 분쇄되었으니 최악의 경우라도 며칠 동안은 더 안전하다던 기호도 말이 없었다. 무초* 대사의 방송에 의하면 유엔에서 한국을 원조하게 되어 전도는 낙관하여도 좋다는 라디오 방송을 되풀이할 뿐이다. 어쨌든 기호와 행동을 같이하기로 한 약속을 현수는 땅덩어리를 뒤집어놓는 듯한 폭음과 함께 사실상 포기한 셈이다.

이십칠일 밤중이었다.

연사흘 눈을 붙여보지 못하여 책상 위에 아무렇게나 쓰러져 잠이 들었던 현수들은 다 같이 벌떡 일어났다. 그게 한강교漢江橋의 폭발이었음을 알았을 리가 없었다. 아침 햇빛과 함께 그들의 귀에 들린 것은 이미 의정부 쪽으로 밀려온 적군은 서울에 입성하였고, 다른 적의 일개 부대는 김포 쪽으로 한강을 넘고 있다는 소식이었다. 어느새 수장 이하 통신수들은 한 사람도 눈에 뜨이지 않았다. 한 가닥 남은 서울과의 통신선은 아직 절단되지 않은 채로였으나 수화기를 통하여 들려오는 것은 전선의

| * 존 무초John Joseph Mucho(1900~1991), 1949년 부임한 초대 주한 미국 대사.

울음뿐이다. 운전 사무소에 다녀오겠다고 기호가 나가버리자 잠시 얼빠진 사람처럼 전신대에 앉아 있던 현수는 심한 공복을 느낌과 동시 집으로 돌아와버렸다.

조반을 먹고 나니 졸음이 왔다. 무엇이라 자꾸 말을 거는 어머니에게 아무렇게나 두어 마디 대꾸하고 나서 현수는 잠이 들어버렸다. 꿈은 텅 빈 사무실 내의 어수선한 풍경이었다. 두 시간쯤 지났을까? 어머니가 흔드는 바람에 현수는 눈을 떴다. 해는 벌써 중천에 올라와 있었다. 대포 소리는 뚝 그치고 가끔 어디서인지 소총 소리가 들린다.

"이 사람, 잠이 뭔가……."

문 밖에는 기호가 서 있었다.

"어서 떠나세!"

"어디루?"

"남쪽으로……."

"……."

현수가 입을 다물자 기호가 말을 이었다.

적군이 서울에 들어온 것은 사실이며, 이미 세상은 바뀌어졌다는 것이었다. 그러나 놈들은 아직 여기까지는 손을 못 뻗치고 있으며, 수색은 지금 주인이 없는 상태라는 것이다. 어서 강가로 나가 배를 얻어 타면 된다는 것이었다. 서울에서도 뜻이 있는 사람은 모두 이곳으로 밀려오고 있다는 것이었다.

문 밖에 바라보이는 풍경은 주인이 없는 상태가 아니라 무인지경이었다. 텅 빈 조차장操車場* 구내 거기에는 수송 도중에 있던 화차들이 넋을 잃은 무슨 짐승처럼 여기저기 놓여 있었다. 마지막까지 보유된 입환기는

---

* 철도 차량기지, 열차를 잇거나 떼어내는 곳.

30

아직도 하늘을 향하여 연기를 뿜고 있다. 동양 제일을 자랑하는 수색 조차장의 이러한 상태는 창설 이래 처음이리라……. 멋없이 현수는 그런 풍경이 마음에 들기도 하였다.

"무엇을 보는가, 이 사람이."

"아무것도 아닐세……."

"어서 나오게!"

"……."

현수는 그제야 어머니 생각이 났다. 어머니 생각이 났다기보다 어머니에 대해서 아무 말도 않고 떠나간 길수 형 생각이 났는지도 몰랐다.

"어머니두 같이 갑시다."

"나두?"

어머니는 어찌할 바를 모르고 잠시 서성거리다가 보따리를 집어든다. 어떻게 될지 알 수가 없어 미리 준비해두었던 것이다. 그쯤은 누구나가 하여둔 준비이지만 현수는 그러한 어머니가 용의주도하게 생각되어 어쩐지 마음이 든든하였다.

고개를 돌리고 서 있다가 먼저 현관 밖으로 나간 기호는 먼 산을 바라보고 있었다. 어머니의 동행을 못마땅하게 생각하는지도 몰랐다. 가족이 없는 기호는 자기의 이런 심정을 이해 못하는 것이리라. 그러나 한편 기호는 지금 어머니의 동행을 못마땅하게 여기는 것이 아니라 실은 북쪽에 두고 온 제 어머니 생각을 하고 있는지도 모른다고 생각되기도 하였다.

셋은 밖으로 나왔다. 한길에도 별로 사람이 없었다. 피란 갈 사람은 이미 떠나버린 뒤였고 남은 사람들은 집 안에 들어박혀 그대로 견디어보자는 것이었다.

"기호! 사무실에 잠깐 들렀다 가지?"

"건 또 왜? 가져갈 물건이라도 있나?"

"별로 그런 건 없지만……."

"이 사람이 아무래도 어떻게 됐어. 쓸데없는 생각 말고 어서 가세."

"한번 들렀다 가는 것도 좋지 않아? 시간이 걸릴 것도 아니니……."

기호는 할 수 없다는 듯이 사무실을 향하여 걷는 현수의 뒤를 따른다. 현수의 생각이 어리석게 여겨지면서도 기호 역시 그런 심정이 이해되었을뿐더러 자신도 현수와 같은 심정이 되어버린 것인지도 모른다.

사무실의 출입문은 열어젖혀 놓은 채로였다. 한눈에 방 안이 들여다보였다. 책상 위에는 숙직용 침구가 그대로 아무렇게나 놓여 있었고 바닥에는 동선 뭉텅이가 몇 개 뒹굴고 있었으나 엄청나게 쓸쓸하지도 않았다. 하루 이십사 시간 잠시도 빈 적이 없는 교환대에 사람이 없는 것이 어색할 뿐이었다. 문턱에 서서 실내를 살피고 난 현수와 기호는 출입문을 깍듯이 닫고 뒤돌아섰다.

한강 강변은 인산인해를 이루고 있었다. 청년들이 대부분이었지만 어린애를 등에 업고 보따리를 들고 이고 한 여인네들도 눈에 띄었다.

"이래서야 어디 건너갈 수가 있겠나?"

벌써부터 현수는 흥이 나지 않았다. 배는 두 척뿐인데 하나는 저쪽에 갔다 돌아오지 않는다는 것이었고, 다른 하나는 사람을 무슨 짐처럼 싣고 떠나가고 있었다. 되돌아올 것 같지도 않은 배들이었다.

"삼십 분만 기다려 돌아오지 않으면 난지도까지 발을 벗고 건너가 기다릴 수밖에 없다."

기호는 바짓가랑이를 걷어 올리고 있었다. 난지도까지는 나룻배가 여러 척 왕래한다는 말들이었다.

바로 그때였다.

난데없는 총소리가 가까운 곳에서 몇 방 연달아 들려왔다. 그와 동시기호와 몇몇 젊은 사람들은 얕은 곳으로 뛰어들고 있었다.

"죽지 않으면 또 만나겠지!"

한마디를 던지고 난 기호는 뒤돌아보지도 않고 강을 건너가고 있었다.

"애야, 너만 어서 건너가거라!"

현수는 어머니의 목멘 소리를 분명히 들었다.

'어머니!'

하고 무심중에 튀어나오는 것을 겨우 억제하고 거기 장승처럼 서 있었다. 역시 나는 어머니와 떨어져 살게 된다면 외로울 것이다. 지금 어머니의 그런 말이 나에게 주는 느낌은 노상 혼자 건너가라는 것이라기보다는 오히려 그 반대의 뜻으로 들리기도 한 것이다. 이런 어수선한 풍경 속에 어머니와 내가 각각 혼자 휩쓸리고 있는 모습은 더없이 처량하리라. 그것은 이 강 저쪽에서나 이쪽에서나 마찬가질 것이다.

국군이 버리고 간 소총을 멘 자위대원들이 강 언덕을 넘어왔을 때는 이미 기호를 비롯한 젊은이들이 강 건너 난지도의 보리밭 속으로 사라진 뒤였다. 그들은 모두 왼팔에 완장을 끼고 총대에는 처음 보는 기旗를 달고 있었다.

"동무들! 서울은 완전히 해방되었습니다!"

"피란 갈 필요는 없습니다. 괴뢰군은 이미 수원으로 쫓기고 있으며, 그 뒤를 영용무쌍한* 인민군 부대가 추격하고 있는 것입니다."

"여기는 벌써 전쟁터가 아닙니다. 동무들, 어서 집으로 직장으로 돌아가시오!"

수명의 자위대원들은 저마다 잘난 듯이 한마디씩 외치고 있었다. 거의 전부가 중대가리다. 형무소에서 풀려나온 사람에 틀림없었다. 다만

* 영특하고 용감하기가 비길 데 없는.

33

그중 한 사람은 분명 검차 사무소의 직원이었다.

"어머니! 집으로 돌아갑시다."

현수는 어머니를 앞세우고 되돌아섰다. 어서 너 혼자 건너가라고 울상이 되던 어머니도 단념을 한 듯 말이 없었다.

강가에 모여 서성거리던 군중은 어느덧 한 사람 두 사람 흩어지기 시작하였고, 강물은 다시 아무 일도 없었다는 듯이 흘러가고 있었다.

3

기적이 울린다.

불과 십여 일간 못 들은 소리지만 참으로 오래간만에 듣는 듯한 느낌이었고, 그래 그런지 전에 없이 우렁차고 반갑기조차 하다. 국군이 철수한 뒤를 이어 잠시 고개를 들 사이조차 없을 정도로 심하던 전투기의 내습來襲과 그 공습이 며칠째 뜸해진 후는 무인지경처럼 되어버린 상태로 해서 죽음의 세계 같기만 하던 수색 조차장 일대는 다시 소생하는 듯하다. 연방 불을 토하던 기관고汽關庫는 완전히 진화되었고, 사방팔방으로 흩어졌던 철도 종사원들도 이미 태반이 모여들었다. 목적이 달라졌을 뿐—수색 조차장에서 서울로 뻗친 레일 위에는 시방 검은 기차가 연기를 뿜고 있는 것이다.

여름 햇빛이 함석지붕을 통하여 사정없이 내리쪼인다. 미칠 듯이 뜨겁다. 그리고 또 연달아 울리는 기차 고동 소리—줄곧 뜨거운 햇빛에 신경을 소비하던 현수는 벌떡 자리에서 일어나 방으로 뛰어내렸다. 거의 무의식중에 취한 행동이었다.

"너 웬일이냐…… 금방 사람이 다녀간 것을 알면서……."

"……."

비행기가 뜸해진 이 틈을 타서 방공호를 마련한다고 뜰 안에서 삽을 잡고 있던 어머니는 얼굴이 파리해지며 달려온다.

현수는 멀거니 어머니의 얼굴을 바라보았다. 알 수 없는 일이다. 어머니가 나의 태도를 염려할 필요는 없는 것이다. 금방 나를 데리러 사람이 다녀갔다는 사실과 지금 내가 천장에서 뛰어내린 것과는 아무 상관이 없다. 관리자가 바뀐 일터에 나가야 되느냐, 그대로 천장에 숨어 있어야 하느냐를 나는 생각한 적이 없기 때문이다. 그런 것은 아무런 중요성이 없는 일이다. 애당초 천장에 거처를 정한 이유도 그런 때문은 아닌 것이다. 공산군의 출현과 함께 몸을 감춘 숱한 사람들처럼 생존의 위협을 느낀 탓은 아닌 것이다. 오직 나는 짧은 시간에 급작스레 달라진 주위가 어색하였을 뿐이다. 공습과 그에 따르는 시설의 파괴, 사람의 죽음—그리고 무엇보다도 열차 운행이 정지됨에 따라 나는 할 일이 없어졌고 조용한 장소가 필요했던 것이다.

"아무래도 나가봐야 되겠니? 네 형이 어떻다는 것은 세상이 다 아는 일인데……."

"……."

현수 어머니는 그러한 아들이 여간 걱정이 되는 것이다. 빤히 마주보는 두 눈에는 눈물마저 글썽거렸다.

그러나 현수는 두 번 세 번 다짐을 하는 어머니가 못마땅해졌고, 좀 우스운 생각이 들었다. 형의 직업과 나와 무슨 상관이 있단 말인가.

"머지않아 세상이 다시 뒤집힌다고 야단들인데 그동안 경혜景惠네 집에라도 가 있으면 얼마나 좋아……. 그 애가 네 몸 하나야 못 감추어주겠니. 애두 무슨 고집이……."

"글쎄 어머닌 상관 마세요."

하고 나서 현수는 더 어머니와 마주 앉아 있기가 거북해서 돌아앉아 버렸
으나 세상이 도로 뒤집힌다는 이야기는 그럴듯하게 생각되었고, 잠시 경
혜를 찾아가 몸을 의탁하는 것도 좋으리라 내켰다. 말하자면 나는 어머니
의 분부에 비로소 경혜를 생각한 것이다. 그네는 나의 약혼자이다. 머지
않아 나의 아내가 될 여인이며 따라서 어머니의 며느리가 될 아리따운(물
론 어머니의 의견에 의해서다) 여인이다. 그것도 젊은 남녀 간에 흔히 있는
당자끼리만 맺은 그런 사이가 아니며, 양쪽 부모의 승낙이 있었다기보다
도 부모들 간의 합의로써 이루어진 인연이다. 물론 처음부터 나는 경혜를
알고 있었고 마찬가지로 경혜 역시 나를 알았지만 적어도 나는 어머니가
간청하지 않고 또 순이順伊가 어디론지 사라지지 않았다면 그런 인연을
맺지 않았을 것이다. 그러니까 지금 나는 경혜를 생각하는 것이 아니라
순이를 생각하고 있는지도 모른다. 순이나 경혜는 다 같이 내가 서울 본
소本所에 근무할 때 책상을 가지런히 하고 있던 여직원들이다. 갸름한 얼
굴에 고운 몸매를 가진 어디까지나 여자다운 경혜나 날씬한 허리에 몹시
도 빛나는 두 눈을 가진 이지적인 순이나 모두 그때 철도를 풍미한 이른
바 좌익운동에 휩쓸렸다. 그리고 그 고된 조직생활을 견디어낼 수가 없어
서인지 얼마나 지난 뒤에 경혜는 깨끗이 손을 떼었고, 처음에는 흥미를
느끼는 정도이던 순이는 진작 발을 들여놓은 후에는 아주 거기에 온갖 정
열을 기울이게 되었으나, 그러나 나는 그네들의 그런 행동에 관심을 가진
적은 없었다. 나와 상관이 없는 일이기 때문이다. 오직 나는 경혜의 갸름
한 얼굴과 고운 몸매, 순이의 빛나는 두 눈과 날씬한 허리가 좋았을 뿐이
며, 그러니까 철야근무하는 날은 곧잘 순이와 밤늦게까지 삼층 옥상에서
이야기를 하기도 했고, 비번날이나 그와 같은 날엔 경혜와 더불어 교외로
나가는 수도 있었는데, 그럴 때마다 나의 마음을 움직이게 한 것은 물론

순이였다. 다른 뜻은 없었다. 경혜는 제 편에서 먼저 만나자는 일이 거의 없었을뿐더러 만나서도 별로 이야기가 없는 데 비하여 순이는 내가 철야 당번인 날은 대개 옥상으로 불러냈기 때문이며, 꿈이 많은 그런 얼굴을 한 순이는 또한 이야기도 많았기 때문이다.

"안 선생은 제가 옆에 있는 것이 귀찮구 거추장스럽다구 한 모양이죠?"

"그럴 리가……. 순이 씨가 옆에 있으믄 즐겁지요."

"투쟁이니 무어니 해가지고 제 자신에게조차 충실하지 못하는 주제에 남을 위한다고 떠들고 있으니까……. 그러나 저는 이렇게 생각해요. 옛날과는 달라 집단생활이 필요한 현대에 있어선 안 선생과 같은 개인주의는 아무 데도 쓸모가 없다구요. 그런 생활은 진보가 없어요. 오히려 퇴보가 있을 뿐이에요. 더욱 우리처럼 사회의 그늘에서 괴로운 시간을 보내면서 어떻게 잠자코 있을 수가 있어요. 우린 상당한 노동력을 제공하고 있으면서두 먹을 게, 입을 게 없는 거예요. 우린 착취를 당하고 있는 거예요. 싸워야 하는 거예요!"

"……."

"저를 경계하시는군요. 물이 들까봐? 안 선생을 유혹하자는 걸루 생각하세요? 안 선생이 무슨 이용가치가 있다구……."

"……."

"왜 대답을 안 하세요? 벙어린가요? 제가 미우면 밉다고 왜 솔직한 말씀을 안 하세요?"

그건 분명 철도파업이 있은 후 순이가 어디로인지 사라지기 전날 밤이었다. 머리 위에는 숱한 별들이 뿌려져 있었다. 순이는 어느새 흐느끼고 있었다.

결국, 현수는 그런 순이가 미워졌거나 해서 경혜와 약혼해버린 것은 아니다. 이튿날 그네는 거짓말처럼 어디로인지 사라져버렸고 그러니까 자연 경혜와 가까이 지내게 되었던 때문이며, 경혜를 한 번 본 어머니의 간청이 있기에 응하였을 뿐이다. 거절할 이유는 없었던 것이다. 어차피 결혼을 할 나이가 된 바에야 짧지 않은 동안 접촉해온 경혜를 상대로 하는 것이 자연스러웠던 것이다.

그러나 이제 경혜를 찾아간다는 것은 역시 주저되었다. 무엇보다도 현수는 경혜의 가족들과 한지붕 밑에 있기가 거북하게 여겨졌고 부자연스러울 것만 같았기 때문이다. 무리가 아닌 것이다. 나는 경혜의 가족과는 접촉이 없었으니까. 모르는 사람끼리 한지붕 밑에서 한솥의 밥을 나누어 먹는다는 것은 누구나가 어색한 일이 아니겠는가.

국도를 사이에 둔 저쪽 철도 선로에서 쨍쨍 쇳소리가 들려온다. 선로를 뒤받치는 침목枕木에 못을 박는 소리였다. 오늘 저녁쯤에는 개성 쪽으로 뻗친 레일 위에도 기차가 뛰게 되는 모양인가. 평화스럽다. 언제 폭탄이 터지고 집이 무너지고 사람이 죽고 하였는가 싶다. 전투기는 다시 달려들 것 같지도 않았다.

어머니가 도로 밖으로 나가자 현수는 오른손을 턱에 고이고 비스듬히 누워버렸다. 지금 현수의 그런 자세는 퍽 어색하다기보다 터무니없는 것이지만, 혼자가 된 그는 비로소 주위가 자연스러워진 것 같았다.

침목에 못을 박는 쇳소리가 계속 들려오고, 기적 소리가 또 우렁차게 들려왔다.

제2부 난중사亂中事

1

이튿날 아침 열 시 가까이 되어서 현수는 집을 나섰다.

조용한 아침이다. 백여 호나 되는 관사촌에는 아무런 잡음도 일어나지 않고 있다. 그 속에 들어 있는 사람들은 한결같이 불안한 마음이 되어 있을 것이지만 현수에게는 모두 빈집들처럼 그렇게 착각되었다. 호젓한 지상 풍경과 또 모처럼 보는 높고 푸른 아침 하늘. 사실 불안해질 이유는 없는 것이다. 문득 뒤돌아본 현수는 거기 따라 나온 어머니가 도살장으로 끌려가는 소를 바라보는 주인처럼 그렇게 맥없이 서 있는 이유를 알 수가 없었다. 나의 행동은 조금도 잘못이 아니다. 짧은 시간에 급작스레 달라진 주위가 어색하여 조용한 천장 위에 머물러 있다가, 우렁찬 기적 소리와 더불어 무의식중에 거기를 버리고 어제 하룻밤을 도로 방 안에서 자고 난 나는 자연 수년간 그러했던 것처럼 조반을 마치고 집을 나서게 된 것이다. 별다른 이유는 없다. 어머니가 얼굴을 찌푸릴 필요는 없는 것이다.

종시 고쳐지지 않는 어머니의 표정을 그대로 두고 현수는 발길을 돌렸다.

철도 선로 부근도 역시 조용하다. 주인이 바꾸어지고 거기에다 며칠 동안 그렇게도 치열한 전투기의 습격을 받았지만 얼핏 보아 그 전과 과히 달라진 데가 없었다. 정거장 구내構內의 선로는 여러 군데 끊어져 있었지만 얼른 눈에 띄지 않았고, 그나마 본선本線은 이미 연결되어 있었다. 다만 기관총의 난사에 끊어진 전선이 난마亂麻와도 같이 엉클어지고 기관고 급수탑의 중허리가 무너져버리어 추하게 보일 뿐이며, 건물 같은 것도 외형은 그대로였다. 현수는 잠시 어디 여행이라도 갔다가 돌아오는 기분이 되기도 하였다.

그러나 그건 잠깐이었다. 통신분소 사무실에 들어선 현수는 가슴이 선뜩하였다.

기관총탄에 뚫린 벽의 흙이 떨어져 흡사 도깨비집 같기만 한 거기 전신주의 완목腕木 · 전선 · 전지電池 · 전화기 기타 여러 가지 통신수용通信手用 도구들이 너저분하게 널려 있는 것이다. 뿐만 아니라, 수년간 그와 더불어 살아온 전신대電信臺의 음향기 소리도 들리지 않는 것이다. 너무나도 달라진 풍경이었다. 전에도 큰 공사가 있다든가 했을 때는 이렇게 실내가 어수선하기도 하였고, 전신기의 음향기가 들리지 않는 수도 있었으나, 이런 상태는 아니었다. 거기에다 그를 보자 깜짝 놀라며 리시버*를 떨어뜨리고 일어서는 교환수의 두 눈과 표정에 현수는 또 한 번 가슴이 섬뜩했다.

"어머나, 안 선생!"

"안녕하셨어요?"

"네……."

---

* receiver, 전기 진동을 음향 진동으로 변환하는 장치로 직접 귀에 대고 듣는다.

"모두들 어디 갔습니까? 이렇게 비워 두구. 현장에라도?"

"아니에요……. 오늘 정거장 대합실에서 직장대회가 있어서 다들 그리로 갔어요."

하는, 교환수의 말투와 태도까지가 현수는 어쩌면 저렇게 죄를 지은 사람처럼 어색할까 싶었다. 리시버를 주워서 귀에 끼고 다시 교환대에 앉은 교환수는 더 무엇이라 말을 하고 싶은 눈치였으나 입을 다물어버린다. 평상시 비굴하게 보이기조차 하던 나를 그네는 죽었던 사람이 살아나온 것처럼 생각하는지도 몰랐고, 또 그렇다면 그것은 지당한 생각이다. 그리고 나는 그네가 어떤 생각을 하든 간에 그저 반가웠다. 밤낮 보던 사람을 이렇게 십여 일 만에 보니까 아무리 관심을 안 가졌던 사람이기는 하지만 반가운 것은 당연한 일이다. 그네도 역시 반갑기는 하리라…… 하면서도 현수는 그네가 하고 싶은 말을 못하는 그런 심정이 이해가 되는 듯도 하여, 더 무엇이라 말을 하고 싶고 물어보고 싶은 말도 있을 듯하였으나 그대로 전신대로 왔다.

음향기가 놓지 않을 뿐 전신대는 별로 달라진 데가 없다. 전보용지며, 잉크·펜·연필·배달 실적표 등이 십여 일 전 현수가 쓰다 둔 그대로였다. 물론 기호 군은 남쪽으로 갔겠지 하고 현수는 그런 생각을 잠시 하였고, 책상 위에 떨어진 흙을 치워버릴 염도 없이 창밖에 서 있는 은행나무를 바라보았다.

"안 선생은 그리로 안 가세요?"

"?……"

"대회장에 말이에요. 수장님이 나오시는 분은 모두 그리로 보내라구 말씀이 있었어요."

이렇게 말하고 교환수는 다시 얼굴을 저쪽으로 돌렸다.

현수는 점점 어색한 감이 들었으나 그러나 새삼스레 놀랄 필요는 없었다. 사람이란 낯선 분위기에 있어서는 어색한 기분을 느끼는 법이다. 하늘과 땅은 달라진 데가 없다손 치더라도 낯선 사람들이 웅성거리는 곳은 으레 그럴밖에 없는 것이요, 또한 나는 이렇게 집을 나섰을 때, 아니 한강 도강을 단념하였을 때 이미 지금의 어색한 시간을 짐작하였을는지도 모르는 것이다. 저렇게 싱싱하다 못해 검은 빛깔이 된 은행잎이 제 색깔인 노란빛이 되는 것이 잠깐인 것처럼 나는 지금의 어색한 분위기에 금방 익숙해질 것이니까.

직장대회가 한창 열리고 있는 정거장 대합실은 운전·검차檢車·보선保線 각 사무소와 분소分所를 서울에 둔 각 분소의 종사원으로 가득차 있었다. 타 소속의 직원들과 별로 접촉이 없었던 현수를 알아보는 사람은 없었다. 기억에 남아 있는 얼굴을 가진 사람까지도 못 본 체하는 것을 보면 알면서도 부러 모르는 체하는 사람도 있는 듯하였다. 무질서하게 늘어선 군중의 옆을 지나 현수는 맨 뒤에 가서 여러 사람들이 무표정한 얼굴로 서서 앞을 보고 있는 것처럼 그렇게 서 있었다. 테이블 하나를 앞에 놓고 낯선 한 사람이 올라가 시방 열변을 토하고 있다. 복장도 별났다. 여러 사람들이 입고 있는 것보다 결코 좋은 것은 아니었지만 군인들처럼 어깨에 견장肩章을 붙인 탓인지 위엄이 있어 보인다. 북에서 온 사람이었다.

대회는 막 시작된 것이다. 직업동맹 수색지구 위원회 결성 대회였다.

"…… 이제 우리의 적은 미 제국주의자들입니다. 놈들은 신성한 우리 강토와 선량한 인민에게 무차별 폭격을 계속하고 있습니다. 그러나 영용무쌍한 우리 인민군 부대들은 머지않아 미 제국주의자들을 이 삼천리강토에서 축출할 것입니다.

남반부 철도 노동자 동무 여러분!

동무들은 미 제국주의자들을 바다로 몰아내기 위하여 우리의 철도,

인민의 철도를 지켜야 하는 것입니다. ××× 괴뢰정권의 주구 반동들은 최후의 발악을 할 것입니다. 조국과 인민의 완전 해방을 위하여 동무들은 영웅적 투쟁을 감행하여야 합니다. …… 오늘 직장대회를 열고 직업동맹을 조직하는 의의도 여기에 있습니다."

주먹을 쥐고 목멘 소리로 외치자, "옳소!" 하는 소리가 이곳저곳에서 일어나고 박수 소리가 울리었다.

현수는 문득 고개를 들고 장내를 살폈다. 박수를 치고 있는 사람은 불과 몇 사람이었다. 대다수의 종사원들은 무엇이 어떻게 되는지 영문을 모르겠다는 얼굴로 침을 삼키고 있었다. 저자는 어째서 저렇게 핏대를 세워야 하는가 하고 현수는 오히려 민망해졌고, 그러니까 불가사의한 장면을 눈앞에 두고 있는 나의 자세는 대다수의 종사원들과 마찬가지일 것이라고 여기며 그대로 앞을 바라보았다.

그자가 뒤로 물러선 다음 앞으로 나선 자는 현수도 몇 번 본 기억이 있는 사람이다. 군중 속에서 '황철주' 하고 수군거리는 소리가 들린다. 빡빡 깎아버린 중머리, 창백한 얼굴, 첫눈에 형무소에서 풀려나온 죄수임에 틀림없었다. 저자가 수색 철도 내의 좌익분자의 두목이었던가 싶었다. 확실히 해방 직후에는 기관사였다고 기억되는 그자도 맨 처음 북에서 온 듯한 사람이 한 말과 비슷한 말을 토한다. 다른 점이 있다면 좀 더 격렬하고, 감정적이고, 그리고 오른 주먹을 휘두르지 않고 연방 왼쪽 주먹으로 테이블을 뚜드리는 것이 다를 뿐이다. 저자는 왼손잡이였던가 하면서 자세히 보니까 오른팔이 없다. 아마 그렇지 저자는 ×× 철도 사고가 발생하였을 때 그 기관차 승무원이었다는 생각이 내킨다. 그 밖에도 몇 사람이 나서서 비슷비슷한 말들을 토해놓는다. 어지간히 흥미가 없었다. 현수는 엄청나게 용감한 저자들의 언변과 또 앞으로의 행동이 과연 뜻이 있는 것일까, 이렇게 나오긴 하였지만 통신망이 전멸 상태에 빠진 이제 내가 할 일은 무엇일까, 결국 여러 사람들이 움직이는 그 속에 휩쓸려버릴밖에 별 도리가 없다고 여기면서 창밖으로 고개를 돌렸다.

공습은 그만하기로 한 것인가. 일반민 부락도 과히 달라진 데가 없었다. 사람들의 그림자가 눈에 뜨인다. 전선이 거미줄처럼 늘어진 전주 밑에서 소년 둘이 전선을 잡아당기며 있다. 벌거숭이 뒷산에 띄엄띄엄 푸른빛이 제법 짙다. 교회 꼭대기에 펄럭이는 낯선 깃발이 색다르기는 하였으나, 그것도 어딘지 폭풍을 연상시키지는 않았다.

"동무들!"

현수는 귀가 번쩍 띄었다. 고개를 돌렸다.

"지금 우리는 조국의 완전 통일을 목전에 두고 있습니다……."

현수는 다시 한 번 눈을 비비었다.

지금 여러 사람 앞에 나선 사람의 목소리가 유달리 우렁찬 탓이 아니다. 그 발음이 정확한 탓도 아니다. 침착하면서도 어딘지 초조한 그 사람의 태도가 먼저 나선 자들과는 아무래도 다른 데가 있어서도 아니다. 기호? 분명 현수와 교대근무를 하던 기호였다. 으레 남쪽으로 떠나버린 줄만 알고 있었던 기호이기 때문이다. 하마터면 기호! 하고 외마디소리를 지를 뻔한 현수는 그러나 그가 지금 저렇게 서 있는 것은 얼마든지 있을 수 있는 일이라 내켰고, 멋없이 놀란 자신이 쑥스러워졌다. 무엇보다도 현수는 기호가 아까 나선 몇 사람들처럼 핏대를 세우고 있다는 사실에 놀란 것은 아니기 때문이다. 내가 생각하기에도 그날(6월 28일) 한강의 도강은 손쉬울 것 같지는 않았던 것이 아닌가—기호도 나와 마찬가지로 수영은 서투르다는 것을 나는 그 어느 해의 여름에 목격하지 않았는가—그리하여 어느새 다시 창밖으로 고개를 돌린 현수는 기호가 물러설 때까지의 외침의 내용을 비롯하여 형무소에서 이번 석방된 듯한 중대가리인 어느 친구가 뇌까린 결의문의 구절, 또 한 번 나선 이북에서 온 자의 이야기 등은 하나도 기억할 수가 없었으며, 폐회 선언과 더불어 일어나는 소란스러운 만세 소리에 휩쓸려 저도 모르는 사이에 두 손을 세 번 버쩍 버쩍 쳐들었을 뿐이었다.

직장으로 돌아온 후 무엇보다도 현수는 기호와 말을 하고 싶었으나 그는 눈코 뜰 사이 없이 바빴다. 현수 자신도 수장을 비롯한 여러 사람들과 인사를 주고받지 않으면 안 되었다. 그들은 세상이 뒤집히기 전 며칠 동안처럼 기호의 지시에 움직였고, 현수에 대해서도 조금도 얼굴을 찌푸리지 않았다. 살아 있어서 반갑다고 모두들 진심으로 기뻐해주는 것이다. 기호도 전처럼 그들을 나무라거나 하지 않고, 어딘지 정다운 얼굴로 말하는 것이었다. 현수는 왜 그런지 눈물이 핑 돌았다. 기호나 그들의 가슴속은 알 바 없지만 그러한 광경이 더없이 아름답게 생각되었다. 현수는 십여 일간이나 천장에 올라가 있은 자신이 바보처럼 여겨지기도 했다. 이럴 줄만 알았다면 진작 나올 것이라 생각되었다. 다만 현수는 그들이 일전처럼 농담은커녕 사담이라곤 통 입 밖에 내지 않는 사실이 더없이 어색하였다.

'민주선전실民主宣傳室'이라는 간판이 붙은 전에 창고로 쓰던 거기 현수와 기호가 단둘이 마주 앉은 것은 거의 한 시간이나 지난 뒤였다. 수장과 여러 사람들은 모두 서강 방면의 현장에 나간 것이다.

"그래, 도대체 어찌 된 셈인가?"

여느 때와는 달리 현수가 먼저 입을 벌렸다.

"이야기를 하지……."

기호는 일어서서 방 안을 살핀 후 문 밖까지 한 번 기웃거리고 그리고 현수를 한참 바라보고 나서야 비로소 말을 시작하였다.

"무엇보다도 이런 나를 자네는 비겁한 놈으로 생각할 것이다. 그러나 지금 나의 행동이 진심이 아니라는 것은 알 수 있겠지?"

말을 끝낸 기호는 다시 현수를 노려본다.

현수는 그러한 기호의 눈총과 표정을 얼른 해득할 수가 없었다. 분명 그는 나를 경계하고 있다. 터무니없는 일이다. 오늘 기호의 행동은 가장이라는 사실에 나는 관심을 않고 있는 것이다. 철저한 반공주의자로서 타공투쟁에 공을 세운 기호가 수색에 전근된 지는 불과 두 달밖에 안 되어 그의 경력은 아무도 모른다는 사실―그럼으로 해서 그는 얼마든지 가장을 할 수 있다는 그런 것들은 나와 아무 상관이 없는 일이다. 기호가 나를 경계할 필요는 없는 것이다. 물론 자신의 말대로 기호의 현재 행동은 가장인지도 모르는 데 비해 나는 어디까지나 지금 이 시간에 있어서 어쩔 수 없이 내킨 행동이 다르긴 하지만 서로 경계할 이유는 없는 것이다. 나는 이 땅 위에 존재하는, 누구를 경계하거나 누구에게 경계를 받거나 하는 것의 이유를 모른다.

현수는 기호의 눈총이 무서워졌고 침묵이 싫었다.

"자넨 지금 오해하고 있네. 나는 자네의 오늘 행동이 진심인지 가장인지를 생각할 이유가 없으며, 또 앞으로도 그럴 걸세. 그러니까 자연 나는 자네를 비겁하다고 여길 까닭이 없는 것일세. 물론 나는 자네를 본 순간 약간 놀랜 건 사실이야. 그러나 그것은 반드시 도강한 줄 알았던 추측이 여지없이 전복된 탓이 아니겠는가. 사람이란 추측이 어긋났을 땐 누구나가 조금씩 놀랬다는 것을 자넨 모르겠는가?"

그제야 기호는 약간 부드러운 얼굴이 되었다.

"난지도까지도 나룻배는 다시 돌아오지 않았다. 우리는 보리밭에서 밤을 기다릴 수밖에 없었다. 그러나 캄캄한 밤도 역시 우리를 한강 저쪽으로 가는 것을 허용하지 않았단 말일세. 무장한 자위대놈들이 섬에 올라온 것이다……"

기호는 잠시 말을 끊었다. 거기서 더 할 말이 있는 듯하였으나 주저하는 눈치였다. 그렇다면 구태여 들을 필요는 없다고 현수는 생각하였다.

이때 사이렌이 울렸다. 공습이다. 며칠 동안 그쳤던 제트기의 내습이었다.

"항공! 항공!"

문 밖에서 감시원이 외치는 소리가 들려왔다.

기호의 얼굴에는 희색이 돌았다.

현수는 거의 무의식중에 기호가 하는 대로 그의 뒤를 따라 뒷산으로 달려갔다.

따 따 따 따.

뚜 뚜 뚜 뚜.

시방 세 대의 제트기는 연방 조차장의 상공을 오르내리면서 기관총탄을 뿌린다.

쾅!

가끔 로켓 포탄도 터진다.

입환선入換線에 유치중인 영차盈車에서 불이 일었다. 거기 가득 실려 있던 포탄이 터지기 시작한다. 요란스러운 파열음과 불길과 그것뿐이 현수의 오관에 느껴지는 전부였다.

현수는 새파랗게 질린 얼굴로 방공호 속에 쪼그리고 있었다. 조금도 겁날 게 없다는 듯이 머리를 내밀고 상공을 치어다보는 기호는 참으로 용감하다고 여겨졌다.

"현수! 이젠 됐다! 자네 나와 같이 일을 하지 않겠나? 자네의 성격과 지성이 그리고 양심이 저놈들과 도저히 맞지 않는다는 것을 나는 누구보다 잘 알고 있다……."

"……."

"우리는 지금 동지를 구하고 있네. 난지도에서 처음 맺었을 때는 불과 다섯 명이었지만 현재는 수백 명이나 모였다. 한강을 건너서지 못한 고양·파주의 학생들은 거의 전부가 호응하고 있단 말일세. 약속하겠나?"

하며, 기호는 허리춤에서 손수건 하나를 꺼내놓았다. 거기 새끼손가락을 물어뜯고 흐르는 피로 태극기를 그리고 서명을 하라는 것이다.

현수는 잠시 막연히 감동된 상태에 있었다. 끊임없이 일어나고 있는 포탄 터지는 소리와 불길과 살기가 어리어 있는 기호의 두 시선과―그런 것에 의해 현수는 벙벙한 상태에 빠져 있었는지도 모른다. 결국 포탄소리가 그침과 동시에 현수는 비로소 제정신이 되었고 그리하여 잠시 희기만한 손수건을 주시하였다. 그건 희기만한 손수건이 아니라 현수의 눈에는 이상하게도 태극기의 모양이 그려져 갔고, 그 위에는 기호의 얼굴이 또렷이 그려지는 것이었다.

그러나 그것은 역시 희기만한 손수건이었다.

"이걸 나한테 줄 수가 있겠나?"

"서명을 해서 돌려보내 주어야지."

"그런 뜻이 아니야."

"……."

기호는 의아스러운 표정이 되었다.

기호가 지하운동을 하리라는 건 그의 성격으로 보아 있음직한 일이다. 그게 나쁘다거나 어리석다거나 하여서는 아니지만 나는 비로소 기호와 같은 행동을 취할 필요는 없다고 확신한 것이다. 반드시 그 길이 내가 걸어야 할 유일한 길일 수는 없는 것이다. 그저 나는 별나게 태극기의 모양이 느껴지고, 기호의 얼굴의 윤곽이 또렷이 떠오르는 흰 손수건이 갖고 싶었을 뿐이다.

"도대체 자넨 어쩌하자는 겐가?"

"무엇을?"

세 대의 제트기는 불붙는 수색 조차장을 뒤에 두고 푸른 하늘을 헤치며 남쪽을 향해 떠나가고 있었다.

'민주선전실'에 돌아온 기호는 도로 딴사람이 되었다.

"참, 자네 무슨 일을 하면 좋겠나? 현장으로 나가 전주를 탈 수도 없을 테고…… 나하고 같이 이런 짓이나 하세."

기호는 구호口號를 쓰고 있었다. 직업동맹중앙위원회에서 내려온 공문에 쓰인 대로 '남북통일 만세', '영명한 우리 민족의 지도자 ×× 장군 만세', '조선 인민에게 무차별 폭격을 감행하는 미 제국주의를 타도하자' 따위를 붓으로 써서 '민주선전실'의 벽에 붙이는 것이었다.

"이런 것을 되풀이하고 있노라면 무슨 수가 생기겠지. 그렇지 않아, 현수! 하하."

2

며칠 동안 뜸하였던 공습이 다시 시작되었다. 그것도 전투기의 산발적인 기총 소사* 정도가 아니었다. 전투기와 폭격기로서 혼성混成된 항공대航空隊의 대대적인 폭격이었다. 조용한 대낮의 하늘을 헤치고 돌연 전투기가 달려든다. 저공비행을 계속하면서 기관총탄과 로켓 포탄을 뿌린다. 복구작업에 동원된 숱한 사람들은 삽시간에 사방팔방으로 흩어진다. 기관차며, 화차며, 배전반配電盤이며, 삽이며, 곡괭이 등…… 생명이 부여되어 있지 않은 물체만이 넓은 조차장 구내에 남는다. 그 위를 폭격기의

| * 비행기에서 목표물을 비로 쓸어내듯이 기관총으로 쏘는 일.

편대가 유유히 지나가며 대형폭탄을 투하한다. 세 대 혹은 다섯 대로 짝을 지은 폭격기는 십 분 정도의 시간적 거리를 두고 달려든다. 하늘과 땅이 꺼지는 듯한 대폭음大爆音, 그리고 온 천지는 흑연黑煙에 싸인다. 방공호, 지하실, 혹은 뒷산 나무 그늘 밑에 두 눈과 두 귀를 두 손으로 막고 엎드린 인간들은 자신들과 같은 인간의 손에 의하여 벌어지는 눈앞의 신비神秘의 처분을 기다린다. 그러한 신비의 처분은 지극히 공평하였다. 자신들과 같은 인간의 손에 이루어지는 신비의 위력을 부인하는 인간들은 곧잘 생명을 뺏겼다. 그러한 인간들은 거개가 북쪽에서 온 사람들이 아니면 북쪽에서 온 사람들과 분별할 수 없는 그러한 사람들이다. 그리하여 수색 조차장은 날이 갈수록 파괴되어갔다. 기관고를 비롯한 건물들은 손을 댈 염조차 못 냈고 철로 선로 통신망, 전력선 등, 당장 필요한 시설도 거의 전부가 사용 불능케 되었다. 소처럼 끌려 나온 수백 수천의 인간이 이룬 실적은 그들과 다름없는 인간의 두뇌로 만들어지는 순식간의 신비에 의하여 너무나도 손쉽게 무너지곤 하는 것이다. 도무지 꿈속 같기만 한 상태였다. 현수는 그러한 상태의 공기를 호흡하면서 그에 대한 기호의 처사에 탄복하였다. 용의주도한 기호의 행동이 좋았고, 자기에 대한 호의가 더없이 고맙게 여겨졌다.

"현수! 오늘쯤 또 있을걸……."

"그런가."

공습이 있는 날 아침이면 으레 기호는 이런 말을 던졌다. 그는 밤마다 끈기 있게 단파短波 라디오를 품에 안고 자는 것이었다. 그는 누구보다도 뉴스가 빠른 것이다.

"선로에서 백 미터 밖으로만 나서면 문제없지."

"그런가."

기호는 유엔군의 보도를 절대 신임하는 것이다. 아무리 조급해도, 머리 위에서 전투기가 요동을 쳐도 기호는 서서히 뒷산으로 기어오르는 것이다. 남들이야 앞을 다투며 방공호와 지하실로 밀려가든 말든, 기호는 현수에게 눈짓을 하면서 산으로 오르는 것이었다. 현수는 늘 기호와 행동을 같이하였다. 그렇게만 하면 절대 생명은 안전한 것만 같아서였다기보다 어느새 그는 기호를 기둥처럼 믿게 된 것이다.

천지를 뒤엎었던 검은 연기가 개기 시작하였다. 조차장의 윤곽이 점점 뚜렷이 눈 아래에 나타나기 시작한다. 이제 오늘의 신비는 끝이 난 듯하였다. 역장을 위시한 성급한 자들의 모습이 보인다. 종이 울린다. 공습 해제의 신호였다. 이곳저곳에서 또 검은 그림자가 몇 나타났다.

"미친 자식들!"

기호는 코웃음으로 그들의 무지를 비웃는다. 폭격은 한 번 더 있다는 것이었다. 조금 전 북쪽으로 날아간 폭격기는 도합 열두 대였는데 아직 아홉 대만이 지나갔다는 것이다. 현수는 정신없이 격동하는 이런 상태에서 그렇게 정확한 계산을 할 줄을 아는 기호가 더없이 믿음직스러우면서도 불쾌한 생각이 들었다. 기호의 생활은 기계처럼 정확한 계산대 위에서 행하여진다. 자기가 비웃은 그들 앞에서는 가장 열정적인 협력자처럼 가장하는 것도, 그들이 보지 않는 등 뒤에서는 가장 그들에게 협력을 하지 않는 사람들과 친근한 교제를 맺고 있는 것도, 그리고 현수에 대한 지극한 우정도…… 모두 그의 계산에 나타난 해답이다. 그렇다면 기호는 자기의 주위 사람들을 하나의 노리개로 삼는 것이 분명하며, 그 노리개 중에서 누구보다도 기호와 시간을 길게 가지는 현수의 존재는 비참한 것인지도 모른다.

기호의 예언대로 다시 하늘과 땅이 꺼지는 듯한 폭음이 일어났다. 검은 연기가 온통 천지를 덮어버렸다. 몇 분이 지났다.

"내려가 보지."

채 개지 않은 연기 속을 헤치고 기호의 뒤를 따라 내려온 현수는 거기서 역장을 비롯한 몇 사람의 시체를 보았다.

소동 뒤의 하늘은 더욱 맑고 푸르렀다.

그러나 기호의 계산기는 정확하지만도 않았다. 노도怒濤와 같이 남쪽으로 밀려가는 공산군의 전차대戰車隊와 보병 부대는 필경 대전 부근에서 행동을 정지할밖에 없다던 그의 치밀한 계산이 깨어졌던 것이다. 기호의 계산이 틀린 것은 처음이었다. 그만치 기호의 슬픔은 컸다. 독단과 추정을 무엇보다 미워하고 배격하는 그가 밤마다 이불 속에서 들은 유엔군의 보도, 공공연하게 들을 수 있는 공산군의 보도, 그리고 눈앞에 벌어지는 현상을 종합하여 명석한 두뇌로써 분석한 그의 계산은 칠월 이십일 아침, 너무나도 손쉽게 깨어져버렸던 것이다.

기호는 하루 종일 우울한 표정이었다. 말이 없었다. 일이 손에 잡히지 않는 듯 멍하니 창밖을 내다보고 있었다. 물론 현수도 우울하였다. 천장을 버린 후 오늘까지 저도 모르는 사이에 오직 기호를 의지하고 기호의 뒤를 좇았던 현수에게 기호의 우울은 곧 자신의 우울이 아닐 수 없던 것이다. 그러나 현수의 우울은 기호의 우울과 결코 동일한 것은 아니다. 기호의 우울이란 지금까지 정확하였던 계산기의 이상에서 생긴 자동적이요 주관적인 것인 데 비해, 기호의 우울에서 생긴 현수의 우울은 어디까지나 타동적이요 객관적인 것이다.

현수는 어쩐지 모욕감 같은 것을 느꼈다. 그 이유는 무엇인가? 나는 우울해질 까닭이 없다. 기호가 우울해졌다고 해서 나까지 우울해질 필요는 없는 것이다. 나는 지금 나대로 이렇게 엄연히 존재하고 있다. 이건 누구의 덕이 아니다. 기호의 덕일 수는 없는 것이다. 그러나 현수는 천장을 버린 후 무의식중에 기호의 의사대로 행동하였다고도 볼 수 있다는 사실이 내키자 다시 불쾌해졌다. 무의식중에 취한 행동은 그런대로 좋으나 앞으로는 기호의 의사임을 알면서도 나는 공습이 있으면 그를 따라 뒷산으로 도망을 칠 것이다. 결국 나는 기호의 옆을 떠나야 하는 것이다.

"기호!"

"……."

먼저 말을 건네는 일이 절대 없는 현수의 부름이 자못 의아스럽다는 듯이 기호는 대답을 않고 고개를 돌렸다.

"나 오늘부터 현장에 나가겠네."

"왜?"

기호가 놀라는 것은 당연하였다.

현수의 연약한 육체는 도저히 현장의 과격한 노동을 이겨낼 수가 없는 것이다. 그건 누구보다도 현수 자신이 잘 알고 있었다. 공습하의 통신 보수 작업은 숙련공들도 용이한 일이 아니었다. 무엇보다도 우선 하루에도 몇 번씩 전주電柱를 타야 한다. 생전 해보지 못한 그런 일을 현수가 당해낼 수는 도저히 없는 것이었다.

"자네가 현장 일을 할 수가 있겠나?"

"알 수 없지……."

"왜 그러나. 나를 믿을 수 없다는 게지? 나의 태도까지를 의심한다는 말이지……."

"그건 오핼세. 나는 자네의 우정을 신용하네. 다만 나는 자네의 계산기에 포착되기가 싫을 뿐이네……."

"계산기?"

계산기라는 말에 기호는 더욱 의아스럽다는 얼굴이 되었다.

현수는 자신이 한 말이 좀 우습게 여겨졌다. 그러나 다음 순간 현수는 기호의 행동이란 계산기에 나타난 해답으로 여긴 사실이 내켰다. 결코 나의 말은 거짓이 아니다. 또한 내가 이런 솔직한 말을 기호에게 자연스럽게 토할 수 있었다는 사실은 내가 기호를 얼마나 신용하고 있다는 증거이며 따라서 나의 이런 말은 결코 기호를 경멸하는 것이 아니다.

기호는 한참 말이 없었다. 사무실로 급조한 창고 속의 탁한 공기와 함께 그러한 현수의 태도가 답답한 모양이었다. 현수는 내친 김에 자기의 솔직한 심정을 그에게 알리는 것이 도리요, 또 우정임을 느꼈다.

"결코 나는 자네의 행동이 마땅치 않다든가, 자네로 해서 내가 손해를 보고 있다는 말은 아니야. 그리고 자네의 그 정확한 계산기의 성능을 의심한다는 말도 아니고……."

"도대체 어찌 되었다는 말인가?"

기호는 현수의 심정을 도무지 알 수 없다는 듯이 벌떡 일어났다. 더 무엇이라 말을 계속하면 따귀라도 갈길 자세였다. 현수는 그러한 기호가 갑자기 불쌍한 생각이 들었다. 그는 몹시 흥분되어 있다. 그의 계산기가 잠깐 이상을 일으키고 있는 것처럼…….

작업 현장은 일산 금촌 간에 있는 철도 근방이었다. 그다지 넓은 개울은 아니지만 증수기增水期에는 제법 대하大河를 이루곤 하여 백 미터가 넘는 철교가 놓여져 있다. 자연 공습 목표가 되어 매일같이 전투기의 세례를 받아 철교는 물론이려니와 철길을 따르는 통신선도 여덟 스팬*이나 한 오리 남김없이 날아가버렸다.

현수가 현장에 도착하였을 때는 긴 여름해도 훨씬 서쪽으로 기울어졌을 때였다. 잠시 작업을 쉬고 모여 앉았는지 막 술추렴이 벌어지는 참이다.

* span, 건축물·구조물·교량 등에서 지점支點(지주·교각)과 지점 사이의 거리로, 경간徑間이라고도 한다.

"안 상이 이거 웬일입니까? 안 상이……."

"저두 오늘부터 현장에서 일을 하게 되었습니다."

하고, 현수는 저도 모르게 히죽 웃었다. 까닭 없이 즐거워진 것이다. 사실 즐겁지 않을 이유는 없다. 현수는 잠시 어수선했던 한 달 동안을 잊어버리고 있는 것이다.

좌석은 현수의 출현으로 갑자기 조용해졌다. 말이 없어졌다. 현수가 이렇게 현장으로 나왔다는 사실이 그들의 눈에는 이상하게 비칠밖에 없는 것이다

"저는 그저 여러분과 일이 하고 싶어서 나왔지요. 다른 뜻은 없습니다……."

좀 어색한 감이 들었지만 현수는 이런 말을 하지 않고는 못 배겼다.

"그런 말일랑 그만두고 자 한 잔 받으시오, 안 상!"

수장이 내미는 잔을 현수는 서슴지 않고 받아 마셨다. 원래 술을 마실 줄 모르지만 별나게 당겼다. 두어 잔 마시니까 얼근해진다. 안주라곤 북어 두어 마리뿐인데 그거나마 반은 상했다. 그러나 누구 하나 얼굴을 찌푸리지도 않는다. 어느새 옹배기에 가득차 있던 막걸리는 한 방울도 남아 있지 않았다.

"사실 술이 없으믄 일이 손에 안 잡히는 법이지요. 안 그렇겠소? 안 상……. 거의 한 달 만이지요. 술맛이 안 날 이유가 없는 것이지요."

작업이 시작되었다.

언제 술을 마셨던가 싶을 만치 모두 태연하게 전주에 오르기 시작한다. 조금도 위험한 감이 들지 않는다. 그리고 말이 없다. 열심히 펜치를 놀리고 있을 뿐이었다. 오늘은 구경이나 하라고 이르며 수장이 올라간 전주 밑에 현수는 아무렇게나 앉았다. 그 전과 조금도 다름없이 대하는 수장이 더없이 고맙게 여겨졌다. 현수가 지난 한 달 동안을 잊어버리고

있는 것처럼 애당초 현장에서의 수장은 '일'밖에 다른 것은 염두에도 없는 것이다. 나를 대하는 태도가 달라질 이유가 없는 것이다. 끊어진 통신선을 연결시킨다—거기 다름이 있을 리가 없다. 연결된 통신선이 활용되고 열차 운행이 순조롭게 되어 그 결과가 자신들의 존재와 무슨 상관을 가진다든가 하는 문제는 너무나도 벅찬 생각일밖에 없으며 설사 수장이 그 문제를 생각해낼 수 있다 하더라도 그의 힘으로썬 어쩔 수 없는 일이다. 지금 이 시간까지 이십여 년간 지켜온 서울 문산 간의 철도통신선은 벌써 그의 생명처럼 되어 있는 것이다. 그가 여기를 떠나서 하루 세번 입에 풀칠을 할 수 있는 아무런 재주도 가지고 있지 않다는 사실도 그렇지만 보다 더 그는 여기를 떠난 자기의 생활을 생각조차 해본 일이 없는 사람인 것이다. 그는 '이것'의 사실상의 주인이다. 어떤 권력이 개입하여도 그를 '이것'과 떼어놓을 수는 없다. 그가 죽은 후에도……. 그가 만약 부당한 죽음을 당한다면 몹시 바람이 이는 날의 전선의 울음은 그의 울음이 될 것이다. 그리고 그건 비단 수장 혼자에게만 해당되는 말이 아니라 지금 전주에 올라가 있는 사람들도 모두 그럴 것이다—라고 현수는 그런 생각을 외어보았다.

3

현수가 현장에 나간 지 사흘째 되는 날 아침 용산에서 전화가 왔다. 경혜로부터였다. 너무나도 의외의 일이었다.

수화기를 잡는 현수의 손은 약간 떨리었다.

"얼마나 놀래셨어요. 어머님두 안녕하세요?"

"네."

"언제부터 나오셨어요? 전 열흘쯤 됐어요."

"그렇습니까."

"일간 한번 가겠어요. 댁은 아직 그곳이지요?"

"네."

통화는 간단히 끝났다.

용산과의 전화선은 단 한 회선만이 살아 있으므로 사담은 절대 엄금되어 있다. 이런 말이나마 주고받았다는 것도 이른 아침이었기망정이지 될 턱도 없는 일이다. 역시 세심한 경혜의 덕이었다. 현수는 잠시 경혜의 얼굴을 생각해보았다. 그립다. 전에는 느껴보지 못한 감정이었다. 몇 마디 물어볼 이야기도 있을 듯하다. 그러나 묻고 싶은 이야기가 무엇인지를 생각해낼 수는 없었다. 순이의 소식 같은 것인지도 몰랐다. 오늘 용산에나 갈까. 한 달 가까이 가보지 못한 본소의 모양도 궁금하거니와 거기 가면 무슨 새로운 것을 구경할 수 있을 것 같았다. 마침 복구 재료와 식량 배급을 받으러 아무래도 몇 사람 다녀와야 한다. 지금까지 여러 차례 기회가 있었으나 현수는 한 번도 가지 않았던 것이다. 공습을 두려워하는 통신수들이 앞을 다투며 가고 싶어들 하기 때문에 현수는 늘 양보한 셈이었다. 그러나 현수는 역시 오늘도 그만두기로 하였다. 딴 이유는 없었다. 오늘 작업이 순조롭게 진행되면 용평선(용산 평양 간의 전화선)이 개통된다. 해방 후 한 번도 통해본 일이 없는 전화선이 이어진다. 물론 그것이 현수와 상관이 있을 리 없으며 또한 용평선 개통을 위한 그의 역할이라는 것도 있을 턱이 없다. 도대체 현장에 있어서 현수는 할 일이 없는 것이다. 할 일이 없다기보다 그가 할 수 있는 일이 없었다. 모두들 전주에 올라가 일을 하는데 혼자 멍하니 앉아 있기가 멋쩍어 수장에게 전주에 올라가보겠다고 말을 해보았으나 그렇지 않아도 미안하게 생각하는 수장은 상대도 하지 않았다. 도구를 올려 보낸다든가 동선을 당긴다

든가 하는 잔심부름은 더욱 미안하게들 생각하고 부러* 전주에서 내려오
곤 하는 정도였다. 그가 하는 일이란 단 하나 직장에서 여직원들이 만든
주먹밥을 현장까지 운반하는 것뿐이었다. 그것도 수장을 비롯한 여러 사
람들은 여간 미안하게 생각하지 않으나 워낙 사람이 부족한 판이라 현수
가 우겨 맡은 것이다. 생전 육체노동이라곤 해본 일이 없는 그가 십여 인
분의 주먹밥이 얹힌 목판을 메고 십 리, 이십 리, 때로는 그 이상의 거리
를 도보로 운반한다는 것은 고역이다. 그러나 현수는 기호와 함께 소위
'민주선전실'이란 데서 해를 보내기보다는 월등 편하였고 따라서 수장을
비롯한 통신수들이 퍽 다정하게 느껴지기도 하였다.

오늘은 다행히 보선保線**분소에서 핸드카***를 빌릴 수가 있었다. 현수
가 통신수들의 주식과 보충재료를 싣고 현장에 도착한 것은 열한 시쯤
되어서였다.

작업은 한창이었다. 모두들 열심히 손을 놀리고 있었다. 처음에는 현
장에서도 그들은 별로 말이 없고 숨소리조차 크게 못 내었으나 이젠 딴
판이었다. 이렇게 현장에만 나오면 해방이 되는 것이다. 옛날로 돌아가
는 것이다. 사실 그들에게 달라진 것이라곤 공습이 있다는 것뿐인데, 그
것도 이젠 무슨 습관처럼 되어버린 것이다. 이상하게도 통신분소만은 한
사람도 죽은 사람이 없는 탓인지도 모른다. 그리고 그들은 이렇게 공습
이 심하면 머지않아 끝이 날 것이며, 따라서 예전처럼 사무실에서도 기
를 펴고 살 수 있다는 것을 알고 있는 것인지도 모른다.

현수를 보자 세 번째 전주에 올라가 앉은 부수장이 손을 흔들며 무엇
이라 입을 놀린다. 그 말을 알아들을 수는 없었지만 '주먹밥'이 왔다는

---

* 일부러.
** 열차의 운전에 지장이 없도록 철도 선로를 관리·보호하여 안전을 유지하고 수선하는 일.
*** handcar, 철도에서 선로를 보수할 때 재료나 작업원을 운반하는 소형 수동차.

소리일 게라고 생각하면서 현수도 손을 흔들었다.

　일곱 번째 전주에 올라가 있던 수장이 내려왔다.

　"수고하셨습니다, 안 상! 이렇게 매일같이 미안해서……."

　"괜찮습니다."

　수장이 현수에게 미안한 생각을 가질 필요는 없으며 오히려 작업도 않는 현수 편에서 미안한 노릇이지만, 그들의 대화는 조금도 어색하지가 않았다.

　"이제 곧 용평선이 개통됩니다. 오 년 만이지요. 그런데 안 상……."

　"무슨 말씀입니까?"

　용평선 개통을 앞두고 수장이 주저하는 데는 이유가 있었다. 지금 평양 전기구電氣區 교환대에는 구장이 리시버를 끼고 기다리고 있다는 것이다. 결국 수장은 누구보다도 먼저 이야기를 주고받아야 하는데 말을 하고 싶지 않을 것도 없으나 도무지 평안도 사투리는 말을 알아들을 수가 없다는 것이다.

　"제가 올라가면 안 됩니까?"

　"안 될 것은 없지만 전주를 타실 수가 있을는지……."

　현수는 좀 불안하기도 하였으나 올라가기로 하였다.

　현수가 올라갈 전주는 수장이 올라갔던 일곱 번째 전주였다. 수장이 내주는 펜치를 꽁무니에 찼다.

　"우에 휴대전화기가 있습니다. 여섯 번째 전주에서 '오―라이' 소리가 나면 수화기를 귀에 대고 말이 통하면 여덟 번째 전주로 뻗친 선과 연결을 시키면 됩니다. 조심하시고……."

　이런 말을 남긴 수장은 또 다른 휴대전화기를 어깨에 메고 여덟 번째 전주를 타기 시작하였다. 현수는 전주에 첫발을 디뎠다. 손발이 약간 떨렸다. 이래서는 안 되겠다고 다시 마음을 고치고 온몸에 힘을 주었다. 두 번째 발을 디뎠다. 여덟 번째 전주를 보니 수장은 벌써 한가운데쯤 오르고 있었다. 무슨 층계라도 올라가듯 척척 발을 옮긴다. 그것에 힘을 얻은 현수는 눈앞의 전주와 발에 달린 꺾쇠*만을 보면서 마구 올랐다. 반쯤 올라가니 힘이 들었다. 이마에서 흐르는 땀이 눈으로 스며든다. 옆을 보니 수장은 벌써 꼭대기에 올라가 열심히 펜치를 놀리고 있었다.

"안 씨, 제법입니다."

여섯 번째 전주에 올라가 있는 통신수가 건네는 말이었다.

현수는 대답 대신 히죽 웃음을 보냈다.

현수는 밑을 내려다보고 싶었다. 그러나 밑을 내려다보면 더 올라갈 용기가 나지 않는다는 말이 생각났다. 다시 발을 옮겼다. 전반前半보다는 한결 수월하였다. 이윽고 꼭대기에 이르렀다. 현수는 겨우 숨을 크게 내쉬었다. 완목腕木**을 타고 앉으니 의외로 편했다. 앞산들이 눈 아래 있다. 멀리 북으로 또 남으로 뻗친 레일에는 아무것도 없다. 그저 그렇게 놓여 있는 것이었다. 아예 기차고 무엇이고 그 위를 굴러다니는 것이 없으면 좋겠다. 수천 리를 그렇게 뻗치어 있기만 해도 철로는 그 가치를 다할 수 있을 듯하였다. 고개를 들었다. 몇 점의 흰 구름이 손에 잡힐 듯하였다. 참으로 현수는 오늘 전주에 올라오기를 잘했다고 여겼다.

"안 씨! 다 됐습니다!"

여섯 번째 전주에서 들려오는 소리였다.

현수는 수화기를 들었다. 윙 윙 하는 소리가 전선을 타고 들려온다. 수천 리 북쪽에서 일어나는 소리인지도 몰랐다. 현수는 새삼스레 전화의 가치를 느껴보았다. 딴 세상이 있는 듯한 전화 속의 세계를 생각해본다.

---

* 양쪽 끝을 꺾어 꼬부려서 주로 'ㄷ' 자 모양으로 만든 쇠토막. 두 개의 물체를 겹쳐 대어 서로 벌어지지 않게 하는 데 쓰인다.
** 전선을 매기 위하여 전봇대의 위쪽 부분에 가로대는 나무토막.

평상시에는 그저 편리한 기계에 지나지 않던 전화가 이렇게 신비스러웠던가. 그건 오늘 현수가 전주를 타고 이렇게 앉아 있는 탓인지도 모른다.

그러나 전선은 역시 직경 몇 밀리의 동선에 지나지 않았다.

"게 어디요? 서울이오?"

분명 사람의 음성이었다. 평안도 사투리인지 함경도 사투리인지 분간할 수 없는 그런 말투였다.

"게 서울 전기구요?"

현수는 한참 무엇이라 대꾸를 해야 좋을지 몰랐다.

"아무 소리도 나지 않습니까?"

어느새 내려간 수장의 목소리가 발밑에 들린다.

"네 네, 서울 현장입니다."

현수는 송화기에다 큰 소리로 말하였다. 발밑에서 무엇이라 수군거리는 소리가 들린다. 전주에서 모두 내려온 통신수들이 모여 있는 것이다.

현수는 얼김에 밑을 내려다보았다. 모두 기뻐하는 얼굴들이었다. 그와 동시에 수화기에는 또 사람의 목소리가 들렸다.

"서울 전기구 동무요? 동무들 무얼 하오! 북반부는 공습이 더 심해도 벌써 복구시키지 않았소!"

현수는 무엇에 얻어맞은 듯 머리가 떵해졌다.

오 년 만에 연결된 통신선을 통해 처음 듣는 소리가 이래야 하는가? 수장을 비롯한 여러 사람들이 그리고 현수 자신이 용평선의 개통을 바랐던 마음과 그들의 조급한 마음과는 너무나도 거리가 있었던 것이다.

"동무! 동무! 서울 동무! 어서 교환대와 연결하시오."

"……"

현수는 한참 잠자코 있었다. 연결시킬 마음이 내키지 않은 것이다. 그대로 끊어버리고 싶은 것이다.

"동무! 뭘 하오, 동무!"

다시 요란한 소리가 귀에 울렸다.

현수는 두 번째 밑을 내려다보았다. 현수의 태도에 모두 불안한 얼굴들이었다. 현기증이 일어났다. 순간 현수는 손에 들었던 수화기를 던졌다. 그와 동시에 현수의 몸은 공중에 떴다. 현장에 나가지 말라는 기호의 얼굴, 그리고 경혜의 얼굴이 뒤범벅이 되어 머리를 스치고 지나갔을 뿐이었다.

간판만이 '인민병원'으로 바뀌어진 철도 촉탁의嘱託醫* 의무실로 옮겨진 삼십 분 후에 현수는 의식을 회복하였다. 십여 미터나 되는 높은 곳에서 떨어지기는 하였으나 현수의 몸뚱이는 다행히도 개울 한복판에 묻히어 별로 다친 데도 없었다. 의식을 잃은 것은 놀란 탓이었고 얼굴과 어깨에 가벼운 상처를 입었을 뿐이었다. 기적이라면 기적이었다.

그저 현수는 잠에서 깨었을 때처럼 그렇게 두 눈을 뜬 것이다.

"애야, 정신 들었냐? 애, 현수야! 날 누군지 모르겠느냐! 누군지 알아보겠느냐!"

분명 울음 섞인 어머니의 목소리에 뒤이어

"현수, 말 좀 해. 현수……."

하는, 기호의 말소리가 또렷이 들렸고, 그 밖에도 통신 수장을 비롯한 귀에 익은 여러 사람의 말소리가 들렸다. 서남향에 나 있는 창으로 스며드는 햇빛이 따갑다. 까닭에 코에 풍기는 실내의 공기는 터분하지만 견딜 수 없을 만치 무더운 햇빛은 아니었다. 유리창에 흰 커튼이 쳐 있는 탓이다.

---

* 학교나 회사 같은 데서 건강 진단, 질병 치료 따위를 맡기고 있는 의사.

현수는 미안한 생각이 들었다. 자기를 위해서 이렇게 모여 있는 사람들에게 무엇이라 대답을 건넬 필요를 느꼈다. 그러나 다음 순간 무엇이라 입을 벌린다는 것은 귀찮을뿐더러 쑥스러운 노릇인지도 모른다는 생각이 내켰다. 따스한 햇볕으로 해서 졸음이 온 현수는 어서 잠들어버리는 것이 무엇보다도 중요했던 것이다. 결국 나를 위해서 이렇게 모여 있는 그들에게 무엇이라 대답을 건넬 의무감을 느낄 필요는 없었고 미안한 생각을 가질 필요도 없는 것이다. 생각하면 그런 것이었다. 그들에게 몇 마디 말을 던진 후에도 필경 나는 잠이 들밖에 없기 때문이다. 이대로 눈을 감고 잠이 들거나 무엇이라 말을 던지고 잠이 들거나 다를 것이 없는 바에야 나 자신이 편한 행동을 취하는 것이 오히려 그들의 의사를 존중하는 결과가 되는지도 모르는 것이다. 현수는 그저 제정신이 되었다는 표시라도 하듯이 의식을 잃기 전의 그대로의 두 눈으로 실내를 한 번 살폈고, 이어 눈을 감았다. 온몸이 노곤하다. 그동안 몰랐던 피로가 한꺼번에 엄습해온 것이다. 그리고 현수는 잠시 이대로 깊은 잠에 떨어지는 것은 즐거운 일이요, 또 영원히 잠들어버려도 후회될 것은 하나도 없다고 그런 생각에 잠겼다가 어느덧 그런 생각도 점점 희미해져 갔다.

현수가 다시 눈을 뜬 것은 해질 무렵이었다.

어머니와 기호를 비롯한 여러 사람이 간 데 없고 젊은 여인 혼자 걱정스러운 얼굴로 앉아 있을 뿐 실내는 몇 시간 전과 달라진 데가 없다. 그 외에 달라진 것이 있다면 커튼에 비친 햇빛이 붉은색이요, 그리고 따스할 것도 없다는 그것뿐이었다. 현수는 자기가 누운 침대 옆에 앉아 있는 걱정스러운 얼굴이 간호부나 그와 같은 여자가 아님을 직각적으로 알았으나 그가 바로 경혜임을 알고는 약간 놀랐다.

"다행이에요. 아픈 데 없으세요?"

경혜도 다소 놀란 얼굴이었다.

"언제 왔소?"

"한 시간쯤 됐어요."

잠시 말이 끊어졌다.

묵묵히 던지는 경혜의 시선이 현수는 전에 없이 다정하고 반가웠다.

"문 좀 열까요?"

"좋도록 하지."

되도록 현수를 위하자는 경혜의 성의에 비하여 현수의 태도는 심히 무색하였고, 그래 경혜는 잠시 주춤하였으나 현수의 그런 점엔 이미 익숙한 그네는 금방 얼굴을 고치고 유리창을 활짝 열어젖혔다. 방 안도 붉은빛으로 물들었다. 마치 현수 어머니와 기호와 그리고 여러 사람이 나가고 경혜 혼자 이렇게 현수의 머리맡을 지키고 있으니까 햇빛도 그렇게 달라질밖에 없다는 듯이.

현수는 자기가 오늘 전주에서 떨어진 것은 경혜 때문인지도 모른다는 난데없는 생각이 떠올랐다. 그건 정말 난데없는 생각인지도 모른다. 하더라도 적어도 경혜가 오늘 아침 돌연 전화를 걸어온 것이 원인의 일부가 되었다고 생각할 수도 있는 것이다. 이 어수선한 판국에 경혜가 나처럼 아무 거리낌 없이 나와 있다는 사실―그리고 돌연 전화를 걸어온 것에 나의 두뇌는 어떤 자극을 받았다고도 볼 수 있으니까―나의 몸이 전주에서 떨어져 공중에 떴을 때 우선 경혜의 얼굴이 떠오른 것만 보더라도―. 그렇다고 나는 경혜를 미워해서가 아니라 오히려 그 반대일 것이다. 경혜가 부단히 나를 생각하고 있는 것처럼 역시 나도 그네를 누구보다도 생각하고 있었으니까 경혜가 돌연 전화를 걸어왔다는 있을 수 있는 일에 무슨 자극을 받았던 것이요, 설사 그렇지 않았다 하더라도 경혜가 전화를 걸어왔다는 사실에 아무런 자극도 받은 일이 없으며 따라서 내가 전주에서 떨어졌다는 것과 아무런 상관이 없다 하더라도 지금 이런 생각을 하고 있는 것부터가 경혜를 관심하고 있는 까닭이며, 또 실에 있어서 어머니나 기호나 여러 사람들에게는 입을 벌리기가 귀찮고 쑥스러웠던 내가 경혜에게만은 자연스럽게 말을 건넬 수 있을뿐더러 전에 없이 경혜의 시선이 다정하고 반갑기조차 하니까 분명 나는 경혜를 미워하지 않는 것이요 그러니까 경혜 때문에 전주에서 떨어졌다 해도 그것이 곧 그네를 미워하는 뜻은 아닐 것이다.

"다릴 주무를까요?"

"아무려나."

경혜가 다리를 주무르는 사이에 현수는 아까 전주에서 전선을 통하여 들은 녀석의 성난 목소리를 생각해봤다. 그자의 목소리는 곧 경혜의 목소리처럼 들려오는 것이다.

현수는 벌떡 몸을 일으켰다.

"직장엔 왜 나왔소?"

"……"

너무나도 돌발적인 질문이었다. 경혜는 손을 멈추고 어리둥절해하였다.

"나오지 않으면 못 견딜 무슨 이유라도 있었소?"

"이유가 무슨 이유겠어요. 그저 나오게 됐으니까 나왔지요……."

"……"

현수는 할 말이 없었다.

경혜의 대답은 옳은 것이다. 이젠 다시 직장엘 나가지 말라는 말을 건넬 필요는 없는 것이다. 그런 말이 목구멍까지 치밀었으나 삼켜버렸다. 그런 말은 아무런 뜻도 없는 것이다. 현수 자신이 아무런 이유도 없이 이렇게 나와 있었고, 또 내일이라도 자리에서 일어나게 되면 다시 직장으로 나갈밖에 별도리가 없는 바에야 경혜를 나무랄 이유가 없는 것이다.

현수는 다시 자리에 누워버렸다.

창밖은 어두워지기 시작하였다.

경혜는 불을 켜고 나서,

"참 순이두 왔어요."

하였다.

"그래……."

현수는 아무렇지도 않다는 듯이 이렇게 말해버렸으나 실은 '순이'라는 경혜의 목소리와 함께 감았던 눈을 떴다. 그걸 경혜가 눈치 못 챘을 뿐이었다.

"퍽 달라졌어요. 얼굴은 더 이뻐졌으나 그렇게 명랑하던 애가 아주 우울해졌어요. 그래두 여러 사람들 앞에 나서면 열변을 토하지요. 아직 결혼은 하지 않았다구요."

현수는 도로 눈을 감으며 경혜는 무엇 때문에 순이에 관한 이야기를 자세히 보고하는 것이며 또 지금 경혜는 순이를 비웃고 있는 것인지 부러워하는 것인지 도시* 알 수가 없었다.

"안 선생 안부도 묻더군요. 벌써 며칠 전 일이어서 어디루 갔는지 모른다고 하니까 남쪽으로 갔을 것이라 하며 다신 묻지 않겠지요. 그러나 저한테는 퍽 친절했어요. 처음 직장에 나왔을 때 자아비판이니 뭐니 하고 다른 사람은 시끄러웠으나 전 순이 덕택에 두말없었어요. 내일 순일 만나면 안 선생이 여기 무사히 있다고 말을 하겠어요."

이때 어머니가 흰죽을 가지고 왔다.

현수는 통 구미가 당기질 않았으나 억지로 몇 술 떴다. 현수가 숟가락을 놓자 현수 어머니는 무엇이라 입을 벌릴 자세였다. 현수는 돌아눕

| * 도무지.

고 말았다. 어머니의 입에서 나올 말이 싫은 것이다. 현수는 억지로 잠이 들어버리려고 애썼다. 할 수 없다는 듯이 나가버리는 어머니와 함께 경혜마저 밖으로 나간 후에야 현수는 도로 눈을 떴다. 비로소 자기 혼자만의 시간을 얻은 듯하였다. 또 무슨 생각할 것이 있을 것만 같았다. 그건 순이의 생각인지도 모른다. 순이의 현재의 심경 같은 것─결국 나는 순이의 생각을 한다고 해서 경혜에게 미안해할 필요는 없는 것이다. 이렇게 경혜마저 나가버리고 나 혼자가 되자 비로소 순이를 생각하는 이유는 다만 경혜가 옆에 있을 때는 순이의 얼굴의 윤곽이 확실히 떠오르지 않기 때문이다. 그리고 경혜가 순이의 이야기를 꺼내자 경혜의 존재가 미워졌고 또 그때 마침 들어선 어머니의 존재마저 귀찮아진 것은 잘못이 아니다. 당연한 일이다. 사람이란 오랫동안 보지 못한 아는 사람의 소식을 듣거나 하였을 때는 으레 골몰하게 마련이니까.

아주 캄캄해진 밤하늘에 어디서인가 총성이 울린다. 이것으로써 오늘은 끝나고 분명히 오늘과 다른, 그러나 커다란 변동이 있을 것 같지도 않은 내일을 기다려도 좋다고 생각하였다.

4

병원에서 이틀 밤, 집에서 다섯 밤, 그렇게 현수가 한 주일 동안 자리에 누워 있는 사이에 직장에는 달라진 것이 여러 가지였다. 더욱 심해진 공습 때문에 기차는 하루에 한 번 왕래가 있을지 말지 하는 것, 통신선은 거의 전멸 상태에 있는 것, 사무실이 뒷산 굴속으로 옮겨진 것 등등이다. 그러나 그런 것들은 현수와는 아무 상관이 없는 일들이다. 무엇보다도 그가 놀란 것은 기호의 입장이었다. 작업 능률이 저하되었다는 이유로

직업동맹 직장책職場責의 자리에서 물러난 기호는 통신수들과 함께 현장
으로 나갔고, 그 대신 북에서 온 낯선 사내가 기호가 하던 일을 맡고 있
었다. 강康이라는 사내였다.

"동무가 안 동뭉기요? 수고 많이 했소."

현수를 보자 강 동무라고 불리는 그 사내는 다정하게 악수를 청하였
고, 할 말이 있으니 자기를 따라오라고 하며 민주선전실로 들어갔다. 현
수는 공연히 가슴이 뛰놀았으나, 조금도 겁낼 이유는 없었다. 잠자코 강
의 뒤를 따라갔다. 기호의 시선이 약간 불안하였으나, 개의할 필요가 없
는 것이다. 기호의 입장이 어떻게 되었든 간에 그건 어디까지나 기호 자
신의 탓이다. 현수의 잘못은 아닌 것이다.

민주선전실(이름은 기호가 꾸민 창고와 같으나 역시 굴속이었다)에 들어
온 강은 우선 궤짝에 앉기를 권하고 자기도 역시 의자 대용으로 놓인 또
다른 궤짝에 앉는다. 강은 함흥 전기구에 있다가 직업동맹 일을 보고 있
다고 간단히 자기소개를 하고 나서 남반부 전기구 동무들의 작업 상태는
옳지 않다고 하였다. 그 이유는 기호처럼 이론만 있고 실천력이 없는 사
람이 많고, 현수처럼 말없이 실천에 옮기는 동무가 적은 탓이라고 하였
다. 그리고 이번 현수가 전신원으로서 통신원의 작업을 하다가 부상까지
입은 사실은 가상할 만한 일이어서 본소에서는 현수를 모범노동자로 추
천하였다는 것이었다.

"그러니까 안 동무는 앞으로 일을 많이 하야 된당이. 내가 보기에 기
호 동무는 반동에 가깝소. 반동분자가 우리 대내에서 중요한 자리에 있
었다는 사실이 작업 능률을 저하시킨 원인이오. 우리는 모든 원인을 연
구하야 앙이 되오. 원인은 반드시 결과를 가져오는 것이오."

현수는 강의 그와 같은 말을 거의 해득할 수가 없었다. 특히 본소에
서 나를 표창한다니 터무니가 없다. 나는 표창을 받을 아무런 이유도 없

기 때문이다. 다만 원인은 반드시 결과를 가져온다는 말은 그럴는지도 모른다고 내켰을 뿐이었다. 그 밖에도 강은 여러 가지 이야기를 늘어놓았다. 우리는 노동자, 농민을 위하여 무자비한 투쟁을 전개해야 된다는 것, 머지않아 대구, 부산도 해방이 될 테니까 그때까지는 다소 고통이 있더라도 인민을 위하여 인민의 철도를 미 제국주의자들의 마수에서 지켜야 한다는 것. 그런 강의 말을 듣고 있으면서 실은 저도 모르게 경혜와 순이의 얼굴과 성격과 그런 것을 비교하고 있던 현수는 강이 백지 한 장을 꺼내놓은 그제야 시선을 똑바로 강에게로 돌렸다.

"여기 입당원서를 쓰면 된당이. 안 동무를 아직 입당시키지 않았다는 것부터가 기호 동무의 옳지 않은 점이오. 동무가 당원이 안 되면 누가 된다! 어제 기호 동무는 당원 자격을 상실하였소. 철도당부鐵道黨部의 심사에 떨어진 것이오. 그러나 안 동무는 그런 일이 없을 게 앙이겠소."

현수는 잠시 강이 내민 백지와 강의 얼굴을 번갈아 바라보았다. 그와 동시에 일전 기호가 토요일 오후면 으레 아무 말 없이 운전 사무소에 갔다가 어두워져야 돌아오곤 한 이유를 알았다. 기호는 당원이었던가…….

"간단히 쓰면 되오. 양식은 이렇소."

하며, 강은 또 다른 백지를 꺼내어 양식을 적었다.

"전 당원이 될 자격이 없습니다."

현수의 목소리는 약간 떨렸다.

"주저할 것 없소. 안 동무는 자격이 충분하오."

"……."

"이미 직맹에서는 동무를 입당시키기로 되어 있소. 동무의 그런 태도를 나는 이해할 수가 없소!"

"지금 도장을 안 가지고 있습니다. 내일 쓰면 안 됩니까?"

"도장은 필요치 않소. 지장이면 된당이."

"그렇지만 하루만 여유를 주십시오."

강은 의아스러운 눈초리로 현수의 거동을 살피면서 겨우 응낙하였다.

비행기의 폭음이 들려왔다. 기관총 소리, 그리고 잠시 후에 폭탄이 터지는 소리—그런 소리들은 언제 들어도 다소 시원스러운 점이 있다는 생각이 내키기도 했다.

이튿날은 오래간만에 식량배급이 나왔다. 한 사람에게 입쌀* 두 되와 보리쌀이 한 말 가까이씩 분배되었다.

현수는 기호와 함께 트레일러를 밀고 용산으로 향했다. 배급쌀이 들었던 공가마니를 본소에 반환하고, 돌아올 때 공사 재료를 타 오기 위해서였다. 옛날 그대로의 철길이었으나 하루에 한두 번 열차가 지나며 말며 하는 레일은 예전처럼 번쩍이지 않는다. 기호는 도시 우울한 표정이었다. 수색역이 점점 멀어지고 서강역이 보이기 시작한 곳에 이르러 겨우 무거운 입을 열었다.

"현수, 난 이대로 여길 떠나겠네. 함께 떠날 의사가 있으면 같이 가세."

"어디루?"

"어디든지! …… 기껏 한 달 동안 숨어 있으면 끝이 날 테니까……."

현수는 강의 얼굴이 떠올랐다. 입당을 강요하던 강의 얼굴이 무슨 괴물처럼 눈앞에 나타나는 것이다. 이대로 기호와 함께 떠나버릴까……. 그러나 현수는 금방 그런 생각은 아무 소용이 없음을 깨달을 수가 있었다. 여기 그대로 남아 있거나 기호를 따라 어디에고 떠나거나 애당초 별 차이는 없다는 사실이 내켰기 때문이다. 그건 어쩔 수 없는 일이다. 사람이란 어딜 가도 음식을 먹게 마련이고 또 잠을 자게 되어 있는 것이다.

| * 멥쌀을 보리쌀 따위의 잡곡이나 찹쌀에 상대하여 이르는 말.

그리고 어느 시기가 오면 오관의 기능이 정지된다는 사실을 우리는 확실히 알고 있다. 그러니까 사람이란 되도록 환경을 바꾸지 않는 것이 현명하다. 낯선 장소, 분위기—그런 것들은 으레 어색한 법이니까…….

"어떻게 하겠나? 역시 이대로 지낼 생각인가?"

기호는 대답을 기다린다.

현수는 그렇다고 대답을 할까 했으나 입을 벌릴 필요는 없다고 내켜 그저 한 번 웃어 보였다. 입을 벌릴 필요는 없는 것이다. 그것으로도 나의 의사는 충분히 전달될 수 있으니까.

기호도 다시 말이 없었다.

용산역에 도착한 것은 정오 남짓하여서였다. 구내 한 모퉁이에 트레일러를 세웠다. 거기서 기호는 기다리겠다고 했다.

현수는 아무래도 좋다고 생각하면서 공가마니를 둘러메고 본소 사무실로 향하였다. 사실 기호가 현수와 함께 본소 사무실까지 갈 필요는 없는 것이다. 주위 사람들의 주목을 받고 있는 기호로서는 본소에 얼굴을 내미는 것이 어쩐지 서먹서먹할는지도 모르며 그래 여기 기다리겠다는 것인지는 알 수 없으나 나는 그런 것도 생각할 필요가 없는 것이다. 여기까지 트레일러를 밀고 오는 동안 여러 시간 입을 다물고 있은 나의 행동은 반드시 기호의 비위를 상케 하였을는지도 모르며, 아무 대답도 없이 공가마니를 둘러메고 이렇게 발을 옮기고 있는 행동 역시 기호로서는 마땅치 않을는지는 모르나 그건 어디까지나 나의 잘못은 아닌 것이다—라고 현수가 잠시 그런 생각을 해보았다는 것도 한 달 만에 보는 용산역 구내가 너무 어수선한 탓에 지나지 않는지도 모르는 것이다. 참으로 눈앞에 보이는 광경은 어수선한 것이다. 딴 공장 같기만 하다. 목조木造이던 가역사假驛舍는 어디로 날아갔는지 흔적조차 없다. 모처럼 착수하여 거의 준공이 되었던 구름다리도 두 군데나 무너져 있는 것이다. 그리고 엿가

락같이 구부러진 레일, 무슨 괴물의 시체처럼 바퀴들을 하늘에 두고 자빠져 있는 차량들, 물 마른 연못처럼 된 폭탄 떨어진 자리, 유리창 따위는 하나도 남김없이 날아가 버리어 무슨 도깨비집처럼 우뚝 서 있는 벽돌 삼층집 통신 사무소! 앙상하게 뼈만 남은 채로나마 서 있는 기관고 속에서 가늘게 연기를 뿜고 있는 기관차마저 눈에 띄지 않았더라면 여기가 어딘지를 판단조차 할 수가 없을 정도였다. 현수는 무슨 꿈속을 헤매는 듯한 착각을 느낄 수밖에 없었다. 꿈이기를 바라는 심정의 탓인지도 몰랐다. 난데없는 포성과 국군의 후퇴와 공산군의 출현과 공습과 파괴상과 복구작업과―진정 꿈이 아니고서는 안 될 것만 같았다. 꿈이 아닐 수 없는 것만 같았다. 그러나 본소 사무실 현관에 걸려 있는 '서울전기구'라는 간판과 그 간판 밑에 공가마니를 쌓고 있던 낯선 사내의 시선은 꿈속의 것들이 아니었다.

"동무, 수색분구 동무요?"

"네."

"동무들 뭘 하오? 지금 몇 시요? 다섯 시간이 걸린단 말이요?"

"트레일러로 왔기 때문에……."

"와, 한도카는 없소?"

"현장에 갔습니다."

"현장? 현장이 어디요! 한강으로 갔단 말이요?"

"아니지요. 문산 방면 현장에……."

"동무 낮잠 자오? 지금 현장은 한강뿐이오! 한강의 불통이 작전에 얼마나 지장을 가져오고 있는지 아오? 인민군 동무들은 이 시간에도 피를 흘리고 있는 것이오!"

"……."

"왜 멍하니 서 있소! 어서 이걸 묶으시오. 한강으로 가야 되오. 왜 멍하니 서 있느냐 말이오! 동무의 그 태도는 뭐요. 옳지 못하오!"

현수는 잠시 마음을 어떻게 가져야 하며 수족을 어떻게 놀려야 할지 몰랐다. 그저 그 사내가 하는 대로 공가마니를 열 장씩 묶었고 그걸 한 덩이씩 둘러메고 도로 트레일러를 세워놓은 곳으로 왔다.

트레일러에는 백여 장의 공가마니가 쌓여졌다.

"동무두 수색분구 동무요? 어서 이걸 한강으로 가지고 가시오. 한 시까지 우리 전기구에서 천장을 확보해야 되오. 벌써 십 분이 지났소!"

그 사내는 회중시계를 꺼내 보며 이렇게 호령을 치고 나서 돌아갔다.

비로소 현수는 트레일러를 밀고 한강까지 가는 것은 고역이라는 생각이 들었다. 피로를 느낀 것이다. 기호는 점점 우울한 얼굴이다. 그 사내는 도대체 누구이며, 무엇이며 또 그 사내의 명령(?)에는 꼼짝 못하고 왜 복종하여야 하는가 하는 듯한 얼굴이었다. 분명 기호의 마음은 눈앞에 보이는 선로의 상태처럼 어수선할는지도 모르며, 그건 지금 호령을 치고 간 그 사내가 회중시계, 그것도 아주 낡은 것을 자랑삼아 꺼내 보는 태도가 너무나도 어색한 탓인지도 모른다고 현수는 그렇게 생각하였다.

"현수! 어찌할 셈인가? 이대로 나하고 달아나지 않겠나! 파주 쪽으로 가면 우리를 맞아줄 사람이 기다리고 있다. 놈들이 당황하는 꼴을 보지. 기껏 한 달만 기다리면 우리는 자유의 몸이 될 수 있는 것이다. 놈들은 벌써 완전히 질서를 잃고 있다. 이상 더 여기 머물러 있을 필요는 없는 것이다!"

그건 사실인지도 모른다. 그들은 확실히 질서를 잃고 있다. 그렇게 규칙적이던 작업 지시부터가 이렇게 갈피를 잡을 수 없지 않느냐. 그러나 현수는 여기 머물러 있을 필요가 없는 것처럼 또 여기를 떠날 필요는 뭐냐고 마음속으로 또 한 번 중얼거렸다.

"도대체 자네의 태도를 나는 알 수가 없다. 자넨 좀 더 자네를 위할 줄 알아야 한다. 죽고 싶은가?"

"......"

현수는 하늘에 뜬 흰 구름을 한번 바라보았다.

기호는 그냥 말을 계속하였다.

"누구 때문에 이상 더 이런 꼴을 보자는 겐가. 머지않아 여긴 포화에 싸인다. 죽을밖에 없는 것이다. 자네와 그리고 나와—우리가 죽은 후에 무엇이 남는다고 생각하는가. 누구를 위한다는 것—그건 우선 우리 자신을 위한 다음에 생각할 문제인 것이다. 틀림없이 유엔군의 반격이 시작된다. 여긴 전쟁터가 된다. 우리는 그 희생물이 된다. 그럴 필요가 없는 것이다. 우리는 우선 우리의 존재를 인정한 후에 나 아닌 다른 존재들을 인정할밖에 없는 것이다. 설사 우리가 살아남는다고 하자. 여기 이곳이 전쟁터가 되고 포화에 싸이고 하여도 우리는 살아남는다고 하자. 그러나 우리는 여기 그냥 남아 있었다는 사실에 대한 가책을 받아야 하는 것이다. 우리의 마음의 상태는 아무 소용이 없는 것이다. 지금 자네는 놈들에게 진정으로 협조하고 있다곤 생각하지 않는다. 그러나 현재의 자네 행동은 그들을 돕고 있는 것이다. 우리의 행동은 우리의 마음을 배반하고 있는 것이다. 현수! 우리 좀 더 우리 자신에게 관심을 갖자! 우선 우릴 위하여 행동하자!"

"나는 무엇에보다도 나 자신에게 관심을 가지고 있다. 그렇게 살아왔으며, 그렇게 살고 있으며, 또 앞으로 그렇게 살 것이다. 이제 새삼스럽게 자네한테 배울 필요는 없다."

"어쨌다구!"

기호는 흥분된 얼굴이었으나, 이어 맥이 풀린 듯 더 말을 하지 않았다.

현수는 그런 기호를 경멸했다.

자네가 나를 염려할 필요는 없는 것이다. 나는 자네가 바라는 그 이상으로 나 자신을 소중히 여기고 있다. 자네가 자네 자신을 관심하는 것보다 더 많이 나는 나 자신을 관심하고 있다. 내가 나 자신을 망각하고 있는 것으로 그렇게 자네가 보듯이 때로 내가 나를 망각하고 나 이외의 것에 지나치게 관심을 기울이고 있는 것처럼 보이는 것은 어디까지나 그렇게 보이는 것에 지나지 않는다. 물론 내가 나 이외의 것에 관심을 기울이고는 있다. 그러나 그건 나 자신의 망각을 의미하는 것은 아니다. 자네가 자네 이외의 것에 관심을 기울이는 것과 똑 마찬가지이다. 자네는 자네 이외의 것—즉 하늘과 땅과 구름과 주위의 사람들, 특히 자네를 낳아준 자네의 어머니의 존재를 어쩔 수 없이 소홀히 여길 수 없을 것이며, 또 그들을 소중히 여길 것이고, 또 사랑할 것이고, 그리고 그건 실은 소중히 여기는 것도 사랑하는 것도 아니고 오직 관심에 지나지 않는 것처럼 나는 나 이외의 것들에 관심을 가지고 있는 것이다. 결국 자네는 이러한 나의 나 이외의 것에 대한 관심이 나 자신을 반역하는 결과를 경계하는 것이며, 충고하는 것이며, 그래 좀 더 나는, 자네가 자네를 관심하는 것처럼 나 자신을 관심하라는 말이지만 나는 이 이상 더 나를 관심할 길은 없기 때문에 자네의 말에 순응할 수가 없는 것이다. 이 전쟁이라는 것과 또 전쟁이라는 윤곽 속에 자신까지를 포함시키고 생각하는 자네의 자네 자신과 자네 이외의 것에 대한 관심에 비하면 전쟁이라는 것과 전쟁이라는 윤곽을 나 자신과 격리시키고 나 자신과 나 자신 이외의 것을 관심하는 나는 그만치 철저하기 때문이다.

"아까 자네에게 말한 대루 난 가네……."

"……."

오후의 햇빛은 너무나도 뜨거웠다.

선로를 넘어 거리로 뚫린 한길에 나선 기호는 한번 뒤돌아보는 일도 없이 그냥 앞을 향해 걸어가고 있었다. 현수는 모든 것이 타당하다고 생각하였다. 초조한 얼굴로, 그러나 가벼운 발길로 떠나가는 기호나, 태연한 태도로, 그러나 무거운 마음으로 여기 남아 있는 자기나 모두 어쩔 수 없는 일이라고 여겼다. 그리고 오늘 하루 종일 공습이 없었다는 사실이 내켰고, 그건 지금까지의 예로 보아 일요일이기 때문일 것이다. 그러니까 어제는 토요일이었고, 내일은 월요일이라고 오랫동안 잊었던 요일 같은 것도 생각해낼 수가 있었던 것이다.

5

수색 지구의 철도 종사원까지도 한강과 용산역 구내의 복구작업에 전적으로 동원되기 시작하였다. 역무驛務도, 기관차의 정비도, 차량의 검사도, 통신선의 보수도 모두 버리고 한강의 연결과 용산역 구내의 복구작업에 전력을 다하라는 엄명이 내린 것이다. 철도의 기능은 완전히 마비된 것이다. 정상적인 열차 운행—그런 것은 벌써 누구의 염두에도 없었다. 한 발의 탄알이라도 더 낙동강 쪽으로 보내기 위해서는 한 발자국이라도 차량을 남쪽으로 보내기 위해서는 한강 철교의 연결과 용산역 구내의 복구가 무엇보다도 시급했던 것이다. 비행기의 내습은 더욱 잦았다. 주야의 구별이 없어졌다. 대규모의 폭격은 별로 없었으나 제트기를 비롯한 전투기의 내습은 잠시도 쉬지 않았다. 까닭에 한강 강변과 용산역 구내에 끌려 나온 서울 근방의 철도 종사원과 일반 시민들의 복구작업은 진행이 되지 않았고 또 누구나가 이 판국에 열차가 다시 움직이게 되리라곤 생각도 안 했다. 소처럼 그저 끌려 나와 기운 없이 삽과 곡괭이들을 놀리고 있을 뿐이었다. 그러나 그런대로 용산역 구내에 물 마른 연못처럼 되어 있는 웅덩이는 하나둘 메꾸어졌다. 그 위에 레일을 깐다. 물론 기차가 지날 사이도 없이 날아드는 전투기의 폭격에 날아가 버리곤 하지만 그들은 끈기 있게 작업을 계속 시키는 것이었다. 며칠이 지나니까 현수는 그런 작업에 어지간히 익숙해졌다. 열심히 삽을 놀렸다. 여기 웅덩이가 메꾸어지고 레일이 깔리고 기차가 움직이게 되면 어떤 결과가 된다든가 하는 그런 생각에서는 물론 아니었다. 비행기에 의한 파괴와 복구작업과—그런 것들이 무슨 목적하에 행하여지든 간에 철로와 더불어 살아온 현수로서는 차차 폐허로 화하는 철로가 애석하게 여겨진 탓만도 아니다. 그저 그렇게 삽을 놀리고 있노라면 시간이 흐르는 것이다. 육체의 피로는 견딜 수 없을 만치 심할 때가 있다. 그러나 그럴 때면 비행기의 내습과 함께 삽 끝을 밝히던 석유불이 꺼지고 작업이 중지된다. 선로 밖으로 달음질친다. 거기 풀 속이나, 개울 속에 엎드려서 밤의 공습을 구경한다. 소형 폭탄이 터지는 소리와 기관총 소리와 그런 것들을 들으며 밤하늘에 널린 별을 바라본다. 선로 밖은 위험지대가 아니다. 현수는 곧잘 한가한 마음으로 별을 세기도 하며 밤을 새웠고 이튿날은 한종일 낮잠을 잘 수가 있어 좋았다.

숨이 막힐 듯한 토굴 속의 사무실—거기에는 기호 대신 본소에서 파견된 강이 줄곧 앉아 있는 탓으로 현수는 들어가기가 싫었다. 그러나 저녁이면 으레 한 번 들러야 한다. 어느새 용산 복구대의 책임자 격이 되어 버린 현수는 저녁이면 거기에 모여드는 통신수들을 데리고 용산으로 가게 되어 있는 것이다.

온통 무슨 주검처럼 자빠져 있는 전화기, 교환대, 동선 뭉치들, 그리고 책상으로 삼는 궤짝 위에 앉아 있는 강은 현수를 보자 오늘도 무슨 버릇처럼 입당을 권고하는 것이었다.

"좀 더 시간을 주십시오."

현수는 본능적으로 거절한다. 그러나 그건 거절이라기보다는 핑계인지도 모른다.

"난 동무의 마음을 알 수가 없소! 난 안 동무를 반동이라 생각하고 싶지 않소. 또 안 동무를 반동으로 상부에 보고도 않을 것이오. 그러니까 동무는 나의 말을 듣는 것이 가장 옳을 것이오!"

강으로서는 어디까지나 현수에게 호의를 가지고 하는 말이었다. 결코 위협은 아닌 것이다. 사실 현수는 강의 태도를 호의로도 위협으로도 생각하지 않았다. 겨를이 없을 뿐이다. 더 할 말이 없을 뿐이었다. 당원이 될 자격이 없다는 뜻을 여러 가지 말투로 표현한 이제 또 거절할 이유로써는 당원이 될 필요를 느끼지 않고 있다고 할밖에 없는 것이다. 그리고 그런 말들은 아무리 솔직한 말일지라도 강이 기어코 자기를 입당케하려고 하는 것과 마찬가지로 도로徒勞인 것이다. 현수로서는 그저 입당을 거절하면 되는 것이다. 어떤 방법으로든 당에 입당을 않으면 되는 것이다.

"알았소! 동무의 진실을 알았소! 동무는 이기호와 마찬가지로 반동이오! 반동이기 때문에 입당을 거부하는 것이오. 이기호가 도망친 그날 동무는 그자와 행동을 같이했던 것이오. 안 동무도 결국은 이기호나 부수장과 마찬가지로 인민의 대열에서 벗어날 것이오. 그래서 나는 이 사실을 그대로 상부에 보고할 것이오!"

강은 두 주먹을 불끈 쥐고 밖으로 나가버렸다.

현수는 잠시 기호를 원망해보았다. 그러나 금방 그런 생각은 쓸데없는 것임을 깨달았다. 기호가 나와 같이 일을 하다가 도망을 쳤거나 부수장처럼 아무도 몰래 혼자 도망을 쳤거나 간에 상관이 없는 것이다. 상관할 필요가 없는 것이다. 기호의 행동을 저지할 아무런 이유도 나에겐 없었으니까. 그리고 기호가 사라진 후 십여 일 동안의 나의 생활은 조금도 달라진 데가 없으니까.

현수가 토굴 속을 나왔을 때는 이미 황혼이 다가오고 있었다. 강은 어디로 갔는지 보이지 않았고 통신수장을 비롯한 십여 명의 복구대원이 삽과 곡괭이와 그런 것들을 깔고 앉아 엽초葉草*들을 한 대씩 피워 물고 현수가 나오기를 기다리고 있었다.

"오늘밤은 좀 선선합니다."

수장의 말과 함께 거기 앉아 있던 통신수들은 아무 말 없이 삽과 곡괭이를 들고 일어선다.

현수는 웬일인지 울고 싶은 충동을 느끼었다. 역시 이 사람들을 위하여 이 사람들과 같이 용산으로 가는 것이 자신을 위하는 길이라고 생각하였다. 토굴을 나오면서 현수는 오늘 몸이 아프다는 핑계로 집으로 들어가 버릴까 하였던 것이다. 강이나 그와 같은 사람이 될 수도 없고 그렇다고 기호나 그와 같은 사람들처럼 민첩하지도 못하고 또 부수장이나 그와 같은 사람들처럼 여기서 닭모이 주듯 배급하는 쌀이 없어도 살 수 있는 사람도 못 되는 그들의 모습은 곧 현수 자신의 모습이 아닐 수 없는 것이다. 현수는 자꾸 그들과 자신을 비교하는 마음을 억제하면서 핸드카가 서 있는 곳까지 왔다. 운전 사무소를 비롯한 다른 소속 사람들을 태운 핸드카는 벌써 움직이고 있었다. 사오 대의 핸드카가 굴러가는 맨 뒤를 현수들을 태운 핸드카가 따른다.

하늘에는 어느새 숱한 별들이 뿌려져 있었다.

〈적기가赤旗歌〉, 〈최후의 결전〉 같은 노래를 그 누가 선창을 한다. 우렁찬 목소리였다. 그러나 선창을 따르는 많은 사람들의 합창은 어딘지 기운이 없다.

"좀 더 크게!"

---

* 잎담배. 썰지 아니하고 잎사귀 그대로 말린 담배.

합창 소리도 또렷이 현수의 귀에 들려온다.

슬픔이 어리어 있는 음조였다. 그렇게 야단스러운 가사와 음조가 슬프게 들리는 까닭이 무엇일까. 현수는 잠시 그런 생각을 하였으나 문득 그의 시선은 옆에 멍하니 앉아 있는 사람들에게 쏠렸다. 모두 입을 다물고 있거나 멍하니 입을 벌리고 있거나 할 뿐 아무도 입을 놀리지 않는다. 이 사람들은 아직 그런 노래를 모르는 것이다. 배우지 못한 것이다. 현수는 어쩐지 기운이 났다. 슬픔이 일시에 어디로 사라졌다. 그리고 기호 생각이 났다. 정거장 사무실에서 노래 연습이 있을 때마다 늘 기호와 현수가 간 것이다. 각 소속에서 대표로 한두 사람이 참가하여 완전히 습득이 되면 직장으로 돌아가 여러 사람에게 가르쳤던 것이다. 그러나 기호는 몇 번 모아놓고 시늉을 하였을 뿐 통 여러 사람에게 배워주질 않았다. 미치기 전에야 누가 그런 짓을 하겠냐는 것이었다.

노랫소리는 좀처럼 그치지 않는다. 그냥 되풀이한다. 처음은 선창을 한 사람의 음성보다 기운이 없던 합창이 제법 우렁차다. 제멋에 흥이 났는지도 모른다.

자정이 가까운 가을밤의 온도는 제법 불을 그립게 하였다. 그 누구의 입에서도 말이 없는 그러한 상태가 차가운 공기와 함께 더욱 추위를 느끼게 했다. '벌써 추워지는구나.' 풀어놓았던 작업복의 단추를 채우면서 현수는 삽을 재게 놀려야 할 것을 생각하였다. 작업의 진행을 위해서가 아니다. 어차피 능률을 생각할 것도 없었다. 건축분소의 직원들과 어울려 근 이십여 명이 다섯 시간 애를 쓴 결과가 겨우 웅덩이 하나를 메꾸었을 뿐이다. 동이 틀 때까지 기를 써봤댔자 이제 하나둘 메꿀 정도일 게다. 벌집처럼 무수한 폭탄 떨어진 자리를 무슨 재주로 메꾸고 거기 언제 레일을 깔고 기차를 뛰게 할는지 그런 염려는 애당초 염두에 둘 필요도 없는 것이다. 현수가 좀 더 삽을 재게 놀려야 할 것을 생각한 것은 추위를 잊어버리자는 데서였다. 사람의 육체란 참으로 묘하게 생겨먹었다. 손과 삽을 빠르게 놀릴수록 몸이 뜨거워졌다. 숨을 돌릴 사이도 없이 여남은 삽의 흙을 웅덩이 속에 던지니까 숨이 가쁘다. 그만 쉴까 했으나 이왕이면 백까지는 세고 싶었다. 그렇게만 한다면 오늘밤은 추위를 느끼지 않아도 좋을 듯하였다. 마음속으로 오십을 세었다. 여남은 삽을 던졌을 때까지는 언제 백까지 셀까 싶었으나 진작하여보니 어렵지 않다. 숨가쁨도 잊어버려진다. 이제 남은 오십은 손쉽게 던질 수 있을 것만 같았다. 그러나 현수는 고개를 들었다. 백까지를 능히 셀 수 있다고 여겨지니 맥이 풀린다. 이마에 손을 대니 땀이 배어 있었다. 어느덧 추위는 사라졌다. 참으로 사람의 육체는 편리하게 생겨먹었다고 다시 한 번 생각하였다.

현수는 문득 웅덩이 주위에 질서 있게 서서 작업에 열중하고 있는 사람들이 조금 전까지는(현수가 일에 열을 내지 않은 동안) 자기처럼 허공만 바라보기가 일쑤였음을 생각해냈다. 미안한 마음과 함께 삽을 멈추기를 잘했다고 여겨졌다. 그들이 작업에 열중하는 까닭은 내가 작업에 열중하였기 때문인지도 모르는 것이다. 혹 나처럼 추위를 잊어버리기 위해서 열중한 사람도 있을는지 모르나 거의 내가 열심히 삽을 놀렸기 때문에 그들도 작업에 열중한 것이다.

현수는 자기의 실없는 장난이 그들에게 폐가 되었음을 후회할밖에 없었고 한없이 미안한 생각이 들었다. 어서 그들이 삽을 멈추어주었으면 했다. 그리고 현수의 그런 후회는 순오놈과 시선을 마주치고 난 후엔 다른 방향으로 옮겨갔다. 순오는 가장 나이가 어린 통신수였다. 약빠른 놈이다. 세상이 바뀐 후에 재빨리 직장에 나오긴 하였으나 그전처럼 말이 많지 않았다. 세상이 도로 바뀌기를 누구보다도 바라는 놈인지도 모른다. 현수는 그러한 순오의 시선이 무서워진 것이다. 생각하니 그런 순오의 시선은 오늘 처음이 아니었다. 틀림없이 현수가 전주에서 떨어진 날도 그런 순오의 시선을 보았던 것이다. 놈은 내가 전주에서 떨어져 의식을 잃었을 때도 그런 눈초리를 보냈으리라.

순오는 해죽 웃어 보인다.

현수는 그런 순오의 웃음이 더없이 징그러웠다. 저도 모르게 현수는 순오가 서 있는 쪽으로 걸어가고 있었다. 다른 사람들은 현수와 순오의 시선이 어떻게 교차되었고, 또 무슨 뜻이 오고 갔는지도 모르고 그냥 삽을 놀리고 있었다.

하늘에는 어느새 일그러진 달이 떠 있었다.

순오가 서 있는 곳까지는 불과 열 발자국도 안 되었다. 그러나 현수에게는 아득히 먼 거리인 듯싶었다. 그건 현수가 한 발자국 발을 옮겨놓았을 때부터 그렇게 느껴진 것이다. '나는 무엇 때문에 순오에게로 가는 것일까. 무슨 할 말이 있기에⋯⋯.' 순오는 현수와의 거리가 가까워지자 삽을 놀리기 시작하였다. 현수를 본체만체하였다. 그래 더욱 현수는 순오의 웃음은 뜻이 있는 것으로 여겨졌다.

'순오! 나는 작업의 능률을 올리기 위해서 바쁘게 삽을 놀린 것은 아니다. 그런 것은 나에게 있어선 아무런 뜻도 없다. 오직 나는 추위를 느꼈기 때문에 삽을 빠르게 놀린 것이지. 그러니까 여러 사람들은 내가 삽을 빨리 놀리기 때문에 작업에 열중할 필요는 없는 것이며 또 그들이 작업에 열중한 것은 내 탓이 아니다.'

현수는 이런 말을 하려고 하였으나 입 밖으로 튀어나온 말은 달랐다.

"순오! 오늘밤은 춥지?"

"네, 추운데요."

잠깐 고개를 들었던 순오는 다시 작업에 열중하여버린다.

현수는 그런 소리도 실은 쓸데없었다고 뉘우쳐졌다. 무엇 때문에 하려던 말은 그만두고 그런 말을 물었는지 알 수가 없다. 이제 겨우 열일곱 살짜리 순오가 중노동을 하는 것이 민망해진 탓인지도 모르지만 순오가 그렇게 생각할 리가 만무하다. 그러나 현수는 역시 아무래도 좋다고 생각하였다. 순오놈이 어떻게 생각하든 간에 개의할 필요는 없는 것이다. 나는 그들에게 작업을 강요하지는 않은 것이다. 결국 추위를 잊으려고 삽을 빠르게 놀린 그런 행동이 그들로 하여금 작업에 열중케 하였는지는 모르나 그게 나의 잘못일 수는 없다. 그리고 마침 밤하늘에 울리기 시작한 비행기의 폭음과 함께 현수는 달음질치지 않으면 안 되었던 것이다.

야간공습으로서는 전에 없이 치열하였다.

원효로 쪽을 향하여 달음질치던 현수는 땅덩어리가 갈라지는 듯한 폭음에 그 자리에 엎드렸다. 눈과 귀를 두 손으로 막고 어딘지 모르는 캄캄한 곳으로 기어들었다.

쾅!

우르릉.

연달아 일어나는 이런 소리들을 들으면서 현수는 좀 답답해졌고 고개를 들려다가 머리가 무엇에 부닥치자 일어나는 '쿵' 하는 소리에 비로소 화차 밑임을 알았다. 이놈의 화차가 아예 가라앉지는 않을까 하는 겁이 났으나 여길 버릴 수도 없는 바에야 소용이 없다. 잠시 폭음은 계속되었다. 그럴 때마다 땅이 울리고, 화차가 흔들리고 하였다. 현수는 그저 두 눈을 감고 숨을 죽이고 있었다. 삼십 분쯤 지났을 게다. 다시 밤은 왔다. 하늘도 맑은 그대로였다. 아무 일도 없었다는 듯이 별과 달과 그런 것들은 외로운 빛이었다.

구내에는 도로 석유불이 켜진다.

현수는 눈을 뜨고 한참 석유불들을 바라보았다. 하나, 둘 늘어가는 석유불을 바라보던 현수는 문득 저만치 사람의 그림자를 보았다. 점점 뚜렷해지는 그림자의 윤곽, 숱이 많은 머리칼—삽시간이기는 하지만 같은 화차 밑에서 운명의 시간을 보낸 그 사람에게 현수는 와락 달려가고 싶어졌다. 그건 지금이 밤인 탓인지도 모른다. 그 낯선 그림자는 먼저 화차 밑에서 빠져 나간다. 현수도 무엇을 좇는 것처럼 기어 나왔다.

중천에 올라온 달은 그대로 밝았다.

허리를 편 현수는 그림자의 뒷모습을 한참 바라보았다. 그리고 놀랐다. 조끼에서 몸뻬*에 이르는 곡선은 분명 여자의 것이다. 현수는 잠시 경혜를 생각하였고, 이어 순이를 생각하였고, 그리하여 그런 생각들은 아직도 자기가 살아 있다는 사실을 확실히 증명하는 것이라 했다. 비로소 낯선 여인은 인기척을 알았음인지 고개를 돌렸고, 순간 놀란 것은 저 편이 아니라 오히려 현수였다. 순이! 입속에서 꺼져버린 말을 되풀이하면서 달빛에 비친 피로한 여인의 얼굴을 바라보고 있던 현수는 기어코 입을 벌렸다.

"순이!"

"앗!"

달빛을 등에 졌던 순이는 이 의아스러운 사내가 현수임을 목소리만 듣고서는 손쉽게 알아차렸던 것이다.

"이런 데서!"

"……."

순이는 한참 말이 없었다.

현수는 순이에 대한 자기의 목소리와 태도는 극히 당연하다고 여겨졌다. 조금도 꺼릴 필요는 없는 것이다. 이런 난리 중이 아니고, 또 순이와 나의 입장이 아무런 복잡성을 띠고 있지 않고, 이렇게 만났다 하더라도 나의 감정은 조금도 달라질 이유가 없다. 현수는 지금 한없이 반갑고

| * 여자들이 일할 때 입는 바지의 하나. 일본에서 들어온 옷으로 통이 넓고 발목을 묶게 되어 있다.

즐거운 것이다.

"경혜한테 이야긴 들었습니다만……."

"네, 저두 들었습니다."

"좌우간 조용한 데로 갑시다."

현수는 말없이 순이의 뒤를 따랐다.

구내에서는 다시 작업이 시작되고 있었다. 아직 동이 트기까지는 시간이 있으니까.

순이의 뒤를 따라 들어선 곳은 전에 음식점이었던 민가였다. 그러나 지금은 철도국 여직원들의 숙박소였다.

순이가 촛불을 켠다.

벽에는 으레 그러하듯이 엄청나게 큰 사내의 사진과 벼이삭이 유달리 눈에 뜨이는 인민공화국 국정과 몇 장의 구호, 그런 것들이 붙어 있었다.

"피로하시겠어요. 제 방으로 갑시다."

순이는 무슨 생각이 내켰던지 촛불을 다시 끄고 전에 '홀'로 쓰던 그곳을 지나 위층으로 올라간다.

현수는 말없이 뒤를 따랐다. 좁은 복도에는 불이 켜 있지 않았다.

현수는 발을 멈추고 눈을 감았다. 확실한 시력을 가지기 위해서였으나, 그건 무서운 생각이 내킨 탓인지도 모른다. 순이의 발자국 소리가 또박또박 저만치서 들린다. '순이는 무엇 때문에 나를 이런 데로 끌고 가는 것이며, 또 나는 어째서 순이가 하자는 대로 이렇게 끌려가야 하는 것일까.' 현수의 마음은 복도의 어두움과 함께 어수선해지는 것이다. 사실 현수는 순이를 만난 순간부터 공포심을 느꼈던 것이다. 어쩌면 경혜로부터 순이가 여기 돌아와 있다는 이야기를 들었을 때부터 그리움과 함께 공포심을 느끼고 있었는지도 모른다.

그러나 이제 현수는 이 자리를 피할 수는 없다고 단념하였다─라기보다는 무서운 생각이 일어날수록 순이와 주고받을 이야기가 태산처럼 있을 듯하였고, 순이와의 환담은 더없이 즐거울 것만 같았던 것이다.

복도의 좌우에 붙어 있는 방에서는 코 고는 소리가 들린다. 사내의 콧소리처럼 그렇게 거센 소리들이었다.

순이의 방은 위층에서도 맨 구석에 있었다. 문 열리는 소리로써 판정되었다.

"잠깐만 기다리세요. 불을 켤 테니까……."

순이의 목소리는 처음보다 훨씬 진정되었고 그만치 다정스럽게 느껴졌다. 잠시 현수는 이러한 상태는 전에도 있었던 것으로 생각되었다. 이와 꼭 같은 상태─그건 철도파업이 있기 전 아직도 순이가 현수의 눈앞에서 사라지기 전의 일에는 틀림없으나 그러나 현수의 기억에 남아 있는 이와 꼭 같은 상태의 상대자는 반드시 순이가 아니고 그 어느 창부인지도 몰랐다. 그리고 그건 현수가 경혜나 순이를 알게 되기 훨씬 전 어느 날 밤의 일인지도 모른다. 분명 현수는 까닭 없이 외로움을 느끼고 어느 사창굴을 찾아간 일이 있었다. 아무렇지도 않은 표정으로 오히려 당당한 태도로 금전을 요구하고 제 방으로 끌고 가는 그 창부의 뒤를 따라 이렇게 어두컴컴한 복도에서 기다린 일이 있었던 것이다.

"이젠 들어오세요."

순이의 목소리가 들린다. 방문이 열려졌다. 문턱에 놓인 등잔불이 방 안을 밝혔다.

현수가 방 안에 들어서자 순이는 부리나케 문을 닫았다. 유리창에는 커튼 대신 보호색 담요가 쳐 있었다. 그리하여 사 조 남짓한 그 방 안에는 순이와 현수와 순이가 앉아 있는 베드와 현수가 앉은 의자와 그렇게 뿐이었다.

"도대체 어찌 된 일이에요? 남쪽으로 안 가시고 여기 남았으니…….
전 정말 경혜한테 처음 들었을 때 깜짝 놀랐어요. 안 선생은 틀림없이 남
쪽으로 가버린 줄로 알고 있었으니까요."

"그저 그렇게 되었습니다."

현수는 대답할 적당한 말이 없었다. 상상보다는 너무나도 너그러운
순이의 태도가 고맙게 여겨진 때문인지도 모른다. 이런 순이를 그는 도
저히 생각할 수가 없었던 것이다.

등잔불에 비친 순이의 얼굴을 비로소 자세히 볼 수 있었다. 경혜의
말대로 퍽 달라진 얼굴은 아니었다. 그러나 아름다워진 것은 사실이었
다. 그러나 어딘지 우울해진 것도 사실이었다. '순이가 우울해진 까닭은
무엇일까. 옛날과는 달리 이렇게 집단생활이 필요한 현대에 있어서 개인
의 존재는 무의미하다던 순이가 또 그러한 자기의 생활을 가지기 위하여
오늘날까지 그런 생활을 영위해온 순이가 우울해진 까닭이 무엇일까.'
그러나 이제 현수는 그런 것을 생각할 필요는 없었다. 그네가 오늘날까
지 어떠한 길을 걸어왔고, 현재의 심정은 어떻게 변화되었고, 앞으로의
갈 길은 어떻든 간에 그걸 나는 생각할 필요가 없는 것이다. 이렇게 순이
와 나와 가까운 거리에 있고, 앞으로는 늘 가까운 거리에 산다 하더라도
온갖 사람이 그러하듯이 순이는 순이대로 나는 나대로 각각 자기의 길을
밟는 것이 빤한 것이기 때문이다.

그저 현수는 이렇게 몇 년 만에 만난 순이가 반가웠고, 알 수 없는 새
로운 희망이 솟아났고, 그리하여 일종의 행복함을 느낄 수 있었던 것이
었다. 순이가 우울해진 까닭을 생각해내려고 애쓴 것도 결국 순이가 그
만치 아름다워진 탓이었다. 예전처럼 말이 많질 않아 어딘지 세련된 고
운 얼굴이 일그러지는 일이 없고, 또 틀림없이 무엇을 희구하고 있는 맑
은 두 눈―실에 있어서 그런 것들의 가치는 그네의 표정에 나타난 우울

이 도움으로써 더욱 빛날 수 있는지도 모르는 것이다.

"댁두 모두 무고하세요?"

"네……."

하고, 대답을 하고 나서 현수는 '덕택에' 하는 말을 이을까 하였으나 그만두었다. 그런 말은 흔히 인사말로서 주고받는 것이 일쑤이지만 순이와 자기의 경우는 삼감이 좋을 듯하였다. 물론 의식적으로 그런 말을 생략한 것이 아니라 거의 무의식중에 입을 다물어버린 것이지만 말하자면 잠재의식이라는 것의 작용에는 틀림이 없는 것이다.

현수는 이야기에 궁할밖에 없었다.

처음 만났을 때는 주고받을 말이 태산 같았는데 어째서 통 할 말이 없는지 모를 일이었다. 할 말이 지나치면 입이 봉해져버리는 수가 있다더니만 그런 것일까 싶었다. 그러나 말 못할 무슨 다른 이유가 없지 않으리라고 내켰으나 그게 무엇인지를 확실히 생각해낼 수가 없어 현수는 자연 순이의 이야기를 듣고만 있을 수밖에 없었다.

"경혜하고 약혼을 하였다지요? 더없이 반가운 소식이에요. 진심으로 축하합니다."

하고 나서, 순이는 현수와 경혜의 결합은 가장 타당하며 앞으로 틀림없이 단란한 가정이 이루어질 것이라는 그런 뜻의 말을 하였다. 순이는 이어, 경혜는 다소 봉건적이기는 하나 손재주가 놀랍고 또 참을성이 많으며 하니까 까다로운 현수의 아내로서의 역할을 다하기에는 둘도 없는 적임자라고 하면서 한바탕 깔깔 웃고 나서 그러나 그것이 피상적인 것이 아니고 실제로 그렇게 되려면 쌍방이 다 같이 노력이 필요하다고 그 맑은 두 눈이 더욱 맑아지면서 덧붙이었다.

현수는 고맙다는 말을 할까 했으나 역시 그만두기로 하였다. 그런 말은 지극히 부자연스러운 것이기 때문이다. 무엇보다도 순이의 웃음소리를 알 수 없는 것이다. 그런 웃음을 현수는 생전 처음 들은 것이다. 쓴웃음도 기쁜 웃음도 즐거운 웃음도 외로운 웃음도 아닌 그런 웃음이 견딜 수 없었다. 그러고 보면 순이는 자기와 경혜의 약혼을 진심으로 축하하는 것인지 경멸하는 것인지 질투하는 것인지도 분간할 수가 없었다. '도대체 나와 경혜가 약혼을 하였다는 아무렇지도 않은 사실에 순이는 왜 그렇게 관심을 갖는 것이며, 또 몇 년 만에 만난 지금 이 자리에서 그런 것이 화제가 될 까닭이 무엇이냐.'

현수는 좀 섭섭한 생각이 들었다.

"경혜는 깜찍해요. 끝끝내 안 선생과 약혼했다는 말을 감추겠지요. 그걸 누가 모를까봐…… 다른 사람에게 듣고 제가 먼저 말을 하니까 얼굴이 빨개지며 그건 벌써 지나간 일이라고, 지금은 그런 약속을 이행할 의무가 없다고 잡아떼지 않겠어요."

"……"

"그러나 그것 모두 안 선생을 위해서니까 경혜를 나무랄 수는 없지요. 경혜는 신변이 위험했다고 할 수 있으니까요. 안 선생의 개인주의는 그게 왜 자기를 위하는 것이냐고 반문하실지는 모르나, 부부란 이신동체라는 말이 있지 않아요. 아직 부부는 아니니까 경혜의 불행은 곧 안 선생의 불행일 수는 없겠지만 적어도 미치는 영향이라는 것은 생각할 수 있지 않아요. 그렇지 않아요? 왜 잠자코 계세요?"

그때 등잔의 불이 꺼졌다. 석유가 다 타버린 것이다.

"시원하게 문을 열지요!"

순이는 현수의 대답은 필요 없다는 듯이 일어서서 담요를 벗긴다. 달빛이 유리창에 비친다.

순이는 도로 침대에 앉았다. 갑자기 벙어리가 되어버린 듯 말이 없다. 무슨 석상처럼 꼼짝 않는다.

현수는 이제 무엇이라 말을 할 필요를 느꼈다. 그러나 역시 할 말은 없었다. 구태여 말을 하자면 지금까지의 순이의 이야기를 부정하는 것뿐일 게다. 자신의 심정대로만 토로한다면……. 현수는 그런 말을 하느니보다는 이렇게 침묵을 지키는 것이 즐거웠고, 또 순이와의 친밀감이 더욱 두터워진다고 여겼다. 침묵 속에 오고가는 순이와 자기의 심정은 산뜻해질 수도 있으리라……. 지금 현수는 순이를 품속에 안고 있는 엉뚱한 착각을 느꼈다. 순이 역시 현수의 품속에 안긴 기분이 아니라면은 저렇게 석상처럼 꼼짝 않고 앉아 있을 수는 없을 것이다.

방 안의 공기는 점점 식어갔다. 세찰 것도 없는 바람이 방 안에 가득 풍겼다가 도로 나가버린다.

"오늘은 벌써 구월이지요."

"그런가 봅니다."

"안 선생님도 벌써 석 달째군요."

"……."

현수는 석 달째 되었다고 순이가 말하는 자기의 시간이 무엇을 의미하는 것인지 알 수 없었다. 인민군이 밀려들어 눈 깜짝할 사이에 세상이 뒤집힌 지는 분명 석 달이 되었다. 그와 함께 하늘로부터의 불의 세례를 받고 있은 지도 석 달이 되었다. 보다도 현수 자신에게는 중요한 통신약어 연구를 중단한 지도 석 달이 되었다. 그러나 순이가 말하는 현수의 시간은 이것도 저것도 아닌 모양이었다.

"무엇이 석 달이 됐다는 말인가요?"

현수는 이렇게 묻지 않고는 견딜 수가 없었다.

"인간을 하직한 지가……. 나처럼 사람 노릇을 단념하고 기계로 전락한 지가……."

"……."

"안 선생, 왜 잠자코 계세요! 왜 아무 말도 안 하세요. 솔직한 당신의 마음을 저에게는 왜 말할 수 없는가요? 이젠 전 안 선생 앞에 한 개의 여자가 되지 않아도 좋아요. 사람이 될 수 있다면 안 선생의 사랑 같은 것, 안 선생의 그 가슴 같은 것은 바라지도 않아요. 그런 것을 바랄 마음의 여유도 없는 거예요. 왜 말을 못해요. 저는 악만가요?"

"……."

현수는 무엇 때문에 순이가 점점 귀여워지는지를 알 수가 없었다. 따라서 경혜 따위는 도저히 비할 수가 없다는 그런 마음이 되어지는지를 알 수가 없었다. 그러나 현수는 순이의 이야기의 정확한 뜻을 해득할 수도 없었다. 순이가 말하는 석 달 동안이라는 자기의 시간에 있어서 현수는 끝끝내 자기가 인간임을 잊어버린 적이 없었기 때문이었다.

'순인 나를 잘못 보았습니다. 난 사람이 아니라고 여긴 기억이 없습니다. 물론 나의 주위 환경은 달라졌고, 나의 육체의 행동은 구속을 받았고 하였지만, 내 마음은 아무도 간섭할 수는 없었으니까요. 폭탄과 기관총들이 나의 생명을 위협할 때도 나는 창공을 그릴 수가 있었고 경혜나 또 그 밖의 여인의 얼굴을 상상할 수도 있었고……. 그리고 석 달 동안의 나의 행동은 무엇보다도 나 자신의 필요를 느낀 후에 있은 것입니다.'

현수는 그런 말들이 목구멍까지 치밀었으나 그렇게 이야기를 장황히 늘어놓을 양이면 동이 튼 후에도 끝이 나지 않을 것이기에,

"요는 의식이 문제지요. 순이 씨의 생활관념과 내 생활관념이 다른 것처럼 지금 이 시간에 대한 것도 마찬가지로 그렇게 다르지요. 난 나의 지금까지의 행동에 대한 책임은 어디까지나 나 자신이 감당하여왔으며, 또 앞으로도 그럴 테니까……."

"……."

창밖의 어두움은 서서히 사라져갔다.

그러나 순이는 끝끝내 베드에 몸을 던지고 느껴 울거나 하지는 않았다.

6

현수는 사흘째 자리에 누워 있었다. 근 한 달 동안 계속된 철야근무를 육체가 지탱해낼 수 없었던 것이다. 밤이면 어지간히 열이 올랐다. 사십 도 가까이 오르는 것이라 짐작이 됐다.

강이 한 번 왔다 갔고 순오가 두 번 다녀갔다.

"안 동무, 몹시 아픈기요? 큰일 났소! 동무가 누워버리니까 일이 통 앙이 되오. 어디 보소. 열이 심하당이……. 조심하오. 그리고 어서 일어나도록 하오."

강은 현수의 머리를 짚어보며 이렇게 말했다.

현수는 약간 고맙게 생각할 수도 있다고 여겨졌다. 물론 현수의 몸을 염려하느니보다는 현수가 자리에 누워버린 후 어느새 통신수들은 하나둘 없어져버리어 이젠 수장과 순오와 그 밖에 몇 사람이 남았을 뿐이라는 그게 걱정이 되어서 찾아온 것이겠지만 어쨌든 찾아준 것만은 고마운 일이었다.

사실 현수가 못 나가게 되자부터 작업은 완전히 중단되었다. 그건 순오의 말로써 알 수 있었다. 강가 녀석이 몹시 잔소리를 하기 때문에 모두 달아나 버리었다는 것이다. 그러나 순오는 그걸 걱정하는, 그렇다고 시원스럽게 생각하지도 않는 눈치였다. 내가 안 나가니까 모두 안 나오는 게 아니고 제각기 뜻하는 바 있으니까 안 나오는 게지. 그건 내 탓이 아니다.

"약을 많이 잡수세요. 소정된 양보다 많이 자셔야 된대요. 이 사람들 약은……."

"응."

현수는 좀 민망해졌다.

순오에 대한 자신의 신경은 역시 공연한 것이라고 생각했다. 그래 순오가 두 번째 왔을 때는 아무런 생각도 하지 않았다. 생각하기가 싫었다. 모든 것을 잊어버리려 했다. 순오가 언제 돌아갔는지도 몰랐다.

"얘야, 이젠 세상이 다 됐다더라. 너두 어서 일어나서 어디루 가거라. 며칠 동안은 숨어 있어야 된다더라. 얘, 현수야……."

어머니의 이런 소리를 듣고서야 순오가 돌아간 것을 알았고, 어머니의 말투로 보아 분명 무슨 변동이 있을 것은 생각되었다. 그러나 현수는 하루해가 질 때까지 두 포의 감기약을 먹었을* 뿐이다.

밤이 되었다.

어제와 조금도 다름없는 밤이었다. 멀리 포성이 들린다. 인민군의 연습포가 아니면 고사포 소리인지도 모른다. 눈을 뜬 현수는 몇 분씩의 정확한 간격을 두고 조용히 들려오는 포성에 귀를 기울였다. '쿵.' 어두움과 포성—이렇게 밤에 들리는 포 소리는 아무리 생각해도 비극을 낳을 것 같지는 않았다. 무엇을 자꾸만 실어다주는 것 같았고, 무슨 따뜻한 여운을 남기고 어디로인지 자꾸만 사라지는 포성을 따라가면 거기 무엇이 있을 것만 같기도 했다. 애당초 현수는 그 포성이 무엇을 의미하는지는 생각하고 싶지는 않았다. 끊임없이 들려오는 포성을 이렇게 오래도록 듣고만 싶은 것이며, 어느새 잠이 들어버리면 꿈속에도 들리는 그러한 포성이 되어주었으면 싶었다. 그러나 내가 포성에 이렇게 신경을 쓰는 이유는 무엇일까? 현수는 저도 모르는 사이에 울렁대는 가슴에 손을 얹어보기도 했다.

| * 원문에는 '마셨을'로 되어 있었으나 문맥에 맞게 고쳤다.

현수는 자정이 훨씬 지난 밤중에 눈을 떴다.

"현수!"

분명, 자기의 이름을 부르는 소리가 들리는 것이다. 꿈이 아니면 환
각인가 싶었다. 그러나 또 한 번 들린다.

"현수!"

"거 누구요?"

어머니가 장지문을 여는 소리와 함께 현수는 비로소 문 밖의 사람이
누구인지 알 수가 있었다. 기호! 어찌 된 일인가? 무엇보다도 그가 아직
까지 살아 있다는 사실이 기꺼웠다. 초저녁부터 들리기 시작한 포성은
그냥 은은하게 들린다. 어머니와 함께 기호가 방 안에 들어온 그제야 현
수는 일어나 앉았다. 머리가 떵한 것이 쓰러질 것만 같다. 그러나 열은
나지 않았다. 낮에 먹은 감기약의 효과이리라.

"밤중에 미안하네!"

목소리는 전과 조금도 다름이 없었으나 기호의 모습은 몰라보게 달라
져 있었다. 밤송이처럼 된 머리칼, 흙 묻은 철도 작업복, 세면이라고는 당
최 하지 않은 것 같은 얼굴—오늘까지의 그의 생활이 가히 짐작되었다.

"그래, 그동안 어디 있었나?"

"자넨 여전 태연하군."

기호는 현수의 그런 태도가 마땅치 않다는 듯이 주위를 한 번 살피고
나서,

"다 됐네! 저 포성을 들어보게……. 들리지 않나? 우리가 기다리던
날이!"

하였다.

"포성이? 나도 듣고 있다만 어떻게 됐다는 겐가?"

"유엔군이 인천에 상륙했다네. 아직 모르고 있었나! 자넨 늘 한가하

군. 천하태평이군."

"……."

현수는 대답 대신 고개를 끄덕이고 기호의 얼굴을 바라보았다.

희색만면한 얼굴이었다. 자꾸 주위를 살피기는 하지만 기쁨은 감추지 못하고 있다. 물론 현수에게는 놀랄 만한 사실이다. 다시 한 번 포성에 귀를 기울인다. 그러나 보다도 현수는 기호가 이렇게 밤중에 찾아온 이유가 궁금하였다. 위험을 무릅쓰고, 무엇 때문에 온 것일까.

"현수! 어서 나하고 같이 가세. 지금 우린 일산에서 일 킬로쯤 떨어진 산중에 집결하고 있다. 이러구 있을 때가 아니다. 더욱 자네의 입장으로선!"

기호는 잠시 말을 끊었다가 사변이 일어날 당시 난지도에서 맺은 동지의 결합은 전세의 호전과 함께 의외에도 확대되어 지금 전투력이 강한 일개 부대가 형성되었으며 어제만 하더라도 백주에 당당히 내무서 지서를 습격하였다는 것이다. 뿐만 아니라 며칠 전에는 국군 유격대와의 연락도 취하고 이젠 민간 사설단체가 아니고 당당한 국군의 일개 부대이며 명칭도 육군본부 유격대 ×× 대대 태극대라는 것이다.

"난 자네의 입대를 절대 바라네……."

하면서 기호는 허리춤에서 언젠가 내놓았던 것과 똑같은 흰 손수건 하나를 꺼내놓았다.

"역시 이게 대원의 증거품일세. 이제 가담하기는 좀 뭣하겠지만 자네 행동에 대해선 내가 책임을 질 수 있으니까……."

그러고 나서 기호는 허리춤에 찼던 권총을 풀어놓았다.

기호의 이야기를 듣고 앉았던 현수는 울분을 느꼈다. 기호의 언동이 몹시 비위에 거슬렸던 때문이다. 흰 손수건을 꺼내놓은 이유는 알 수 있었다. 언젠가처럼 손가락을 물어뜯어 흐르는 피로 태극기를 그리고 서명하라는 뜻일 게다. 그러나 언젠가처럼 오늘 현수의 눈에는 그게 희기만 한 손수건이었다. 태극기의 모양이 그려지거나 기호의 얼굴이 나타나거나 하지는 않았다. 조금도 감동될 수가 없었다. 권총을 꺼내놓을 필요는 무엇일까. 물론 위협은 아닐 것이다. 나에게 위협할 까닭은 없으니까. 장시간 앉아 있자니까 불편한 탓으로 꺼내놓는 것인지도 모르나, 현수로서는 심히 마땅치 않았다.

"난 나의 처지를, 나의 생명을 자네에게 의지하고 싶지는 않아."

현수는 기호의 요구를 깨끗이 거절하였다. 기호의 심정은 모를 바 아니다. 우정을 느낄 수도 있었다. 이렇게 위험한 지대를 찾아온 용기도 인정되었다. 그러나 현수는 기호를 그렇게 생각할 수가 없는 것이다. 나를 생각해서만 이렇게 찾아온 것은 아니리라—그러나 현수가 기호의 요구를 거절한 이유는 그의 우정을 단정해버린 탓은 아니다. 그렇게 할 필요를 느낄 수가 없었던 것이다. 그건 무엇보다도 나는 오늘까지 나의 행동에 대하여 얼마든지 나 자신이 책임질 수 있는 마음이 되어 있기 때문이다. 그리고 이 순간의 행동 여하로 나라를 위하여 싸운 투사가 되기도 하고 적군의 협력자가 되기도 하는 그런 것은 좀 우스운 노릇이 아닌가.

"끝끝내 고집인가?"

"그건 자네도 마찬가질세. 자네가 오늘 여기까지 나를 찾아와서 또 나에게 공동 행동을 취하자고 요구하는 것과 마찬가질세. 자네의 행동이 자네 필요에 의한 것처럼 나는 자네의 요구를 거절할 필요를 느끼고 있으니까……."

기호는 터무니없다는 듯이 현수의 얼굴을 뚫어져라 노려보았다.

현수는 다시 기호의 시선을 피했다. 기호를 얼마든지 경멸할 수가 있었기 때문이다. 나의 입장으로선 더욱 자기의 요구에 응함이 좋다 함은 도대체 무슨 소리냐. 오늘까지 석 달 동안 나는 죄를 범했단 말인가. 설사 죄를 지었다 하자. 거기까지 양보하여 죄를 범했다 하고 그런 나의 죄는 이제 짧은 시간의 행동으로 부정될 수 있단 말인가. 그게 될 성싶은가. 도대체 나는 오늘까지의 나의 생활을 부정할 필요는 없는 것이다. 석 달 동안의 나의 행동을 부정하는 것은 그 석 달 동안의 생활을 있게 한 그전의 나의 생활 전부를 부정하는 것이 아닐 수 없으니까.

"그럼 자넨 내가 이렇게 찾아온 것을 자네를 위해서가 아니라 나 자신을 위한 것으로 생각한단 말이지? 내 우정을 믿지 않는단 말이지!"

기호의 음성은 노기를 띠었다.

"그렇다는 건 아니지. 자네가 오늘 나를 위해서 이렇게 찾아준 것을 부정하는 건 아니다. 고맙게 생각할 수도 있다. 그리고 자네가 나처럼 두 달 동안 여기서 일을 했다는 사실을 나를 통하여 완전히 은폐하자는 걸루 생각하는 것도 아니고. 자네의 행동은 참으로 떳떳하였으니까. 자네가 겉으론 그들을 위하는 척하면서 얼마나 그들의 일을 방해했다는 것은 나만이 아는 사실이 아니고 뜻이 있는 사람은 누구나 알고 있으며 또 그들이 자네를 붙잡으려고 애썼다는 사실도……. 다만 이 자리에서 자네의 우정을 거절하는 까닭은 다름이 아니지. 자네가 어디까지나 나를 위해서 이렇게 찾아주었지만 그건 자네가 어쩔 수 없이 나를 찾아올 필요를 느낀 후의 일이니까 어떤 의미에서든지 우선은 자네 자신을 위하는 것이 되는 것처럼 나는 나의 필요에 의해서 자네의 요구 또는 우정을 거절할 뿐이야."

현수는 길게 말을 하고 싶지는 않았으나 별수가 없었다. 기호에게 공연한 오해를 품게 할 필요가 없었기 때문이다.

"그 이유는? 도대체 이유가 뭔가?"

"……."

현수는 점점 못마땅했다. 기호가 그런 간단한 이야기를 알아들을 수 없다는 것이 믿어지지 않았기 때문이다. 길게 설명을 하였는데도…….

포성은 그냥 들려온다.

현수는 다시 그 포성에 귀를 기울였다. 참으로 따뜻하게 느껴지는 소리였다. 총소리 같은 것은 도저히 저런 맛을 전해줄 수는 없으리라. 현수는 기호의 존재조차 잊어버리고 얼빠진 사람처럼 귀를 기울이고 있었다.

"애, 현수야! 어떻게 된 영문인지 모르겠다만 어서 이분을 따라가거라. 세상이 다 됐다는데 이러구 있으믄 안 된다는데 내 걱정일랑 말구 어서 가거라!"

처음부터 아무 말 없이 앉아 있던 현수 어머니에게도 짐작이 되었던지 재촉이었다. 아들의 태도가 심히 못마땅한 얼굴이었다.

"어머닌 잠자코 계세요."

"자넨 좀 고칠 점이 있어. 어머니를 위해서라도 어서 가세."

"……."

현수는 약간 화가 치밀었다. 기호가 그런 상관을 할 필요가 무엇인가. 그러나 말이 길어질 것이 싫어서 현수는 참아두었다.

동녘이 환해지자 기호는 화를 내면서 나가버렸다. 현수 어머니는 어떻게 해서라도 현수를 데려가게끔 현관까지 따라 나가 기호의 옷소매에 매달렸으나 기호는 뿌리치고 가버렸다.

"이놈아! 넌 어떻게 된 게 그 모양이냐. 여기 그냥 있다가 죽어도 상관없다는 말이냐!"

기어이 어머니의 입에서는 이런 말이 나왔다.

현수는 가슴이 아파졌다. 그러나 그건 순간이었다.

"이 에미 마음을 좀 알아주렴, 이놈아!"

하고 나서, 느껴 우는 어머니를 무지한 탓으로 돌려버린 현수는,

"어머니! 어머니는 내가 어머니를 위해서만 살아야 좋겠습니까?"

할 수 있었기 때문이다.

"누가 언제 날 위해 달랬느냐! 너를 위해서다, 이놈아! 에잇, 못난 새끼."

어머니의 마음은 종시 풀어지지 않았다.

현수는 공연히 어머니에게 그런 말을 했다고 후회도 되었다. 어차피 어머니의 마음을 풀 수 없는 바에야 잠자코 있는 것이 오히려 좋았을는지도 모른다고 느꼈기 때문이다. 그러나 이제 그건 어쩔 수 없는 일이다. 이미 지나간 일이니까. 또 앞으로 닥칠 일도 역시 마찬가지다. 어차피 어머니는 나를 제외한 모든 사람과 마찬가지로 나 자신일 수는 없으니까. 결국 나는 그런 어머니와 늘 같이 사는 것에 견딜 수가 없어 어머니의 곁을 떠나게 되는지도 모른다. 그리고 그것은 내가 어머니 옆을 떠나거나 어머니가 내 옆을 떠나거나 하면 필경 길수 형이 어머니 곁에 살게 되는지도 모른다는 것과는 아무 상관이 없는 일이다.

현수는 도로 자리에 누워버렸고 이어 코를 골기 시작하였다.

기호가 다녀간 것은 꿈인 양 방 안은 조금도 달라진 데가 없었다. 가뜩이나 새벽잠이 없는 현수 어머니는 필경 잠을 못 들고 있을 것이지만, 현수는 어머니가 자리에 누워 있는 동안은 잠이 들었는지 눈을 감고 있을 뿐인지를 구별할 수 없기 때문에 마찬가지로 방 안은 조용한 것이다. 그리고 어젯저녁부터 들려온 포성은 그대로 은은하게 들리고 있으니까. 다름이 있다면 그 포성이 좀 더 또렷이 들린다는 것뿐이었다.

7

기호가 다녀간 지 이틀이 지난 아침 현수는 직장으로 나왔다.

아직 몸은 가볍지가 않았다. 두 발이 약간 떨린다. 그래 더욱 무엇 때문에 나가는지를 잠시 생각했다. 모두 어디로인가 가버렸다는데 나는 무엇 때문에 나가는 것일까. 나간다 해도 며칠 더 푹 쉬고 나가면 좋지 않을까. 사실 현수는 그렇게 하고 싶었던 것이지만 기호가 다녀간 이튿날 순오가 또 와서 용산철도 당부에서 여러 번 전화가 걸려왔다는 말을 전했기 때문에 거절하기가 귀찮았던 것이다. 그러나 지금 현수는 그런 이유에서 발을 옮겨놓고 있는 것은 아니었다. 그건 원인의 일부분일 뿐이다. 현관문을 나선 그는 역시 무슨 타성에서 직장을 향하고 있는 것이다. 그래, 사무실이 토굴로 옮긴 것을 잊어버리고, 형적도 없이 타버린 사무실이었던 곳을 향하다가 문득 생각이 미쳐 토굴이 있는 쪽으로 발을 돌린 것이다.

토굴 속에는 강과 통신수장이 침울한 얼굴로 말없이 앉아 있었다. 마주 앉아 있기는 하고 또 둘이 다 침울한 얼굴이기는 하나 그들은 제각기 딴 생각을 하고 있는 것이라고 현수는 생각했다. 현수를 보자 그들의 얼굴빛은 달라졌기 때문이다.

"안 동무, 나오는기요! 몸은 괜않소?"

강이 내미는 손을 가볍게 잡았다 놓고 나서 수장에게 고개를 돌렸다.

"몹시 상했어요……."

수장하고도 강하고와 마찬가지로 악수를 했다. 그러나 저도 모르게 수장의 손을 잡는 현수의 손에는 힘이 가해졌다. 그건 '물소'라는 별명을 가진 수장의 손은 강의 손에 비해 엄청나게 크기 때문만은 아닐 것이리라. 물론 수장은 현수가 강의 손을 가볍게 잡았는지를 모를 터이니까 현수의 심정을 알 리 없다. 그저 현수는 수장의 손을 잡으면서 참으로 당신만이 우리 직장을 지키는 유일한 사람이라고 내킨 마음이 전달된 듯하여 즐거웠다.

"안 동무, 철도 당부의 이순이 동무 아오? 여러 번 전화가 왔소."

강이 말하였다.

순간 현수는 철도 당부에서 여러 번 전화가 온 것은 자기의 입당 관계가 아니고 순이로부터의 사용私用이었음을 비로소 알았고 일종의 안심과 함께 새로운 불안이 일어났다.

"이순이 동무는 원래 남반부 동무지요?"

"네."

"이제 또 전화를 걸어올 것이오. 오늘 아침에도 두 번이나 왔었소."

강은 심히 못마땅한 표정이었다.

현수는 할 수 없다고 생각하였다. 그가 못마땅한 얼굴이 되는 것은 종시 나를 입당 못 시킨 것과 이곳 출신인 순이가 철도 당부라는 어마어마한 곳에 있다는 것과 또 그런 순이와 내가 아는 사이라는 그런 것들이 이유겠지만 그건 내 탓이 아니니까 어쩔 수 없는 일이다.

사람이 앉아 있지 않은 교환대의 신호가 울린다. 현수는 좀 우스운 생각이 들었다. 교환대에는 으레 사람이 앉아 있어야 하는데 비어 있기 때문이다. 사람의 신체에 비하면 머리가 달아난 몸뚱이만이 아닌가. 물론 그런 상태는 전에도 있었다. 그러나 그때는 전화 회선이 완전히 두절되어서 벨이 울리지 않았던 것이다.

두 번째 울렸다. 강이 받는다.

"안 동무! 받으시오."

키를 밀었다가 놓으며 강은 또 한 번 마땅치 않은 얼굴이 되었다.

현수는 서슴지 않고 교환대로 갔다. 리시버를 잡았다. 그러나 리시버를 귀에 대기 전에 강의 호령이 울렸다.

"수장 동무! 어제오늘 본소에서 아무 연락 없었는기요? 정말 없었는기요?"

"네, 네⋯⋯."

강은 잠시 포성에 귀를 기울인다. 포성은 훨씬 요란하게 울리고 있었던 것이다.

그제야 현수는 리시버를 귀에 대면서 오늘 강이 심히 마땅치 않은 얼굴이 된 이유도 나의 입당 문제를 중심으로 한 그런 것들이 아니고, 실은 마땅히 있어야 할 본소로부터의 연락은 없고 포성은 요란하게 울리고 하는 탓이라 내켰으나 이어 귓전에 울리는 순이의 목소리에 그런 생각은 흐지부지되고 말았다. 순이의 음성은 너무나도 선명하였기 때문이며 충격을 느낄밖에 없었기 때문이다.

"안 동무요? 앞으로 안 동무는 나와 행동을 같이해야 돼요. 오늘 저녁에 그곳에 갈 테니 기다리세요."

종합하면 이런 뜻인 순이의 이야기는 수수께끼가 아닐 수 없는 것이다. 통화를 마친 현수는 한참 멍하니 서 있었다. 째려보는 강의 시선 따위는 문제가 아니었다. 순이는 나를 어쩌자는 것일까⋯⋯. 어느새 현수는 멍하니 서 있는 자기 꼴이 부끄러워졌다. 문제는 자기 자신의 마음이요 행동이기 때문이다.

대포 소리는 엄청나게 요란해졌다. 처음과 같이 정확한 간격을 두고 들려오는 것이 아니라 무질서한 음향을 연방 전해주고 있었다. 공습은 없었으나 하늘에는 잠시도 정찰기가 떠 있지 않은 적이 없었다. 폭격을 않는 비행기에 대해서는 으레 아군이라고 좋아 날뛰던 강도 잠자코 있었다. 그럴 때마다 빙그레 별난 웃음을 짓던 수장의 얼굴도 엄숙한 채로였다. 결국 표정이나 태도가 달라지지 않는 사람은 자기 혼자뿐이라고 현수는 생각하였다. 물론 순오놈의 표정도 좀처럼 달라지지 않았던 것이나 벌써 이틀 전에 어디로인지 사라진 이제 현수는 그렇게 생각할밖에 없었던 것이다.

해질 무렵에야 본소로부터 연락이 왔다. 교환대에 오랫동안 앉아서 이야기를 주고받는 강의 태도로써 알았다. 그러나 무슨 말이 오고가는지는 현수도 수장도 알 길이 없었다. 통화를 끝낸 강이 리시버를 세게 집어 던지는 것을 보아 결코 강에게 유리한 소식은 아니었음을 짐작했을 뿐이었다.

현수는 수장과 함께 강이 하라는 대로 배전실配電室*로 왔다. 배전실은 일정 때 공습을 방지하기 위하여 철근 콘크리트로 만들었기 때문에 공습의 피해를 입지 않은 유일한 곳이었다. 폭풍에 다소 상하긴 했으나 배전반**도 거의 완전하였다. 언제든지 사용이 가능하였다. 배전실 안은 텅비어 있었다. 며칠 전까지 그저 할 일 없이 앉아 있던 전력계원電力係員마저 사라진 그 안은 당장 귀신이 튀어나올 듯 무시무시했다.

강은 어느새 오른손에 해머를 들고 있었다.

"안 동무! 수장 동무! 우린 지금부터 이 배전반을 파괴해야 되오! 본소의 명령이오. 그리고 우리는 오늘 저녁 본소로 가는 것이오."

말이 끝난 강은 시범이라도 하듯이 해머를 쳐들어 전력계電力計 하나를 향하여 힘껏 내리쳤다. 쨍그랑 하는 소리와 함께 시계마냥 생긴 전력계는 산산이 부서졌다.

현수는 온몸에 소름이 끼쳤다. 그와 함께 강이 서 있는 쪽으로 달려간 현수는 저도 모르는 사이에 해머를 든 강의 오른 손목을 힘껏 붙들고 있었다.

"안 동무, 왜 이러는기요?"

"안 됩니다."

---

* 발전소와 변전소에서 전기를 받아 일정한 구역 안에 나누어 보내는 시설을 갖춘 방.
** 발전소나 변전소 또는 전기 시설이 되어 있는 건물 같은 곳에 장치한 반盤. 안전장치, 계기, 표시등, 계전기, 개폐기 따위를 배치하여 전로電路의 개폐나 기기機器의 제어와 감시를 쉽게 한다.

우렁찬 목소리였다. 현수의 입에서는 나올 법도 않은 목소리였다. 현수는 분명 그렇게 우렁찬 자기의 음성을 들었고, 무엇을 애원하는 듯한 수장의 시선과 마주쳤다. 현수는 이런 일에 무관심할 수 없는 자신이 결코 불행하게만 생각되지 않는 이유를 잠시 생각했으며 무엇을 애원하는 듯한 수장의 두 시선이 그 회답인 듯 느껴졌다.

"안 동무는 반동이오! 동무는 인민의 심판을 받아야 하오! 이 악질 반동!"

현수는 아무 말도 않고 강의 손목에 힘을 가하였다.

"앙이 놓겠소! 동무는 인민이 우리에게 맡긴 신성한 책임을 거역하는 악질 반동이오! 어서 이 손을 앙이 놓겠소?"

"못 놓지요. 당신이 그 해머를 버리기 전엔 놓을 수가 없지요."

"이 간나아새끼, 말 다했나! 이 악질 반동새끼, 못 놓겠나!"

"……."

"이 간나아새끼! 너는 우리 사업을 방해할 권리 없다. 이 철도는 인민의 철도다. 우린 전체 인민의 의사로 이걸 파괴할 권리 있다. 이 악질 반동, 너는 무슨 권리로 방해하느냐! 이 악질 반동새끼!"

"물론 나는 권리가 없소. 그러나 당신도 권리가 없소. 권리라는 건 누구에게나 없는 것이오. 그러나 나는 당신의 행동을 저지할 필요를 느끼고 있소. 당신이 당신의 상전의 명을 지키기 위해서든 어쨌든 이걸 파괴할 필요가 있는 것처럼 나는 나대로 당신의 행동을 저지할 필요를 느끼고 있을 뿐이오."

"무엇이라 했나! 이 간나아새끼!"

강의 미친 듯한 음성이 귓전에 울리고 동시에 강의 왼손이 현수의 뺨을 치고 그리하여 현수와 강의 몸뚱이는 콘크리트 바닥에 뒹굴었다.

"이 간나아새끼! 개새끼!"

강은 밑에 깔렸을 때도 현수를 타고 앉게 되었을 때도 연방 이런 말을 토하였다.

현수는 그러한 강의 목소리는 꼭 강아지의 울음소리 같다고 생각하였다. 죽게 아프거나 제 뜻대로 되지 않을 경우 깽깽거리는 강아지의 울음, 그런 울음소리를 강의 입에서 들을 수 있다는 것은 참으로 유쾌하며 또 지당하게 느껴졌다.

이때 난데없는 폭음이 하늘과 땅과 그리고 배전실의 유리창에 울렸다.

우르릉 쾅! 우르릉 쾅!

분명 폭탄이 터지는 소리는 아니었다.

북쪽이었다.

"앗!"

북쪽으로 나 있는 창으로 머리를 내밀었던 수장의 외마디소리였다.

"불!"

또 한 번 수장의 외마디소리가 들렸다.

동시에 배전실 안은 붉은 물이 들었다. 햇빛일 리가 없다. 해는 이미 서산을 넘어간 뒤였다. 강이 일어선다. 현수도 따라 일어섰다. 세 사람은 모두 북쪽으로 나 있는 창으로 모였다. 하늘을 찌르는 듯한 불길이었다. 상당히 넓은 폭을 차지하고 타오르는 불길이었다. 수장이나 강이나 현수나 누구나 처음 보는 불길이었다. 그리고 아무도 저 불길이 무슨 불임을 알 수가 없었다.

현수는 머지않아 무슨 변동이 있을 것을 확신할 수 있었다. 하늘을 찌를 듯이 타오르는 불길이 미웠다. 불길이 미운 것이 아니라 저렇게 불이 일어나지 않으면 안 되고 또 저런 불길을 피하지 않으면 안 되는 자신이 디디고 있는 이 땅이 미운지도 몰랐다. 그러나 현수는 여길 떠날 수는 없다고 생각하였다. 자신이 미워지고 자신이 디디고 있는 이 땅이 미워질수록 여길 떠날 수는 없다고 생각하였다.

출입문이 열렸다.

"동무들 뭘 하오?"

세 사람은 일제히 고개를 돌렸다.

순이였다. 몸뻬에 작업복 상의를 걸치고, 거기에다 작업모를 쓰고 그렇게 사내처럼 단장한 순이였다.

"동무, 전기국의 강 동무 아니오?"

"네."

"여기서 뭘 하고 있었소? 벌써 여덟 시요. 아홉 시까지는 관리국에 집합하기로 되지 않았소? 어서 떠나시오."

"그러나 여기는?"

"걱정 마오. 내가 있지 않소. 어서 떠나시오."

강은 밖으로 나갔다. 도둑질하다 들킨 고양이처럼 순이의 눈치를 살피면서 나가버렸다.

순이의 시선은 한참 강의 뒤를 쫓고 있었다. 퍽 오랜 시간이었다. 그러나 실은 짧은 시간이었다. 이상하게 빛나는 순이의 그런 눈이 불과 일이 분 동안을 현수로 하여금 오랜 시간처럼 느끼게 하였을 뿐인 것이다.

"당신은 집으로 가시오……."

이윽고 순이의 시선은 수장에게로 갔다.

수장은 무슨 영문인지를 알 수가 없다는 듯이 순이와 현수를 번갈아보고 있었다. 분명히 현수의 신변을 걱정하는 눈초리였다. 현수의 대답을 기다리는 눈초리였다. 현수는 무엇이라 말을 건넬 필요를 느꼈다. 그러나 목구멍이 열리지 않는다. 가슴이 답답해진 것이다. 분명히 대답을 기다리는 수장의 눈초리—그만큼 수장과 나와 그리고 여기 사람들은 벙어린 채로 십분 의사가 상통하였던 것이다.

수장은 현수에게 그 무엇인지 확실한 시선을 던지며 나가버렸다.

"안 선생!"

"……."

순이는 현수의 곁으로 다가왔다.

"무슨 말을 해주세요!"

"……."

현수는 그저 순이를 바라만 보았다. 그네의 두 눈에는 눈물이 배어 있었다.

"무슨 말이든지 해주세요. 전 어떡하면 좋다는 그런 말이 아니라도 좋아요. 여기서 죽어버리라는 그런 말이라도 좋아요."

그러나 현수는 할 말이 없었던 것이다. 순이의 심정은 이제 더 의심할 필요는 없었다. 사람이 되고 싶다던 순이, 나의 앞에서 여자가 되지 않아도 좋다던 순이―그런 이야기들이 허위가 아니면 그만인 것이다. 나로서 무엇이라 말을 건넬 필요는 없는 것이다.

'순이가 내 말을 듣고 싶어하는 그런 마음을 버리시오. 나의 말이 순이에게는 아무 소용이 없는 것입니다. 이 시간에 있어서, 또 어느 시간에 있어서나 순이가 그렇게 혼자 서 있는 것처럼 순이와 나 사이에는 이만치 거리가 있는 것처럼 순이의 마음도 그렇게 혼자 있는 것입니다.' 라고, 이런 말을 할 수 있었지만 그건 너무나도 확실한 이야기다. 이미 순이나 그 밖의 여러 사람들이 너무나도 확실하게 알고 있는 이야기이다. 역시 현수는 말없이 순이의 얼굴을 바라보고만 있었다.

배전실 안은 점점 붉은 빛이 짙어졌다. 북쪽에서 일어나고 있는 불길이 점점 높아진 때문이었다.

짧지 않은 시간이 지난 뒤에야 북쪽 하늘을 지르던 불꽃은 서서히 사라져갔다. 이어 포성, 총성이 연달아 일어나고 있었다. 그다지 요란스럽게 울려오지는 않았으나 꽤 많은 대포의 포문이 열리고 총탄이 날아오고 하는 것이 분명하였다. 포성이 그치는가 하면 총성이 울리고 총성이 잠자는가 하면 또 포성이 울리고 하였다.

순이와 함께 배전실을 나온 현수는 잠시 거기 기둥처럼 서 있었다.

순이도 말이 없었다.

현수는 순이의 내의來意가 무엇인지를 판단할 수가 없었던 것이다. 여러 가지로 생각할 수가 있는 것이다. 현수는 오래도록 순이의 생각을 계속한 것이다. 순이가 여기 자기와 단둘이 서 있다는 사실이 어쩐지 기쁘기도 하고 무슨 슬픔의 예고 같기도 하였던 때문이다. 현수는 순이의 출현으로 해서 공연히 흥분된 자신을 달래야 한다고 내켰다. 눈앞의 광경은 처참하다기보다는 오히려 적막하다. 불빛이 없는 탓인지도 모른다. 달은 왜 뜨지 않을까. 온갖 것이 정지된 수색 조차장 구내는 사지死地 그것이었다. 끊임없이 들려오는 포성과 총성. 그런 것들이 무슨 뜻이 있을 상 싶지도 않았다. 포성과 총성과 그런 것들로 해서 불빛 없는 광야처럼 되어버린 이곳이 다시 그런 것으로 해서 소생할 수 있다는 것은 믿을 수 없는 일이다. 현수의 마음처럼 또 순이의 마음처럼 텅 비어 있는 그런 풍경은 그러나 무엇을 기다리고 있는 것은 사실이다. 현수는 잠시 순이의 표정을 살폈다. 살폈다기보다는 무심코 순이의 얼굴을 들여다본 것이다.

순이는 현수의 시선이 거북했던지 머리를 숙였다. 온갖 것을 당신에게 맡긴다는 태도였다.

"순이!"

"……."

나직이 불렀으나 그러나 순이는 대답이 없었다.

"순이의 갈 길은 따로 있지 않을까? 여기는 순이가 올 곳이 아닐 것이다."

"······."

"무엇이라 대답을 하시오."

"······."

순이는 역시 말이 없었다.

현수는 그런 말도 실은 아무 소용이 없음을 이어 깨달았다.

짧지 않은 시간이 침묵 속에 흘렀다.

"저는 제가 갈 길을 마련할 수가 없는 사람이에요. 그리고 마련할 필요도 없는 사람이에요."

"······."

"저 때문에 쓸데없는 생각일랑 마세요. 저는 이렇게 서 있으면 되는 거예요. 지금의 저는 아무런 의욕도 없으니까요. 어서 가세요."

"······."

"어서 가세요! 안 선생은 자신이 마련할 길이 있을 테니까요."

"······."

"아무래도 좋은 거예요. 세상일은 너무 허위니까요. 이렇게 제가 안 선생을 찾아온 것도······. 그 밖의 모든 것이······."

"······."

이번에는 현수가 말문이 막혔다. 과연 나의 갈 길은 있을까 싶은 것이다. 순이의 갈 길은 따로 있을 것이라고 말한 현수는 우선 자기의 갈 길이 있었던 때문일 것이다. 내가 갈 길이란 어느 길이냐? 그것을 현수는 확실히 말할 수가 없다. 알 수가 없는 것이다. 그러나 무엇이든지 현수는 자기가 걸어야 할 외줄 길이 마음속에 틔어 있는 것만은 사실이었다. 목적지가 어디인 그 길이 고갯길인지 혹은 평탄한 길인지는 알 수 없다. 그저 자기가 걸어갈 길이 마련되어 있는 것만이 확실하다. 그건 분명 살아야 한다는 막연한 것인지도 모른다. 지금 어머니가 기다리고 있는 집으로 돌아간다는 것이 그것인지 모른다. 그렇다면 순이의 갈 길도 있을 것이었다. 순이는 살아 있는 것이다. 현재 그네는 분명 생물인 것이다. 그네가 여기로 올 때는 목적이 있었을 것이다. 그 목적이 이루어지리라고는 생각하지 않았을는지도 모른다. 열에 하나, 백에 하나, 혹은 천에 하나, 어쩌면 순이 자신은 그런 목적을 의식하지 못한 채 발이 앞섰을는지도 모른다. 오직 중요한 것은 여기 나라는 존재가 있었기에 왔을 것이라는 사실이다. 이곳에 순이가 아는 사람은 나밖에 없으니까.

현수는 순이가 민망해졌다. 순이는 왜 갈 길이 없을까. 정말 갈 길이 없는 것일까. 그리고 순이는 무엇이 모두 허위였다고 말하는 것일까. 참된 것은 왜 하나도 없단 말인가.

정적과 어둠의 장막은 그대로 계속되고 있다.

"순이! 모든 것은 허위가 아니고 사실입니다. 순이가 사 년 만에 여기 돌아와 나하고 있다는 것과 함께 모든 것은 허위일 수는 없는 것이외다. 엄연한 사실이올시다."

"……."

"지금 나는 순이를 민망하게 생각하고 있습니다. 그러나 순이가 민망해지는 까닭은 결코 오늘까지의 순이의 행동과 순이의 현재의 처지가 아니올시다. 그건 순이나 나나 마찬가지입니다. 오직 순이는 사실을, 우리의 주변에서 연달아 일어나고 있는 사실을 직시할 줄 모른다는 그것입니다. 오늘도 어제와 마찬가지로 포성과 총성이 울리고 있다는 사실, 그리고 오늘도 어제처럼 많은 별들이 하늘에 떠 있다는 사실, 그런 것들을 순이는 모르고 있다는 것입니다."

현수는 그런 말이 순이에게 무슨 상관이 있을 성싶지도 않았다. 그러나 현수는 순이에게 대해서 어쩐지 미안한 생각이 든 것이다.

"정말 오늘도 별은 많이 떠 있군요."

"그렇구말구요. 저 하늘은 이 땅과 아무 상관이 없으니까요……."

현수는 하늘에 시선을 던졌다. 옛날 순이와 단둘이 곧잘 만난 삼층 옥상 위에는 별이 많이 떠 있었다. 손에 잡힐 듯한 수많은 별이 떠 있었다. 분명 지금 보이는 별과 다름이 없는 별들이었다. 경혜의 얼굴이 떠올랐다. 너무나도 선명하게 떠올랐다. 그리워진다. 만나보고 싶어진다. 순이의 얼굴을 다시 한 번 자세히 보았다. 그건 순이가 아니고 경혜의 얼굴이다. 그러나 그건 경혜가 아니고 분명 순이인 것이다. 현수는 그런 착각들이 일어나는 이유를 생각하였다. 경혜와 가까이 있을 때는 늘 순이의 생각이 났고, 이렇게 순이와 같이 있을 때는 경혜의 얼굴이 떠오르는 까닭을 생각하였다. 그리고 그 이유는 경혜와 만날 때는 언제나 태양이 떠 있는 밝은 낮이었고, 순이와 같이 있을 때는 별이 떠 있는 밤이었다는 사실이 이유인 듯싶었다. 결국 현수는 순이와 경혜의 얼굴과 몸매와 그런 것들을 낮이고 밤이고 생각할 수가 있었을 뿐인 것이다. 누구 하나를 택할 의무는 애당초 없었던 것이다. 경혜와의 약혼을 맺은 것은 나의 의사가 아니다. 어머니의 존재를 비롯한 나의 환경이 그렇게 만들었던 것이다. 그러니까 경혜는 환경이 달라짐과 함께 나와의 약혼을 부인할 수가 있었던 것이다. 결국 사람의 의사란 장소에 따라, 시간에 따라 얼마든지 달라진다는 것은 역시 사실이다.

"순이! 같이 갑시다."

현수는 무슨 결론을 내리는 것처럼 이렇게 말하였다. 실은 순이의 이런 동행을 나는 바랐던 것인지도 모른다. 순이는 순이의 갈 길이 따로 있을 것이라고 그렇게 말은 했지만 순이의 얼굴과 그 몸매를 보았을 때 이미 결정한 것인지도 모른다. 다만, 그 표현이 정반대로 노출되었을 뿐일 게다. 사람이란 흔히 자기의 의사를 정반대로 표현하는 수도 있는 것이다.

순이는 잠시 의아스러운 얼굴이 되었으나 아무 말 없이 현수의 뒤를 따랐다.

하늘의 별들은 더욱 번쩍이는 듯했다.

인기척을 듣고 현관으로 나온 어머니는 말이 없었다.

현수의 뒤에 달린 여인이 경혜가 아니고 낯선 젊은 여자임을 깨닫고 놀라는 기색이었다. 그나마 차림차림이 북쪽에서 온 사람임을 눈치채고는 두 눈이 둥그레해졌다.

"전에 나와 같이 일을 보던 사람입니다. 물론 경혜하고도 잘 아는 사이지요……"

현수는 이렇게 말하였다.

순이는 아무 말 없이 고개를 숙이고 있었다.

어머니도 역시 말이 없었다.

현수는 지금 자기가 한 말이 무슨 변명처럼 생각되자 공연한 짓이었음이 뉘우쳐졌고 어머니의 태도가 불쾌해졌다. 난데없는 저 따위를 데리고 왔느냐는 듯한 어머니의 태도가 심히 못마땅했다.

"이대루 집에 있을 작정이냐?"

"……"

"경혜 소식은 못 들었느냐?"

"……"

현수는 점점 불쾌해졌다. 순이를 여기 데리고 온 것이 어머니에게 무슨 상관이 있단 말인가. 순이는 갈 곳이 없는 사람인 것이다. 순이의 모든 것이 허위라고 하자. 순이가 지금 나를 대하는 태도도 모두 허위라고 하자. 순이가 오늘 여기에 찾아온 것은 무슨 흉계를 꾸미기 위한 일시적인 방편이라고 하자. 그러나 내가 순이를 대하고 있는 태도는 허위가 아닌 것이다. 나는 순이를 경계하거나 할 필요는 없는 것이다. 당장 순이는 오늘 하룻밤 포근히 잘 수 있는 장소가 필요하며 어쩌면 당장 뱃속에 음식을 넣을 일이 무엇보다 조급한지도 모른다. 그리고 무슨 흉계를 꾸미기 위한 방편으로 나를 대하는 것이라 할지라도 순이를 이렇게 대하고 있는 지금의 나의 태도만은 허위일 수 없으며 어디까지나 진실이다. 순이와 어머니의 표정을 살피고 난 현수는 훨씬 마음이 가벼웠다.

"어머니, 들어갑시다……. 그리고 순이도 어서 들어오시오."

현관문을 열었다.

현수는 다시 주춤하였다. 거기 길수 형의 아내가 있었다.

"도련님……."

현수를 보자 금방 눈물이 글썽글썽해졌다. 그 이유를 현수는 십분 짐작할 수 있었다. 길수 형은 석 달째 소식이 없는 것이다. 손에 들었던 냄비를 거기 놓으면서 형수는 행주치마로 눈물을 닦는다. 네 살이 된 조카 윤식이 제 엄마의 목소리에 뛰어나온다. 놈이 어느새 저렇게 컸을까. 현수는 윤식을 안고 높이 쳐들었다. 그러나 기억에도 없는 아저씨의 얼굴이 윤식은 무서웠던지 싫다고 몸부림이다. 현수는 어쩐지 어색한 생각이 일어 도로 윤식을 내려놓았다. 당연한 일이다. 현수는 조카를 두 번째 보는 것이다. 그놈이 한 살인가 두 살 때 보고는 처음이다. 그러니까 현수가 윤식을 안아 쳐들었다는 것은 저놈이 육친이라서가 아니다. 여기 지나가다가 들른 어느 낯선 사람의 자식이라고 해도 현수는 안아 쳐들었을는지도 모르며, 윤식이처럼 얼굴을 찡그리거나 하지 않는다면 무엇이라 말을 건넸을는지도 모른다. 형수에게로 고개를 돌렸다. 시선이 마주쳤다. 분명히 무슨 말이 있기를 기다리는 눈치이다. '얼마나 고생이 되십니까?' 하고 말하려고 하였으나 그만두었다. 그러한 말을 이런 환경 속에서 주고받는다는 것은 좀 어색할뿐더러 형수의 설움을 더 북받칠 수 있을지

언정 위로가 될 수는 없는 말이다. 길수 형은 곧 돌아와 서로 만날 수 있게 되리라거나 하는 말을 함이 옳았으나 참으로 그런 것들은 믿을 수 없는 말이다. 숫제 아무 말도 않는 것이 서로 편할 것이다. 현수는 아무 말 없이 따라 들어오는 순이와 함께 자기 혼자 쓰던 구석에 있는 다다미방으로 들어갔다. 오랫동안 비워두었던 방이다. 통신약어 연구나 독서 같은 것을 할 겨를이 없게 된 현수에게는 사실 필요가 없이 된 방이다. 먼지가 뿌옇게 덮여 있었다. 어머니가 걸레를 들고 와서 대강 닦아주셨다. 하면서도 어머니는 줄곧 순이의 눈치를 살핀다. 어머니와 그리고 순이의 마음은 퍽 어색하리라. 그러나 실에 있어선 그런 마음이 될 아무런 이유도 없는 것이다.

순이는 그저 죽은 사람처럼 한구석에 앉아 있었다.

현수는 또 형수와 윤식이와 그리고 길수 형을 생각하였다. 길수가 떠나간 뒤의 형수와 조카의 생활은 빤하다. 그러나 현수는 한 번도 형수와 조카의 신상을 걱정한 적이 없다. 생각한 적도 없다. 오늘 어머니가 문안에 다녀오지 않았던들 현수는 그들을 만나지도 못하였을 것이다—그래 무엇이 어떻단 말인가? 나는 그들을 보호할 계제가 못 되었을 뿐이 아닌가. 나는 나 자신의 문제만 하더라도 복잡하였던 것이다. 식량을 마련하여야 했고 공습을 피하여야 했고 또 그러기 위하여 나의 노동력을 제공하여야 했던 것이다. 겨를이 없었던 것이다. 그들이, 어머니까지가 나의 태도에 얼굴을 찡그릴 아무런 이유도 없는 것이다. 순이를 여기 데리고 왔다는 사실이 그들은 비위에 거슬렸을 것이다. 그건 어느 정도 이해가 간다. 그러나 내가 순이를 데리고 온 것은 어쩔 수 없는 일이다. 그네가 이곳까지 나를 찾아온 것은 분명하기 때문이다. 아는 사람이 찾아왔을 때는 누구나가 으레 자기 집으로 데려가는 법이다. 형수나 조카가 찾아왔을 경우도 마찬가지이다. 그러니까 나는 어머니가 순이의 존재에 얼굴을 찌푸리는 것처럼 형수나 조카의 존재를 못마땅하게 여기지 않을뿐더러 잠시나마 순이 같은 사람과 길수 형의 가족 같은 사람과 자기와 같은 사람들이 한지붕 밑에 모여 있을 수도 있다는 사실이 별나게 유쾌하게조차 생각되기도 한 것이다.

어머니가 밥상을 가져왔다. 꽁보리밥에 고추장과 배추 이파리뿐이다. 몹시 공복을 느꼈던 현수는 맛있게 먹었다. 순이도 시장기를 느끼고 있었던지 한 그릇을 거의 다 먹었다.

식사가 끝나자 현수는 곧 안방으로 갔다. 어머니가 불렀기 때문이다.

"도대체 누구냐?"

"……."

"누구길래 이런 판에 데리고 오는 것이냐?"

"걱정할 필요가 없어요. 아까도 말씀드렸지만 전에 나와 같이 일을 보던 사람입니다."

"그건 알겠다만 모습이 수상하구나. 오늘내일이면 세상이 도루 바루 잡힌다는데 저런 사람 집에 두어도 상관없냐? 그렇지 않아도 남들은 너를 걱정하더라. 마지막까지 일을 본다구……."

"글쎄 어머닌 왜 남의 말만 믿구 아들 말을 믿지 못합니까……."

현수는 또 어머니의 태도가 거슬렸다.

"이 녀석아! 누가 날 위해서 하는 소리냐! 널 걱정하는 말이지. 어떻게 하자는 거냐! 넌 빨갱이라두 아주 진짜 빨갱이라더라!"

"듣기 싫어요!"

어머니의 언성이 높아지자 현수는 도로 순이가 있는 방으로 돌아왔다.

"안 선생!"

"……."

순이의 얼굴은 몹시 창백해져 있었다.

"저 지금 가겠어요……."

"가긴? 어디루……."

"아무 데에나 가겠어요……."

"안 돼요! 순인 여길 떠나서 갈 곳이 없는 사람임을 난 잘 알고 있으니까요. 어머니의 말은 조금도 걱정할 필요가 없습니다."

"저 같은 년이 이제 목숨이 아까워서 남을 괴롭히겠어요? 어차피 전 죽고 말 년이니까요……."

"여러 말 맙시다. 어서 여기서 하룻밤 보내시오. 내일은 또 내일이니까……."

"……."

현수는 강경히 순이의 말을 부인하였다.

순이는 모든 것을 단념한 듯 다시 입을 다물었다. 안방에서는 어머니와 형수가 무엇이라 수군거리는 소리가 들렸고, 이어 흐느끼는 소리가 났다. 아마도 어머니나 형수는 울고 있는 모양이었다. '저런 아무 뜻도 없는 눈물들.'

밤은 점점 깊어갔다.

포성과 총성은 훨씬 가까운 곳에서 일어나고 있었다. 순이가 자리에 눕자 현수는 안방으로 들어갔다. 그러나 안방에서 잘 수도 없었다. 할 수 없이 천장으로 기어 올라갔다. 아직 잠이 들었을 리는 없으나 어머니는 아무 말이 없다. 할 말이 없기도 할 것이다. 천장 위에는 석 달 전 현수가 만지작거리던 통신약어 연구 초고 같은 것이 그대로 흩어져 있었다. 현수는 그것들을 한쪽에 밀어놓고 담요를 뒤집어썼다. 이제 오늘은 끝난 것이다. 그리하여 강가 녀석, 수장, 순이, 어머니, 형수, 윤식이, 길수 형—그런 얼굴들이 번갈아 눈앞을 스치고 지나갔으나, 현수는 곧 잠들 수가 있었던 것이다.

8

훨씬 요란해진 포성과 총성이 울리는 가운데 밤은 흘러가고 있었다.

인천항에 상륙작전을 감행한 유엔군은 서울을 삼면으로 둘러싸고 포탄과 총탄을 날리고 있었던 것이다. 수색에서 들리는 포성과 총성은 김포 쪽으로 밀려든 부대가 능곡의 벌을 태우고 시방 행주나루로 한강 도강 작전을 개시한 것이다. 그리하여 동녘이 훤해질 무렵 유엔군은 완전히 한강을 지나섰고 공중에는 정찰기의 모습이 나타났다.

현수가 눈을 떴을 때는 이미 수색 일대에도 로켓 포탄이 떨어지고 있었다. 실은 지붕 위로 스치고 지나가는 요란한 로켓 포탄 소리에 현수는 눈을 뜬 것이다. 현수는 잠시 주위의 소음에 넋을 잃고 있었다. 그러나 미구에 그는 일어나 안방으로 내려갔다. 오늘도 역시 조반을 먹어야 했고 나에게 가장 합당한 대로 수족을 놀려야 했던 것이다.

어머니는 보따리를 싸고 있었고 형수는 윤식의 옷을 갈아입히고 있었다.

"너두 어서 채빌 하거라. 서울로 가자. 서울로 가야 한다더라!"

태연스런 현수의 얼굴을 보자 어머니는 이렇게 말하였다. 현수는 그런 어머니가 여간 고맙게 생각되지 않았다. 그러나 어머니가 하자는 대로 서울로 갈 염은 나지 않았다. 그렇게 할 필요를 느낄 수가 없었던 것이다. 오늘 현수는 이렇게 집을 지키는 것이 가장 타당한 일인 듯싶었다. 어디이든 간에 생명을 보장할 곳은 없는 것이다. 현수는 어머니에게 그런 말을 하여 어머니나 형수가 서울로 가는 것까지 막고 싶었으나 이제 그들이 자기 말을 들을 것 같지도 않았다.

"넌 도대체 어쩔 셈이냐? 죽어도 좋단 말이지……. 마음대로 해라! 이 에밀 원망하질랑 말아라!"

"……"

현수는 앞으로 무슨 일이 일어나더라도 어머니를 원망할 이유는 조금도 없다고 생각하였고, 그래 어머니의 그런 말이 약간 우습게 여겨졌다.

한 시간에 몇 알씩 지붕 위를 스치고 지나가던 로켓 포탄의 폭발하는 소리가 더욱 잦아졌다. 어서 여기를 떠나야 한다고 어머니는 보따리를 이고 형수는 윤식을 등에 업고 밖으로 나선다. 어쩔 수 없는 일이었다.

현수는 순이가 혼자 있는 방으로 왔다. 순이는 어젯밤보다는 훨씬 침착한 태도였다. 이불을 한구석에 가지런히 개어놓고 앉아 있었다. 대리석 빛깔이 된 얼굴에 핏기란 하나도 없었으나 퍽 침착한 태도였다.

"방공호에 들어가 있는 것이 좋을 것 같군……."

"마찬가지지요. 죽을 사람은 방공호 속에서도 죽고, 살 사람은 밖에서도 살더군요."

하며, 순이는 용산에서 있었던 일을 말하였다. 대대적인 폭격이 시작되었을 때 용산역 광장에 있는 콘크리트 방공호에 들어갔던 수십 명은 마침 일 톤짜리 직격 폭탄이 명중하는 바람에 몰살하였다는 것이다. 하면서 순이는 호호 웃기까지 하였다.

현수는 그런 순이의 태도가 더없이 다정스럽게 느껴졌다. 죽음을 두려워하거나 예상할 필요는 사실 없는 것이다. 방공호에 들어가 있거나 여기 방에 있거나 죽게 되면 죽을밖에 없는 것이다. 그러나 그때 마침 날아온 포탄이 근방에서 폭발하였고 그 파편이 현수와 순이가 앉아 있는 방문의 유리창을 두 장이나 깨뜨리는 소리가 일어나자 그들은 무슨 약속이나 한 듯이 일어나 방공호로 밀려갔다. 두 사람이 겨우 들어가 누울 수 있는 방공호였다. 작년 겨울 김장독을 파묻었던 구덩이를 어머니가 방공호로 만든 것이다. 십 분쯤의 간격을 두고 정찰기가 수색의 상공에 원을 그리고 나면 으레 몇 발의 포탄이 터진다. 목표는 괴뢰군들이 진지를 구축하였던 뒷산이었다. 현수는 이렇게 앉아 있기만 하면 아무 일도 없을 듯했고 또 옆에 순이가 있기에 외롭지도 않았다.

"안 선생!"

"……."

"안 선생은 제가 조금도 믿지 않으세요?"

"그럴 리가……."

"믿을 수 없는 말이에요. 참말루 믿을 수 없는 말이에요. 몹쓸 짓만 하여온 나를 이렇게 대해준다는 건……. 그리고 또 전 경혜한테도 죄를 짓고 있어요. 몹쓸 년이에요……. 지금도 몹쓸 짓을 하고 있어요."

순이는 현수의 무릎에 얼굴을 파묻고 울기 시작하였다.

현수는 그런 순이의 태도가 너무나도 의외였다. 물론 순이의 심경을 이해 못할 바는 아니다. 그네가 다년간 걸어온 길에 대한 가책이리라. 그네가 가진 미모와 총명을 무기로 무지한 노동자들을 선동하여 파업이란 것을 일삼아 평화스럽던 직장 내를 소란케 한 일을 비롯하여 그네가 몇 년 동안 하여온 일이란 모두 나와 그리고 나의 생존에 필요한 온갖 것의 말살을 위한 행동이었음은 틀림이 없다. 그러나 그건 벌써 지난 일이다. 그네가 그런 마음을 온통 버리고 이렇게 있는 바에야 탓할 필요가 없는 것이다. 물론 그네의 과거의 행동에 대한 적당한 인과는 닥칠 것이다. 그러나 나는 그네를 처벌할 권한도 능력도 또 필요도 없는 사람이다. 이미 나는 그네가 나를 해치지 않으리라는 것만은 확신할 수가 있었기 때문이다. 다만 나는 내가 호의를 가질 수 있었던, 또 지금도 호의를 가질 수 있는 여인의 교태가 견딜 수 없는 것이다. 마찬가지로 순이의 나에 대한 호의는 달라지지 않았고 노골적으로 표시하지 않고는 견딜 수 없으리만치 강한 것이었던가. 현수는 새삼스럽게 순이가 북쪽에서 같이 온 많은 사람들과 함께 그쪽으로 떠나가지 않은 이유를 생각했다. 그건 순이의 입을 통할 필요도 없이 명백하다. 오히려 순이의 입을 통한다면 믿을 수가 없을는지도 모른다.

"모든 것이 거짓이었어요. 사 년 동안 제가 걸어온 길이란 모두 하나도 남김없이 거짓이었어요. 안 선생의 말대로 이 땅은 저 하늘과 아무 상관이 없어요. 하늘이 이 땅과 아무 상관이 없는 것처럼……. 그리고 지금 남은 것은 사 년 동안 있은 저의 언어와 행동과 마음이 거짓이었다는 사실뿐이에요."

"……."

"단 한 가지 안 선생에 대한 나의 마음만은 달라지지 않았으나 그것도 이미 거짓이 될밖에 없는 게 아니에요? 그러니까 저는 죽음밖에 없는 것이에요……."

순이는 고개를 들고 돌아앉았다. 현수의 무릎에 얼굴을 파묻고 있는 것이 얼마나 외람된 행동인지를 느낀 듯싶었다.

현수는 잠시 경혜를 생각했다. 그러나 그건 지금이 밤이 아니고 낮이라는 사실에서일 게다. 순이와 낮에 만나는 것은 오늘이 처음이니까.

"순이!"

"……."

순이는 아무 말 없이 꼼짝도 않았다.

"지금 순이는 자기 자신마저 속이고 있소! 남을 위해서 자신의 심정을 속인다는 것은 비겁이요, 가장입니다. 순이!"

현수는 뒤로 순이의 몸뚱이를 쓸어안았다. 그리고 오래도록 순이의 입술을 적시어주었다. 무슨 물체처럼 반응이 없는 것이었으나 순이의 입술은 뜨거웠다.

로켓 포탄의 작렬은 한층 더 잦아졌고 현수와 순이가 들어 있는 방공호를 연달아 흔들기도 하였다.

짧은 가을 해는 이미 서산 위에 있었다. 포탄도 잠잠해졌다. 그다지 멀지 않은 곳에서 소총 소리가 들려올 뿐이다. 틈새로 새어드는 붉은 햇빛 줄기들이 방공호 안에 선명한 선을 긋는다. 어제와 다름없는 빛깔이었다. 또 내일도 다름이 없을 것이다.

"순이! 우리 이젠 여러 가지 생각을 말기로 합시다. 해는 내일도 솟아납니다. 역시 우리를 훤히 비춰줄 것입니다."

"전 그런 것도 생각하고 싶지가 않아요. 전 어서 죽어버릴 수만 있으면 할 뿐이에요……."

그러나 순이의 얼굴은 훤해지는 듯했다.

현수는 순이의 손을 꼭 잡았다. 지금 그는 무슨 욕망이 솟아나고 있었다. 순이의 얼굴빛과 체취와 그네의 손을 통하여 느껴지는 보드라운 감각들이 조금도 부자연스럽지 않게 그의 생리를 자극한 것이다. 그리고 그런 동물적인 욕망의 성취는 지금 이렇게 순이를 옆에 두고 있다는 대가가 되지는 않을 것이다.

현수는 아무 어색함도 느끼지 않고 순이의 육체에서 생전 처음 이성의 육체가 주는 쾌감을 맛보았다.

"불을 피울까요, 어두워지기 전에……."

"참 그래야겠군……."

생각하니 아침부터 현수와 순이는 아무것도 뱃속에 넣은 것이 없는 것이다. 방공호를 나간 순이는 부엌으로 들어간다. 현수는 길게 누워서 출입구로 바라보이는 하늘을 쳐다보았다. 그리고 잠시 후 연통에서 피어오르고 있는 연기가 눈에 띄었다. 소총 소리는 그냥 들려오고 있지만 현수는 어쩐지 그런 광경이 평화스럽게만 느껴졌다.

주위는 서서히 어두워져갔다.

그러나 그런 평화스러운 광경은 언제까지나 계속될 수는 없었다. 정찰기가 머리 위에 원을 그린다. 이어 포탄이 터지는 소리가 연달아 일어난다. 멀리서 작렬하는 것이 아니라 오십 미터도 떨어지지 않은 주변에서 터지고 있는 것이다. 정찰기가 또 한 번 원을 그린다. 훨씬 가까운 곳에서 포탄이 터진다. 먼지가 일어난다. 폭풍과 함께 그 먼지는 빠른 속도로 근방을 둘러싼다. 방공호 속에도 휩쓸어든다. 또 한 방의 포탄이 터진다. 온통 폭풍과 먼지뿐이었다. 또 새로운 한 방의 포탄이 터진다. 먼지는 그만큼 진해진다.

바로 그때였다.

현수는 분명히 순이의 비명을 들었다. 귀와 눈에서 두 손을 떼고 고개를 들었다. 아무것도 보이지 않는다. 먼지뿐이다. 방공호 밖으로 반신을 일으켰다. 역시 아무것도 보이지 않는다.

포격은 그친 듯 먼지는 서서히 사라져갔다.

희미하게 나타나는 건물의 윤곽을 바라보던 현수는 비로소 뜰 안 한복판에 쓰러져 있는 순이를 보았다.

"순이!"

하고, 달려간 현수는 순이의 몸을 가볍게 안았다.

온통 머리칼이 엉클어지고 옷이 먼지투성이가 된 순이의 어디에 상처를 입었는지를 알 수가 없었다.

"순이, 어딜 다쳤어!"

"……."

"어서 말해봐, 순이!"

무엇이라 입을 놀리긴 하나 알아들을 수가 없었다. 말똥말똥해진 두 눈을 굴리며 비로소 오른손으로 가리키는 왼쪽 옆구리에는 그제야 피가 배기 시작하였다.

"순이! 걱정 말아! 대단치 않으니까."

현수는 순이를 두 손으로 안아다가 방공호 안에 눕혔다. 옷을 벗겼다.

"물…… 물…… 물……."

몹시 목이 타는 듯했다.

현수는 문득 상처를 입은 사람에게 물을 주어서는 안 된다는 생각이 났다.

"안 돼! 물을 마셔서는 안 돼!"

하고, 고개를 좌우로 흔들면서 옷을 벗겼다. 오른쪽 옆구리에는 반 자 폭이나 되는 파편이 깊숙이 박혀 있었다. 현수는 잠시 망설였다. 빼어버리는 것이 좋을지 그대로 두는 것이 좋을지를 알 수 없는 것이다. 의사를 부를 수 없을까? 어림도 없는 생각이다. 주위는 이미 어두워지고 있는 것이다. 출혈은 점점 심해졌다. 만약 심장까지 다쳤으면 별 도리가 없는 노릇이다. 그럴 바에야 소원대로 물이나 떠다주는 것이 좋을 상싶었다.

순이의 얼굴색은 점점 흙빛이 되어갔다. 반면에 정신은 점점 또렷해지는 듯했다.

"물…… 물…… 물……."

연방 중얼거리며, 혹시 현수가 못 알아들을 것이 염려된다는 듯이 오른손을 자꾸 입으로 가져가 물 마시는 시늉을 하는 것이다. 몹시도 괴로운 얼굴이었다. 한참 순이의 두 눈을 바라보던 현수는 저도 모르게 밖으로 뛰어나갔다. 부엌으로 들어가 물을 주발에 떠 가지고 달려왔다. 물을 보자 순이는 벌떡 일어나 앉았다. 현수는 일어나면 안 된다는 말을 할까 했으나 잠자코 있었다. 그네가 하고 싶은 대로 놔두는 것이 좋을 듯해서였다. 순이는 다시 소생할 수 없다는, 이대로 죽어버릴지도 모른다고 짐작되었던 까닭이다. 그만치 현수는 진정할 수가 있었던 것이다. 한 개의 생명이 아무렇지도 않게 어쩌면 당연히 죽어간다는 생각이 문득 떠오르기도 하였다.

주발에 삼분의 이쯤 담겼던 물을 죄 마셔버린 순이는 도로 누워버린다.

"저는 이제 죽는 거예요……. 안 선생! 저는 이제 틀림없이 죽는 거예요. 마땅히 죽어가는 거예요……."

"……."

현수는 무엇이라 할 말이 없어서 그대로 순이의 얼굴, 특히 입을 바라보고 있었다.

"좀 말을 하세요. 무엇이라고 말을 좀 해주세요, 안 선생!"

가는 목소리기는 하나 말씨는 또렷이 알아들을 수가 있었다.

현수는 도로 가슴이 답답해졌다. 어쩌면 순이의 가슴 이상 나의 가슴은 답답할 것이라고 생각되었다.

"안 선생은 왜 저를 꾸짖지 않으셨어요? 전 오늘 하고 싶은 말을 모두 다 했어요. 다만 이 한 가지만 못하고 있었어요……. 제가 그 몹쓸 놈들과 휩쓸려 다닐 때 왜 안 선생은 잠자코 계셨어요……."

현수는 번개같이 머리를 스치는 것이 있었다. 순이의 말대로 그때 내가 순이의 행동을 말렸던들 오늘 순이는 죽어가지 않을는지도 모르는 것이다. 그러나 현수는 역시 순이를 말릴 수가 없었던 것이다. 그건 순이를 사랑하지 않은 탓이거나 경혜가 있었던 탓이거나 한 것은 아니다. 형태야 어떻든 간에 진심에서 우러나온 것이라면 무슨 짓이라도 의의가 있다고 생각했었고 지금도 역시 그런 것이다. 그때도 순이가 나쁜 것이 아니다. 순이의 마음은 잠시도 잘못됨이 없었을는지도 모르는 것이다.

"순이! 나는 그때의 순이를 지금의 순이와 마찬가지로 아름답게 생각할 수도 있었던 것이다. 결코 순이를 무관심한 것은 아니다. 나는 순이의 행동에 할 말이 없었던 것이다……."

"……."

순이는 아무 말 없이 고개를 끄덕이었다. 눈에는 눈물이 어리었다.

"안 선생! 사람이 죽으면 또 내세가 있다는데 정말인가요?"

"……."

"내세 같은 것이 정말 있을 것 같애요. 정말 있을 거예요. 말해주세요. 어서 말해주세요, 네?"

순이에의 대답은 간단하다. 내세가 있다고 여긴 적이 없을뿐더러 그런 것을 생각해본 일조차 없는 현수로서는 그런 건 없을 것이라고 말하면 되는 것이다. 아니면 정말 내세가 있다고 말하면 될 것이다. 그러나 현수는 이렇게도 저렇게도 말할 수가 없는 것이다. 이렇게도 저렇게도 단정할 수가 없기 때문이다. 의당 내세가 있다는 말을 함이 옳을 것이다. 그러면 순이는 웃음조차 지으며 눈을 감을 수도 있을 것이다. 그러나 그게 무슨 소용이랴. 죽는 사람에게 그런 순간적인 웃음이 무슨 소용이랴. 순이에게 솔직한 말을 들려주는 것이 그네를 위하여 가장 옳은 일일 것이다.

"순이의 그 얼굴이랑 손이랑 발이랑 그런 것들이 다른 무엇으로 태어나는 수는 있겠지. 가령 흰나비라든가 금붕어라든가로……."

"내 이 손이, 이렇게 흙이 묻고 피가 묻어서 더러워진 손이 이쁜 흰나비나 금붕어가 정말 될 수 있을까……. 아이 좋아. 흰나비가 됐으믄 얼마나 좋아. 훨훨 날아댕기믄 얼마나 좋아!"

순이는 헛소리를 하는 것이리라 내켰다. 그리고 현수는 순이의 생명이 얼마 남지 않았다는 것을 알았다.

순이는 다시 입을 열지 않았다. 현수에게로 시선을 정한 채 그냥 바라보는 것이었다. 현수는 순이가 조금 전에 한 말과 지금의 그런 순이의 얼굴들이 모두 소녀처럼만 착각되었고 그만치 순진미가 느껴졌다.

"순이!"

다시 가볍게 안았다.

"순이! 또 말을 해. 무슨 말이든지 해……."

"……."

그러나 순이는 더 말을 못하고 숨결만 거칠어져갔다.

순이의 숨소리는 기계 소리처럼 뚝 그쳤다. 마지막으로 힘껏 안으면서 순이의 이름을 또 한 번 불러보고 나서 가만히 눕혔다. 그리고 입었던 저고리를 벗어 순이의 그 고운 얼굴을 가리고 나서 밖으로 나왔다. 한참 거기 서 있었다.

어둠이 깊어짐에 따라 바람이 불어오기 시작한다. 현수는 별나게 조용한 마음이 되어졌다. 순이는 지금 방공호 속에서 잠이 들어 있는 것이다. 어쩌면 방공호 속은 비어 있는 것이다. 그리고 여기는 우리 집이 아니고 멀리 타관 땅이다. 그런 부질없는 생각들이 자꾸 되풀이되었다. 또 총성이 요란하게 들리기 시작하였다. 바로 고개 너머서 일어나고 있는 듯 머리 위를 지나가는 것이다. 여기는 타관 땅도 아무 데도 아니며 바로 우리 집이요, 방공호 속에는 순이가 잠이 들어 있거나 텅 비어 있거나 한 것이 아니며 순이의 시체가 누워 있는 것이다. 도로 방공호로 들어섰다. 피비린내가 코를 찌른다. 현수는 아무렇게나 거기 누워버렸다. 눈을 붙였다. 어서 잠이 들었으면 싶다. 순이처럼 영영 깨어나지 않아도 좋으니 어서 잠이 들었으면 싶었다. 그러나 좀처럼 잠은 오질 않는다. 피곤한 마련을 해서는 능히 잠들 수 있을 것이다. 순이가 나에게 보여준 것은 무엇이기에 잠들 수가 없는 것일까. 총소리는 쉽사리 그치지 않는다. 그러나 포탄이 터지는 소리는 들리지 않는다. 대신 멀리서 무슨 무거운 기계 소리가 으릉대기 시작한다. 탱크! 그런 소리에 틀림없었다. 그러한 상태는 여러 시간 계속되었다. 자정이 지났을 즈음해서부터 겨우 총성은 뜸해지고 탱크 구르는 소리가 현저하게 들려왔다. 이어 수많은 사람들이 웅성거리는 소리가 들린다. 가끔 산발적인 아우성 소리가 일어나기도 한다. 분명히 무슨 행렬이 지나가고 있었다. 공산군 패잔병인지도 모른다.

결국 모든 것은 시간과 함께 엄숙히 진행되어가고 있었던 것이다. 포성과 총성과 탱크 구르는 소리와 패잔병의 아우성과 순이와 그 밖의 많은 사람들의 죽음과—그렇게 부자연스러운 것은 하나도 없었던 것이다. 오직 현수는 자기가 이렇게 살아 있다는 엄연한 사실을 다시 한 번 인식하면 되었다.

제3부 부역죄附逆罪

1

　하룻밤을 사이에 두고 지난 석 달 동안은 꿈인 양 세상은 도로 바뀌어졌다.

　행주나루로 한강을 건너선 유엔군 부대와 국군 해병대는 노도와 같이 서울을 향해 밀려든 것이다. 하늘로부터의 기총 소사와 어긋남이 없이 날아드는 지상 포격에 공산군은 날이 새기 전에 수색을 뜨지 않으면 안 되었던 것이다. 그런 소란스러운 음향과 순이의 죽음이 가져온 산란해진 마음으로 해서 새벽녘에야 겨우 잠이 들었던 현수는 여러 사람이 수군거리는 소리에 눈을 떴다. 포성은 그냥 들리고 있었다. 그러나 현수가 일어나 앉은 근처에서 터지는 소리는 아니었다. 훨씬 남쪽에서 터지고 있는 듯하였다. 현수는 생리적으로 시선이 순이의 시체로 옮겨졌다. 피비린내가 코를 찔렀기 때문이다. '순이는 정말 죽은 것일까?' 한잠을 자고 나니 이 방공호 안에서 그런 일이 있었다는 것이 거짓말 같기만 하다. 순이는 지금 어디 잠깐 나간 것만 같다. 어쩌면 순이는 나를 찾아오거나 하지 않고 북쪽에서 밀려 왔던 수많은 사람과 함께 가버린 듯도 했다. 그러나 그는 오래도록 순이의 몸에서 풍기는 냄새와 그 냄새에 꼬리를 물고 일어나는 순이와 경혜와 그리고 자신에 관한 생각만을 계속하고 있을 순 없었다.

방공호 밖에서 사람의 목소리가 들려오고 있기 때문이다.

"어서 일어나, 이 망할 놈!"

씩씩한 젊은이의 목소리였다.

현수는 그 목소리의 주인공이 누구이며 또 무슨 일이 일어나고 있는지를 생각할 겨를도 없이 문득 방공호 입구에 늘어져 있는 하얀 물건이 눈에 띄었다. 태극기—그건 참으로 오래간만에 보는 태극기였다. 거기서 있는 국군 병사의 총에 달린 그 태극기는 몹시 더럽혀진 채로였다. 그 병사와 현수와 그 기旗를 매일같이 바라보며 살아오던 모든 사람들이 피곤해 있는 것처럼 그 태극기도 피곤한 듯했다. 현수는 저도 모르게 그 태극기를 붙잡았다. 웬일인지 서러워진다. 마구 눈물이 흘러내렸다. 오른발에 총알이 박힌 듯 절룩거리는 공산군 포로를 끌고 가다가 거기 서 있던 병사는 현수에게로 고개를 돌렸다.

"고생들 많이 했습니다. 당신의 눈물을 나는 알 수 있습니다. 그 뜻을 얼마든지 갸륵하게 생각합니다. 당신의 그 긴 머리칼, 수염, 뼈만 남은 얼굴……. 그러나 이제 우리는 전쟁에 이긴 것입니다. 조금도 서러워하거나 할 필요가 없습니다. 우리는 전쟁에 이겼으니까!"

"……."

현수는 한참 그 병사의 얼굴을 바라보았으며 그리하여 새삼스레 나의 머리칼은 퍽 길 것임을 생각했다. 그리고 수염도. 두 달 가까이 이발을 안 했으니까.

"자식이, 어서 일어서지 못해!"

"다리가 아파요. 죽게시리 아파요! 죽이던 않갔디요? 난 빨갱이 아니야요. 그래서 도망도 안 가시요……. 정말 죽이던 않갔디요?"

공산군 포로는 죽음만이 겁이 난 듯 연방 같은 말을 되풀이한다.

"누가 죽인댔어. 우린 너희놈들처럼 포로를 죽이진 않는다. 어서 일어서!"

포로는 절룩거리는 발로 겨우 일어섰다.

현수는 또 한 번 서러운 생각이 들었다. 사람이란 아무도 자기 생명에 대하여 자기 자신이 조알만치도 권한이 없는 것이다. 예측도 할 수 없다. 저 포로처럼…….

"형씨! 잘 계시오. 우린 다시 이렇게 태극기 밑에 살게 되지 않았습니까!"

그러고 보니 시야에 들어오는 부락의 민가에는 모두 태극기가 꽂혀 있었다. 결코 현수는 그 병사가 말하는 것과 같이 그동안에 고생을 한 것이 서럽다든가 전쟁에 이긴 것이 기쁘다든가 해서 눈물을 흘린 것은 아니지만 어쩐지 그 병사의 마음과 자기의 마음은 동일한 것일 수도 있다고 내켰다. 그러나 그 병사가 포로를 앞세우고 저만치 한길가로 나선 뒤에는 어쩐지 자기가 눈물을 흘렸다는 사실이 쑥스럽게 여겨졌다. 나는 눈물을 흘릴 까닭이 없는 것이다. 꿈같기만 한 야단스러운 석 달이 지나가고 다시 하늘의 빛깔조차 따스해 보이는 오늘을 맞았다는 사실이 우연은 아닐는지도 모르나 그것에 감동될 필요는 없는 것이다. 지금 이 시간은 이미 마련되어 있었다든가 하는 운명적인 것은 아닌 것이다. 오직 나는 지난 석 달 동안 우울한 하늘 밑에서 고된 시간을 보내는 사이에 나로서 가장 타당한 행동을 취해온 것처럼 맑고 따스해 보이는 하늘 아래 나에게 가장 타당한 행동을 가지면 되는 것이다.

현수는 태극기가 달린 총을 오른쪽 어깨에 멘 병사와 공산군 포로가 한길 저쪽으로 사라진 후에도 오래도록 거기 서 있었다. 이젠 다시 어머니도 돌아오게 될 것이고 어쩌면 길수 형도 만날 수 있을 것이며 그리하여 지금 태극기를 오랜만에 보았을 때처럼 눈물이 저절로 쏟아질 것이며 마찬가지로 어머니나 길수 형도 또한 눈물을 흘릴 것이다.

집집마다 꽂힌 태극기는 일주일째 펄럭이고 있었다.

현수도 천장에 두었던 태극기를 현관에 꽂았다. 계속되는 청명한 날씨와 함께 현수는 모든 것이 찬란하기만 하였다. 어디 숨어 있던 직장 사람들도 거의 모여들었다. 부산 지방으로 피란하였던 철도 종사원들도 머지않아 모두 돌아온다는 것이었다. 슬프거나 괴롭거나 할 이유는 추호도 없었다. 다만, 기호가 보이지 않는 것이 현수는 궁금하였다. 파주로 갔다던 기호는 아직 돌아오지 못한 것이다. 거기에는 아직 우군의 손이 닿지 않은 것이다. 뜬소문에 의하면 기호는 일산에서 공산군 패잔병의 손에 살해당했다고도 했고 시체를 본 사람이 있다는 말도 들려왔다. 오늘도 어제와 마찬가지로 직장에 나와 전신대를 어루만지며 방을 치우며 그렇게 하루를 보낸 현수는 줄곧 기호 생각을 했다. 기호가 여기를 떠나가며 뇌까리던 말이 자꾸만 생각났던 것이다. '우리가 죽은 후에 무엇이 남는다고 생각하는가? 누구를 위한다는 것, 그건 우선 우리 자신을 위한 다음에 생각할 문제인 것이다. 틀림없이 유엔군의 반격은 시작된다. 여긴 전쟁터가 된다. 우리는 그 희생물이 된다. 그럴 필요가 없는 것이다. 우리는 우선 우리의 존재를 인정한 후에 나 아닌 다른 존재들을 인정할밖에 없는 것이다. 설사 우리가 살아남는다고 하자. 여기 이곳이 전쟁터가 되고 포화에 싸이고 하여도 우리는 살아남는다고 하자. 그러나 우리는 여기 그냥 남아 있었다는 가책을 받아야 하는 것이다. 우리의 마음의 상태는 아무 소용이 없는 것이다.' 그렇게도 생존에 대한 욕심이 강하던 기호가 만약 죽었다면 얼마나 허무한 노릇인가. 결국 기호는 생존욕이 그만치 적었던 사람이 되어버리는 것이다. 그러나 현수는 다음 순간 기호는 죽었다고 단정한다든가 자기는 살아 있다든가 하는 것들은 아직 확실하지 않다는 사실이 내키자 좀 우울해졌다. 여기 남아 있었다는 사실─ 마음의 상태와는 아무 상관이 없다는 그런 사실들이 과연 기호의 말대로 문제시 안 된다고 단정할 수 없는 것이다. 실상 직장에서는 며칠째 현수와 수장에 대하여 심상치 않은 분위기가 되어진 것이다. 그건 현수와 수장은 치안대 대원이 되지 못하였다는 사실만 보더라도 알 수가 있었다.

"안 상, 무슨 생각을 하시오! 당신과 나는 죄를 진 사람이오. 알아듣겠소?"

어느새 수장이 사무실 안에 들어와 있었다. 술기가 있었다. 얼굴이 불그스레했다.

"헷쇠…… 왜 그렇게 무서운 눈을 합니꺼? 안 상, 나는 죄인이오, 죄인!"

"……."

현수는 어쩐지 수장의 심정이 짐작이 됐다. 그러나 역시 수장처럼 그런 마음이 되어지진 않았다. 여기 마지막 날까지 남아 있었다는 사실이 어쨌단 말인가. 무슨 가책을 받을 필요는 없는 것이다. 부산 지방으로 피란 갔던 사람이나 석 달 동안 꼬박 천장이나 굴 속 같은 데 묻혀 있던 사람들이 그렇게 할밖에 없었던 것처럼 나나 수장이나 그 밖의 여러 사람들은 북쪽에서 밀려 왔던 사람들과 더불어 여기 머물러 있을밖에 없었고 수장이나 또 내가 마지막 날까지 남아 있은 것은 수년간(수장의 경우는 수십 년간) 지켜온 직장을 비워둘 수가 없었거나 그 밖의 여러 가지 이유에서인 것을 어떡할 수가 없는 것이다. 그리고 그러한 사람들이 이 세상에 존재하는 법률이란 것에 의하여 죄가 되는 그것 또한 어쩔 수 없는 일이다. 그렇다고 수장이 우울해지거나 자포자기에서 술주정을 할 필요는 없는 것이다. 세상이란 으레 과거 수백 년, 수천 년, 수만 년 전부터 그러하듯이 다채로운 사건들을 제시하면서 전개되게 마련이니까.

"수장, 술이 좀 과하셨군요. 그렇지만 수장이나 내가 죄인일 수는 없으며 또 그런 생각을 가질 필요도 없습니다."

현수는 좀 쓸데없는 말임을 느끼면서 이렇게 말하였다.

수장은 한참 멍하니 입을 벌리고 현수의 얼굴을 바라다보고 있었다. 취중에도 현수의 그런 소리에 어이가 없어진 것인지도 모른다.

"이렇게 수장이 술을 마음대로 자실 수 있다는 것만 해도 얼마나 즐겁소. 아마도 수장은 그렇게 즐겨 하는 술을 지난 석 달 동안엔 한 번쯤밖에 입에 대지 못했을 것입니다. 비하면 오늘이 얼마나 다행합니까?"

별난 얼굴이 된 수장의 마음을 고쳐주기 위하여서가 아니라 어쩌다 현수는 이런 말을 뇌까렸다. 수장은 더욱 이상한 얼굴이 되더니 입을 벌린다.

"그렇지요. 기쁘구 반갑지요. 그러니까 나는 더욱 견딜 수가 없는 것입니다. 내가 언제 그놈들을 진심으로 좋아했나요, 안 상…… 오늘 같은 날이 있을 줄 믿었기 때문에 참을 수 있은 게 아니겠소. 정말 나는 무서웠어요. 그놈들이 그리고 이 선생이, 때로는 안 상까지도……"

"……"

사무실 안에 저녁 햇빛이 찼다.

현수는 수장이 자기까지를 무서워했다는 말이 너무 의외이기는 했으나 금방 수긍이 되었다. 수장은 나까지가 무서웠을 것이다. 나는 진작 수장이나 그 밖의 여러 사람들에게 나의 마음을 말해두어야 했을 것이다. 오늘의 입장을 변명하자거나 하는 생각에서는 물론 아니다. 기호를 두려워하고, 기호 대신 온 강을 두려워하고, 또 총탄을 두려워하고, 그리고 나까지를 무서워한 그들에게 나의 진심을 말했던들 얼마나 즐거워했을 것인가.

"그러나 안 상이 현장에 나왔을 때 나만은 알았지요. 그래 지금 이런 말씀을 드리고 있지 않습니까, 안 상."

현수는 그런 수장이 왜 그런지 여간 고맙게 생각되지 않았다. 그가 나의 마음을 알아준다는 사실, 그런 것은 아무런 가치가 없는 일인지도 모른다. 상대가 수장이 아니고 설사 어마어마한 권력을 가진 사람이더라도 아무런 가치가 없는 일이다. 남이 나를 알아주거나 그렇지 않거나 나는 어디까지나 나대로 있는 것이다. 오직 나는 수장과 이야기를 할 수 있다는 사실이 즐거운 것이다. 그가 수장이 아니라도 좋다. 순이가 죽은 후 아무와도 별로 이야기를 하지 않은 나는 이야기가 하고 싶었던 것이다. 농담이나 그런 아무 목적이 없는 이야기를 하는 법이 없는 나도 모처럼 수장과 이렇게 이야기를 교환할 수 있다는 사실이 즐거운 것이다.

수장은 취기가 점점 올라서 몸이 견딜 수 없었던지 안으로 들어가버리었다.

현수는 자기도 수장처럼 술이나 마실까 하는 생각이 내켰다. 그러나 금방 체질이 알코올분을 소화시키지 못함을 생각하고 그만두었다. 언젠가 누구의 송별회 때 술을 몇 잔 들이켰다가 밤새도록 고통을 당한 적이 있는 것이다. 그러니까 수장처럼 술을 마시지 못하는 나는 대신 며칠 동안 직장을 쉴 것을 생각했다. 전신 외의 일을 하지 않아도 괜찮은 환경이 된 나는 별로 할 일이 없다. 며칠 쉰다 해도 아무런 지장이 없는 것이다. 그리고 지난 석 달 동안처럼 쉰다고 해서 나무랄 사람도 없는 것이다.

2

해가 중천에 올라왔을 때에야 현수는 눈을 떴다.

그는 오늘도 출근을 하여야 했다. 전신선의 복구는 그리 쉽게 있을 것 같지도 않았고 그렇다 해서 공산군이 들어왔을 때처럼 통신수들이 하는 일을 도울 필요도 없어 할 일은 없었으나 출근은 하여야 되는 것이다. 그러나 그는 어제 수장을 만났을 때 생각났던 것처럼 오늘부터 그만 며칠 동안 쉬는 것이 좋다고 생각하면서 그대로 자리에 누워 있었다.

유리창으로 스며드는 햇빛이 얼굴에 간지럽다. 어머니의 생각이 났다. 따스한 햇빛이 어머니의 손길처럼 착각된 탓인지도 모른다. 그 언젠가 현수가 어릴 때 만져주던 어머니의 손길, 어쩌면 아버지의 손길 같은 것인지도 모른다. 결코 나는 어제 수장이 뇌까리던 말이 생각났고 그럼으로 해서 주저할 이유는 없는 것이다. 나는 지금 나의 행동을 나무랄 필요가 없다. 물론 수장과 그런 말을 주고받은 끝에 며칠 쉴 것을 생각해 낸 것은 사실이며 바로 이튿날인 오늘 행동에 옮기고 있기는 하지만 그래 어떻단 말인가. 일주일 전에 순이가 죽었다는 사실, 그리고 순이의 시체는 아직도 방공호 속에 버려둔 채 있다는 사실, 순이가 죽어간 이튿날 아침의 감격과 그 감격과 함께 석 달 동안의 긴장이 풀린 탓으로 나는 피로를 느꼈을 뿐이다. 여러 사람들의 시선이 나와 수장에게만은 이상하게 비치고 있다든가 나와 수장은 치안대원이 되지 못하였다든가 하는 사실들로 해서 나는 이렇게 자리에 누워 있는 것은 아니다. 나는 직장이 싫어진 것은 아니다. 역시 나는 전신대를 사랑한다. 석 달 전처럼 내 마음과 주위가 안정되면 다시 나는 통신약어 연구를 계속할 것이다. 이렇게 내가 출근을 않고 자리에 누워 있는 것은 단순히 피로를 덜기 위해서요, 또 내 주위가 나의 이런 행동을 용납할 것으로 내 마음이 그렇게 되었기 때문에 태연히 이렇게 누워 있을 수가 있는 것뿐이다. 그 밖의 아무런 이유도 없는 것이다. 있다면 유리창으로 스며드는 햇빛이 유달리 따스하게 느껴졌고 그러므로 나는 온몸이 노곤하여 좀 더 자리에 누워 있고 싶을 뿐일 게다. 오늘은 벌써 시월 초이틀이다. 유리창 밖은 제법 찬 기운이 어린 바람이 있을 게다. 그런 바람은 결코 내 마음을 즐겁게 해줄 수는 없는 것이다.

현수는 방 안을 두루 살펴었다. 별로 달라진 데가 없다. 여섯 장의 베니어 판자로 되어 있는 천장, 아무런 뜻도 없는 푸른 단색 무늬가 있는 종이를 붙인 벽장문, 회색이 칠해진 흰 바람벽, 뜰 안이 내다보이는 여덟 장의 유리로 되어 있는 두 개의 도어, 정성껏 들기름을 칠한 장판 그리고 벽에 걸려 있는 괘종과 철도 작업복 두 벌. 현수는 조금도 불안해질 까닭이 없는 것이다. 그는 다시 눈을 붙이었다. 어쩐지 졸음이 자꾸 오는 것이다. 하긴 어젯밤은 여러 가지 생각을 하느라고 포근히 잠들 수는 없었다. 그러나 여덟 시간은 잔 것이다. 그러고 보면 사람이란 일생 동안 자기가 자야 할 시간은 자고야 마는가보다. 지난 석 달 동안 현수는 하루 평균 기껏 다섯 시간쯤밖에 자지 못한 사실이 내켰기 때문이다.

현수가 다시 눈을 뜬 것은 정오가 훨씬 지나서였다. 누가 현관문을 뚜드리고 있었다. 부스스 자리에서 일어난 현수는 지금 현관문을 뚜드리는 사람이 누군가 싶어 약간 가슴이 설레었다. 어머니? 길수 형? 경혜? 혹은 수장? 그렇게 생각하면서 현관으로 나섰다. 그러나 현관, 거기 서 있는 사람은 어머니도 길수 형도 경혜도 또 수장도 아니었다. 몹시 빛나는 네 개의 시선—오른쪽 어깨에 장총을 멘 두 사나이다. 그중 한 사람이 순오임을 현수가 안 것은 그다음 순간이었다.

"안 선생! 잠깐 가셔야 하겠습니다!"

순오는 어딘지 거북한 태도이긴 하였으나 멀쩡한 얼굴이다.

현수는 한참 순오의 얼굴을 주시하고 있었다.

"제가 여기 온 것은 당연하지요. 안 선생 댁을 아는 사람은 저밖에 없으니까……"

"……"

현수는 역시 아무 말 없이 시선을 또 다른 사내의 얼굴로 옮겼다. 앗! 하마터면 외마디소리를 지를 뻔했다. 그자는 바로 공산군이 처음 이곳으로 밀려들 때 난지도가 보이는 한강 강변에서 만난 사내이기 때문이다. 왼팔에 완장을 끼고 인공기가 달린 장총을 메고 서울 해방을 외치면서 피란민의 한강 도강을 저지하던 자위대원이다. 분명 검차 사무소에 근무하는 사내였다.

"어서 옷을 입고 나오시오. 마지막까지 계속 근무한 사람은 일단 조사를 받게 되어 있습니다. 또 댁이 국군 입성하는 날까지 근무한 것은 사실이니까요."

"……"

그리고 보니 이자는 기호가 도망친 얼마 후부터 수색 부근에서 자취를 감추었다는 사실이 생각났다.

"괴뢰군이 있을 땐 그렇게 충실하였던 당신이 결근을 한다는 것부터 좋지 않습니다."

'그렇지 않다. 괴뢰군이 있을 땐 내 마음이 어쩐지 이렇게 편안히 누워 있을 수가 없었을 뿐이다. 긴장보다는 공포 같은 것이 나로 하여금 자리에 눕게 하지 못했다. 그러나 지금은 다르다. 그리고 나는 국군의 입성을 누구보다도 반가워한 사람 중의 한 사람이며 지금도 마찬가지로 나의 마음은 기쁜 것이다. 때문에 이렇게 자리에 누워 있을 수도 있는 것이다. 물론 결근을 한다는 것은 좋지 않은 일인지도 모른다. 그러나 현재는 내가 할 일이 없는 것이다. 직장으로 나가 있거나 이렇게 누워 있거나 마찬가지인 것이다. 아무도 나의 이런 행동을 간섭할 필요는 없는 것이다. 그 자의 입놀림이 끝나는 순간 현수는 이런 생각이 번개처럼 머리를 스쳤고 자칫하면 입 밖으로 튀어나올 뻔했으나 이어 그런 말은 아무 소용이 없음을 깨달았다. 그들의 태도는 너무나도 결정적이었기 때문이었다.

도로 방으로 돌아와 작업복을 입은 현수는 그들의 뒤를 따라 수색철도 치안대란 데로 왔다. 어느 민가 하나를 빌어 사무실로 쓰고 있었다.

현수는 사무실로 들어서자 거기 앉아 있던 사람이나 서성거리던 사람들의 시선을 일제히 받지 않으면 안 되었다. 약간 당황했다. 무서운 생각이 들었다든가 겁이 난다든가 하여서가 아니라 많은 시선들이 자기에게 쏠려 있다는 사실이 거북하고 퍽 어색하게 느껴졌기 때문이었다. 그러나 현수는 금방 침착할 수가 있었고 그들의 얼굴을 자세히 기억할 수가 있었다. 간혹 처음 대하는 얼굴도 있었으나 대개가 안면이 있는 사람들이다. 비록 이야기를 주고받고 한 사람들은 아니라고 해도 모두 얼굴들만은 기억에 있는 사람들이다. 수색역이나 운전 사무소나 그 밖의 직장의 간부들과 교통부 본부에 근무하는 사람들이었다. 그리고 그들은 지난 석 달 동안 가장 그늘에서 지내던 사람들임을 직각적으로 알았다. 왜냐하면 지금 현수가 그들의 얼굴을 기억하는 것은 석 달 이전에 얼굴을 대하여서가 아니라 바로 석 달 동안 그들이 수색역 구내 이 구석 저 구석에서 채초採草 작업을 하였을 때나 용산역 구내에서 선로 복구작업을 할 때 본 얼굴들이기 때문이다. 그때 그들은 모두 창백한 얼굴이었다. 생전 육체노동을 모르던 그들에겐 어지간히 고역이었을 게다. 그러니까 그들은 창백한 얼굴이었고 어서 석 달 이전의 상태가 돌아오기를 누구보다도 바랐을 게다. 그러나 내가 이들 앞에 죄인처럼 끌려 나올 까닭은 무엇이며, 이들이 나를 데려올 권한이 어째서 있단 말인가? 결국 그들과 나는 마찬가지인 것이다. 그들이 지난 석 달 동안 그 이전에 만지던 펜과 종이

와 장부 대신 선로의 풀을 뜯고 있었거나 아니면 삽이나 곡괭이를 들고
복구작업을 하였던 것처럼 말하자면 그들이 육체노동자로 전락하였던
것처럼 나 역시 전신대와 전보용지와 연필을 버리고 펜치와 삽과 곡괭이
를 잡고 있었던 것이다. 다름이 있다면 그들은 서로 그러한 자기네의 행
동들이 진의가 아니었다는 이야기를 확실히 주고받았다는 데 비해 나는
그 누구에게도 나의 진심을 말할 필요가 없었다는 것뿐이다. 그것이 무
슨 중요성이 있단 말인가? 자기의 진심을 남에게 말한다는 것은 퍽 믿을
수 없는 말이다. 또 우스운 이야기다. 사람의 마음이란 환경에 따라 또
시간에 따라 얼마든지 달라질 수가 있는 것이다. 결국 나는 내가 여기 많
은 시선들에 의하여 죄인이 된다는 것이 적당하지 못하다거나 부당하다
거나를 씹을 필요는 애당초 없는 것이다. 다만 나는 앞으로도 지난 석 달
동안처럼 그 이전의 이십여 년간처럼 나에게 마련된 영토 안에서 나에게
부여된 시간 위에서 가장 타당한 행동을 취하면 되는 것이다. 물론 나는
나 이외의 것의 존재로 해서 어색한 경우도 당할 것이다. 그러나 그건 어
쩔 수 없는 일이다. 이 땅 위에는 나 개인의 것이란 내 육체 이외 아무것
도 없으니까. 내 육체마저 완전한 내 것이 아닐는지도 모르니까. 무엇보
다도 나의 어머니는 나의 육체의 반쯤을, 어쩌면 전부를 자기의 것으로
여기는 수가 있기 때문이다.

현수는 치안대장실로 인도되었다.

인도된 것이 아니라 분명 끌려 들어간 것이지만 현수는 그렇게 착각
되었다. 나는 소위 치안대장을 만날 용무가 없다. 적어도 내 편에서 그
누군지 모르는 사내를 만날 용무는 없는 것이다. 그러니까 나는 인도된
것이 아니라 끌려 들어가는 것이다. 그러나 지금 나는 이 조그마한 방에
들어가는 데 있어서 아무런 부자유도 느끼지 않고 있으며 어색할 것도
없다. 지금 나는 아무런 수치심도 괴로움도 없는 것이다. 낯선 방에서 낯

선 사내를 만나게 된다는 것은 우연이다. 나는 이 우연을 일찍이 예상한 적이 없다. 결국 나는 이 낯선 방에서 낯선 사내를 만나거나 만나지 않거나 아무래도 상관이 없는 것이다. 다만 중요한 것은 내가 처음 들어온 이 건물 안의 조그마한 방에서 어느 낯선 사내와 만나게 되는 데 있어서 나와는 반대로 그 사내와 또 이 건물은 나(적어도 나와 같은 처지의 사람)의 출현을 기다리고 있다는 사실이다. 오직 그런 의미에서만 나는 인도되는 것이 아니라 끌려간다고 할 수 있을 뿐이다.

참으로 조그마한 방이었다. 사방 여섯 자밖에 안 되는 온돌방이다. 거기에다 테이블과 회전의자, 벽의자 하나씩이 놓여 있기 때문에 숨 가쁠 정도로 비좁다. 선뜻 눈에 띄인 것은 회전의자 뒤의 벽에 붙어 있는 커다란 태극기였다. 현수는 한참 태극기에 눈을 팔고 있었다. 이 방의 면적에 비해 크기가 엄청나다든가 하여서가 아니라 실로 현수의 시선을 당긴 것은 너무나도 깨끗하였기 때문이다. 때가 티끌만치도 옮지 않았을 뿐만 아니라 주름살조차 없다. 재봉틀에 박은 실밥이 또렷한 신장新裝*이었다. 담백한 지地*와 붉은색과 검은색과 그런 색채들이 너무나 선명하였다.

현수는 순이가 죽어가던 이튿날 아침 방공호 안에서 본 어느 국군 병사의 소총에 걸려 있던 태극기를 생각했다. 석 달 동안 천장에 두었다가 그날 현관에 꽂은 자기의 태극기를 생각했다. 그리고 지금 눈앞에 있는 태극기와 비교해보았다. 그리하여 지금 눈앞에 있는 태극기가 태극기라는 형태로서 우리의 눈에 비칠 때까지의 재료를 생각했다. 며칠 전에 혹은 바로 어제, 어쩌면 오늘 아침에, 아니면 바로 조금 전까지도 이 태극기의 재료들은 그 누구네 집의 의롱 밑에 있던 광목과 그 어느 여인의 치마 같은 것인지도 모른다. 그리고 그 광목의 주인과 치마의 주인들은 지

---

* '옷감' 또는 '천'의 뜻을 지닌 접미사이므로 '양복지', '외투지'처럼 명사 뒤에 붙여 쓰는 것이 올바른 용법이다.

금 이 시간에 이 땅 위에 존재할 수 없는 인간들인지도 모른다―고 현수는 어처구니없는 망상에 잠겨 있었다.

대장이라는 자는 대머리가 홀딱 까지고 몸집이 비대한 제법 위엄이 있는 사람이었다. 현수도 여러 번 본 적이 있는 얼굴이다. 분명 용산본부 무슨 국의 계장으로서 동란이 일어날 때까지 수색 관사에 거주하면서 기차 통근하던 사내이다.

"당신이 안현수요?"

"그렇습니다."

대장도 현수의 얼굴이 짐작이 되는 듯 엄청나게 큰, 그래서 무거워 보이는 두부頭部를 갸웃거렸다.

"수색 통신분소라……."

"……."

대장은 혼잣말처럼 현수의 근무처를 외우고 있는 것이다.

현수는 문득 자기가 대장의 얼굴을 알고 있는 것처럼 대장도 자기의 얼굴을 반드시 기억하고 있는 것은 아니라는 생각이 내키어 약간 불안한 마음이 되었다. 그러나 금방 그런 불안은 아무런 뜻이 없다고 내켰다. 이 자가 나의 얼굴을 기억할 이유가 없는 것이다. 내가 이자의 얼굴을 기억하고 있다고 해서 이자가 나의 얼굴을 기억할 수 있다든가 기억하고 있으란 법은 없는 것이다―고 생각하니 현수는 오히려 우스운 생각이 들었고 그전에 대장의 그 큼직한 얼굴이 있던 장소를 그려보았다. 본부 무슨 국局 사무실 테이블에 우뚝 앉아 있던 얼굴, 통근열차 객차에 앉아서 떠들어대던 괴상한 얼굴, 통근열차를 기다리는 플랫폼에서 통근자들에게 둘러싸여 재미있는 이야기를 지껄이던 얼굴, 그리고 공산군이 들어온 후 본부에 근무하던 사람이나 그 밖의 현장의 간부들로 조직된 선로 채초반의 책임자 격이 되어 선로의 풀을 뜯으며 역시 떠들어대던 얼굴과 지금 이렇게 치안대 대장이 되어 우뚝 앉아 있는 얼굴—말하자면 이자는 어디서든지 두드러진 존재였기 때문에 나는 이자의 얼굴을 용이하게 기억하고 있는 데 반하여 별로 할 말이 없어 늘 무표정한 얼굴로 이자의 얼굴을 비롯한 숱한 얼굴들의 표정을 구경만 하던 나는 당연히 이자의 기억에 있을 리가 없는 것이다.

"국군이 들어오는 날까지 일을 했다……. 마지막 날까지 남아 있었다……. 충실하게 일을 했다……. 그리고 수복 후에는 결근을 한다…….
안 되지, 안 되구 말구. 안 돼!"

"……."

혼잣말처럼 지껄이고 난 대장의 이마에는 주름살이 잡혔고, 그 큼직한 눈알을 굴리며 한참 현수의 표정을 살핀다.

현수는 또 한 번 우스운 생각이 들었다. 무엇보다도 대장의 눈을 자세히 보니까 사팔뜨기이다. 이자의 눈이 전에도 비뚜로 박혀 있었던가. 그리고 물부리*를 꺼내 물면서 일어서는 대장의 태도는 참으로 우스워서 견딜 수가 없는 것이다.

"부대장!"

하고, 대장이 문밖을 향해 소리를 지른 거의 같은 순간에 웃음을 참노라고 고개를 숙였던 현수는 처음 느낀 그 무슨 새로운 사실에 놀랐다. 그것은 온돌 장판 위에 무수히 나 있는 발자국 자리였다. 그것은 마치 이 사람들에 의하여 부당하게 행동의 구속을 당하는 자신의 마음에 수없이 뚫린 구멍 같은 것인지도 모르리라 내켰던 것이다.

현수는 대원 한 사람에게 끌려 치안대 사무실을 나왔다. 안면이 있는

---

* 담배를 끼워서 빠는 물건.

사람이 몇 눈에 띄었다. 그러나 아무도 현수에게 이야기를 던지는 사람은 없었다. 경멸하는 듯도 하고 동정하는 듯도 한 눈초리들을 보냈을 뿐이었다.

"나는 당신이 어떤 사람인지를 잘 알고 있으며 당신 같은 사람은 유치장에 넣을 필요가 없다는 것쯤도 알고 있습니다. 그러나 헐 수 없습니다. 치안 관청이 들어올 때까지 우리의 손으로 우리의 생명과 재산을 지키기 위해서는 당신 같은 사람까지도 그렇게 되는 수가 있는 것을……."

현수를 데리고 가는 대원은 잠시 말을 끊었다가,

"그건 왜냐하면 지금 이 시간에 우리의 생명과 재산에 해를 끼칠 염려가 있는 자들의 지난 석 달 동안의 행동과 당신의 행동은 별반 차이가 없기 때문이지요. 어쩌면 당신의 행동이 더 율이 높을는지도 모른단 말입니다……."

하였다.

그는 퍽 호감이 느껴지는 사내라고 현수는 생각했다. 실상 악감을 가질 이유는 없으며, 또 그 사내의 이야기부터가 호감을 갖지 않고는 못할 말이다. 그러나 현수는 그 사내가 나를 염려하는 것은 아무런 가치가 없다고 내켰다. 그래 나는 조금도 당신들을 미워하거나 원망하지 않는다고 말할까 했으나 그만두었다. 그런 말은 아무런 뜻이 없을뿐더러 유치장까지 오는 동안 그 사내는 조금도 현수를 경계한다든가 하지는 않았고 줄곧 휘파람을 불고 있었기 때문이다.

유치장은 공산군이 들어와 있을 때(좀 더 확실히 말하자면 공습이 심할 때) 교환대가 놓여 있던 뒷산 밑에 있는 방공호였다. 현수가 소속되어 있는 통신분소의 사무실이요, 창고였던 곳이다.

두 칸으로 나누어진 유치장에는 삼십 명가량의 사람이 들어 있었다. 말하자면 부역자들이다. 현수는 별로 취조 같은 것은 받지도 않고 유치

143

장 안에 들어갔다. 흡사 돼지우리 같은 곳이었다. 현수가 들어서자 고개를 드는 사람들이 모두 돼지처럼 착각되었다. 더없이 우울한 분위기였다. 아무도 입을 벌리는 사람이 없다. 그렇게 입을 놀리기 좋아하는 사람들이 이마를 마주 대고 앉아 있으면서 침묵을 지키고 있는 것이 참으로 이상스러웠다. 그러나 입을 놀리기를 싫어하는 현수로서는 여간 다행하질 않았다. 그는 군용담요가 깔린 한구석에 아무 말 없이 앉았다. 벽이며 천장이며 바닥이며 모두 콘크리트로 되어 있는 그 속에는 햇빛이란 실오리만치도 비치지 않는다. 암흑과 침묵과 돼지처럼 웅크리고 있는 사람들과—그렇게뿐이 잠겨 있는 그 속에서는 시간마저 정지한 듯도 싶었다.

방공호 출입문이 열릴 적마다 창살 사이로 햇빛이 비쳤다가 금방 어두워진다.

현수는 비로소 시간이 정지된 듯한 착각에서 깨어날 수가 있었다. 역시 시간은 흐르고 있는 것이다. 그렇다! 무슨 변동이 일어나더라도 시간은 정지하는 법이 없이 흘러가는 것이다. 영원히 흘러가는 것이다. 그리고 나는 내 이전에 태어났던 수많은 사람들처럼 또 내 뒤에 이 세상에 태어날 수많은 사람들과 마찬가지로 무한히 흘러가는 시간선상에 잠시 서 있는 하나의 물체에 지나지 않는 것이다. 몇 년 혹은 몇 십 년이라는 시간은 길고 지리할는지도 모르지만 무한에 비할 때 참으로 그것은 너무나도 짧은 순간이며, 그 짧은 시간에 미미하기 짝이 없는 나의 주위에 벌어지는 양상과 또 그 양상들이 나에게 미치는 영향이란 도시 문제할 필요도 없는 것이다. 그 지점에서 어제 혹은 몇 년 전에 사라졌다든가 내일 혹은 몇 년 후에 사라지든가 하는 차이는 애당초 우스운 이야기가 아닐 수 없는 것이다. 암흑과 침묵과 돼지처럼 웅크리고 있는 사람들과—그렇게뿐이 잠겨 있는 그 안에서 현수는 잠시 그런 생각을 하였으며 그러니까 앞으로 무슨 일이 닥치더라도 조금도 겁을 내거나 할 필요는 없다고 여겼고 실상은 그런 생각조차가 아주 무의미한 것이었다고 내키자 이어 졸음이 왔으며 잠시 후 그는 어느새 코를 드렁드렁 골기 시작하였다.

현수는 그 누구의 날카로운 외마디소리에 눈을 떴다.
"자식! 너 어떤 자식이냐?"
현수는 벙벙할밖에 없었다.
"자식이, 여기가 어딘 줄 알고 낮잠을 자! 이리 나와!"
"……"
"왜 우물쭈물하는 게야? 어서 썩 못 나와!"
비로소 현수는 밑바닥에 깔린 담요 밑에 싸늘한 콘크리트를 만져보았고 지금까지 꿈을 꾸고 있었다는 사실을 알았다. 괴상한 광경이었다. 거기 영롱한 순이의 두 눈만이 빛나고 있었다. 물론 하늘은 짙은 회색빛이다. 공동묘지였다. 몇 십 몇 백의 공동묘지가 버섯처럼 돋아 있었고 그 위에는 사람의 두골이 하나씩 놓여 있었다. 가죽과 살 같은 것은 깨끗이 썩어버린 해골이다. 분명 순이의 무덤 위에만 순이의 완전한 두부頭部가 얹히어 있었던 것이다. 그네가 죽어가던 날 저녁의 그 얼굴, 그 머리칼, 그리고 그 두 눈! 웃지도 울지도 않는 그렇다고 심각할 것도 없는, 아무렇지도 않은 순이의 얼굴을 쓸어안으려고 현수는 달려갔다. 그러나 순이의 얼굴은 늘 저만치 무덤 위에 놓여 있을 뿐이다. 현수가 뛰어가면 그만한 속도로 순이의 얼굴은 무덤과 함께 달아나는 것이다.
"이 자식이, 사람의 말이 말 같질 않아? 이리 썩 못 나와!"
도로 꿈속에 잠겼던 현수의 귀에는 자물쇠가 열리는 소리가 들렸다. 그리고 현수는 취조실에 불리어 갔던 것이다.
석양이 희미한 채로 비쳐드는 곳이다.
현수는 좀 슬픈 생각이 들었다.

"자식아! 그래, 죄를 진 놈이 무슨 속이 편하다구 낮잠이야!"

현수는 연달아 날아 들어오는 그 사내의 오른손이 양쪽의 볼에 부딪칠 때마다 번쩍 일어나는 빛깔을 보았다. 그러나 현수는 아프다든가 억울하다든가 하는 생각이 들기 전에 그저 서러워졌다. 매를 맞는다는 그런 것 때문에가 아니다. 순이의 얼굴, 특히 두 눈이 아직 사라지질 않기 때문이다. 현수는 와락 그 사내에게 달려들어 쓸어안고 울고 싶은 충동조차 느꼈다. 그러나 바로 그때 방공호 출입문이 열리고 또 다른 사내가 들어왔다.

"이건 뭐냐!"

새로 들어온 사내가 물었다.

"자식이 여기가 어딘 줄 알구 낮잠을 잔단 말이야!"

"뭣이! 녀석 생긴 모양이라니! 도대체 빨갱이놈들 왔을 때 뭘 해 먹었어!"

먼저 있던 사내는 흥미가 없어졌던지 저만치 놓여 있는 궤짝에 앉아 버린다.

"자식아, 왜 대답을 못해! 벙어리야? 입이 붙어버렸나 말이야!"

비로소 두 사내의 얼굴의 생김생김을 살피고 난 현수는 참으로 난처하였다. 먼저 있던 사내는 흡사 독사처럼 매서운 눈을 가지고 있고 새로 들어온 사내는 수염이 귀밑까지 시커멓게 돋은 산돼지같이 생겼다. 결국 이들은 무슨 시비를 거는 것만 같았다. 분명 운전 사무소의 소속원으로 기억되는 이들은 나를 때릴 구실을 만들고 있는 것이다. 청취서 하나 꾸밀 줄도 모를 듯한 이들은 이렇게 부잣집 문지기처럼 지켜 있는 노릇에 싫증이 났을 것이다. 그러니까 무슨 트집을 잡아서라도 여기를 소란하게(그들에게는 번화하게 생각될 것이다) 만들 필요가 있는지도 모르는 것이다.

새로 들어온 사내는 현수가 오래도록 입을 벌리지 않는 것이 더욱 화가 났던지 손질을 또 시작했다.

"빨갱이놈들 앞에서 뭘 해 먹었냐 말이야……. 자식이 벙어린가?"

현수는 참으로 대답할 아무것도 없는 것이다. 나는 어제나 오늘이나 또 내일이나 생활의 양식이 달라질 아무런 이유도 발견 못했던 것이다. 너희들과 마찬가지로 우연한 기회에 철도에 종사하게 되었다는 사실, 그리고 수년간 같은 일을 하여오는 사이에 어느새 그 일에 익숙해졌으며, 다행히도 그 대가로 굶지 않고 살 수 있었고 또 살아왔을 뿐이다. 전쟁이 일어나고 공산군이 들어오고 그리하여 나의 주위는 소란해졌으나, 어느새 나는 또 그러한 환경에 완전히 익숙해졌으며 그러한 생활을 석 달 동안 계속한 끝에 다시 그 이전의 상태인 오늘을 맞이하였을 뿐이다.

현수는 입을 다물어버리기로 작정하였다.

그 결과는 곧 예측대로 나타났다. 산돼지처럼 생긴 사내의 손이 무수히 두 뺨을 내리쳤고 때로는 주먹이 턱에 부닥치기도 하였고 그럴 때마다 현수는 저도 모르는 사이에 비명을 올리고 있었다.

그러나 그러한 상태는 장시간 지속될 수는 없었다. 무엇보다도 그 사내 자신이 싫증이 난 것이다.

"이 자식은 도대체 어떻게 생겨먹은 자식이 이 모양이야!"

현수는 대답 대신 히죽 웃어주었다.

"웃어! 자식아, 뭣이 우스워? 하하."

결국 그 산돼지처럼 생긴 사내 역시 웃어버리고 말았다.

현수는 왜 웃음이 났는지 모를 일이었다. 하지만 곰곰이 생각하면 웃을밖에 없는 것이다. 무수한 구타를 겪고 난 뒤에 그는 무슨 중노동을 끝내고 난 기분이 되었던 것이다. 노곤하면서도 무엇인지 희열이 느껴졌다. 즐거웠다. 희열과 즐거움—그런 것들은 곧잘 '웃음'이라는 형태로 표현되는 수가 있는 것이다.

"아무래도 이놈은 좀 돈 놈이야…… 하하하."

더욱 야단스러워진 그 사내의 웃음소리를 등에 두고 도로 유치장 안에 들어간 현수는 또다시 졸음이 왔다. 귀찮았다. 주체스러웠다.* 결국 그는 주위의 소란스러움과 더불어 잠시 잊었던 피로를 한층 더 심하게 느낀 것이다. 긴장이 풀림과 함께 역습해온 육체적인 피로, 그리고 순이의 죽음을 비롯하여 단시일 동안에 벌어진 많은 사건들 때문에 자극을 받은 신경—현수는 마음과 몸의 안정이 필요했고, 또 그것은 이와 같은 유치장 안이 더없이 알맞은 곳인지도 모른다고 생각했다. 시멘트 바닥이 조금 전처럼 싸늘하게 느껴지지 않고 따스하다. 그의 육신은 어지간히 열이 오르고 있었던 것이다.

현수는 다시 코를 드렁거렸다.

"여보세요, 여보세요!"

옆에 웅크리고 앉았던 사람이 가는 목소리로 말하였다.

"또 매를 맞으려고 좁니까? 도대체 당신은 뭐 마음이 편해서 졸음이 옵니까? 우린 밤에도 통 잠을 이룰 수가 없어서 못 견디겠는데!"

현수는 무엇이라 대답을 하고 싶어졌다.

"마음이 뭐 편할 거야 없지요. 그러나 편하지 않을 것도 없지요. 물론 당신들이 잠을 이루지 못하는 이유는 짐작이 되고 동정도 합니다. 그러나 당신들도 나처럼 몸과 마음이 지나치게 피로하면 졸음이 올 것입니다. 그리고 나도 당신들처럼 이 안에서 며칠 푹 쉬고 나면 졸음이라는 게 함부로 오지 않을 것입니다."

현수의 말이 끝난 후에도 말을 건넨 사람은 한참 입을 벌리지 못한다. 현수는 다시 두 눈이 사르르 감겨졌고 금방 다시 코를 드렁거렸다.

---

* 처리하기 어려울 만큼 짐스럽고 귀찮은 데가 있다.

"여보, 제발 졸지 마세요. 애원합니다. 물론 매를 맞는 것은 당신이고 우리가 맞는 것은 아니지만 우린 당신의 그 비명을 참말 들을 수가 없습니다. 당신만의 비명이 아니라, 사람이 매를 맞을 때 새어 나오는 비명을 우린 참말 들을 수가 없습니다. 십 년은 감수減壽되는 것만 같으니까요……."

현수는 그런 말을 희미하게 알아들었으나 더 대꾸하기가 귀찮아졌다.

현수의 콧소리는 더 우렁차졌다.

"여보, 시끄럽소!"

이번에는 다른 사내가 좀 큰 소리로 말하였고 그와 동시에,

"놔둬! 그 자식은 아무래도 좀 돈 놈이니까!"

하는 치안대원의 목소리가 들렸다.

그러나 현수는 그땐 벌써 깊이 잠들어 있었던 것이다.

3

수많은 사람이 웅성거리고 있었다. 그때 현수는 눈을 떴다. 창살 밖만이 소란스러운 것이 아니라 유치장 안도 소란스러웠다.

"열 사람만 인도하시오!"

하는 것은 분명 우리나라 말이 아니고 외국어였었다. 현수는 다행히 학교에 다닐 때의 지식으로 그것을 대개 알아들을 수가 있었다.

"우리 죽이는 겁니까? 선생님! 우리 죽이는 것입니까?"

유치장 안의 한 사람이 우리에 갇힌 강아지처럼 두 손을 창살에 대고 묻는다. 그 두 손은 분명 사지동물의 앞발이었다.

"죽이긴 왜 죽여! 미군 부대에 작업을 가는 거야!"

창살 밖에서 무슨 서류를 뒤적이며 서 있는 치안대 간부인 듯한 사내의 목소리였다. 그러나 현수는 그런 말소리들을 거의 오른 귀에서 왼쪽 귀로 흘려버렸다. 그는 너무나도 황홀하였던 것이다. 열어 젖혀진 방공호 출입문으로 직사하는 아침 햇빛 줄기―그것은 너무나도 눈이 부셨던 것이다. 모든 것을 잊어버리게 하였던 것이다.

다시 외국 군인과 치안대 간부의 대화가 시작되었다. 그것에 현수가 귀를 기울인 것은 또 다른 한 사람의 외국 군인이 들어서면서 방공호 출입문이 닫혀졌기 때문이다. 유치장 안은 다시 컴컴해졌고 창살 밖에는 두 외국 군인의 플래시라이트가 무슨 호랑이 눈알처럼 번득거렸다. 외국 군인과 치안대 간부의 대화는 간단하였다. 적대 의식이 남아 있는 자, 즉 유엔군의 작전을 방해할 염려가 있는 자 열 명쯤을 우리는 처치하여야 된다는 것이 외국 군인의 말이었다. 그건 모르되 지난 석 달 동안 가장 열렬하게 공산군에게 협조하였던 자는 골라낼 수 있다는 말은 치안대 간부의 대답이다. 어쨌든 우리는 당신들이 유치하고 있는, 전투력을 보유한 적을 한 군데서 열 명씩 데려갈 명령을 받고 있다고 외국 군인은 다시 말한다. 그러나 여기 있는 자들은 공산당의 군대는 아니라고 치안대 간부의 말이 끝나자 외국 군인의 외마디소리가 울렸고 이상스레만치 날카로워진 목소리로 네가 공산당을 옹호하는 이유는 뭣이냐고 외국 군인의 추궁에 잠시 주춤하던 치안대 간부는 아무튼 그렇다면 열 명을 인도하겠다고 말하였다. 그리하여 손에 들었던 서류를 펼쳐 들고 치안대 간부는 유치장 안의 사람들의 이름을 부르기 시작하였다.

"우리 죽입니까! 선생님!"

"우릴 왜 죽여! 우리가 무슨 죽을죄가 있다구!"

유치장 안에서 밖으로 끌려 나가는 사람들은 모두 한마디씩 울음소리를 토하였다. 한 사람의 이름이 불릴 때마다 유치장 안에는 안도의 한숨이 무슨 합창처럼 새어 나왔고 그 한숨 소리가 그치면 이어 초조한 공기가 가득찼다. 그사이의 시간은 불과 이삼 분에 지나지 않았지만 퍽 오랜 시간인 것만 같았다.

현수에게도 마찬가지로 그 이삼 분이 그렇게 착각되었다. 그러나 현수의 느낌은 다른 사람들과 그 이유가 달랐다. 마지막 시간이 다가오고 있다는 사실—그런 것에 대한 공포 때문은 아닌 것이다. 그는 오직 그러한 공포심이 가득차 있는 사람들만이 앉아 있는 분위기가 견딜 수 없는 것이다. 그리고 현수에게는 그 이삼 분 동안이 다른 사람보다도 더 기나긴 시간처럼 착각되었다. '여기서 불리어 나가면 마지막 시간이 온다는 것을 나만은 확실히 알고 있는 까닭일까?' 그러나 현수는 자기의 이름이 불리어지지 않기를 절실히 바라고 있는 것은 아니다. 그런 것에는 거의 무관심이었다. 비단 지금에 한해서만 그런 마음이 되어진다는 것은 어리석은 일이다. 사람이란 언제든지 또 어떤 환경 속에서도 늘 생명의 위협을 받고 있는 것이다. 높고 푸른 하늘과 이 땅과 수년간 지켜온 철길과 또 온갖 기회에 알게 된 여러 사람과 헤어지게 된다는 사실은 서운한 일이 아닐 수 없지만 그것에 구태여 반항할 아무런 이유도 없는 것이다. 사람의 생존 기간은 태어나면서부터 신이나 그와 같은 것에 의하여 정해 있다든가, 혹은 죽은 후에는 내세라는 것이 있어서 순이를 비롯한 먼저 간 그리운 사람들을 만날 수 있다든가 하는 마음에서는 물론 아니다. 오직 현수는 흘러갈 대로 되어지는 세상의 일에 반항한다는 것은 아무런 뜻도 없다는 것을 알고 있기 때문이었다. 악을 쓸 필요는 없는 것이다. 마지막 시간이 오면 침착한 태도로 깨끗한 마음으로 임하자고 속셈을 하였을 뿐이었다.

아홉 사람이 불리어 나갔다. 마지막 한 사람이 남았다. 모두 창살 밖에서 오른손에 연필을 들고 왼손에 서류를 들고 있는 치안대 간부의 얼굴을 바라보고 있었다. 외국 군인의 전지電池에 비친 그 사람의 얼굴은 몹시 창백하였다. 창살 안에 있는 사람들에 못지않게 초조한 태도였다. 연필 끝이 이곳저곳을 더듬는다. 그러나 쉽사리 결정을 지을 수가 없는 듯한 눈치였다. 오 분 가까운 시간이 흘렀다. 그제야 비로소 그 사람은 오른손에 쥐인 연필을 놓았다. 이제 마지막 한 사람의 이름이 불리는 것이다. 그때였다.

방공호 출입문이 열리고 아까보다도 훨씬 눈부신 햇빛과 함께 하나의 그림자가 쑥 들어서고 있었다. 그 사내는 막 입을 벌리려는 치안대 간부의 옆으로 간다. 반사적으로 고개를 돌리는 치안대 간부의 시선과 마주친다. 그와 동시에 치안대 간부의 입은 열렸다.

"안현수!"

그 순간에 현수는 기다리고나 있었던 것처럼 자리에서 일어나 열어젖힌 유리창 출입구로 다가섰으나 그때 웬일인지 탕 하는 소리와 함께 출입문이 닫히고 날카로운 음성이 귀를 찔렀다.

"김 동지!"

현수는 주춤하고 말았다. 분명 기호의 음성이었던 것이다.

"우린 사람의 생명을 아낄 줄 알아야 하오! 우리가 지금 이런 일을 하고 있는 것도 사람의 생명을 아끼기 때문이 아니고 무엇이오!"

치안대 간부는 아무 말이 없었다.

외국 군인의 전지에서 발사되는 두 줄기 빛깔들이 방공호 속을 이리저리 비치고 난 뒤에 기호와 김 동지라고 불린 치안대 간부와 두 외국 군인들이 서로 무엇이라고 떠들어대다가 유치장 자물쇠 소리가 들렸고 그리하여 그들이 모두 밖으로 나간 뒤 다시 암흑과 침묵과 돼지처럼 웅크리고 있는 사람들만이 남을 때까지의 일을 현수는 똑똑히 기억할 수가 없었다. 그의 두뇌는 무슨 복잡한 기계처럼 엉클어졌던 것이다.

다만 수십 분 후, 뒷산 꼭대기쯤에서 울리고 있는 수십 발의 총성이 들려오는 순간 기운 없이 눈을 감은 채 벽에 기대어 있던 현수는 저도 모르게 벌떡 자리에서 일어났을 뿐이었다.

4

정오쯤 되어서 현수는 다시 치안대 사무실로 불리어 갔다. 높푸른 가을 하늘 밑을 이렇게 잠시 걸어가는 것이 왜 즐거운지 모른다. 불과 몇 분. 그동안의 쾌감으로 해서 그는 앞으로 무슨 일이 닥치더라도 후회될 것은 없다는 생각을 잠시 해본다.

"당신은 운이 좋소. 이 선생(기호)이 어젯저녁 돌아오지 않았던들 지금쯤 땅속에 묻혀 있을걸, 헤헤헤."

치안대원은 약간 술기운이 있었다. 반사적으로 현수도 오늘 아침 아홉 개의 생명이 저승으로 갔고 자기 자신도 가게 될 뻔한 사실이 내켰으나 그러나 기호의 힘으로 이대로 남게 되었다는 그 치안대원의 말은 잘못이라고 생각되었다.

"운이 좋은지 나쁜지 그런 것은 모르지만 나는 누구의 탓으로 이렇게 있는 건 아니지요."

현수는 저도 모르는 사이에 이런 말을 토하였다.

"뭣이오? 그래 이 선생이 돌아오지 않았어도 댁이 살아날 수 있었단 말이오? 댁처럼 마지막 날까지 남았던 사람이!"

"……."

"이 친구가 정말 돌았나!"

다시 두 사람은 아무 말이 없어졌고 어느새 치안대 사무실에 들어서고 있었다.

　현수는 곧 외딴 방으로 끌려 들어갔다. 치안대 대장실보다는 훨씬 넓은 방이었다. 테이블이 하나 놓이고 그 좌우에 의자가 두 개 있었다. 한쪽 의자에 앉아 있는 사람은 물론 기호였다. 그러나 현수의 눈에는 기호의 얼굴이 띄기 전에 한구석에 놓여 있는 야구용 배트와도 같이 생겨먹은 곤봉과 고압선 토막 같은 것들이 먼저 비쳤다.

　고문실이었다.

　이 방 안이 무엇하는 곳인지를 확인한 뒤에야 비로소 현수는 기호에게로 고개를 돌렸다. 기호는 아무 말 없이 한참 입술을 깨문 채 있었다. 현수의 얼굴을 뚫어져라 쏘아보고 있었다. 현수는 그의 시선이 견딜 수 없었다. 으레 쓸어안고 눈물이라도 쏟고 싶은 심정이 될 법한 노릇이지만 그렇지가 않다. 알 수 없는 일이다. 반갑지 않을 리는 없는 것이다. 이런 데서 만나준다는 사실! 죄인과 죄를 묻고 판정하는 사람과 그렇게 만나는 사람끼리 대하는 이런 장소에서 얼굴을 대한 탓인가.

　현수는 창밖으로 시선을 던지고 있었다. 푸르기만 한 가을 하늘과 그 하늘 밑에 자리 잡고 있는 붉은 산과…… 그렇게 현수의 마음은 호젓해질 수가 있었기 때문이다.

　"현수!"

　"……."

　몇 분이 지난 후에야 기호는 비로소 입을 벌렸고 현수는 고개를 돌렸다.

　"고생 많이 했지……."

　"별로……."

　"나만은 자네 심정을 아네! 자네는 조금도 잘못이 없다는 걸……."

기호는 눈물이 글썽글썽해졌다.

현수도 어쩐지 서러운 생각이 들었다. 그러나 현수의 설움이란 기호의 그것과 같은 것은 아니었다.

현수의 그 창백해진 얼굴, 그리고 언제 어떻게 될는지도 모르는 처지를 염려하고 불쌍히 여기는 기호와는 달리 현수의 설움이란 어디까지나 오래간만에 다정한 사람을 만났다는 기쁨 같은 그런 심정에서인 것이다.

"날 원망하나, 현수?"

"그럴 리가……."

또 한참 말이 없었다.

현수는 점점 기호의 태도를 분별하기가 난하였다. 기호가 나의 생명을 구해준 것은 아니라고 해서 나는 그를 원망할 까닭이 없기 때문이다. 물론 그의 두 눈이 흐려진 이유는 짐작이 된다. 오랫동안 이발도 안 하고 수염도 깎지 않은 나의 모습은 추하고 초라하여 그의 눈에는 민망하게 비쳤기 때문이리라. 그러나 사람의 심정이란 외모나 표정만으로 판단할 수 없는 경우가 얼마든지 있는 것이다. 가령 지금 나는 조금도 불행하지가 않으면서도 서러운 표정을 지었으나 지금의 경우 그 서러운 표정이란 반가움과 통한다. 기호를 만난 것이 반가운 것이다. 그는 지금까지 내가 상종해온 사람들 중에서 가장 다정하였던 한 사람이 아닌가.

"나는 자네를 죄인으로 만들고 싶지 않네. 자네의 태도쯤은 나는 얼마든지 이해할 수가 있으니까…… 본의가 아니었다는 것을…… 당국에서 직장 사수명령을 내리지 않았던들 자네나 나나 모두 부산에 피란했으리라는 것을……."

"……."

"그러나 세상이란 어쩔 수가 없는 것일세. 어제저녁 돌아와 보니까, 자네의 처지는 퍽 불리한 상태에 있지 않겠나. 그건 우선 자네가 소지하고 있는 책들 때문일세."

거기서 다시 기호는 말을 끊었다.

그 책이 어떻단 말인가 하고 현수는 반문할까 했으나 이어 귀찮은 생각이 들었을뿐더러 기호가 또 말을 이었기 때문에 입을 벌릴 사이도 없었다.

"물론 그런 책들은 전부가 독서를 금지한 것들은 아니며 설사 금지한 것이라 해도 보통 때는 상관이 없지. 실지 석 달 전에는 자네와 나는 그런 책들을 수없이 교환해서 읽지 않았었나. 그러나 지금은 사정이 좀 다르네."

그건 또 무슨 소린가 하고 현수는 입이 벌려지는 것이었지만 역시 기호는 시간을 주지 않았다.

"그러나 그런 것들은 그래도 상관이 없네. 내가 자네를 자유의 몸이 되게 할 수 없는 이유는 아닐세. 내가 자넬 여기서 내보내지 못하는 이유는……."

무슨 말을 할 모양인지는 모르나 기호는 거기에서 다시 오래도록 입을 다물고 있었다.

현수는 도로 창밖으로 시선을 던질밖에 없었다. 푸른 하늘과 푸른 산과 그렇게만이 보이는 창밖은 역시 호젓하다.

"이유는 자네의 집에서 여인의 시체가 발견된 때문이며 여인이 누군지를 나는 너무나도 잘 알기 때문에 대장의 반대를 어쩔 수가 없는 것이다. 내 이 심정을 자네 알겠나?"

"알 것 같기도 하지만……."

"요는 내가 한 달 전 자네와 헤어질 때까지의 자네의 행동은 보증할 수가 있지만 그 후의 일을 나는 모른다는 것이다. 물론 그것은 내 의사가 아니고 대장의 판정이다. 공산당의 여간첩을 감추어둔 자네의 죄는 면할 수 없다는 말이다."

"……"

"현수! 어째서 그런 여자를 집에 두었나? 순이가 어떠했다는 것은 나보다도 자네가 더 잘 알고 있지 않나. 그가 얼마나 열렬한 공산당원이며, 또 그 여자라는 무기로 얼마나 많은 순진한 사람들을 그 길로 끌고 갔다는 것도……"

"헐 수가 없었네. 이곳에 나를 찾아온 순이는 나밖에 아는 사람이 없었으니까……"

"그의 신분을 알면서도……"

"그건 아무런 중요성이 없는 말이지. 순이의 신분이 어떻다든가 하는 것과 나와 순이와의 관계는 전혀 다르니까……"

현수는 울분 같은 것을 느끼었다. 도대체 나는 기호가 나의 행동을 보증한다는 것부터를 이해할 수가 없는 것이다. 기호가 어떻게 남의 행동을 보증할 수가 있단 말인가. 그렇다고 기호의 심정을 이해 못할 바는 아니지만 현재 나는 아무런 간섭도 받고 싶지가 않다. 지난 석 달 동안의 행동이 나는 조금도 잘못이라고 생각할 수가 없기 때문이다. 그러니까 기호는 나의 과거 행동을 물을 필요는 없는 것이다. 기호가 나에게 대해서 어떻다고 의견을 말하는 것은 자유다. 설사 그것이 나에게는 불리한 결과가 되더라도. 또 기호가 고의로 나를 불리하게 만들더라도 그것은 어디까지나 기호의 의견이기 때문에 상관할 바가 아닌 것이다.

"그러나 세상이란 그렇지가 못하다. 자네의 그 결백성! 그건 아무 소용이 없는 것이다."

하고 나서, 기호는 이제 현수가 취할 행동은 현수를 찾아온 순이는 벌써 깨끗이 과거를 청산한, 말하자면 공산당을 미워하고 다시 조국의 품으로 돌아오기 위해서 찾아온 것으로 고집하여야 된다는 것이었다.

"그것은 안 될 말이다."

하고 나서, 현수는 그 이유를 길게 늘어놓았다.

나는 사실과 상위되는 말의 가치를 모른다. 순이가 나를 찾아왔을 때
는 깨끗이 과거를 청산한 뒤라든가 다시 조국의 품 안으로 돌아오기 위
해서라든가 하는 것을 참으로 나는 알 수 없었던 것이다. 또 알 필요도
없었다. 순이 자신 역시 명확한 말을 하지 않았다. 설사 그네가 명확히
말을 했다 하여도 그런 것을 나는 믿지 않을 것이다. 왜냐하면 순이 자신
도 자기의 앞으로의 행동을 단언할 수는 없기 때문이다. 물론 순이는 연
방, 숨이 끊어질 때까지 자기는 죄를 짓고 살아온 여인이란 말을 했지만,
그 죄가 무엇을 말하려는 것인지를 나는 알 수가 없었던 것이다. 물론 짐
작은 되었고 또 묻고도 싶었으나 묻지 않기로 했었다. 그것은 순이의 얼
굴에 너무나도 절박한 감정이 여실하게 나타난 까닭도 있었고 나 자신의
마음에 커다란 변동이 일어났기 때문이다. 나는 순이를 사랑할 마음이
내켰던 것이다. 그네의 육체를 나는 소유하고 싶어졌던 것이다. 그리고
실상 나는 순이의 몸뚱이를 품 안에 안았고 순이 역시 나와 마찬가지로
그러하기를 바란 듯 만족스러운 얼굴로 죽어갔던 것이다. 그러니까 나에
게는 순이의 심경이 어떻게 되어 있었다는 것이 중요할 뿐이지 순이의
신분 같은 것은 아무 상관이 없었던 것이다. 말하자면 그네가 간첩이었
다든가 그렇지 않았다든가 하는 것이 나에겐 중요하지 않았던 것이다.
따라서 나는 그 누구에게도 그때의 순이의 확실한 신분을 말할 수가 없
는 것이다. 이러한 나의 태도는 기호가 말하는 것과 같이 결코 나의 성격
이 결백한 탓이 아니다. 그저 나는 사실대로 말할밖에 없을 뿐이다. 물론
나는 그러한 나의 대답이 나에게 불리하다는 자네의 말을 이해 못할 바
는 아니다. 그러나 그것이 앞으로의 나의 입장을 말하는 것이라면 참으
로 어처구니없는 일이다. 어떻게 될지도 모르는 앞날을 위해서 거짓말

을 한다는 것은 참으로 터무니없는 일이 아닐 수 없는 것이다. 누구라도 앞날을 예측할 수는 없는 것이다. 그리고 그것을 나는 이십여 년간의 체험을 통해서 너무나도 잘 알고 있기 때문이다.

현수는 좀 말이 길어졌음을 느끼고 여기서 말을 끊었다.

기호는 어이가 없다는 듯이 입을 벌린 채 혼 나간 사람처럼 현수의 얼굴을 바라보고 있었으나 모처럼 이야기를 길게 늘어놓을 수 있은 현수는 오히려 속이 후련했다. 특히 순이와의 관계를, 순이에 대한 자기의 심정을 토로할 수 있었다는 것은 유쾌하였다.

"그러니까 자넨 내 처지를 조금도 염려할 필요는 없다. 물론 관심은 하겠지만 그렇다고 부질없이 거짓까지를 꾸밀 필요는 없는 것이다."

"뭣이? 어제와 오늘의 나의 행동을, 자네에 대한 나의 행동을 부질없다고 생각하는가?"

기호는 언성을 좀 높였다.

현수는 금방 그 이유를 알았고 기호의 우정 같은 것을 뜨겁게 느꼈었으나, 그러나 자기가 한 말을 수정할 수는 도저히 없었기 때문에 입을 다물고 있었다.

"물론 자네의 심정은 알겠지만 아무튼 자네가 오늘 서울로 이송되는 것은 사실이다. 거기 가서 자네의 대답이 어떻게 될는지는 모르지만 자네와 함께 따라갈 조서調書는 나에게 맡겨주게."

하고, 흥분이 채 가라앉지 않은 어조로 말하고 나서 기호는 책상 서랍에서 용지를 꺼냈다.

현수는 다시 기호의 그런 부질없는 짓을 만류할까 했으나 그렇게 하는 것이 좋겠다고 내키어 잠자코 있었다. 조서라는 건 어차피 사실대로 기록될 수 없는 법이다. 사상에 대한 관찰은 사람마다 다르기 때문에 도저히 사실대로는 기록될 수가 없을뿐더러 설사 기록될 수 있다 하더라도 현수 자신이 이미 지난날의 일들을 정확히 기억 못하는 것이다. 그럴 바에야 현수 자신을 제하고는, 어쩌면 현수 자신보다도 현수의 행동과 마음을 사실에 가깝게 기록할 사람은 기호이기 때문이다. 그리고 이렇게 장시간 앉아 있는 것이 귀찮아진 현수는 조서를 꾸미기 위해서 더 앉아 있기란 여간 괴롭지 않으리라 내켰던 것이다. 그런 의미에서 현수는 기호가 더없이 고맙게 여겨지기도 했다.

기호는 대원 한 사람을 불러들여 이 사람은 곧 서울로 이송될 사람이니까 다시 유치장에 넣을 필요는 없고 숙직실에 넣어두라고 이르면서 이왕이면 침구를 깔아주라고 말했다.

순오 또래밖에 안 되는 그 대원은 잠시 기호와 현수의 표정들을 살피고 나서 현수더러 나가자고 했다.

'이따 또 만나세.'

하는 말이 목구멍까지 나왔으나 현수는 금방 그런 말은 기호와 자기의 현재 처지로서는 퍽 어색할 것만 같은 생각이 내켜 그대로 대원의 뒤를 따라 사무실로 나왔고 마침 그때 자기처럼 불리어 온 수장을 거기 보았다.

한참 후에 수장도 현수를 발견하였다. 그리고는 반갑다는, 어쩌면 원망스럽다는 그런 분별할 수 없는 표정이 되었으나 현수가 확실히 느낀 것은 수장의 얼굴이 퍽 여위었고 또 창백하다는 것이었다. 물론 물소라는 별명을 가졌을 만치 골격이 큰 수장의 몸뚱이는 뚱뚱하다. 더구나 웬일인지 검은색 한복을 입고 있었기 때문에 여느 때보다도 몸집은 더 뚱뚱해 보였지만 얼굴은 전에 없이 안된 것이다.

"유치장 안은 춥다기에 이렇게 한복을 겹쳐 입었지요. 안 상, 그렇지요? 유치장 안은 춥지요?"

하고, 말을 건네는 수장의 태도가 우습게 생각되어 금방 소리를 낼 뻔했으나 꾹 참고,

"그렇습니다."
하였다.

그러나 현수는 수장과 더 이야기를 주고받을 수는 없었다. 수장을 데리고 들어온 치안대원이 호령으로 수장의 입을 막았고, 그와 동시에 수장은 벌써 고문실로 들어갔기 때문이다. 현수는 치안대원이 인도하는 대로 숙직실로 들어갔다. 아무도 없는 조용한 방이었다. 무슨 악취가 코를 찔렀으나 온통 시멘트로 되어 있는 유치장보다는 물론 현수네의 다다미방보다도 따스했다.

기호가 이른 대로 대원은 이불을 가져다주었다.
"아마 여기서 한잠 자도 좋을 것 같소."
하고, 대원은 가버렸다.

그건 으레 그럴 것이다. 침구란 잠을 잘 때 필요한 것이니까 이불을 가져다주는 것은 설명을 붙이지 않아도 잠을 자라는 뜻일 것이다. 현수는 곧 이불을 깔고 드러누웠다. 모처럼 포근히 잠들 수 있을 것만 같다. 그러나 현수는 금방 이불을 깔지 않고 잔 것은 불과 하룻밤뿐이라는 생각이 내키어 좀 이상해졌다. 불과 하룻밤이 어째서 오랜 시간처럼 착각되는 것일까? 그렇다! 유치장 안은 나에게 있어 새로운 세계요, 또 그만치 인상적이었기 때문이다. 분명히 기억력이란 한량限量이 있는 것이다. 그것을 나는 비로소 확신할 수가 있었다. 얼른 생각하면 거짓말 같지만 사실이 그런 것이다. 무엇보다도 우리가 과거의 일을 잊어버리는 것을 세밀히 따져보면 대체로 시간이 오래된 순서로 되기 마련이다. 물론 강렬한 인상을 주었던 사건들은 예외이지만 대체로 그런 것을 보면 확실히 기억력에는 한량이 있는 것이다. 그리고 나는 통신약어 연구를 하여온 체험으로 그것을 더욱 확신할 수가 있는 것이다. 전선全線의 역명 같은 것 혹은 기관차, 화차의 부속품의 이름 같은 것을 나는 암만 외려고 해도 기록을 하지 않고는 못 견디었다. 물론 특이한 이름, 가령 역명에 있어서 선장仙掌이나 약목若木 같은 것이나 '다부렛트' 같은 운전 기구의 이름 등은 기록을 하지 않아도 욀 수가 있었다. 그러나 그것은 당연한 일이다. 역명은 대개 그 지방의 지명을 따는 것이 보통이지만 도대체 선장이나 약목이란 좀 우스운 것이며, 또한 다부렛트란 폐색기閉塞器*라고도 하지만 일정 때부터의 습성에서 대개 '다부렛도, 다부렛도' 하는 그 발음이 나는 특이하게 들렸던 것이다. 그런 특별한, 말하자면 인상적인 것들은 오랫동안 머릿속에 남는 법이지만 그러나 그것도 시간이 길게 지나면 결국은 잊어버리고 마는 것이다.

그런 생각을 하고 있는 사이에 현수는 스르르 눈이 감겨졌으나 벽을 하나 사이에 둔 고문실에서 일어나는 비명에 도로 번쩍 눈을 떴다. 아까 본 곤봉에 수장은 얻어맞고 있는 것이 분명하다. 사람을 왜 치는 거야. 나는 공산당이 아니다. 일은 했다, 하지만 그것은 당신이 먼저 서둘렀기 때문에 우린 당신들을 좇았을 뿐이다─이런 말이 분명 귀에 들어왔고 잠시 발버둥치는 소리가 들렸다. 현수는 또 우스운 생각이 들었다. 정말 물소 같은 수장의 그 몸뚱이가 공중에 떴다 내렸다 하는 광경이란 참으로 우스울 것이기 때문이다. 그러나 현수는 금방 잠을 들 수가 있었다. 약간 당황한 어조이기는 하나 차근차근 조리 있게 말하는 기호의 목소리와 때때로 그 기호의 말을 수긍하는 수장의 목소리, 그런 것들은 퍽 조용한 것들이어서 오히려 현수가 잠을 청하는 데 도움이 되었기 때문이다. 어린애들이 어머니의 자장가 소리를 들으며 포근히 잠들 듯이 그렇게 현수는 잠들 수가 있었던 것이다.

---

* 폐색 장치. 철도에서 폐색 구간에 하나의 열차가 있을 때 다른 열차를 그 구간에 진입하지 못하게 하기 위한 장치.

해가 서쪽으로 훨씬 기울어졌을 때 현수는 눈을 떴고 잠시 후 사무실로 다시 불리어 나갔다. 서울로 이송되는 모양이었다. 기호는 어디로 나갔는지 보이지 않았고 수장도 보이지 않았다.

"당신들이 서울 철도 경찰대로 이송되는 것은 당신들의 죄가 무거워서가 아니라 오히려 경하기 때문이다. 경찰 관청이 복귀한 이상 우리는 우리 마음대로 당신들을 석방시킬 수는 없기 때문에 이송할 뿐이다. 그러니까 서울에 가면 솔직히 과거의 잘못을 회개하고 백일하의 몸이 될 것을 바란다."

하고, 사팔뜨기 대장은 훈시 비슷한 말을 하였다.

서울로 이송될 사람은 현수 외에 사오 명이 더 있었다. 출발이 임박해서 기호가 돌아왔다. 어딘지 당황한 얼굴이다. 그러나 그 눈초리는 다정스러운 것이라고 현수는 생각하였다. 무엇이라고 말을 건네지는 않지만 현수는 그것을 똑똑히 짐작할 수가 있었다. 기호는 서울로 이송되는 사람들과 몇 사람의 치안대원과 함께 국도까지 따라나와 현수의 귀에다 입을 대고 자네가 대답만 요령 있게 하면 내일이나 모레쯤은 틀림없이 석방될 테니까 별로 걱정할 것은 없다고 말하였다. 현수는 또 한 번 기호의 우정이 뼈에 사무쳤으나,

"나 때문에 걱정할 건 없네. 자네 우정을 나는 얼마든지 느끼고 있지만 그러나 그 우정을 나는 언젠가는 잊어버리고 말 것이니까……. 그것을 나는 오늘 확신할 수가 있었네. 사람이란 과거의 일을 언젠가는 잊어버린다는 것을 말일세."

하였다.

기호는 더 말을 하지 않고 뒤돌아섰다.

구름 같은 것도 없이 높고 푸르기만 한 하늘을 바라보면서 현수는 다시 한 번 앞으로 있을 일을 무엇이라 예측하지 않아도 좋은 그런 마음이

될 수 있다는 것은 참으로 유쾌한 일이라고 생각하였다.

5

용산에 있는 철도 경찰대의 유치장은 제법 깨끗하였다. 얼마 전 급작스럽게 만든 그 안에는 송진 냄새조차 풍기었다. 그러나 거기 들어 있는 사람들은 마찬가지로 돼지만 같았다. 현수들이 들어가도 별 관심이 없다는 듯 거들떠보지도 않는다. 현수는 오히려 그것이 다행이었다. 안면이 있는 사람이란 한 사람도 없다. 모르는 사람이 무턱대고 말을 건넬 때처럼 어색하고 불쾌하기까지 한 일은 없는 것이다.

이튿날 해가 중천에 올라왔을 즈음 해서 현수는 처음으로 불리어 나갔다.

심문실은 같은 건물 안에 있었다. 아무런 장치도 되어 있지 않은 아담한 방이다. 거기 앉아 있는 삼십 세가량 된 사내가 형사라나 하는 직업을 가진 사람에 틀림없었다. 머리가 반쯤 벗어진 그는 퍽 사람 좋은 얼굴을 하고 있었다. 의자에 앉으라고 권한다. 현수는 잠시 주춤하였다. 너무나도 뜻밖에 친밀감을 느꼈던 때문이다.

"담배를 피시오. 이런 데 있으면 담배는 아주 진미니까요."

형사는 주머니에서 담배를 꺼내 책상 위에 놓았다.

"필 줄 모릅니다."

권하는 것을 거절하는 것은 실례라는 생각이 들었으나 별수 없었다.

"거참 다행입니다. 이런 데서 제일 고통은 담배이며 그 때문에 죽는 사람도 있으니까요. 그러니까 담배를 필 줄 모르는 사람은 그만치 고통을 더는 셈이지요."

"그럴 수도 있겠군요⋯⋯."

현수는 이어 그러나 나는 지금 별다른 고통을 느끼지 않고 있으니까 고통이 덜하다는 말이 이해는 되지만 뼈저리게 느껴지진 않는다고 말할까 했으나 그는 나 혼자를 두고 하는 말이 아니기 때문에 그런 말은 아무 소용이 없을 것 같아 잠자코 있었다. 그 밖에도 형사는 전선戰線 상황을 비롯한 여러 가지 세상 이야기를 늘어놓았고, 그것에 적당히 대답을 하는 사이에 현수는 그의 이러한 동정 어린 태도의 이면을 생각할 사이도 없이 구면의 친지를 대하는 듯한 착각에 완전히 사로잡히고 말았다. 그러나 그런 이야기란 장시간 계속하면 싫증이 나는 법이다. 사람이란 자기 이야기가 아닌 것에는 오랜 시간 귀를 기울일 수 없는 습성을 모두 가지고 있는 것이다. 현수 역시 그가 이번 기회에 우리나라는 통일이 될 것으로 믿느냐고 물었을 때는 그런 것은 생각해본 적이 없고 또 생각한댔자 어려운 문제일뿐더러 입을 놀리기가 귀찮아 잠자코 있었다. 그제야 형사는 좀 긴장해지며 심문을 시작하였다. 그 순간 현수의 눈과 그의 눈은 정면으로 마주쳤다. 저렇게 매서운 눈을 가진 사람이 어쩌면 그렇게 다정스러울 수가 있었던가 하고 현수는 전율 같은 것을 느끼었다. 그러나 그는 금방 눈부터 웃으면서 도로 부드러워졌고 당신은 어째서 공산군 치하에서 일을 할 마음이 되었느냐고 묻는 것이었다.

현수는 도로 안심이 되어 그의 물음에 순순히 대답하자고 작정하였으나 그러나 무엇이라 할 말이 없었다. 나는 무슨 까닭이 있어 직장으로 나간 것은 아니었기 때문이다. 내가 할 말이 없는 것은 당연한 것이다. 물론 사람이란 어떤 행동을 취할 때는 반드시 까닭이 있다. 그러나 그 까닭을 일일이 생각하고 행동에 옮긴다는 것은 여간 귀찮은 일이 아니며 실상 누구나가 그런 것을 염두에 두지 않고 먼저 행동에 옮긴 후에 결과적으로 스스로 확실해지는 것이 보통인 것이다. 나 역시 직장으로 나간 이유는 있을 것이지만 갑자기 가장 적절한 이유를 생각해내기는 난한 것이다.

현수는 한참 후에야,

"별다른 까닭이 없습니다."

하고 나서, 물론 그것은 나의 필연적인 행동임에는 틀림없지만 그 필연성이 무엇이었는지는 얼른 생각나지 않는다고 말하였다.

그는 다시 얼굴색이 달라지면서 그것은 구실에 지나지 않는다고 약간 언성을 높였다.

"나는 당신을 야만적인 방법으로 심문하고 싶지가 않다. 그렇지만 당신이 그와 같은 대답으로 끝끝내 버틴다면 그땐 별수 없는 것이다."

라고 하며, 그는 주먹으로 가볍게 책상을 치는 것이다.

현수는 좀 당황할밖에 없었다. 야만적인 방법이란 곧 매질을 의미하기 때문이다. 곤봉이나 그 밖의 물건들이 육체에 부닥친다는 것은 참으로 고역인 것이다.

"그야 구실로 생각할 수도 있겠지요. 그리고 선생이 묻는 그 까닭이라는 것도 결국은 구실 이상의 것은 못 되겠지요."

현수는 여기서 잠깐 말을 끊었다가 그 사내의 눈초리가 다시 매서워졌음을 느끼고 말을 이었다.

"물론 제가 그런 행동을 취한 까닭이 없지는 않지요. 가령, 철도에만 수년간 종사하였기 때문에 다른 방법으로 나와 그리고 나의 어머니의 생명을 지속시킬 수 있는 식량을 구하지 못하니까 자연 나의 어머니가 어떻게 구해온 것으로 연명해왔는데 그러자니까 나는 완전히 어머니의 의사대로 움직여져야 할 것이 견딜 수 없었던 것이 까닭일 수도 있지요."

여기까지 말하였을 때 형사는 좀 간단히 말을 하라고 하기에 현수는 잠시 중단하였다가,

"그러나 내가 직장으로 나간 결정적인 이유는 기적이 울렸기 때문이지요. 참으로 기적 소리가 오래간만에 우렁차게 들려왔기 때문이지요."

말을 하다가 보니 그때야 일이 생생하게 떠올라 현수는 이렇게 외쳤다. 그리고 이 이상 더 확실한 이유는 없다는 안도감을 느꼈을 만치 현수는 명답임을 자처하였고 그로 해서 약간 흥분되기도 하였다.

형사는 무슨 영문인지를 알 수 없다는 듯이 고개를 갸웃갸웃하더니 점점 의아스러운 얼굴이 되며 또 담배 한 대를 붙여 문다.

"아마 그 이상 확실한 이유는 없을 것입니다. 우렁찬 기적 소리가 들릴 땐 누구나가 약간 흥분될 것이며, 그리고 한 군데 오래도록 머무르기란 힘이 듭니다. 그것은 아마 나팔 소리 같은 것도 마찬가지……."
라고 하였을 때, 그만 말하라는 소리에 현수는 입을 다물었다.

그 형사는 꽤 장시간 아무 말 없이 종이에 무엇을 끄적거리고 있었다. 연방 고개를 갸웃거리면서. 현수는 저도 모르게 그자의 손놀림에 시선을 던지고 있었다. 그리하여 무엇을 깊이 생각하느라고 종이에다 한 자를 쓰곤 연방 잉크를 찍고 또 한 자를 쓰고 펜촉에는 잉크가 충분히 묻어 있는데도 또 잉크를 찍고 하며 연방 종이와 잉크 사이를 왔다 갔다 한 이십 번쯤 하였을 땐 우스운 생각이 들어 견딜 수 없었다. 그 무의미한 짓을 왜 되풀이하는 것일까. 물론 그는 무의식중에 저러고 있을 것이다. 그러나 그 무의식중에 하고 있는 사이에 그의 오른손이 피로하고 말 것이 아닌가? 하고 현수는 지극히 염려가 되었으나 그러나 그때 마침 그 사나이는 펜대를 놓으면서,

"당신은 공산당을 어떻게 생각하는가? 말하자면 공산당원들을 무엇으로 생각하느냐는 말이지요. 아까처럼 그런 대답은 결국 아무런 뜻이 없는 소리고, 요는 그들이 과연 그들이 말하는 것처럼 인민을 위해서 일을 하고 있는가? 아니면 인민의 생존을 위협하고 있다고 생각하는가?"

하는 바람에 현수는 도로 시선을 그자에게로 옮겼다. 그자의 질문에 대답하기란 여간 힘드는 노릇이 아님을 느끼었으나 그러나 무엇이라 대답을 않고 이대로 앉아 있으면 틀림없이 그자의 날카로운 목소리를 들어야 하며 또 자칫하면 매질까지 당해야 될뿐더러 우선 이렇게 아무 말 없이 마주 앉아 있기부터 더없이 어색한 노릇이었다.

"왜 대답을 못하지?"

형사의 말투가 확실히 사나워졌음을 느끼면서 현수는 당황히 입을 열었다.

"그들은 알 수 없는 자들입니다. 제가 대답을 얼른 못하는 이유도 거기 있지요. 참으로 그들은 묘한 녀석들입니다. 많은 사람을 개나 돼지처럼 부리면서도 꼼짝 못하게 하니까요. 물론 그들의 뒤에는 권력이라나 하는 것이 있겠지만 그들이 직접 무슨 힘을 가지고 있는 것은 아닌데도 무서운 녀석들이란 말입니다. 나는 이번 전쟁이 일어나기 전까지는 공산당이란 게 어떤 것인지 몰랐고 또 지난 석 달 동안도 알려고 애쓴 적도 없지만 결국 그들은 비행기보다도 무서운 녀석들이란 말입니다. 왜냐하면 비행기가 날아와서 폭탄이나 기관총알을 뿌리고 사람이 죽고 하여도 그 비행기는 오히려 반갑고 시원스러울 때가 있는데 녀석들의 눈은 언제든지 변함없이 매섭고 녀석들의 호령은 늘 날카로웠단 말입니다."

현수의 이야기를 듣고 있던 그 사내는 고개를 두어 번 끄덕끄덕하며 어쩐지 수긍된다는 표정이었으나, 금방 두 눈에 살기가 어리면서,

"당신이 공산당원이 안 된 것은 사실이지?"

하고 나서, 그렇지만 현수는 당원 이상의 역할을 하지 않았느냐고 했다. 그리고 그는 전신원인 현수가, 말하자면 통신 현장 종사원이 아닌 현수가 전주에까지 올라갔다가 떨어진 사실을 들었고, 그 밖에 용산역 구내와 한강 철교 복구작업대의 대장이 되어 무지한 현장 사람들을 끌어다가

혹사하였다는 말을 하였다. 뿐만 아니라 현수는 그와 가장 친근한 기호가 주동이 되어 지하운동을 한다는 것을 알면서도 불응한 것만 보더라도 이미 현수는 공산당의 비밀당원으로 가입하여 종사원들 틈에 끼인 것이 아니냐고 말하고 나서, 이제 모든 것을 솔직히 고백한다면 현수의 그전의 성분과 또 그의 주위 사람들의 그에 대한 증언으로 해서 충분히 무죄가 될 수 있다고 말하였다.

현수는 좀 슬픈 생각이 들었다.

'그가 나의 사생활을 어떻게 하나 빠짐없이 알고 있는 것이며, 또 무슨 필요로 그런 것을 조사한 것일까?' 슬픔에 이어 현수는 약간 울분을 느끼면서 입을 열었다.

"선생이 한 말은 거의 정확합니다. 나는 전주에 올라가지 않아도 무사한 처지에 있으면서도 전주에 올라갔다가 그만 부상을 입은 사실을 아직도 생생하게 기억하고 있습니다. 지난 석 달 동안에 있어서의 대부분의 생활도 바로 선생이 말한 그대롭니다. 그만치 선생은 나의 사생활을 나 자신이 기억하고 있는 것보다 더 많이 더 정확하게 알고 있다 할 수 있습니다. 다만 내가 공산당의 비밀당원이란 허위입니다. 내가 기호 군이 주동이 되었던 지하조직에 가담하지 않은 것은 사실이지만, 그렇다고 그런 나의 행동은 아무도 책할 수가 없는 것이지요. 공산당의 입당 권고를 거부한 것과 마찬가지로 나는 기호 군이 지하운동을 하자는 것을 거부한 데 대해서는 가책을 받을 이유는 없는 것입니다. 도대체 나는 여러 사람들과 공동행동을 취할 소질이 없을뿐더러 그런 것들의 의의도 알 수 없으니까요……."

"도대체 당신은 나에게 무슨 훈계를 하는 거야?"

하고 형사는 또 언성을 높였다.

현수는 그건 그럴 법하다고 느끼고 자신이 민망해졌다. 나의 말은 너무 길었을뿐더러 어느새 언성이 높아졌던 것이다.

"당신이 비밀당원이었다는 것과 또 유엔군이 인천에 상륙하였을 때 공산당의 최고기관의 지령을 받고 당신을 찾아간 여자와 둘이서 꾸민 계략 같은 것은 지금과 같은 당신의 교묘한 구변으로 은폐되지는 않을 것이다."

하고 나서, 형사는 그건 무엇보다도 당신이 전주에 올라가기도 하고 복구대 대장이 되기도 하며 석 달 동안 활동한 이유를 말하지 못하는 것만 보아도 확실하다는 것이다.

그 대답을 하기 전에 현수의 눈에는 그자의 얼굴과, 이 방 안의 사태와 자신의 존재와 그리고 창밖으로 바라보이는 푸른 하늘, 말하자면 이 우주에 존재하는 물건들이 흑갈색으로 칠해지는 착각을 느끼었다.

"왜 대답을 안 하오? 그렇지, 지금 당신은 교묘한 대답을 생각하고 있을 것이다. 당신의 정체를 능히 감출 수 있는 교묘한 대답을……. 당신은 지식이 있고 두뇌가 명석하고 구변이 좋으니까. 그러나 나는 당신에게 절대 속지는 않을 것이다. 당신은 결코 나를 속이지 못할 것이다."

그 사나이는 어지간히 흥분된 상싶었다. 의자에 앉아 있을 수가 없었음인지 일어서서 방 안을 거닐기 시작한다.

"선생은 오해를 하고 있습니다. 나는 아무것도 감춘 것이 없습니다. 나의 정체는 바로 여기 있습니다. 그리고 나는 선생을 속이려는 생각은 추호도 없습니다. 그럴 필요를 느끼지 않으니까요."

저도 모르는 사이에 현수 자신도 흥분된 어조로 말을 이었다.

"제가 석 달 동안 그런 시간을 보낸 것은 지극히 당연했습니다. 물론 나는 전주에 올라갈 필요는 없었습니다. 그러나 나는 수장을 비롯한 그들이 아무런 타산도 없이 끊어진 전선을 연결시키고 있는 광경에 눈물겨웠던 것입니다. 그들은 수년간 혹은 수십 년간 그들의 직무에 충실하였던 것을 표시나 하듯이 자연스럽게 작업을 하고 있었습니다. 물론 그들이 밤낮을 가리지 않고 육체를 지탱할 수 없을 정도로 일을 계속한 이유는 잠시 그들을 지배하였던 이른바 공산당이라나 하는 것의 강요에 의한 것인지는 모르지만 적어도 그들이 꽁무니에 펜치를 차고 전주에 올라가 눈 아래서부터 끝없이 뻗친 철길을 바라보면서 전선을 이을 때는 이미 그들은 지배자를 생각하지는 않았던 것입니다. 그때의 그들의 모습은 무엇보다도 성스러운 것이라고 나는 생각했습니다. 말하자면 나는 그들의 모습에 완전히 도취해버렸던 것입니다. 나는 그들을 도와주고 싶어졌습니다. 내가 그들을 도와준다는 것은 우스운 일이며 또한 나는 그들을 도울 수 없다는 것을 물론 오래지 않아서 느끼었으나, 그러나 나는 그들의 옆에 있는 것이 가장 즐거웠던 것입니다. 어딜 가도 비행기로부터 위협은 있었고, 또 내가 연명해갈 수 있는 식량 같은 것은 아무 데도 없는 그러한 상태에서 나는 그들의 옆을 떠날 아무런 이유도 느낄 수 없었던 것이지요. 그리고 내가 복구대장 격이 된 것은 별다른 이유가 없지요. 나는 글자를 볼 줄 알고 또 쓸 줄 알았기 때문에 복구작업에 동원된 인원수를 보고하고 그 인원수에 해당하는 주먹밥을 받아 올 수가 있었던 때문입니다. 사실 그들은 내가 없으면 불편하고 또 불안했을 것입니다. 물론 나는 그 당시에 이런 정확한 의식 밑에 행동했다는 말은 아닙니다. 지금 곰곰이 생각하면, 아니 생각하여서가 아니라 구태여 이유를 들자면, 내가 석 달 동안 대부분의 시간을 그렇게 보낸 이유를 말하자면 이상과 같을 뿐이라는 말입니다."

현수는 숨이 좀 가빠졌다. 너무나 오래 이야기를 계속하였기 때문이다.

현수가 이야기하는 동안 다시 의자에 앉아 열심히 듣고 있던 형사는 현수의 말이 끝나자 빙그레 웃으며,

"참으로 당신은 화술이 능란한데!"

하고 나서, 그러나 당신이 순이라는 그 여자를 집에 둔 이유는 무엇인가 하였다.

"그건 순이를 사랑할 마음이 되었던 때문입니다."

순이의 이야기가 나오자 현수는 또 슬퍼졌고 순이의 살결과 입술 같은 것이 그리워지기도 하여 저도 모르게 고개가 수그러졌다.

"그러나 그때 벌써 당신은 약혼한 여자가 있지 않았소?"

"그건 선생의 말이 옳습니다. 나에겐 약혼자가 있었지요. 그러나 그땐 벌써 나는 그 약혼자를 자유롭게 만날 수 있는 처지가 아니었습니다. 이젠 생각하면 나는 여자의 육체 같은 것이 그리웠는지도 모릅니다."

"알았소! 당신은 고문을 좀 받을 필요가 있소!"
하고 나서, 형사는 바쁘게 나가버렸다.

현수는 할 수 없다고 단념하였다. 이만치 나의 행적을 정확히 설명하여도 납득 안 된다면 별수 없는 일이다.

잠시 후 현수는 무지무지하게 생긴 두 사내에게 끌려 고문실에 갔다. 그리하여 온갖 방법에 의한 육체적인 타격을 받았다. 야구용 배트 같은 곤봉과 고압선 토막들이 번갈아 육체에 몇 번 부닥쳤을 때 이미 현수는 맑은 의식이 아니었다. 구둣발로 무수히 챈 무르팍, 그리고 뒷잔등을 때리는 고압선 토막이 두부頭部에 휘감겨 얼굴이 깨지고 하여서도 현수는 별반 아픔을 의식하지 않을 정도에 이르렀다. 한참 그러고 나면 현수는 다시 심문실로 불리어 가서 아까 이야기하던 형사의 웃음 진 얼굴을 보았다.

"자, 어서 말을 하시오. 다신 그런 참혹한 꼴을 당하지 말고……."

"무슨 말을 또 합니까? 아까 선생에게 말씀을 다 드리지 않았습니까?"

"그럼 어째서 고문실에선 고백을 한다고 말했는가?"

"그런 기억이 없습니다……. 아마도 제 육체가 정상을 잃어 헛소리를 했는지도 모르지만……."

다시 현수는 고문실로 불리어 가서 아까와 같은 매질을 당하고 잠시 후 다시 심문실로 돌아와 웃음 진 그 형사의 얼굴을 보고 하는 사이에 해는 서쪽으로 기울어졌다.

유달리 붉은 저녁 햇빛이었다.

심문실을 나와 도로 유치장으로 끌려가는 도중 현수는 문득, 낭하 한가운데 걸려 있는 거울 속에서 자신의 얼굴을 발견하였다. 부증병 걸린 사람처럼 부풀어 오른 얼굴에 점점이 칠해 있는 피! 그런 모습은 확실히 현수가 지금까지 보아온 사람의 얼굴은 아니었다. 그러나 현수는 아무런 이상스러움을 느끼지 않았다. 내 모습은 이렇게 변할 수도 있었던 것이다……. 오랫동안 거울을 들여다보지 않은 현수는 어쩐지 온몸이 포근해짐을 느꼈을 뿐이었다. 심한 매질을 당하고 나면 역시 기분이 상쾌해지는 법이다. 새로 현수에게 마련된 독방에 들어온 현수는 싸늘한 판자로 만든 벽이 별반 차가운 줄도 모르고 거기 기대어 어느새 코를 드렁거리고 있었다.

6

사흘이 지난 아침 현수는 병실로 이감되었다. 병감이라고 하여도 이름뿐으로 실은 교통병원 별관의 한 방이었다. 그만치 그의 육체는 쇠약되었고, 또 그를 병실로 옮길 만치 그는 중요한 범인이기도 했다.

현수가 깨끗이 제정신이 된 것은 병실로 옮겨진 지도 일주일이 지난 뒤였다. 문 밖은 꽤 소란하였다. 부산으로 피하였던 철도 종사원들도 거의 서울에 돌아왔다. 그리하여 잠을 자던 철도는 다시 움직이게 되었고 그리고 북으로 북으로 달려가는 유엔군의 뒤를 따라 파괴된 그곳의 철도를 이을 사람들을 뽑아 보내고 있었던 것이다. 그러한 문 밖의 광경을 상상하면서 베드에서 일어난 현수는 잠시 허망해질밖에 없었다.

생각하면 십여 일째 현수의 몸은 자기의 의사가 전혀 무시된 채 움직이고 있는 것이다. 치안대원, 치안대장, 기호, 형사, 그리고 그 형사의 대신으로 온 노련한 검사와 군복을 입은 고급 장교……. 그 밖의 사람들에 의하여 그의 정신과 육체는 소모되었고 지금도 소모되며 있는 것이다. 자기를 위한 사고와 행동을 그는 잊어버리고 있었던 것이다. 결코 나는 그 누구를 위해서 존재해 있는 것은 아니다. 오직 나는 나를 위해서 이렇게 존재해 있어야 하는 것이다. 그러나 현수는 그런 생각을 하고 있는 사이에 어쩐지 행복감 같은 것을 느끼었다. 그것은 유리창으로 비쳐드는 햇볕이 봄볕처럼 따스한 탓인지도 몰랐다. 결코 십여 일 동안의 나의 생활도 실에 있어선 이전의 이십 년간처럼 나를 위해서 있었다는 것이 점점 정확하게 떠올라왔다. 치안대원, 대장, 기호, 형사, 검사, 고급장교—그런 사람들과 내가 주종主從 관계에 있었다는 사실이 그리 중요하단 말인가? 요는 그들은 그들의 필요에 의하여 또 나는 나의 필요에 의하여 그렇게 되었을 뿐이다. 그것은 그들과 나의 입장이 정반대로 된다 하여도 마찬가지이다. 어디까지나 형태에 지나지 않는 것이다. 우리가 이렇게 존재해 있다는 사실에 구별은 없는 것이다. 하늘과 땅 사이의 공간에 존재해 있는 온갖 사물이, 그 하늘과 땅의 작용에 의하여 존속하는 그것들이 언젠가는 그 하늘과 땅의 작용에 의하여 소멸된다는 사실을 나는 이미 알고 있지 않는가.

발자국 소리가 들린다.

현수는 반사적으로 베드에서 일어나 앉았다. 발자국 소리가 가까워진다. 어제와 그제와 또 오늘 아침처럼 그 발자국 소리의 주인공은 심문을 할 것이요, 나는 침묵을 지킬 것이다. 하니 현수는 그 발자국 소리가 퍽 다정스럽게 들리기도 했다. 그러나 지금 들리는 발자국 소리는 한 사람의 것이 아니고 두 사람 혹은 세 사람의 발자국 소리였다. 세 사람이 아니라 네 사람 혹은 다섯 사람, 백 사람의 발자국 소리라면 어떻단 말인가. 나는 이미 할 말을 모두 하였던 것이 아닌가. 그것도 몇 번씩 되풀이한 것이다. 석 달 동안 나의 주변에서 일어난 일이란 아무리 사소한 일까지라도 나는 모두 말한 것이다. 까마득히 잊었던 일까지를 기억을 더듬어 생각해낸 것이다. 가령 어머니에 대하여 순간적으로 품었던 것까지를 나는 말한 것이다. 그런 말들은 참으로 자식의 도리로서는 아주 못된 것임을 나는 잘 알고 있었다. 그러나 어쩔 수 없는 일이다. 나에게 여러 가지 이야기를 묻고 싶은, 지난 석 달 동안 행동을 샅샅이 알고 싶어하는 그들의 간청은 귀찮은 것이었으나 나 자신이 그것을 극복할 정도로 성의가 넘쳐흘렀던 것이다. 이제 그들이 나에게 묻고 싶어하는 것은 순이와 나의 관계에 관해서일 것이다. 나는 무엇을 말하여야 되는 것인가. 나는 순이하고 그리 많은 이야기를 못했다. 지난 석 달 동안 나의 주변에 일어난 사건 중에서 가정적은 것이 나와 순이의 관계다. 물론 나에게 있어서 인상적인 일이긴 하다. 그러나 그것은 내가 그 이전에 몇 번이나 용기를 내었다가도 심한 심장의 고동 때문에 이루지 못한 여자의 육체를 생전 처음 알았다는 사실에서요, 또 그러한 쾌감을 나로 하여금 느끼게 한 순이와 나는 결혼을 하여도 괜찮다는 생각까지 하였다는 데서이다. 말하자면 나는, 순이가 죽어가지 않았던들 그네와 오랜 시간을 어쩌면 이 땅 위에서 내 육체가 혹은 순이의 육체가 소멸될 때까지 같은 집에서 살 뻔했다는 사실에서일 것이다. 그러나 이제 와서 보면 모두 이루어지지 못한 일이다. 그리고 순이는 이미 죽은 것이다. 나와 순이 사이엔 아무것도 없는 것이다. 그네가 간첩이었는지도 모른다는 사실, 그리고 나 역시 순이와 더불어 그런 일을 꾸미고 있었다는 그들의 상상 때문에 나는 또 심문을 받는 것이다. 그러니까 나는 침묵을 지킬밖에 없는 것이다. 끝끝내 입을 열지 않는 나의 태도가 못마땅해지면 그들은 또 나에게 매질을 한다. 나는 헛소리를 할 것이다. 그 헛소리란 어떤 것인지 나는 확실히 기억할 수가 없다. 그들의 말에 의하면 나도 순이와 마찬가지로 간첩의 지령을 받고 여기 남았다고 고백을 하였다지만 나는 기억에 없다. 그리고 그런 대답을 하는 나에게 그들은 또 매질을 하는 것이다. 내가 침묵을 지키는 것은 지극히 당연한 일이다. 결국 침묵을 지키거나 전에 한 말을 되풀이하거나 나는 비슷한 매질을 당하는 것이다. 그리하여 어느덧 매질에 나는 완전히 익숙해졌다. 그들은 내가 죽을 정도로 때리지는 않기 때문이다. 의식을 잃거나 하면 이렇게 평안한 베드에 나를 눕혀주는 것이 아닌가.

방문이 열렸다.

그러나 거기 들어선 사람은 젊은 형사도, 늙은 검사도, 군복을 입은 고급 장교도 아니었다. 기호와, 길수 형과, 그리고 경혜였다. 맨 앞에 서서 들어온 기호는 한 발자국 옆으로 물러섰고 그러니까 자연 현수는 길수와 시선이 마주쳤다. 퍽 오랫동안 침묵이 흘렀다. 길수는 우뚝 선 채, 현수는 베드에 일어나 앉은 채, 그리고 기호는 길수의 옆에서, 경혜는 길수의 뒤에서 머리를 수그린 채 있었다.

현수는 그러한 상태가 여간 괴롭지 않았다. 형의 시선과 표정은 너무나도 복잡한 뜻을 가지고 있음을 알아차렸던 것이다. 경멸과 동정과 그런 감정들이 무수히 교차되고 있음을 느낄 수가 있었던 것이다.

"형님!"

현수는 저도 모르는 사이에 이런 말을 토하였다. 결국 반가웠던 것이다. 반갑지 않을 리는 없다. 길수 형과 나는 백여 일간 서로 보지 못한 것이다. 아는 사람끼리 오랫동안 헤어져 있다가 만나면 으레 반가운 법이다. 더욱이 길수 형과 나는 피를 가른 형제이다. 별다른 생각을 가질 필요는 없다. 전쟁이 일어난 이틀 후에 집으로 찾아왔던 일, 그때 길수 형의 엄격한 태도, 사나운 눈초리…… 석 달 동안 심한 공습하에서도 나와 어머니는 생명을 이을 수 있었다는 사실…… 순이의 출현과 함께 어머니와 나는 헤어질밖에 별수가 없었다는 것 등…… 현수가 할 말은 얼마든지 있었으나, 백여 일 만에 단 하나밖에 없는 형, 어쩌면 죽었을는지 모른다고 여겨지기도 했던 형을 만났다는 절박한 감정이 눈물과 함께 외마디소리를 지르게 했을 뿐이다. 사실 지난 일을 씹을 필요는 없었던 것이다. 그러나 그와 동시에 현수의 왼쪽 뺨에는 길수의 손이 부닥쳤다.

"이 못난 놈아! 그만치 일렀는데도……"

현수는 한참 어리둥절했다. 너무나도 의외의 일이기 때문이다. 겨우 정신을 차렸을 때는 이미 길수는 방 안에 없었고, 거기 얼빠진 사람처럼 서 있는 기호의 모습과 경혜의 울음소리를 의식하였을 뿐이었다.

"현수!"

기호가 무겁게 입을 벌렸다.

"왜 그러나? 그리고 여기 와서 울음소리를 내는 너는 또 뭔가?"

현수의 시선은 기호와 경혜 사이를 줄치고 있었다.

"현수! 자네의 행동을, 생활을 자네 자신은 어디까지나 정당하게 생각하고 있을는지도 모르며, 지금도 역시 그렇게 생각하기에 떳떳할는지도 모르지만 결과적으로 사회에 대해서 혹은 법률에 의해서 범죄가 되는 것을 자넨 어떻게 생각하는가? 그것은 우선 자네의 불행이요, 또 자네를 아끼고 사랑하는 자네 주위의 사람들의 불행이라는 걸 생각해보았나?"

수색에서 헤어질 때와는 달리 퍽 침착한 태도였다. 말투도 그랬다.

"그건 무슨 소린가? 도대체 내가 어찌 되었단 말인가? 자네와 경혜가 여기 나를 찾아준 것은 고맙겐 생각하네. 하나의 우정 혹은 친절 같은 것임을 나는 잘 알고 있네. 그러나 우정이나 친절 같은 것은 상대편이 그것을 받아들일 수 있을 때 비로소 그런 이름을 붙일 수 있을 줄 아네. 현재 나는 아무것도 생각하고 싶지도 않으며 또 누구와 만나거나 이야기를 하고 싶은 생각도 없다. 특히 나의 형과 같은 사람이나 저런 여자가 내 앞에 와서 있다는 것은 괴로운 노릇이다."

현수는 고개를 돌렸다.

경혜의 울음소리가 한층 더 높아졌고, 그리하여 현수를 저주하는 목소리가 방 안에 울린 후에 문 닫히는 소리가 들렸다. 경혜도 또한 밖으로 나가버렸던 것이다.

"자넨 경혜에 대해서 미안하다고 생각하지 않는가? 그 여자는 시종 자네를 걱정하고 자네의 일이라면 밤낮을 가리지 않고 도왔다네. 지금은 자네 어머니를 모시고 자네가 돌아오기를 기다리고 있는 것일세……."

"어째서 그럴 필요가 있을까? 그러나 그와 같은 말은 이제 아무런 뜻도 없는 말이다. 모처럼 이야기를 할 계제가 되었으니 우리 다른 재미있는 이야기나 하세."

기호와 말을 주고받는 사이에 현수는 긴장되었던 마음이 풀어졌다. 그것은 기호 이외의 다른 사람이 사라진 탓인지도 몰랐다.

"재미있는 이야기를……. 우리가 지금 그런 말을 할 수 있을까? 무슨 말이 자네에게 재미있는 것인지는 몰라도……."

"그건 모르는 소릴세. 사람이란 어떤 환경 속에서도 재미라는 것을 얼마든지 느낄 수 있는 것이다. 재미라는 것은 곧 새로움과 통하는 것인데 우리가 모르는 일 혹은 뜻밖의 일을 나는 여기 있으면서도 얼마든지 느낄 수 있었단 말일세. 가령 오늘 아침만 하더라도 여기 누워서 나는 천장에 거미줄을 치는 거미를 보았단 말이야. 저걸 보게……."

현수는 천장에 손을 가리켰다.

기호도 고개를 들었다.

"자네 눈에는 거미가 얼른 띄지 않을지도 모른다. 그러나 자세히 보게. 저기 엉큼하게 도사리고 있는 놈을……."

그물이 완전하게 쳐 있는 거미줄 옆에 있는 공기구멍 한쪽에는 밤알만한 왕거미가 도사리고 있다.

"……."

"보이나? 저놈은 분명 여름내 이 방 안에 출입한 버러지들을 잡아먹고 저렇게 컸단 말이야. 사람들은 비행기와 폭탄과 그런 것들로 해서 이리저리 도망 댕길 때도 저놈은 태연히 버러지들을 잡아먹으며 아무런 걱정도 없이 배를 불리고 있었을 거란 말이다. 그러니까 거미란 놈은 귀가 없는지도 모른다는 것이 나의 흥미를 돋우어주거든. 그리고 저놈은 겨울 동안 어떤 방법으로 동면을 하는가 하는 것들을 생각하는 일이 어째서 재미가 없단 말인가? 내가 만약 여기에서 나가게 된다면 우선 곤충에 관한 책을 구하여다가 조사를 할 생각이네……."

공기구멍 한쪽에 도사리고 있던 왕거미란 놈은 그들의 대화는 아랑곳없다는 듯이 어슬렁어슬렁 그물을 타기 시작한다.

기호는 어이가 없다는 듯이 한참 현수의 얼굴을 주시하고 있었다.

"나는 지금 자네가 무엇을 생각하고 있다는 것을 알고 있네. 자네도 역시 이 병원의 정신병과 의사처럼 나의 두뇌가 정상적이 아니라는 의심을 가지게 되었을 것이다……."

"아니다, 현수! 나는 자네의 두뇌에는 아무런 이상이 없다는 것을 안다. 괴벽……. 그렇게 말할 수 있을는지는 모르지만 그건 이미 자네 어머니나 형이 나보다도 잘 알고 있는 사실이다. 요는 내가 말하고 싶은 것은, 또 오늘 여기 자네를 찾아온 이유는 자네의 그런 점으로 해서 자네는 석방될 가능성이 있다는 그런 것이다. 그러니까⋯⋯."

기호는 사방을 살피면서 더 말을 계속할 요량이다.

"잠깐!"

현수는 기호의 입을 가로막았다.

"물론 나도 내가 여기서 석방될 수 있다면―하고 바란 적도 있다. 그러나 그런 생각은 말기로 했다. 왜냐하면 이미 나는 여기 있거나 밖으로 나가거나 별 차이가 없다는 것을 알았기 때문이다. 다만 내가 자네의 입을 막은 것은 내 정신은 조금도 이상이 없다는 사실이다. 나는 어디까지나 정상적인 사람이다. 그 점을 나는 누구에게나 떳떳하게 말할 수 있을 것이다."

"⋯⋯."

"그렇지 않은가, 기호!"

기호는 팔뚝시계를 들여다보고 있었다.

"면회 시간이 지났네. 나 나가야 하네. 마지막으로 하여야 할 말은 자네의 형님은 자네를 지극히 사랑한다는 것을 알아야 한다는 점이다. 아깐 자네의 뺨을 때리고 나가버렸지만 자네는 원래 정신이 좀 이상한 점이 있었다는 사실을 자네 형님이 입증을 하지 않았던들 모든 일은 종막을 고할 뻔했던 것이다."

"종막이란 무슨 뜻인가?"

"그런 것을 말할 시간이 지금의 나에게는 없다. 오직 자넨 지금까지 심문관에게 하여오던 태도 그대로 취하기를 바랄 뿐이다!"

기호는 출입문을 열었다.

현수는 그런 기호는 역시 고마운 친구라고 내켰다. 그러나 그는 역시 나와 같을 수 없다는 사실은 어쩔 수 없었다. 나는 정신에 아무런 이상도 없다. 지금까지 내가 심문관을 대한 태도는 작위가 아니고 어디까지나 자연스러운 것이었다.

혼자가 되자 현수의 마음은 도로 호젓해졌다. 평화스럽다 함이 옳을
는지도 모른다. 잠을 이룰 수도 있을 것이다. 그러나 현수는 바로 그때
우렁차게 들려온 기적 소리에 벌떡 일어섰다. 북쪽으로 떠나는 열차일
것이다. 그 열차에는 많은 사람들이 타고 있을 것이며 또 여러 가지 물건
이 실려 있을 것이다. 그리하여 유엔군의 뒤를 따라 달려가는 철도 종사
원들의 손에 의하여 오랫동안 끊어졌던 철도는 이어질 것이다. 북으로
끝없이 뻗친 철로를 그리면서 현수는 앞으로 나는 무엇을 할 것인가를
생각하였다. 간단한 일이었다. 지금 기적을 울리는 기관차가 잠시 그 누
구의 소유가 되었든 간에 그것을 직접 움직이는 기관사들의 손에 의하여
태연히 궤도 위를 달리는 것처럼, 또 그것으로 만족하다는 뜻이 기적을
울리는 것처럼 현수는 자신에게 마련된 궤도 위를 굴러가면 되는 것이
다. 그 궤도란 형사의 대신으로 나온 노검사, 고급 장교 같은 사람에게
심문을 받을 때나 기호를 만날 때 혹시 경혜, 길수 형, 어머니를 대하거
나 할 때를 막론하고 엄연히 현수의 마음속에 깔려 있는 것이다. 그리고
우선 나는 내가 정신병자가 아니라는 사실을 오늘 여기 나를 찾아올 정
신병과 의사와 심문관에게 말하여야 할 것이다. 그 결과는 기호가 말한
대로 종막을 가져오는지도 모른다. 그러나 나는 후회함이 없을 것이다.
어쩔 수 없는 일이기 때문이다. 내 이 몸이 땅 위에 존재하는 동안 나는
나의 의사를 억제할 아무런 이유도 느끼지 못하기 때문이다. 한편 기호
의 말대로 만약 내가 석방이 된다면 물론 나는 어머니를 찾아갈 것이다.
어머니는 누구보다도 나를 기다리고 있겠기 때문이다. 그리하여 나는 나
와 더불어 수년간 지내온 수장이나 그 밖의 여러 사람들과 다정한 인사
를 주고받을 것이며, 또한 내가 사랑하던 전신대를 깨끗이 청소하여 나
의 주변이 조용해진 후에 나는 아직도 방공호 속에 들어 있을지도 모르

는 순이 시체를 관 속에 넣어서 뒷산에 묻을 것이다. 아담한 순이의 무덤 가에는 여러 가지 아름다운 꽃이 피어날 수도 있을 것이다. 그리고 철도 통신약어 연구를 계속함은 두말할 필요도 없다. 그것이 아무리 도로徒勞라 할지라도.

라고 현수는 그렇게 생각하면서 그러나 이상과 같은 사실들을 마련하기 위해서 노력할 아무런 근거는, 이유는 역시 없다고 다짐을 하였다. 그냥 기적 소리를 울리며 북으로 달려가는 기관차처럼 현수는 자신의 마음에 깔린 궤도 위를 굴러가노라면 두 가지 중 어느 한 가지가 닥쳐오리라는 것은 너무나도 확실한 사실이기 때문이다.

—『자유의 궤도』, 노동문화사, 1956. 10.

독목교

1

주야 연사흘, 백 명에 가까운 사상자를 내고 점령한 고지를 그대로 도로 적의 손에 넘겨주는 것이 지휘관으로선 여간 괴로운 노릇이 아니겠지만, 그렇다고 승산이 없는 전투를 작명[作戰命令]을 무시하면서까지 계속하는 중대장 이덕호 중위의 의도를, 영수는 도시 이해할 수가 없었다.

어딜 보아도 진흙과 바위뿐인 전략상 가치 없는 산봉우리이다. 반드시 확보하여야겠다는 작전계획이었다면 필사적인 삼백여의 적에게 불과 일 개 중대의 병력만을 배치할 리 없었고, 전투시간을 칠십이 시간으로 제한한 것만 보더라도 연대로서는 새로운 적의 압력에 위협을 느끼고 일시 적의 주력을 분산시키기 위한 것이 빤하다. 중대의 명예(그것이 곧 덕호의 명예이기도 했지만)를 위해서라면 여하한 희생도 사양치 않는 덕호인지라 더욱 영수는 잠자코 순종할 수가 없는 것이다.

"중대장님, 이상 더 쓸데없는 희생을 낼 필요는 없습니다."

"무엇이!"

먼저 간 전우들의 영령英靈을 위해서라도 우리는 이 고지를 사수하여

야 한다고 열변을 토하던 덕호는 충혈된 두 눈으로 노려보는 것이었지만 영수는,

"칠십이 시간이 지났습니다. 우리는 우리의 임무를 완수한 것입니다. 무모한 전투를 계속할 필요가 어디 있습니까!"

하고, 반항적인 태도로 나온다.

어제저녁에 '비스킷' 몇 알씩 씹었을 뿐인 병사들의 무표정한 얼굴이 당신밖에 말할 사람이 없지 않소 하는 것만 같아 영수는 참을 수가 없었던 것이다.

"중대장에게 무슨 충곤가!"

"부관으로서의 의견을 말할 뿐입니다."

"부관으로서의 의견?"

"그렇습니다. 주위의 고지는 아직도 적의 수중에 있습니다. 우리는 지금 적의 포위망 속에 있는 것과 다름이 없습니다."

"닥쳐……."

"……."

"목숨이 아까워졌느냐, 비겁한 자식!"

"……."

이미 통신선은 연대장의 격려의 말 한마디를 남기고 두절되었다는 것이었다. 중대의 운명은 적이 반격을 시작하는 대로 결정될 것이다. 그렇게 큰소리는 했지만 중대장 역시 본의는 아닐 것이라고 짐작하였던 영수는 더 할 말이 없었다.

덕호는 몹시 괴로운 얼굴로 통하지도 않는 무전기에 다시 매달린다.

진중은 죽은 듯이 고요하다.

새벽녘이었다.

2

중대장은 끝끝내 고집을 세웠다.

삼백여의 적이 불과 일 개 중대의 공격을 당해내지 못한 수비하기 곤란한 이곳을 사십 명으로썬 도저히 지킬 수 없으며 설사 확보할 수 있다 하더라도 금명간*에 보급이 없는 한 아사할밖에 별 도리가 없다고 하사관들까지 날이 새기 전에 철수하는 것이 상책이라 주장하는 것이었지만 덕호는 네놈들까지 나를 업수이 여기느냐는 듯이 더욱 핏대를 세우면서 연대장의 명령 없이는 절대 이곳을 떠날 수 없으니 어서 각자가 들어갈 호**를 새로이 만들라는 것이었고 그러한 덕호의 말에 멍하니 영수의 얼굴만 바라보는 하사관들에게,

"왜 우물쭈물하는 거야, 이 못난 것들!"
하고 다시 한 번 호령을 치는 것이다.

정말 누가 못났는지 알 수 없다는 얼굴로 투덜투덜 헤어지는 하사관들의 뒷모습을 우두커니 바라보며 있던 영수는 덕호가 돌투성인 땅을 반 길이나 팠을 그제야 할 수 없이 삽을 들었다.

늦은 봄이라지만 새벽바람은 제법 쌀쌀하다. 영수는 겨우 엎드려도 어깨를 감출지 말지 한 구덩이를 만들어놓고는 주저앉아버렸다. 주머니를 뒤져 마지막 담배꽁초를 피워 물었다. 맛이 없다. 종시 덕호의 처사가 마음에 거슬리는 것이었다.

도대체 영수는 사병들을 대하는 덕호의 태도에 얼굴을 찌푸린 적이 한두 번이 아니다.

* 오늘이나 내일 사이.
** 참호. 야전에서 몸을 숨기면서 적과 싸우기 위하여 방어선을 따라 판 구덩이.

훈련기간이나 후방에서처럼 병사들에게 엄중한 군기를 강요하다가는 뒤총알에 얻어맞는 수도 있다지만 영수 제 딴에는 그것에 겁을 집어먹어서가 아니었고, 병영 생활을 다년간 계속한 전투의식이 확고하다 할 수 있는 사병들의 행동까지를 지나치게 간섭하는 것은 대隊의 통솔에 지장을 초래할 우려가 있을뿐더러 유사시 중추적 역할을 담당하는 그들의 사기가 저락될는지도 모른다는 염려에서 의식적으로 법에 위반되지 않는 범위 내에서의 행동을 방임한 것이었으나 그걸 덕호는 대원들의 불평불만을 조장시키는 행위라고 나무라는 것이었다. 물론 영수 자신도 덕호의 말을 전적으로 부인한 것은 아니요, 실상 부인할 수도 없는 것이 공적 문제에 있어 부하를 대할 때 상관의 입장을 떠나 일개의 인간이 일개의 인간을 대하는 마음이 되어서는 안 된다고 늘 경계하면서도 곧잘 범하기는 했으나 그러나 그 결과가 공으로 나타나기는 했을지언정 작전에 지장을 주었다든가 군기를 몰락시켰다든가 한 적이 한 번도 없었던 까닭에 덕호가 무슨 말을 하더라도 대원들에게 어느 정도 인망이 있는 자기에 대한 일종의 시기 이상으로 생각하지 않았다.

부하에 대한 영수와 덕호의 상반되는 주관이 처음 노골적으로 나타난 것은 재작년 가을이다.

○○을 목표로 맹진격을 개시한 연대의 우익을 담당하고 ××에 진출하였을 때 마침 그곳 태생인 고급 하사관 일 명이 일 킬로쯤 떨어진 집에까지 다녀왔으면 하는 눈치이길래 영수로서는 후방부대와의 거리를 확보하기 위하여 진격을 중지하게 되어 시간 여유가 있어서라든가 몇 년 동안 가족들의 얼굴을 보지 못한 그 하사관의 심정을 짐작하여서가 아니라 외출을 금한다는 특별한 명령이 있는 것도 아니어서 두 시간 이내에 틀림없이 돌아오라고 일러 보낸 것이 말썽이 되었다.

주민도 없는 최일선지구에선 사병들의 외출을 묵인하는 것이 상례라기보다도 일일이 감시한달 수도 없는 노릇이요 실상 그날도 몇 시간씩 무단외출한 사병이 하나둘이 아니었으나 전투기간에 귀가시키는 법이 어디 있느냐고 덕호는 선임 장교의 입장에서 영수를 책망하였을 뿐만 아니라, 그 하사관이,

"소대장님껜 아무 책임이 없습니다. 제가 무단외출한 것입니다."
하고 영수를 민망하게 여기는 것이 더욱 괘씸하였던지 중대장 앞에서까지 김 소위는 전쟁을 어떻게 생각하느냐고 몰아세웠다.

이 판국에 가족들과 옛집이 그대로 남아 있으리라고는 생각조차 할 수 없는 노릇이요, 몇 해 만에 자기가 자라난 옛 마을이나마 바라보자는 그 하사관의 심정을 용납할 수 없다면, 평양을 통과할 때 이 소위는 왜 십 리나 떨어진 집에 가서 하룻밤 자고 왔느냐고 그런 말이 목구멍까지 나왔으나, 하도 어이가 없어서 영수는 속으로 웃어버리고 말았지만 그 후부터는 늘 부하를 대하는 덕호의 태도에 의심을 품게 되었다.

물론 덕호의 말이 잘못이라 할 까닭은 없었다. 영수가 오늘까지 자기가 옳다고 주장하는 것처럼 덕호 역시 제 주장을 굽히지 않는 것이 나쁘다고 단정할 수 없는 것이다. 다만 영수는 기계적인 그러한 태도가 반드시 군기를 확립시킬 수 없을 뿐만 아니라 도를 지나면 도리어 역효과를 나타내는 수가 없지 않다는 것을 빤히 알고 있으면서도 덕호는 단순히 자기 개인에 대한 감정 때문이라고 생각될 때, 그로 인하여 대원들의 정신적 부담이 과중해진다면 자기의 지도이념에 배치되는 까닭에 부하에 대한 태도를 변경시킬 수밖에 없는 것이 괴로울 뿐이며, 오늘만 하더라도 덕호와 자기 사이에 감정적 대립이 추호도 개재하지 않았더라면 좀 더 좋은 방안이 있었을 것이라 생각되어 허전해지기도 하는 것이었다.

3

아침 햇빛과 함께 고지에는 제법 생생한 흙내가 풍기는 듯했지만, 영수는 사십 개의 그 구덩이가 자신들이 묻힐 묘혈墓穴 같기만 하였다.

영수의 호가 제일 초라하다. 정말 자기는 여기에 묻히는 것이 중대와 중대원과 그리고 자신을 위하여 타당하다고 그렇게 영수는 생각한다.

어서 죽여달라고 애원하던 마지막 부상병이 숨을 끊었다. 신음하는 양이 애처로워 소원대로 물이나 먹이고 죽여버리자던 선임 하사관도 마음이 언짢은지 슬며시 자리를 피한다. 일등병 둘이 개나 돼지를 다루듯이 되는 대로 묻어버린다. 고지는 더욱 쓸쓸해졌다. 어린 병사 하나는 새로 만든 호 속에서 M1을 안은 채 어느새 잠이 들어 있었다.

영수는 점점 모든 것이 귀찮아졌다.

때로는 보통 사람 이상 눈물을 흘릴 줄 아는 것이 군인답지 않느냐는 덕호에 대한 반감이 썩 부질없다. 기계처럼 상관의 명령대로 움직이기만 하면 누구를 위하는 결과가 된다는 것이 아무래도 거짓말 같다. 못생긴 이 산봉우리에 뿌린 수많은 젊은이의 피가 과연 몇 개의 생명이나마 지킬 수 있을 것인가. 차라리 영수는 총소리에 놀라 계곡을 건너 머리 위로 날아오는 소쩍새가 한없이 부러워지는 것을 어찌할 수 없었다.

그러나 그날 오후…… 다시 전투가 벌어졌을 땐 주검에 대한 두려움에 앞서 덕호에 대한 분노가 불꽃처럼 솟았다.

사십 개의 구덩이에서 일어나는 총소리는 분명 덕호에 대한 사병들의 원성이요 비명의 합창이라고 영수는 그렇게 생각하였다.

총을 마주 대고 싸울 필요도 없이 전세는 절대적으로 아군에 불리하였다. 억지로 몇 시간 견디어냈으나, 수를 믿고 그냥 위로 뻗치는 적을 막아내기엔 우선 탄환이 부족하였다. 어느새 적은 좌우편으로 기어 올라왔다. 전면의 적에만 눈이 팔렸던 아군은 퇴로마저 잃었다.

눈을 감고 방아쇠만 당기던 영수는 적의 수류탄이 터지는 요란한 소리에 비로소 얼굴을 들었고, 무슨 메뚜기처럼 절벽 밑으로 뛰어내리는 사병들의 모습을 발견하였다.

십 미터나 되는 절벽에서 뛰어내려봤댔자 오체五體*가 그대로 남아 있을 리 없었고 설사 무사히 절벽 밑 흙을 밟는다 하더라도 비 오듯 쏟아지는 적탄 속을 헤치고 나갈 수는 없는 노릇이지만, 절벽에 떨어져 오체가 산산이 부서지거나 적탄에 뒤통수를 얻어맞고 나가떨어질 때까지 기껏 몇 초 동안을 더 살겠다는 본능이 무의식중에 그들로 하여금 메뚜기의 흉내를 내게 한 것인지도 몰랐다. 물론 영수 자신이 그런 생각을 할 사이가 없었다기보다 그도 역시 그 사병들과 마찬가지로 뛰어내렸지만 그래도 작전지도가 들어 있는 배낭을 걸머지는 것만은 잊어버리지 않았다. 하지만 그 배낭도 영수 자신의 생명 이상 귀중할 수는 없었다. 공교롭게도 등에 걸머진 배낭이 절벽 한가운데에 솟아난 소나무에 걸려 거미줄에 늘어진 잠자리 모양으로 되자 영수는 그까짓 게 다 무엇이냐는 듯이 어깨에 걸쳤던 카빈만을 빼어 안고 뛰어내리는 것이었다.

절벽 밑은 벌써 어둡다. 기적적으로 무사히 뛰어내린 사병들은 먼지가 보얗게 피어오르는 골짜기를 경주나 하듯이 달아나며 있다. 적은 그냥 총탄을 퍼붓는다.

영수는 그 사병들처럼 그 속을 뚫고 달아날 염이 나지 않았다. 어차피 죽는 바에야 저렇게 악착스럽게 기를 쓸 필요가 어디 있을까 하여서도 아니요, 총소리가 잠잠해지기를 기다려보자는 것도 아니다. 그저 모든 것이

| * 사람의 온몸.

귀찮아 거기 다래 덤불 속을 헤치고 들어가 아무렇게나 누워버렸다.

'지금쯤 중대장은 어떻게 됐을까.'

기어이 일을 저지르고야 만 덕호가 한없이 밉기도 했으나 아무리 전세가 불리하더라도 먼저 꽁무니를 빼는 법이 절대 없는 고집쟁이니 어쩌면 거기 버티고 섰다가 적탄에 쓰러졌는지도 모른다고 생각되어 가슴이 덜컥했으며 부관으로서 중대장에게 아무 말 없이 도망친 자신의 행동에 스스로 얼굴을 붉히었다.

병사들과 앞을 다투어 뛰어내리는 자기의 꼴을 만약 덕호가 보았더라면 얼마나 비웃었으랴……. 영수는 별별 생각이 다 들었다.

자기에 비하면 확실히 덕호는 대담하고 또 착실한 군인이었으며 자기와 덕호 사이의 감정적 대립은 결코 덕호의 시기에서 생긴 것이 아니요 도리어 사내다운 덕호에 대한 자기의 질투가 원인인지도 몰랐고 따라서 자기와 덕호의 대립이 대원들에게 과중한 부담을 시켰다면 그 책임이 덕호에 있는 것이 아니라 자기가 져야 한다고 뉘우칠밖에 없었을 뿐만 아니라 비록 과거엔 동료라 할지라도 여하튼 현재에 있어서는 상관인 덕호에 대한 자기의 태도는 원칙에서 벗어났으며 그런 것을 묵인해온 덕호는 자기가 덕호를 업수이 여겨온 것처럼 자기를 철부지로 취급하였는지도 모른다고 생각할밖에 없었다.

실상 이번 일만 하더라도 전적으로 덕호의 책임이 아니요 중대장을 보좌할 의무가 있는 부관에게도 적지 않은 책임이 있다기보다도 어쩌면 그 책임이 전적으로 영수에게 있는지도 몰랐다. 반 이상의 부하를 잃어버린 중대장으로서는 그 고지를 사수하자는 말이 너무나도 당연했으며 그러한 덕호의 심정쯤을 짐작 못하고 반항적인 태도로 철수를 주장한 것조차가 어리석은 짓이려니와

'김 소위는 항상 말이 많아.'
하고 가볍게 영수의 입을 막아버린 덕호는 자기대로 이미 철수할 심산이
서 있었으나 영수의 지나친 반대에 그만 고집통을 터트리고 말았는지도
알 수 없는 까닭이다.

　그러나 영수는 그것을 후회하거나 중대장의 입장에서 부관이 반대한
다 하여 사수명령을 내렸다면 또 얼마나 못난 짓이냐고 덕호를 나무라거
나 할 필요가 없었다. 아무 소용 없는 생각이라서가 아니라 문득 덕호는
지금쯤 자기와 마찬가지로 거기 어느 다래 덤불 속에 누워 있는지도 알
수 없는 노릇이라 생각되어 피—하고 뜻도 없는 웃음이 저절로 솟아난
까닭이요 또한 바로 그때 피 흘리는 왼발을 끌면서 영수가 앉아 있는 그
다래 덤불 속으로 기어 들어온 그림자가 덕호였기 때문이다.

　　4

　영수가 덕호의 왼쪽을 부축하고 그 다래 덤불 속을 빠져나온 것은 적
이 사격을 중지한 직후였다. 틀림없이 적의 수색대가 활동을 개시할 터
이니 포로가 되느니보다 가는 곳까지 가다 죽자는 영수의 심산이다. 시
간은 이미 자정에 가까웠지만 적이 절벽을 돌아 내려오기까지엔 적어도
십 분은 요할 것이요 그동안에 눈앞에 보이는 계곡만 건너서면 날이 새
기 전에 적의 유효사거리有效射距離 밖으로 빠질 수 있었다.

　덕호는 괴로운 얼굴이다. 연일의 격전에 몹시 피로한데다가 다량의
출혈을 한 탓도 있겠지만 자기의 생명이 다른 사람도 아닌 영수의 손에
달려 있다는 얄궂은 운명이 더욱 괴로운지도 모른다.

　"김 소위, 미안하오."

계곡에 다다랐을 때 덕호는 처음 입을 열었다. 이런 말이라도 하지 않으면 견딜 수가 없었던 모양이다.

영수는 아무 말도 않았다.

'아무 생각 말자. 우선 이곳을 빠져나가는 것이 급선무가 아니냐.'

차라리 자기처럼 생생한 몸이 아닌 덕호를 민망하게 여기자고 무척 애를 썼지만 그러나 엄격하고 또 고집쟁이이던 몇 시간 전까지의 덕호와 지금의 덕호를 비교해볼 때, 죽음 앞에서는 이렇게 약한 것이 사람이라고 허망해질수록 덕호의 뱃속이 빤히 들여다보이는 것 같아 불쾌하였고 전사한 부하의 얼굴이 하나씩 하나씩 눈앞을 스치고 지나갔다.

'너 따위는 백 번 죽어도 싸다.'

영수는 자꾸만 잔인한 생각이 들었다. 덕호를 그대로 내던지고 계곡에 가로놓인 외나무다리 위로 혼자 달아나고 싶어지는 것이었다.

그러나 덕호를 바위 위에 앉히고 외나무다리를 디뎌보는 순간,

쾅!

하는, 소리와 함께 조명탄이 머리 위에서 터지고, 적이 발사하는 총알이 귀를 스치기 시작하자, 영수는 덕호를 그대로 버리고 달아날 수가 없었다.

혼자서는 도저히 움직일 수 없는 덕호를 여기 버린다는 것은 자기가 덕호의 모가지를 졸라매는 것과 진배없다는 그런 생각에서는 물론 아니고, 자기를 원망하는 나머지 덕호가 두 눈을 무섭게 부릅뜬 채 죽을 것이라 가상하여서도 아니다. 이제 덕호를 버린다면 너 따위는 죽어버리는 것이 마땅하다는 의식에서 버리는 게 아니라 자기 목숨을 건지기 위해서 버리는 것처럼 되는 것이 영수는 싫었으며, 덕호가 눈을 감는 순간까지 김 소위는 역시 비겁한 놈이라고 생각할 것이 두려웠다.

두 발! 세 발! 조명탄은 꺼질 사이 없이 머리 위에 터진다. 적의 사격은 점점 치열해진다.

"김 소위, 나를 어쩔 셈인가?"

"……"

"여기 버리고 갈 작정인가, 김 소위?"

"……"

심상치 않은 영수의 태도를 눈치채고 당황하는 덕호를, 영수는 아무 말 없이 되도록 싸늘한 눈으로 바라보았다.

"안 돼! 나를 여기 버려서는 안 돼! 나는 죽기가 싫어, 죽을 수가 없어! 김 소위, 빨리 나를 연대까지 다려다주오. 난 연대장을 만나기 전엔……."

"연대장을?"

영수는 귀가 번쩍 뜨였다.

덕호의 입에서 연대장 이야기가 나오는 것이 너무나도 의외였던 것이다.

"김 소위!"

"……"

덕호의 얼굴은 어제 아침 고지에서 잔여 중대원에게 우리는 먼저 간 전우들의 영령을 위해서라도 고지를 사수하여야 한다고 외치던 바로 그 때의 표정이다.

영수는 점점 이상한 감정에 사로잡혔다.

"아직도 김 소위는 나를 오해하고 있어! 이제 내가 목숨이 아까워서 이러는 줄 아나! 부하 전부를 잃은 내가 뻔뻔스럽게 더 살겠다구 이러는 줄 아나? 연대장을! 사수명령을 내린 연대장을 만나기 전엔 정말 나는 죽을 수가 없어……."

"?……"

덕호는 무섭게 얼굴을 찌푸린다.

영수는 머리통을 무엇에 얻어맞은 것처럼 띵했다.

고지 사수명령이 덕호의 의사가 아니고 연대장의 의명依命*이었다는 사실이 영수에게는 놀랍고 또 신기한 일이 아닐 수 없었던 것이다.

덕호는 갑자기 너그러워지며 말을 계속한다.

"부관에게는 미안했소. 고지를 사수하라는 연대의 명령을 부관에게 말하지 않은 것은 내 잘못이었소. 그러나 그 책임은 부관에게도 있는 것이오. 부관은 진실로 나를 상관으로 여긴 적이 한 번이나 있었소?"

울상까지 짓는다.

"……."

영수는 할 말이 없었다. 얼빠진 사람처럼 덕호의 입만 바라본다.

"물론 그래서 연대의 작명을 부관에게 말하지 않은 것은 아니었소. 이번 전투는 나를 지나치게 괴롭혔소. 수백 회의 전투에 참가하였으나 이번처럼 처참한 전투는 처음이오. 김 소위도 알다시피 우리는 백 명에 가까운 부하를 잃지 않았소. 거기에다 또 사수명령……. 공중을 날아온 연대장의 음성을 나는 참말로 믿을 수가 없었던 것이오. 아무에게나 말할 수가 없었던 것이오. 무전기를 부수고 싶었던 것이오……."

덕호는 주먹으로 자기 가슴을 몇 번 뚜드리고 나서,

"무모한 명령을 내린 연대장을 이 발만 생생하다면 난 당장 달려가서 가만두진 않았을 게요. 내 부하 전부를 잡아먹은 그놈을 이 발만 성하다면 난 당장 달려가서 죽여버렸을 게요……. 김 소위! 명령이다! 어서 나를 연대까지 다려다주오."

하고는 바위 위에 쓰러진다.

영수는 공연히 덕호를 미워한 지금까지의 자기의 행동을 뉘우칠밖에

| * 명령에 의거함.

없었으며, 자기 따위는 비할 수도 없는 덕호의 부하에 대한 심원한 사랑 앞에 스스로 머리가 수그려지기도 하였으나, 그러나 이번 전투가 영수에게 준 그 어떤 새로운 자극은 너무나도 맹랑한 것이었다.

당장 달려가서 연대장을 죽여버리겠다는 심정을 이해할 수도 있었으나 그것은 어디까지나 덕호 자신의 입장만 고집하는 이기적인 생각에 지나지 않으며 사십 명의 생명을 죽이고 수백 수천의 생명을 살릴 수 있었다면 연대장으로선 사수명령을 내리는 것이 타당했다고 그렇게 생각한 영수는, 자기가 덕호를 원망한 것처럼 어쩔 수 없이 사수명령을 내린 연대장을 원망하는 덕호를 차라리 경멸할밖에 없었으며, 덕호를 미워한 자기의 마음속에 불순한 '티'가 섞이어 있었던 것처럼 연대장을 만나기 전엔 죽을 수 없다는 덕호의 마음속에도 생명에 대한 애착이 전혀 없지도 않다면 자기나 덕호의 그러한 관념은 조금도 누구를 위할 수 없을 뿐만 아니라 무아무심無我無心으로 기계처럼 상관의 명령대로 움직이는 사병들의 태도가 참다운 군인의 본분이며, 어떡할 수 없는 인간의 숙명이요, 또한 그러한 태도만이 인간과 인간 사회를 위할 수 있다면 덕호와 자기는 인간을 배반한 범죄자인지도 모른다고 생각되는 것이었다.

이제 중대장의 명령이 위신을 상실하였다 하더라도 역시 중대장의 명령대로 중대장을 등에 업고 외나무다리를 건너가야 한다고 결심한 영수는, 연대장에 대한 중대장의 원망이 순간적인 감정이기를 바라면서 중대장의 창백한 얼굴을 다시 한 번 바라보았다.

적의 사격은 한층 더 치열해지고 또 한 방의 조명탄이 '독목교獨木橋'를 훤히 비치고 있었다.

—《문예》, 1953. 11.

황혼 후

  언제부터 생긴 버릇인지는 알 수 없으나 창수昌洙는 길을 걷는 동안 두뇌가 완전히 백지상태로 되어지는 수가 있다. 극히 짧은 시간이지만 확실히 머릿속이 텅 빈다. 두뇌작용이 완전히 정지된 상태이다. 실은 두뇌작용이 정지되는 것이 아니라 무슨 생각에 잠기는 것이 아닌가 하고 따져보기도 하지만 그렇지만도 않다. 아무리 무슨 생각에 깊이 잠들어 버린다 하더라도 저쪽에서 마주 걸어오는, 매일 만나는 친구와 분명 시선을 여러 번 마주치고도 몰라본다는 것은 우스운 일이다. 그렇다면 두 발은 어째서 목적지를 향해 정확히 옮겨지고 있으며, 또한 자동차 같은 것은 용하게 피할 수 있는가? 그야 내가 걷는 '코스'는 대개 일정해 있으니까…… 아니, 설사 낯선 길이나 처음 걷는 길이라도 이미 내 두 발은 두뇌작용이 필요 없이 그 소임을 다 하게끔 습성이 되어버렸으니까―하고, 자문자답을 하기도 하였으나 어느새 창수의 그런 버릇은 이유를 따져볼 필요조차 없을 만치 자연스럽게 되어진 것이다. 그래 더러 친구의 오해를 산 적도 있지만 어쩔 수 없는 일이었다.

×

도회의 빌딩들이 빛을 잃기 시작한 황혼 무렵—시청 앞 로터리에서 서소문으로 빠지는 한길을 걷고 있던 그가 두 번, 세 번 이름까지 부르는 연희連姬를 몰라본 것도 바로 그런 증세에서였다.

"어쩌면 모르는 척하실까? 빤히 바라보시면서두……."

"아! 이거 누구십니까!"

몇 발자국 지나쳤던 연희가 다시 되돌아와서 손을 붙잡았을 그제야 창수는 외마디소리를 질렀다.

비록 오 년 만에 처음 만나기는 하지만 연희는 그다지 달라진 데가 없다. 몹시도 빛나는 두 눈이며, 오뚝 솟은 코며, 그 목소리까지가……. 옷이 더 화려해지고 머리의 꾸밈이 신식으로 달라졌을 뿐인 연희를 참으로 몰라볼 턱이 없는 것이다. 모르는 척했다고 할밖에 없었다.

"정말 몰랐습니다. 저 그런 버릇이 있어요. 이거 참 우스운 소리지만……."

"여전하시군요. 조 선생의 그 무사주의……."

"……."

연희의 말속에는 야유가 섞여 있었다. 그러나 지금 모르는 척하였다고 비난함은 아닌 상싶었다. 창수 역시 그게 미안해서 대답을 못한 것은 아니었다.

'이 여자가 나를 옛날 친구처럼 다정하게 대할 수 있을까? 모르는 척하고 지나쳐버릴 사람은 오히려 저편이 아닐까.' 잠시 그런 생각을 하면서 신통하게 어울리는 연희의 양장 모습을 다시 한 번 살피고 난 창수는 어쩐지 부끄러운 생각이 들었다.

"차나 한 잔 마실까요?"

대답도 필요 없다는 듯이 앞장을 서서 걷던 연희는, 그러나 무슨 생각이 들었던지 명동 쪽으로 옮기던 발길을 획 돌리며,

"참 오랜만에 조 선생을 만나구 했으니까, 제가 한턱내겠어요. 술 배우셨어요? 그때완 처지가 다르니까 맥주쯤은 하실 테지. 저 비어홀을 내고 있어요."

"먹을 줄은 모르지만 한두 잔쯤은……."

서슴지 않고 제 신분을 드러내놓는 연희의 태도에 어색한 기분이 확 풀린 창수는 자연 오 년 전의 일을 회상하면서 그네의 뒤를 따랐다.

×

구이팔 수복 당시였다. 다행히 남하할 계제가 되어 부산에 갔었던 창수는 학도경찰대 대원이 되어 돌아왔다. K대학 졸업반에서 동란을 만난 그는 어차피 군인이 되거나 경찰관이 되거나 할 나이였다. 전쟁이 가져온 긴장과 흥분—그런 것 때문에 창수는 무슨 일이든지 서슴지 않고 열중할 수 있었던 것이다. 그러나 수복 후에 각 학교의 부역자를 적발하는 임무를 맡게 되자부터 창수는 자신이 이런 직무에 얼마나 적합지 않은 사람임을 뉘우칠밖에 없었다. 아무 상관이 없는 한 사람의 주관에 의해서 또 다른 한 사람의 운명이 결정된다는 엄연한 사실, 그리고 이 마당에 있어선 불가피하다는 절대적인 조건 앞에 창수는 부역자의 죄상을 대개 직감으로 판정하였다. 물론 사심私心이 포함될 까닭은 없었지만 속이 편하진 못했다. 그렇다고 신중을 기하기 위해서 심문을 오래 계속하면 그만치 뒤에 오는 번민이 길게 꼬리를 단다. 마치 그는 정밀한 기계처럼 조서를 꾸미었고 갑甲, 을乙, 병丙, 정丁의 판정을 내려 상사에게 보고했다.

그러던 어느 날이었다. 창수는 뜻밖에도 낯선 여인의 방문을 받았다.

"저어, 잠깐 뵐 수 없을까요. 초면에 이런 실례가 없습니다만……."

말투는 공손하나 태도는 거만조차 한 여대학생이었다. 상의에 달려 있는 R대학의 기장을 보아 알았다. 창수는 할 말이 있으면 여기서 하라고 그런 말이 입 밖으로 나올 뻔했으나 웬일인지 어디 만나보자는 호기심이 생겼다. 밉지 않은 얼굴에 단정한 옷차림이 썩 인상적이어서는 아니다. 그 거만하면서도 어딘지 세련된 태도 그것이 부러 꾸민 것이든, 그렇지 않든, 친밀감이 느껴졌던 때문이다.

긴장과 흥분이 암운처럼 끼어 있는 거리를 그네와 어깨를 나란히 하고 걸으면서 창수는 자신의 행동이 이상하게 여겨질밖에 없었다. 거만한 사람한테서 어째 친밀감을 느낄 수 있는가? 그리고 왜 부자연스럽지가 않은가? 그러나 나 자신의 의식적인 행동인 바에야 탓할 필요가 없다─고 하는 사이에 연희는 어느 찻집의 층계를 토끼처럼 뛰어오르고 있었다.

"저, 민연희라고 합니다."

창수도 마찬가지로 이름을 대고 마주 앉으니 별나게 구면의 친지처럼 느껴지기도 했다.

"선생님을 뵙고저 한 것은 다름이 아니라…… 지금 선생님이 취급하시는 S중학의 이석주란 사람 있지 않아요……."

하고, 잠시 머뭇거리던 연희는 그러나 역시 시원스러운 목소리로 제 사촌오빠인데 창수의 힘을 좀 빌리려고 왔다고 하였다. 원래는 좌익사상이라고는 조금도 없었던 이가 어쩌다 이번에 실수를 했으니 살릴 수 없느냐는 것이었다.

창수는 우선 연희의 담백한 성격에 놀랐다. 한 생명의 존망 여부를 유치할 정도로 물으러 온 사람이 이렇게 아무렇지도 않은 표정으로 말할 수 있을까. 이석주란 사람을 진심으로 살리고자 하는 것인가 그리고 그들의 사이란 과연 친척지간인가─먼저 이런 생각들이 창수의 머리를 번개처럼 스친 것이다. 결코 그네의 말을 의심한다든가 하여 불쾌해진 탓은 아니며, 오히려 호의에서였고 이어 이석주란 사람의 신분과 죄상 같은 것을 생각해봤다. 지금까지는 이런 경우 제 혼자 마음대로 하는 것도 아니며, 설사 그렇지 않더라도 부당한 처사는 안 된다고 한마디로 거절

해온 창수는 이런 자신의 행동에 가책을 받으면서도 힘이 되어주고 싶어
진 것이다. 그것은 이석주의 죄의 성격이 복잡하여 고려할 여지도 있어
서였으나 그러나 지금까지 창수가 하여온 대로라면 두말할 필요도 없이
갑∥종이다. 연희의 말대로 육이오 전에는 좌익에 물든 적이 없을뿐더러
우익단체의 간부도 지냈지만, 삼 개월간의 행동은 도저히 용서받을 수
없는 중죄였다. 동기야 어쨌든 수학 교사인 석주는 선두에서 서두르지
않아도 좋은 처지임에도 자진 공산당에 가입하여 학생들을 소위 의용군
으로 보낸 것이다. 도저히 무사할 수 없는 사람이었다. 그러나 창수는 이
여인의 청을 고려함이 죄 될 것은 없다는 자신이 생겼다. 평상시의 법의
판결이 그러하듯이 현상적인 것만으로 결정을 내리는 것이 부당하다고
여겨온 그는 석주 말고도 그런 종류의 부역자에게 관대하지 못했음을 유
감으로 여겨오던 터였다. 긴박한 시국이 그것을 불허한다고는 하지만 그
럴수록 신중을 기하여야 된다고 생각했고, 그런 생각이 용납 안 되는 데
에 직무상의 괴로움을 당해오기도 했던 것이다.

　"사생활 같은 건 아무 소용 없는 말씀이지만 저에게는 단 하나의 육
친입니다. 어떻게 살려주셨으면 은혤 못 잊겠어요."
하고 손에 들고 온 보자기를 창수 앞에 내놓으며, 연희는
　"그리고 이건 약소한 것이지만 선생님, 받아주십시오."
하였다.

　창수는 또 한 번 놀랐다. 보자기에 싼 물건이 지폐임을 알았기 때문
이다. 너무나도 노골적인 그네의 행동에 무슨 모욕을 당한 것 같아 한참
어찌할 바를 몰랐다.

　"잠깐 조용한 곳으로 갑시다."

　잠시 후에야 이성을 차린 창수는 보자기를 들고 먼저 일어섰다. 이번
에는 연희 편에서 약간 의아스러운 얼굴이 되었으나, 그다지 주저하는

기색도 없이 따라 나왔다.

그들은 가까운 중국 요릿집 위층에 다시 마주 앉았다.

"우선 이것은 도루 받아놓으십시오⋯⋯. 그리고 댁은 학생이지요? 저두 학생입니다."

하고 나서, 창수는 침착한 어조로 연희의 행동을 엄격히 책하였다.

"물론 댁은 이렇게 생각할는지는 모릅니다. 어차피 세밀하고 확실한 결과를 기할 수 없는 바에야 우선 사람을 살려놓고 봐야 하지 않느냐고. 그리고 부역자의 문제는 개개인의 책임이라기보단 국가적인 것이라고⋯⋯. 그러나 우리는 현실을 등한할 순 없습니다. 그들을 방임한다면 그 후에 올 혼란을 어떻게 합니까. 그들 중에는 아직도 우리의 생명을 노리고 있는 자가 허다하다는 사실을 묵인할 수는 없는 일입니다⋯⋯."

창수의 이야기를 듣는 사이에 점점 고개가 수그러지던 연희는 그만 이마를 식탁에 대고 느껴 울기 시작하였다.

들먹거리는 그네의 두 어깨를 바라보면서 창수는 잠시 그네의 눈물은 무엇을 의미하는 것인가를 생각했다. 누구를 위한 눈물인가? 사촌오빠라는 석주를 위한 눈물일 수도 있고, 지금 자신의 행동을 뉘우치는 눈물일 수도 있고, 창수의 공격에 대한 억울함에서일 수도 있으리라―그러나 결국은 그네 자신을 위한 눈물일밖에 없으리라는 생각이 미치자 창수는 시켜놓기만 하고 수저도 대지 않은 자장면 두 그릇 값을 치르고 일어섰다.

"아무튼 댁의 말을 참고론 삼겠습니다."

연희는 고개를 들었을 뿐, 아무 말 없이, 또 원망스럽다는 기색도 없이, 오히려 미소조차 짓는 듯한 얼굴로 창수의 뒷모습을 바라보고 있다.

×

이튿날부터 연희는 매일같이 창수가 일을 보는 사무실 앞 한길에서 서성거렸다. 석주의 사식私食을 넣기 위해서였다.

　별로 그네와 창수는 사식을 받는 외는 말을 안 했다. 연희 역시 창수의 입장을 짐작하여서인지 단둘이 있을 때가 아니면 모르는 척했다. 물론 석주의 이야기는 다시 꺼내지 않았다. 그렇다고 침울하기만 한 얼굴도 아니었다. 그러한 연희의 얼굴을 대할 적마다 창수는 어떻게 석주를 살리자는 마음이 되어지기도 하였으나, 그러나 석주를 눈앞에 딱 앉히어 놓으면 그런 마음이 산산이 달아나버렸다. 그것은 창수가 직무에 대하여 충실함을 의미하는 것은 아니다. 오히려 그 반대인지도 모른다. 창수의 질문에 대답도 변변히 못하고 벌벌 떨면서 살려달라고만 애원하는 비굴한 모습—죽음을 눈앞에 둔 인간의 솔직한 모습에 느낌이 없지도 않았으나 이지理智를 상실한 그것이 미워지곤 한 창수는 결코 직무에 충실하달 수는 없었던 것이다. 또한 창수는 석주에게 연희와의 관계를 묻지는 않았고, 실상 그런 것은 염두에도 없었으나, 저도 모르는 사이에 하나의 여자를 사이에 두고 두 사내가 마주 서 있다는 그런 불순한 것이 마음속 밑바닥에 깔려 있는지도 모르는 노릇이었다. 그래 창수는 어수선해지는 자신의 마음을 가다듬기 위해서라도 한시바삐 석주의 심문을 끝내고 싶었으나 그럴수록 판정을 내리기가 주저되었다. 그렇지 않아도 종합적 판정이란 쉬운 것이 아니다. 병丙, 정丁인 경우는 견책이 아니면 석방이니까 문제가 다르지만 을乙, 갑甲 양자택일의 경우는 여간 어렵지가 않은 것이었다. 을은 대개 중형이요, 갑은 사형이 아니면 무기징역이기 때문이다. 그리고 석주의 경우는, 석 달 동안의 범행을 보아서는 당연히 갑이지만 그전의 행실을 고려한다면 을이요, 어쩌면 병일 수도 있는 것이다. 거기에다, 연희의 출현과 함께 일어난 야릇한 심적 작용이 또한 석주의 심문을 끌게 한 원인이 되었다. 가뜩이나 괴로운 노릇인데다가, 그런 일까지

덮치어 창수는 불과 열흘밖에 안 된 그동안이 퍽 오랜 시일이 경과된 것만 같았다.

창수가 을이라는 고무인을 찍은 석주의 조서를 가지고 최종판정을 내리는 ○검사 앞에 선 것은 십여 일이 지난 뒤였다.

"자네 몸이 어디 불편한가? 얼굴색이 좋지 않은데."

"별로 아픈 덴 없습니다."

서류보다도 예심관의 얼굴색으로 어려운 일을 적절하게 처결하는 명검사 ○씨로부터 창수가 이런 말을 듣는 것은 처음이었다.

"이건 왜 이렇게 늦었나?"

십 건이 넘는 서류를 하나하나 뒤적이던 ○검사는 석주의 조서를 따로 내놓으며 물었다.

"조사할 점이 많아서였습니다."

"조사할 점이 많아서……. 우리가 지금 이런 간략한 방식을 취하고 있는 이유가 어디 있는지를 자넨 모르는가?"

"알고 있습니다. 그러나 이럴수록 신중을 기하여야 될 줄 압니다."

"무엇이 어째! 자넨 지금 전쟁을 하고 있다는 사실을 모르는가! 우리가 지금 하고 있는 것도 하나의 전투 형식임을 모른단 말인가!"

"그러니까 더욱 신중을 기하지 않으면 안 될 줄로 압니다. 아군을 적으로 오인하거나 적군이라도 비전투원을 함부로 사살하거나 할 순 없지 않습니까?"

창수는 좀 지나치다는 생각도 들었으나, ○검사의 처음의 태도부터가 마땅치 않았다. 무슨 부정행위라도 있었다는 듯 경계하는 표정이 미웠던 것이다. 물론 그것은 어디까지나 창수의 육감이요 ○검사로서는 오랫동안 이런 직무를 맡아온 습성에 지나지 않는지도 모르지만 연희의 얼굴이 자꾸 눈앞에 어리어 불안해지기도 한 창수는 이런 태도로나마 자신의 마음을 채찍질하지 않으면 견딜 수가 없었던 것이다.

"나도 자네의 그런 태도가 전적으로 나쁘다는 건 아니야……."
하고, ○검사는 약간 노여움이 풀린 듯한 얼굴로 말하였으나 금방 두 눈을 모로 세우며,

"그러나 여기 조서에도 기록되어 있듯이 자진 공산당 당원이 되고 어린 학생들을 소위 의용군으로 징발하였다면 그 이상 더 고려할 점이란 뭔가? 더구나 이자는 수사에 의해 죄상이 드러난 자가 아니고 학교 측에서 신고해온 자가 아닌가. 물론 자네는 이자가 사변 전에 우익단체의 간부였다는 점에서 신중히 조사할 필요를 느꼈는지도 모르지만 사변 직전이라면 이미 누구나가 우익단체에 가입되어 있지 않았나. 그전에 이자가 무엇을 했다던가 하는 데 대해선 한마디도 없는데, 신중을 기했다면 오히려 그런 점에 대한 조사가 있어야 되지 않아. 안 그런가!"
하며, 창수의 얼굴을 뚫어져라 쏘아보았다.

창수는 아무 말 없이 ○검사의 얼굴만 바라보았다. 일사불란한 그 표정, 그 태도. 그러나 기계적인 ○검사의 사고방식이 창수는 밉기 그지없었다.

"선생님 말씀대로 한다면 그런 것은 더욱 문제가 안 될 줄 압니다. 사변 전의 신분이 참고가 될 수 없다면 그전의 일을 조사할 필요는 더욱 없을 것입니다. 저는 법이란 데에 대해서는 아무것도 모르지만 법률의 사명은 법조문에 의한 처단이 아니고 어디까지나 범죄의 근절에 있다는 것쯤은 알고 있으며, 그러니까 범인을 취급하는 데 있어서 그 사람의 범행과 동시에 동기나 이면 같은 것도 고려하여야 될 줄로 믿고 있습니다."

창수는 저도 모르는 사이에 흥분되어 있었다.

그런 창수의 태도가 심히 못마땅하다는 듯 ○검사는 한참 형상이 사나워졌으나, 금방 빙그레 웃으며,

"자넨 참 문과文科였던가? 그렇군, 그래. 문학이나 예술 같은 덴 자네와 같은 인도주의가 필요하겠지만 법은 어디까지나 냉정한 거야. 센티는 절대 금물이란 말야."

하고 나서, 석주의 조서에 찍힌 을자를 붉은 잉크로 지우고 갑이란 고무인을 찍는 것이었다.

창수는 더 할 말이 없었다. 나는 결코 감상적이 아니라는 것, 그리고 나의 판정이 그렇게 전복된다면 이상 더 일을 계속할 수 없다는 말이 목구멍까지 치밀었으나, 자신이 넘쳐흐르는 너무나도 결정적인 ○검사의 태도에 그만 입이 붙어버렸다.

×

이튿날 새벽 석주를 포함한 중범자 십여 명은 트럭에 실렸다. 아직도 적대의식이 있다는 판정을 받은 그들은 망우리로 연행되는 것이었다. 그 속에서 원망과 억울함과 그리고 연희의 얼굴 같은, 그런 복잡한 석주의 두 시선을 본 창수는 그만 고개를 돌리고 말았다.

연희가 나타난 것은 중범자를 실은 그 트럭이 떠나간 지 삼십 분 뒤였다. 그네의 손에는 어제와 다름없이 사식 보자기가 들려 있었다. 그리고 전할 사람도 없는 그것을 창수는 어제와 다름없이 받아들었다. 그 이튿날도 그랬다. 그다음 날도 그랬다. 또 그다음 날도 그랬다. 아직도 이 건물 안에 석주가 갇혀 있는 줄만 아는 연희는 며칠째 친절해진 창수의 태도에 명랑해지기도 했다. 그러나 어차피 드러나고 말 사실을 언제까지나 감출 수는 없는 노릇이다. 오늘 저녁은, 내일 아침은 하고 미루는 사이에 또 십여 일이 지났다. 연희의 체온처럼 뜨거운 사식 보자기를 받을 때나 또 자기의 마음처럼 싸늘한 빈 그릇을 내줄 때나 마찬가지로 창수의 얼굴에는 구름이 끼었다. 그리하여 종시 창수는 연희에게 사실을 알려줄 기회를 놓치고 말았다. 두 번째의 피란소동에 장안이 물 끓듯 어지러워진 무렵, 어쩐 일인지 연희는 무엇이라 말 한마디 남기지 않고 발을 끊었던 것이다. 밤중에 홍두깨 격으로 돌연 나타났다가 또 그렇게 사라져버린 묘령의 여인―피란 도시에서 군문으로, 전선으로, 흘러 다니는 사이에도 연희의 얼굴은 오래도록 창수의 눈앞에서 꺼지지 않았고, 그리하여 어느덧 오 년이라는 시간이 흘러간 것이었다.

×

연희가 경영하는 비어홀은 무교동에서 화신 쪽으로 빠지는 뒷골목에 있었다. 그리 넓지도 않은 홀 안은 별반 화려할 것도 없었지만 제법 저명한 화가의 그림이 몇 폭 걸려 있는 탓인지 연희의 얼굴처럼 또 모습처럼 청초하게 느껴졌다.

저녁이 되어서인지 손님도 많지 않았다. 단골인 듯한 두어 사람에게 익숙한 태도로 미소와 함께 허리를 굽히고 난 연희는 창수를 내실內室로 안내하였다. 누추한 방이었다. 이런 곳을 처음 보는 창수는 별난 기분이 되었다. 산뜻한 홀에 비해 너무나도 초라한 그 이면―마치 연희의 생활의 표리表裏를 들여다보는 것만 같은 착각이 싫었다.

그러나 연희는 창수의 그런 눈치에는 개의도 하지 않고 맥주를 날라 왔다.

"어서 드세요."

술을 따르는 솜씨도 역시 익숙하다.

'나를 이런 답답한 방에 끌고 들어온 이유는 무엇이며 또 성급하게 술을 권하면 어쩌잔 말인가? 필경 그때의 이야기를 늘어놓으리라'고 내키자 창수는 서먹서먹해졌다. 그러나 한편 딱딱한 예의를 차리지 않는 연희의 태도가 시원스럽기도 하여 즐기지도 않는 술이 마구 당겼고, 연희 또한 그런 이야기는 입 밖에 낼 염도 않았다.

"조 선생은 그때와 조금도 다름이 없어요. 그 텁텁한 외모부터가……."

이런 말이나마 꺼낸 것은 둘이 모두 어지간히 거나해진 뒤였다.

"그렇지도 않겠지요. 오 년이란 짧지 않은 시간이 지났는데 그럴 수가 있겠습니까. 그러나 연희 씨는 확실히 그때와 조금도 다름이 없습니다."

"저야 많이 달라졌지요. 생활부터가 이렇게 난잡해졌으니까요."

연희는 그런 자기를 행동으로 증명한다는 듯이 또 한 잔 단숨에 들이킨다.

딴은 그렇기도 하겠다는 기분으로 연희처럼 한 잔을 더 마신 창수는, 그러나 연희의 그 상기된 얼굴이 자꾸만 오 년 전 처음 만났을 때의 얼굴이 되어지는 것을 어쩔 수 없었다. 피란 도시에서 또 전선에서 시달리는 사이에 내가 얼마나 공리적公利的인 인간이 되었다구 그래—하고 창수 제딴에는 아무리 그렇게 여기더라도 실은 조금도 달라진 데가 없는 것처럼 술을 마실 줄 알게 되고, 돈의 맛을 알게 되고 하여 표면의 생활은 난잡해졌는지도 모르지만 실은 연희 역시 옛날 그대로인 것이다. 세 살 때 버릇이 팔십까지 간다는 말이 있듯이 사람이란 달라질 수가 없는 것이다. 환경이 달라졌을 뿐인 것이다—하고 어쩐지 서글퍼지기도 한 창수는 연희가 따라주는 대로 연방 술만 들이켰다.

"조 선생두 술은 많이 배우셨네. 허긴 억지로 마시는 건지도 모르지. 성격이 결백하구 품행이 단정한 조 선생이 술을 즐길 리 있을려구……. 그러나 조 선생의 결백 같은 건 조금도 자랑이 못 되요. 아무도 위할 수 없는 것이니까요……. 안 그래요? 욕심쟁이만 사는 이 어지러운 세상에 혼자 결백한 채 하구 물러나 있으면 뭣이 돼요. 그 속에 뛰어들밖에 없는 거예요. 조 선생의 그 도피정신, 무사주의는 조 선생 자신의 파멸마저 초래할 뿐이에요."

점점 말이 많아지는 연희에게 창수는 무엇이라 대꾸할 수도 없었고, 껄껄 웃어버릴 수도 없었다. 온통 역설이라고만 단정할 수도 없는 그네의 입술에서 튀어나올 다음 말이 무서워질 뿐이었다.

"그렇다고 전 그때 일을 가지고 조 선생을 책하자는 건 아니에요. 오늘 여기 모신 것도 딴 이유가 있는 건 아니구요. 제가 조 선생을 책할 이유는 조금도 없지 않아요. 오히려 감사할 수는 있을지언정……. 조 선생은 아무런 대가도 받지 않고 제 의사를 들어주려고 노력하셨다는 걸 저는 잘 알고 있으니까요. 그러나 제가 한마디 알려드리고 싶은 말은 있어요. 그까짓 아무 소용이 없는 소리지만……."

연희는 또 술을 따라 마신다. 방바닥에는 열 개가 넘는 빈 병이 무슨 시체처럼 뒹굴고 있다. 점점 머릿속이 땡해지면서도 웬일인지 또렷한 정신이 되어진 창수는 연희의 과음이 염려되었으나 이렇게 술이라도 마시지 않고는 견딜 수 없다는 듯한 그네의 심정이 짐작되기도 하여 말리지는 못했다.

"무슨 신통한 소린 아니지만…… 그때 조 선생의 심문을 받은 이석주는 저의 육친이 아니고 실은 제 애인이었어요……."

"수긍이 됩니다……."

그들의 관계가 그럴지도 모른다는 생각을 곰곰이 씹어본 적은 없지만 창수는 무슨 예상이 적중한 것만 같아 저도 모르는 사이에 이렇게 대답해버렸다.

연희는 그런 창수가 못마땅하다는 듯 잠시 얼굴을 찌푸렸으나 금방 풀리며 이야기를 계속하였다.

"그러나 제가 조 선생에게 알리고 싶었던 말은 그런 것이 아니에요. 이석주라는 사내에 대한 그때의 제 심정입니다. 원래 그는 제가 여학교 때 은사였어요. 그것도 막연한 사제지간이 아니고 저의 학비까지 당해준

은인이었지요. 말하자면 저에겐 구세주 같은 존재였답니다. 그러나 그의 본심을 듣는 날의 환멸과 절망과 고독—서럽지도 않더군요. 세상에 무대가란 절대 없다는 것을 뼈저리게 느낀 것도 그때부터였어요. 그래 조 선생을 처음 뵙는 날 서슴지 않고 돈 보따리 같은 걸 들고 갈 수도 있었지만……. 그렇다고 그이가 결혼 대상자로서 부족해서는 아니었어요. 어떤 의미에선 과만하지요. 독신인데다 연령 차이도 십 년밖에 안 되었고, 또 교양도 있는 분이니까요. 그러나 왜 그런지 얼굴을 대하기가 죽기만치나 싫어지더군요. 인간이 뭔지를 그 일면이나마 절실하게 느낀 탓이랄까. 그이의 그런 행동은 저에 대한 사랑이 그만치 심중했던 탓이라고 선의로 해석해보았으나 안 되더군요. 발을 딱 끊었지요. 학업을 계속 못하는 한이 있더라도 그러긴 싫은 걸 어떻게요. 그러나 사변이 일어났어요. 그이가 막상 그런 처지에 빠져버리니까 어쩐 일인지 살리고 싶어지더군요. 그리고 공연히 그리워지기도 하구요. 참말 변덕스런 년이지요?"

여기서 연희는 잠시 말을 끊었다. 술은 더 마시지 않을 생각인지 마지막 빈 병을 전등에 비쳐볼 뿐 그대로 팽개친다. 홀의 술꾼들은 모두 돌아갔는지 아무런 소리도 들려오지 않는다. 멀리 들려오는 전차 소리와 연희와 그리고 자기와—이렇게뿐인 상태가 창수는 즐거워지기도 했다.

"그런 저의 행동을 조 선생은 어떻게 생각하세요? 제 자신은 여지껏 알 수가 없어요. 전쟁이 가져온 절망감, 의지할 곳이 없어진 고독감, 거기 따르는 불안감, 혹은 그이가 전에 도와준 데 대한 의무감—그중의 어느 하나도 아닌 것만이 확실할 뿐이에요. 아무튼 그이와 저의 소지품을 몽땅 돈으로 바꾸어가지고 조 선생을 찾아갔던 것이요. 그러나 조 선생의 얼음 같은 태도에 제 마음은 또 한 번 흔들리고 말았지요. 그때 제가 막 울지 않았어요. 그렇게 운 건 생전 처음이에요. 슬퍼서 운 건 아니에요. 그이와 정반대인 조 선생 같은 분도 세상에 있다는 새로운 기쁨 같은 것 때문인지도 몰라요. 당연히 조 선생을 사모하는 심정이 되었지요……."

연희는 무엇이라 대답을 기다리는 눈치였으나 창수는 할 말이 없었다.

"당황하실 필요는 없어요. 지금도 그렇다는 것은 아니고 그때 잠시 그랬다는 것뿐이니까……. 조 선생 따위를 누가 유혹이나 할까봐 염려되세요? …… 제 이야기나 더 들어주세요. 물론 그 후의 이야기란 조 선생 보신 바와 다름이 없지만……. 그러나 제가 거기를 매일 찾아간 것은 그이가 풀려나오길 바라는 마음보다 조 선생 손에 어서 죽어버리길 바라는 마음에서였다는 것은 모르실 게야……. 잔인한 년이라고 욕하면 못써요. 제가 구원을 받을 길은 그 길밖에 없었으니까요. 생각해보세요. 그이가 다시 살아나와 제 앞에 우뚝 섰을 때를……. 그 이전의 시간이 연장될 뿐 아니에요……. 그러나 얼마 뒤에 제 심정은 또 변할밖에 없이 되었어요. 바로 조 선생이 일 보시던 곳에 발을 끊을 무렵이지요……."

여기까지 말한 연희는 무슨 생각이 들었던지 말을 끊고 손목의 시계를 들여다본다.

"어마, 벌써 열 시가 지났네. 조 선생! 오늘 하룻밤 시간이 있겠어요?"

"시간은 있지만……."

"그럼 저의 집으로 가세요. 뭐 수상하게 생각하실 필요는 없어요. 거기 조 선생을 만나면 반가워할 사람도 있으니까……."

연희의 심정은 점점 짐작할 수가 없었다. 설마 내 초라한 육체를 탐내는 것은 아닐 테지……. 그리고 나를 반가워할 사람이란 누구일까……하여 창수는 적지 아니 불안했으나 경대 앞에 서서 흐트러진 머리를 잠깐 고친 연희가 두말없이 핸드백을 주워드는 데는 따라 일어설밖에에 없었다.

×

밤이 익숙한 초여름 하늘의 별들이 다정스럽다. 밤의 여인과 여인이 있는 밤이 주는 정감은 비록 그런 것을 즐길 줄 모르는 창수에게도 싫을 것은 없었다. 창수는 기세 좋게 손을 들어 흘러가는 차를 세우려 했다.

"차는 해서 뭘 해요. 오호라, 나 같은 천한 계집과 밤길을 걷는 것이 결백하신 우리 조 선생은 겁이 나시는 게지."

"그럴 리야……."

창수는 더 권하지 않았다. 훨씬 줄어진 통행인들이 마치 맹수에게 쫓기는 동물처럼 바쁜 걸음으로 달아나는 한길을 연희는 창수에게 바싹 기대어 발을 옮긴다. 취기가 돌기 시작해서인지 입도 다물어버렸다. 도대체 어쩌자는 것이며, 또 나를 반가워하리라는 사람은 그 누구일까? 혹시 이석주? 그럴 리가? 저승에 가버린 사람이─하며 그런 뒤숭숭해진 마음을 수없이 밤하늘에 날려 보내는 사이에 광화문 로터리에 이르렀다.

"댁이 어디십니까?"

"다 왔어요. 그저 따라오시면 되지 않아요……."

잠시 후 두 사람은 ××아파트 현관 앞에 섰다. 갑자기 연희는 딴사람처럼 옷깃을 고치고 머리를 만진다. 창수는 점점 불안해졌다. 입이 붙어버린 듯 연희는 종시 말이 없다. 삼층 구석에 있는 그네의 방문이 열릴 때까지 창수는 마치 도깨비에라도 홀린 기분이었다.

십 조는 될 듯한 넓은 방 안에 촛불처럼 달려 있는 이십 촉 전등이 우선 창수를 더 우울케 했다. 아무렇게나 만들어진 나무침대 하나와 테이블과 그리고 테이블이 놓인 쪽의 벽에 걸린 몇 벌의 여인의 옷. 차차 그런 것들이 눈에 띄자 창수는 거리에서의 연희와는 너무나도 판이한 실내 풍경이 점점 꿈속만 같았다. 연희 역시 조금 전과는 딴판으로 이 방 안의 못생긴 물건들처럼 말이 없다. 그러나 창수를 놀라게 한 것을 마침 방문이 열리며 쑥 들어서는 사람의 인상이었다.

양쪽 볼에 깊숙한 총알 자욱이 나 있는 얼굴은 대낮에 보아도 실색할 형상이요, 게다가 한쪽 다리 대신 지팡이를 딛고 있었다. 변소에라도 다녀오는 듯한 그 사내는 비록 곤색 쓰봉*에 자줏빛 코르덴 상의를 걸친 남루한 차림이지만 노크도 없이 들어서는 것을 보아 이 방의 주인에 틀림없었다. '연희는 독신이 아니었구나. 그러나 나를 반가워할 사람은 도대체 어디 있는가' 하고 새삼스레 오늘밤의 행동이 멋쩍게 여겨진 창수는,

"조 선생이지요. 나는 잘 알고 있지요."

하는 목소리에 깜짝 놀랐다.

"날 몰라보신다니 말이 됩니까. 하하, 허긴 얼굴부터가 이렇게 까마귀가 뜯어먹다 만 것같이 되었으니까 몰라보는 게 당연하겠지요."

'앗! 이석주.'

하고, 그제야 그 사내가 오 년 전에 망우리에서 죽었을 석주임을 안 창수는 놀랄밖에 없었다.

"놀랄 필요는 없지요. 제가 숨을 끊는 광경을 직접 보았다면 모르지만 그렇지는 않은데 그리 놀랄 까닭이 어디 있겠소. 죽은 줄만 알고 있던 사람이 살아나온 예가 어디 나쁨이겠소. 오히려 조 선생이 이렇게 돌연 나타났다는 사실이 몇 배 놀랄 만한 사실이 아닐까요?"

"무슨 말씀부터 드려야 할지 모르겠소만 아무튼 이렇게 만날 수 있었다는 것만은 진심으로 축복합니다."

대뜸 술기운이 사라진 창수는 겨우 입을 벌렸다.

"누굴 조롱하는 게요? 내가 이 꼴이 되었다고 놀리는 거냐 말이오!"

| * 양복바지.

석주는 손질이라도 하는 듯이 지팡이를 옮겨 짚으며 한 발자국 앞으로 다가섰다.

"왜 이리세요. 이런 실례가 어디 있어요. 손님에게……. 좀 진정하세요……."

침대에 엎드려 있다가 두 사람이 선 복판으로 나서는 연희에게 사나운 눈짓을 하고 난 석주는 다시 창수에게로 시선을 돌린다. 연희는 도로 침대에 엎드려 느껴 울기 시작하였다.

"조 선생은 이런 내 태도가 불쾌할는지도 모르지만 그 이상 나는 먼저 불쾌해졌단 말이오. 물론 조 선생이 지금 한 말을 허위로 여기진 않지만 적어도 나에게 그런 말은 못한단 말이오. 알아듣겠소? 그렇게도 살고 싶어하던 나에게 죽음을 강요하던 사람 중의 한 사람이 어째서 이제 와선 내 생존을 축복할 수가 있다는 그런 말이오. 안 그렇소? …… 그렇다고 나는 그때 조 선생에게 잘못이 있었다는 말은 아니지요. 그리고 내 행동이 얼마나 나빴다는 것도 시인하지요. 그러나 나로선 어쩔 수가 없었던 것이 아니겠소. 전쟁이 일어나 세상이 뒤집힐 때까지 한 번도 죽음을 생각한 적도 없이 안락하던 나는 놈들에게 맹종할밖에 없을 만치 오직 죽음이 두려웠단 말이오. 그리고 세상이 도루 바로잡혔을 때 역시 당신의 발밑에 무릎을 꿇고 애원했단 말이오. 그런 나에게 당신은 노상 경멸하는 눈초리를 보냈다 그런 말이오. 알아듣겠소! 그 모멸심이 가득찬 당신의 두 눈!"

"……."

창수는 묵묵히 석주의 말을 듣고 있을밖에 없었다. 정신상태가 정상적이 아닌 그에게 무엇이라 대꾸할 필요가 없어서가 아니라 오히려 그 반대인지도 몰랐다. 생존에의 욕망 앞에는 온갖 인간 행위가 아무런 뜻이 없다는 석주의 심정은 경청할 만한 것이었기 때문이다.

"그러나 지금의 나는 죽음이 조금도 두렵지 않단 말이오. 죽음을 원하고 있단 말이오! 알아듣겠소? 이미 나는 빛을 잃은 뒤란 말이오. 이렇게 추한 육체뿐이 남았을 뿐인 것이오. 그러니까 조 선생은 여기서 나를 죽여야 된다는 그런 말이오. 내가 죽음을 두려워할 때 죽이려고 하던 조 선생이 죽음을 원하는 이제 죽일 수 없다면 너무 냉담한 태도가 아니겠소!"

석주는 지팡이로 마루 위를 쿵쿵거리며 테이블 앞으로 갔다. 그리고 서랍에서 비수를 꺼내어 침대 위에 놓고는 다시 테이블 앞으로 가서 거기 놓인 의자에 주저앉았다.

"자, 어서 찌르시오! 여기 내가 죽는다는 것은 나 자신은 물론 조 선생과 연희를 위하는 결과를 가져올 수도 있단 그런 말이오. 자, 어서 여길 한 번 찌르시오! 여길!"

무섭게 가늘어진 목을 내민 석주는 어지간히 숨이 가쁜 듯 헐떡거리기 시작했다.

창수는 눈을 감았다. 제 말대로 이미 빛을 잃은 석주의 생존은 무의미할는지도 모른다. 그러나 이렇게 여기 서 있는 나나 침대에 엎드려 있는 연희는 빛을 잃지 않았단 말인가. 석주의 생존보다 나나 연희가 이 어두운 도회와 더불어 연명하는 것이 뭐 얼마나 더 의의가 있단 말인가. 나나 연희는 석주보다 또 얼마나 이 땅 위에 미련이 있으며 그만치 생존의 욕망이 강하단 말인가. 그리고 구명救命을 애원하며 두 손을 합칠 줄만 알던 그가 이렇게 강해진 이유는 무엇을 의미하는가. 그것은 죽음을 재촉하는 태도가 아니고 실은 생존을 고집하는 강한 표시인지도 모르지 않는가—하며 그런 복잡한 감정에 사로잡혔던 창수는, 누구의 목을 찌른다는 행동을 정할 필요도 느끼지 못한 채 침대 위에 놓인 비수를 손에 잡았다.

어느새 울음소리를 그친 연희는 거품을 한 입 물고 있었다. 그리고 유리창으로 밀려드는 밤의 빛깔이 점점 짙어지는 가운데 시간은 흐르고 있었다.

―《신태양》, 1956. 6.

완충지대

최서단의 완충지대인 한강 하구에는 사람이 살지 않는다. 위조된 평화경平和境에는 어족魚族이 살고 있을 뿐이다.

1

돌쇠가 적지敵地로 떠난 지 한 달이 좀 지난 어느 날 저녁이었다. 부증병에 걸려 R시의 병원에 가 있던 돌쇠 어머니가 돌아왔다.

"김 둥사[中士] 계신가 원⋯⋯."

"거 누구시우?"

마당귀에서 들려오는 낯익은 목소리에 경수慶洙는 무심코 대답은 그렇게 하였지만 만지작거리던 장기짝을 슬그머니 놓았다.

"상장象將을 받아야디요, 상장!"

"⋯⋯."

장기의 승패에 얽매일 계제가 아니었다.

"나우다…… 돌쇠 에미우다……."

하며, 문턱 위로 다가오는 푸숭푸숭한 얼굴을 보자 경수는 그만 자리에서 일어나고 말았다.

"……언제 퇴원하셨습니까?"

"니르서긴 뭘 니르서노…… 그대루 앉아 계시라우……."

"상관없습니다. 이왕 다된 노름인 걸요."

"아스라니까! 나 때문에 판이 깨디믄 되가시요……."

자기 일이야 아무럼 어떠냐는 듯이 돌쇠 어머니는, 거기 앉았던 사람들이 모두 일어서자 경수의 옷자락을 밑으로 당기며 말리는 것이었지만 그 손부터가 가늘게 떨리었다.

"좌우간 제 방으로 좀 갑시다."

저녁이면 으레 동네 젊은 패들이 모여드는 구장댁 대문을 벗어난 경수는 겨우 이 한마디를 토하였을 뿐 묵묵히 발을 옮겼다.

생사조차 모르는 자식의 걱정을 입 밖에 내기 전에 깍듯이 인사를 차리는 돌쇠 어머니의 착한 마음씨 때문만은 아니며, 그러한 그네의 또 다른 마음을 풀어줄 일이 여간 난처하지 않아서만도 아니었다. 때라곤 손톱눈*만치도 옮지 않은 이곳 S도島의 사람들과 친동기처럼 지내면서도 늘 딴 속셈을 잊어서도 안 되는 정보원情報員이라는 처지가 새삼스레 괴로워져서였다.

"한번 찾아가 뵙지도 못하고……. 할 말이 없습니다……."

"김 둥사가 어디 기릴 시간이나 있었가시요. 또 이렇게 니러나 댕기게 된 것도……."

"……."

| * 손톱의 좌우 양쪽 가장자리와 살의 사이. 매우 좁음을 나타낼 때 쓰는 말.

'이 사람들이 진심으로 나를 친동기와 진배없이 대하는 것처럼 내가 이들을 정답게 대하는 것은 어디까지나 거죽을 쓴 수작임을 무엇으로 부정하랴……'

"돌쇠가 맨 큰놈이지요?……"

"큰놈이구 작은놈이구 본디 그거 하나뿐이디요."

"……"

자꾸만 허황해지는 마음을 어찌할 재간이 없어 뻔히 짐작되는 사실을 물은 경수는 더욱 무색해져서 발에 걸리는 돌부리*를 아무렇게나 찼다.

2

경수가 기거하는 방으로 들어온 후에도 돌쇠 어머니는 아들의 신변에 대한 이야기를 선뜻 꺼내지 않았다. 우수, 경칩이 지났는데도 날씨가 이렇게 추우니 이번 사리의 조기잡이도 글렀다는 이야기를 비롯하여 그까짓 모래밭을 가지고 서투른 보리농사를 짓노라고 속을 썩이느니보다는 이제라도 손에 익은 조粟를 뿌리는 것이 십상이라는 둥 도민 전체의 걱정을 늘어놓는 것이었고 나중에는 김 중사도 어서 장가를 들어야 하지 않느냐고 하며 입가에 웃음조차 띠웠다.

경수는 더욱 괴로워졌다. 돌쇠를 적지로 보낸 것은 강요가 아니었을 뿐더러 오히려 돌쇠 편에서 간청한 것이었지만 어쨌든 경수의 손에 의한 것에는 틀림이 없는 것이다. 더구나 돌쇠 어머니에게는 비밀이었다.

| * 땅 위로 내민 돌멩이의 뾰족한 부분.

218

도대체 경수는 이 S도 지망해서 오게 된 것부터를 알 수가 없었다. 해변가에서 자라난 자기는 산악지대보다 해안지대에서 더 능률을 올릴 수 있다고 이미 결정된 임지 변경을 요구한 그 이유는 그럴싸했지만 실은 딴 속셈이 있었는지도 모를 일이다. 사람이 살지 않던 사지砂地인 S도에는 동란 때 관서지방關西地方의 조그마한 어촌이 그대로 옮겨졌다. 경수가 자라난 옛 마을이었다. 그러나 이제 나는 고향을 생각하는 건가? 사무치게 그리울 것도 없었다기보다 풍랑과 질병으로 한 달 사이에 양친을 여의고 떠나버린 옛 마을은 경수에게 있어 오히려 지긋지긋한 고장이었다. 십 년 가까이 규칙적인 병영 생활을 계속하는 동안 부지중 어릴 때 거닐던 바닷가의 조개껍질과 산적한 조기더미 같은 것이 눈앞에 떠오르는 수도 있었지만 그런 것은 누구에게나 있는 유년 시대의 회상인 것이다. 어머님의 품속으로 돌아온 기분이 될 수도 있으리라는 산뜻한 감상이나 제대 후에는 부러 찾아가게도 안 되리라는 무위한 계산에서도 아니었다. 그럼 업무 수행이 수월하리라는 점을 노린 것이었던가? S도의 사람들은 대부분이 안면이 있는 사람들이니까……. 그러나 오히려 첫 사업에서부터 의외의 괴로움을 당하게 되지 않았던가.

　돌쇠의 경우만 하더라도 그랬다.

　착임着任하자마자 경수는 본대로부터 적의 포진 상황을 탐지해올 새 첩자諜者를 오 일 내에 파견하라는 명령을 받았다. 휴전선의 병력 증강에 광분하고 있는 적의 경계는 가일층 엄중해졌음은 남하해 온 피란민의 입을 통해 이미 알고 있었지만 구간첩들이 수집해오는 것은 한결같이 낡은 정보 혹은 허위정보가 아니면 기껏 시각視覺으로만 캐치한 외면 상황이었다. 수시로 왕래하는 사이에 자연 방법은 능숙해지고, 자신들도 모르는 사이에 이중첩자二重諜者의 역할을 하게 마련이지만 그래 꾀가 나서 절대 모험을 삼가는 그들에게서는 도저히 그 이상을 바랄 수도 없는 일이었다. 본대의 명령은 적의 첩보대와 절대 접선을 않을 사람을 고르라는 것이다. 말하자면 생사를 가리지 않고 위험선을 넘나들 믿음직스러운 사람이어야 했다.

경수는 연나흘 밤을 뜬 눈으로 새우다시피 하며 인선人選에 골몰하였었다.

대뜸 생각키우는 적임자가 있기는 하였다. 먼 일가의 동생뻘 되는 돌쇠였다. 구장댁의 머슴으로 살면서도 홀어머니에의 효성이 지극한 돌쇠는 학교라곤 문 밖에도 못 가본 무식꾼이지만 영롱한 놈이었다. 새로운 임무를 맡길 만한 사람은 실상 돌쇠를 제하고는 없었던 것이었으나 그러나 경수는 돌쇠가 영롱하기에 더욱 주저한 것이었다. 그러니까 돌쇠가 적지로 떠나게 된 것은 부증병에 걸린 어머니를 R시의 병원에 보내기 위해서 돈이 필요하다는 그의 간청을 경수가 받아들인 것처럼 형식은 그렇게 되었지만 실은 마지막 기일인 오 일째 되는 날 아침 다시 찾아온 그를 경수는 직무상 형편에 몰려 떠나보냈다고도 할 수 있는 것이었다.

"형님이 나를 써주디 않는 니유를 나는 알고 이시요!"

"이유……?"

"나를 죽이고 싶다가 않는 거디오? …… 그렇디만 그것은 우리 모자를 생각해주는 게 못 되요. 데대루 버레두믄 우리 오마니는 죽을밖에 더 있가시요? 형님!"

"……."

경수는 자네가 적지로 가지 않더라도 어머니의 입원비는 내가 부담하마―고, 그런 말이 목구멍까지 치밀었으나 돌쇠의 다음 말에 도로 삼켜버렸다.

"목숨은 한 가지디요. 오마니 목숨이나 내 목숨이나……. 생각해보시구레……. 그래두 나는 살아 돌아올 가망이나 있디 않가시요. 총알이

펑펑 날아오는데도 여기꺼정 내려왔다는데 그까짓 데쯤…… 또……."

돌쇠는 다음 말은 삼갔다.

'또, 뭔가?'

하고, 반문하고 싶었으나 경수는 역시 도로 삼켰다. 너무나도 분명하기 때문이었다. 이렇게 살 바에는 숫제 죽는 것이 편리하리라는…….

"어서 떠나라구 말해달라요. 칠성이 같은 녀석두 옆 동네 댕기듯 드나드는데 이 내레 못할 줄 알우? 형님!"

"……."

눈을 감고 퍽 오랫동안 그렇게 있던 경수는 거의 무의식중에 만 환 뭉치 세 개를 내놓은 것이었다.

'나는 돌쇠의 청을 들어준 것뿐이다. 그의 효성에 감동되어 응한 것 뿐이다.'

라고, 편한 대로 생각하려고 경수는 무척 애를 썼지만 너는 돌쇠의 약점을 이용한 것이 아니고 무엇인가─하는 자책이 늘 마음 한구석에 도사리고 있는 것이었다. 그리고 돌쇠가 떠난 그날을 넘길 수 없었던 나의 형편을 그때 말하였던들 그는 월경越境을 말았을는지도 모르리라는 생각마저 내킬 때 경수는 더욱 괴로워지곤 한 것이었다.

그러한 돌쇠가 한 달이 지났는데도 돌아오지 않고 있다. R시의 병원에 입원하였던 돌쇠 어머니가 퇴원한 상금尙今*도 소식이 없는 것이었다. 그 후 구첩자인 칠성이가 두 번 왕래하였으나 돌쇠에 관해서는 소문조차 못 들었다는 것이었다.

"……돌쇠놈은 소식이 없다디요? …… 호호, 이 늙은이가 넘테(염체) 두 좋게 그런 니야기를 호호……."

* 지금까지.

221

"네……."

더 이상 참을 수가 없어 토해버린 그런 소리가 외람스럽다는 듯 소녀처럼 수줍어하는 그네에게 경수는 무엇이라 이야기를 들려주고 싶었지만 막상 할 말이 없었다.

원래 성품이 고지식한 경수는 머지않아 돌아올 것이라는 그런 빈말은 어림도 없지만 그렇다고 돌아오기가 여긴 난하지 않으리라는 말은 더욱 못할 노릇이었다.

그것이 답답하였던지 돌쇠 어머니는 다시 입을 떼었다.

"어때턴 못난 놈이디요. 다 늙은 에미를 살레선 뭣에 쓰겠다구……. 난 그것두 모르디 않았가시요……."

"……."

"까진거 이왕 이리케 됐으니 못된 짓이나 안 하믄 도우다……. 나보다두 조카님 닙당이……."

"아니올시다……. 상관없습니다. 조금도……."

"기리티 안디오. 돈을 그만치 없애구서두 보람이 없으니……. 돌쇠 녀석 맹한 데가 있답네다……."

"……."

문풍지가 울었다.

차라리 내 아들을 내놓으라고 성화를 부리는 편이 경수에게는 월등 편할 것만 같았다. 시종 본심을 덮어두고 태연을 차리는 돌쇠 어머니의 얼굴을 경수는 더 이상 바라볼 수도 없었다.

"……과히 염려는 마십시오. ……하늘이 무너져도 솟아날 구멍이 있다지 않습니까……."

꽤 힘들게 나온 말이었다. 경수는 별나게 가슴이 후련해졌다. 그 어떤 당연한 결론을 내린 느낌이었다.

'……그러나 나는 그렇게까지 하여서라도 돌쇠를……'

3

돌쇠 어머니가 돌아간 뒤에도 경수는 오래도록 남폿불을 끄지 않았다.
'그렇게까지 해서라도……'
자세한 사고思考로 풀릴 성질의 것이 아닌 줄은 알면서도 경수는 자꾸 생각을 되풀이했다.
돌쇠를 되돌아오게 할 방법은 단 한 가지 있었던 것이다.
십여 일 전 본대에서는 산돼지처럼 생긴 적의 첩자 차車라는 자를 보내왔다. 문산 방면으로 능선을 타고 내려왔다는 무서운 고집통이었다.
월여를 두고 아무리 심한 고문을 하여도 실토를 않는다는 것이었다. 이쪽의 첩자에 의해 특수사명을 띤 첩자임이 밝혀졌으나 함구불언이라는 것이었다.
그래 본대에서는 마지막으로 경수의 온화한 취조 방법에 의뢰해온 것이었고 불연이면 적당히 처치해버리라는 지령이었다.
경수는 가능한 한 그를 후하게 대하였다. 며칠 동안 기거를 같이하면서 간접적인 방법으로 타일렀다.
해방 직후 재북 시의 체험을 웃음의 소리로 지껄이며 전향을 꾀하였다. 좀 대담하게 권총 같은 것도 그의 눈에 띄는 장소에 방치해두기도 하였다.
차의 눈치는 다소 달라지는 듯도 하였으나 역시 허사였다. 아주 백지에 옮은 붉은 물은 영영 씻겨질 가망이 없었다. 그러지 말고 어서 죽이라고 헤헤 웃곤 하였다.

부득이 경수는 차가를 구장댁에 맡겨버렸다. 본대에서 말하는 적당한 처치란 재고할 여지도 없었지만 좀 더 두고 보자는 심산에서였다.

그런데 바로 며칠 전, 이번에는 경수와 대치하고 있는 적의 첩보원 문文이라는 자가 첩자 칠성이를 통해 그 차를 자기에게 인도해주면 이쪽에서 요구하는 자를 송환하겠다는 쪽지를 보내온 것이었다. 물론 교환 방법은 완충지대인 한강 한복판에서였다.

"……그런 모험을?……"

경수는 남포의 심지를 돋우며 중얼거렸다.

문가의 뱃심은 십이분 짐작되었다. 포획한 이쪽의 첩자 누구보다도 차라는 자가 필요하거나 포획한 이쪽의 첩자들의 이른바 세뇌공작이 끝났거나 한 것이 빤했다.

겉으로나마 호젓한 완충지대 안에서 함부로 총성을 울릴 수는 없을 것이니 경수까지를 납치할 흉계는 아닐 테지만 문가의 뱃속은 알 수가 없는 노릇이었다.

그렇다고 경수는 본대에 무장대를 요청할 처지도 못 되었다. 차가를 살려 보낸다는 사실은 비밀에 부쳐두어야겠기 때문이었다.

'아무튼 단독으로 해결할 문제이다…….'

물론 경수는 돌쇠를 살리자는 데만 목적이 있는 것은 아니었다. 월여 동안 적지에 머물러 있는 돌쇠의 입을 통하여 얻는 수확도 비중이 컸다. 여태껏 신통한 정보를 보고 못한 경수는 그런 면에서도 퍽 초조스러웠다.

차가는 죽여버리거나 살려내거나 별 손실이 없다. 월경 즉시 체포되었기 때문이다. 비하여 만약 돌쇠가 살아 있다면 확실히 이득이다.

물론 상관의 명령을 거역하고 적의 간첩을 돌려보내는 행위는 옳지 못하지만 '적당히 처치하라'는 지령의 내용에 결정적인 배치는 아닌 것이다.

보다 더 중요한 것은 돌쇠를 살리자는 경수 자신의 동기와 목적이었다. 일가뻘 동생이 되니까…… 또는 돌쇠 모친의 처지가 딱해서…… 하는 따위의 사고방식이 아측의 약점이라는 평도 있으나 그러나 경우에 따라서는 그럴 필요도 있다는 것이 첩보 사업에 임하는 경수의 신념이었다.

칠성의 경우만 하더라도 그렇다. 문가와도 직접 접촉하는 칠성이는 이쪽에 와서 갖은 아양을 떠는 것처럼 저쪽에 가서도 역시 그러리라고 십이분 짐작하면서도 경수는 단 한 번 나무란 적이 없었다. 그것은 비단 칠성이가 아내를 S도에 두고 있다는 사실만은 저쪽에 비밀로 한다는 말을 믿을 수 있어서가 아니라 언젠가는 어느 쪽에 의해 처치될 이중첩자의 운명을 잘 알고 있는 칠성이 결정적인 단계에 이르러서는 자기에게 기울어질 것을 경수는 확신하기 때문이었다.

첩보 사업도 인간의 행위이거늘, 차가를 살려 보내는 것과 돌쇠를 찾아오는 것과의 득손得損을 이모저모로 신중히 따진 후 자정이 훨씬 지나서야 비로소 경수는 결심하였고 펜을 들었다.

너의 제안을 수락한다. 차가 대신 돌쇠를 보내라. 일시는 ×월 ×일 자정. 장소는 네가 제안한 한강 한복판.

경수는 자리에서 일어났다. 이왕이면 빨리 해치우는 것이 상책일 상싶어서였다.

날이 새기 전에 칠성이를 건너보내기 위해서였다.

4

×월 ×일.

바람은 없었다.

쉴 새 없이 빤짝이는 무수한 별들로 해서 하늘에는 달이 필요 없었고, 그 별빛들로 해서 강물 위에는 등燈이 소용없었다. 용무는 간단한 것이다. 한결같이 이마에 수건을 질끈 동인 양쪽의 나룻배 사공들은 노를 쥔 채 하늘에 시선을 던지고 있었다. 문가라는 녀석은 선미船尾에 걸터앉아 궐련을 빨며 있었고 뱃머리에 선 경수는 불을 끈 전지를 쥐고 있었다.

그리고 차가놈과 돌쇠가 거의 동시에 옮겨 타자 사공들은 분주히 노를 젓기 시작하였던 것이었다.

뱃머리에 선 채 경수는 입을 열지 않았다. 마찬가지로 말이 없던 돌쇠는 그러한 침묵이 견딜 수 없었던지 나루터의 윤곽이 바라보이는 곳에 이르자 입을 벌리었다.

"형님! 퍽 오래 기달랬디오……."

"……."

"내레 어리석었시요……. 그놈들이 어드른 놈들이라고 사령부 메께[近處]를 기웃거렸갔소……."

"……."

"우리 오마닌 병원에서 죽었다디요?……"

"……."

"팔자두 되게 사나운 노친네[老女]디레시요……."

"돌쇠!"

"……."

"이야기는 집으로 가서 천천히 하자!"

모친이 죽었다는 허위사실은 누구에게서 들었으며, 또 그렇게 알고 있는 돌쇠는 벌써 어제의 돌쇠가 아닐는지도 모르리라는 그러한 중대한 사실은 생각할 겨를도 없이 경수는 어째서 자기는 입을 벌리기가 싫어졌는지 도시 모를 일이라고 다시 밤하늘에 시선을 던졌다.

별들은 더욱 빛나고 있었다.

5

경수는 일곱 번째 까치를 겨누었다. 여섯 번이 빗나갔다. 오늘 아침 분해소제分解掃除를 한 카빈총의 성능은 틀림이 없다. 그리고 초년병 시절에 벌써 명사수이던 경수의 솜씨도······.

경수는 아랫배에 힘을 가하며 방아쇠를 당겼다.

탕!

까치는 한 번 활개를 치며 푸덕거리고는 일직선으로 낙하하였다. 골통에 명중한 것이었다.

'이것으로 칠성이 댁의 젖이 나왔으면······.'

칠성의 아내는 젖을 앓고 있었다. 까치고기가 명약이라는 것이다. 해산한 지 벌써 열흘째지만 젖이 없어 산아産兒는 울기만 한다고······.

'그러니까 돌쇠를 본대로 이송한 지도 열흘째 되며 그리로 간 돌쇠가 탈출한 지는 일주일째 되는군······.'

돌쇠가 돌아온 다음날 이른 새벽, 칠성의 아내는 아들을 낳았고, 그 아기의 울음소리를 들으며 돌쇠는 본대로 이송되었던 것이다.

부득이한 일이었다. 딴사람처럼 조심스러운 돌쇠는 눈동자부터가 달랐다. 그것은 바람이 없는 탓으로 자정이 지난 깊은 밤이 무서울 만치 조용한데서 일어난 착각이라고도 생각해봤다. 더구나 석유가 말라가는 남 폿불은 희미한 것이다.

"형님!"

"……"

"형님은 나를 의심한무다레……"

"……"

"알가시요! 알가시요! 다 알가시요……"

"……"

그러고 나서 돌쇠가 눈물이라도 흘렸던들 일은 끝났을는지도 몰랐다. 끝끝내 조심스러운 표정으로 두 눈알만 굴리던 돌쇠가 뱉어놓는 정보라는 것마저 이미 경수가 열흘 전에 입수한 낡은 것들이었다.

"……돌쇠는 나를 속일 셈인가!"

"그건 무슨 말씀인가요? …… 내가 어리케 형님을……"

"그럼 한 달 동안에 돌쇠가 보고 들고 한 게 그것뿐이란 말인가?"

"……"

돌쇠의 두 눈은 다시 한 번 빛났다.

"돌쇠!"

"……"

"돌쇠! 왜 감추나?"

"……"

돌쇠의 두 눈은 또다시 한 번 빛났고 이어 입을 열었다.

"어리케 알가시요! 쭉— 감옥살이 한 놈이! 정말 너무한무다레!"

"감옥살이?"

"그것이 감옥살이디 뭐야요. 대문 밖에는 얼씬도 못하게 하지 않가시요……"

"어디서 말인가?"

"어디긴 어디가시요. 이남에서 온 첩자는 누구나 한 번은 다 간다는데요……."

"그럼 강동江東?……."

"……."

돌쇠는 말없이 고개를 돌렸다.

경수는 더 물어볼 필요도 없었다. 강동이라면 적군의 첩보교육대諜報教育隊 소재지였다.

물론 돌쇠의 태도가 단정되어서는 아니었지만 경수 단독으로 처리할 수는 없는 일이었던 것이다.

차후의 사고가 두려운 것이 아니라 교육대 출신은 일단 본대를 거쳐야 한다는 철칙을 경수는 어찌할 수 없었던 것이다.

그러나 차가를 돌려보낸 처사가 돌쇠를 여기 풀어놓는 것보다 더 독단이 아니었을까? …… 하는 생각이 순간 머리에 떠올랐으나 경수는 당황히 지워버리고 말았다.

그러한 경수의 눈에는 벌써 돌쇠가 적으로 비쳤는지도 몰랐다.

적이라기보다 경쟁자라 함이 옳을는지도 몰랐다. 한강 하구를 가운데 두고 대치하고 있는 문가의 화신化身.

"과히 걱정은 말게……."

"이제 무슨 걱정을 하갔소. 형님두……."

해뜨기 전의 나루터에 선 경수의 마지막 말에 돌쇠는 기운 없이 그렇게 대답하며 동쪽 하늘을 주시하고 있었다.

너의 어머니는 이 섬 안에 건재하다는 말을 하여 두면 돌쇠의 마음은 어지간히 혼란되어 본대에서의 심문에 충분한 대답을 못할 것이 뻔할뿐더러 그것은 도리어 그들 모자母子의 비애를 가중시키는 결과를 초래할지도 모르는 노릇이겠기 돌쇠 모친에게마저 알리지 않았던 것이었는데 그러한 돌쇠가 본대에서 탈출하였다는 연락을 경수는 사흘 후에 받은 것이었다.

6

경수는 좀처럼 잠들 수가 없었다.

까치를 죽인 탓인가? 무슨 불길한 예감이 느껴진다. 문 밖에는 바람이 있었다. 남폿불을 다시 켰다.

오랜 병영 생활에 소등消燈을 않고는 잠 못 드는 버릇이 생긴 경수이건만 오늘 따라 불을 켜놓아야 잠들 수 있을 것 같아서였다. 새벽 두시―.

거센 파도가 일어나고 있었다.

그 물결 속에 경수와 돌쇠는 휩쓸리고 있었다.

헤엄이 능숙한 경수는 돌쇠를 저만치 떨구고 기슭을 향해 열심히 사지를 놀렸다.

뒤돌아보았다. 물결 속에 휩쓸린 돌쇠는 고함을 지르고 있었다.

또 뒤돌아보았다. 마찬가지였다. 기슭에 이르러 또 뒤돌아보았다.

그러나 그때 돌쇠는 온데간데없었다. 아주 물속 깊이 잠기고 말았는가 하며 고개를 돌린 경수의 눈앞에 돌쇠는 웃으며 서 있었다.

"앗!"

하고, 고함을 지르며 꿈에서 깬 경수의 눈앞에는 권총을 든 돌쇠가 서 있는 것이었다.

"됴오수다레……. 편안히 잠을 잘 수 있으니……."

"……."

문 밖에도 인기척이 있었다. 두 사람인 상싶었다.

"어쨌든 자네도 할 말이 있을 게 아닌가……."

겨우 제정신이 된 경수는 비로소 입을 열며 몸을 일으켰다.

그때 문 밖에서 어서 끌고 나오라는 말이 들려왔다.

"거야 그렇디요……. 할 말이 없으면 여기껑정 왔갔소……. 그러나 나를 나쁜 놈으로만 생각하믄 못씁넨다……. 나를 이리케 만든 것은 바루 형님이니까요……. 알가시요?"

"……."

경수는 구태여 돌쇠의 그런 말을 부인하거나 시인하거나 할 필요는 없었다.

문제는 돌쇠의 현재 심경이었다. 경위는 알 필요조차 없는 것이다.

그러니까 나의 침묵은 돌쇠의 다음 말을 기다림을 의미한다─고 경수는 다짐하였다.

"그래 내가 빨갱이란 말이디요? 빨갱이가 될 수 있단 말이디요?"

"……."

"그랬우다! 이젠 됐우다! 형님 속이 씨원하게……. 강동에 갔다 왔다고 죄인 취급을 해서 본대루 보내야만 했소? …… 내 발루 걸어간 건가요? …… 배깐에서부터 형님의 태도는 틀렸던 거야요. 무슨 티거운(더러운) 물건이 됐나요. 그때의 내레……. 형님은 뭐 문가보다 나은 줄 알우? …… 돈닢이나 쓸 수 있다구 되지 못하게……. 그래두 문가는 제 말만 잘 들어주면 형님처럼 기리케…… 잘난 척은 안 해요, 안 해!"

"……."

"고테야 돼요. 정신을 채리야 된단 말이디요. …… 칠성이는 형님 팬 줄 알우? 여기 네펜네를 두고 있다고? 흥, 데쪽에는 고운 첩이 있답네다, 첩이! 아시갔어요?"

"……."

"됐새이 생각해주는 것처럼, 흥! 형님이 조금이라도 우리 모자를 도와줄 생각이 있었다면 우리 오마니를 기리케 빨리 주겠잖소! 예! 예! 말 좀 해요, 말! 이틀 만에 의사를 시케서 우덩* 주겠디요! 우덩!"

"……."

돌쇠는 왼손으로 경수의 멱살을 잡았다.

잡힌 채 점점 정신이 맑아진 경수는 저도 모르는 사이에 미소를 지었다.

돌쇠의 탈출은 본대에서의 심한 고문 때문이 아니었고 어머니의 별세로 인한 격정이 그 동시임이 분명해진 한 너의 모친은 여기 건재해 있다는 단 한마디로 능히 붙들어놓게 될 승리감에서가 아니라 실은 그 정반대의 심정에서였다.

애당초 돌쇠는 칠성이처럼은 도저히 못할 녀석이었다. 문가와의 사이에도, 경수와의 사이에도 적당한 완충지대를 마련 못할 녀석이었다.

그렇게 귀여운 녀석이었다.

경수는 시방 그러한 돌쇠를 칠성이와 흡사한 언어와 태도로 여기 붙들어놓고, 그리고 본대에 보고하면 훈장까지 받게 되는지도 모를 일이 허전해서 미소를 지은 것이었다.

'그러나 그런 생각은 이 지구덩이의 굴레 밖에서만 온당할 것이다…….'

라고 경수는 돌쇠가 멱살을 잡은 왼손을 놓자 무거운 입을 벌렸다.

"돌쇠! 자네 어머니는 죽은 게 아니라 여기 건재하시네……."

| * 우정, '일부러'라는 뜻.

최서단의 완충지대인 한강 하구에는 사람이 살지 않는다.
위조된 평화경에는 어족이 살고 있을 뿐이다.

—《현대》, 1958. 4.

시발점

1

　서울특별시 동대문구 보문동 380번지의 ××호 소재 시멘트 기와집 사랑방 하나를 빌려가지고 우리 일가가 이사한 것은 지난봄이었다. 우리 일가래야 아내와 두 살짜리 순純과 나—이렇게 셋뿐인데 그나마 나는 그날따라 친구들과 어울려 술추렴을 하다가 밤늦게야 찾아갔기 때문에 영문 모르는 동네 사람들은 어느 과댁이 이사 온 줄로 알고 숙덕거리더라는 것이다.

　참말 어린애를 하나쯤 거느린 과댁이나 살기 알맞은 방이었다. 사방 육 척가량의 정방형의 넓이와 한 키가 될락 말락 한 천장—그러니까 가로와 세로와 높이가 동일한 규격 있는 입방체에 가득찬 공기는 마치 형무소의 감방을 연상시키지만 그러나 그것은 애당초 이 집의 구조가 그 모양인지라 이제 어떻게 한달 수도 없는 노릇이고, 보다 나를 놀라게 한 것은 반쯤 벌어진 장지문 저쪽의 상태였다. 손바닥만한 마루에서 안방까지 이르는 서너 평쯤의 면적에 열 명도 넘는 주인댁 식구가 시체처럼 무질서하게 누워 있지 않는가. 나의 눈치를 챈 아내가 장지문을 재빨리 닫아버렸지만 그래 자연 시선이 뜰 안으로 쏠린 나는 또한 거기 수상한 광경을 목도하지 않으면 안 되었다. 서울에서는 좀처럼 볼 수 없는 전세기식前世紀式 펌프 곁으로 다가선 어떤 노파가 손잡이를 붙들려다 말고 총에 맞은 사람처럼 꼿꼿이 자빠지는 것이다. 벼락같이 달려가는 아내의 행동뿐으로 나는 그 노파가 간질병 환자임을 알아차릴 재간은 없었던 것이다.

"하루에도 몇 번씩 발작을 일으킨다는군요. 외며느리와 뜻이 맞질 않아 저 곁방을 빌려가지고 두 달째 혼자 숨어 산다나요."

노파의 신상 따위에 귀를 기울일 겨를도 없이 이 울타리 안에 또 한 세대가 살고 있다는 사실에 나는 일종의 공포의식부터 느낄밖에 없었으나, 그러나 자리에 누운 뒤, 아내는 불만은커녕 이 집의 장점을 늘어놓는다. 우선 집이 나지막하니 겨울에 춥지가 않을 것이요, 물이 제대로 나오지 않으니 있으나마나한 수도보다는 펌프가 십상이며, 거기에다 교통이 편리하기 때문에 아무리 만취가 되더라도 당신이 외박하거나 하는 일은 없으리라는 등등이다. 나는 어처구니가 없어 묵묵히 아내의 얼굴을 바라보았다. 그녀는 멋쩍었던지 울지도 않는 순에게 젖을 물린다. 천장이 낮으니 겨울에 외풍은 없을 테지만 그 겨울이 막 끝나 이제부터는 더위와 싸울 판임을 아내인들 모를 리는 없으며, 또한 수돗물을 맛보려고 갓난아이를 등에 업고 공중수도 앞에 아침저녁으로 줄을 서던 그녀 역시 찝찔한* 펌프물이 구미에 당길 턱도 없는 것이다. 교통이 편리하다는 점만은 그럴싸하다. 확실한 건 나중에 알았지만 그 집은 바로 시발점始發點이라는 이름의 합승 정류장에서 백 미터도 채 떨어지지 않은 지점에 위치한다. 나의 상식으로는 교통의 요점이 될 만한 이유가 별로 없을 듯한데 그곳은 여러 노선의 기점이자 종점이다. 우선 동대문, 미도파 앞을 거쳐

| * 입에 맞지 않게 조금 짠.

후암동에 이르는 노선을 비롯하여, 종로4가, 서대문을 거쳐 마포에 이르는 선, 그리고 동남쪽으로 얼마 내려가면 종로, 원효로 선과 퇴계로, 노량진 선의 기점이 있다. 일정한 근무처는 없지만 잡지사, 신문사에 용건이 없는 날도 거의 문안에 들어가지 않고는 못 배기는 나에겐 아내의 말대로 교통이 편리하다는 점은 썩 이로우리라고 속으로 뇌까리며 막 눈을 붙이려는데 돌연 요란스러운 발자국 소리가 들려왔다. 벌떡 반신을 일으킨 나에게 아내는 초조와 미안감이 얽힌 미묘한 웃음을 보낸다. 십오륙 세에서 칠팔 세쯤 나 보이는 소년 셋이 뜰 안으로 쑥 들어서더니 주인집 것은 물론 여타 두 집의 대야까지를 척척 긁어모아 놓고 열심히 펌프질을 시작한다. 물론 상반신은 벗어젖히고서다.

"합승 조수들이래요. 그것만은 저두 오늘 이사 와서야 알았어요."

아내는 비로소 본심을 털어놓은 셈이다.

소년들은 다름 아닌 이 집 숙객宿客들이었다. 식사는 딴 데서 하고 잠만 자는데 일 인당 1일 1박 1백 환정으로써 두 개의 방세와 더불어 이 집 주인댁의 주요한 생활 자금이라는 것이다. 도대체 침소寢所는 어딜까? 아내에게 이상 더 캐어물을 용기도 없어져서 창틈으로 넌지시 내다보고 있자니까, '유정천리有情千里 꽃이 피네, 무정천리無情千里 눈이 오네'를 소프라노와 테너의 이중창에다 휘파람의 반주까지 얻어 신이 나게 불어제치며 얼굴과 손발을 대충 씻고 난 소년 삼총사는 뜀뛰기라도 할 자세로 부엌 위쪽을 일제히 노린다. 부엌 위는 바로 다락으로 되어 있었던 것이다. 그다지 높을 턱도 없는지라 그들은 하나, 둘, 셋 하고 구령까지 붙일 필요는 없었고 원숭이처럼 살짝 달려 붙었다가 흡사 동굴 속으로 기어드는 다람쥐처럼 하나씩 차례차례 사라지는 것이었다. 그것은 분명 도둑의 동작들이었지만 대문마저 열어놓은 채 잠들어버렸을 만치 주인댁 사람들과 소년들 사이에는 이미 묵계가 성립되어 있는 이상 잠든 사람을 깨워 안방을 통해 편히 올라가기를 사양한 그들의 미덕을 오히려 찬양 않을 수 없는 노릇이었다. 그러니까 주인댁 11인, 곁방 1인, 숙객 3인에다, 우리 식구 셋을 합친 열여덟이 대지 18평, 건평 11평 반의 이 영토 안에서 살게 되었다는 통계를 얻은 나는 스스로 푸우, 하고 긴 한숨을 지었으나, 그러나 결국은 이 집의 사나운 축견畜犬이 며칠 전에 개장국 집으로 팔려 갔다는 사실을 다행으로 여겨야 했다. 필경 새벽 다섯 시쯤이면 눈을 뜰 조수들이 그 시각이라고 해서 '유정천리 꽃이 피네'를 안 읊을 보장이 없었고, 잠시 뒤에는 세 세대의 조반 짓는 소리가 다정스러울 것이요, 주간에는 순까지 포함한 아이들 아홉이 판을 칠 것이 분명하며, 저녁은 지금 막 끝나는 대로에다 언제 어느 때 발작할는지 알 수 없는 곁방 노파의 증세가 예비로 대기하고 있는 것만도 요란스러운 노릇인데 심야에 강아지 짖는 소리마저 들어야 한다면 참말 못 견딜 노릇이겠기 때문이다.

아무튼 집필은 물론이려니와 독서까지를 나는 깨끗이 단념할 각오가 필요했다.

"아저씨 회사 어디세요?"

"……회사?"

"직장 말이야요."

"……없다."

"그럼 룸펜이게요? 호호호."

"……?"

"호호호, 감추셔두 별수 없어요. 아저씨 소설가지요? 호호호."

"?……"

"다 알게 돼 있어요. 잡지에 아저씨 사진 나와 있거든요."

"……!"

"그렇지만 뭐 아저씨 신분 알려는 건 아니야요. 전 형사가 아니거든요, 흐흐흐."

"허어, 그 녀석!"

"아저씨 시내 나가실 때 어디서 내리는 것만 알면 돼요."

"건 또 왜?"

"오오라, 아저씨 미도파 앞에서 내리시겠네요?"

"미도파?"

"우리 공부는 못했어두 그쯤은 충분히 알 수 있죠. 소설가는 문화인이구 문화인은 명동에 모이구 명동은 미도파에서 가깝거든요, 흐흐흐."

"……"

"그러니깐요, 아저씨 시내에 나가실 때 돈 쓰지 마세요. 십 분쯤만 기다리시면 우리 셋 중 누구든지 만날 수 있거든요. 우리 약속했어요. 아저씨에겐 돈 안 받기루……."

"……"

"백 환이 어디야요. 왕복이면 이백 환……. 오오라, 아저씨 '진달래' 피시네요? '진달래'를 붙여 물고 합승이란 틀렸어요. 그 돈으로 양담배 필 수 있잖아요?"

"허어, 그 녀석? 그러면 쓰나. 합승 주인 밑질 게 아니냐."

"밑져요? 후웅! 얼마나 남는 줄 아세요? 휘발유 값, 월급, 수리비를 제하고도 고부라져요.* 합승 주인 뭐하는 사람인 줄 아세요?"

"……"

"장관이야요, 장관! 뭐 그까짓 한 사람쯤 문제없어요. 운전수는 우리 편이거든요. ……그리구 이 집에선 합승 타는 사람이 없잖아요. 이를테

* 장사 따위에서 본전과 같은 정도의 이익을 보다.

면 우린 일 년 가야 공차 태워줄 사람도 없다, 그런 말씀이지요."

"……."

소년 삼총사 중에서 그중 똑똑한 영배英培란 녀석의 목적을 비로소 알아차린 나는 다소 느낌이 없지 않았다. 마침 저녁 식사 때라 세수를 하려고 들른 영배는 펌프 근처의 선반에 놓여 있는 파경破鏡을 들여다보며 다섯 푼쯤 자란 머리칼을 슬슬 만져보다가 나가버리는 그 뒷모습이 왜 그런지 쓸쓸하게 보인 탓에서만은 분명 아니었고 처음에는 단 하루도 이겨낼 것 같지 않던 환경에 엔간히 익숙해져서 겨우 독서쯤은 하게 된 이제 비로소 나는 이 집 울타리 안에 미워할 사람이란 없음을 깨달은 때문인지도 몰랐다. 우선 슬하에 사남 사녀와 자당을 모신 주인댁 부부는 일자무식일망정 몹쓸 마음이란 손톱눈만치도 없는 선인들이다. 자기네 식구가 많다는 점을 들어 노상 미안하다고 입버릇처럼 말하는 것이다. 사실 열다섯 살에서 갓난아이까지 여덟 아이 중 하루에 두서너 차례는 반드시 싸움이 벌어져 초상난 집처럼 뒤집히곤 하지만 그것을 누구의 죄랄 순 없지 않은가. 산아産兒를 제한한다는 것은 부자 나라에서도 두통거리가 되어 있는 세기적 문제이거늘, 가장 가난한 나라의 가장 가난한 층에 속하는 그들 부부를 동정은 못할망정 나무랄 수는 없었다. 다음 곁방 할머니의 경우 또한 매일반이다. 하루에도 몇 번씩이란 과장이고 며칠에 한 번씩 발작하는 증세의 장소는, 방 안, 뜰 안, 대문 앞, 변소 등 일정치가 않다. 그리고 그 시중은 으레 아내가 한다. 시중이래야 별것이 아니고 쓰러진 할머니를 일으켜 세우는 일인데 자녀들을 돌보기에도 벅찬 주인댁 아주머니는 도저히 손이 갈 틈이 없으므로 자연 아내가 맡게 마련인 것이다. 가끔 변소에서 쓰러지는 경우도 있어 아내의 얼굴을 찌푸리게도 한다지만 평생소원이 임자와 같은 며느리 앞에서 단 하루라도 살아보는 일이라고 역시 입버릇처럼 뇌까리는 노녀를 어떻게 미워하랴. 문제는 영배를 비롯한 삼총사의 존재인데 그들에게는 유머가 있었다. 요전 우리 방에 살던 일가도 그들의 '유정천리 꽃이 피네'로 인해 벌어진 시비로 해서 이사해버렸다지만 고아원에서 시작하여, 슈샤인,* 신문팔이를 거쳐 합승 조수로 정착(?)될 때까지 줄곧 남의 눈치만 살펴온 그들이 여인네 들쯤 웃기는 능숙한 솜씨 말고도 가끔 이 울타리 안을 온통 웃음판으로 만드는 유일한 쇼의 주연자들이다. 그것은 다름 아닌 잠꼬대로 해서였다. "서울역, 후암동, 가요!"를 한 놈이 하자 "떠나요! 한 분이면 떠나요!" 하고 다른 한 놈이 서두르면 나머지 한 놈이 "빵 빵 빵!" 하고 고동 소리를 울리는 수도 있는 것이다. 한종일 소리 높이 외치다가, 자면서마저 외치다가, 저녁 한때 손발을 씻으며 읊는 '유정천리 꽃이 피네' 듣기를 거부한다면 참으로 낙심할 일이 아닌가. 더구나 영배 놈이 오늘과 같은 호의를 제시함에랴―. 물론 나는 그들을 합승에서 우연히 만난 일도 없고 또 시발점에서 기다린 적도 없어 공차를 한 번도 타볼 기회가 없었을뿐더러 웬일인지 그 후 영배만은 저녁이 되어도 들어오지 않게 되었다. 혹시 나의 태도가 비위에 상했거나 아니면 미안해서 숙소를 딴 곳으로 옮겼거나 그렇지도 않으면 아예 합승 타기를 집어치웠는가 싶어 궁금했지만 아무도 그 까닭을 말하지도 않아 이젠 거의 영배의 존재가 뇌리에서 사라졌을 무렵 참으로 의외의 장소에서, 상상 외의 상태에 있는 그를 나는 발견하였던 것이다.

| * shoeshine, 구두닦이.

2

그날은 바로 4월 19일이었다.

그 대열이 종전에 수없이 있었던 데모와는 분명 판이한 양상인 것은 순 학생들만으로 이루어졌고 그 학생들의 표정이 필사적이라는 까닭만은 아님은 점차 늘어가는 구경꾼의 수효가 데모대의 십 배, 이십 배로 증가하였을뿐더러 여기저기서 울리는 요란스러운 총성으로 해서 확연해졌으며 따라서 교통 두절이 언제 해제될 상싶지도 않아 동대문 쪽을 향해 휘청휘청 발길을 옮기던 나는 거기 어느 파출소에 두부頭部를 들이댄 합승택시 꼭대기에서 그 괴상한 웃음을 노상 연발하며 오른팔을 마구 흔들어대는 영배를 본 것이다. 그의 머리에는 학생모자가 얹혀 있었다. 거의 무의식중에 "오어―영배!" 하고 입을 벌린 나의 목소리가 공교롭게도 데모대의 함성과 함성 사이에 울린 탓으로 대뜸 알아들었던지 어울리지 않는 부드러운 시선과 더불어 실쭉 웃음을 보낸 영배는 그때 마침 파출소 안으로 밀려들어가는 인파 속에 휩쓸려버렸다. 그뿐이었다. 계속 울리는 데모대의 함성과 비명, 유리창이 깨어지는 소리……. 그리고 멀리서 간헐적으로 일어나는 총소리를 들으며 나는 황혼을 의식했다. 발밑에서부터 비롯한 달月이 없는 밤은 빨랐고, 나는 줄곧 영배의 하루 행동을 따져보며 골목에서 골목으로 조용한 곳을 찾았다. 그 합승택시는 십중팔구 그가 일을 보는 주인의 것이리라. 그리고 그 학생모자는 사상死傷 학생 중의 한 사람의 것이리라. 녀석의 행위는 확실히 시원스러웠지만 그 동기가 합승을 무작정 점거하는 학생들의 용감스러운 동작에 자극된 소년적 동경에서라면 다소 맥 빠지는 노릇이라고 내키자 나는 우울해졌고, 포도 한복판에 총탄에 맞아 쓰러진 광경이 눈앞에 떠오르자 초조해졌다. 데모에의 참가를 설득할 사람도, 사수할 사람도 영배에겐 없는 것이다. 필경 그와 같은 스스로의 욕구로 해서 죽음을 각오할 만치 그는 영리한 소년이 아니었던가? 그리고 그의 죽음이 과연 그 자신을 위해 무슨 보람이 될 수 있을 것인가? 혹시 영배는 자살을 기도했는지도 몰라? ……라고, 멋대로 내킨 짐작은 그가 남의 눈에 유달리 뜨이는 합승 꼭대기에서 오른팔을 마구 흔들어대던 광경과 더불어, 그 후 계속 발표된 사상자 명단에서 '김영배'라는 세 글자를 찾지 못한 뒤에도 오래도록 뇌리 속에서 사라지지 않았으나 그러나 그것은 역시 기우였음을 나는 거의 한 달 후 확인할 수가 있었다.

4·19가 드문 민족의 위업으로 온 신문지상을 장식하며 있는 어느 평범한 날의 오후─시발점 근처에 있는 서비스 공장 앞마당에 팽개쳐진 합승 안에서 '유정천리 꽃이 피네'의 곡조가 휘파람으로 들리기에 기웃했더니 영배였다. 좌석에 길게 누워 있던 그는 나를 보자 슬그머니 일어나 실쭉 웃음을 보낸다. 나의 짐작과는 달리 그는 당연히 살아 있었던 것이다.

"잘 있었어요, 아저씨!"

"응."

"아주머님도, 순도 잘 있구요."

"응."

다소 느낌이 없지 않아 시원스러울 수 없이 된 나의 짤막한 대꾸가 거북했던지 그다지 눈부실 것도 없는 태양을 향해 얼굴을 찌푸리며 내려온 영배는 대뜸,

"아저씨, 빙수 안 잡수시겠어요?"

하였다.

4·19 전과 조금도 다름없는 그의 태도에 비로소 평상을 차린 나는 빙수가 아니라 점심이라도 한턱 쏠 속셈을 하며 무심중 고장 난 합승에

시선을 주자 영배는 또 한 번 실쭉 웃으며 말한다.

"그때 그 합승 아니야요, 호호호."

"그—래?……"

"그건 남의 거구…… 이건 우리 차거든요."

"그럼 모자는?"

"아— 네, 그건……."

자신이 생각하기에도 나의 질문은 당돌하였으므로 영배는 잠시 주춤하였으나 그러나 금방 침착을 차렸다.

"그건 제 것이야요, 호호호."

"……?"

그 괴상한 웃음은 빈정대는 투이긴 하지만 허언虛言을 감싸기 위한 방법이 아님을 나는 알고 있다.

"사실 아저씰 만나면 속을 털어놓구 말할 참이었어요. 허지만 주인댁으로 찾아갈 용기는 없었거든요. 그 이유는 천천히 말씀드리기루 하구……. 가세요, 제가 냉면 쓰지요."

"아니다! 오늘은 내가 중국 요리를 내지."

빙수에서 중국 요리로 비약한 이유는 나의 짐작이 첫머리부터 여지없이 전도된 까닭은 아니었지만 어쨌든 나는 어지간히 흥겨워진 가슴을 안고 잠시 후 그 근처의 중국집 이층에 영배와 마주 앉았다.

해삼탕과 덴푸라와 그리고 울면 두 그릇에 배갈 두 병이 가운데 놓이자 무슨 중대한 밀담이라도 하듯 커튼을 내리우는 영배의 얼굴을 훔쳐보며 역시 태양 광선을 피하려는 것은 전과 달라진 점이라고 비로소 짐작되자 나는 잠시 우울해지기도 하였지만 막상 이야기가 시작되자 이쪽은 주로 듣는 편인데다가 저쪽의 목소리는 우렁찬지라 우리는 완연히 그 이전의 마음이 되어질 수 있었다.

"역시 모자부터 말씀드려야겠어요. 그거 정말 제 것이야요. 안 믿으세요?"

"믿지."

"영수학원 모자거든요. 작년 가을에 입학 수속을 하고 사흘밖에 못 나갔으니 실상은 제 것이 아닐 수도 있죠. 따라갈 수가 있어야죠. 하지만 전 엄연히 ×× 영수학원 학생증을 갖고 있으니까 말하자면 그 학교에서 데모에 참가한 건 저 혼자뿐이 되죠. 제가 말입니다, 아저씨! 총에 맞았던들 학교에서 야단났을 거예요. 물론 난 신분증을 보이고 싶지 않았을 테지만 신분을 밝히려고 몸수색을 했을 테니 합승 조수증은 없으니까 그렇게 될 게 아니야요. 호호호."

"……"

"부상에 그쳤건 죽어버렸건 말씀이죠. 난 용사가 될 뻔했었지 뭐야요. 그야 말할 것두 없이 나는 먹줄 친 사진틀 속에서 꽃다발에 싸이기보담은 병원에 슬쩍 누워서 예쁜 여학생한테 백합 한 송이 받기를 바랐을 테지만요. 호호호. 아무튼 그날 데모가 일어났을 때 말씀이죠. 일단 차고로 돌아왔어요. 잠자코 있을 수가 없었거든요……. 이를테면 복수조……."

"복수?"

그 대상이야 뻔했고, 원한 또한 십이분 짐작되었지만 내가 놀란 것은 의외로 철저한 영배의 목적의식이요 침착한 계산이었다. 뚜렷한 사명 아래 조직적 행동을 취한 대학생들과 그 대학생들의 본을 받게 마련인 고교생들의 용감스러운 행동에 덩달아 춤을 추었다고 해야 알맞을 영배의 그와 같은 집요스러운 면을 엿본 나에겐 의외라는 도를 지나 차라리 경이驚異였다.

"아무튼 제 얘길 들어보세요. 순경 녀석들 말씀이죠, 물론 전부가 그렇다는 건 아니지만 얌생이 종류거든요. 정차 위반이나 정원 초과를 해 보세요. 면허증을 툭 뺏고는 운전수를 슬슬 볶으며 조수 눈치를 살피는 거예요. 세금은 대개 조수 손으로 바치니까요. 그러나 그것까진 좋아요. 저희들 합승에 탈 땐 자가용처럼 아무 데서나 척 세워가지고 집어타고는 내릴 땐 미안타는 말도 없는 거예요. 더구나 한 정거장쯤이나 돼도 또 모르겠는데 백 미터쯤 가는데 말씀이죠. 무슨 급한 일이 생겼나 하고 살펴 보면 점심 먹으려고 식당엘 들어가지 않겠어요. 참 기가 막혀서…… 거 기에다 또 얼마나 구렝이라구요. 가령 사람의 눈이 많은 로터리 같은 데 서 위반을 발견하면 성난 사자 새끼처럼 달려와 으르릉대지만 속으론 역 시 웃는 거야요. 그러다가 세금을 받아 쥐면 척 부드러워지는 거예요. 물 론 다음부터 조심하라는 말은 엄두도 못 내구요. 그러니까 꼭 여우지요. 그놈의 완장이 뭔지…… 허지만 파출소 때려 부수는 데 용감했던 건 우 리보다 슈샤인들이 더했어요. 그날 아저씨두 보셨을 테지만 대부분이 슈 샤인들이었어요. 마찬가지로 복수지요. 구두 닦아주지 않아요? 물론 공 짜루 말이에요. 다 닦고 나면 돈 대신 발길로 배때기를 한 번 툭 차는 거 야요. 그만 물러가라는 신호죠. 너 따위들한텐 입을 벌리기도 아깝다는 걸까요? 아저씨? …… 거기에다 자기네가 급해지면 전원 집합시키죠. 본서나 경찰국에서 순시 나올 시간이 되면 말씀이죠. 왜 그러는 줄 아세 요? 유리창 닦기 시키는 거야요. 그게 아주 골수에 사무치거든요. 한종 일 구두를 닦기 때문에 그 노릇에 지쳤을 게 아니야요? 그걸 붙잡아다가 또 유리창을 닦으라니 누군들 환장 안 하겠어요. 잘했죠, 때려 부수기 를…… 흐흐흐."

"흐음……."

나는 속으로 혀를 내밀밖에 없었다. 그러나 영배의 주장을 전적으로 시인할 수만은 없어 잠시 애매한 표정을 짓자니까 영배는 다시 입을 벌린다.

"역시 안 좋았을까요, 파출소 때려 부순 건……."

"것두 국가 재산이니까 손해는 우리 자신일 테니……."

"체! 그럼 대학생들이 신문사 때려 부순 것두 잘못이군요?"

"……."

나는 얼른 대답할 수가 없었다.

질서와 혼란이 일시 대치代置된 그날—거리의 양상을 바라보는 사이에 잔뜩 팽배한 흥분과 장쾌의 그 어느 한구석에 희망과 무상을 의식하였던 경험 때문이었다. 이제 나는 그 경험을 되씹을 필요를 느껴본다. 그때 가장 나의 마음을 자극시킨 것은 며칠 후에 있은 국민학교 아동들의 데모였다. 그리고 그들을 지휘하는 교원이라는 사람의 순진스러운 동심적 표정이었다. 필경 귀여운 제자를 잃은 그 교원의 비분과 다정하였던 친구를 빼앗긴 아동들의 울분이 일치되어 발생하였을 그 데모 대열을 바라보면서 솔직히 나는 감동과 연민을 동시에 느꼈다.

애당초 대학생들의 궐기가 그 어떤 성인적成人的 목적 아래 비롯되었다기보다 학생다운 의협에서 발화된 것이라곤 하지만 진행되는 사이에 대대적인 시민 참가를 얻어 민족의 위업으로까지 발전한 4·19의 행진은 국민학교 아동들의 감상적 출동을 필요로 할 만치 초라하지는 않았으며 실지 그 아동 데모는 이미 대세가 기울어진 뒤에 벌어진 부산물에 지나지 않았다고 해석하면 어떨까. 마찬가지로 영배 등의 행위라는 것도, 일부 학생들의 방화라는 것도 부산물에 지나지 않는다는 결론을 나는 내릴밖에 없었다. 물론 성사에는 희생이 수반되기 마련인 상식을 나는 인정한다. 그러나 그것은 어디까지나 상식에 지나지 않는 것이다. 시초 학생들이 기도하였던 바와 같이 평화적 데모를 시종하였을 경우의 결과를 나는 모른다. 주로 영배와 경우가 비슷한 소년들의 손에 의해 경관들의 아지트인 파출소가 무너지거나 하는 일이 없었고 간담을 서늘케 한 일부 격노 학생들의 방화가 없었을 경우의 결과를 나는 생각할 필요가 없다. 다만 나는, 설사 그 결과가 오늘과는 정반대의 현상을 빚어놓는 한이 있었더라도 용납될 수 없다고 말할 수 있을 뿐이다. 다행히 그러한 부산물적 행위가 어느 선에서 제한되었기망정이지 용납이라는 이름 아래 무제한으로 확대되었다면 벌써 결과를 운운할 계제를 초월해버렸을 게 아닐까. 실지 그때 그와 같은 행위는 학생들이 자율적으로든 타율적으로든 중지했던 것이다.

영배의 질문에 대한 나의 대답은 뻔했다.

"대학생들이 신문사를 때려 부순 것도 역시 잘못이지……"

"……참 아저씨 모르네요. 것두 일종의 복수거든요. 원한의 종류가 좀 다를 뿐이지……. 그 전날 고대 학생들이 얻어맞은 것 아시죠?"

"……."

나는 또다시 입이 붙어버릴밖에 없었다. 복수의 철저가 오늘의 결과를 가져왔다면 그것은 우연의 산물이 아닌가? …… 그 산물의 부화孵化는 시민들의 책임이겠지만 그 알卵 속에서 호랑이 대신 사자 새끼가 나오지 않으리라는 보장은 없다. 물론 그것은 한 달이 경과한 오늘까지 그 이전의 폐습이 지양되리라는 신통한 징조가 보이지 않는 데서이다. 말하자면 영배 등의 복수 행위가 실에 있어선 철저하지 못했다는 결론이 나온다— 라기보다 애당초 그 대상이 애매하지는 않았을까? 그 옛날 어느 아름다운 동산에 서족군鼠族群이 터전을 마련하였다. 그 동산은 애당초 그들의 터전이었는데 일시 야묘野猫들에게 점령당했던 것을 우연한 기회에 일어난 맹수들의 세력 경쟁의 결론으로 다시 찾게 된 것이다. 서족들은 그 동산에 천국의 설계를 꾀하였다. 그러나 엄청난 서족의 번식률을 당해낼 식량이 그 동산에는 부족했다. 미구에 서족들은 식량의 제한을 받지 않으면 안 되었다. 그러나 추장을 비롯한 씨족은 차한에 부재한다. 대부분의 서족들은 궐기하지 않을 수 없었다. 결과는 대성공하여 추장 일족은 처형 혹은 추방의 판결을 면할 수 없이 됐다. 그러나 추장만은 면제하자는 논이 대두하였다. 맹수의 기질을 타고난 듯도 한 그 추장의 독단으로 해서 동산의 불공평은 조성되었지만 애당초 이 동산을 야묘에게서 도로 찾은 그 무렵을 전후한 공로는 인정 않을 수 없다는 것이다. 그의 사돈쯤 되는 어느 점잖은 노서老鼠에 의해 추장은 동산 밖으로 추방 아닌 이전으로 그쳤다. 서족들은 너무 감상적이었던 것이다. 거사 중 일부 서족은 추장을 찾아가 당신은 물러나지 않으면 안 되겠다고 눈물을 흘리기도 했더란다. 그리고 그 추장이 자리를 뜨는 날 퍽 많은 서족이 석별의 정을 금할 수가 없어 눈물을 흘리었더란다. 그 후의 이야기를 나는 자세히 모른다. 그 동산이 서족들의 천국이 되기까지엔 퍽 오랜 시일이 소요되었고 그사이에 여러 차례 대유혈이 있었다는 사실을 알았을 뿐이다.

그것은 여하간 서족들의 거사가 일종의 복수 행위였다면 철저하지 못한 것이 천국을 이룩할 때까지 시간을 소요하게 된 원인이 아닐까 하고 추측해본다. 처세가 교묘한 추방된 서족들은 미구에, 어쩌면 다음날 저녁에 다시 동산으로 스며들어 배당 이상의 양식을 훔쳐 먹을 수도 있었다거나 새로 뽑힌 추장이 전 추장의 습성을 그대로 받아가질 요소가 있었다는 따위를 포함한 복수의 불철저로 인한 것이 아니었을까. 원수는 추장이나 그 일족이기 전에 배가 터지는 줄도 모르고 마구 삼키는 서족들의 전통적인 생리와 사정만 허락하면 도토리나무가 무성한 임야에서 보리밭으로, 다시 인가의 지하실에서 양곡 창고로, 염치 좋게 밀려드는 습성—바로 그것이었기 때문이다. 따라서 복수 행위는 일종의 자제 방법이 수반되어야 했고 그만치 철저하고 잔인해도 좋았던 것이다.

"아무튼 복수는 잔인하고 철저한 편이 좋을 거야."

"……."

나의 말이 영배는 얼른 납득이 안 되었던지 고개를 갸웃한다. 나는 개의치 않고 또 입을 벌렸다.

"미적지근한 상태에 그치면 도루 복수를 당하는 수가 있거든……."

"……."

"그럴 바에야 숫제 타협을 하는 편이 낫지, 안 그래?"

"아마 아저씨 같은 사람을 반혁명분자라고 하는가부죠? 흐흐흐."

"내 깐에는 가장 올바른 이해자로 자처하는데?"

"……."

어느 사이에 나는 영배를 어른으로 취급하고 있다는 사실에 스스로 놀랐다. 다행히 영배는 그런 이야기에 싫증이 났던지 화제를 바꾸었다.

"참! 아저씨, 제가 주인집에 안 들어가는 이유를 말씀드릴 차례로군요."

"……."

"백 환이 아깝거든요. 싸긴 싸지만 합승에서 자는 것만 못해요."

"그렇겠군. 아까처럼 누워서 말이지?"

"밤이면 별이 있거든요. 고아원 생각이 나요. 그리울 것까진 없지만 역시 좋았어요. 밀밥에 된장국이 왜 그렇게 맛이 있었던지……. 별이 보이는 밤의 합승은 그대로 고아원이 되는 수가 있거든요. 그때는 싫어서, 싫어서 도망칠 궁리만 하다가 결국 뛰쳐나오고 말았지만요……."

"……."

나는 말없이 배갈을 두 잔 연거푸 마셨다. 싫어서였다. 영배의 양친을 비롯한 그가 대해온 사람들의 이야기는 퍽 흥미로울 테지만 이제 그의 입을 통하는 사연들은 서정적 색채가 칠해 있을 것이 뻔하지 않은가. 따라서 조성되는 그러한 분위기는 영배에겐 물론 나 자신에게도 잔인할 것만 같아 딴 소리를 꺼냈다.

"그동안 돈 좀 모았겠군?"

"왜요? 오오라, 하루 백 환씩 말이군요? 흐흐흐."

"다시 영수학원에라도?"

"원, 아저씨두……. 기권한 지 오래 됐다니까요. 대신 닷새에 한 번씩 가는 데 있죠. 숙박료를 모아서 말이죠."

"오백 환이라?……"

"아셨죠? 흐흐흐."

"……하하하."

"근데 말이죠. 처음엔 닷새에 한 번으로 굳게 결심했는데 잘 안 돼요. 그래 요샌 적자랍니다. 흐흐흐."

"……."

"제가 너무 허튼수작한 거죠? 허지만 아저씨가 술 내신 게 탈이야요. 그놈 소주보다 세네요?……"

하며, 배갈병을 쳐들어 보는 영배에게 나는 눈짓을 하며 일어섰다. 그와 사이에 바람벽 같은 것을 남겨둔 채 헤어지기는 좀 안됐지만 술 이야기를 계속한달 수도 없는 노릇이었다. 서비스 공장까지 와서 영배는 또 한 번 태양을 바라보며 얼굴을 찌푸리고 나서 말하였다.

"가을이 되면 다시 주인댁으로 가겠어요. 허지만 아저씨 그때까지 이사 안 가실는지 몰라……."

3

그 가을은커녕 더위가 막 시작된 초복 다음날부터 영배는 다시 우리와 한지붕 밑에서 자게 되었다.

그 이유는 전혀 색정적色情的이었다. 곁방에 살던 할머니가 드디어 아들에게 발견되어 되돌아가고 거기 문자文子, 순자順子라는 이름을 가진 자매가 입주한 것이다. 스물두 살쯤과 열일곱 살쯤 나 보이는 그들 자매는 흡사 부부였다. 물론 문자가 남편이요 순자는 아내였다. 양복과 한복을, 그것도 두 어깨가 부옇게 드러나는 원피스에서 노색老色 투피스, 그런 식으로 짧아졌다 길어졌다 하는 치마저고리를 하루에 두서너 차례씩 갈아입는 취미로 해서 그때, 그때마다 인상이 달라지는 문자의 직업은 불분명하였다. 주로 낮에는 잠을 자고 저녁에 나갔다가 새벽에 돌아오는 날이 많은 언니와는 달리 하루 스물네 시간을 줄곧 울타리 안에서 뱅뱅 도는 쌍갈래 머리칼인 순자도 모르는 일이었다. 아내는 곧잘 문자의 직업과 순자의 인내성을 화제에 올리지만 나의 관심은 영배가 어느 쪽에의 호기심으로 해서 다시 숙객이 되었는가에 있었다. 그 점에 대해서도 아내는 역시 문자 편이라고 했다. 하긴 전에 없이 낮에도 몇 번씩 들르는 영배의 이야기 상대가 대개 문자였고 그럴 때마다 그녀 역시 비싼 웃음을 짓곤 하지만 그 대화의 내용이 주로 합승 운전수의 인상과 태도라는 점을 미루어보아 공차를 타는 대가에 지나지 않는 상싶었다. 옷을 갈아입을 때마다 속치마 바람으로 세수를 하는 문자의 싯멀건 오체는 지극히 육감적이긴 하나 호기심쯤에 열을 올린 영배가 아니라기보다 반나체에 쏠린 그의 시선을 끊어지란 듯이 무섭게 줄치는 순자의 당황한 시선을 나는 여러 번 보았던 것이다. 결국 얼마 뒤에 그 진상을 자세히 알게 되었는데 영배의 고백에 앞서 돌연한 행동의 제시로써였다.

그 무렵이 되면 나는 낚싯대를 메고 연못을 찾아 나서는 버릇을 잊지 못한다. 진정, 그것은 도회의 혼탁을 피해보자든가, 고기를 낚자든가, 아침 이슬에 몸을 축였다가 뜨거운 볕에 말리우자라든가 하는 의욕적인 발로이기 전에 차라리 계절적 습성이었다. 때문에 잡지사의 원고 독촉이나 아내의 잔소리쯤에 구애되는 일이 절대 없었는데 난데없이 영배의 침범을 받았다.

　그 전날 저녁 도구를 손질하고 있는 내 곁으로 슬쩍 다가온 영배는 목소리를 낮추며 말하였다.

　"저 따라가면 안 돼요?"

　"……일은 안 하고?"

　"그까짓 하루쯤……. 단 비밀이야요. 이 집 사람들 누구에게나 말야요."

　"……."

　응낙으로 단정한 그의 의사를 돌리기도 귀찮은 노릇이었고 그 비밀이라는 데 묘한 호기심도 생기고 해서 싱겁게 고개를 끄덕이자,

　"새벽 네 시죠? 먼저 합승 정거장에 나가 있겠어요."

하고 희망에 찬 얼굴로 돌아선 영배의 다음날 새벽의 행동은 참으로 엉뚱하였다. 순자를 동반하였던 것이다.

　"……?"

　"흐흐흐, 미안해요. 아저씨!"

　도시락을 꽃보자기에 싸서 들은 순자도 생긋 웃었다. 별수 없이 나도 따라 웃을밖에 없이 됐다. 어느새 그런 사이가 되어버린 영배의 비상한 수단과 순자의 깜찍한 태도에 나는 그저 어처구니가 없었으나 합승과 버스를 한 번씩 갈아타고 아침 해가 눈부신 들판으로 빠져나온 뒤에는 조금 전까지의 시간들이 아득히 먼 옛날이거나 그사이에 퍽 긴 시간이 경과하였거나 하는 착각에 사로잡혔다. 영배와 순자는 꼭 의좋은 남매였고 나는 그들의 아버지였다. 며칠 깎질 않은 수염이 텁수룩한 그 위에 큼직

한 구제품 헬멧을 얹고 낚싯대 꾸러미를 어깨에 척 걸은 나의 용모는 분명 사십대였을 게고 그러한 나의 주위를 멀찌감치 원을 그리며 깡충깡충 뛰는 영배와 순자는 그만치 어려 보였던 것이다. 들길에는 잡초가 무성하였다. 그들은 그 잡초 속에 맺힌 딸기를 찾는 데 여념이 없었고 나는 제법 의젓하게 발밑의 사류蛇類를 조심시켰다.

그러한 피차의 기분은 낚시터에 이른 뒤에도 계속되었다. 아침나절에 붕어 몇 수首를 올린 영배는 노상 수면을 응시하였고 그 옆 풀밭에서는 어느새 잠든 순자의 숨결이 다정하였으며 그러므로 해서 나는 여름날의 정적이 따분하지 않았다.

"영 안 잡히네요……."

"허허."

"……에이크…… 아저씬 언제 그렇게 잡았어요? 이놈 한 뼘이 넘겠네요! 에잇, 이놈!"

"참외나 사 오지?"

"그러죠."

영배의 오른손에 들린 어망을 뚫으려고 펄떡이는 붕어놈들에 의해 순자도 눈을 떴다. 원두막은 연못 바로 건너에 보였지만 기다란 그 연못의 주위를 반 바퀴 돌아야 했다. 영배는 곧 순자의 손을 잡으며 사라졌고 나는 다시 수면에 시선을 던졌다. 미구에 영배와 순자는 대안對岸*에 나타났다. 정오 무렵의 태양은 못 견딜 정도로 무더웠으나 그들은 비를 맞는 개구리처럼 발랄하다. 영배가 싫어한 것은 빌딩 사이로 직사하는 도회의 태양이었던 것이다. 어쩌면 그는 비 오는 도회의 하늘도 우울했을는지 모르며 따라서 지금 갑작스레 천둥이 울고 번개가 번쩍이어도 무방하리

| * 강, 호수, 바다 따위의 건너편에 있는 언덕이나 기슭.

라. 여기에는 복수의 대상이 없는 것이었다. 그의 전투 행위는 빌딩과 아스팔트의 산물이었다. 산과 들로 후퇴한 그를 추격해 올 적은 없다. 그는 기습을 두려워할 까닭도 없는 것이었다. 그러나 아직도 종전終戰의 신호는 분명히 울리지 않았음을 어찌하랴. 그는 태양이 사라지기 전에 전투 태세를 갖추어야 했고 실지 원두막 근처는 그의 연습장이 되었다. 퍽 오랜 시간이 경과한 뒤, 영배는 순자와 더불어 수수밭에서 나온 것이었다. 그때 마침 용변차 콩밭에 쪼그렸던 나는 그들의 그림자가 멀어진 뒤에야 허리를 폈다. 그도 역시 수수밭 속에서 이쪽을 노리고 있었을까? 콩밭에서의 나의 목격은 우연이었지만 수수밭 속의 그의 두 눈은 빛이 있었을 것이다. 역시 나의 존재도 그에게 있어선 적병에 지나지 않았단 말인가. 두동베개*만큼씩 한 참외를 한아름 안고 온 영배에게 나는 '내가 척 낚시터에 버티고 앉아 있을 때 수수밭을 버렸으면 좋잖아!' 하는 의미가 담긴 웃음을 보냈으나 그는 이미 초조를 벗어날 수가 없었다.

"원두막이 머네요."

"연못이 길었겠지."

영배의 러닝 팔소매에는 연지 한 점이 묻어 있었고 그 빛보다 더 짙게 상기된 순자의 얼굴은 좀처럼 고쳐지지 않았으며, 나는 그때 마침 걸려든 한 자 가까운 묵직한 놈을 끌어올리기 시작하였다.

"수수밭에 외가 열릴 순 없지?"

"참외밭에 옥수수는 심었더군요……. 그렇지만 수수밭처럼 깊숙해야 쓰지요. 호호호."

그날 저녁 시발점 근처의 대폿집에서였다.

| * 갓 혼인한 부부가 함께 베는 긴 베개.

동무들과 한강에 갔던 것으로 된 순자를 먼저 들여보내고 나서 영배와 나는 소주를 마시기로 한 것이다. 안주는 마늘쪽뿐이었다. 그도 나도 한 홉씩 들이킨 뒤에 불쑥 내뱉은 수작을 영배는 기다리고나 있었던 것처럼 척 받아넘겼다. 나의 짐작은 오산이었다. 나의 눈을 속일 의사는 아니었던 것이다. 원두막이 멀다고 한 것은 은폐 방법이 아니라 오히려 고백이었다.

"콩밭에 헬멧이 보였거든요. 초록 빛깔 속에 허이하니 안 띨 리 있겠어요, 흐흐흐."

"그렇지만 허리를 굽힌 건 똥이 안 나온 탓이야…… 못 믿겠나?"

"원 아저씨두……. 아저씨의 변비증 모를까봐요. 허지만 나 혼자 좀 안됐든데요, 흐흐흐."

"에잇, 이놈! 하하."

정전이 되어 대폿집에는 남폿불이 밝혀진다. 한 잔씩 더 청하여 셈을 치르자 주인 할머니는 곧 문턱에 앉아 졸기 시작하였다. 영배와 나는 얼마든지 떠들 수도, 웃어젖힐 수도 있었지만 묘하게 서로 입을 다물어버렸다. 굼틀거리는 남폿불의 탓일까…… 영배는 단숨에 한 잔을 쭉 들이켜고 나서야 겨우 말하였다.

"그 제일 큰 놈 말이죠……."

"붕어 말인가?"

"아뇨, 참외 말입니다……."

"허어, 그래서……."

"……베개에 십상이거든요. 활처럼 넌지시 휘인 그 반쯤이 흙 속에 척 묻히자 까딱도 않드군요. 순자년 허리 밑이 어찌나 바라졌는지 베개 없이는 어림도 없어요. 아저씨 거짓말쟁이라나요. 수수밭 속에는 뱀은커녕 개구리 한 마리 없었거든요. 개미 새끼란 놈들은 무수히 우리 몸뚱어

리를 줄치고 있었지만 순자년은 바람에 흔들리는 수숫대 끝을 바라보면
됐었고 나는 제법 부푼 유방을 주물럭거리구요. 고 쌍갈래로 딴 머리칼
순 사기거든요."

"언제부턴가?"

"아—참, 그걸 아저씨는 모르시겠군요……. 허지만 이건 우리 비밀
로 해둡시다요. 실은 순자도 문자도 동대문 청계천 다리 위에 서 있군 한
거야요."

"흐음……."

그것은 전혀 의외의 사실이었다. 문자의 거동과 차림새로 미루어보
아 바의 여급이나 요정의 접대부쯤으론 짐작됐었지만 순 푸줏간 식인 줄
은 차마 몰랐다. 또한 문자에겐 그 정도의 이력이 수긍이 될 수도 있지만
순자마저 동일 족속이라니 이건 좀 비참할 지경이었다. 영배까지가 나는
지저분하게 여겨질밖에 없었다. 오늘까지 시치미를 뚝 떼고 지내온 영배
인지라 수수밭에서의 계획이 서지 않았던들 영원한 비밀이 될 뻔하지 않
았는가. 오히려 그쪽이 나는 편했을 테지만 무엇인가 속아온 것만 같아
노골적으로 불쾌한 얼굴을 지었으나 그러나 대뜸 슬픈 얼굴이 되는 영배
의 얼굴을 바라보는 사이에 차츰 그러한 마음은 흐지부지되고 말았다.
영배의 표정은 결코 후회의 빛이 포함되지는 않았던 것이다. 그의 슬픔
은 이로써 모처럼 사귀어온 나라는 평범하고 싱거운 벗을 하나 잃게 된
다는 데 그칠 뿐이다. 비하여 나는 도무지 서운할 것만 같았다. 이렇게
단둘이 마주 앉는 경우 으레 나의 십 배나 되는 양의 이야기를 토해놓지
않는가. 물론 자기의 본심을 깨알만치라도 에누리할 영배는 아닌 것이며
그래 지금 손에 쥔 빈 잔을 픽 나의 면상을 향해 던지고 훌쩍 일어나기라
도 한다면 형세는 썩 어색하게 될 것이 뻔하다. 나는 졸고 있는 주인 할
머니를 깨울밖에 없었고 영배는 실쭉 웃으며 재빨리 그 술값을 치르고

나서 말하였다.

"······말하자면 난 순자에게 장가를 든 셈이지요. 순자는 수지가 맞았
던 겁니다. 풋내기 다루기란 아주 쉬운 법이거든요. 난 순자의 의사대로
낮에 가군 했어요. 합승이 시발점 쪽으로 돌아올 땐 동대문에서 대개 비
거든요. 운전수 아저씨에게 시간을 얻는 게죠. 물론 시장에서 장사하는
누님을 만났다는 그럴싸한 구실을 내걸죠. 시발점을 되돌아 다시 종로를
달리는 합승 속에서 난 깜박 조는 수도 있었어요. 허지만 난 순자를 찾아
가지 않고는 못 배긴 걸요. 오백 환을 꼬박꼬박 받아내는 순자로선 순 장
삿속이었지만 그 마음이 다소 달라질 무렵—그러니까 돈 거래를 꺼려
하게 된 즈음 문자가 나타난 거야요."

"그럼 그들은 친형젠가······."

"원 아저씨두 되게 싸네요. 어디 눈썹 하나 닮은 데 있어요? ······문
자는 순자를 친동생으로 삼고 건져준다는 게죠. 실지 건져준 셈이죠. 허
지만 결과적으론 우리의 계획을 마구 휘저어놓았을 뿐이에요. 우린들 술
한 계획을 짜보질 않았겠어요. 접촉하는 날은 일체 돈 거래를 말고 여느
때 내 수입을 몽땅 순자가 보관키로 약속이 됐지요. 당분간은 서로 현재
의 형편을 계속하자는 나의 말에 순자는 쿨쩍쿨쩍 울기도 했지만요. 그
건 자기를 진정으로 사랑하지 않는 증거라나요. 굳이 문자를 따라 나서
는 것을 막을 수가 있어야죠. 결국 방도 제가 주선했죠. 이젠 기회를 봐
서 문자에게 사정하여 협력해주기를 바랄밖에 없었어요. 그러나 문자는
순자를 식모로 삼으면 그만이었던 거예요. 고게 아주 여우거든요. 지금
뭐하는 줄 아세요? 조선호텔 앞에서 양놈 마구 무는 거예요. 승격한 셈
이죠, 그러니까 희망은 크죠. 검둥이를 하나 단단히 물어가지고 정식 결
혼하여 미국 건너간다는 거예요. 그런 '양딸라'들이 수두룩하다던데요?
원 어수룩한 놈들도 다 많지, 호호호."

"그래, 영배와 순자는 어쩔 셈이지?"

"어쩌긴 뭘 어째요……. 그냥 슬슬 살아가노라면 끝장이 나겠죠."

"문자가 검둥이 물어가고 미국 갈 때까지 말인가?"

"쳇! 그렇게 되면 정말 순자와 나는 공중에 뜨게요? …… 우린 우리 대로 뱃심이 다 있답니다. 흐흐흐."

그 뱃심이 무엇인지까지는 말을 않고 영배는 일어섰다. 밖으로 나오자 그는 주차장에 좀 들러 오겠다고 앞장을 서버렸고 나는 천천히 골목 길을 거닐었다. 달이 어렴풋한 까닭은 술기운으로 해서만이 아닌 상싶었다. 나는 줄곧 순자와 영배의 관계―특히 순자에 대한 영배의 태도를 생각하며 걸었다. 어른들도 좀처럼 흉내 못 낼 영배의 관용은 체념에서 비롯된 것인지는 몰라도 제법이랄밖에 없었다. 제 말대로 슬슬 살아가노라면 되지 않겠는가. 끝장을 바라거나 문자가 검둥이 물어가고 미국 가기 전에 취할 뱃심 따위가 다소 꺼렸지만 영배나 순자는 아직 젊다. 미구에 수정이 될 것이요 자연 그럴싸한 한 쌍이 되기는 쉬운 일이다―라고 모처럼 들이켠 알코올의 작용까지 합세되어 나는 한결 가벼워진 마음으로 대문 안에 들어섰던 것이었으나 그러나 잠시 후 들어온 영배는 우선 '유정천리 꽃이 피네'를 읊지 않는다. 내장이 술기운을 당해낼 수 없어서일까. 다락으로 기어드는 방법도 달랐다. 원숭이처럼 살짝 달려 붙었다가 다람쥐마냥 홀짝 사라져야 하는 건데 서투른 철봉대에 매어 달리는 식으로 두 다리를 허우적거리며, 가까스로 기어드는 것이 아닌가. 나는 별나게 슬퍼졌다.

4

영배와 문자가, 문자와 순자가, 그리고 순자와 영배가 서로 대판 싸움을 시작한 것은 그로부터 두 주일쯤 지난 뒤의 어느 날 해 뜰 무렵이었다.

동산에 걸렸던 태양이 화씨 백 도 가까운 염열을 내뿜을 때까지 계속된 싸움의 원인은 단순하였다. 다락에서 자고 난 영배가 '유정천리 꽃이 피네'라도 읊으며 그대로 주차장으로 곧장 나갔던들 아무 일 없었을 텐데 그날따라 시간이 이른데다가 마침 문자는 외박 중이었다. 홀로 새근새근 잠들어 있는 순자를 그냥 두고 나와버리기가 애처로워진 마음씨가 탈이었다. 주위는 아직 밤이었다. 거뜬히 용무를 마치고 나오는 바로 그때 문자가 대문 안에 들어선 것이다. 죄야 누구에게 있든 당장은 참아두거나 아니면 밖으로 데리고 나올 법한 노릇을 가지고 감히 네가 어디다 대고—하는 식으로 문자가 먼저 방아쇠를 당기자 일은 그만 벌어지고 말았다. 영배도, 순자도 그만치 할 말이 있는 것이다.

"흥! 네깐 녀석이 감히 우리 순잘 탐내? 요 생쥐 같은 놈아! 어디서 굴러먹던 버르장머리냐? 여자끼리 산다구 업수이 여기는 거지? 안방 아주머니 좀 봐요. 요 녀석이 우리 방엘 뛰어들지 않았겠어요. 내 눈으로 똑똑히 봤어요. 부인할 테냐? 요 앙큼한 녀석! 글쎄 누가 거짓말하겠어요? 건넌방 아저씨! 손해는 우리가 보는 건데…… 허지만 버릇을 고쳐놔야 돼요, 버릇을. 공차나 좀 태워준다구 무슨 큰 은혜를 입힌 줄 아는가부지? 흥, 기가 막혀서. 그래 안 탈려는 걸 네 녀석이 억지로 타라 했구 돈두 안 받지 않았냐? 내 말이 틀렸니? 이 녀석아! 난 택시 탈 수도 있다, 있어! 체면을 봐서 타줬더니 이제 한다는 행동이 뭐 어째? 우리 순잘 어떻게 하구 싶어서? 청껏 합승 조수쟁이나 해먹다 뒈질 녀석아! 네까짓 게 우리 순자를? 흥, 어림도 없다 없어……. 도대체 네년이 맹꽁이 년이지 뭐냐. 왜 소리를 못 질러? 입이 붙었더냐? 내가 안 들어왔다면 어떻게 될 뻔했어. 일생 망치는 거야, 요 땀을 낼 년아!"

"후웅, 잘도 논다. 이걸 그저…… 팔이 후둘거려서 못 참겠군. 뛰어들긴 누가 제 사는 집 담을 타고 넘었단 말야? 저나 내나 뜨내기 신세에 핏대를 세울 건 뭐야. 누군 입이 모자라서 참는 줄 아는가부지? 에잇, 그저! 한집에만 살지 않는다면 당장에 그 말대가리를 부숴버릴 텐데, 어잇 그저! 합승 조수는 또 어떻다는 거야? 공차를 탔으면 고맙다구나 할 노릇이지, 그래 해해거릴 땐 언젠고…… 왜 택시를 타지 미도파에서까지 기다릴 건 뭐야? 오오라, 이젠 운전수에게 그만치 살살거려놨으니 조수 따위는 소용없다는 말이군. 흥! 하긴 공짜는 양잿물도 먹는다더군. 안방 아주머니는 왜 불러 세우구 건넌방 아저씨는 왜 몰아넣으려는 게야? 순자에게 물어봐라! 순자에게…… 내가 뭘 잘못했나. 원 별 뚱딴지같은 수작도 다 많아! 후웅, 새벽부터 재수 없이! 물어봐! 순자한테!"

"왜들 이러는 거예요. 아이, 속상해! 아주먼네들 돌아가세요, 네…… 싸움 아냐요. 구경거리가 못 돼요, 네. 언닌, 언니 공연히 야단이야. 누가 뭐랬다구…… 아이, 얘들아! 저리 가아! 구경거리가 아니라니까. 영배는 왜 화를 내는 거야? 차 타러 나가면 될 걸 가지구! 아이 속상해. 아이구! 저런! 저런! 영배, 너 우리 언닐 때리기냐, 저런! 아이쿠!"

대개 이런 무질서한 내용의 고함을 주고받고 주고받고 하다가 급기야는 영배의 주먹이 문자의 턱을 두어 번 갈기고 순자의 뺨을 한 번 때림으로써 절정에 달했다. 순자는 쓰러지듯 방 안으로 뛰어들어 문을 잠가버렸고, 골목으로 달아나는 영배를 뒤쫓다가 기진맥진해버린 문자는 길거리에 넓적 엎드려 대성통곡하였다. 그리고 막이었다.

그날 밤 나는 영배와 단둘이 개울가를 거닐었다. 저녁 뒤에 더위를 피할 요량으로 시발점 근처를 배회하자니까 등 뒤에서 누가 부르기에 고개를 돌렸더니 영배였다.

"벌써 일 마쳤나?"

"……슬슬 걸으며 이야기하죠……. 아저씬 노상 태평이군요? 흐흐흐."

할 말이 퍽 많은 눈치였던 영배는 진작 어깨를 나란히 한 뒤에는 벙어리처럼 입을 다물었다. 이따금 밤하늘에 던지는 시선에는 물기가 어리는 듯하였다. 영배는 몇 번이나 입을 벌리려다 말고 도로 삼켜버리곤 한다. 순자의 동정動靜 따위가 궁금하리라. 그러한 영배를 나는 염려하거나 경멸할 까닭은 없다. 그를 진정한 벗으로 생각할수록 그러하다. 내가 아는 한에 있어서 말하자면 영배가 나에게 물을 수 있는 정보 중에서 가장 절실한 이야기는 순자에 관한 것일밖에 없는 일이다. 쌍갈래로 곱게 빗어 넘긴 머리칼이며, 제법 부풀어 오른 유방이며, 유별나게 벌어진 허리 밑이며, 그러한 모든 것이 완전한 자기 소유로 되어지곤 하는 순간순간의 자극―특히 참외를 베개로 삼았던 수수밭에서의 사건은 그리 쉽게 잊을 수 없으리라―고 내 멋대로 그의 마음을 짐작하고 있자니까 영배는 돌연 발을 멈추고 내뱉듯 말한다.

"아저씨 말이 신통히도 들어맞았어요……."

"뭐가?"

"순경 녀석들 말예요……. 흥! 복수를 단단히 하는데요…… 흐흐흐."

"……."

이건 좀 놀라지 않을 수 없는 일이었다. 그 괴상한 웃음소리도 달라졌다. 온갖 것을 깔보는 듯한 웃음이 아니라 자포자기적인 그러한 기운이 돌고 있음은 나의 과민일까.

"……녀석들 아무리 생각해두 모를 게 있어요. 세금을 탐내는 것두 아니란 말야요. 뭘 그러세요, 아씨, 다 아시면서 공연히 아씨! 하는 식으로 오백 환짜릴 내밀어도 척 튕겨버리는 거야요. ……거참…… 그리구 말이죠…… 이젠 사자 새끼처럼 으르렁대지도 않고 여우처럼 흔들거리지도 않고…… 이를테면 독사처럼 잔뜩 노려보는 거예요……. 순 복수하자는 게죠, 아저씨? ……근데 말이죠. 동대문에서 한 번은 진짜로 얻어터질 뻔했어요. 그때…… 물론 4 · 19 때 말씀이죠. 합승으로 대각 받아 치운 교통순경 있거든요. 난 녀석 얼굴 똑똑히 기억하고 있어요. 녀석두 날 알아볼 듯하는 것 아냐요? 합승 꼭대기에서 마구 떠들어댔으니 모를 리 있어요? 다행히 학생모를 쓰고 있었기망정이지……. 그 녀석 제일 악질이었는데 아직 완장 두르구 있더군요. 그놈한테 정원 초과 걸렸으니 어떻게 되죠……. 바로 오늘 말야요. 재수 없게스리…… 흐흐흐."

"……."

그 번들번들하는 영배의 두 눈을 나는 한참 바라보았다. 격렬한 전투 의식! 나의 가슴에 선뜻 느껴진 것은 바로 그것이었다. 오늘 아침 문자를 때려 치웠다 해서 영배는 쌈패일 수는 없다. 그는 합승택시 조수일 뿐이다. 서순자라는 창녀 출신 처녀를 사랑하며 미구에 아내로 맞아들이려는 희망을 품고 있는 합승 조수일 뿐이다. 그에게서 살인적인 전투 의식을 느낄밖에 없다면 어떻게 되는 건가. 결코 나는 그의 성원자가 될 하등의 이유도 없고 또 그럴 겨를도 없지만 무관할 수는 없는 일이다. 나는 그와 더불어 한지붕 밑에서 살기도 하고 그가 일을 보는 합승을 시민의 한 사람으로 이용도 하는 그런 유기적 상관을 맺고 있기 때문이다. 통금 예비 고동이 그침과 동시에 이제 그와 헤어져야 하므로 나는 좀 급한 말투로 물었다.

"그래, 어떻게 됐지?"

"우선 시치미를 뗄밖에요……. 뭘 그러세요, 아씨! 다 아시면서 공연

히 아씨! 하면서도 오른손에 움켜쥔 오백 환짜리를 내놓진 못했어요. 꼭
독사눈이 되어가지고 그냥 나를 째려보는 게 아니겠어요. ……얼핏 생각
나는 게 있더군요. 아씨! 제가 잘 몰라서 그랬어요, 아씨! 한 달밖에 안
된 걸요. 아씨! 용서해주세요. 아씨! 제 얼굴은 분명히 창백했을 거예요.
비참하더군요. 녀석은 그제서야 우리 차를 놔주는 것이었지만 여전히 미
심쩍었던지 자꾸 뒤돌아보는 거예요. ……틀림없이 복수를 노리고 있는
게죠? ……그렇지만 두고 보세요…… 까짓 녀석들 두고 보세요. 아저
씨! 모레쯤 신문 자세히 보세요……. 그럼 안녕히 주무세요, 아저씨!"
　　"……."

　　언제 또 만나자든가 이번엔 정말 가을이 되어 합승에서 잘 수 없게
될 테니 그땐 다시 주인댁으로 들어가겠다든가 그런 말도 없이 골목으로
사라지는 영배의 뒷모습을 나는 한참 바라보았다. 모레쯤의 신문에 날
만한 사건이 무엇인지는 나로선 짐작도 할 수 없었거니와 설사 짐작이
됐더라도 나로선 별수 없었으리라. 그는 절대로 그 누구의 영향도 받지
아니하는 개인 김영배임을 나는 십이분 알고 있기 때문이다.

　　그 모레는 마침 일요일이어서 낚싯대를 둘러메고 교외로 나갔던 나
는 그날 밤 열한 시가 다 되어서야 그것도 순자가 내미는 석간 C일보를
손에 들었다. 집 근처의 골목에 있는 가로등 밑에서였다. 그녀는 내가 돌
아오는 길목을 지키고 있었던 것이다. 기사는 간단했고 사진만 컸다. ×
×노선의 합승 운전수와 조수들이 일으킨 파업을 반대하는 차주와 교통
순경에게 투석으로 대항하던 주모자 김영배를 비롯한 난동자 일당이 체
포되는 광경이었다. 저도 모르는 사이에 나는 두 눈을 감았다. 옆에 서
있던 순자는 소리 내어 울기 시작하였다. 물론 그녀는 나 역시 마음속으
로 울고 있을 것으로 여겼으리라. 그러나 실에 있어서 나는 웃고 있었다.
합승택시 꼭대기에서 마구 손을 흔들어대던 영배의 모습이 떠오른 것이

다. 그때와 오늘은 또 사정이 다르다. 그는 주모자인 것이다. 얼마나 의기양양했으랴. 영배의 생애를 통하여 오늘의 전투는 최고의 것이 아니겠는가.

　며칠 후 나는 순자와 더불어 ××경찰서에 영배를 만나러 갔으나 면회는 못하고 사식과 의복만 넣어주고 돌아왔다. 치안재판에 그치는 듯했으나 영배 등 주모자는 정식 재판에 회부케 되어 변호사 외는 일체 면회가 금지되어 있었다.

　경찰서 문을 나서면서 순자는 이제 울지 않았다.

　"일 년쯤 율을 받게 되리라구요. 헐 수 없죠. 팔자소관인 걸요."

　"순자는 앞으로 어떻게 할 생각이지?"

　"뭘 어떡해요. 또 떠나봐야죠. 삼 년 전 시골집을 떠나올 때처럼……. 문자 언니는 양주로 간다나요. 미국 가는 건 단념한 모양이죠, 호호."

　"그래, 순자도 문자 언니를 따라갈 생각이군?"

　"……글쎄요. 아마 서울에 남아 있어얄까부죠. 영배 면회나 가봐주어야죠. 그래두 영배가 저에겐 제일 고마웠으니까요. 문자 언니두 고마왔지만 그건 마음뿐이었어요. 어디 가면 식모살이 못할까요? 그까짓 반지나 목걸이쯤은 부러울 것 없고 밤에나마 함께 자주어야 되잖아요……."

　"으음, 밤에나마 말이지……."

　색안경을 쓴 군복 사나이가 지프차를 가지고 와서 문자와 문자의 짐을 싣고 떠나버린 그날 저녁 시발택시에 보따리 세 개를 올려놓은 순자마저 그 쌍갈래 머리칼을 산들산들 흔들면서 동대문 쪽으로 사라져버리자 아내는 난데없이 우리도 추위가 닥치기 전에 어디로 집을 옮겨야 되지 않겠느냐고 했다. 나는 우스운 생각이 들어 픽 웃어주었다. 애당초 고집쟁이가 못 되는 그녀인지라 앙탈은 부리지 못하고 이 집은 벽이 판잣집 식이라서 외풍이 셀뿐더러 펌프 물이란 얼기 쉬워서 겨울엔 못 쓰며, 교통이 편리하다는 것도 시내까지 거리가 먼 관계로 당신 고생도 심하리라는 것이다. 원 건망증이 심한 여편네도 다 있지. 집이 나지막하니 겨울에 춥지가 않을 것이요, 물이 제대로 나오지 않으니 있으나 마나한 수도보다는 펌프가 십상이며 운운한 것은 누구게?─하고 속으로 외며 나는 오늘 낮에 받은 신간 잡지를 손에 들었다. 영배도, 순자도, 문자도, 떠나버렸다고 해서 우리 일가가 이사를 꾀할 까닭은 없는 것이다. 새로운 마음으로 이 시발점 근처를 떠나간 문자는 이제 도미渡美의 꿈이 실현될는지 모르며, 순자 역시 밤에나마 함께 자주는 배필을 만날 수 있을는지 모르며, 영배 또한 고아원 종류인 소년 형무소에서 새로 갈 길을 찾게 될는지도 모르지만 그것은 어디까지나 외형적인 새 길이며 내가 삼십사 년 전에, 아내가 삼십이 년 전에, 순이 이 년 전에 이미 출발한 궤도를 달리고 있는 것처럼 그들 역시 자기 본궤도에서 벗어날 수는 없지 않겠는가. 어느새 장지문 저쪽에서는 코 고는 합창이 들린다. 초저녁잠이 많은 주인댁 십일 인은 이미 열 시가 된 시각을 망각하는 법이 없다. 잠시 후면 조수 녀석들의 '유정천리 꽃이 피네'도 들려올 것이 아닌가. 하긴 요새는 다른 유행가를 부르는 듯했고, 영배의 휘파람 반주가 없기도 하여 귓맛이 덜할는지 모르지만 담 너머로 비쳐드는 달빛은 마찬가질 게다. 아내의 말대로 이제 우리도 이사를 꾀할 필요는 절대로 없는 것이다.

　이 집에 세 들었던 사람들은 거의 집을 사가지고 나갔다는 주인댁 아주머니 말에 만족스러운 웃음을 짓곤 하던 아내는 시발점이란 세 글자에 막연하기 그지없는 요행을 느끼려 하는지도 모르나 그것은 어디까지나 서울특별시 동대문구 보문동 380번지 ××소재 시멘트 기와집에서 백 미터도 채 떨어지지 않은 지점에 위치한 합승 정류장의 이름일 뿐이다.

—《현대문학》, 1960. 11.

김과 리

1

넓이 오 미터도 채 안 되는 개울이 이른바 삼팔선의 경계였다. 지금은 의젓한 콘크리트 다리가 놓여 있지만 육이오 전엔 통나무를 가로, 세로 아무렇게나 엉켜놓고 그 위에 흙을 덮었었다. 그리고 개울 북쪽에는 소련군 막사가, 남쪽에는 미군 퀀셋*이 서 있었다―고, 김金은 조용한 시선을 차창 밖에 둔 채 속삭이듯 말한다.

삼십여 명의 낚시꾼을 태운 관광 전세버스는 시방 춘천 양구 간의 군용도로 위를 시속 사십 마일의 속도로 달리고 있다.

서울에서 사백여 리를 격한 이 지방에까지 낚시꾼이 몰려들기 시작한 것은 지난 늦봄부터였다. 화천 수력 발전의 수원지인 댐에 한 자짜리 붕어가 우글거리고 무게 칠 관이나 되는 잉어가 낚이었다는 소문은 삽시간에 낚시꾼의 입에서 입으로 전해졌고 웬만한 태공은 모두 입맛을 다시며 기회를 노리게끔 되었다. 나와 김의 경우도 마찬가지다. 하긴 김에겐

| * quonset, 길쭉한 반원형의 간이건물.

엉뚱한 계산이 없지도 않았다. C일보 정치부 기자인 그는 육이오 당시의 역전 용사였다. ×연대 소속이던 김은 삼 년간의 전투 기간을 중동부 전선에서 보냈다. 남으로는 영천까지, 북으로 압록강 연변인 초산까지 김이 밟지 않은 땅은 없었다. 그중에서도 수십, 수백 차의 격전이 거듭된 화천, 양구, 금화 일대에는 이 년 가까이 머물러 있었다. 말하자면 일종의 향수 어린 기분으로 나설 법도 한 노릇이나, 그러나 김에게는 보다 더 구체적인 목적이 있었던 것이다.

일천구백사십칠 년 가을, 제이차 미·소 공동위원회가 결렬되어 삼팔선을 사이에 두고 있던 소련군의 막사와 미군의 퀀셋이 철수한 지도 두 해 반쯤 지난 어느 날, 이야기는 비롯된다. 그때, 김은 ×연대 정보부 하사관으로 삼팔선에 파견되어 있었다. 경계를 이루고 있는 개울에서 남쪽으로 가장 가까운 고지에 국군의 확성기가 장치되었고, 마찬가지로 반대쪽 고지에선 공산군의 마이크가 매일같이 시끄러웠다.

그날도 한종일 떠들어대던 양쪽의 마이크는 한결같이 지쳐 목쉰 소리를 내다가 그쳤다. 이슬비가 내리고 있었다. 고지와 고지 사이마다엔 안개가 자욱했다. 그 안개가 차츰 걷히자 김은 술 생각이 났다. 병풍의 그림처럼 전혀 음향이 없는 계곡을 바라보며 그는 마이크에 입을 가까이 댔다.

"너희들 소주 있지! 입씨름은 그만하고 한 잔 하는 것 어때?"

"감자 소주쯤 있다! 맛있는 안주 있나?"

"통조림 있다! 소주 한 병에 통조림 한 통 어때?"

"좋다! 교환 장소는?"

"개울 한복판!"

"시간은?"

"앞으로 삼십 분 후, 어떤가?"

"좋다!"

양측 진지에서는 잠시 웅성거림이 있었다.

어떤 사소한 협상에도 손해는 이쪽이 보게 마련이다. 아군 측에서는 김의 엉뚱한 장난에 이맛살을 찌푸리는 사병도 있었으나 김은 무관했다. 이 지역의 첩보 공작 책임자인 그를 정면으로 나무랄 상관은 없는 것이었다. 물론 군기에 어긋나는 행위임은 모르는 바 아니로되 무슨 일이든 마음이 내키면 참을 수 없는 것이 그의 성품이기도 했다. 하긴 직책에 관한 목적도 없지 않았다. 그 무렵 삼팔선을 드나드는 민간인 첩자들은 한결같이 낡은 정보만 전해왔다. 두 해 동안이나 첩자 노릇을 하며 남북을 왕래하는 사이에 그들은 모두 이중첩자가 되어버린 것이었다. 첩자 각기의 비열한 인간성의 탓만이 아니다. 피아彼我의 언어소통이 자유스럽기 때문이다. 그러나 그들은 미구에 그 어느 쪽에 의해 말소되기 마련이다. 김이 의식적으로 침실인 농가 방바닥에 꺼내놓은 허위 병력 배치도를 훔쳐간 첩자는 두 번 다시 돌아오지 않았다. 다른 첩자의 보고는 그놈이 아예 마음이 달라져서 평양 지방에 영주할 목적으로 가버렸다고 하나 얼마 뒤에 그 시체가 경계선 근처의 골짜기에서 발견되었다. 또한 터무니없는 '인민군 병력 이동표'를 품고 내려온 북쪽 출신 첩자도 김 스스로의 손에 이 근처에서 사라졌다. 동료와 부하들은 김이 그를 상부의 명령대로 처치한 줄로 안다. 보고도 그렇게 하였다. 순진한 농촌 출신의 청년이었다.

자기가 훔쳐온 문서가 바른 것인 줄로만 믿고 있는 그 시골 청년은 제 앞에 다가온 운명도 모르고 다시 북쪽으로 되돌아갔다간 죽는다고 눈물로 호소했다. 김도 속으로 울었다. 약간의 노자를 주어 서울로 보냈다. 성이 도都이어서 도 서방으로 불리던 그 청년은 서울에 가면 지게를 져서라도 밥을 먹을 수 있다는 말에 소년처럼 좋아하며 야반에 이 고장을 떠나갔다.

그 후 김은 당분간 첩자 파견을 중지하였던 것이다. 적군 병사의 모습이나 언사에서 무슨 정보를 얻을 재간은 없을까? …… 직책에 관한 목적이란 바로 이 점이었다.

삼십 분 후, 김은 한 사병을 대동하고 개울가로 갔다. 공산군 측에서도 特務長특무장 계급장을 붙인 자가 졸병 하나를 데리고 내려왔다.

소주 다섯 병과 통조림 다섯 통—그 금전적 가치를 놓고 이손利損을 따질 계제는 아예 아니다. 대동한 사병과 적의 졸병이 물품을 교환하는 동안 김은 특무장의 아래위만 살피었다. 군복이 말쑥하다. 군화도 새것이다. 녀석들은 이런 경우에마저 선전을 노리는가? 그뿐이 아닌 것 같다. 졸병의 군복과 군화도 새것이었다. 그리고 특무장의 허리의 권총과 졸병 어깨의 장총도 새것이었다. 보급을 강화하여 병력을 정비하고 있는 생생한 증거일 수는 없는가.

그때, 통조림을 한 통 치켜들며 특무장은 말하였다.

"미 제국주의의 것이로군."

"맞았어. 그 통조림은 미국에서 온 거야. 미국 친구들은 그 밖에도 엄청난 물건들을 갖다주지."

"뭣 때문인지 아오? 동무!"

"간단하지. 자유를 사랑하는 우방끼리의 친선 선물이야."

"동무, 철저한 반동이군. 미 제국주의자들은 우리의 조국 조선을 다시 식민지화하려는 거요."

"글쎄……. 이북에 들어온 소위 붉은 군대라는 '로스케*'들은 그럴지 모르지만……."

| * 러시아 사람을 낮잡아 이르는 말.

"동무! 말조심하오. 붉은 군대는 절대 그런 일 없소. 무산대중을 위해 미 제국주의를 우리 조국에서 몰아내기 위해 온 것이오."

"천만에! 로스케들의 행동을 나는 내 눈으로 똑똑히 본걸. 부녀자의 강간이나 강탈 따위는 점령군에겐 따르는 현상이라 이해도 되지만 소위 로스케 놈들은 겸이포兼二浦* 제철소 기계, 수풍水豊 발전소 시설까지 헐어 가더군."

"동무! 동무! 그건 악질적인 모략이오!"

"하하, 우리 이럴 것 없이 서로 인사나 하고 지내지. 너와 내가 언쟁을 한댔자 소용이 뭐겠나?"

"……"

굳게 입을 다물고 있던 특무장은 한참 뒤에,

"동무 성이 뭐요?"

하였다.

"거, 우리 동무라는 말도 빼는 것 어때? 난 김이야."

"……난 리李요."

"촌놈의 성 김가 아니면 이가라더니만, 하하."

김의 마지막 웃음은 공산군 특무장인 그 '리'가를 대상으로 삼아서가 아니었다. 그저 왜 그런지 우스워서였다.

어느덧 골짜기마다에 고였던 안개는 깨끗이 걷히고 서산마루에는 석양이 얹혀 있었다.

| * 일제 강점기에 황해도 '송림'을 이르던 말.

2

여름철로 접어들자 공산군 소부대의 준동이 잦아졌다. 처음 한두 번
은 전군全軍의 신경을 곤두세우기도 하였으나 횟수가 거듭될수록 심상해
졌다.

그런 상태가 얼마간 지속되는 동안 김은 삼팔선 접경에서 공산군 특
무장인 '리'와 여러 차례 부닥치었다. 소주와 통조림을 나누어 먹은 때문
인가—이상하게 적의가 의식되지 않았다. 저쪽도 마찬가진 모양이었다.
손을 들고 히쭉 웃기까지 하는 것이었다. 세 번째 만났을 때였다. 둘은
누가 먼저랄 것도 없이 접근하였다. 김은 어깨에 건 기관단총을 의식하
지 않았다. 리도 허리에 찬 권총을 잊어버린 눈치였다.

"날씨가 더워졌군."

"벌써 유월 아니오."

리의 말투는 여전히 딱딱한 것이 무슨 인조인간을 대하는 느낌이었
으나 점차 둘의 대화는 부드러워졌다. 고향이 화제에 오른 때문이었다.
둘은 개울가 바위에 나란히 앉았다.

"김은 고향이 이북인 모양이지?"

"응, 평양이야."

"학교는?"

"평양사범 졸업반이었어, 해방되던 해. 리 고향은?"

"헤에—."

그는 벌쭉 웃고 나서 대답하였다.

"경기도 평택이야. 물론 학교는 서울에서 댕겼지. 나도 B중학 졸업반
때 해방됐지."

"왜 월북했나?"

"김은 왜 월남했지?"

"난 말야……."

잠시 주저하다가 김은 솔직히 말하고 싶은 충동이 일어나서 토해버리듯 뇌까렸다.

"강양욱이란 영감 있지. 최고인민위원회 서기장. 전신이 목사였어. 그 영감집이 기림리에 있었는데 수류탄을 던졌어. 물론 밤중에 말야."

"왜?"

"죽여버리려고."

"……."

리는 약간 놀란 눈치로 입을 봉해버렸다.

"나중에 알고 보니 그놈의 영감 살아났더군. 운이 좋은 늙은이야. 리는 왜 월북했지?"

"나……?"

리는 또 벌쭉 웃으며 말하였다.

"두 가지 이유가 있어. 하나는 미군 한 놈을 죽여버렸어."

"왜?"

"껌둥이였어. 내가 누이로 삼았던 모 여전 학생이던 여자에게 껌둥이를 낳게 했단 말야."

"흐음……."

"또 한 가지는 어머니가 평양에 와 있었어. 왜정 땐 중국 연안에 있었지. 반일 독립투사였어. 조선의 모범적인 여성이지. 그런데 김은 어째서 강양욱 동무를 죽이려고 했나? 김의 집 부르주아였던가보군."

"천만에! 내 아버진 제재소 인부였어. 사범학교 댕긴 것만 봐도 알 게 아냐. 그를 죽이려 한 것은 교회를 등지고 조만식 선생을 배신한 때문이었어."

"김은 예수쟁인가?"

"예수쟁이? 우리도 친구들끼리 가끔 그런 말 쓰지만 신자라고 하는 편이 점잖지. 실은 어머니가 신자였어."

산새가 울었다.

그리고 시냇물 흐르는 소리.

둘은 퍽 오랫동안 침묵에 잠겨 있었다.

김은 살며시 리의 표정을 엿보았다. 전날 개울가에서 만났을 때보다 훨씬 수척해 보였다. 이자를 납치할 재간은 없으리라—아니, 그때의 김은 그런 의욕도 없었다. 엉뚱하게 옛 친구 같은 느낌조차 들었었다.

"리는 상당히 바쁜 모양이군? 직책이 뭔가?"

"김의 직책은?"

"난 정보대원이야. 리도 문화공작대원 같군. 어때, 내 짐작이?"

"맞았어. 리승만 도당 덕분에 체중이 한 관 줄었어. 국군이 북침을 노리고 있기 때문에 난 매일같이 각 부대를 순회하지 않으면 안 돼."

"전엔 안 했나?"

"전에도 했지만 부대가 많아졌거든……. 그리고……."

리는 무슨 생각이 내켰던지 말을 중단하고 일어섰다.

"아무튼 김은 악질 반동이군."

"리는 진 빨갱이고, 하하."

둘은 개울의 남과 북으로 갈라져 갔다. 리의 모습이 산모퉁이를 돌아 사라질 무렵 김은 '잘 가게' 하는 말이 목구멍까지 치밀었다. 역시 발을 멈추고 돌아다보는 리도 '또 만나세' 하는 것만 같았다고 김은 훗날 술회한 바 있다.

공산군이 삼팔선 접경에 병력을 보강하고 있음은 의심할 나위가 없었다. 김은 리로부터 얻은 정보를 중심으로 연대 정보과에 구체적인 보고를 하였다. 그러한 정보는 비단 김의 관할 구역에서만 입수된 것이 아니었다. 도처에서 새어 들어오고 있었다. ×연대 정보과에선 각 파견대원의 정보를 종합하여 사단으로, 사단에선 또 그 상부로—불과 며칠 후엔 경무대에까지 보고되었으나 정부에선 무슨 이유로 그에 대한 대비를 소홀히 하였는지 모를 일이라고 김은 핏대를 세운 적이 있다.

"국군 수뇌부의 태만에서가 아닐까?"

라는, 나의 말에 김은 펄펄 뛰었다.

"천만에! 당시 육군본부 정보국장이던 장모 장군은 괴뢰군의 남침을 단정, 그 대비를 강력히 주장하였음을 형은 모르오?"

"허지만 참모총장이던 채모 장군은 첩 집에서 술을 마시고 누워 있었다지 않나?"

"바로 그런 점이오, 이상하다는 건—. 삼팔선에서 총성이 울리고 있는 시각에 채모라는 자가 첩 집에 있는 건 정부에서 괴뢰군의 남침설을 취하지 않은 까닭이라고 안 보오?"

"미 고문관*들은 알면서도 모르는 체했다는 설도 있더군."

"왜?"

"공산당이 얼마나 잔인스러운가를 전 세계에 알리기 위한 본국 정책에 의해서라든가……."

"쳇!"

김은 코웃음을 쳤다.

"형은 한국동란에 미국인의 생명이 얼마나 희생됐는지 모르오? 양차 대전, 남북전쟁 다음이라오. 인간의 생명을 중히 여기는 미국이 일시나

| * 자문諮問에 응하여 의견을 말하는 직책을 맡은 관리.

마 그런 정책을 취할 까닭은 절대로 없었을 게요."

김의 이론은 정연하였다. 아니 땐 굴뚝에 연기 안 난다는 속담은 근거 없는 풍문이 없다는 뜻이 결코 아니라고 그는 말하였다. 남침설이 한창일 때 일요일이라고 해서 거의 전 장병을 외출시킨 이유가 어디 있었는가고 김은 핏대를 세운 것이다. 그리고 자기 소신을 한마디로 피력하였다.

"간첩의 소행이라고 나는 보오."

3

육이오가 일어나기 전날 저녁 늦게 김은 연대본부 주둔지인 춘천으로 돌아왔다. 아무래도 심상한 월남인 같지 않은 민간인 하나를 본부에 인도키 위해서였다. 일직 하사관에게 그 민간인을 인계하고 야전용 침대에 누운 지 불과 몇 시간도 안 되어 포성을 들었다. 유월의 아침은 빨랐다. 거리는 불과 몇 시간 사이에 전쟁 빛으로 염색되었다. 그것은 곧 무질서를 의미하기도 했다. 어수선한 가운데 기관단총의 수입手入*을 마치자 한결 마음이 개운했다.

춘천시의 서북방을 굽이쳐 흐르는 북한강 지류인 소양강은 수심이 얕다. 삼팔선에서 후퇴한 ×연대 장병이 인도교 이쪽 끝에 바리케이드를 쌓은 것은 의미가 없었다. 그래도 사병들은 잘 싸웠다. 서부전선의 국군은 개성, 해주를 점령, 평양을 향해 진격 중이고, 동부전선의 국군은 이

| * 주로 군대에서 어떤 물건이나 물체를 손으로 닦는 일. 손질.

미 원산시에 진입하였다는 연대장의 기만적인 훈시가 주효한 것이다. 사병들은 연대의 명예를 위해서 적의 소양강 도강을 막아야 한다고 생각했다. 물론 전선의 실황은 결정적으로 아군에게 불리하였다. 서부전선의 공산군은 임진강을 도강 중이었고 중부전선에선 의정부가, 동부에선 강릉이 이미 그들의 수중에 들어간 뒤였다.

소양강의 얕은 곳을 발견 못한 공산군은 인도교 위를 구름떼처럼 밀려오고 있었다. 다리 이쪽 끝에 걸어놓은 두 대의 경기관총은 이미 과열로 발사가 불가능하였다. 다리 위에 산더미처럼 쌓인 시체를 디디고 적군 병사는 밀려오고 있었다. 인해전술은 중공군이 개입하기 전에 이미 있었던 것이다. 아군의 총소리는 완전히 그치었다. 그러나 김이 더욱 놀란 것은 이 다리목을 지키던 일개 소대 병력이 전멸되었다는 사실이었다. 김은 혼자였다. 그는 기관단총을 바리케이드 한복판으로 옮겼다. 탄대彈帶에는 아직 백여 발이 남아 있음을 확인한 김은 그냥 방아쇠를 당겼다. 한 알은 남겨야지. 아니, 그럴 필요도 없다. 적탄에 맞거나 내 총구를 목에 대고 스스로 방아쇠를 당기거나 매일반이다. 오로지 김은 저희들의 시체를 밟고 넘어오는 적병을 향해 방아쇠를 당기면 그만이었다.

마지막 케이스를 갈아 끼운 직후였다. 적의 선봉은 이미 오 미터 목전에 있었다. 김은 방아쇠를 당기려다 말고 외마디소리를 질렀다.

"앗! 리!"

저희네 시체를 디디고 우뚝 선 리의 모습을 김은 본 것이었다.

"김!"

김도 그와 같은 외마디소리를 들은 듯했다. 아무튼 김은 방아쇠를 당기지 못했다. 그 확실한 이유를 알 수가 없었다. 리의 모습과 그 목소리 때문이었을까……. 내가 보기에 리는 진 빨갱이요, 리가 보기에 나는 악질 반동이다. 서로 죽여야 할 처지에 있다. 내가 방아쇠를 당기지 못한 까닭은 무엇이며 구름떼처럼 몰려든 공산군의 구둣발에 밟혀 죽지 않은 건 어째서인가.

김이 제정신을 차린 것은 어떤 농가에서였다. 가죽장화가 맨 처음 시야에 들어왔다. 그는 자리에 눕혀져 있었던 것이다. 그 가죽장화의 주인이 리임을 김은 육감으로 알아차렸다.

"김!"

"……"

"기—임!"

"……"

눈을 뜬 김은 리의 얼굴을 확인할 필요를 느끼지 않았다. 도로 눈을 감아버렸다. 포성은 이미 남쪽에서 울려오고 있었다.

김이 도로 눈을 감아버린 건 굴욕을 의식한 때문만은 아니었다. 모든 것이 이대로 그치었으면 하는 엉뚱한 욕망에서였다. 전의의 상실—군인으로서는 도저히 용납 안 되는 그것이 김은 왜 그런지 아름답게 착각되었다. 그러나 그것은 순간이었다. 오랜만에 평안도 사투리의 웅성거림이 들려왔다. 그리고 지금, 자기가 누워 있는 장소가 공산군의 야전병원임을 알아차린 까닭이었다.

"김! 정신 들었나? 김!"

리의 세 번째 외마디소리가 울렸을 때 김은 비로소 눈을 떴다. 리는 자기 옆에서 서 있던 위생병을 손짓으로 쫓아버렸다.

"나를 왜 안 죽였지?"

바리케이드를 디디고 올라선 리가 권총 손잡이로 자기 머리를 때린 기억이 김은 되살아난 것이었다.

"이렇게 눕혀두는 이유는 뭔가? 리가 아무리 고맙게 해준다고 해서 내가 쓸데없는 말을 지껄일 줄 알아?"

리는 암말 않고 벌쭉 웃고 있었다. 승자의 거만일까. 어쩐지 그렇게 생각되질 않아 김은 어리둥절했다. 육이오가 일어나기 전 삼팔 접경에서 교담하였을 때의 그 웃음이었다. 미소도, 조소도, 홍소도 아닌 웃음—.

"김은 기관단총 탄환 백여 발을 발사했어."

갑작스레 심각한 표정이 되며 리는 말하였다.

"김이 기관단총을 다시 복판으로 옮겼을 때 우리 부대 선두와의 거리는 불과 십 미터였어. 알겠나? 김! 김이 백여 발을 쏘는 동안 우리 부대는 겨우 오 미터 진격했을 뿐이다. 전사자가 육십삼 명이야. 김은 두 발에 한 명씩 죽인 꼴이 되지. 그리고 내가 선두에 섰을 때 김의 기관총 총구는 내 심장을 겨누고 있었어. 왜 방아쇠를 안 당겼지?"

"……"

"왜 방아쇠를 안 당겼어, 김!"

리가 울상이 되는 까닭을 김은 알 수가 없었다.

"총이 고장 났던 모양이지……."

"총이 고장 나?"

리는 또 한 번 벌쭉 웃고 나서 계속하였다.

"뻔한 거짓말임을 나는 안다. 바로 김이 누운 침대 밑을 봐. 김의 기관단총은 말짱해. 소대장 동무가 탐을 냈지만 거절했지. 그건 어디까지나 김의 것이니까……. 앞으로 김은 그 기관단총이 필요해. 호신용으로—즉 나는 김이 나를 죽이지 않은 대가를 치르기로 했어."

"……"

멀리 남쪽에서는 포성이 그냥 은은히 들려오고 있었다.

"리승만 도당 군대는 원주에 집결 중이라더군. 미 제국주의 군대와 합류한다는 정보가 입수됐어. 그러나 그따위와 우리 관계는 좀 달라도 좋다고 생각해. 원주까지의 길은 김이 더 잘 알 테지. 나는 애당초 김의 입에서 뭣을 알아내려고 한 건 절대로 아냐. 믿어주게……. 군의관 동무의 말이 김의 건강은 완전하다는군. 그리고 임시 야전병원이 된 이 집 앞에다 보초를 세울 필요가 없다고 나는 대장 동무에게 말했어. 김은 말야, 알겠나! 내 밀령을 받고 적 후방으로 빠지는 임무를 맡은 빨치산 동무로 대장 동무는 알고 있다─그런 말야."

리는 고개를 들고 문 밖을 내다보며 마지막으로 중얼거렸다.

"며칠 사이엔 비도 내릴 것 같지 않군."

4

절대반대.

절대반대.

절대반대.

휴전을 반대하는 군중시위는 남한 전역에 태풍처럼 일었다. 삼 년간 계속된 전쟁에 시달린 백성들은 지쳐 있었다. 그 지친 몸을 이끌고 백성들은 다시 휴전 반대 시위에 나서야 했다. 중앙청 옆에 자리 잡은 외국 기자 숙박소 가시줄 울타리에 백오십 명의 여학생이 몸을 던졌다. 비가 내리고 있었다. 호각 소리를 신호로 여학생들은 일제히 진탕 속에 주저앉아 울기 시작했다. 비와 눈물이 뒤범벅이 된 얼굴로 여학생들은 울부짖었다. 대한민국을 팔아먹지 말라─고.

"호각 소리를 신호로 여학생들이 울기 시작한 것을 클라크(당시 유엔군 총사령관)는 군중심리라고 말했어. 휴전 반대 시위는 자연 발생적 민중봉기가 아니라 관제운동이라는 거요. 민중의 의사와는 전혀 상관이 없다는 거요. 어떻게 생각하오, 형은?"

라고, 김은 훗날 비분을 토로한 적이 있다.

　　김이 여학생들의 시위를 목도한 것은 1953년 6월 하순 어느 날 후방
으로 전속 명령을 받고 서울을 지나면서였다. 대다수의 백성이 전쟁이
끝나기를 바란 것은 사실이다. 그러나 그것은 유혈이 가급적 속히 종식
되기를 바란 것이지 조국 강토의 영원한 분단과 바꾸려고 한 것은 아니
다. 백오십 명의 여학생이 호각 소리에 의해 움직인 것은 사실이다. 그러
나 그 여학생들은 모두 마음에도 없는 눈물을 흘릴 수 있는 능숙한 연기
자는 아니었을 것이다―라는 것이 김의 지론이었다.

　　"클라크란 사내는 어떤 의미에선 한국의 은인임에 틀림없소. 맥아더
이상 한국의 처지를 이해하였고, 한국을 위해 노고를 아끼지 않은 것도
사실이오. 허지만 클라크는 한국인이 아니고 어디까지나 미 군인이었소.
한국의 국토 통일보다는 미국 정부의 정책이 중요했고 미국민의 의사에
충실하였소. 어떻게 생각하오, 형은?"

　　동란 중 김은 세 차례에 걸쳐 부상을 입었다. 어깨에 두 개의 포탄 파
편이 박혔고 다리에 세 발의 소총알을 맞았다. 그리고도 그는 후방 근무
를 한사코 사양한 사내였다. 상처는 야전병원에서 기적적으로 완치되곤
했다. 두 번째 전상을 입었을 때 한쪽 다리를 절단하게 될지도 모른다
는 군의관의 권고에도 불구하고 후방병원으로의 이송을 거부했다. 이유
가 있었다. 휴전회담이 시작될 무렵 김은 단 한 번 후방에 온 적이 있었
다. 전쟁하는 나라의 상태가 도저히 아닌 후방 풍경에 김은 침을 뱉고 돌
아섰다. 벌레만도 못한 것들, 대한민국 따위는 숫제 빨갱이에게 먹혀버
려라. 일주일간의 휴가를 포기한 김은 일선으로 향해 달리는 군용트럭에
흔들리며 웃었다. 차라리 웃었다.

　　그러한 김이 후방 근무에 순응한 이유는 일주일 후에 밝혀졌다.

1953년 7월 18일 미명未明. 거제도에 수용되어 있던 이만오천에 달하는 반공포로는 대통령 이승만의 비상수단에 의해 지옥문을 나서게 되었다. 그 지옥문은 미군 병사 및 미군의 지시를 받는 유엔군 병사(한국군이 대부분)가 지키고 있었다. 그 수위권을 일시 박탈하는 임무를 지닌 자 중에 김도 끼인 것이다. 절차는 손쉬웠다. 일시나마 우군의 가슴에 총구를 겨누기가 썩 유쾌한 일이 못 됐지만 김은 주저하지 않았다. 총성도 필요 없이 지옥문은 조용히 열렸다. 꼭 자기를 닮은 청년들의 무수한 얼굴이 조수처럼 지옥문 밖으로 밀려 나가고 있었다. 돼지떼 같다고 생각했다. 아니, 실은 양순한 양떼라고 고쳐 생각한 김은 눈시울이 뜨거워졌다. 무슨 죄냐. 저희들의 죄명이 무엇이더냐. 참 잘한 일이라는 감회와 자부심이 뒤범벅이 되어 주먹으로 눈을 비비지 않곤 못 배긴 것이다.

여남은 번 주먹으로 눈을 비비고 났을 때였다. 김의 시선은 하나의 얼굴에 꽂혔다.

"리!"

환각이 아닌가—고, 김은 도사렸다. 그 얼굴이 분명, 공산군 특무장이요, 문화공작대 책임자이던 리임이 다짐된 것은,

"김!"

하는, 당연히 있은 메아리를 듣고서였다. 그가 어째서 이 대열 속에 끼이게 되었는가—고, 그런 생각에 골몰한 것은 부산의 도심 어느 민가에 임시 정착한 후였다. 마땅히 리는 친공포로가 날뛰고 있는 77감동監棟에 있어야 했다. 아니, 애초 리는 포로가 될 수 없는 신분이 아니었던가.

굽어 보이는 항구엔 전등이 있었고 머리 위 하늘엔 달과 별이 있었다. 용두산 중턱이었다. 김은 리와 더불어 나란히 앉은 채 오랫동안 말을 잊었다.

"우리, 삼팔선에서 이렇게 앉은 적 있지. 벌써 삼 년 전이 되나……"

"삼 년하고도 한 달이 지났지. 그리고 그땐 밤이 아니고 낮이었어."

리는 한 달까지를 기억하고 있었다. 김은 사고력도 잃었다. 말뿐이 아니라 '생각'한다는 기능조차 잃고 있었다. 리가 어째서 반공포로 속에 끼이게 되었는가를 알아내야 한다는 애당초의 의욕이 되살아난 것은 자정이 임박했을 무렵 리의 시선을 정면으로 받고서였다.

"김은 내게 묻고 싶은 말 있지?"

"……."

"내가 왜 포로가 됐는지를 묻고 싶을 테지? 말해야지. 김을 만나면 꼭 말하고 싶었고, 말하려고 했어. 한마디로 말할 수 있지. 알겠나, 김! 나는 당의 밀령을 받고 스스로 포로가 된 거야."

"……."

흐름별 하나가 두 사람의 눈앞에 한 오리 금줄을 그었다. 김은 리의 말을 믿어도 좋다고 생각했다. 적어도 흉금을 터놓고 교담할 수 있다고 생각했다.

"당의 지령은 엄격했어. 거제도의 친공 포로를 전투원으로 간주했으니까……. 전선에서 방아쇠를 당기지 않는 대신 그들은 포로수용소에서 몽둥이를 휘두르게 한 거야. 알겠나, 김!"

"……."

말투만은 전과 조금도 다름이 없어 김은 좋았다. 대꾸는 필요 없을 것이다—오히려 리를 주저케 하는지도 모른다—고 김은 생각했다.

리는 계속하였다.

"무슨 말부터 할까? 그렇지, 역시 내 신상 얘기부터 해야 쓰겠어. 김이 알고 싶은 것도 그것일 테니까……. 모든 원인은 어머니가 조성했어. 전에 모범적인 조선 여성이라고 김에게 자랑한 나의 어머니 말이네."

리의 시선은 흐름별이 지나간 밤하늘을 더듬고 있었다.

리 어머니는 출신 성분이 소시민임이 평생의 한이었다. 공산 치하(특히 북한)에선 성분이 노동자, 농민이 아니고선 최고 지도자가 될 수 없다. 물론 그 성분은 얼마든지 조작되지만 리 어머니의 경우엔 불가능했다. 그녀의 부친은 유명한 국문학자인 H모 씨인 것이다. 농사꾼, 특히 빈농의 딸로 태어났던들 박정애朴正愛를 제쳐놓고 북조선여성동맹 위원장이 되었을 것이라고 리 어머니는 믿고 있었다. 그녀는 박정애 밑에 부위원장으로 있었다. E여전을 졸업하는 해 리를 잉태한 리 어머니는 부친의 의사를 거역하고 핏덩어리인 리를 친정에 팽개치듯 던지고 남자를 따라 중국으로 갔었다. 스무 살짜리 청년이 된 아들을 대한 리 어머니는 반가운 눈물 대신 아들의 전신에 배어 있는 소시민의 냄새를 제거해야겠다는 욕심이 앞섰다. 그녀는 리를 평양에 두지 않고 강원도 산골로 보내기로 했다. 양구 땅의 어느 벽촌에서 한여름 밭농사 일을 리는 거의 무의식중에 치렀다. 농민동맹 맹원에서 노동당 세포원이 된 것은 그해 가을이었고, 다음 해엔 양구군 당부 간부로 승진, 육이오 전해엔 인민군 문화공작대 중추분자가 되었다. 리 어머니의 이면공작의 결과임은 두말할 나위도 없다.

"어머니는 내 성분을 농민으로 만드는 데 성공한 셈이지. 시민증, 당원증 등 나에 관한 모든 서류에 분명히 농민으로 기록되어 있으니까……. 알겠나, 김? 나는 어느 모로 보나 철저한 공산주의자요, 열성 당원이지. 언젠가 김이 말한 대로 진 빨갱이야."

시선을 그냥 하늘에 둔 채 리는 얼음장 같은 표정으로 계속하였다.

"그러한 내가, 내가, 어째서 반공포로 틈에 끼이게 되었는가……. 한마디면 족해. 그러한 나의 어머니가 미제의 앞잡이라는 이름으로 숙청당했기 때문이었어. 알겠나, 김!"

그제야 리는 시선을 김에게로 돌렸다. 푸른 달빛을 한가득 받은 리의 얼굴은 창백하였건만 어조는 차츰 흥분되어갔다.

"어머니가 숙청당한 것은 또 좋아. 그 사실을 통고받는 자리에서 나는 좀 더 무서운 사실을 알게 됐어. 어머니는 자기 남편이요, 나의 아버지를 말살시키는 데 한몫 끼었어. 여성동맹 부위원장이 된 것은 그 대가였어. 해방 다음해, 공산당과 신민당이 북조선 노동당으로 합칠 때였다는군. 신민당 최고 간부의 한 자리를 차지하고 있던 나의 아버지는 합당 반대 공작을 했어. 그 비밀을 어머니는 김일성에게 밀고한 거야. 알겠나, 김? 나는 아버지의 참뜻이 무엇이었던가를 알 것 같아. 믿어주겠나, 김? ……세포 위원장은 내게 말했어. 그러한 나의 부모의 죄과는 나의 장래와는 아무런 상관도 없다고 말이네. 단 이번 당의 이름으로 부과되는 중대 임무를 성공적으로 완수해야 한다는 조건이 붙었지. 그 중대 임무가 무엇인진 설명할 필요도 없을 테지. 스스로 유엔군의 포로가 되어 수용소에 잠입, 제한된 조건하에서 최대한도의 전투력을 훈육하라는 거야. 나는 어떻게 해야 옳았겠나, 김? 어떻게 해야 옳았어, 김?"

밤바다에서 뱃고동이 울었다.

5

"리 동무는 현재 이 시각부터 군관으로 승진하는 것이오. 사령관 동무의 명령이 방금 내렸소. 리 군관 동무의 임무는 그만치 중대하오. 목적지인 수용소에 도착하면 즉시 환자가 되는 거요. 며칠 굶으면 내장병 환자처럼 보일 게고, 몹쓸 음식을 취하면 복통 환자가 되오. 그렇소, 탄환 속의 화약을 먹으면 즉시 설사를 하게 되는 법이오. 화약쯤은 여성 동무가 손쉽게 구해다줄 거요. 아무튼 병명은 동무가 적당히 창의하시오. 장교 병동에 누워 있으면 전문일金文— 동무의 지시가 있을 것이오. 리 군관 동무는 전 동무의 지시에 복종하면 되는 것이오. 리 군관 동무의 임무가 얼마나 중대한지 알 만하오?"

포로 명부에 전사戰士로 기록되어 있는 전문일의 본명은 박상현朴商鉉이었다. 그는 북한 공산 정권 내의 실질적 두목의 한 사람이다. 1945년 이차대전의 종식과 더불어 소련은 북한에 위성 정권을 수립하기 위해 소련식 공산주의 사상이 철저한 삼십육 명의 한국인을 파견하였다. 그 두목이 김일성임은 두말할 나위도 없지만 남일南日 등과 더불어 박상현도 그 삼십육 명 중의 하나였다. 초기에 있어선 김일성 외의 삼십오 명은 표면에 나서지 않았다. 국내파, 연안파延安派〔中共派〕의 숙청이 끝난 후에야 비로소 요직에 등장하였다. 육이오 당시 박상현은 공산당 중앙 당부의 요직에 있었다. 그런 거물이 말단 졸병을 가장, 스스로 포로가 되어 거제도 수용소에 침투하여 공포의 지배를 일삼은 것이었다. 수용소장 돗드 장군 납치 사건, 반공포로의 인민재판 사건 등 포로수용소 내의 유혈 참극은 모두 박상현에 의해 조작된 것이었다. 거기에는 우선 핵심요원이 필요했다. 공산당에서는 상당수의 남자 공작대원을 유엔군과의 소충돌이 있을 때마다 투항케 했다. 그들은 유엔군의 정규 포로 관리 계통을 통하여 목적지인 수용소에 무난히 도달할 수 있었다. 리도 그 공작대원 중의 일원임은 물론이다.

"남자 대원뿐인 줄 알아? 여자 공작대원도 많았어. 여자들은 피란민으로 가장하여 남하, 포로 병원 및 수용소 내 혹은 그 근처의 직장에 취직을 한 거야. 내 말 믿어지나, 김?……"

리의 얼굴이 공포에 찬 표정으로 보이는 것은 비단 푸른 달빛 때문만이 아니라고 김은 단정하였다.

대한민국은 돈이면 그만인 나라였다. 대다수의 대한민국 국민은 돈이면 움직여졌다. 그리고 대다수의 미국 군인은 여성의 살결을 즐기었고 또 그들은 남한의 양민 출신 양공주와 북한 공산정권이 파견한 여자 공작대원을 식별할 안목이 없었다. 동족인 때문이었다.

"김! 나는 기계적으로 박상현의 지시에 움직였어. 차라리 타성이라 함이 옳을 거야. 엄격한 의미에서 나는 인생을 포기했어. 그 포기한 인생을 내가 되찾았다면 김은 믿어주겠나?"

그 계기는 포로수용소 내에서 벌어진 이른바 '인민재판'을 목도함으로써였다. 열아홉 살에 공산당원이 된 리의 머릿속엔 공산당의 이론만이 가득차 있었다. 부모의 정을 모르고 자라난 리는 이십 년 만에 처음 대하는 어머니의 말을 전적으로 믿었었다. 그러한 어머니가 아버지를 말살시키는 데 주동적 역할을 하였다는 사실을 알게 된 후에도 리의 머릿속을 염색한 붉은 물은 쉬이 탈색되지 못하였다. 인민재판으로 타살된 반공포로는 85감동의 이른바 공산 지도자를 혼자서 배척하고 이중 지배를 거부한 용감한 청년이었다. 천 명에 달하는 소위 인민재판 배심원陪審員[親共捕虜]은 그를 둘러싸고 돌을 던졌다. 피투성이가 되어도 청년은 우뚝 서 있었다. 두개골의 파열로 의식을 잃을 직전 그는 대한민국 만세를 외치면서 쓰러졌다. 리는 한 알의 돌도 던지지 못하였다. 의욕이 없었을뿐더러 사실 던질 겨를도 없었다. 청년이 쓰러진 후에도 리는 돌을 오른손에 쥔 채 멍하니 서 있었다. 그 모양을 경비대원(친공포로)에게 들켰다. 그 첫값으로 리는 시체 처리의 임무를 맡았다. 리는 동료 셋과 함께 청년의 시체를 화단 속에 정중히 매장하였다.

"그 청년을 나는 김으로 착각했어."

"……."

리는 스스로를 변명할 의사에서 그런 말을 하는 것이 절대 아니라고 김은 단정하였다. 그 용감한 반공포로를 자기로 착각한 것도 거짓이 아니라고 김은 생각했다.

밤바다에선 그냥 뱃고동이 울어대고 있었다. 울고 싶었다. 김은 뱃고동처럼 울고 있었다. 자기와 나이가 비슷한 동족 청년의 기구한 운명에의 동정에서만이 아니었다. 그러한 리를 적나라한 심정으로 대할 수 없는 오늘의 처지가 서글퍼서였다. 물론 김은 리의 거처를 자기 하숙으로 옮기게 했다. 모 첩보기관 선임 하사관의 직책을 맡고 있던 김은 영외에 거주하고 있었다. 가족이 없는 김은 리 하나의 식생활쯤 능히 담당할 수 있었고 그러므로 해서 하숙방의 고적孤寂을 메꾸기도 하였다.

"리를 내 하숙으로 데려간 것은 단순한 동정심에서만이 아니었소. 리가 나에게 알려준 정보의 중대성을 나는 산 것이오. 이러한 나를 형은 경멸하겠지요?"

하고, 김은 훗날 나에게 술회한 바 있었다.

김은 리로부터 들은 정보를 상사에게 보고하였다. 한국군 수뇌부에서는 유엔군 수뇌부에 건의하였다. 전문일을 따로 수용하여 처치하기를 강력히 주장하였다. 유엔군 첩보대의 활동이 시작되었다. 리는 그들의 요청에 따라 끌려 다녔다. 친공포로의 중견 간부였던 리의 진술은 허위가 아니었다. 미군 첩보대원에게 한종일 끌려 다닌 리는 밤늦게 솜처럼 피로한 몸을 이끌고 김의 하숙에 돌아오곤 했다.

자리에 누우면 리도 곧 잠들어버리곤 했는데 그날따라 김은 졸음이 오지 않았다. 창문으로 스미는 달빛이 방 안 한가득 고인 때문이었을까. 시체처럼 꼼짝 않는 리도 실은 잠든 것이 아니었음을 안 것은 자정이 훨씬 지난 뒤였다.

"김……."

"아직 안 잤군……."

김은 일어나 전깃불을 켜려고 한쪽 팔을 치켜들었다. 그 팔을 말리며 리는 말하였다.

"불을 켤 건 없어. 자야 할 테니까."

리는 매일 밤 숙면 못하였음을 김은 알아차렸다. 영양가가 높은 음식을 취하면서도 리의 얼굴이 하루하루 여위어가는 것은 미군 첩보원에게 끌려 다닌 탓이 아니라 숙면을 못한 결과임을 김은 알아차렸다.

그날 밤은 뱃고동도 울지 않았다.

퍽 오랜 침묵이 흐른 뒤에 리는 말하였다.

"난 교화소에 들어가 있으면 꼭 좋겠어."

"교화소라니?"

"참 남반부에선 교화소라고 하지 않고 형무소라고 하지, 허허."

별나게 쓸쓸한 웃음이었다.

김은 리의 심경을 얼른 헤아릴 수가 없었다. 세상이, 인생이 그저 귀찮아진 것이거니 했다. 광야에 던져진 돌멩이와 진배없는 리에게 자기의 존재는 너무 미력하다고 김은 생각했다.

"나를 원망하나?"

"원망은 무슨…… 허허."

리는 두 번째 쓸쓸히 웃으며 말하였다.

"좀 섭섭할 뿐야. 나는 김에게만 말하고 싶었고, 또 그래서 말한 건데 일이 너무 커졌어."

"나로선 리를 떳떳한 시민이 되게 할 수 있다는 신념 밑에 한 노릇인데 그렇지 않은가?"

"떳떳한 시민……."

리는 시선을 어두운 천장에 꽂은 채 말하였다.

"떳떳한 시민이 되는 건 좋지만 못 견디겠어."

"뭐가?"

"배신자가 되는 것이 말이네. 내 행동—이라기보다 김의 처사는 나를 배신자로 만들었어. 적어도 나 스스로 배신자라는 의식을 갖게 한 것만은 사실이야."

밤은 그냥 조용했다.

그럼 리는 스스로 반공포로 틈에 끼인 게 아니었단 말인가—고, 묻고 싶은 걸 김은 참았다. 리의 심경만은 이해된 까닭이었다. 악자惡者 간의 배반도 배신임에 틀림없지 않는가.

"그렇다고 해서 리의 의사에 공명이 간 것은 아니었소."

하고, 김은 나에게 말하였었다.

"리가 스스로 배신을 의식한 것은 아직 중심을 못 잡은 때문이 아니겠소. 형은 어떻게 생각하시오? 악에서의 탈출과 그 악을 복멸*하기 위한 행동이 어째 배신행위란 말이오. 리를 나는 믿고 싶었고 진정 믿었소. 리가 제공한 정보가 거짓이 아니고 엄연한 사실이었기 때문이오. 그러나 리는 다시 악의 세계로 되돌아가고 말았소. 그것을 나는 그다음 날에 알았소."

미군 첩보기관의 심문은 그날로 끝이 났다. 다음날 리는 하숙방을 혼자 지키고 있었다. 김의 퇴근은 늦기가 일쑤였다. 그래도 그날은 일찍 돌아온 셈이었다. 여덟 시경이었다. 리와 더불어 술집 구경이라도 나설 생각이었는데 방 안에 리의 그림자는 없었다. 다음과 같은 간단한 메모가 책상 위에 달랑 놓여 있었다.

'김! 그동안 고마웠소. 아무래도 내 갈 길은 따로 있을 것 같아 떠나오.'

| * 어떤 단체나 세력이 뒤집히어 망함. 또는 그렇게 망하게 함.

6

〈적기가赤旗歌〉를 실은 열차가 부산 개성 간의 궤도 위를 달렸다.

"리는 숫제 북으로 돌아가는 것이 옳았을지 몰라요. 그렇지 않으면 리가 원한 대로 나는 리로부터 얻은 정보를 상사에게 보고하지 않았던 편이 옳았을지 몰라요."

하고, 군복을 벗은 김은 말하였다. 포로교환 열차가 지나가는 철로 연변에서였다.

"리의 정보는 아무런 효과도 나타내지 못하였기 때문이오. 저 열차 속엔 박상현이란 자가 타고 있소. 저들로 하여금 적기가를 고창케 하는 자가 타고 있소. 적어도 리의 정보는 저와 같은 난동을 저지할 계기를 마련할 수 있었던 거요. 리가 제공한 정보에 의해 유엔군 사령부에선 전문일로 가장한 박상현이란 공산 두목을 격리 수용하긴 했소. 클라크란 사내는 훌륭한 반공주의자엔 틀림없었으며, 자유를 사랑하고 옹호하려는 자유인이긴 했소. 클라크는 박상현 등을 공판에 회부할 수 있는 권한을 본국 정부에 요청하였던 것이오. 인민재판이라는 미명 아래 반공포로를 구타 치사토록 명령한 자들을 처벌키 위해 유엔재판소도 설치하였소. 클라크의 계획은 그 범죄자들을 유엔군 측에 억류할 목적으로 본국 정부에 상신하였소. 그러나 워싱턴에선 그자들을 공산 측으로 송환하라는 지시를 내렸소. 왠지 아시오? 그자들을 억류하면 공산 측은 그 보복으로 저희네가 억류하고 있는 윌리엄 F. 딘 소장을 비롯한 유엔군 고위층 포로를 석방하지 않을지도 모른다는 이유에서였소. 어차피 밑지는 흥정이었소. 그럴 바에야 숫제 리를 놓치지 않아야 옳았단 말이오."

리는 두 번 다시 김의 곁으로 돌아오지 않았다. C일보 기자가 된 김의 소식을 리는 어드메에서든지 알았을 것이지만 리는 두 번 다시 돌아오지 않았다.

그러한 리와 김은 삼 년 후 여름 엉뚱한 장소에서 부닥치었다. ××방직공장에서였다. 삼천 명의 종업원이 연좌 데모하는 장소에서였다. 공장 울타리는 그대로 기마경찰대의 경계망이 되었다. 그날은 기자들의 출입도 일체 금지되어 있었다. 김은 경계가 소홀한 틈바구니를 찾으려고 공장 울타리를 돌기 시작하였다. 서너 바퀴째 돌았을 때였다. 기마경관의 시선이 잠시 닿지 않은 울타리에서 뛰어 내리는 그림자가 있었다. 김은 본능적으로 몸을 움츠렸다. 밤색 잠바*에 사냥모를 쓴 사내였다. 어느 모로 보나 공장 종업원 같진 않았다.

울타리 밖은 골목이었다. 사냥모의 사내는 유유히 골목을 벗어나 한길로 나섰다. 김은 조심스레 그 뒤를 따랐다. 설마 그럴 리야…… 세상엔 걸음걸이쯤 비슷한 사람이 얼마든지 있지 않는가—하였던 김의 예상이 적중하기까진 한 시간도 요하지 않았다. 영등포 역전에 있는 사창굴 골목에서였다. 한길에서 골목 안으로 접어든 사냥모는 잠시 김의 시야에서 사라졌다. 초조를 달래며 김은 골목 안을 배회하였다. 돌연,

"김!"

하는, 외마디소리가 귓전에 울렸다.

"……역시 리였군."

침착을 차리느라고 김은 무진 애를 썼다.

"오랜만이야."

리는 몸을 숨겼던 전주를 비로소 버렸다. 이곳까지 오는 동안 한 번도 뒤돌아보지 않은 리가 어떻게 나의 미행을 알아차렸을까—고, 김은 기이한 느낌 속에 리의 얼굴을 관찰했다. 누렇게 뜯떠 있었다.

| * 점퍼.

김은 무슨 말부터 해야 옳을지 몰랐다. 리의 신상은 뻔했다. 그렇지 않아도 ××방직 파업엔 배후 조종자가 있다는 정보가 입수되었었다. 적어도 리는 연락자인 것만은 틀림이 없었다. 어쩌면 주동자인지도 모른다—고, 내켰을 때 김은 긴장의 도를 지나 허탈 상태에 빠졌다. 유월 하오의 태양은 눈부셨다. 리는 그 태양을 등에 지고 있었고 김은 가슴에 안고 있었다.

"그래도 김은 나를 찾았더군. 허지만 내가 고향 근처에 얼른거릴 줄 안 건 잘못이야."

"내가 리라면 고향에 돌아가 있겠어."

지금 땅을 디디고 선 피차의 위치에 신경을 쓰지 말자고 김은 생각했다.

"김이 내 입장이라면 말이지……. 흥! 나도 김의 입장이라면 그런 말 할 수 있을 거야."

물색옷을 입은 창녀가 잠이 채 깨지 않은 눈을 비비며 지나간다. 골목 안에 마주 선 두 사내의 존재를 묵살하고서다. 리와는 다른 의미에서 그 창녀는 피곤한 것이라고 김은 그런 엉뚱한 생각이 내켰다.

"김이 왜 나를 찾았는진 알지. 언젠가 말한 대로 떳떳한 시민을 만들기 위해설 테지. 안 그래? 김은 나에게 떳떳한 시민의 자격을 주려고 하지? 허지만 김! 나는 그때가 차라리 좋았어. 감자 소주와 통조림을 바꾸어 먹은 그때가 말이네."

김은 눈을 감고 있었다. 어쩌려고 리는 그런 말을 태연히 지껄이는 가—고, 속으로 뇌이며 김은 조용히 입을 열었다.

"리, 장소를 옮기지 않으려나?"

"……."

리의 얼굴엔 회의와 노기의 빛이 감돌았다.

"별다른 생각 말고 한 시간만 시간을 줘. 나와 조용히 한 시간만 이야기를 해, 리!"

"김은 나와 다르군. 여기선 왜 말을 못해? 김하고만은 난 어디에서나 무슨 말도 할 수 있는데, 김도 그러리라고 여긴 내가 잘못이었나?"

"리! 잘잘못을 따질 계제가 아니라고 봐. 날 못 믿겠나, 리?"

김은 리를 설득할 심산이었다. 자수케 할 생각이었다. 리를 구출할 길은 그 한 길뿐이라는 결론을 김은 내린 것이었다. 그러나 리는 귓등으로도 안 들었다.

"김, 알겠나! 오늘 나는 김을 피할 수도 있었어. 김을 이리로 데려오지 않을 수도 있었단 말야. 도망칠 수도 있었단 말야."

태양을 등에 지고 섰지만 리의 이마에 땀이 배이었다. 전신이 땀에 젖어 있을 것이라고 김은 생각했다.

리는 김의 곁으로 다가오고 있었다. 물러설 수는 없다고 김은 생각했다.

"그런데 왜 김을 이리로 데려온 줄 알아? 김의 얼굴을 한 번만 똑똑히 보고 싶었던 때문이야. 그리고 한마디 할 말도 있었지. 부산서 내가 김의 하숙을 떠날 때 말야, 쪽지에는 그렇게 썼지만……."

김과 리는 서로 이마를 맞댈 정도로 접근되었다.

"쪽지에는 그렇게 썼지만 내 의사는 아니었어. 알겠나, 김! 내 주위는 늘 감시의 눈이 있어. 지금도……. 믿어지나, 김? 난 형무소에 들어가 있으면 꼭 좋겠다던 내 말 이젠 알겠지, 김!"

동시에 리의 오른쪽 주먹이 김의 두부를 향해 날았다. 쇠망치가 부닥치는 느낌이었으나 실은 연약한 주먹이었다. 다만 턱 밑의 급소를 노렸기 때문이었다. 차츰 몽롱해지는 의식 속에서 김은 울부짖었다.

"리, 다음에 리를 만나면 이렇게 헤어지진 않을 테다!"

4 · 19에서 횃불 데모까지는 일 년도 채 안 걸렸다. 김은 참된 자유와 방종스러운 자유의 구별을 강력히 주장하였다. 거나해지면 김은 으레 핏대를 세웠다. 왕대폿집에서다.

"무슨 소리요, 형은?"

부러 핀잔을 주는 나에게 김은 고래고래 소리를 질렀다.

"그럼 형은 원시적인 자유를 원한단 말이오? 금수가 되시오. 미국에도, 영국에도, 불란서에도 통제는 있소. 서울이 온통 불바다가 돼도 좋단 말이오? 무슨 소리요, 형은!"

그럴 때의 김을 나는 좋아했다. 그런 소리를 더 듣기 위해 대꾸했다.

"서울이 불바다가 됨을 좋아할 자가 어디 있겠는가. 횃불 데모를 할 수 있을 정도의 자유를 향유한 상태를 사자는 거지. 형태는 다를지 모르나 불란서도, 영국도, 미국도 그런 과정을 밟지 않았을까."

"무슨 소리요, 형은! 이제 우리가 그들과 비슷한 과정을 되풀이하잔 말이오? 어림도 없는 소리. 횃불 데모의 조종자는 필시 공산당이오. 과정을 거치기 전에 공산당이란 아가리가 기다리고 있어요. 무슨 소리요, 형은."

"허지만 대다수의 데모대원은 공산당원이 아닐걸. 데모 대열의 의사와 목적은 시인해야 옳지 않을까. 또 공산당의 조정이란 것은 김의 추상일 테지."

"그럼 말하리다. 횃불 데모의 선두에 선 자는 바로 리였소."

그날 김은 데모대의 출발 예상 지점에 취재용 지프를 대기시켜놓고 있었다. 횃불을 높이 들고 뛰쳐나온 사내가 차마 리인 줄은 꿈에도 생각 못했다. 리의 출현과 더불어 데모대가 움직이기 시작하지만 않았던들 그런 실수를 거듭하진 않았을 것이라고 김은 말하였다.

"리!"

한, 김의 목소리는 데모대의 함성에 흡수되어버리었다. 김이 탄 지프는 데모대와 병행으로 굴러갔다. 선두에 선 리에게 접근하려고 지프차는 인파를 헤치었으나 리는 저만치 거리를 두고 달리고 있었다.

"리!"

한, 김의 두 번째 목소리는 분명 들렸을 텐데도 리는 고개 한 번 돌리지 않았다. 소방차 앞에 횡대로 선 기마경찰대와 부딪칠 때까지 횃불을 하늘 높이 든 리는 그냥 달리기만 했다. 기마대의 함성과 소방차의 요동이 시작되자 겨우 데모대는 흩어지기 시작하였다. 김은 지프차를 버렸다. 리를 향해 돌진하였다. 소방차에서 발사된 물은 폭우처럼 쏟아지고 있었다. 눈을 뜰 수가 없었다. 김은 분명히 리의 한쪽 팔을 붙들려고 했고 그런 줄로 알았다. 기마대의 곤봉이 김의 어깨를 때렸다. 김은 손에 잡힌 팔을 한사코 놓지 않았다. 그러나 거리가 다시 정상을 되찾았을 때 김의 손에는 스무 살쯤 된 청년의 팔이 잡혀 있었다.

"그리고는 며칠 전에야 나는 리의 소식을 들었소. 도 서방이 전해왔소. 리는 양구에서 뱃사공을 한다는 거요."

삼십여 명의 낚싯군을 태운 전세버스는 시방 춘성 땅을 지나 양구 땅에 들어서며 있었다.

7

양구 입구에서부터 시작되는 댐 저수지는 해발 1,198미터의 사명산四名山 줄기를 양측에 끼고 서서남西西南으로 조용히 흐른다. 양구의 북면과 화천의 간동看東 두 면을 완연히 분단한 물줄기는 화천면에 이르러 바다처럼 넓어지면서 그친다. 관광버스의 종점은 중류에 있다—고, 김은 잉어를 낚기 위한 보조줄을 낚시에다 감으며 설명하였다. 줄을 감고 난 김은 잠바 주머니에서 잭나이프를 꺼내 줄 끝을 설컥 자른다. 칼날이 시퍼런 나이프였다.

"리는 어째서 양구에 돌아가 있을까요? 고향으로 돌아온 기분으로 사는 것일까요?……"

차창 밖에 유동하는 준령들을 바라보며 김은 말했다.

"도 서방은 리의 거처를 알리기 위해 사백 리 길을 부러 왔소. 그러한 도 서방을 신문사 현관에서 대하였을 때 나는 왜 그런지 도 서방이 미워졌소. 도 서방은 나와 리가 피차 이용하던 첩자였소. 이중첩자였소. 그는 말했소. 리는 저수지 주변의 습지를 논으로 만들고 뱃사공을 하며 먹고 산다는 거요. 전에 부치던 땅은 애당초 리의 것이 아니었으며 주인 손에 돌아갔다는 거요. 리는 고향으로 돌아온 기분으로 그렇게 사는 것일까요? ……다른 데 발을 붙일 곳이 없어서였을까요?"

김의 두 눈은 빛나기 시작하였다. 횃불 데모를 겪고 온 날 저녁때의 눈이 되며 계속하였다.

"오일륙 후 간첩들은 지하 깊숙이 묻혀버렸다고 하오. 필시 리는 줄이 끊어진 거요. 리는 월북할 기회를 노리고 있을지 몰라……. 아니, 리는 도망칠 사내가 아니오. 리는 월북자의 안내 역할을 맡고 있는지도 모르오. 양구에서 휴전선까진 불과 오십 리요. 나는 리를 어떻게 대해야 옳을까……. 어떻게 대하겠소, 형이 내 입장이라면?"

그러한 김을 나는 일찍이 본 적이 없었다. 그의 두 눈엔 애원의 빛이 감돌고 있었다. 나는 암말도 할 수가 없었다. 결코 김은 그릇된 행동을 취하지 않으리라고 믿는 데서였다.

"나는 리가 경찰의 손에 체포되기를 바라지 않았소. 내 손을 거쳐 자수케 할 생각이었소. 전에 리의 거처를 알았더라도 나는 밀고 따위는 못하였을 게요. 그러나 지금은 자신이 없어요. 만약에, 만약에 내가 리를 경찰에 고발하면 리에게 지는 셈이 될까요, 형? 자수도 않을 바에야 리는 숫제 월북해버리는 게 편한 노릇이오."

댐 저수지의 낚시터는 북면 주막리酒幕里에서 비롯된다. 수초가 깔린 근처의 수변엔 으레 보트가 몇 척씩 매어져 있었다. 해는 어느덧 서산에 걸려 있었다. 태공들은 성급했다. 저물기 전에 밤낚시 준비를 마치어야 한다. 버스는 둘씩, 셋씩, 다섯씩 태공들을 내려놓고 물줄기를 따라 하류로, 하류로 흘렀다.

버스가 정차할 때마다 김은 뱃사공들의 얼굴을 살피었다. 수변은 바로 길가였다. 사공들은 하나의 태공이라도 더 자기 배에 태우려고 서성거렸다. 그 얼굴들을 김은 샅샅이 살피는 것이었다. 버스 종점까지는 삼십 리 길이었다. 그 앞엔 길이 없었다. 물줄기는 거기에서도 오십 리쯤 더 내려간다고 한다. 사명산 주봉이 눈앞에 다가와 있었다. 종점엔 십여 척의 보트와 그만 수의 사공이 태공들을 맞이하였다. 거기에서도 사공들은 앞을 다투어 태공들의 도구를 뺏어 들었다. 맥작麥作이 그른 데다 감자마저 시원치 않아 서울 태공들의 왕래가 주민들에겐 중요한 수입원이었다. 민첩한 사공은 이미 태공을 태우고 대안對岸으로 떠나고 있었다. 보트에 벌렁 누워 콧노래를 부르는 사공이 있었다. 태공 수에 비해 배가 너무 많았다. 다음 버스를 기다리기로 한 그 사공 곁으로 김은 다가가고 있었다.

"리……"

"오오, 김!"

고개를 든 리는 약간 당황한 표정으로 동물의 신음처럼 토하며 일어나 벌쭉 웃었다. 하류 쪽에서 밀려온 파도가 뱃머리에 철썩인다. 서풍이었다.

298

"잘 있었나?"

"응. 국무총리 기자 회견하는 김 모습을 며칠 전 뉴스 영화에서 봤어."

"이 근처에도 영화관 있나?"

"춘천에 농구를 사러 갔던 길에 구경을 했어."

"춘천엔 가끔 가나?"

"응, 농구나 야채 종자 같은 것 사러 한여름에 두어 번 가지."

"그러면서 서울엔 왜 한 번도 안 왔나?"

리는 대답 대신 벌쭉 웃으며 노를 젓기 시작하였다. 십대 소년들의 대화 같다고 나는 생각했다. 리는 짐작한 바와는 달리 온순한 얼굴을 가진 사내였다. 지금까지 나는 무슨 꿈을 꾸고 있는 것 같은 착각에 사로잡혔다. 아니면, 김은 리에 관해 거짓말을 한 것이라는 엉뚱한 착각이 들기도 하였다. 리는 김에게 방향을 묻지 않고 그냥 노를 젓는다. 김도 낚시터 선택을 리에게 위임한 듯 붉게 타오르는 서쪽 하늘에 시선을 던진 채로였다.

서쪽으로 십 리쯤 내려왔을 것이다. 태공들의 모습이 눈에 띄지 않는다. 수변은 양쪽이 모두 경사 구십 도 가까운 절벽이었다. 리는 비로소 입을 열었다.

"이 골짜기를 벗어나면 바다처럼 넓어지지. 입질은 상류가 잦지만 씨는 역시 깊은 데래야 굵어. 칠 관짜리 잉어도 아래쪽에서 올렸어. 군단장 전용 낚시터가 있지. 그 친구 오늘 안 나왔거든. 기동훈련이 있다던가. 하루 실례하자는 거지."

리의 말대로 골짜기를 벗어나자 바다처럼은 아니라도 폭이 오백 미터 이상으로 벌어진다. 굴곡도 심한 것이 낚시터로선 십상이었다.

"군단장 낚시터란 덴 아직 멀었나?"

"응, 좀 더 내려가야 해. 여기서부터 화천 땅이야."

웬만치 큰 정원을 열 개쯤 합친 정도의 면적을 수초가 덮고 있었다. 내가 거기 자리 잡고 싶다,고 생각하였을 때 김의 시선이 왔다.

"형! 여기 마음에 드시면 앉구려."

"그럴까……."

김은 리와 단둘이 되고 싶은 거라고 나는 생각했다. 어떨까? ……김의 의사대로 내버려둘까. 나는 조금 전에 지나온 험한 계류를 생각했다. 리는 수초를 피하며 보트를 수변에 대었다. 리도 김과 단둘이 되기를 바라고 있음을 알아차리고 나는 결심했다.

"시원치 않으면 내려오시오. 리를 보낼 테니까요."

그 말에 다른 뜻이 없음을 나는 다음 순간에야 다짐할 수 있었다. 김은 리에게서 노를 뺏다시피 하였다. 좀 교대해. 괜찮아, 김에겐 힘들걸. 뭘 그래, 한강에선 선수였어. 내가 되는 대로 만든 배라서 성질이 까다로워.

나는 낚시도구를 풀고 자리를 잡았다. 김과 리에게 신경을 쓸 필요는 없다—고, 나는 생각했다. 단둘이 되면 필시 과거 이야기에 꽃을 피우리라. 그 결과 김과 리 사이엔 언쟁이 벌어질지도 모른다. 지금까지도 리에게 보이지 않는 선이 연결되어 있다면 김은 그를 경찰서나 그와 같은 곳으로 끌고 갈지도 모른다. 적어도 리는 김에게 거짓말을 안 할 것이다. 자수를 안 할 바에야 숫제 월북해버리는 게 자기에겐 편한 노릇이라고 말한 김은 리를 월북시킬지도 모른다. 또한 김은 잠바 호주머니 속에 있는 예리한 나이프를 꺼내어 리의 가슴을 찔러버릴지도 모른다—고, 나는 오뚝 선 찌를 바라보며 여러 가지 궁리를 했다. 시방 김과 리는 인기척이 전혀 없는 하류로, 하류로 흘러가고 있다. 불안한 노릇이지만 왠지 나의 마음은 흐뭇했다. 김과 리 간에 어떠한 사태가 벌어지더라도—설사 둘 중의 어느 하나가 고기밥이 되는 한이 있더라도 김과 리 간의 우정은 절대 변하지 않으리라는 신념이 솟아서였다.

찌가 쑤욱 솟는다. 낚아챘다. 뜰망을 펴놓을걸—하는데 저만치서 김의 목소리가 울려왔다.

"커—요?"

"그렇지도 않아!"

"몇—치—쯤?"

"여덟 치쯤—될—까……."

"자—짜리를—올려요! 자, 짜리를!"

김과 리를 태운 보트는 산모퉁이를 돌아 사라졌다. 바람마저 잦아 호면은 명경처럼 호젓해졌다. 그 위에 서서히 황혼이 서리기 시작하였다.

낚시도구가 들어 있는 백에서 나는 간드레 등燈*을 꺼냈다.

—《현대문학》, 1964. 3.

| * carbide燈. 카바이드등.

태아

1

서울의 아침은 아니다. 닭울음 소리가 들리는 것이다. 산새 소리도 들린다. 비로소 상주常柱는 어제 낮차로 서울을 떠나 C읍 정류장에 내린 사실이 내켰고 지금 누워 있는 곳이 별장을 방불케 하는 요정 '천향원天香園'의 이층 방임도 다짐되었다.

목적이 뚜렷한 여행은 아니었다. 직업적 습성이 빚어낸 우발적 행위이다. 소장 소설가로 문단 말석에 이름이 걸린 상주는 구상에 지쳤을 때 잠시 서울을 버린다. 다른 직업의 친구들은 그러한 생활을 부러워하지만 본인에겐 기실 괴로운 기간이다. 붓을 쉴 사이 없이 놀려야만 겨우 입에 풀칠이라도 할 수 있는 처지의 여행이 아예 사치스러울 재간이 없으며 자연 추억의 낙수落穗* 따위를 거둬들일 겨를도 없는 까닭이다. 이번 여행에 다소 원색 빛이 칠해졌다면 C역에 내린 직후 이 천향원의 여주인 월선月仙을 만남으로써다. 사십의 고개를 넘어선 시골 요정의 주인마담쯤에

| * 추수 후 땅에 떨어져 있는 이삭.

욕심을 돋울 만치 굶주렸을 리 없었지만 상주는 스물 몇 살 때의 월선의 육체를 단 한 번 접한 적이 있었다. 그뿐이라면 또 모르겠는데 그녀 옆에 선 열넷이나 다섯쯤 된 사내아이가 심상치 않았다. 중학 교모를 쓰고 있었다. 어머니의 분부에 꾸벅 고개를 숙였는데 어쩐지 어디서 본 얼굴이었다. 그 기억을 되찾아내기 전에 십여 년 만에 만난 푼수로는 너무 침착한 월선의 호의로 상주는 이 집으로 안내받은 것이었다.

그 호의는 다소 까다로웠다. 요정 천향원은 폐업 중이었다. 이른바 불경기의 결과였다. 월선은 서울로 거처를 옮기기로 작정하고 이곳 부호에게 소유권을 넘긴 뒤였다. 십일 후에 있을 명도明渡*를 앞두고 월선은 내일 서울에 다녀와야 했다. 아들 영기未基의 전학 문제도 있었다. 말하자면 월선이 상주에게 베푼 친절은 하루짜리였다.

"제가 댕겨올 때까지 여기 계시라고 해도 듣지 않을 분임을 전 알고 있어요."

"결국 내일 아침은 쫓겨나야 하는군."

"아침이 아니라 새벽일 테죠. 전 새벽차로 떠나기로 했으니까요. 웬 걸 선생님이 늦장을 부리실려구요."

모르는 소리였다. 보통 사람과는 반대로 상주는 나이와 정비례해서 늦잠꾸러기가 되어갔다. 대부분의 작업을 심야에 치르는 버릇 탓이었다.

월선의 육체는 놀랄 만치 탄력이 있었다―고, 해도 표현이 모자란다. 십여 년 전 그대로라 해도 과언이 아니었다. 그동안에 흐른 십여 년간이 꿈길 같은 착각 속에 정교를 마친 뒤에야 상주는 그때 월선은 풋내기 기생이었고 현재는 이 집 주인마담이라는 사실이 다짐되었고 낮에 본 중학 교모를 쓴 소년의 정체가 짐작되었다. 어쩐지 어디서 본 얼굴일밖에 없

| * 건물, 토지, 선박 따위를 남에게 주거나 맡김.

었다. 그 모습을 상주는 자신이 소장하고 있는 앨범에서 본 기억이 되살아난 것이다. 중학 시절의 상주 자신의 모습이었던 것이다.

"영기 군은 내 아들이군."

"체! 어림도 없는 소릴."

밤중에 주먹격인 상주의 발언을 월선은 거침없이 받아넘겼다. 월선은 상주보다 세 살 위였다. 당시의 상주는 그녀의 내력을 자세히 질문할 용기가 없었다. 숫처녀는 아니었지만 신선하고 성스럽게까지 느껴졌던 감동이 되살아났다.

"사실을 밝혀줄 수 없을까?"

"떼어 맡길까봐 걱정이세요?"

"알고 싶을 뿐이야."

"……"

"말해줘."

"……"

"책임감 따위를 느껴서가 아냐. 사실을 알고 싶을 따름이야."

"……"

"이러다간 월선의 목을 조르게 될 것 같애."

상주의 두 손을 조용히 제치며 월선은 웃었다.

"어린애 같으셔. 호호."

또 웃고 나서,

"실은 분명치 않아. 당신 것인지, 상도 씨 씬지, 호호."

두 번째 닭 울음을 들었다. 상주는 완연히 잠에서 깬 것이다. 동편 장지문이 훤하다. 잠을 깬 직후 상주는 머리맡의 담배를 더듬거나 이불 속의 아내를 끌어안거나 하는 버릇이 있다. 그러나 오늘은 달랐다. 옆에 누운 여인이 아내가 아니어서가 아니었다. 새벽차로 서울에 가야 하는 월선이 누워 있는 것이 이상해서도 아니었다. 진한 송장 냄새가 코를 찔렀기 때문이었다.

이불을 걷어차고 일어선 상주의 눈 아래엔 낯선 사내의 시체가 있었다. 흥분을 달래며 자세히 살피니 시체의 주인은 바로 구우舊友인 김상도金相道였다.

2

상주는 수사관에게 김상도의 시체를 발견하였을 때까지의 경위를 거침없이 진술하였다. 간단했다.

- ◀ 5월 7일 아침 9시 서울역 출발.
- ◀ 동일 하오 3시 10분에 C역 도착. 직후 역두驛頭*에서 이월선을 만나 시체 발견 현장인 '천향원'으로 직행.
- ◀ 동일 자정 전과 후(5월 18일) 두 차례에 걸쳐 이월선과 정교.
- ◀ 5월 18일 아침 7시에 김상도의 시체를 침대 속에서 발견.

사생활에 관해서는 말하고 싶지 않아 처음에는 거부했지만 수사관의 추구는 예리했다. 이월선이 매음녀가 아닌 한 처음 만난 남성을 자기 침실로 끌어들일 까닭이 없지 않은가. 상주는 자기에게 씌워진 살인 또는 살인방조 혐의를 벗어나기 위해서라도 십오 년 전에 있었던 일을 토로할

| * 역전驛前.

밖에 없이 됐다.

천향원 지붕 위엔 달이 있었다. 여름이었다. 정원에선 주연이 한창이었다.

우리는 절대로 죽지 않는다. 누구를 위해 죽어. 적어도 일본 군국주의를 위해선 죽을 수가 없어. 그렇구 말구. 상도의 말이 옳구 말구. 나가긴 나간다. 하지만 우리 갈 곳은 따로 있어. 그만하세요. 모두들 취하셨나봐. 누가 듣겠어요. 귀찮아져요. 즐겁게 노시다가들 떠나셔야 하잖아요. 흥, 월선이도 왜놈 경찰이 무서운 게로군. 취하긴 누가 취해. 들을 테면 들어라. 왜놈들아, 왜놈 경찰들아, 듣거라. 우린 결코 너희들을 위해 전장으로 나가는 건 아니다. 우리의 갈 곳은 따로 있다. 결코 왜놈들을 위해서가 아니다.

상주는 두 눈을 감고 있었다. 그들은 모두 K대학 동문이요, 부호의 아들들이었다. 상주만이 고학생이었다. 이른바 출정出征을 며칠 앞두고 일당은 경향 각지를 전전하면서 술추렴을 했다. 상주는 그저 끼어 다니는 신세였다. 그래, 비굴해서 눈을 감고 있는 건 아니다. 상도와 그 밖의 학우들을 상대하면서도 월선의 곁눈이 가끔 자기에게 쏠리곤 한 까닭에서였다. 그 곁눈질의 의미는 당신처럼 조용히 술이나 마셔야 한다는 단순한 것이 아님을 상주는 알았다. 그냥 술이 당겨 마구 마셨다. 상도들의 호언은 언제 그칠 성싶지가 않았다.

남폿불이 까물거린다. 초승달은 이미 사라졌다. 눈을 뜬 상주의 코앞에 주발을 든 여자의 고운 손이 있었다. 물론 월선이었으며 그녀의 침실이었다. 상주는 심한 가슴의 고동을 느끼면서, 그러나 자연스럽게 동정童貞을 버렸다.

"가시지 마세요. 가면 안 돼요."

처음 상주는 그 말의 정확한 의미를 헤아리지 못했다. 상주의 가슴속에 거머리처럼 달라붙으며 울음 섞인 목소리로 스물 몇 살의 월선은 말했다.

"숨어버리세요. 갈 곳이 따로 있다는 말뜻을 전 알고 있어요. 그이도 입버릇처럼 그러셨어요. 절대로 죽지 않는다고요······."

"그이라니?"

월선은 신혼 삼 일째 되는 날 남편을 떠나보낸 여인이었다. 이른바 출정을 앞두고 서둔 결혼이었다. 남편은 절대 죽지 않는다고 했다. 일선에만 나가면 그길로 탈출하여 연합군에게 투항하거나 중경重慶으로 달아난다고 했다. 월선은 믿었다. 남편의 지성과 총명을 믿었다. 그러한 남편의 전사통지를 떠나보낸 지 석 달 만에 받았다. 그녀의 남편은 소위 학도지원병 일차 지원자였다.

"그이는 전사한 것이 아니었어요. 제게 말한 대로 훈련을 마치고 일선에 배치된 다음날 친구분과 둘이 도망치다가 일본 헌병 총에 맞은 것이었어요. 장한 일이었을까요?"

상주의 가슴속에 묻었던 얼굴을 들고 월선은 항의하듯 말했다. 그럴 바에야, 어차피 죽을 바에야 나가지 말아야 한다고 울부짖듯 말했다. 상주는 주석에서처럼 눈을 감고 있었다. 월선의 남편은 그녀에게 거짓말한 것은 아니었다. 운이 나빴을 뿐이다. 월선은 자신에 대한 남편의 사랑을 의심하는 눈치였지만 결코 그렇지 않다고 상주는 생각했다. 괴로움을 혼자 당하기 위해 나간 것이었다. 나가지 않고 숨어 돌아가며 사랑하는 아내에게마저 죽음과 진배없는 괴로움을 주고 싶지 않아 월선의 남편은 나간 것이었다. 가시지 마세요, 가면 안 돼요─눈을 감은 상주가 입마저 다물어버리자 월선은 다시 가슴속에 얼굴을 비벼대며 애원하였다. 월선이 나를 자기 남편으로 착각하는 이유는 무엇일까 하고, 생각하다가 상주는 월선을 자기 아내로 착각하고 말았다. 그때까지도 상주는 결심이

서지 않았었다. 강요에 못 이겨 지원을 하고 상도 등과 더불어 술을 마시며 돌아다녔을 뿐, 며칠 후에 취할 행동은 결정 못 짓고 있었는데 이제 상주는 월선을 위해 나갈밖에 없다고 생각했다. 상주는 월선의 남편처럼 '히노마루'*로 뒤덮인 서울 역두를 〈아리랑〉을 부르며 떠나갔다. 월선의 남편처럼 석 달 동안의 훈련을 마친 후 일선으로 배치된 다음날 가시줄 울타리를 뚫고 도망쳤다. 월선의 남편처럼 일본 헌병의 집중사격을 받았다. 월선의 남편처럼 총알에 맞지 않은 건 운이 좋았을 뿐이었다.

"이월선 씨가 선생을 자기 침실로 모신 데는 상당한 이유가 있었군요."
하고, 수사관은 상주에게 말했다. 적어도 상주에게 걸렸던 살인 또는 살인방조 혐의는 누그러진 성싶었다.
　그러나 상주는 그냥 C경찰서에 유치되어 있었다. 서울에서 연행되어 온 월선이 같은 C경찰서 여자 감방에 수감된 기미를 상주는 알아차리고 허망해졌다. 엉뚱하게 사건에 말려들어가 받은 명예훼손 따위는 아무래도 좋았다. 십여 년을 격하여 이틀 밤 월선의 육체에 접한 대가였다고 웃어넘길 수도 있었다. 월선은 나에게 육체를 제공하고 아무런 대가도 받지 않았으니까. 좀 비싼 대가를 지불한 셈이 되는가? 결코 월선은 그런 흥정을 할 여자가 아니었다는 소신이 달라지질 않아 상주는 허망했다. 애써 소신을 변경할 필요는 없다고 상주는 생각했다. 그렇다면 애당초 월선에 관해서 수사관에게 암말도 말았어야 옳았다고 후회스러워졌다. 수사관의 추리推理대로 월선이 김상도를 살해한 범인이라면 나를 믿고 그 시체 처리를 떼어 맡긴 셈이 아닌가. 그 시체 처리를 거부하는 건 좋지만 월선

| * 일본의 국기.

308

의 신상 이야기를 수사관에게 털어놓을 건 무엇이었던가. 아니, 나는 김상도의 시체 처리를 맡는 것이 옳았을지 몰라. 그래야만 월선의 육체에서 받은 감동의 대가를 지불하는 셈이 되지 않는가. 상주는 어느새 스스로를 공범자로 착각하고 있었으며 또 그것에 아름다움을 의식하였다.

경범자들의 잠꼬대를 한쪽 귀에서 다른 귀로 흘려버리면서 상주는 장미에는 가시가 있다는 말이 불현듯 떠올랐다. 그러나 그 가시는 누구를 해치기 위해서가 아니라 스스로를 보호하기 위해서가 아닐까—고, 상주는 속으로 덧붙이었다.

3

"김상도는 비열한 사내였더군요."

사흘째 되는 날 수사관은 말했다.

"이월선 씨에게 그는 여러 차례에 걸쳐 금품을 요구했습니다. 그건 선생에게도 마찬가지였더군요."

"그런 것이 이 사건과 무슨 상관이 있습니까?"

"물론입니다. 선생은 십 년 동안에 걸쳐 적지 않은 금품을 김상도에게 주셨더군요."

"그런 기억이 없습니다."

상주는 잘라 말했다. 그런 일이 있었던 것 같긴 하나 기억이 자세치 않았다기보다 도대체 피살자를 비난하는 듯한 수사관의 말투가 상주는 비위에 거슬러서였다.

"감추실 건 없습니다. 선생의 부인께선 가계부를 정확히 기입하는 분이었습니다. 십여 차에 걸쳐 선생은 김상도에게 선생 자신의 수입에 비하면 좀 엄청난 돈을 내놓았더군요."

범행 혐의가 풀리기 전이라 할지라도 사생활의 전모를 엿보인 것 같아 상주는 불쾌했다. 수사관은 그런 상주의 표정 따위엔 개의치도 않고 계속하였다.

"이월선 씨도 마찬가지로 피해자였습니다. 금품의 손실은 선생보다 적지만 다른 의미에서 피해를 입은 것입니다. 선생께선 짐작하실 테죠? 하하."

수사관은 만족스럽게 웃었다. 역시 그랬구나—하고, 상주는 더욱 불쾌해졌다. 그날 밤 월선은 말했다. 영기 군은 나의 것인지 상도의 씨인지 분명치 않다—고. 월선은 나에게처럼 스스로 상도를 자기 침실로 끌어들인 것이었을까. 그렇지 않기를 은근히 바라는 상주의 욕구를 수사관이 충족시켜주었다.

"김상도는 선생과는 달리 이월선 씨 침실에 침입한 모양입니다. 이를테면 강제였죠. 그것을 미끼로 김상도는 종종 이월선 씨를 찾아와 금품을 요구한 것입니다. 김상도는 그렇게 비열한 사내였어요. 전력은 일본군 장교 출신이더군요."

듣고 싶지 않은 말까지를 수사관은 지껄이고 있었다. 갈 곳이 따로 있다던 상도가 일본군 사관후보생을 지원한 사실을 상주는 조금도 언짢게 여긴 적이 없었다. 운이 나빴을 뿐일 게다. 호언장담을 즐기었지만 실은 겁 많은 사내가 김상도였다. 죽음이 겁났을 뿐이었을 게다. 살아남는 것이 그때 우리의 최상 목표였을진대 어째서 그러한 상도를 나무랄 수 있단 말인가.

"아무튼 교묘한 범행이었습니다. 둔기로 두부를 강타 당했어요. 일격에 즉사했습니다. 사인은 심한 내출혈이었지만 유혈은 없었어요. 선생이 C읍에 나타날 때까지 시체는 '천향원' 지하실에 감추었던 겁니다. 김상도의 시체는 해부 중입니다. 해부 결과가 밝혀지면 절명 시간이 뚜렷해지고 공범자와 유무도 확실해질 테죠."

"공범자요?"

상주의 반문은 그럼 주범은 이월선이 결정적이냐는 뜻이었는데 수사관은 다른 의미로 받아들였다.

"아니, 적어도 선생이 범행에 가담하지 않은 것만은 확실해졌습니다. 선생이 김상도의 시체를 발견한 것은 사후 삼십 시간 이상이 경과한 뒤였어요. 사반死斑은 이미 사라지고 흉복부胸腹部의 청변靑變이 심했으니까요. 확실히 시간은 역시 해부 결과를 기다릴밖에 없지만—요는 김상도의 절명 시간에 선생은 서울 자택에서 집필 중이었단 말씀입니다. 납득이 안 되시는 모양입니다만 참 그렇죠. 사후 경과는 삼십 시간에서 칠십이 시간 사입니다. 여름철의 시체는 삼 일이 지나면 부패하기 마련이며 부패에는 반드시 구더기가 따릅니다."

수사관의 말에 상주는 귀를 기울이지 않고 있었다. 즉 김상도의 시체에는 구더기가 쓸기 전이었습니다. 선생의 결백은 훌륭히 입증되었습니다. 저도 선생님 작품을 애독한 적이 있어요—하는, 수사관의 말을 가로챌 필요를 상주는 느꼈다.

"저는 말이 길어지기를 원치 않습니다."

"그렇죠. 선생께선 서울을 떠난 지 아미 사 일째 되니까요. 죄송스러웠습니다. 선생께선 시체를 발견한 즉시 경찰에 연락을 취해주신 분이었는데……"

요는 상주를 부당하게 삼 일 동안이나 구금한 데 대한 사과였다. 불쾌하기 그지없었다. 경찰로서는 나를 의심할밖에 없지 않은가. 피살된 시체와 동침한 사내를 일단 의심해보는 건 상식일 게다. 누누이 변명할 필요가 무엇인가.

수사관의 소심을 경멸하면서 상주는 한마디 비꼬았다.

"경찰에 연락을 취한 건 제가 아니고 식모 소녀였습니다."

C라는 조그마한 고을에서 일어난 살인사건을 서울의 일간신문들이 대대적으로 보도하기 시작한 데는 그럴싸한 이유가 있었다. 피살자는 한낱 부랑객이지만 유력한 용의자가 미모의 요정 여주인이라는 데서였다. 거기에다 시체 발견자는 그리 유명하진 못하나 윤상주라는 소설가이며 더구나 그는 피살 시체를 여자인 줄 알고 동침하고 있었다는 사실이 화젯거리였다. 대체로 세론은 이월선을 비난하는 논조였고, 미녀의 요계에 넘어간 윤상주를 동정 혹은 경멸하는 투였다. 유명한 심리학 교수, 고위층 수사관, 추리소설가 등을 동원하여 C읍 살인사건의 진상을 추리케 하여 특집을 꾸민 K신문의 기사 내용은 흥미소설 이상의 주목을 끌었고 독자들의 환영을 받았다. 화젯거리가 된 것은 권위자들의 추리가 두 갈래로 갈라진 데도 있었다. 갑甲은 계획살인이라고 단정하였고, 을乙은 우발적인 살인 혹은 정당방위라고 내세웠다. 갑의 추리는—이월선이 오래전부터 김상도를 살해할 계획을 세웠다. 그 기회가 왔다. 이월선이 혼자 있는 때 김상도는 만취되어 찾아왔다. 이월선은 미리 준비하였던 흉기(몽둥이 같은 것)로 김상도의 후두부를 때렸다. 술에 만취된 김상도는 졸도에서 저승길로 직행하였다. 가해자는 본능적으로 시체를 지하실에 감추었다. 시체 처리가 난사였다. 때마침 전에 정교 관계가 있는 윤상주가 C읍에 나타났다. 이월선은 구세주라도 나타난 기분이었을 게다. 윤상주를 침실로 유인하여 짧은 시간에 두 차례나 성교를 치렀다. 가뜩이나 여행에 지친 윤상주로 하여금 곯아떨어지게 할 심산임은 물론이다. 이월선은 윤상주가 시체 처리를 해줄 것을 굳게 믿었다. 그렇지 않고선 태연히 서울에 머물러 있었을 까닭이 없다. 계획살인은 의심할 나위가 없다. 흉

기가 둔기라는 점, 즉 유혈을 보지 않고 살해하기엔 예리한 흉기는 합당
치 않다. 일격으로 살해한 점, 즉 이월선은 후두부의 급소를 연구하였다.
그리고 흉기가 살인현장에 없었으며 오늘까지 나타나고 있지 않다는 점
을 들고 있었다. 우발적 살인 또는 정당방위를 내세우는 을의 추리도 갑
의 추리와 경위는 동일하나 범행이 우발적이었다는 점이 다를 뿐이었다.
공범자의 선이 나타나지 않는 한 계획살인으로 볼 수 없다. 흉기를 감춘
건 범행장소가 가해자 자택이었다는 여유에서다. 이월선과 김상도는 깊
은 원한 관계가 없다. 이월선이 C읍에서 서울로 거처를 옮길 생각이었음
은 사실이며 거기에는 김상도를 피할 목적도 개재한 것으로 보인다. 동
거를 강요하거나 매일같이 찾아와서 성화를 부렸다면 모르되 김상도는
한 달에 한두 번 꼴로 찾아왔을 뿐이다. 살의를 품을 것까진 없지 않았겠
는가. 시체 발견자 윤상주에게 시체 처리를 바랐다는 추리는 막연하다.
이월선은 여자다운 기지로 범행 자체를 윤상주에게 밀어버리려고 했거
나 아니면 어찌할 바를 몰라 윤상주가 잠든 동안에 도망친 것으로 봄이
타당하다.

　　이상과 같은 사연들이 신문지상에 범람할 때 이월선에 대한 경찰의
심문은 계속되었다. 그녀는 범행을 완강히 거부할뿐더러 김상도가 살해
된 사실조차 모르고 서울에 갔었다고 주장하였다. 수사관은 일소에 부치
고 해부 결과를 기다렸는데, 그것이 또한 이월선의 주장을 뒷받침하게
되어 사건은 미궁에 빠지게 되었다.

　　해부 결과 절명 시간은 5월 16일 하오 3시 전후로 나타났다. 따라서
윤상주가 김상도의 시체를 발견한 5월 18일 상오 7시는 사후 경과 39시
간 내지 40시간으로 밝혀졌다. 수사관은 집도의執刀醫에게 따졌다.

　　"하오 3시 전후라면 그 한계가 어떻게 됩니까? 가령 정오경으로도 볼
수 있다는 겁니까?"

"무슨 소린지 모르겠군. 3시 전후라면 아무리 범위를 넓히더라도 2시 30분 전일 수 없고 3시 30분을 벗어날 수 없다는 의미요."

"그럴 리가 없어요. 절대 그럴 리가, 그럴 리가……."

수사 진행은 일시에 일대 혼란을 일으켰다. 범행 시간 3시간 전인 정오경에 이월선은 사용인 전원과 더불어 C읍 읍민회관에서 베풀어진 연회에 참석하였다. 연회가 끝나 읍민회관을 나온 것이 하오 5시경이었다. 연회 참석자는 C읍내의 기관장을 비롯한 유지들로서 이월선의 알리바이엔 신빙성 있는 증인이 넘쳤다.

범행 시간에 '천향원'의 출입문은 모두 굳게 잠겨 있었다. 외아들 영기 군은 자택에서 오백 미터쯤 떨어진 C중학에서 하학 후 학교 근처에 있는 외가(이월선의 친정)로 직행하였다. 홀어머니가 뭇 사내를 상대할 때는 으레 외가로 달아나는 것이 영기 군의 습관이었다. C중학교 교문을 나선 것이 3시 40분, 외가에 도착한 시간은 4시 정각이며 이에 대한 뚜렷한 목격자도 있었다. 애당초 열네 살밖에 안 된 영기 군을 범인으로 보는 수사관은 없었다. 영기 군은 완전히 수사권 외에 있었다.

서울의 각 신문에선 범행장소가 '천향원' 밖인지도 모른다는 수사관의 담화를 싣기도 하였으나 두 달 후 수사본부마저 해산되어 C경찰서 내에 명목뿐인 전담수사반만이 남게 되자 점차 외면하게 되었다. 세상에는 너무나도 엄청나고 처참한 사건이 쉴 새 없이 일어나는 것이다.

4

십 년이 흘렀다.

서울의 어느 골목에서 음식점을 경영하던 이월선이 병사하였다는 사연을 상주는 풍문에 들었다. 무덤은 망우리라고 했다. 그날 서울운동장에서는 한일친선 야구대회가 한창이었다. 각 신문의 스포츠난엔 한국 종합군 투수 이영기 군의 활약이 화제의 중심이었다.

상주는 서울운동장으로 갔다. 영기 군의 늠름한 모습에 눈시울이 뜨거워졌다. 영기 군은 명투수인 동시에 명타자이기도 했다. 전세가 불리하였던 한국군은 영기 군의 홈런으로 전세를 만회하여 승리가 확실해지자 상주는 자리에서 일어나 망우리 공동묘지로 왔다.

'이월선지묘.'

그 앞에 상주는 우뚝하니 섰다. 황혼이 어릴 때까지 상주는 그렇게 서 있었다. 등 뒤에서 발자국 소리가 들리고 이윽고 젊은이의 우렁찬 목소리가 상주의 등 뒤에 떨어졌다.

"어머니는 당신이 여기 오는 것을 바라지도 않을 것이며 반기지도 않을 것입니다."

"영기 군!"

"암말도 마시오. 나는 당신의 말은 한마디도 듣고 싶지 않소. 또 듣지도 않을 것이오. 당신에게 말을 시키지도 않을 것이오."

황혼은 서서히 짙어지고 있었다. 영기 군은 무덤으로 접근하여 상주를 내려다볼 수 있는 위치에 섰다. 그의 얼굴은 붉게 타오르고 있었다.

"당신은 내 말만 들으면 돼요. 길어질 것도 아니요. 어머니는 혼자가 된 후 남자라곤 당신 하나만을 상대했소. 알아두시오."

"그럼, 그렇다면—"

영기 군은 상주에게 입을 벌릴 여유를 주지 않았다.

"김상도에게 몸을 허락했다고 어머니는 당신에게 거짓말을 했소. 왠지 알겠오? 아들을, 이 나를 아무에게도 뺏기지 않기 위해서였소. 알아듣겠소? 나는 당신의 아들이 아닐뿐더러 사생아도 아니었소. 호적에는 사생아로 기록되어 있지만 나는 늘 어머니 곁에 있었단 말이오. 어머니 뱃속에 있었단 말이오. 지금도 그렇고 앞으로도 영원히 그럴 것이오."

영기 군은 냉담한 표정으로 상주에게 등을 대었다. 어둠 속으로 사라져버린 영기 군의 뒷모습을 상주의 시선은 쫓고 있었다. 그리고 혼자 속으로 중얼거렸다.

'나는 그때 네가 김상도를 죽인 것을 곧 알아차렸다. 그날 너는 수업이 끝나고 야구연습 시간까지 사이에 집에 다녀갔었다. 배트를 가져가기 위해서였다. 김상도는 울타리를 타고 넘어 어머니의 침실을 기웃거리고 있었다. 언쟁도 없었으리라. 너의 완력은 일격으로 김상도를 죽일 수 있었을 테니까. 너의 소원대로 난 암말도 안 하마. 살인범의 법률시효가 끝나기까진 아직 오 년이란 세월이 필요하다. 그러나 너는 불안할 건 없다. 너는 아직도 어머니의 뱃속에 있으니까. 내가 오늘 여기 무덤을 찾아온 건 잘못한 일인 것 같다. 다시는 오지 않겠다고 약속한다.'라고.

—《문학춘추》, 1964. 7.

해후군

　팔십 평생을 살아도 팔월(음력)에 이렇게 춥기는 처음이라고 옆집 잉어잡이 서 노인이 투덜대며 나서다 말고 포기하는 그러한 날의 아침, 참으로 뜻밖에 기호基鎬의 방문을 받았다. 서울과 오십여 리를 격한 이곳 M 마을에 그가 나타나거나 하리라곤 꿈에도 예상치 못하였던 나는 참말 꿈속인가 싶었다.

　산, 들, 지붕들과 마찬가지로 하얗게 첫서리로 포장된 길 위에 난입자처럼 큼직큼직한 발자국을 남기고 문 앞까지 와서 우뚝 서 있는 기호의 어깨에 묵직한 고리짝 하나가 얹혀 있기에 더하였다. 언제 어디서나 단정한 옷차림에 걸음걸이 또한 절도가 있어 생기발랄하게만 비치던 기호의 그와 같은 행색이나 동작은 처음이었다.

　어깨의 고리짝을 자기답지 않게 조심스레 내려놓으며,

　"잘 있었나?"

한, 그 목소리는 변함없이 시원스러웠지만 분명히 얼굴은 수척해 보여도시 생시 같지가 않았다.

　"아니, 기호가……."

"내 얼굴에 티라도 묻었나?"

"꿈속인 줄 알았네. 도대체 이 짐은 뭔가?"

하고 나서 조반을 짓는 아내에게 알리려고 부엌 쪽으로 고개를 돌리자 기호는 오른손을 입으로 가져가며 말렸다.

"쉬, 쉬, 나가세, 밖으로."

"아침은?"

"생각 없어……. 여기 찻집 같은 것 없나?"

소꿉친구에 중학까지 동창인 그와 나는 서로 눈치를 살필 사이가 아닐뿐더러 일단 작심作心하면 아무리 사소한 일이라도 절대 바꾸지 않는, 더구나 나 따위의 의사로는 바꾼 적이 없는 기호임을 너무나 잘 아는 까닭에 나는 암말 없이 앞장섰다.

잡화상, 담뱃가게, 대폿집, 세탁소, 이발소, 미장원, 복덕방 등등으로 되어 있는 가건축물들은 대개 문을 굳게 닫은 채로였고 반찬거리 등을 파는 구멍가게만이 겨우 문을 열어놓아 자연 행인도 드문 삼거리에는 오토바이 두 대가 앞서거니 뒤서거니 하며 불필요한 경적을 연발하고 있었다. 그러한 두 대의 오토바이가 저만치 눈에 띄자 기호가 발을 멈추기에 나는 사잇길을 택하기로 했다. 그 옛날엔 틀림없이 문전옥답門前沃畓이었을, 지금은 시궁창으로 변해버린 그 두둑에 깔린 서리에 즈봉 가랑이들을 적시며 기호와 나는 블록 건물이긴 하나 M마을에선 유일한 양옥집에 이르렀다. 얼마 전까지도 찐빵, 라면, 짜장면, 빙수 따위의 메뉴가 사방의 벽을 요란스럽게 장식하였던 밀크홀에서 M살롱으로 승격하여 간판부터가 그만치 말쑥해진 그 집의 여종업원도 단발머리 코흘리개 소녀에서 미니스커트의 아가씨들로 대치되어 있었다. 십칠팔 세쯤과 이십삼 세쯤 나 보이는 두 처녀의 육감적이요 직업적인 반색에 고개를 한 번 끄덕하고 복판자리를 차지한 기호는 한참 말이 없었다. 마주 앉은 나도 자연 벙어리가 될밖에 없었으니 잠바를 걸친 작업복 차림의 낯선 사십대와 대체로 낚싯대나 메고 삼거리 근처를 오고 간 좀 더 허름한 토박이로 보일 사십대의 침묵의 대좌對座가 미니 아가씨들에겐 미상불 기분 나쁠 것이요, 그래 재수 없는 손님으로 단정하였음인지 재떨이, 성냥갑, 엽차잔 따위를 팽개치듯 놓고 획 돌아서 가버리는 나이 든 쪽 아가씨의 뒷모습에는 뿔이 있었다.

그러한 아침 풍경 속에 조용히 몸을 담근 채 멀거니 앉아 있던 기호는 혼잣말처럼 뇌까렸다.

"이런 데까지 바람이 몰려왔군."

"미니스커트 말인가?"

"오토바이 말일세……. 허긴 마찬가지 뜻이지만……."

그러고 나서 또 한참 침묵이 계속되었다.

불안과 호기심의 교차를 의식한 나는 기호의 다음 말을 기다리며 그때 마침 흘러나온, 가사는 도저히 알아들을 재간이 없는 구라파식 유행가에 귀를 기울일밖에 없이 됐다. 일류 신문인 C일보의 이기호 정치부 부장은, 이름만이라도 소설가인 나의 전원 도피를 비웃는 것으로 우선 여길밖에 없었고, 그러니까 그러한 나를 일부러 찾아온 그의 신상 혹은 심경에 어떠한 변화가 일어났음이 분명하게 짐작되기도 하여 흥겨워진 것이었다.

기호는 나의 전원행을 한사코 반대했었다. 고향을 상실한 우리 북한 출신의 활동무대는 누구에게나 비교적 동등한 조건인 서울일밖에 없으며, 그 서울에서의 후퇴는 전투의 포기를 뜻한다고 핏대를 세운 그만치 전투적인 기호가 오토바이나 미니스커트쯤이 비위에 거슬렸다면 아무래도 석연치 못한 일이어서, 서울의 유행이 시골에까지 이토록 빠른 속도로 번지는 것은 항공편, 고속도로 등 교통수단이 민속해진 단순한 이유 때문인데 뭘 그러느냐고 넌지시 던져보려는데 어린 쪽의 미니스커트가 다가와서 주문하라는 바람에 주춤할밖에 없이 되었다.

"커피 하겠나?"

한, 나의 말은 무시하듯 카운터 위 선반에 진열되어 있는 깡맥주통을 힐끗 한번 살피고 나서 기호는 말했다.

"깡통맥주 있는 것 같군."

'아침부터 웬 술은…….'

하고, 목구멍까지 치민 것을 도로 삼킨 나는, 지금 이 자리에서 퍽 오랜 시간을 소비할 것이 확실하게 예상되어 벌써부터 다소 지루함을 의식하였고, 오늘이 일요일임을 비로소 확인했다.

"깡맥 둘 가져올까요?"

"적당히 가져와!"

"네 개요?"

외모와는 달리 엉뚱하게 도도한 기호의 태도에 어리둥절하였던 미니 아가씨는 차림새완 딴판으로 시골티가 가시지 않아 완연히 위축된 자세가 되어버렸는데 기호가 또,

"알아서 가져오라니까!"

하고, 신경질적으로 소리치자 아예 입을 봉해버리고 오돌오돌 떨기조차 했다.

"대여섯 통 우선 가져오렴."

그런 나의 말이 떨어진 후에야 겨우 직업적인 미소를 띠우며 돌아선 미니 아가씨의 각선미에 내가 시선을 던진 것은 기호의 변화를 이제 확실히 느낀 때문으로 울렁대기조차 한 가슴을 달래기 위해서였는지 몰랐다.

아침부터 술을 청하는 기호의 심정은 너무나도 빤했다. 일 년 삼백육십 일을 통하여 반 홉에서 한 홉쯤씩의 소주를 오백 번쯤은 마시는 그만

치 쩨쩨한 술꾼인 나와는 달리 한두 달에 한 번쯤씩이라지만 일단 입에 대면 어떠한 집이든 어떤 종류의 술이든 바닥을 내고야 마는 그만치 호탕스러운 기호는 그렇다고 주정을 부리거나 의식이 마비되어 엉뚱한 행동을 취하는 그런 일은 절대로 없어 말하자면 첫인상과는 정반대로 단단히 수지가 맞는 편인, 이 어수룩한 살롱과는 달리 그러한 기호를 상대 않을 수 없는 일이 오늘따라 고역으로까지는 여겨지지 않음은 그의 얼굴이 몹시 수척해져서 그렇게까지 다량으로 마시지는 않으리라 거나 하는 따위의 짐작에서는 물론 아니었고, 신상 혹은 심경에 어떤 변화가 일어났다면 그에 따라 자연 화제도 새로워지는 기호의 습성이 내켜 은근히 기대를 걸 만하다고 다짐되어서였으며, 또 그와 같은 체험을 몇 차례 치른 기억이 되살아난 나는 즐겁기조차 하였다. 그 첫 경험은 이십여 년 전 그도 나도 스물 몇 살짜리 나이로 삼팔선을 갓 넘어왔을 때였다. 어처구니없는 일로 반동파괴죄로 몰렸다가 재심에서 직무태만죄라나 하는 변스러운 죄명으로 육 개월쯤의 구치생활을 치르고 도망쳐온 나와는 달리, 백의청년회白衣靑年會라는 당당한 반공청년단체 조직에 참여하여 이른바 북쪽 요인들을 과감히 암살하려다가 불행하게도 첫 시도에 실패하여 월남하게 된 기호는 서울에 당도하여 몇몇 중학 동창생들을 만나보고는 막 겨울이 시작될 십일월 말인데도 외투, 스웨터, 시계 등을 날린 돈으로 나를 목로술집*에 끌고 가서 소주를 마구 퍼마시며 이남엔 이북보다 더 많은 빨갱이가 우글거리니 전투의 계속이라고 선언했다. 그 무슨 경솔한 판단이냐고 나무라는 나를 비웃으며 누구누구를 만나보게 하였고, 그들이 전수全數의 의사를 대신하는 건 아니냐는 반문에는 어처구니가 없다는 듯 대답도 않고, 술잔만 기울인, 밤새껏 술잔만 기울인 그 후의 기호는

| * 목로(술잔을 놓기 위하여 쓰는, 널빤지로 좁고 기다랗게 만든 상)를 차려놓고 술을 파는 집.

그의 권유로 나도 참가한 제주도 공비토벌전을 마치고 국방경비대에서 제대한 후에도 청년단체 간부 노릇을 하는 등, 그 생활태도는 육이오까지 일관되었던 것이었다. 종군기자로 간간이 최전선을 왕래했을 뿐인 나와는 달리 군문에 자진 복귀, 제×연대 선임 하사관으로 초산까지 진격하여 압록강 물을 마시고 돌아온 기호는 군복을 사복으로 갈아입은 그날 나를 찾아와서 이번에는 바에서 바를 전전하면서 후방의 사치와 허식을 매도하기에, 그것이 이북과 다른 점이며 그러한 속의 질서가 보람 있고 바람직한 노릇이 아니냐는 나를 역시 조용히 비웃으며, 밤새껏 술만 마셨다. 세 번째는 4·19 후였다. 일선 기자의 벅찬 업무를 당해낼 기력이 없어 집필 생활에 전념하려고 직장을 그만둔 나와는 달리 일선 명기자로서 두각을 나타내기 시작한 기호는, 이른바 혁신 정당에 의해 서울 시청 앞 광장에서 흐루시초프에게 보내는 메시지 낭독, 횃불 데모 등이 있은 그날 나를 청진동 요릿집 구석방으로 끌고 들어가 당국의 미적지근한 정책을 규탄하며 눈물에 젖은 얼굴로 마구 마시었다. 그런 것들은 자유의 부산물에 지나지 않으니 신경 쓸 필요가 없지 않느냐는 나에게, 대한민국 존립 과정을 밟아온 너까지 그런 식이냐고 몰아세웠고, 나중엔 주먹질까지 한 그와 같은 기호의 행동이 알코올 탓만이 아니었으므로 나는 그가 믿음직스러워지기도 했다. 일 년에 한 번쯤도 안 되는 우리 둘만의 음주는 대체로 시국관에 관한 토론으로 시종한 것처럼 5·16 직후의 그 자리도 예외는 아니었으나 그전과는 달리 불평불만, 비난, 규탄 대신 노상 웃음 진 기호의 얼굴로 해서 축연祝宴이 되었다. 공산 침략으로부터 조국을 구한 군인들 외에 이 난국을 수습할 자 없다는 그의 의견을, 어찌 됐던 군인의 모반謀反이 싫군 하고 부정하는 나에게 화를 내거나 하지도 않고, 웃음 진 얼굴로 노상 술잔만 기울이던 기호의 그와 같은 심경이 달라진 것은 팔 년쯤 후인 지난 칠월 하순이었다. 원고 관계로 그가 일을 보는 C일보에 들른 나를 그때까지 용케도 남아 있는 옛날의 그 목로술집으로 끌고 간 기호는 대뜸 그 사람까지 그럴 줄은 몰랐다고 아주 서운한 얼굴로 소주를 마구 들이켰었고, 처음 무슨 말인가 싶었던 나는 술잔을 몇 번 주고받고 한 그만 횟수의 이야기를 나눈 뒤에야 이른바 삼선개헌三選改憲에 관한 것임을 알아차리고, 자네가 웬일이냐는, 5·16 직후와는 정반대 의견을 내세우는 자네 어찌 된 거냐는 물음에는 대답도 않고 마구 술만 들이키기에 다소 불쾌한 생각이 들어 나 역시 5·16 직후와는 정반대의 의견, 즉 우리가 디디고 있는 이 땅의 양상이 엄청나게 달라지고 나라꼴이 틀이 잡혀가지 않느냐고 떠벌리며 웃음 주자, 이 지조 없는 놈아— 하고 자기 변화는 꿈처럼 잊어버린 듯 자유민주주의란 룰을 지키는 것이라고 하기에 그 룰이란 결국 그시그시*의 필요에 따라 만들어지는 제도와 별 다름이 없으며, 아니 어쩌면 제도에도 끼지 못하는 것이 룰인데 뭐 핏대를 세우느냐고 좀 구체적으로 반론을 펴며 웃어주자, 대답에 궁해져서인지 나를 무시하는 태도에서인지는 분명치 않으나 그만 벙어리가 된 듯 소주만 들이키다가, 묵묵히 들이키다가 헤어진 후 오늘 이렇게 찾아온 기호의 신상, 심경 변화의 토로는 나의 호기심을 불러일으키기에 결코 부족하지는 않을 것이었다. 그러나 깡맥주 한 통을 단숨에 들이켜고 난 기호의 입에서는 참으로 엉뚱한 말이 튀어나왔다.

"자네 육군 소위 김 소위 기억하겠나?"

"?……"

"제주도에 있을 때 육군 소위로 부임해온 육사 칠 기생 있잖나."

"김원범金元範이 말인가?"

"맞았네."

| * '그때그때'의 북한어.

문우文友 외에 때로 속을 주고받는 벗이라곤 기껏 소꿉동무, 향우鄉友 몇 사람 정도인 나 따위와는 달리 기호의 교우 범위가 엄청나게 넓은 것은 직업적 결과이든 아니든 간에 그 양태가 색달랐다. 우정이란 어디까지나 자연 발생적인 정情의 교환이어야 옳은데도 기호는 소꿉동무나 향우들에게는 냉담하여 그들의 청은 가차 없이 거절해버리는 반면 엉뚱하게 사귄 엉뚱한 친구들의 부탁에는 이해관계 없이 성의껏 돌봐주는 그와 같은 면이 있었다.

예비역 대령인 김원범의 경우만 해도 그랬다. 그의 별명인 '육군 소위 김 소위'도 기호가 붙인 것이었다. 육사를 갓 나와 전속되어온 원범은 그때 누구나가 꺼려한 서북대대西北大隊(이북 출신으로만 편성된 때문에 붙은 속칭) 배속配屬을 원한 괴짜로, 부임하는 그날 전 대원에게 인사하기 위해 단 위에 올라가 토한 첫 마디가,

"본관은 육군 소위 김 소위올시다, 제관은—."

하여 폭소를 샀다.

몹시 성급한 점이며 실수를 저지르고도 태연한 점이며 결단이 빠른 점 등등이 평안도 기질을 방불케 하여 대원들 간에 인기가 높아진 원범은 대뜸 기호와 친해졌다기보다 기호와 친해졌기 때문에 인기가 상승했다 함이 옳을는지 모르지만 아무튼 서로 말을 놓는 사이가 되어버렸다. 허긴 그때 이미 임시 계급이긴 하나 고급 하사관이던 기호는 장교들에게도 좀 해서 경어를 쓰지 않았다. 연령이 비슷한 때문이기도 하였지만 일종의 외인 부대원인 우리가 그까짓 군규쯤 안 지켜도 된다는 식이었다.

"야, 육군 소위 김 소위! 너 우리 대대에 지원해왔다면서?"

"그래, 잘못됐나?"

"장하다는 거네. 너희들 이남 출신 말야. 정신을 똑똑히 차렸더라면 공산당이 콜레라처럼 이렇게 번지진 않았을 게다."

"이 피란민 새끼! 쫓겨 온 주제에 왜 큰소리냐? 진짜 반공 투사는 우리 이남 출신이야. 너희들은 쫓겨 왔으니까 별수 없이 반공하지만 우린 오천 년의 민족 정기를 지키기 위해 반공하는 거다. 알았나, 피란민!"

"새끼, 점점 마음에 드는 수작만 하는구나. 친하자구, 어잇! 육군 소위 김 소위."

육이오동란 중에는 부대가 다르기 때문에 별로 만나지는 못하였고 정전 후에야 다시 교분이 시작되었는데 기호와 원범 서로의 대명사는,

"오어, 육군 소위 김 소위 왔나!"

"피란민 잘 있었나?"

그런 식이었다.

그러한 원범에 대하여 기호는 관대하고도 지극한 우정을 베풀었음을 나는 알고 있다. 기호가 일하는 신문사에 들를 적마다 거의 원범을 대하곤 했었다. 일선 기자에서 데스크로 승진한 후의 기호는 한종일 사무실을 지키게 마련이어서 원범이 방문하기에 편해졌을 것이었다.

그날도 응접실에 멍하니 앉아 있던 원범은 나와 눈인사를 하고는 도로 멍하니 앉아 있다가 볼펜을 오른쪽 귀에 꽂은 채 달려온 기호가 내미는 돈 든 봉투를 태연히 받아 쥐곤 별로 고맙다는 말도 없이 나의 눈치를 슬슬 살피며 나가버린 것이었다.

"억세게 재수 없는 녀석이야. 육군 소위 김 소위 말이네……. 일 년쯤만 늦게 재대했더라면 5·16 주체에 끼일 놈 아닌가. 그렇지 못했더라도, 요새만 같아도 제대비가 많아져 장사 밑천이라도 생겼을 텐데 새끼 억세게 재수가 없어……. 처음에는 분별없이 찾아오곤 했는데 요새는 꼭 월급날 오후에 나타나네. 수금하러 오는 거지. 시간을 오후로 잡는 것도 석간신문 생리를 체득한 결과야. 오전에야 부모가 죽었다 한들 어디 자리를 뜰 겨를이 있나. 한참 일에 몰릴 때, 응접실에서 기다리다가 지쳐

서 편집실에 나타났을 때 말이네……. 무심코 육군 소위 김 소위 웬일이야? 하였더니 녀석 하는 수작 보지, 피란민도 이러기야? 피란민은 내가 이렇게 온 이유 알 게 아냐! 하는 거네. 다른 기자들은 무슨 얘긴지 알아차릴 까닭이 없어 어리둥절하는 판에 나는 폭소를 터뜨렸네. 그 후론 꼭 월급날하고도 오후에 나타나는데 말야, 육군 소위 김 소위만 나타나면 아아, 오늘이 월급날이고나 하지……. 녀석이 십여 년 동안 변함없는 친군데 불운하단 말이야……."

그러한 육군 소위 김 소위가 월급날 아닌 휴일 집으로 찾아왔었다고 기호는 말한 적이 있다. 거리에서는 구걸을 할망정 도도하던 원범이 태양빛이 미치지 않는 온돌방에 마주 앉아선지 딴사람처럼 온순해졌다. 주먹 같은 눈물조차 뚤렁뚤렁 떨어뜨리며 애원하는 것이었는데 대명사만은 여전히 '피란민'이더라고 기호는 말했었다.

"피란민 생각해보게나. 그것을 무한정 계속할 수 없는 거야. 누가 응해주지도 않고 말이네. 세상엔 피란민 같은 사람만 살지 않는다 그 말이야. 내가 연대장 노릇할 때 부관으로 데리고 있던 녀석 있는데 말야. 하두 귀찮게 찾아가니까 밤낮 출장 중이더니 말일세, 바로 어제 그 녀석이 사장으로 되어 있는 현관에서 정면으로 부딪친 김에, 이봐, 부관 나 좀 봐 했더니 말이거든 쓴웃음을 지으며, 거기 좀 서 있으라지 않겠나. 수위들 보는 앞에서 어잇 부관 해주었다 그 말이거든, 오늘 봉투야 좀 두툼하려니 했는데 말얏! 조금 뒤에 수위들이 나를 길거리로 내동댕이치는 것 아니겠나! 아스팔트에 보기 좋게 엉덩방아를 찐 나는 하하하 웃었지. 피란민! 이런 내 심정 알겠나?"

"……."

기호의 침묵은 그래 자기를 찾아온 용건이나 어서 말하라는 뜻이 아니고 진정 세상이 서글퍼져서였다고 했다. 그러나 원범은 그러한 기호의 내심을 헤아리지 못하였음인지 다급한 말투로 내의來意를 말하더라는 것이었다.

"그렇다구 피란민에게 더 손을 내밀려고 온 것 아냐. 그 부관 녀석 말야, 곰곰이 생각하니 내가 미워서가 아니라 날 위해서 수위를 시켜 아스팔트에 내동댕이쳤을지 모른다—그 말이거든. 결국 말야, 피란민! 피란민 힘으로 날 취직시키라 그 말이야. 내 과거의 신분 따윈 생각지 말고 시골이라도 좋으니 무슨 공장의 수위 같은 자리라면 피란민 힘으로 안 될까?"

"알았다! 육군 소위 김 소위가 그런 각오라면 알았다!"

"고마워, 피란민! 내겐 피란민밖에 없구나, 피란민!"

주먹 같은 눈물을 뚤렁뚤렁 떨어뜨린 것은 순간이었다고 했다.

기호는 그때만치 산다는 것이 얼마나 데데하고 존귀함을 절실히 느껴본 적이 없었다고 말하면서 계속했었다.

"결국 육군 소위 김 소위는 H비료의 수위장으로 일하게 됐어. 언젠가 고위층 시찰단 취재차 갔을 때 만나 봤네. 금테 두른 모자를 척 쓴 모습이 썩 잘 어울리더군. 군대식으로 회사 간부 출입 시엔 거수경례하구 말이네, 하하."

무슨 큰 자랑거리나 되는 것처럼 뇌까리는 기호가 못마땅한 생각이 든 것은 향우인 임 군이 아내의 해산을 당하여 기호를 찾아갔다가 깨끗이 거절당했던 얼마 전의 일이 내켜서였다.

"그러한 자네가 임 군에게 그토록 냉담한 이유는 뭔가? 눈물을 줄줄 흘리며 기호를 원망하더군."

"자네 원고료 축을 냈다는 소리 내 귀에도 들려왔네."

거북해하긴커녕 흥분조차 하며 기호는 단호히 말했다.

"삼팔선을 넘어온 놈이 무슨 짓을 못해서 친구들 찾아다니며 구걸인가? 자네 태도가 새끼들 버릇을 조장시키는 거야."

"아니, 그건 또 무슨 소린가?"

"고향을 떠난 지 십여 년이 된 새끼들이 제 앞자락 해결두 못하구 무슨 짓이야. 먹여 살리지도 못할 마누라는 무엇 때문에 얻어? 그 새끼 이북에 본처두 있잖나…… 통일은 아예 말자는 건가? 또 열 달 만에 새끼가 나오리란 생각은 왜 못해? 여편네가 그리 궁하면 강도질이라도 해야지…… 실은 말야, 다섯 달쯤 전에도 비슷한 구실을 내세워 몇 푼 뜯어 갔다네. 마누라가 유산해서 병원에 있다나 어쨌다나…… 무슨 토끼 새끼라구 몇 달 안 돼서 또 해산인가…… 육군 소위 김 소위처럼 노골적으로 돈이 필요하다구 하는 거야 친구지간엔……"

사실 기호는 노골적으로 나오는 친구에겐 약하였고, 어쩌구저쩌구 그럴싸한 구실을 내거는 자는 용서치 않았다.

군정 시대(5·16 직후)에 고관 비서 노릇을 한 N이라는 향우가 있었다. 반혁명사건에 연루되어 투옥된 그 고관과 더불어 얼마간의 옥살이를 하고 나온 N이 거지꼴로 찾아온 적이 있었다고 기호는 말했다. 당국의 특례로 도미 중인 그 고관이 돌아오기만 하면 다시 한자리 차지하게 될 것이라고 전도유망을 늘어놓고 나서,

"기호! 나 만 원만 돌려주게. 지금 일선 사단장으로 있는 그분의 옛 부하가 일선 지구에 널려 있는 고철을 한 트럭 주겠다지 않나, 최하 십만 원 값어치는 된다는군. 아니, 십만 원쯤은 누구 돈을 받을지 모른다지 않 겠나!"

"……"

"운반비 등 비용이 만 원 든단 말야. 기호! 자네 융통할 수 없겠나?"

"……"

화난 사람처럼 묵묵히 듣고만 있는 기호와는 대조적으로 파리해진 N

은 말을 계속했다.

"이익금은 반반 나누세, 기호와 둘이서 말이네. 어떤가, 기호?"

"그런 말은 사기꾼들끼리 하는 수작이고, 너 집이 어디냐?"

"……."

"야 인마, 사내새끼가 왜 그래? 솔직히 말해. 네 형편을 말얏! 오늘 조반이나 먹었나?"

"……실은 기호 말이 맞아…… 어제저녁부터 굶었어…… 어른은 참을 수 있는데 말야…… 애새끼들이 불쌍해서…… 불쌍해서……."

그만 엉엉 소리 내어 울어대는 N을 끌고 오류동 버스 종점에서 내린 기호는 쌀 한 가마와 이천 원을 꾸겨 넣어주고 돌아선 것이었다.

"그 새끼 두 번 다시 나타나지 않는데 들려오는 말이 어느 공사장에서 인부 감독 노릇 한다더군. 친구지간에 무슨 자존심인가. 솔직해야지……."

기호의 철저한 계산 앞에 나는 할 말이 없었다. 수긍이 되어서가 아니라 그 반대 이유에서였다.

오죽하면 친구에게 거짓말을 늘어놓으면서까지 구걸을 하겠는가. 친구지간에는 어째서 자존심이 소용없겠는가. N의 경우는 몰라도 임 군의 경우는 다르지 않는가. 임 군의 거짓말은 기호의 말과 비슷한 솔직한 애원이 아니고 무엇이란 말인가―첫 번째는 거짓말이 아니었으며 어쩌면 두 번째도 사실인지도 모르지 않는가. 해산과 낙태 수술의 차이가 있을진 몰라도. 생활능력이 없는 까닭에 낙태 수술 시키려는 임 군의 계획을 무참히도 짓밟은 기호의 냉담한 태도가 나는 무서워지기도 했었다. 그렇다고 기호가 잘못되었다는 말은 물론 아니다. 한 달에 몇 번쯤 '○○에서 이기호 특파원 발'이란 과사가 달린 기사가 세상에 알려지곤 한 까닭에 찾아오는 친구가 그만치 많은 기호로서는 그와 같은 판단이 거의 생리화

하였을지 모르는 일이었다. 아니, 분명히 그랬다. 동료뿐 아니라 후배 혹은 옛날의 부하들도 찾아오는 자가 그치지 않았다. 그중에서 내가 아는 사람으로 박경직朴景稙이 있었다. 고향이 경남 어드메인 경직은 육이오 당시 학도병으로 끌려나온 기호의 옛 부하였다. 그의 원명元名은 경직이가 아니라 경식景植이었다. 경직은 기호가 고쳐준 이름이었다.

신령고지新寧高地 쟁탈전 때였다. 중동부전선의 워커라인* 최전방기지인 신령고지 공방전은 육이오동란 유수**의 격전이었다. 낙동강 상류에서 동쪽으로 삼십여 킬로, 대구에서 북동쪽 이십여 킬로의 지점에 위치한 그 못생긴 산봉우리는 워커라인으로 해서 하루아침에 군사적 요충지가 되었다. 신령고지가 적의 수중에 넘어가면 바로 눈 아래에 있는 영천이 떨어질 것이요, 그 영천을 거점으로 확보한 적은 손쉽게 대구 후방으로 군세를 몰아세울 것이며 대구의 함락은 곧 워커라인의 포기를 의미하는 까닭에 아군은 결사적이었고 그만치 적병들도 악착같았다. 신령고지의 사수死守를 맡은 제×연대 ×중대 선임 하사관이던 이기호 상사는 그 전투에서만 중대장 셋을 맞이했고 소비 장교 수십 명의 시체를 처리하지 않으면 안 되었다. 그 전투에 있어 기호는 사실상의 중대장이었다. 병력 소모는 말할 것도 없었다. 고병들은 초반에 모두 전사하였고 몇 차례의 신병을 고지로 끌고 올라가 총탄의 밥이 되게 하였는지 몰랐다. 다섯 번째인가의 신병을 맞이하였을 때였다. 경상남도 어느 마을의 청년들이 무더기로 몰려온 그들의 성명 파악만도 야단스러웠다.

박경욱朴景煜

박경하朴景河

박경빈朴景彬

---

* 1950년 8월, 낙동강을 건너려는 북한군에 대해 미8군 사령관 워커 장군이 설정한 최후의 방어선.
** 손꼽을 만큼 두드러지거나 훌륭함.

박경재朴景裁

박경만朴景萬

등등, 친형제, 사촌형제, 육촌형제, 십 몇 촌 형제 외에 때로는,

박용근朴用根

박용태朴用泰

등의 삼촌뻘 되는 이름도 끼어 있긴 하였으나,

박경식朴景植

박경직朴景稙

또는,

박경수朴景洙

박경주朴景株

등등에 이르러서는 거의 분별을 포기하고 싶은 지경이었다. 한글로 기록하려고 해도,

박경조朴景朝

박경조朴景祚

등으로 불가능하여 도무지 어지럽기만 했다. 거기에다 총이라곤 만져보지도 못한 대부분이 청년학도인 그들을 고지로 올려 보내는 것은 사지死地에 그저 팽개쳐버리는 것과 진배없으나 이제 그것은 어쩔 수 없는 일로 인내하면 됐지만, 전차포, 박격포의 무제한 작렬로 말미암아 초목들은 벌써 타서 없어지고 암석조차 가루가 되어 먼지가 무릎까지 차는 거기, 고지 정상으로 밤을 이용하여 몰고 올라가면 일출과 더불어 여러 종류의 포탄이 가차 없이 떨어져 동일한 ×× 박씨 일족들이라서 그만치 연대의식이 강한 사병들은 응사應射는커녕 아프리카의 얼룩말처럼, 맹수가 출연하면 모두들 머리를 일 지점에 모아 서로 꾸겨 박고 뒷발을 일제히 공중으로 치켜 올려 방위하는 아프리카의 얼룩말처럼 그런 자세를 취

하는 것이지만 그들의 농구화 바닥이, 맹수들을 능히 막아내는 아프리카의 얼룩말 뒷발굽처럼 포탄을 막아낼 재간은 만무할뿐더러 그 근처에 주먹만밖에 안 되는 박격포탄이나 수류탄 하나만 떨어져도 몰살당할 것이 너무나 빤하여 기호는 가슴을 치며 울부짖어야 했다.

"이 답답한 새끼들아! 죽인다! 흩어지지 않으면 죽인다!"

공포를 몇 발 연달아 쏘아야 겨우 흩어져 자기 위치로 돌아온 그들의 응사는 또한 장님 총 쏘기였다.

'열중 쉬엇!', '차렷!' 따위는 학교에서 배웠을 테이고 '어깨총!', '바로총!' 따위는 생략해버리고 실전에만 도움이 되는 총알 장전과 방아쇠 당기는 방법만 두어 번 가르치고 눈을 뜨고 쏘는 실습을 몇 번 거듭시키며,

"눈만 뜨고 쏘라!"

"눈만 떠라!"

"눈 떠라!"

"눈!"

"눈!"

그렇게 열 번쯤 분명히 되풀이하곤 한 기호의 호령은 적의 총 포성과 더불어 흐지부지되어버리곤 하는 건지, 기호는,

"눈 떠라!"

"눈!"

"눈 뜨고 쏘라!"

"눈 감으면 죽는다!"

"눈 떠야지, 죽어!"

그렇게 호령을 하룻밤에 수백 번씩 외치고 나면 목구멍에서 피가 쏟아지곤 하였다. 조상 때부터의 버릇인 돌림자 이름의 성화는 전사자 처

리에 있어 극악점에 달하였다. 얼굴 분간은 도저히 불가능하여 바짓가랑이 끝에 페인트로 이름을 칠해놓아 겨우 처리하곤 하였는데 고지 쟁탈전이 종반으로 접어든 어느 날 밤의 전투에 전사 25, 부상 37, 실종 1의 피해를 입었는데, 총계 63의 그 수효 속에 박경식朴景植, 박경직朴景稙이 모두 끼어 있었다. 한쪽은 전사요, 한쪽은 실종이었다. 시체와 더불어 보고서를 후방으로 보내면서 기호는 박경식朴景植을 전사자로, 시체가 없는 한쪽을 박경직朴景稙으로 보고해버렸는데, 실상은 그 반대였던 것이었다. 유엔군의 폭격 강화로 겨우 전선이 소강 상태가 되었을 때 실종되었던 자가 중대로 돌아왔다.

"네 이름이 뭐냐?"

"박경식입니더."

"박경직 아닌가?"

"경직인 아마 죽었을 껍니더."

"뭣?"

"참말입니더."

"그래, 넌 어디 가 있었나?"

"……"

"포로 되었었나?"

"아님더."

"그럼?"

"고향 집으로 갔댔음더."

"뭣?"

"아무리 생각해두 안 돼서 돌아온 것 아닙니꺼……"

"좋아! 아무튼 너는 박경직이다!"

"네에?"

"너는 박경식이가 아니고 박경직이가 되는 거다!"

"제가 경직이 되는 겁니꺼? 경식은 어디 가고예?"

"……"

웃으며 울었을 뿐 기호는 암말도 못했다. 전투가 종식되면 일보정정日報訂正을 낼 요량으로 임시조치한 그것이 불가능해졌다. 수비에서 공격으로, 그리하여 전전戰前 주둔지였던 춘천을 거쳐 삼팔선 돌파, 초산까지의 진격, 그리고 후퇴, 그렇게 한반도를 종縱으로 왕래하는 사이에 박경식과 박경직의 혼돈 사건쯤은 기호의 뇌리 속에서 녹아 없어져버린 것이었다.

"중대장 열여섯을 모신 자는 국군 전체를 통하여 나 하날 걸세."

어느 날의 기호는 술에 절은 채로 중얼거리듯 말한 적이 있었다.

"질긴 게 인간의 목숨이더군. 소모품인 육군 소위가 되어 죽어버리고 싶은 적이 한두 번이 아니었으나 그럴 수도 없었어. 후배들을 내 손으로 현지 임관시킨 수효가 부지기수지만 내가 임관해버리면 중대 살림 맡을 놈이 있어야지…… 아무려나 이렇게 살아남아 자네와 술잔을 나누니 말야, 허허허."

박경식 아닌 박경직이 기호 앞에 나타나기 시작한 것은 총성이 멎은 지도 십여 성상星霜* 후, 그러니까 4·19, 5·16의 파동들이 가라앉고 서울 시가 이곳저곳에 마천루가 솟기 시작한 어느 날, 그가 그해의 최우수 취재기자로 그 어느 기관장의 상을 타는 시상식장에서부터 비롯되었다.

자그마한 꽃다발 하나를 손에 들고 가까이 온 서른 살쯤의 청년을 기호는 얼른 알아보지 못했다.

---

* 별은 일 년에 한 바퀴를 돌고 서리는 매해 추우면 내린다는 뜻으로, 한 해 동안의 세월이라는 뜻을 나타내는 말.

"제를 몰라보시는 겁니까, 이 상사님!"

"?……"

"제 박경직 아닙니꺼, 상사님!"

그다음 순간 기호의 눈앞에는 신령고지의 참경이 영사막처럼 스치고 지나갔고 그를 얼싸안으며 소리쳤다.

"넌 박경직이가 아니고 박경식이다, 박경식!"

"상사님, 제 박경직이라도 좋으씀더. 아니, 박경식은 버얼써 저승으로 안 갔읍니꺼……."

"……."

"호적에 벌건 줄 처진 지 옛날임더. 그렇지만 이렇게 상사님 만나서 안 기쁨니꺼……."

"……."

사실 성명 세 글자 따위가 무슨 상관이런만 한 목숨을 소홀히 다루었다는 가책에서인지 화환 속에 묻힌 기호의 얼굴은 얼이 빠져 있었다.

"상사님, 조금도 걱정 마이소예. 우리 호적 안 고치기로 했음더. 그 이유는 차차 밝혀질 겁니다."

"고맙다!"

기호의 두 눈엔 물기가 어려 있었다.

M살롱 복판에 놓인 테이블에 비워진 깡맥주통 스물 몇 개쯤이 무슨 병정처럼 즐비하게 늘어섰다. 또 하나의 깡맥주통을 비우고 나서 기호는 말했다.

"육군 소위 김 소위 말이네 살판났어……. H비료 수위장에서 일약 S공업 중역으로 뛰어올랐으니 말야."

"호어—."

"S공업 사장이 옛 부하였는데 H비료에 들렀다가 우연히 만나 데려갔다는군…… 또 박경직이란 친구 어떻게 됐는지 자네 아나? 원명이 박경식인 그 친구 말이네. 명실공히 아예 박경직이가 되어버렸다네. 죽은 박경직 부친의 양자가 되었거든. 바로 ×× 박씨의 종손이라는군. 호적은 정정해서 뭣에 써. 육촌 간인데다가 생일도 며칠 안 틀리니 말일세…… 그보다 그 친구 대단히 한몫 보게 된 것은, 이천 가호가 넘는 ×× 박씨 문중에서 다음 국회의원 선거에 ××당 입후보자를 내달라고 요청을 받은 모양인데 말야, 자연 종손인 그 친구가 뽑혔다— 그 말이네……."

하등 상관이 없는 이야기들이어서 적당히 대꾸하던 나는 기호가 잠시 말을 중단하기에 시초부터 궁금하게 여긴 고리짝에 대해 물었다.

"자네가 갖고 온 고리짝은 뭔가?"

"응, 그것 책이야."

"책이라니?"

"이제 내게 소용없이 된, 애당초부터 소용이 없었던 책들인데 자네에겐 쓸 만한 것두 있을 것 같기에 갖고 온 거네."

"어떤 종류의 책들인데 그러나?"

"그야 나중에 훑어보면 될 것 아닌가, 자네 소유가 됐으니…… 그것보다 이봐, 내 언제 이런 말 한 적 있지? 서울이란 곳은 누구에게나 비교적 동등한 조건으로 싸울 수 있는 활동무대라고…… 헌데 아니더군. 육군 소위 김 소위와 박경직과는 달리 N은 아직 공사장 인부 감독이고 임 군은 화장장 청소부가 돼버렸어. N이나 임 군이 무능해선 줄 자네 그렇게 아나? 영토가 있어야 해. 역시 영토가……."

깡맥주 몇 통을 기호는 또 비웠다.

도대체 무슨 일이 있었는가를 물어보기가 쑥스러울 정도로 기호의 신상 혹은 심경 변화는 격렬한 것이리라고 그렇게 다짐되어 이런 경우의 나는 그와 비슷한 양의 술을 마시는 것이 피차를 위해 상책이라고 그런 따위의 생각을 하며 깡맥주의 뚜껑만 땄다.

침묵 속에 테이블에는 빈 깡통병정만 늘어갔다. 낮에는 텅텅 빈다는 M살롱에도 커피 손님 몇 패가 다녀갔고, 벽시계는 이미 정오로 접어들고 있었다. 늘어만 가는 테이블 위의 빈 깡통이 최종에 이르러 계산기 역할을 하는 까닭에 그대로 방치해두는 모양이어서 기호와 내가 부득이 꽉 찬 그 테이블에서 옆의 테이블로 자리를 옮기자 얼마 전까지도 킥킥거리던 두 미니 아가씨의 얼굴에 불안감이 완연하게 감도는 것을 알아차렸음인지 '그만 일어나세, 대낮에 과음했네' 하며, 아무렇지도 않은 얼굴로 술값 계산을 한사코 자기가 치르고 진정 아무렇지도 않은 얼굴로 서울쪽 시외버스 정류장으로 와서 승차하기 직전,

"부인에게 죄 지은 것 같네, 여기까지 와서 그냥 돌아가니……. 헌데 나 오늘 자네가 조금 부러워졌어. 왠지 아나? 자네 부인 존재 때문이야. 남자에게는 용모가 고운 여자나 총명한 여자는 소용이 없구 순종하는 여자가 제일이다― 그런 말야."

라고, 아리송한 말을 남기고 돌아가 버린 기호가 그길로 실종된 사실을 나는 한 달쯤 후 첫눈이 날리는 날 저녁 옆집 서 노인이 가져다준 편지를 받고서야 비로소 알았다. 편지 발신인은 기호의 부인 최상순 여사였고 내용은 기호가 서울을 떠나버린 사실을 말하고 그에 관해 꼭 상의할 말이 있으니 만나줄 수 없겠느냐는 간단하고도 간곡한 사연이었다.

불과 몇 달 사이에 서울 도심의 표피表皮는 엄청나게 달라져 있었다. 서울의 체적을 온통 메워버린 듯한 빌딩 사이에도 길은 있었고 그 어느 한 갈래의 길 깊숙이에 있는 찻집이 최 여사가 만나자고 지정한 장소였다.

"나오시라고 해서 죄송합니다. 그이 마음은 돌이켜지지 않으리란 걸

알면서도 여한이 될까봐 실례를 무릅쓰고 편지를 드렸어요."

"그럼 이 형 행방은 아셨군요."

우선 나는 안심을 하였고 비로소 실례가 될 정도로 최 여사의 용모와 차림새를 유심히 관찰했다.

사십은 분명히 지났을 최 여사의 외모는 삼십에서 하나둘쯤밖에 더 나 보이지 않았다. 사십 년에 긍한 지기이지만 기호도 나도 가족들의 교분까지를 꾀할 알뜰한 생활자는 못 되어 이렇게 부인을 만나 뵙는 것은 분명 세 번쯤밖에 되지 않아 나는 어쩔 수 없이 쑥스러웠지만 최 여사는 침착한 표정으로 그 총명스러운 두 눈을 똑바로 뜨고 말했다.

"근영이 아빠는 지금 지리산 기슭에 가 있어요. 한 달 전에 그리로 갔답니다. 언젠가 상 탄 적 있었죠. 그 상금으로 평당 사 원씩인가를 주고 그곳에 땅 오만 평을 사두었더군요. 친구들과 마셔버렸다고 하더니만 알뜰한 면도 있었던 겁니다."

"그래요? 원 사람두…… 신문사두 그만두고요?"

영토가 있어야 한다고 거듭 외치던 기호가 오만 평이나 되는 땅의 소유자라는 사실에 나는 무슨 배반당한 것 같은 느낌이 들어 물으나마나 한 질문을 던지자 최 여사는 기다리고나 있었던 것처럼 또박또박 설명하기 시작했다.

"십오 년 공든 탑을 애들이 모래성 허물듯 그렇게 하더군요. 기사에 대해서 경영자가 압력을 가한다나 어쩐다나 하며 사표를 냈다면서 저더러 당장 이사 가자는 것이었어요. 그것도 선생님처럼 전원에 영주하기 위해서라면 지리산이 아니라 에베레스트 산으로라도 따라가겠어요. 오 년만 가서 살자는 겁니다. 오 년 후에는 그 지역에서 국회의원으로 출마하여 정계에 투신한다구요. 대한민국이 제대로 되려면 자기 같은 사람이 정계에 투신하여 기강을 바로 잡아야 한다나요. 애국은 늘 자기 혼자 하는 거죠. 어떻게 생각하세요, 선생님은?"

총명스러운 최 여사의 두 눈에는 광채마저 어려 빛나며 있었고 나는 일종의 압력을 의식하였다. 그와 같은 기호의 의사에 공명한다면 대화는 이것으로 그치겠다는 그러한 의미가 총명한 두 눈의 빛깔 속에 역력하였지만 나로서는 솔직한 의견을 말할밖에 없었다.

"정계 투신 운운은 모르지만 아주머니, 기호 군은 대한민국에서 둘째 가라면 서러워할 애국자인 것만은 틀림이 없습니다."

"네에?"

굳어져버린 최 여사의 표정은 나의 다음 말을 듣고야 풀렸다.

"객관적 가치판단이 아니고 적어도 기호 군 자신은 그렇게 생각한다는 그 말씀입니다."

"정말이에요. 어처구니없는 자아도취예요. 결혼생활 십팔 년에 월급 봉투를 고스란히 받아본 적이 한 번도 없었어요. 누구누구에게 얼마를 떼주어버렸다나요. 물론 깔끔한 성품이어서 그 부족액을 채우노라고 밤을 새워 부업 원고를 쓰긴 했어요. 허지만 이건 제 자랑 같습니다만…… 전 지금도 피아노 개인 교수 노릇을 하고 있어요. 그러지 않고서는 살림을 꾸려나갈 수가 없었습니다. 그 정도라면 참을 수 있고 또 참아왔습니다만 아이들의 교육 문제에 대해선 더 양보할 수가 없었어요. 십팔 년 만에 처음 제가 그이 의사를 저버린 것도 그 때문이에요. 여자는 고등학교로 족하며 대학엔 절대 안 보낸다나요. 우리 근영이 올해 고교를 마치질 않았겠어요. 진학에 대한 그이의 반대에 음독으로 응수했어요. 다행히 미수에 그쳤지만, 그 아버지에 그 딸이라는 생각도 들었지만 전 근영이 편에 서기로 한 겁니다…… 아마 선생님 말씀에도 설득당할 사람이 아닐 테지만 한번 수고해주실 수 없겠습니까?"

"그야 어렵지 않은 일입니다. 지금 당장이라도 가보겠어요. 다만 솔직히 말씀드려서 기호 군을 설득시킬 백 프로 자신은 없습니다."

"알고 있어요. 정말 감사합니다."

그렇게 말은 하지만 어느 모로 따져도 설득당할 것 같지 않은 기호가 나의 권고마저 뿌리친 후의 최 여사 거취가 심히 염려스러워 불안해진 나는 대뜸 응낙한 경솔이 뉘우쳐졌으나 그러나 그것은 기우였다.

"……사실…… 그이가 저에게 선생님에 관해서 한마디 말한 적도 없어요. 소꿉친구라는 것마저도……. 이렇게 제가 선생님께 부탁드리기로 한 것은 그이 일기를 언젠가 몰래 훔쳐본 때문이에요, 호호."

흡사 다른 사람이 된 것처럼 얼굴에 홍조조차 띠우며 최 여사는 말했다.

"저두 지리산 입구인 K역까지 가겠어요. 거기서 삼십 리 길밖에 안되겠어요. 지도를 보니깐요……. 설마 차편은 있을 테죠. 선생님이 다녀올 때까지 전 K역에서 기다리겠어요. 그리구 선생님이 혼자 오시면 깨끗이 단념하겠어요. 그이를……. 일시를 어떻게 하실까요? 선생님 형편 허하시는 대로 하십시오. 저는 뭐 급하진 않으니까요……."

부인의 일사불란한 의사표시를 들으면서 기호의 마지막 남긴 말뜻이 비로소 납득이 된 나는 갑작스레 기호와 만나고 싶어졌을뿐더러 겉으로는 아무렇지도 않은 체하지만 내심으론 서먹서먹한 나를 불러낼 만치 초조한 것이 분명한 최 여사의 심중이 헤아려지기도 하여 무슨 선언이라도 하듯 말했다.

"쇠뿔은 단김에 뽑으랬다구, 오늘 저녁차로 떠납시다."

만추晩秋의 전라선全羅線은 음산하였다. 날이 채 새기 전에 K역에 하차한 직후 기호에게 던질 적당한 말을 겨우 골라낸 나는 내가 타고 갈 자동차를 구하러 거리 쪽으로 걸어가는 부인의 뒷모습을 가벼운 마음으로 바라보면서 어린애처럼 혼자 히죽히죽 웃었다.

"이봐 기호! 여자들이란 말야, 훌륭한 남자를 원하지 않아. 착실한 남편을 바라는 거야."

최 여사의 짐작과는 달리 그곳에서 자동차를 구할 수는 없었고 자전거를 빌릴 수가 있었다.

미안해서 어쩔 줄 몰라 하는 부인에게 과히 염려 말라고, 기호를 반드시 데려오겠다고, 그런 엉뚱한 장담을 남기고 자전거의 페달을 열심히 밟으며 밟으며, 나는 흥겨웠고 벌써 단풍이 거의 져가는 지리산 기슭은 삭막하지만 기호와의 대면 광경이 떠올라 그냥 흥겨워졌으며, 나 따위의 의사로는 자기 소신을 바꾼 적이 단 한 번 없었던 기호도 이번만은 꼭 들어주리란 확신이 솟아 정비가 덜 되었거나 기름이 모자라거나 하여 바퀴가 돌 적마다 찍찍 들리는 녹슨 쇳소리조차 흥겨웠다. 나는 휘파람을 불었다.

—《월간문학》, 1969. 12.

제주도

관상대의 일기예보는 끝내 빗나갔다. 7월 안으로는 갤 것이라던 장마가 8월로 접어든 후에도 계속되었을뿐더러 오히려 거칠어졌다. 참으로 못마땅한 여름이었다.

5월도 채 가기 전에 밀려들기 시작한 먹구름떼가 서울의 하늘 밑을 위협하지 않은 날이 없었다. 주제에 비다운 비는 내리지 않았었다. 당장 천지이변이라도 일으킬 듯, 번개와 뇌성이 요동을 치다가도 겨우 이슬비였고 하늘은 도로 짙은 회색빛으로 되돌아가곤 했었다.

그랬던 날씨가 7월에서 8월로 접어들면서 두 차례에 걸쳐 억수같이 퍼부어댔다.

첫 번은 3일 저녁에서 5일 새벽에 걸쳐서였고 두 번째는 7일 밤낮 하루 동안에 각각 백 몇 십 밀리씩을 쏟아놓았다.

참으로 1969년의 여름은 안현수安賢洙에게 있어 고르지 못했다. 20년 전의 그해 여름처럼.

한강 인도교를 건너 왼쪽으로 구부러진 아스팔트는 흑석동 경삿길을 넘어 동작동에 이르러 세 갈래로 갈라진다. 왼쪽은 경부고속도로의 일환이요, 가운데가 말죽거리를 거쳐서 원지동에 이르는 지방도로이고 오른쪽이 사당동, 남성동에 이르는 자갈조차 제대로 깔리지 못한 임시도로이다.

집중 폭우의 피해는 두 간도間道*를 기어 다니는 이른바 시내버스와 그 이용자들이 입었다.

한강의 수원水原인 강원도에는 더욱 세찬 호우가 쏟아져 급격히 불어난 강물은 하룻밤 사이에 두 간도가 뱀 허리처럼 휘어져 나간 저지대로 밀려들어 순식간에 호수를 이룩해놓았고, 두 간도의 초입 5백 미터쯤씩이 끊어져 나갔다.

버스 승객들은 분기점에서 일단 하차하여 나룻배로 옮겨 타서 호수를 건너가 대안에서 기다리는 다른 버스로 옮겨 타야 했는데 그 나룻배라는 것들이 오과잡탕이다.

여느 때에는 인도교 근처를 어른거리던 주정꾼들의 놀잇배, 젊은이들의 전용물이던 보트, 낚시꾼들의 고깃배, 심지어 자갈 운반용 철선鐵船 따위까지 동원되었다. 수십 척에 달하는 나룻배의 삯은 일금 10원인데 그것은 엉뚱하게도 버스 승객들의 부담이었다.

현수는 오늘도 새벽부터 나룻배로 둔갑한 잉어잡이 고깃배를 급조된 호면에 띄웠다. 십여 년째 잉어잡이를 업으로 삼아온 현수 스스로의 의사에서는 아니지만 행정 관청의 요청에 의해서였다.

현수는 처음 거북한 느낌이 들어 망설였으나 한두 차례 왕래하고 나니 그다지 싫을 것도 없는 노릇이었다. 수심 4미터 정도의 급조된 호면에 은빛 담수어 따위가 튕기거나 하진 않았지만 이태리산産 포플러들이 모가지 윗부분만 드러내고 있어 수풀 속을 헤매는 느낌이었다.

거기 지금 막 동쪽 하늘에 솟은 햇살이 널린다. 투명스럽지는 않으나 흙탕물이 엔간히 가라앉아 참말 호수였다. 현수는 진정 싱싱한 마음으로 고깃배를 저어 갔다. 노를 잡은 두 팔을 급히 놀려야 할 이유는 없다.

아침은 아직 이른 것이다. 지금 쟁반만큼 한 저 해가 돈닢만치로 작아지면 급조된 이 호수의 흙탕물은 여지없이 본색을 드러내리라.

현수는 공연히 설레는 가슴을 달래며 노를 잡은 두 팔을 다소 빠르게 놀렸다. 고깃배는 포플러 가지 사이를 유유히 흘러가고 현수의 마음은 그 이태리산 포플러 빛깔처럼 푸르른 채 호젓했다.

사당동 쪽 대안에는 십여 명의 출근객과 학생들이 나룻배를 기다리고 있었다. 그들이 눈에 띄자 현수의 두 팔은 저도 모르는 사이에 더욱 잦아졌다.

기슭에 닿기가 바쁘게 도선객들이 우르르 몰려들었다. 다섯 명이 타기에도 비좁은 고깃배에 열 사람 가까이 올라탔다.

"위험합니다. 몇 분 내리십시오. 제발 몇 분만 내려요."

현수는 두어 번 되풀이해보고는 다시 노를 잡았다.

아무 효용이 없는 소리임을 그는 알고 있어서였다.

관할 경찰서의 담당 경관에 의해서 나룻배 사공이 된 지 5일째, 도선객이 밀려드는 아침저녁에는 으레 겪는 일인데다가 매번 무사했기 때문에 저쪽이나 이쪽이나 아예 타성이 되어버린 탓이었다.

홍수 전에는 발목도 채 잠기지 않은 실개천을 낀 위험하지도, 아무렇지도 않은 습지대였음이 모두의 머릿속에 잠재해 있는 탓이기도 했다.

그래도 어쩐지 석연치가 않아, 잠시 망설이는 현수에게 출근객들은 저마다 한마디씩 뇌까린다.

"그냥 갑시다, 가요."

하는 것은 점잖은 편이었고,

"뭘 그래, 까딱없는데."

반말이 튀어나오기도 한다.

이럴 경우 현수는 으레 지고 마는 성미이다. 다음 순간에 현수의 두 팔은 무슨 기계처럼 움직이고 있었다.

무거워진 고깃배는 육중한 템포로 조용히 흘렀다.

"좀 빨리빨리 가요!"

"그 아저씨 솜씨가 둔하군."

"저 나뭇가지 사이로 빠져나가면 곱은 빠르겠구면, 쯧쯧."

"옳아, 옳아."

"에이구, 포플러 사이를 빠져나갈 노릇이지 돌긴 왜 돌아, 쯧쯧."

촉새 한 쌍이 제 세상을 만난 듯 수면을 넘나들며 재재거린다.

그 촉새처럼 생긴 늙은 노타이가 말했다.

"홍수 덕분에 신선놀음이군."

촉새들은 모가지 윗부분만 내민 포플러 사이를 열심히 누비고 있었다. 거기 스위트홈이라도 마련하려는가. 사실 평화스럽지 않을 것도 없다. 참으로 하늘은 오랜만에 한껏 푸르른 것이다.

그러나 포플러들처럼 역시 모가지만 내놓고 있는 전주와 전주 사이에 늘어진 전선 위에 일렬횡대로 앉아 있는 제비떼들은 달라진 하계下界의 양상이 아무래도 수상함인지 조용히 지켜보고 있다.

그 제비들과 시선을 나누며 현수는 포플러 숲을 피해 천천히 노를 저어 갔다.

"아하, 그 아저씨 포플러하고 무슨 원수졌나?"

"이거 원 두 배는 도는구면."

"역시 솜씨가 서툴러."

언제 어디서나 그러하듯 군중은 말이 많다. 듣다 못해 '중년 넥타이' 가 점잖은 목소리로 타이르듯 말했다.

"사공이 많으면 배가 산으로 오르는 법이오."

중년 넥타이의 한마디로 배 안은 잠시 조용해지는 듯싶었는데 일은 그다음 순간 '퉁' 하는 둔중한 음향과 더불어 야기되었다.

말죽거리 쪽 승객을 잔뜩 태우고 포플러 사이를 막 헤치고 나온 자갈 운반용 철선이 현수의 고깃배 옆구리를 쪼아버린 것이었다. 고깃배는 수직으로 높이 치솟았다.

그다음 순간에 물속으로 팽개쳐진 현수는 뭐가 어떻게 되는 건지 알아차릴 경황도 없었다. 뒤집힌 뱃바닥의 포물선, 거기 매달려 아귀다툼 하는 사람들, 포플러 가지를 휘어잡은 채 물속으로 잠겨버리는 사람, 그리고 일제히 날개를 펴는 전선 위의 제비떼—영사막처럼 눈앞을 스친 그런 것들과 더불어 들려오던 아비규환이 현수의 귀에서 서서히 멀어져 갔을 뿐이었다.

가슴 언저리가 답답하다. 무엇인가가 타고 앉아 짓누른다. 항시 위엄스러운 존재이던 이십 몇 층인가의 빌딩이 기울어져 온다. 마천루가, 그렇게 견고하게 보이던 그 마천루가 무너져 내린다. ……구조 경관에 의해 인양된 현수가 인공호흡으로 의식을 되찾은 것은 삼십 분쯤 후였다.

분기점 근처 일대는 인산인해를 이루고 있었다. 뱃길이 끊겨 구경꾼이 되어버린 버스 승객들은 모두 제멋대로 지껄이고 있었다. 그 합창은 지구 덩어리라도 떠메고 갈 정도였으나 현수의 귀에는 무슨 복잡한 기계 소리처럼 시끄러울 뿐이었다.

상반신을 일으키고 앉은 현수는 마치 감전된 사람처럼 그대로 굳어졌다. 현수의 두 눈은 부릅뜬 채 일 지점을 응시하고 있었다. 저만치, 무슨 돌부처처럼 가지런히 눕혀져 있는 일곱 구의 시체……

현수는 무엇인가를 생각해내고 있었다. 자기가 저은 고깃배에 타고 있던 사람들임을 못 알아차려서가 아니다. 자기가 죽인 것과 진배없음을 못 깨달아서도 아니다. 다섯도 비좁은 배에 열 사람 가까이를 태운 일이 뉘우쳐져서도 아니다. 공교롭게도 자기는 살아남은 미안감 따위는 더욱 아니다. 현수는 분명 그 언젠가 저런 광경을 목도한 적이 있어서였다.

열매를 미처 못 거둔 고구마밭 이랑에 수형자受刑者 일곱을 일렬횡대로 세워놓고 나서 중대장 임 중위는 아무렇지도 않은 얼굴로 소리쳤다.

"눈 감앗!"

수형자들에게 고함치고 나서 현수들에게도 명령을 내렸다.

"사격 준비!"

집행자들은 일제히 총구를 올렸다. 다섯 발들이 일제 구식 소총이었다.

현수는 자기의 두 팔이 후들후들 떨림을 의식하며 곁눈으로 힐끗 옆을 보았다. 어찌 된 일인가. 동료 사나이 다섯은 온데간데없다. 시범하기 위해서 권총을 꺼내 들었던 임 중위는 물론이요, 자기와 똑같은 보호색 차림의 다섯 사나이는 보이지 않고 번쩍거리는 총신銃身들이 무슨 파도처럼 넘실거리고 있었다. 아찔해진 현수는 저도 모르는 사이에 두 눈을 감아버렸다.

임 중위의 날카로운 외마디소리가 또 한 번 울렸다.

"눈 감아!"

그것은 눈을 뜬 수형자들에게 향한 임 중위의 호령이었다.

그러니까 현수는 도로 눈을 떠야 한다고 조급해졌지만 뜻대로 안 되었다. 임 중위의 호령이 자기에게 향한 것 같은 착각에서였다.

'나는 집행자인가? …… 수형자인가? …… 죽이는 자인가? 죽는 자인가? …… 국군 병사인가? 공비共匪인가? 어느 쪽이냐? 어느 쪽이냐?'

그때 임 중위의 네 번째 호령이 현수의 귓전을 때렸다.

"이 새끼들, 그래 가지고 전쟁을 할 것 같아!"

수형자들에게가 아닌 집행자들을 향한 질타였다.

현수는 가까스로 눈을 떴고, 후들후들 떨리는 두 팔에 힘을 가하며 앞으로 쭉 폈다.

"조준!"

한쪽 눈을 도로 감았다. 그러나 거기 시커먼 총신 끝에 분명히 서 있던 상고머리의 모습은 보이지 않았다.

"사격!"

동시에 요란스러운 총성이 하늘과 땅을 뒤흔들었다.

현수는 얼떨결에, 진정 얼떨결에 노리쇠를 다섯 번 당기었고 둘째손가락을 다섯 번 걸었다. 그리고 분명히 들었다.

"대한민국 만세!"

"대한민국 만세!"

"대한민국 만세!"

"대한민국 만세!"

"대한민국 만세!"

"대한민국 만세!"

"대한민국 만세!"

그다음 순간, 더욱 열띤 임 중위의 구령이 또다시 울렸다.

"십 보 앞으로!"

일곱 구의 시체가 가지런히 쓰러져 있는 쪽을 향해서 현수는 지금 걸어가고 있다.

현수는 이제 불안도, 공포도, 고뇌도 없었고 사지四肢가 떨리지도 않았다. 시야에 들어온 삼라만상이 짙은 노란빛으로 칠해졌을 뿐이었다. 발을 열 번 옮기는 시간이 어찌하여 이다지도 길단 말인가. 그런 속에서도 현수는 엉뚱하게도 조금 전에 울린 총성의 수효를 셈하고 있었다.

총알이 아까워 단 한 방에 골통을 뚫어야 한다던 명사수 임 중위의 권총 소리 일 발……. 그리고 현수와 한날한시에 입대한 신병인 여섯 사나이의 구구식 소총 소리.

'6×5+1=31.'

피살자들의 얼굴은 한결같이 흙빛으로 변색되어 있었다. 현수의 총에 맞은 상고머리도 그랬다.

'나의 얼굴빛은?'

분명 저럴 것이다—라고, 현수는 엉뚱하게도 그런 생각이 번개처럼 머릿속을 스치었고 동시에 바로 옆의 이기호李基鎬 얼굴을 무심결에 살피었다.

벌겋게 상기된 기호의 얼굴에서는 김이 무럭무럭 피어오르고 있었다.

'기호! 내 얼굴도 자네 얼굴처럼 벌건가? 자네 얼굴처럼 김이 피어오르고 있는가?'

현수는 그렇게 외치고 있었지만 그런 소리들은 고스란히 입속에서 꺼져버리는 것이었다.

"확인하라!"

"옛!"

대답은 현수를 제외한 다섯의 합창이었으나 임 중위는 알아차리지 못한 눈치였다. 틀림없이 그랬다. 알아차렸던들 훈련장에서처럼 그의 주먹이 현수의 면상에 날았을 것이었다.

임 중위의 명령에 의해서라기보다 현수는 진정 다른 의미에서 자기 발밑에 쓰러져 있는 상고머리의 얼굴빛을 한 번 더 살피었다.

밭과 밭 사이의 경계를 이루고 있는 돌각담 위에는 어느새 날아온 까마귀 한 쌍이 이쪽을 지켜보며 울고 있었다.

"까욱, 까욱, 까욱."

중대 주둔처인 Y국민학교 교사校舍 안으로 들어와 마주 앉은 후, 기호는 총 수입을 하며 말했다.

"현수는 몇 발 쐈나?"

"?······"

얼른 대답을 못하는 현수의 총을 당겨 기호는 탄실彈室 안을 확인까지 했다.

"다섯 발을 다 쏴버렸군. 아까워, 총알이 놈들에겐······."

"······."

"난 세 발 쐈을 뿐이야. 거리가 너무 가까웠거든. 십 보라니, 중대장 녀석 사람을 깔봐두 분수가 있어야지. 그리 가까운 거리에선 사격 연습도 안 된다, 그 말이야!"

헝겊으로 소총 부속품을 연방 닦으며 기호는 계속했다.

"놈들이 죽으면서 어째서 대한민국 만세를 부른 것 같은가?"

"글쎄······."

"인민공화국 만세를 안 부르고 대한민국 만세를 부른 이유를 현수, 자네는 어떻게 생각하나?"

"······."

"끝까지, 행여나 살려줄까 해서야. 비겁한 새끼들, 죽는 순간까지 행여나 살려줄까 해서. 주제에 무슨 혁명을 해? 비겁한 새끼들······."

"······."

기호는 혼잣말처럼 말꼬리를 흐지부지 넘겼다.

현수는 긍정도 부정도 안 했다. 실은 기호의 그런 질문의 참뜻도 알아차리지 못했다. 현수는 참으로 엉뚱하게도 기호가 두 발을 쏘지 않았다면 아까 울린 총성은 합계 스물아홉 발이 된다는 그런 생각에 골몰해 있었다.

전투와 훈련을 병행하는 특수부대에 입대한 지 사흘째 되는 날, 그러니까 1948년 가을, 제주도에서였다.

천장의 무늬가 달랐다.

가지런히 눕혀져 있는 일곱 구의 익사체가 시야에 들어온 순간, 두 번째 의식을 잃었다가 제정신을 되찾은 현수의 시야에는 먼저 베니어 판자로 된 천장이 들어왔고 이어 하얀 빛깔의 바람벽과 황혼이 밀려온 유리창, 그리고 머리맡에 있는, 의자에서 꾸벅꾸벅 졸고 있는 사나이를 현수는 보았다. 기호였다.

"아아, 잘 잤다."

인기척에 눈을 뜬 기호는 기지개를 펴고 나서 계속했다.

"문병 온 주제에 그만 깜빡했군. 하지만 난 미리 알고 있었네, 자네가 틀림없이 소생한다는 걸 말이야. 의사 말이 자넨 실신하자 곧 깊은 잠에 떨어졌다는 거야. 이상체질이라더군, 자넨."

"……."

기호는 원래 말이 많은 녀석이다. 현수는 무엇이라 대꾸할 적당한 말이 떠오르지도 않아 기호의 얼굴을 물끄러미 바라만 보고 있었다. 자기는 지금 병실에 있는 것이 확실했고, 그 조치는 더 생각할 나위도 없이 기호가 취했으리라. 기호는 좀 더 자세한 자초지종을 자연스럽게 설명했다.

"보통 사람 같으면 고만 일로 기절하거나 실신하지 않는다는 거네.

그럼 심장이 약하냐 하면 그렇지도 않다는군. 곧 깊이 잠들 수 있는 게 그 증거라나, 어쩐다나……. 아무튼 일곱 사람이 익사한 건 현수 책임은 아닌 것 같아. 자네 외에 또 한 사람의 생존자가 명확한 증언을 했어. 의젓한 중년 신산데 자네에겐 아무 실수가 없었다고 아주 소상히 증언했어. 과실치사 혐의로 일단은 조살 받을 테지만 말야……."

"……."

현수는 별로 할 말이 없었다. 자연 그래서 기호의 다음 말을 기다리는 꼴이 되었다.

고깃배가 뒤집힌 뒤의 경위는 대강 짐작이 갔지만 기호가 더할 말이 있는 눈치였기 때문이기도 했다. 그리고 현수는 태연자약한 기호의 태도나 언동이 다소 못마땅한 느낌이 들기도 해서였다. 그러한 현수의 얼굴빛을 알아차렸음인지 기호는 다소 빨라진 말투로 계속했다.

"자넬 이 병원으로 데려오는 걸 형사 녀석은 반대하더군. 내가 직접 달려왔게 망정이지 출입기자만 보냈더라면 자넨 지금쯤 경찰서에 연행됐을지 모르네. 경우야 어찌 됐던 일곱의 생명이 저승으로 갔으니 말일세."

태연한 말투로 이야기를 끝낸 기호는 담배를 꺼내 붙어 문다.

현수는 무료해질밖에 없었다. 그는 피울 줄 모르는 것이다. 잠시 침묵이 흐르는 사이에 현수는 자기 외에 살아남은 사람이 짐작이 되었다. 승객 중에서 중년 신사란 '사공이 많으면 배가 산으로 올라간다'던, 그 '중년 넥타이'가 틀림없을 것 같아서였다.

기호의 담배가 제대로 연기를 뿜기 시작하였을 때 현수는 불쑥 물었다.

"자넨 정말 아무렇지도 않나?"

"뭘 말인가?"

기호의 반문은 당연하다고 현수는 다음 순간 대뜸 알아차리고 좀 쑥스러워졌다. 그는 지금, 오늘 아침에 있었던 익사사고와 이십 년 전에 제주도에서 있었던 일을 혼동하고 있는 스스로를 의식한 때문이었다.

"오늘 아침에 일곱의 생명이 저승으로 갔다는 사실에 대해서도 말이네."

"현수, 이미 지난 일에 골몰할 건 없네. 그까짓 일곱쯤 가지고 뭘 그러나. 월남이나 중동에선 한꺼번에 몇 십 몇 백씩 죽어가지 않나. 먼 곳의 예를 들 것두 없지. 어제 영남 지방에서 버스사고로 삼십 몇 명이 몰살당했어. 뭘 그러나 일곱쯤 가지고, 하하하."

"……."

현수는 멍청해질밖에 없었다. 기호의 태도는 자기를 위로할 목적에서든, 일류 신문의 사회부장이라는 직업적 습관에서든 현수는 심히 못마땅해졌다.

그러나 기호는 현수의 표정 따위에는 전혀 개의치 않고 지껄여댔다.

"또 발작인가? 사람두, 자넨 아무 생각 말고 푸욱 쉬라구. 일어날 것도 없다구. 현수는 푸욱 쉬는 편이 좋아."

침대 위에서 반신을 일으키는 현수를 기호는 억지로 눕힌다.

현수는 결국 오늘도 입을 봉하고 기호의 우정을 받아들일 수밖에 없이 됐다. 교우 30년, 언제 어디서나 기호의 기민한 능동성과 명확한 이치에 압도되어 현수는 곧잘 입을 다물어버리곤 했다.

참으로 그것은 무슨 습관처럼 되어 있었다. 그러나 오늘, 지금의 침묵은 뜻이 다름을 현수는 어렴풋이 의식하고 있었다. 다른 다섯 사람이 구구식 소총 알 다섯 방씩을 몽땅 쏘아버릴밖에 없었던 그 황당한 속에서 세 발만으로 목적을 달성한 스스로에 만족하였던 20년 전의 기호 얼굴이 떠오른 때문인가. 아니었다. 20년 전의 경우와 오늘의 사정은 완연히 다르다고 현수는 혼자 속으로 셈하였다. 20년 전의 일과는 달리 오늘 아침의 사고는 전혀 우발적이다.

20년 전의 거기엔 애당초 면밀히 짜여진 음모가 개재되어 있었고 현수들이 그 음모에 손쉽게 말려든 데 비해서 오늘 아침의 사고는 의심할 나위 없는 우발적 사건이 틀림없지 않은가. 다만 현수는 어떠한 이유에서든 사람이 죽어간 데 대해서 아무렇지도 않은 듯한 기호의 태연한 거동과 언동이 새삼스레 견딜 수 없는 것이었다.

1948년 4월 3일, 새벽 두 시를 기해, 살육 방화의 도가니로 화한 제주도에 현수, 기호들 4백여 명은 우마牛馬가 팔려 넘어가듯 그렇게 몰려갔고, 격침조차 무딘 낡은 구구식 소총이 쥐어졌으며, K리里라는 낯선 고장에 배치된 그날 밤 군장軍裝도 채 풀기 전에 습격을 받았다.

전쟁이라고는 서적이나 영화 따위를 통해 구경했을 뿐인 스물두서너 살짜리 젊은이 사백여 명 중, 십삼 명이 죽고 이십여 명이 상처를 입었다. 총 쏘는 방법조차 제대로 익히지 못한 그들을 비웃기라도 하듯 수 미상의 적은 여명과 더불어 피 한 방울 남기지 않고 연기처럼 사라져갔다. 남긴 것은 탄피뿐이었다. 그 탄피에 의해 적의 무기는 미국제 카빈과 M1 소총임이 밝혀졌으며, 습격자들은 4월 3일 직후 집단으로 입산하여 공비共匪와 합류한 제○연대 전前 사병들이란 판단이 내려졌다. 참으로 꿈결 같은 하룻밤의 일이었으나 바다를 함께 건너온 열셋의 동료는 저승으로 갔고, 삼십여 명은 제주시에 있는 군 병원으로 이송되어간 것만은 엄연한 사실이었다.

종야終夜, 현수들을 지휘하느라고 피로하였음인지 ○○중대장 임 중위는 정오가 지나서야 자리에서 일어나 대원들 앞에 나타났다. 임 중위는 그의 보좌관이요, 유일한 고병古兵인 문 상사를 통해 해안 부락인 Y리에로의 이동 명령을 내렸고, 삼 일 후 전투 지구에서 부여되는 '중대장 직결 처분권'을 행사한 것이었다.

총을 생전 만져보지 못한 손으로 사람을 죽이게 했고, 또 죽인 사실이 견딜 수 없었던 현수와는 달리 기호는 자랑스러운 듯한 표정이었다. 그는 이치에만 맞으면 됐다. 신병 부대가 주둔한다는 정보를 적에게 알렸다는 그 일곱 명의 죄명이 기호는 합당하였던 것이며 그래 양민구梁民九에 의해서 그 사실이 전복되었을 때에는 자기 나름대로 그럴싸한 이치에 적합한 행동을 감행하고는 장쾌감에 도취될 수가 있었다.

현수는 제주도 전체가 온통 어수선한 꿈속만 같았다.

양민구의 출현만 하더라도 현수에게는 의외였다. 현수, 기호와 중학 동기동창인 그는 제주도 태생이어서 만나게 되리라는 짐작은 했지만 서북 출신만으로 편성된 특수부대에 입대해 오리라곤 상상조차 못했었다.

"놀랄 건 없네. 지원했어. 이 공비 토벌 부대에 말이네. 동기는 너희들보다 몇 갑절 절실해……."

불과 삼 년 동안에 민구는 어른스러워졌다고 현수는 그런 생각을 했다. 스산한 늦가을의 어항魚港이 한눈에 내려다보이는 언덕에서였다.

현수와 기호가 근무하는 그 분초소分哨所로 민구는 일부러 찾아 나왔었다. 그칠 사이 없이 밀어닥치는 파도에 실려 달빛 속에 춤추는 발 묶인 어선들을 민구는 퍽 오랫동안 말없이 응시하고 있었다. 현수의 눈길도 자연 민구의 시선을 따르고 있었지만 기호는 별들이 깨알처럼 박힌 밤하늘에 눈총을 주고 있었다.

민구는 그러한 기호를 비웃기나 하듯 그러한 말투로 말했다.

"먼저 너희들에게 감사해야겠다……. 현수와 기호는 우리 고향을 지켜주러 왔으니까……."

"……."

"……."

별들이 깨알처럼 박힌 하늘에 눈총을 주고 있는 기호와 어항에 시선을 던진 현수는 각기 다른 의미에서 입을 다물고 있었다.

민구는 둘의 얼굴을 번갈아 두어 번 살피고 나서 말을 이었다.

"지난 사월 삼일 새벽 두 시, 수백 명의 청년들이 떼를 지어 동일한 시각에 제주도 내의 모든 경찰지서를 일제히 습격했어……."

민구는 잠시 말을 중단하고 또 한 번 현수와 기호의 얼굴을 번갈아 살피었다.

현수는 민구의 태도가 다소 의아스러웠다. 이야기를 중단할 아무런 이유도 없어서였다. 짧은 순간이 지난 뒤, 민구와 기호의 대화를 듣고 나서야 현수는 그 이유를 알아차릴 수가 있었다.

"청년들이 경찰관들이 갖고 있던 총을 뺏어서 무장 폭력단을 조직한 사실은 알고 있을 테지? 그 때문에 너희들이 여기 왔으니까…… 그 우두머리는 남로당[南朝鮮勞動黨] 제주도 조직책인 김달삼金達三이란 자였어."

"민구, 너에 관한 얘기만 듣자."

기호는 시선을 밤하늘에 그냥 둔 채 퉁명스러운 말투였고, 민구는 그러한 기호의 말이 당연하다는 듯 고개를 끄덕이며 계속했다.

"김달삼과 그 졸도들은 자기들의 의사에 역행하는 자들을 닥치는 대로 죽이는 마당에 있어서 그렇지도 않은 사람들을 죽이기도 했어. 그 첫 희생자가 K중학교 교장이야……."

그냥 밤하늘에 시선을 던진 채 기호는 말이 없었고, 현수는 민구가 말을 중단한 이유를 생각하며 그의 얼굴 쪽으로 시선을 돌렸다.

민구는 현수와 기호의 거동을 또 한 번 번갈아 살피고 나서 다시 어항을 내려다보며 혼잣말처럼 말했다.

"K중학교 교장이 죽은 이유는 단순했어. 그의 집이 N지서 주임집과 이웃한 때문이었네. 그들의 철창을 복부에 받은 경찰관이 지른 비명에 놀라 뛰쳐나온 교장의 복부에도 역시 철창이 간단히 꽂혔어. 피 냄새를 맡은 그 김달삼의 졸도는 K중학 교장을 적으로 오인한 것이었지. 나는 그자를 용서할 수가 없어. 왠지 아나? 그 K중학 교장이 양춘길梁春吉이라고, 바로 나의 아버지인 때문이야."

"……."

"……."

현수와 기호는 각기 긴 한숨을 한 번씩 몰아쉬었을 뿐이었다.

"이제 됐나?"

민구는 둘의 반응, 특히 기호의 안면에 한참 시선을 꽂았다가 다소 열띤 목소리로 말했다.

"너희들에게 내가 전하고 싶은 말은 이제부터네. 며칠 전 너희들의 손에 총살된 일곱 사람이 있지? 공비라고 잡아온 사람들 말이네……."

"그럼 공비가 아니란 말인가? 민구는 그걸 단정할 수 있단 말인가?"

"……."

현수는 숨이 막히고, 심장의 고동이 정지하는 듯한 착각에 사로잡혀 무엇이라 입을 벌릴 엄두도 나지 않았다.

기호는 벌겋게 상기된 얼굴로 거칠어진 숨결을 연방 몰아쉬고 있었다.

민구는 비교적 담담한 말투로 계속하였다.

"그들은 모두 우익 인사야. 산간 부락으로선 제일 큰 S읍의 유지요, 참다운 의미에서의 민족주의자들이라네……. 일제 때는 말이야, 단 오십 명의 경찰관으로 십분 치안이 확보된 제주도인데 말이야……."

민구의 말을 더 이상 들을 수가 없어 민구를 바라보던 시선을 당황히 거둔 현수의 귀에는 구구식 소총의 안전장치 풀리는 소리가 들렸다. 그리고 이어 민구의 외마디소리를 들었다.

"기호!"

"놔! 민구! 그 새낄 당장 죽여버리겠어. 임 중위 말얏!"

"이 사람 여전하군, 진정해."

"뭣이 어째? 민구, 너두 틀렸어! 왜정 때를 그리워하는 네 태도부터
가 못마땅하단 말얏. 그리구 민구! 네가 용서할 수 없는 건 너의 아버지
를 죽인 공비뿐이 아니냐! 삼팔선을 넘어온 우리가 여기 온 것은 그런 미
적지근한 생각에서가 아니다! 알겠나, 민구? 이 손을 어서 놔! 놓으란 말
얏!"

"기호, 이 사람아! 네 손이 갈 것까지 없어. 임 중위를 체포하러 헌병
들이 도착할 시간이 됐어."

그제야 기호는 정상을 찾았고, 민구는 기호의 손목을 잡았던 손을 조
용히 놓았다.

민구의 말은 사실이었다. 잠시 후 서쪽 언덕을 넘어서는 네 줄기의 헤
드라이트를 보았다. 헌병 장교와 그 부하들이 탄 지프와 스리쿼터*였다.

태풍이 스치고 지나가듯 중대장 임 중위의 체포 압송은 십 분도 채
안 걸렸다. 되돌아가는 네 줄기의 헤드라이트를 현수와 기호와 민구는
분초소에서 조용히 지켜보고 있었다.

그 네 줄기의 헤드라이트가 엔진 소리와 더불어 서쪽 하늘 밑으로 사
라질 즈음 정문 보초의 목소리가 야음을 타고 메아리쳤다.

"근무 중 이상 무!"

답례하는 주번 사관士官의 모습이 희미하게 보였다. 얼굴을 확인할 수

| *짐을 싣는 자동차, 지프와 트럭의 중간급.

있는 거리는 아니었으나 문 상사임에 틀림없었다. 장교의 수효가 적어 고급 하사관들이 소대장 근무를 할 무렵이었다. 그날의 주번 사관은 문 상사임을 현수는 알고 있었다.

"저 새낀 어떤가?"

"역시 기호답군."

"무슨 뜻인가?"

"임 중위보다도 저자가 주모자라고 나는 생각하고 있네. 너희들의 손에 저승으로 간 일곱 사람의 희생은 임 중위보다도 저자의 농간이라고 나는 그렇게 생각해."

"그런데 안 잡아가는 이유는?"

"우선 내 말을 신중히 들어."

민구는 목소리를 죽이며 기호와 현수를 또 한 번 번갈아 살피고 나서 계속하였다.

"국군 ○연대는 제주도 청년들로 편성됐었어. 그들 중에는 4·3(4월 3일) 이전 김달삼의 졸도였던 자가 수두룩했네. 아니, 그자의 지령으로 군에 침투했다고 봐야 하지. 그 우두머리가 문상길文相吉이라는 육군 중위였는데 부대장인 B대령을 암살해버리고 김달삼에게 호응, 4·3폭동을 용이하게 유도한 거야. 당시 문상길을 따른 사병은 일개 대대 병력이나 되었고, 4·3 이후 삼삼오오 입산했지만 아직도 ○연대 안에는 그 무리들이 적지 않이 남아 있다고 나는 그렇게 보네. 너희들 생각은 어때?"

"어서 얘길 계속하게."

아까와는 달리 기호는 민구의 신상보다 제주도 전체의 상황을 알고 싶은 눈치였다.

"아무튼 반공사상이 투철한 너희들 서북 출신이 투입된 것은 그 구멍을 메우기 위해서였는데……."

"그래, 어쩐다는 건가?"

하고, 쏘아붙이는 기호를 바라보며 민구는 빙그레 웃고 있었다.

그러한 민구의 표정과는 정반대로 기호는 성난 얼굴인 채로 말했다.

"우리에게 낡아빠진 구구식 일본제 소총을 주어, 몰살시킬 음모가 개재해 있었다— 그런 말일 테지?"

기호의 반응은 민구의 설명만큼이나 엄청나다고 현수는 생각했다.

발짝 소리와 더불어 가까워 오는 문 상사의 그림자를 응시한 채 민구는 말을 이었다.

"그 음모의 주모자는 아무래도 임 중위 이상의 선에 있는 것 같고 그 음모의 실행 책임자는 문가가 아닌가 싶어. 너희들이 제주도에 도착한 당시에 이미 ○연대 X대대에는 M1총이 지급되었음을 나는 알고 있네. 물론 너희들 전원에게 지급할 M1은 현재 부족할는지 모르나 X대대에 먼저 지급한 이유가 나는 납득이 안 돼. 또한 저번 날 너희들이 죽인 수형자 색출도 저놈의 짓일 것 같네. 왜냐하면 임 중위는 너희들이 도착한 후에 부임해 왔기 때문에 문가의 재량이 크게 작용한 것이 거의 틀림없어. 그리고 너희들의 손을 교묘하게 빌어 총살해버린 그 일곱 사람 중에는 문가의 소꿉친구가 둘이나 끼어 있었다는 사실을 나는 오늘 이곳에 와서 확인했네. 그날 총살 집행 현장에 문가가 나타났던가? 얼씬도 안 했지, 기호?"

"민구가 할 말은 그뿐인가?"

"Y리의 민보 단장*이 임 중위만 헌병대에 고발한 이유를 여기 오는 순간까지 나는 생각하고 있었네. 저 문가놈의 보증인이 C면 면장이라는 한 가지 이유로 민보 단장이 고발 안 한 것인지, 헌병대에서 임 중위만

| * 각 부락마다 조직되어 있는 우익 단체의 책임자.

문제 삼은 것인지 그걸 나는 모르겠다 그 소리야, 기호!"

"알았다, 민구! 내 말을 들어. 물론 현수도…… 앞으로 오 분쯤, 아니 삼 분이면 될 거야. 모두 눈을 감고 있어. 귀도 막는 게 좋겠군. 엉뚱하게 간섭하면 내 총부리가 어떻게 될지 나도 몰라. 이건 농담이 아냐."

"……."

"……."

오랜 침묵이 흘렀다. 아니, 실은 짧은 순간이었다. 기호의 정확한 계산대로 삼 분 내외였다. 문 상사가 부대 주둔지인 Y국민학교 정문에서 이백 미터쯤 떨어진 분초소까지 도보로 오는 시간에 지나지 않았으니까.

현수에게 그 삼 분 내외가 오랜 시간처럼 착각되었을 뿐이었다.

주번 사관 표지인 완장을 두른 사나이는 달빛 속을 담담히 걸어오고 있었다. 조금 후에 어떤 일이 벌어지리라는 것은 꿈에도 모르고.

민구의 자세는 어떠했는지 모르나 현수는 안전장치 풀리는 소리와 더불어 거의 본능적으로 두 눈을 감고 두 손으로 귀를 막지 않곤 못 배겼다. 그래도 총성은 들렸다.

그날 대한민국 국군 제○연대 ○○중대 일보日報에는 아래와 같은 사항이 게재되어 있었다.

'육군 이등상사 문태일 주번 근무 중 23시 30분경 실종.'

세 개의 장방형* 유리창에 어둠이 꽉 찼고, 그 속으로 멀리 네온이 명멸한다.

거기 힐끗 시선을 주었다가 시계를 찬 옷소매를 제치며 기호는 말했다.

| * 직사각형.

"이크, 벌써 아홉 시군. 그만 가봐야겠네. 오늘이 회사 숙직 담당이지. 신문사의 숙직이란 성가시기 그지없어. 언제 무슨 변이 일어날지 모르거든. 언제 어디에서든 엄청난 사건이 일어날 가능성을 내포하고 있단 말이야, 현대 사회란……. 내일 낮에 기회를 봐서 다시 들르겠네. 아니 꼭 들르겠어. 그때까지 이 건물 밖으로 나가지 말게. 서툴게 굴다간 어떤 화를 입을지 몰라. 자넨 살인 용의자거든, 하하하."

웃으며 의자에서 일어나 도어 쪽으로 걸어가다가 말고 기호는 또 입을 열었다.

"이럴 때 현수에게 부인이 있다면 얼마나 좋겠나. 결혼할 생각 아직 없나? …… 참 우리 그런 말 않기로 했었지. 미안미안……. 그만 가네."

"고마워……."

기호의 그 마지막 자문자답에 현수는 진정으로 고마움을 표시했다. 그 언젠가 퍽 오래 전에 한 약속을 기호가 잊고 있지 않다는 사실이 현수는 고마운 것이었다.

그러나 실은 제정신을 차린 직후 의자에서 졸고 있는 기호를 목도한 그 순간부터 줄곧 현수는 혼자가 되고 싶어졌었다. 그러니까 고마운 것은 재차 방문하겠다는 약속이나 제 나름대로 이쪽을 여러 가지로 염려해 주는 따위가 아니고 자기 곁에서 물러갔다는 사실뿐임을 다짐할 수가 있었다.

지난 삼십 년 동안 대체로 그랬던 것처럼 기호의 의사에 순종할 수는 없지 않은가. 적어도 이번만은 그럴 수 없다고 현수는 다시 한 번 혼자 속으로 다짐하였다. 기호의 우정이야 가짜가 아니지만 오늘처럼 늘 부질없는 짓이 고작이다. 사람이란 제 분수대로 살아가면 그만이 아닌가. 홀몸인 현수는 잉어잡이 고깃배가 필요 없었다. 기슭에서 잡은 고기로도 하루 세 끼는 보장되어 있었고 싸구려 숙박비쯤은 충당됐다. 큰 놈은 배에서만 낚을 수 있다는 말을 어디에서 듣고 지난봄 기호는 제 주견대로 고깃배를 사주었다.

사실 타산 없는 우정을 거절하기가 거북해서 받아들였을 뿐이지 주체스러웠다. 기호가 사준 고깃배는 대개 혹부리 영감이 더 많이 사용했고 현수는 고작 사흘에 한 번쯤씩 타보곤 했었다. 그러고 보니 현수는 지난 삼십 년 동안 기호의 우정을 흡족하게 느껴본 적이 대체로 없었다. 때로 그 얼굴이 보기 싫은 적도 있었다. 민구의 얼굴과 나란히 있을 때 겨우 현수는 흡족했었는지 몰랐다. 그것은 민구 혼자에 대해서도 마찬가지였었다. 기호가 곁에 없을 때의 민구는 얼마나 불안스럽게 보였던가.

현수는 참으로 오랜만에 민구 생각을 했다. 민구와의 상대적인 거래는 옛날에 끝났다. 그러나 기호와의 관계라는 것도 어떤 의미에선 일방적이 아닌가. 결국 현수는 기호가 병실 밖으로 나간 후 그의 체취만이 풍겨 있는 방 안이 견딜 수 없었다. 베드에서 일어난 현수는 기호의 뒤를 쫓기라도 하듯 곧 밖으로 빠져 나갔다.

제주도에도 바람이 없는 날이 더러 있었다.

현수가 목적지 없는 탈출을 의도한 것은 그러한 어느 날 밤 김봉수金鳳洙라는 동료의 충동으로 비롯되었다. 현수들보다 나이가 다섯 살쯤 위였으니까 그때 이미 서른이 가까웠던 봉수는 잠자는 시간을 제하고는 거의 술에 젖어 있었다. 그의 빨병*에는 물 대신 늘 술이 들어 있었다. 부대 주둔지인 Y국민학교 울타리가 낮은 돌담이 아니고 높은 철조망이었어도 봉수에게는 상관이 없었을 것이다.

술이 떨어지면 봉수는 무작정 마을로 달려갔다. 군인이 나타나기만

| * 수통.

하면 부락민들은 앞을 다투어 음식을 제공했었다. 군인뿐 아니라 공비가 나타나도 마찬가지였다. 무기 소지자에게 미움을 사지 않고 곱게 보이는 것이 부락민들에겐 유일한 생명 연장법이었던 것이다.

성姓은 물론 다르고 이름 석 자 중에서 '수'라는 발음만이라도 동일한 점을 들어 현수를 아우라고 부르며 친근히 대해올 만큼 그렇게 외로운 봉수는 그날도 분초소 근무를 잠시 현수 혼자에게 맡기고 마을로 내려가 얼근해져서 돌아왔다.

묵직하게 축 늘어진 빨병에는 두말할 나위 없이 고구마 소주가 가득 들어 있었다.

"막걸리나 약주는 먹가시야디. 뜨물 같은 게 구역질이 나서 말이웨. 소주가 데일이야. 피안도 놈들에겐 소주가 데일이라니깐."

하늘에는 초승달이 걸려 있었고 북두칠성이 뚜렷하였다.

현수의 시선을 좇아 북두칠성에 슬쩍 시선을 던졌다가 바위 위에 맥없이 앉으며 봉수는 말했다.

"아아, 고향 생각 간절하구나. 아우! 아우는 와 넘어완?"

봉수의 물음은 질문이라기보다 오열에 가깝다고 그런 생각이 내켜 현수는 얼른 대답을 못 했다.

"삼팔선 말이로다! 기호는 강낭욱〔康良煜〕이네 집에다가 수류탄 터티리구 튀었대디? 현수두 가티 핸? 둥학교 동창이라디, 기호하구 현수하구는?"

"김 형은 왜 넘어왔오?"

"나? 흐흐흐. 나야 벌갱이들 성화에 그저 견디디 못해서 넘어왔디……"

봉수는 '빨갱이'를 반드시 '벌갱이'라고 발음했다.

"흐흐흐."

봉수는 또 한 번 별난 웃음을 짓고 나서 계속했다.

"나 운던수거덩. 도락꾸(화물 자동차의 일본식 발음)를 끌었디. 난 처음부터 도락꾸야. 좌우디간에 소비조합 물건을 피양[平壤]에서 곡산[谷山]이란 데로 날를 때디. 곡산 알간? 신계 곡산의 그 곡산 말이거덩. 아주 산꼴이다. 차엔 미루꾸(캬라멜)를 잔떡 실었는데 포장 기술이 헹펜 없어서 슬슬 풀어디디 않았가서. 산꼴 길이라 헹펜 없이 흔들렸거덩. 기린데 말이웨. 꼭대기의 것이 헤테져서 한 알 두알 운던대로 흘러내리디 안카서. 그걸 조수 녀석하구 가티 몇 알씩 먹은 게 말이웨, 사리원에서 데카닥 걸렸디 뭐간, 내참……"

백두산 담배를 한 대 꺼내 손바닥을 오그려 가리워 붙여 물고 나서 봉수는 계속했다.

"돌아오는 길이었는데 말이웨. 길쎄 보안대 녀석이 딩역이 이 년깜이레누나. 이 년! 와 기리나 하면 말이웨, 수송 도둥에 있는 국가 재산 낙탈 죄는 무조건 이 년 이상이래. 이 년 이하가 아니구서라무니 이상 말이웨, 알가서, 현수?"

"그건 그럴 거야."

현수는 얼떨결에 대꾸했다. 느낌이 새로워서였다. 그도 역시 봉수의 경우와 비슷한 화를 입은 체험이 있어서였다. 어쩌면 그 이하였었다.

그 체험을 들려줄까 생각했었는데 봉수는 그럴 겨를을 주지 않았다. 봉수의 다짐은 강조였을 뿐 현수의 구체적인 공명은 필요치가 않았던 것이다.

"그대루 됐디! 삼팔선 넘어올레면 안내비 이시야 하는 건 현수두 알디? 돈이 어디 이시야디. 흐흐흐, 도락꾸 앞바쿠 하나 빼서 팔아가지구, 헤헤헤."

별난 웃음소리로 시작된 봉수의 이야기는 하마 같은 웃음소리를 여

운으로 남기며 끝났다. 한참 후에 무료에 지친 봉수는,

"현수야! 아우 니 얘기 좀 듣자꾸나야."

하였다가 봉수는 무슨 생각이 내켰던지, 참으로 하마 같은 군입을 쩝쩝 두어 번 다시며 혀를 역시 두어 번 차고 나서,

"까짓거 디내간 니얘기 하믄 멀하갔네."

하고는 입을 다물어버렸다.

"……."

"……."

침묵이 흐르는 사이에 서쪽 하늘에 걸려 있던 초승달이 졌다. 바람 한 점 없이 후덥지근해지더니 별들마저 말끔히 사라졌다. 한라산도 바다도 온데간데없이 사라졌다.

그리고 잠시 후 손바닥 속에 가리우고 피우던 봉수의 담뱃불마저 꺼지자 주위는 문자 그대로 암흑이었다.

'음향은 왜 없을까? 공기는 정말 있는 건가?'

그 시간이 조금만 더 길었던들 현수는 질식했을지 몰랐다.

아득히 멀리서 들려온 총성에 이어서 봉수가 다시 입을 열었다.

"현수야, 너 일본으로 안 가간?"

"그건 무슨 소리요?"

"무슨 소리긴 무슨 소리간. 일본으로 건너가자는 거디……. 배 타구!"

"삼팔선을 넘어 도망쳐 온 것처럼 바다 건너로 도망치자는 거구료?"

봉수의 하마 같은 웃음소리 대신 이번에는 현수가 빙그레 웃었다.

봉수의 의도가 현수는 대뜸 납득이 되어서였다. 어항에는 큼직한 어선이 얼마든지 있었다. 민보 단장 집에 엄중히 보관되어 있는 돛, 닻, 삿대 등 선구船具만 끄집어내면 되는 것이다.

"이거야 어디 살간. 아새끼덜 우릴 쇳뎅이로 아나부디. 아우, 아우두

생각 좀 해보라무나야! 낮에는 토벌 아니면 훈련, 밤에는 으레껏 '눅군 이등병 김봉수 근무 둥 이상 무, 근무 둥 이상 무, 이상 무!' 낮살이나 먹어가지구서 말이웨. 운던병으로 돌레달레두 안 된다디 안카서. 기리다가 벌갱이 새끼덜 깜당 콩알[銃彈] 한 방 먹으면 끝당나는 것 아니가, 끝당!"

"……."

현수는 두 번 다시 웃을 수 없었다. 봉수의 불만은 너무나 절실하고, 또 타당성이 긍정되어서였다.

전투와 훈련을 병행하는 군대는 이 지구상에서 처음이라고 현수는 그런 생각을 했다.

현수가 전혀 반응을 안 보이자 봉수는 보채었다.

"일본으로 건너가자구, 아우! 차부(준비)는 내레 다 하가서. 아우는 따라오기만 하문 돼. 기리구 말이야. 일본 가서 현순 공부하라우. 내레 도락꾸를 끌어서 학비 대주가서. 내레 널 꼬이누라구 이러는 건 절대루 아니다. 어리칼레, 현수야?"

"뭘 어떡해요?"

"일본 가간, 안 가간?"

"원 김 형두 될 말을 해야지……."

"가지도 못하구 둥도에서 들통 날까봐 기리네?"

"……."

"아우는 들통 날까봐 기리는 거디?"

가까이 온 봉수의 얼굴에는 너무나 절실한 열망이 어둠 속의 현수에게 빛을 발하고 있었다.

"그야 갈 수도 있겠죠. 운이 좋아 태풍을 만나지 않고 순풍에 실리면……."

"기리티! 해변에서 썩고 있는 배루두 돼긴 돼디?"

봉수는 기다리고나 있었던 것처럼 더욱 가까이 다가앉으며 반문했다. 제안은 했지만 소신은 서지 않았던 모양이었다.

현수는 저도 모르는 사이에 계속 대꾸하였고, 봉수는 당장 밀항이 실현될 단계에 이르른 것처럼 얼굴이 훤해졌다.

"기리티, 아우? 운이 됴으면 일본 건너갈 수 있는 거디?"

"여기 바다는 현해탄이라구 물결이 거세기루 유명해요. 난 한 번밖에 왕래한 적이 없지만요."

"뭐이 어드래? 야하, 아우! 아우가 일본 갔다 온 적이 있다구?"

"예, 단 한 번……."

"이거 땡이로구나 땡! 야하, 이거 듣던 둥 반가운 소리구나 야하! 꼭 가자구, 아우! 시방 일본은 경기가 한창이라디 안칸! 대동아전장[太平洋戰爭] 덕후와는 아주 딴판이라누만. 걸시 결뎡하라우야, 아우!"

"……."

현수는 잠시 두 눈을 감고 있었다. 봉수는 그러한 현수의 태도가 결정을 내리기 위한 신중한 고려로 단정되었음인지 아무 말 없이 기다리고 있었다. 사실이 그렇기도 했다. 봉수의 탈출 제안은 현수를 어느 정도 동요시켰다. 그러나 현수의 입에서는 엉뚱한 말이 조용히 흘러나왔다.

"왜 하필 일본이오? 어디 갈 데가 없어서……."

"일본이 어디래서? 말두 통하디 않네 야! 아우…… 걸시 결뎡을 내리라우야!"

바싹 다가앉은 봉수의 표정이 절실하면 할수록 현수는 좀처럼 남에게는 표시 안 하던 속마음을 털어놓고 싶은 충동을 의식하였다.

우정 면에서는 도저히 비교도 안 되는 기호나 민구에게는 엄두도 못 낼 자기 주견을 현수는 다음 순간에 토해버리듯 말했다.

"난 이렇게 생각해요, 봉수 형. 삼십육 년간은, 적어도 삼십육 년간은 일본을 용서할 수 없다구. 이젠 우리두 나라를 찾지 않았소?"

"나라? 헤헤헤."

봉수는 그 자조적인 하마 같은 웃음소리를 터뜨리고 나서 당당히 말하는 것이었다.

"우리에게 나라가 어데 있깐. 벌갱이 새끼덜이 먹어버렸는데. 이남 땅 말이가? 이남 사람들이 우릴 사람으로 테나주네(여겨나주느냐)야?"

"……"

현수는 암말 없이 봉수의 얼굴을 쏘아보고 있었다.

봉수는 그와 같은 현수의 표정을 어떻게 받아들였든지는 알 수 없으나 농담조가 말끔히 가신 목소리로 속삭이듯 말했다.

"좌우디간에 아우, 나 이런 소릴 들었는데 말이웨……. 우릴 이런 식으로 여기 테박은 건 서북청년회 있디? 그 간부 한 놈의 새끼레 벌갱이 고급 장교한테 넘어간 탓이라디 안칸. 아우두 생각해보라우. 훈련두 안 시키구 덱깍 쌈 시키는 군대가 어디 있가서. 기래서 말이웨, 서청에 오래 있은 구렝이들은 징그말티(미꾸라지)처럼 싹싹 다 빠디구 우리거티 삼팔선 가제* 넘어온 미욱재기(바보)덜만 테박은 거래. 알간?"

현수는 어둠 속에서 봉수의 얼굴을 그냥 뚫어져라 쏘아보고 있었다. 그의 얼굴에 난데없이 임 중위의 얼굴이 겹쳐서였고, 그것은 곧 봉수의 제안에 강한 유혹을 의식한 때문인지도 몰랐다.

십이월로 들어서자 제주도에도 더러 눈이 날렸다.

자연 공비의 준동도 뜸해진 어느 날 중대에서는 처음 이른바 회식이

| * '갓'이라는 뜻의 방언.

라는 것이 벌어졌다. 명색이 회식이지 인근 부락의 민보단, 부인회 공동으로 음식을 만들어 갖고 와서 국방군을 위로하는 뜻으로 아마추어 쇼를 벌이는 것이었다.

원래 가난한 한촌에 전화戰禍마저 입은 주민들에게는 큰 잔치였다. 중대 주둔지인 Y리는 소 한 마리, N리에서는 돼지 두 마리, S리에서는 술과 해산물, 그리고 산간부락인 D리는 재화도 제일 심하게 입고 했으니 고구마와 고사리, 버섯 따위를…… 이런 식으로 해서 마련한 음식이긴 했지만 성의만은 넘쳐흘렀다. 쇼라는 것도 세 교실의 교단 셋을 겹쳐 쌓은 무대에서 민요, 대중가요 등을 중대원에게 들려주고, 또 특기 있는 사병들이 자유 의사로 어울리기로 되어 오랜만에 사람 사는 동네 같은 분위기가 이루어지기도 했었다.

중식 시간부터 시작키로 된 행사에 누구나가 다소 들떠 있었지만 그중에서도 제주도 태생인 민구는 아침부터 흥분 상태였다.

"현수, 오늘만은 싫도록 먹고 마음껏 놀자!"

"이 판국에 놀긴, 민구답지 못한 소릴 하는군."

"모르는 소리 마라, 현수! 제주도에서 처음으로 이루어지는 군민친화軍民親和다. 너희들에겐 실감이 안 날지 모르지만 말이야. 내 처두 오기루 돼 있어. 어제저녁 D리에 갔다 왔지. 중대장이 특별히 허락해주셨어. 내 처가가 바로 D리라네. 마누라가 틀림없이 올 테니 기다리구들 있어. 기호와 현수에겐 특별 선물이 있을지 알겠나, 하하하."

민구가 나가버리자 구석에 놓인 야전용 침대에 묵묵히 누워 있던 기호가 혼잣말처럼 중얼거렸다.

"신임 중대장 미인계에 넘어가는 거 아닌지 모르겠어."

"무슨 소릴 하는 거야, 기호는? 생각 안 나나, 기호! 민구를 새신랑이라구 놀려주던 일이? 아마 중학 이학년인가, 삼학년 때였었지?"

"……."

현수의 추억담 따위가 더욱 못마땅한 듯 기호는 돌아누워 담배만 연방 빨고 있었다.

식사만은 외부에서 반입해선 안 된다는 중대장의 명령에 의해 그날 아침 취사 당번인 현수와 봉수는 우물가에서 쌀을 씻었다.

"현수, 이거야 하늘이 도운 거디 뭐간."

"뭘 말이오."

회식 소동 때문만이 아니라 탈출 밀항을 까맣게 잊어버리고 있던 현수는 처음에는 진정 봉수의 말을 알아차리지 못하고 반문했으나 다음 순간 대뜸 떠올라 우울해졌다.

"아우, 어젯밤 내래 외출하디 않았간. 야! 선구船具들은 말할 것두 없구 말이웨, 뱃길을 아는 젊은 어부까지 한 놈 구해놓았디 않았간. 아우! 이거야 하늘이 도운 거디 뭐갔네. 기리티, 아우?"

"……."

"생각이 달라진 건 아니갔디, 현수?"

"……."

"닐굽 시(7시)다, 닐굽 시. 뾰족바위에서 만나자우. 이 판에 눈치챌 놈이 누구간. 흐흐흐."

"……."

봉수의 음흉스러운 그 별난 웃음소리에 현수는 주위가 갑작스레 꿈속으로 돌변하는 느낌이었다.

"와, 그래, 아우? 내래 아우를 꼬이는 게 아니란 건 알디 않네야!"

"……좌우간 김 형, 나가긴 할 테니까, 쌀부터 먼저 앉혀요."

"기리티! 뾰족바위 밑에 있는 제일 큰 배니끼니, 그 바위에서 만나자우. 니지비리믄 안 된다야, 현수!"

나직이, 그러나 힘주어 말하고 나서 쌀 광우리*를 두 손으로 든 봉수
는 가벼운 걸음걸이로 병사兵舍를 향해 걸어가고 있었다.

　　예정보다 한 시간쯤 늦게 시작된 회식은 다섯 시경에 이르러 절정에
달했었다.

　　노래깨나 부르는 부락민과 중대원들은 모두 교단으로 꾸민 무대에
섰고, 두 홉까지의 음주가 허용된 사병들은 한결같이 거나해진 얼굴로
손뼉을 치며 호응했다.

　　위병衛兵도 교대로 근무하여 중대원 전원이 거의 마셨다. 술을 입에
대지 않은 사람은 연소한 사병 몇과 회식을 끝내 못마땅하게 여긴 기호
정도였다.

　　민구의 강권에 현수도 두어 모금 받아 마셨다. 파장 무렵이었다. 무
대에서는 부락의 부녀자들이 대중가요를 합창하고 있었다.

　　"한 잔 더 받아, 현수!"

　　"못하는 줄 알지 않나……."

　　"날 위해서 한 잔만 더 받아라. 이건 내가 특별히 주는 잔이야. 아니,
제주도 삼십만 도민이 주는 거다! 알겠나, 현수?"

　　"왜 그러지, 민구?"

　　"현수는 알겠지, 내 맘을?"

　　민구는 현수를 끌어안고 울기 시작하였다.

　　무대에서는 부녀자들의 대중가요 합창이 절정에 이르고 있었다.

　　"들어봐, 현수! 저 합창 소리를 들어보란 말이야!"

　　"……."

| * 광주리.

노래 같은 것은 부를 줄도, 들을 줄도 모르는 현수는, 언제 어디서 들은 적이 있는 듯도 하지만 생소한 대중가요라고 생각했다.

'일정 때 중학교 기숙사에서 들은 곡조이었던가? 아니야, 8 · 15 해방 직후 북녘에서 들었던 성싶어……'

아무려나 대중가요 〈서귀포 칠십 리〉의 개작된 가사가 현수의 귀에 명확히 전달되었다.

> 바닷물이 철썩 철썩
> 타고 남은 제주도
> 불사르던 폭도들은
> 어디로 갔나
> 국방군도 그리워라
> 경찰관도 그리워
> 제주도 사백 리에
> 양민이 운다.

"현수, 자넨 모르지? 서귀포 칠십 리의 뭣이 칠십 리인지? 서귀포 앞바다에는 섬이 셋 있지. 그 둘레가 칠십 리야. 서귀포에는 일본인들이 많이 살았어. 모든 이권은 그들이 차지하고 서귀포 사람들은 물새처럼 울었지. 그 슬픔이 이제 제주도 전체에 번져나간 거야. 알겠나, 현수? 이번에는 외국인에 의해서가 아니라 동족에 의해서 말이다, 현수!"

민구의 말은 호소라기보다 주정에 가까웠으나 민구의 심정만은 이해가 되어 현수는 잠자코 있었다.

"현수는 노래를 지휘하는 저 여자가 누군지 알겠나? 바로 내 처야. 제주 출신이 아닌 너도 느낌이 있을 거다. 하찮은 유행가지만 말이야. 주민들은 너희들에게 호소하고 있는 거다. 한 잔 더 받아, 현수!"

현수는 민구의 심정만은 이제 십이분 이해되었지만 술잔은 받지 않았다. 생리가 받아들여지지도 않았거니와 그때 마침 밖에서 누가 부른다는 동료 대원의 전갈을 핑계로 자리에서 일어섰다.

봉수인 줄만 알았던 현수는 교실 앞 복도에 이르자 잔뜩 찌푸려진 기호의 얼굴을 대하고는 주춤했다.

"현수, 너마저 저 속에 끼어서 노닥거려야 되겠어?"

"……."

"신임 중대장 녀석 환장했어. 군대는 사회단체가 아니라구 호통치던 자가……. 현수는 어떻게 생각하는지 몰라도 내 눈엔 민구도 수상하다. 그의 처는 말할 것두 없구."

"기호!"

현수의 입에서는 저도 모르는 사이에 외마디소리가 튀어나왔다.

"왜? 내 말이 잘못 됐나? 민구의 처가 지휘하고 있는 노래의 가사를 따져보란 말이다! 공비와 우리를 동일시하고 있는 거다. 그 가사를 고친 자는 양민구인지도 몰라. 공산당들의 수법을 뼈저리게 체험한 현수만은 내 말을 알아들을 줄 알았는데, 그렇지 않은가?"

"……."

"할 수 없군. 나는 공산당들의 상투 수단을 안다. 두 번 다시 기만당할 순 없어. 말하자면 민구 아버지가 공비에게 피살됐다는 것도 진상은 어떤지 알 수 없다. 나는 나대로 취할 바를 취해야겠다. 현수에게만은 알려두는 게 좋을 것 같아 불러냈는데 잘못됐다면 취소하지."

"……."

기호가 위병소 안으로 사라진 뒤에도 현수는 두 눈을 감고 한참 그렇게 서 있었다.

'그래, 나더러 어쩌라구 그런 말을 하는가? 기호, 나는 너처럼 질긴 신경의 소유자도 못 되고, 민구처럼 이곳이 고향도 아니다. 기호, 나는 너와 동일한 행동을 취하거나 민구와 휩쓸리거나 할 이유는 하나도 없다. 그래, 내 무엇이 잘못되었단 말인가……'

현수는 차라리 봉수의 태도가 합당하다고 그런 생각을 했다. 봉수와 더불어 통행이 일체 엄금되어 있는 바다를 건너가는 모험이 훨씬 즐거울 것이라고 그런 생각이 내키기도 했다.

태양을 삼킨 뒤의 바다는 대개 그러하듯 잠시 잔잔했다. 그 바다를 향해 현수는 걷고 있었다. 기호의 뒤를 따르지도 못하고 민구 있는 교실로 되돌아갈 수도 없이 된 현수는 바다를 향해 무심히 두 발을 옮기고 있었다.

'나는 어디로든지 떠나는 편이 좋아. 이대론 순식간도 견딜 수 없다. 저 바다를 건널 수 없다면 그 속으로 잠겨버리기라도 해야겠다……'

현수는 혼자 속으로 스스로를 달래며 그저 담담히 걸어갔다.

바닷가의 뾰족바위가 보였다. 그 밑에 많은 어선들이 무슨 괴물의 잔해들처럼 널려 있었다.

현수는 봉수의 입을 통해 기억하고 있는 제일 큰 배를 보았다. 봉수의 일방적인 약속장소는 뾰족바위였으나 현수는 저도 모르는 사이에 제일 큰 배 위로 올라갔다.

배 안은 텅 비어 있었다. 돛대도 닻줄도 아무것도 없었다. 모든 준비가 다 돼 있다고 봉수는 큰소리를 쳤지만 실제는 여의치 않은 모양이라고 현수는 그런 생각을 했다.

'그렇다면 또 어떤가? 소란스러운 영내의 잡도를 피하여 이렇게 잠시 바닷바람을 쐬는 것만도 어디냐.'

공포, 불안은커녕 현수는 스스로 생각하기에도 이상하리만큼 긴장되지가 않았다.

뱃머리에 잠시 허리를 구부리고 앉았던 현수는 배 바닥에 벌렁 누웠다. 하늘이 도리어 가까워진 듯했다. 비로소 알코올 기운이 전신으로 퍼지는 모양으로 가까워진 하늘이 서서히 돌아가고 있었다.

현수는 더할 나위 없이 상쾌한 기분에 젖어 있었다. 봉수와의 약속 같은 것은 까마득히 잊고 있었다. 이승도 저승도 아닌 그런 지역에 자기는 누워 있는 것이라고 현수는 그런 생각에 도취되어 있었다.

그때 발짝 소리가 들려왔다. 다소 무질서한 발짝 소리였다. 봉수와 그가 구했다는 젊은 어부 둘의 것이라면 좀 야단스럽지 않은가—고, 그제야 약속한 사실이 내켜 긴장감을 의식하면서 일어나는 현수의 귀를 외마디소리가 때리는 것이었다.

"현수! 내려왓!"

외마디소리는 귀에 익은 기호의 목소리였다.

허리를 펴고 일어선 현수는 눈 아래에, 집총 자세인 기호와 어린 대원 다섯, 그리고 그 뒤에 장승처럼 말없이 서 있는 중대장의 근엄한 모습을 번갈아 살피었다.

"뭘하구 있어. 술이 아직 덜 깼나?"

기호의 두 번째 고함 소리에 끌리기라도 하듯 배에서 내려가며 현수는 어색한 대화를 들었다.

"안현수는 김봉수와 함께 김칠성이란 자의 신원을 조사하기 위해서 시험해본 것입니다."

"뭐라구? 우리 ○○중대는 보병 전투부대야."

"하지만 우리의 적은 정규군이 아니기 때문에 대민 접촉이 불가피할 경우도 있습니다."

"이 새끼!"

중대장의 호령과 더불어 권총의 안전장치 풀리는 소리에, 흡사 외국말 대화를 듣는 느낌으로 배에서 내려가던 현수는 주춤했다.

"네가 지휘관이냐? 죽여버릴 테다!"

그제야 의식을 차리며 고개를 돌린 현수의 시야에는 짐작과는 정반대의 광경이 들어왔다.

기호와 젊은 대원 다섯이 권총을 손에 든 중대장을 둘러싸고 구구식 총구를 한곳에 집중시키고 있었던 것이다.

현수는 도로 고개를 배 쪽으로 돌려버리고 말았다.

"중대장! 군에서 우리에게 지급된 총은 폐품에 가까운 고물이긴 하나 다섯 발씩은 정확히 들어 있습니다."

"무슨 뜻이냐?"

"일본 군인들이 버리고 간 총이지만 그동안 정중히 손질했기 때문에 쓸 만하다, 그것입니다."

기호의 목소리는 차분했다. 그래, 더욱 살기가 어려 있었다.

현수는 그제야 비로소 상황이 대충 짐작이 되었다. 기호의 심산은 자기와 봉수를 구출해내기 위해서임을 알아차리고 현수는 두 눈을 감고 화석처럼 거기 서 있었다.

'그러나 기호, 나는 네가 조금도 고맙지 않다! 지금의 중대장은 선임자이던 임 중위와는 그 속성이 다름을 자네도 알고 있지 않느냐.'

거짓말을 할 필요는 추호도 없다고 현수는 혼자 마음속으로 셈하고 있었다.

'봉수와 나는 현재의 생활에 견디어낼 재간이 없어서 바다 저쪽으로 도망치려고 했다. 이를테면 탈영병이요, 밀항을 계획하였다가 사전에 탄로된 범법자이다. 그뿐이다. 그에 대해서 응분의 처벌을 받으면 되는 것이다. 기호, 네가 그런 방법으로 나와 봉수를 옹호할 필요는 조금도 없다. 나와 봉수는 우리 나름대로 얼마든지 할 말이 있다. 실전과 훈련을 병행시키는 가혹한 노동—그만치 절박한 상태라면 폐품에 가까운 구구식 따위는 무엇인가를 기호 자네도 금방 말하지 않았는가. 또 있다. 적과 내통하는 자를 지휘관으로 보내어 첫날 희생자를 내게 한 따위의 그런 처사가 나와 봉수의 처벌로 시정될 수도 있다고. 기호! 자네는 그렇게 생각되지 않는가?'

그때 마침 일기 시작한 살랑바람에 얼굴을 드러낸 현수는 취기가 일시에 무산함을 의식하면서 봉수 생각을 했다. 그리고 봉수가 구해두었다는 안내자 생각도 했다. 아무려나 어떤 일이 닥치더라도 침착해야겠다고 다짐한 현수의 귀에 정상을 되찾은 중대장의 목소리가 들려왔다.

"너희들 정말 군대를 사회단체로 여기는 거냐? 군대에서 지금 너희들과 같은 행동이 용납될 줄 아느냐? 날 쏠 테면 쏴봐! 헌병대 감방은 그리 좁지 않다!"

"모르는 소리 마시오. ○대대 사백여 명과 역시 서북 출신으로만 편성된 전투 경찰대원 전원을 수용할 감방이 이 제주도 안엔 없소. 물론 우리는 중대장이 우리를 부당하게 해치지 않는 한, 당신을 쏠 의사는 추호도 없소!"

"흐음……."

금방 불꽃이 튀기는가 싶었는데 주위는 더욱 짙은 정적에 싸였고 그 정적 속을 변함없이 차분한 기호의 목소리가 조용히 흘렀다.

"듣기가 몹시 거북하실 테지만 몇 마디 더 해야겠소. 우리의 상관이 모두 당신쯤만 같았어도 우린 이런 태도를 취하지 않는 중대원이 됐을 거요. 서북 사람이라구 선천적으로 포악스러운 건 아니오. 우릴 이렇게 만든 것은 우리의 고향과 집과 가족, 그리고 조상의 무덤까지를 뺏은 공산주의자들이란 말이오. 이 제주도에선 김달삼 일당인데, 우리가 처음 이 섬의 땅을 디뎠을 무렵엔 우리의 상관과 그들을 구별할 수가 없었소. 당신의 전임자 때까지도 그랬소. 직속상관이란 이름의 적의 지배를 받으며 우린 누구와 싸우는 건지 판단할 수가 없었소. 우린 연대의식을 강요당한 거요. 김봉수나 안현수는 곧 이기호이며 장 모요, 박 모요, 윤 모요. 그렇게 되어버린 우리의 습성이 지휘관 한 사람의 교체로 즉각 시정되리라고 생각하시오?"

"……."

중대장의 대답이 없자 기호의 차분한 목소리는 다시 흐르기 시작하였다.

"물론 김봉수나 안현수는 중대장인 당신의 재량 여하에 처형될 만한 짓을 범하려고 했소. 그러나 배후엔 음모를 조종한 자가 있을지도 모르오. 우리 전원을 군법이란 이름으로만 처리하려거든 해보시오. 결코 우린 승복할 수가 없소!"

"됐다! 그만하고 너의 소신을 말해봐라!"

중대장의 말이 채 끝나기도 전에 기호의 차분한 목소리는 우렁찬 구령으로 변하였다.

"차렷!"

어린 대원 다섯은 모두 차렷 자세를 취하였고, 중대장도, 기호도 모두 그렇게 서 있는데 현수 혼자만은 휘저그레 그 자세로 서 있었다.

우렁차진 기호의 목소리는 아까와는 달리 도도히 흘렀다.

"주번 하사 이기호 이하 5명은 순찰 중 포착한 무단 탈영자인 김봉수, 안현수 두 이병을 즉각 영창에 수감하겠습니다. 둘은 무단외출하였을 뿐만 아니라 음주 등을 일삼아 민폐를 끼쳐 우리 국군의 위신을 손상시켰습니다. 이상!"

"좋아!"

"경례!"

답례를 하고 나서 병영인 Y국민학교 교사 쪽을 향해 걸어가는 중대장의 뒷모습을 현수는 진정 처량한 모습으로 바라보고 있었다.

그 중대장 모습이 돌각담을 돌아 사라지기가 바쁘게 기호의 주먹이 현수의 면상에 날랐다.

"어쩌자는 거냐?"

"뭘 말인가?"

현수의 입에서는 나올 법도 않은 명확한 반문이었다.

터진 입술에서 흐르는 피를 옷소매에 닦고 나서 현수는 조금도 흐트러지지 않은 말투로 계속했다.

"기호의 방법이 난 싫군. 중대장의 권총 알을 심장에 받고 죽을지언정 나는 자네 처사가 싫어."

엄청난 현수의 태도에 기호가 멍하니 서 있자, 어린 대원들이 현수를 일제히 둘러쌌다.

"뭐라구요?"

"너희들이 아무리 날 두들겨 패도 내 생각은 달라지지 않아."

말이 채 끝나기 전에 어린 대원들의 억센 주먹이 현수의 면상을 난타하기 시작했다.

"아아니, 이 새끼들이!"

넋을 잃고 멍하니 서 있던 기호는 그제야 어린 대원들을 하나하나 차례로 떼어 돌려 보내고 나서 단둘이 되자 기호는 말했다.

"현수, 내가 지나친 것 같다. 입술을 씻어……."

"때린 걸 말하는 건 아니다."

"……."

"기호의 거짓말이 싫단 말이네. 적어도 나는 민폐를 끼친 적은 없어. 봉수도 마찬가지네. 탈영해서 밀항할 의논은 했지만 말이야."

"……"

"나는 견딜 수 없네. 기호의 조금 전과 같은 태도가 말이네…… 공비 토벌은 기호 혼자 해온 것두 아니고 앞으로도 그럴 거네. 날 의심하나? 봉수와 밀항 모의는 했지만 오늘은 봉수를 말리러 왔던 거네."

그길로 스스로 영창으로 들어간 현수는 거기 상처투성이로 수감되어 있는 봉수의 입을 통해서야 비로소 진상을 소상히 알았다.

"그 새끼 말이야. 내레 절 시험해보는 줄 알구서라무니 겁이 나서 민보 단당에게 고하다디 안칸. 민보 단당은 둥대당에게 고하구…… 헌데 말이디, 사실은 일본 갈 수 있다고는 김성칠이라는 그 새끼레 내게 맨제 말한 것이거덩, 아우에게도 말 안 했었디만 말이웨……."

"……"

"아까 기호가 말이디, 다그채 물어서라무니 갸에게만 말했더니, 그 새끼 집에서 양민구를 본 적 없느냐고 묻딜 안카서……."

"……"

시종 대꾸를 않는 현수만큼이나 봉수는 끈덕지게 설명을 가하는 것이었다.

"그 새끼하구 양민구하구 소학 동창생이라던가, 둘 다 벌갱인지 모른다구 조심하라지 않아서, 기호가……. 이거 어디 정신을 채릴 수 이시야 살디 원……."

"……"

현수는 더 이상 봉수에게 대꾸나 반응은커녕 귀를 기울일 기력도, 필요도 없었다.

싸늘한 콘크리트 바닥에 비스듬히 누운 현수는 눈을 감아도, 떠도 연상 겹쳐서 떠오르는 기호와 민구의 얼굴을 감당할 수 없었다.

"미안하다, 아우. 나 때문에 괘니 아우꺼정 당했으니······."

봉수가 자기의 처지를 어떻게 이해하든 현수는 진정 봉수만은 미워할 수 없다고 생각하며 조용히 타이르듯 말했다.

"김 형, 그만 잡시다."

영창으로 사용되는 허술한 창고 출입문을 거칠게 흔들어댄다. 누가 두들기기라도 하듯 쉴 사이 없이 흔들어댄다. 자정은 되었으리라. 그 무렵부터 더욱 거세어진 심야의 해풍은 언제 그칠 성싶지도 않았다.

대한민국의 수도인 서울특별시 시청 청사 앞 광장 한복판에 위치한 분수는 세계 어느 곳에 있는 분수가 한결같이 그러하듯 무의미한 되풀이를 계속하고 있었다.

물줄기가 십 미터 가까이 하늘로 치솟는다.

비말이 되며 떨어진다.

그다지 거세지 않은 소용돌이를 이루었다가 다시 솟는다. 떨어진다. 솟는다. 떨어진다. 솟는다······.

덕수궁 돌담을 등에 지고 분수의 그 무의미한 되풀이를 무심히 바라보다가 고개를 치켜든 현수는 어리둥절해져 한참 그렇게 서 있었다.

'여기가 분명히 대한민국 서울인가?······'

N호텔, B호텔 건물 따위들은 그래도 눈에 익지만 그 두 빌딩의 어깨를 슬슬 만지며 서 있는 듯한 유선형의 새 빌딩—.

그 너머에 밤하늘을 뚫어버리기라도 하듯 뻗쳐 있는 또 다른 낯선 새 빌딩—.

오른쪽을 보니 왼쪽 것들보다는 폭이 좁아 무슨 탑같이 뾰족한 또 다른 새 빌딩—.

그런 것들의 용립聳立*으로 해서 엉뚱한 고장같이만 느껴진 현수는 반사적으로 튀어나오는 외마디소리를 가까스로 삼키었다.

도심과의 인연을 끊은 지가 이미 오래 된 현수는 그동안에 건립된 G호텔, H호텔, D호텔, C호텔, S은행 등의 빌딩을 포함한 그 마천루들이 일시에 무너져 내리는 것 같은 착각을 일으킨 것이다.

등골이 오싹해지며 겉옷마저 배인 듯한 식은땀으로 해서 온몸이 축축해온다. 현수는 마구 달리기 시작하였다. 문득 발을 멈추고 고개를 돌렸다. 마천루들은 모두 아무렇지도 않게 무사히 서 있었다. 대신 창구마다에 켜진 전등불들이 창부처럼 웃고 있었다.

현수는 다시 달리기 시작했다. 서울역까지 단숨에 달려온 현수는 불이 켜진 유일한 매표구 앞을 막아서며 바지 주머니에 두 손을 넣었다. 지폐들이 꽉 차 있었다. 대개는 십 원권이었지만 더러는 녹색 백 원권도 끼어 있다. 저고리 속의 것도 꺼내놓았다.

나룻배의 사공 노릇 오 일간에 모은 도선료였다. 에누리 없는 현수의 노동의 대가였다.

현수는 흐뭇해짐을 의식하며 겉옷, 속옷 할 것 없이 호주머니 속의 지폐를 닥치는 대로 끄집어냈다.

"차표 주시오!"

"어디까지죠?"

출찰계원은 묘한 표정이 되며 되물었다.

"글쎄요…… 아무 데나 주시오!"

현수는 지니고 있던 지폐를 몽땅 털어줄 양으로 집히는 대로 한 줌씩

| * 산이나 나무 따위가 우뚝 솟음.

내주며 재촉하였다.

"아무 데나 주시오!"

"네에? 시간 없습니다. 어서 목적지를 말하세요!"

"가는 데까지 주시오!"

기차 여행을 한 지가 아득한 옛날인 현수는 차삯은 물론이려니와 철로 배선도 모르고 있었다.

"얼른 주시오, 가는 데까지! 그렇죠, 종착역이 좋습니다!"

"?……"

출찰계원의 표정 따위는 개의할 겨를이 없다. 출발을 알리는 벨 소리가 울리기 시작한 것이다.

"선생! 어서 차표 줘요! 난 급한 사람이오!"

현수는 주머니 속의 지폐를 그냥 끄집어냈다.

"아니 손님, 돈은 왜 자꾸……"

하며, 출찰계원이 승차권을 내밀자, 현수는 차표를 냉큼 받아 쥐고 개찰구 쪽으로 달려갔다.

막차의 마지막 승객의 뒷모습이 개찰구 안으로 사라진 후에도 출찰계원의 의아스러운 표정은 풀리지 않았고, 텅 빈 대합실 안은 어수선했다.

서울역을 23시 10분에 뜨는 목포행 막차는 현수가 플랫폼으로 통하는 층계를 채 내려서기 전에 움직이기 시작했다.

'지금 이 차를 놓치면 서울에서 하룻밤을 더 자야 하지 않는가? 그럴 수는 없다! 절대 그럴 수는 없는 일이야!'

현수는 혼자 속으로 셈하며 움직이는 열차를 향해 마구 달렸다.

'그때의 탈출 계획은 싱겁게 실패해버리고 말았지만 오늘은 그럴 수가 없다! 그렇다! 동일한 실패는 되풀이되어선 안 되지 않는가! 무슨 일이 있더라도 그럴 수는 절대로 없다!'

혼자 속으로 자꾸 외며 현수는 마구 달렸다. 기차와 경주하는 꼴로 마구 달렸다.

전호등傳號燈을 든 조역助役과 쇠망치를 든 검차원檢車員이 플랫폼에서 고래고래 소리를 지른다. 속력이 한결 가해진 열차의 승강구에서 얼굴을 내민 차장이 심히 초조한 얼굴로 손짓하며 욕설을 퍼붓는다. 하지만 현수는 못 들은 체 묵살하고 마구 달렸다. 달렸다.

구구식 소총을 싣고 움직이기 시작한 스리쿼터 뒤를 현수는 쫓아가고 있었다.

백합송이 같은 눈이 펄펄 날리는 공간 저쪽의 스리쿼터 후부에서 기호는 오른손을 내밀고 있었다. 왼쪽 손으론 차체 한 모서리를 힘껏 붙들고 기호는 현수를 끌어올리려고 안간힘을 쓰고 있었다.

현수와 앞서거니 뒤서거니 하며 달리던 다른 동료가 스리쿼터 차체 후부에 손을 대는가 하더니 민첩하게 올라타 버렸다. 현수의 주력走力은 애초 호송병 열두 명 속에 끼일 정도가 못 되는 것이었다. 현수는 완전히 탈락했고 스리쿼터는 기호 등 열두 명의 호송병들을 싣고 눈송이 속에 그 자태를 감추어버리었다.

M1 소총은 이미 어제저녁 연대 병기 참모 지휘하의 소송대에 의해서 무사히 운반되어 공급이 완료되었다. 이제 겨우, 폐품이 되어버린 구구식 소총은 제주 시내에 있는 연대본부로 호송되는 것이었다.

스리쿼터의 엔진 소리마저 영문 밖으로 아주 멀어져 가더니 뚝 그치었다. 그제야 위병소 앞에서 시종 지켜보며 서 있던 신임 중대장의 호령이 현수의 귓전에 닿았다.

"뭘 하나! 안현수 이병!"

"?……"

"이리 왓!"

"······."

중대장 곁으로 다가간 현수는 거수경례를 붙였다.

"인마, 그래 가지구 무슨 전쟁을 하지, 응?"

"······."

"안 이병!"

"옛!"

사무적으로 대답했을 뿐, 현수는 별다른 느낌이 없었다. 따라서 얼굴이 홍당무가 되지도 않았다.

×연대에서 전속되어 온 세 번째 중대장 하영도河永道 중위는 겉으론 괄괄하지만 속마음이 인자스러움을 현수는 알고 있어서 태연한 것은 아니었다. 하 중위는 서북 출신들의 올바른 이해자로 자처했고 그래 인기가 있었지만, 현수는 처음부터 어딘지 석연치 않다고 그런 생각을 했었다.

오늘의 경우만 하더라도 현수는 마땅치가 않았다. 스리쿼터를 움직이게 하고 먼저 올라타는 순서대로 호송병 열두 명을 뽑는 따위의 꾀가 현수는 도시 못마땅한 것이었다.

두 달째 Y리 구석에 박혀 있는 중대원들은 누구나가 제주 시내에 다녀오기를 바라므로 앞을 다투었다. 기호가 꼭 함께 갔다 오자기에 그 싱거운 경쟁에 휩쓸렸던 자신이 현수는 우스워질밖에 없었다.

기호의 동행 요구부터가 현수는 우스웠다. 저번 날 봉수와 둘이 저지른 사고시의 감정을 풀자는 것이리라. '열두 시간 영창 생활'로 일단락된 일을 가지고 고루하는 기호가 현수는 도리어 납득이 되지 않았다. 그쯤으로 우리들 우정에 금이 갈 턱이 없지 않느냐—는 따위에서라기보다 현수는 새삼스러운 느낌이 들어서였다.

'하긴 나는 그 후 기호에게 말을 걸지 않았다. 그렇다면 그전에는 내

가 언제 기호에게 먼저 말을 건넨 적이 있었던 말인가?'

그래, 현수는 그 부질없는 경쟁을 쉽게 포기하였을 뿐이었으며, 그러니까 저절로 신임 중대장 하 중위의 태도가 더욱 못마땅해졌다.

"군대는 요령이 필요한 거야, 알았나?"

"……."

"왜 대답이 없나! 안 이병?"

"……."

군대는 사회단체가 아니라던 전임 중대장의 말이 생각나서 현수는 계속 하 중위의 질문을 묵살했다.

'지금의 경우 하 중위의 주먹이 나의 면상에 날아야 제격이 아닌가!'

하 중위가 대원 간에 인기가 높은 이유가 바로 휘하 대원의 눈치를 일일이 살피는 바로 그것이라면 더욱 경멸해줘야겠다고 현수는 생각했다.

"서북 출신에 너같이 어수룩한 작자도 있었느냐?"

"……."

현수는 눈썹 하나 까딱 않고 흡사 딴사람이 된 것처럼 그렇게 서 있기로 작정했다.

"안현수 이병!"

"……."

"연대장님은 너희들만 믿고 있는 거다! 너희들을 제주도에서 죽이긴 아깝다구."

"……."

하 중위 목소리는 현저하게 어색해지고 있었다.

"연대장님은 너희들에게 삼팔선에서 죽어달라구 빌고 계시다. 안 이병, 알겠나?"

"……."

어느새 그처럼 끈덕진 성질을 지니게 된 스스로에 놀란 현수는, 그다음 순간 토해버리듯 말했다.

"육군 이등병 안현수는 제주 시내에 가고 싶지 않았을 뿐입니다."

"뭣?"

"중대장께선 중대원들의 그런 심리를 요령껏 이용하셨지만."

"중대장실로 왓!"

하 중위 입에서는 나올 법도 않은 목소리가 현수의 귓전에 울렸다.

그의 뒤를 따라 현수는 중대장실로 사용되고 있는 학교 숙직실 안으로 들어갔다.

하 중위는 현수에게 손님이라도 맞이하듯 의자를 권하였다. 너무나도 뜻밖이어서 어리둥절해하는 현수의 귀에다가 하 중위는 인자스러운 목소리를 담아주었다.

"군대에서 낙오하면 어떻게 되는지 안 이병은 모르겠는가?"

"……"

"죽는 거야! 낙오하면."

"……"

서쪽 하늘에서 무질서한 총성이 들려온 것은 바로 그때였다.

진눈깨비가 되었다가 아예 가랑비로 화해버린 공간 속을 전 중대원은 전속력으로 달려가고 있었다. 차가 없어 구보였다.

N리를 지날 무렵에는 총소리가 간헐적이 되었고, 얼마 멀지 않은 전방의 한 지점에서 굵직한 검은 연기 한 줄기가 피어오르기 시작하였다. 그 검은 연기가 무엇을 뜻하는지를 알고 있는 듯 신임 중대장 하 중위는 얼굴을 잔뜩 찡그리며 더욱 빠른 속도로 달린다.

현수는 별로 숨찬 줄도 모르고 앞에총 자세로 구보를 계속하고 있었다.

D리 입구를 통과할 때는 그 연기마저 가라앉고 음산한 정적이 온누리에 번져가고 있었다.

피습 장소는 D리 입구 일주도로에서 서쪽으로 일 킬로도 채 안 떨어진 지점이었다. 해안도로 양쪽에 집채만큼씩 한 바위들이 늘어서 있어서 거기 기대어 총 쏘기가 십상인 장소였다. 열두 명 중 지휘관인 오 상사를 포함한 여덟 명은 도로변에 뒹굴어 있었고, 나머지 네 명과 운전병은 스리쿼터에서 내려오지도 못한 채 죽어 있었는데, 모두 새까맣게 타 있었다.

기습 후에 스리쿼터에 휘발유를 끼얹고 불을 지른 무장 폭도들은 이미 도주한 뒤였다.

전사자가 소지하였던 무기는 물론이요, 스리쿼터에 실려 있던 구구식 소총이 말끔히 없어진 것은 말할 나위도 없었다.

"중대 앞으로!"

정적을 깬 신임 중대장 하 중위의 목소리는 떨렸다.

전 중대원은 폭도들의 발자국을 따라서 산 쪽으로 달렸다. 맥 빠지는 추격이었다.

도로변과는 달리 산간 지대의 발자국은 여러 갈래로 흩어져 나갔다. 그나마 경사지에 이르러선 흐지부지되어버리었다. 잔디를 덮었던 백설은 가랑비에 씻겨 녹고 있었다. 누구의 생각에도 무의미한 추격이었다. 주민들에게 '산사람'으로 불리는 폭도들의 장기는 주력走力임은 널리 알려진 사실이었다.

하 중위의 명령대로 전 중대원은 한결같이 허망한 얼굴로 원위치인 피습 장소로 돌아왔다.

바로 그때였다.

도로변에 뒹굴고 있던 시체 중의 하나가 부스스 일어나 비틀거리며 두 발을 옮기고 있었다.

　반사적으로 기호임을 알아차린 현수는 저도 모르는 사이에 외마디소리를 지르며 달려가고 있었다.

　"기호! 기호!"

　전 대원의 시선이, 그리고 이어 발길이 일제히 그리로 쏠렸다.

　"기호!"

　또 한 번 외마디소리를 지르며 다가서는 현수의 어깨를 의지하고 선 기호의 얼굴에는 핏기가 없었다. 오른쪽 어깨와 왼쪽 넓적다리가 벌겋게 젖어 있었다.

　"정신 차려! 기호!"

　"……."

　대답을 않고 억울한 듯 얼굴을 찡그리며 이를 부드득 갈고 나서 기호는 다시 그대로 실신해버렸다. 땅바닥에 쓰러진 기호의 신체는 뒤이어 달려온 봉수의 도움으로 현수의 등에 가까스로 얹혀졌다. 걸으며 현수는 그냥 울부짖었다.

　"기호! 죽지 마라, 기호!"

　"홍분하디 말라우야, 현수!"

　한 사람의 또 다른 대원과 함께 기호를 등에 업은 현수를 부축하고 걸으며 봉수는 침착한 목소리로 타이르고 있었다.

　가랑비마저 어느덧 그치고 구름 사이로 얼굴을 내민 태양이 피습 참경을 선명하게 비치고 있었다.

　연대본부 의무대로 옮겨져 응급치료를 받은 잠시 후에 기호는 번쩍 눈을 뜨더니 벌떡 일어나 앉아 울부짖기 시작하였다.

　"내 총! 총을 내라!"

　"……."

현수는 암말 없이 기호를 도로 침대에 눕혔다.

그러나 기호는 대뜸 다시 일어나 발버둥질 치며 울부짖었다.

"내 총, 총을 내라! 이대로 죽을 순 없다!"

"진정해, 기호. 나야, 현수야……."

심정 같아서는 기호가 하고픈 대로 버려두고 싶었지만 현수는 어쩔 수가 없었다.

"현수…… 역시 현수였구나……."

연대본부 도착 직후에 현수를 제외한 전 중대원은 대대장의 명령으로 되돌아갔던 것이다.

"억울하다, 현수! 제주도까지 와서 빨갱이 손에 죽다니 싫다! 난 싫단 말이다!"

"기호!"

현수는 조용히 부르며 기호의 손과 다리를 잡은 두 손에 힘을 가하였다. 가슴속에서 불길처럼 치솟아오르는 것을 억지로 달래며 현수는 기호의 귀에 입을 가까이 댔다.

"기호답지 못하게……."

"현수! 제발 날 놔주려무나 응! 그리구 내 총을 줘! 고기값을, 고기값을 하고 죽어야 되지 않아, 현수?"

"……."

무엇이라고 대꾸하는 것이 도리어 기호를 자극하게 됨을 계산한 현수는 두 손에 힘을 가하였다.

"현수, 네가 왜 이러는 거야? 내 맘을 누구보다도 잘 아는 네가 날 어쩔 셈이야……."

"……."

기호의 목소리는 겨우 낮아지기 시작하였다. 그러나 상처 입은 사지는 그냥 버둥질이었다.

"진정해, 기호! 내 얘길 조용히 들어보라구!"

"현수 말은 들을 것도 없다! 현순 날, 이 날 비겁자로 만들어야 속이 시원하겠냐?"

"기호! 네가 유일한 생존자야. 기호 혼자만 살구 다른 사람은 모두 죽었다."

"흐윽, 흐윽."

기력도 진했음인지 현수에게로 기대며 기호는 울기 시작하였다.

현수는 겨우 안심하며 기호의 팔과 다리에 가했던 힘을 풀고 조용히 눕히며 말했다.

"기호, 생명은 군의관이 보장했어. 너는 피습 상황을 증언해야 돼. 연대장 직명이야. 그리고 그것이 기호의 고기값의 몇 곱이 되는 거야……."

"흐윽, 흐윽."

마음이 내키는 대로 실컷 울게시리 내버려둘 수도 없는 노릇이라고 현수는 생각했다.

"기호! 정말루 기호답지 못하구나! 기호 말대루 고기값을 치러야 할 게 아냐."

"알았다, 현수……."

울음소리는 그치었지만 기호의 두 눈에서는 눈물이 샘처럼 솟아나오고 있었다.

기호의 눈물을 가제수건으로 닦아내며 이 년 전 평양에서 있었던 일을 현수는 생각해내고 있었다.

8·15 후 처음 맞이하는 삼일절을 며칠 앞두고서였다. 평양학생자치본부에는 '삼일절 기념행사 준비위원회 위원장 강양욱' 명의로 구호가 전달되었다. '조선 자주 독립 만세'를 제외한 나머지 구호인 '조선 인민

을 해방시켜준 붉은 군대 만세', '스탈린 대원수 만세', '우리 민족의 위대한 영도자 김일성 장군 만세' 따위에 격분한 학생 대표들은 기림리箕林里에 있는 강양욱의 집으로 몰려가서 구호의 시정을 요구했다.

"삼일 독립운동도 붉은 군대의 도움으로 일어났단 말이오?"

"순국 선열을 추모하는 뜻이 담긴 구호를 내놓으시오!"

"우리 학생의 뜻이 관철 안 되면 소련군 사령부의 지시를 무시하고 행사를 따로 열겠소!"

김일성의 인척이며 전신이 목사인 강양욱은 대답 대신 따발총을 든 소련 군인들을 내놓았다.

트럭에 실려 형무소로 끌려가는 도중 뛰어내린 기호는 그날 밤 혼자서 강양욱 집에 수류탄을 던지고 현수의 하숙방으로 도망쳐 왔다.

흥분을 못 이겨 기호는 몸부림치면서 울부짖었다. 강 영감이 목사 출신이 아니라면 덜 분하겠다고 기호는 밤새껏 눈물을 샘물처럼 쏟아놓던 것이었다.

중대장을 대동한 연대 참모장 K소령이 의무대로 들어온 후에야 기호는 눈물을 거두었고 피습 상황을 침착히 설명하였다.

스리쿼터가 피습 지점에 이르렀을 때 바닷가에 해녀 하나가 나타났다. 동시에 총성이 울리기 시작하였다.

여자가 신호였다. 그 의미는 극히 중대하였다. 도로 양쪽에 늘어서 있는 집채만큼씩 한 바위 사이에 스리쿼터가 끼인 꼴이 된 바로 그 순간이었기 때문이었다.

적의 수효는 무장폭도, 비무장폭도를 합쳐서 1백여 명이었다. 적어도 칠십 개 이상의 총구로부터 쏟아지는 집중사격을 일제히 받아 차에서 뛰어내릴 겨를도 없었다. 네 개의 자동차 바퀴는 거의 동시에 터져 나갔고, 운전병은 일곱 발을 맞아 그 자리에서 즉사하였다.

칠십 개 이상의 총구가 목표물을 정확히 분담한 치밀한 계획 아래 실행된 기습임은 의심할 나위가 없다고 기호는 단정하였다.

스리쿼터에서 가까스로 뛰어내린 팔 명은 곧 응사하였다. 그러나 모두 한두 방씩 맞은 뒤여서 위력이 없었다. 너무나도 짧은 응전이었다. 어젯밤 지급받은 M1소총들이 모두 손에 익지 않아 더하였다. 응사가 시원치 않게 되자, 공비들은 길 양쪽에서 구름떼처럼 밀려 내려왔다. 모두 흰옷을 걸치고 있었다. 우두머리인 사십 세쯤 되어 보이는 자 하나만 검은 빛 복장차림이었다.

우두머리의 지휘로 한 패는 스리쿼터로 몰려들어 거기 실려 있던 구구식 소총을 모두 끄집어내고 휘발유를 끼얹고 불을 질렀다.

다른 한 패는 도로변에 쓰러져 있는 아군 대원들이 갖고 있던 소총을 거두고 머리 아니면 심장에 차례로 한 방씩 더 쏘아댔다.

기호의 차례가 되었다.

가슴에 안고 있는 총을 공비 하나가 낚아챘다. 기호는 숨을 죽인 채 총을 더욱 힘껏 안았다.

그사이에 산 쪽에서 새로 몰려온 십여 명의 지게부대가 스리쿼터에서 내린 구구식 소총을 번개같이 쓸어 갔다. 그때 기호의 이마가 섬뜩했다. 총구 끝이 닿은 것이었다.

바로 이때,

"동무들, 빨리 하라우! 노랑개가 온다!"

하는 우두머리의 목소리가 귓전에 울렸는데, 그 말투는 분명히 평안도 사투리였다고 기호는 말했다. 김달삼이 제주 출신에 틀림없다면 분명히 그자는 아닌 것 같다고 기호는 몇 번이나 거듭 되풀이했다.

"동무들! 노랑개 오는 것 보인다! 걸씨해라!"

그런 소리가 또 한 번 일대에 울려 퍼졌다.

총성이 그만치 요란하게 울렸으니 응원부대가 몰려올 것은 너무나 뻔한 일이었다.

기호의 이마에 총구 끝을 대던 놈이 허리를 편다. 발사할 자세임을 기호는 직감했다.

새로 다가온 다른 한 놈이 속삭이듯 말했다.

"동무! 그 우비를 벗기고 쏴! 새것이다!"

기호의 총은 그놈이 뺏고, 처음 놈이 우비를 벗기기 시작했다. 들린 오른쪽 어깨가 천근같이 무거워짐을 기호는 의식하였다.

"새끼, 곱게 안 죽구!"

그때 이미 대부분의 공비들은 산 쪽을 향해 달려가고 있음을 발짝 소리로 알아차렸고, 그다음 순간에 기호의 의식은 썰물처럼 급속도로 희미해져 갔다.

"우비가 새것이어서 전 이렇게 비겁한 놈이 됐습니다."

증언을 끝낸 기호의 두 눈에는 또 물기가 어렸다.

지그시 기호의 표정을 내려다보던 참모장은 조용히 말했다.

"수고했다! 너 고향이 어디냐?"

"강서江西입니다."

"그래, 난 용강龍岡이다. 빨리 일어나 복수하자."

하고, 돌아서 나가는 참모장의 등에 대고 기호는 고함치듯 말했다.

"소령님!"

반사적으로 발길을 돌린 참모장은 되물었다.

"왜 그러나? 내게 더 할 말이 있나?"

말은 않고 기호는 눈빛으로 끄덕이었다.

"무슨 말이든 거리낌 없이 해라!"

"소령님에게만 말씀드리겠습니다."

"상관 말고 말해."

"소령님에게만 말씀드리겠습니다."

"고집이 센 놈이군."

참모장의 눈짓으로 하 중위와 현수는 밖으로 나왔다.

십 분쯤 경과한 뒤에 참모장은 기호의 병실에서 나왔고, 대신 들어간 현수는 침대 위에 일어나 앉아 있는 기호와 얼굴을 마주 댄 채 참모장의 추상같은 호령을 들었다.

"이 새끼, 죽지 않고 무슨 면목으로 왔지? 그래도 네가 장교야? 장교냐 말이다!"

"면목 없습니다, 참모장님!"

"썩 사라져! 내 눈앞에서 없어지란 말이야!"

하 중위를 크게 나무라는 참모장의 목소리를 기호는 눈 하나 까닥 않고 듣고 있다가 문 밖의 발짝 소리가 멀어지자 현수에게로 시선을 돌리며 의연히 말했다.

"현수는 이런 것 생각해봤나? 병기를 수송한다는 사실을 공비에게 연락한 놈이 있을지도 모른다는 것을 말이네."

"......"

현수는 얼른 무엇이라 대답할 수가 없었다.

너무나 당돌한 질문임은 물론이려니와 기호의 그와 같은 명석한 착안에 현수는 압도당하여 뒤로, 뒤로 밀리고 있는 스스로를 의식하였다. 기습을 당하여 부상을 입은 수세의 기호는 이미 아니었다. 그는 어느새 공세를 취하고 있었다. 진정 기호는 언제, 어디서나 그러한 사람이었다.

"우리 중대원도 출발 직전까지 몰랐던 군기[軍事機密]를 공비들이 어떻게 알았다고 현수는 생각하나?"

"......"

"여기엔 반드시 정보 제공자가 있었어."

"……."

그런 것은 일개 사병이 생각할 문제가 아니지 않는가―하는, 그러한 표정의 현수의 마음을 꿰뚫기라도 하듯 기호는 말했다.

"우선 나는 중대장을 생각했다……. 물론 하 중위를 공산당으로 여기는 것은 아니다. 그 새끼는 여잘 너무 좋아해. 오늘 아침에 애국부인회 회장이란 여자가 영내에 들어와 얼씬거리는 걸 현수 너도 봤지. 뭣 때문인 줄 아나? 시내에 들어가는 차편이 있으면 태워달라는 것이었어. 아니, 차편이 있는 것이 분명하니 편승해야겠다는 그런 식이었어. 뚱뚱보년의 그 어울리지 않는 웃음 속에는 애원이 아니라 요구하는 눈치가 뚜렷했어. 죽은 오 상사가 재수 없다구 반대해서 타진 못했지만 말이네. 그 뚱뚱보 부인회 회장이 중대장 계집이란 것은 공개된 비밀이야. 재수가 있구 없구가 아냐. 아침 일찍부터 서두른 건 어젯밤에 이미 알고 있었다고 현수는 생각되지 않나?"

"……."

잠시 말을 끊는 기호에게 현수는 거의 무표정인 얼굴을, 무방비의 스스로를 몽땅 드러내놓고 있었다.

현수로서는 괘념치도 않았던 주변의 일들을 객관화시키고 있었던 기호의 명석한 계산에 탄복할 뿐이었다. 그런 따위의 일들을 바람 소리만치도 여겨오지 않은 스스로의 태도에 현수는 여전히 긍지를 가지면서도 기호의 공세에 압도당하는 느낌만은 어쩔 수 없었다.

기호가 잠시 이야기를 중단한 것은 현수의 의견을 묻고자 함이 아니요, 스스로의 자세를 바로 잡기 위해서였음은 그의 계속되는 설명이 명확히 말해주고 있었다.

"중대장은 한 달에 스무 밤은 그년 집에서 잔단 말이네. 사내를 재워

놓고 나서 자랑인들 안 했겠나? 요새 민간인들이 제주 시내에 다녀온다는 것은 옛날 서울 구경만치로 어렵다고들 하네. 그 뚱뚱보년이 자랑인들 안 했겠느냐 그 말이야."

"……."

현수는 기호의 얼굴을 주시했다. 일사불란한 그의 추리에는 현수의 주견이 선다 하여도 개입할 여지가 전혀 없었다.

"뚱뚱보년은 준비가 필요해서 삼자에게 무의식중에 전할 수 있다고 현수는 그렇게 생각되지 않나? 요는 그 사실을, Y리에서 제주시까지의 차편이 있다는 사실을 그 누구가 공비에게 알렸느냐, 그 문제란 말이네……."

"……."

"자넨 흥미가 없는 모양이로군. 하나 현수하구두, 현수 너의 목숨하구두 밀착되어 있는 일이야. 일단 대열 속에 끼인 자가 그 대열의 수레바퀴에서 벗어날 수 있다고 현수는 생각하나? 그렇다면 숙명이란 말이 인간 세상에 생겨나지 않았을 거다! 제주 시내까지의 차편이 있다는 사실은 그 차 속에는 구구식 소총이 적재되었다는 첩보를 말해주는 거야. 삼척동자도 생각할 수 있는 일이지. 어젯밤에 M1소총이 지급됐으니까……. 적 출몰 지구에 잉여 무기를 단 한시라도 더 놔둘 미친놈은 없을 것이다. 뚱뚱보년에게서 필시 몇 사람의 입을 거쳤을 테지만 말이네. 어젯밤 사이에 Y리에서 어느 지점까지 달린 놈이 분명히 있어!"

기호는 그제야 피로해졌음인지 침대에 누우며 살기가 어린 두 눈으로 현수를 응시한 채 계속했다.

"오늘 시내에 가는 차편이 있다는 첩보를 전달하기 위해서 어느 지점까지 달린 놈은 분명히 우리 주변에 있었어……. 그게 어느 놈인지를 현수는 짐작이 안 가냐 말이네?"

"민구란 말이로군?"

"아니면 너와 봉수를 꾀어내리던 김칠성이란 놈 외에 누가 있단 말인가!"

기호의 말투는 이제 반문조가 아니고 당당한 선언이었다.

"그리구 현수! 피습 직전에 바닷가에 나타난 여자 말이네, 반신을 드러낸 해녀 말이네, 공비들에게 우리 차의 위치를 신호한 그년 말이야, 회식날 본 민구의 처 같아."

목표행 43열차는 현수를 태운 채 안양 수원 간의 철로 위를 기세 좋게 달리고 있었다.

서울역 플랫폼에서 가까스로 올라탄 현수는 줄곧 승강구에 서 있었다. 차 안의 무더움을 피하자는 계산 따위에서는 물론 아니다. 현수에게 객차 안의 온도를 측량할 재간은 없다. 현수는 줄곧 승강구에 서서 20년 전에 기호가 한 말을 되씹고 있었던 것이다. '일단 대열 속에 끼인 자가 그 대열의 수레바퀴에서 벗어날 수 있다고 현수는 생각하나? 그렇다면 숙명이란 말이 인간 세상에 생겨나지 않았을 거다!' 그러니까 나는 이 목포행 심야 열차의 숙명에서 벗어날 수는 없다고 현수는 그런 결론을 생각하면서 그렇게 서 있는 것이었다.

호남선 열차는 완행의 경우도 서울 대전 간에서는 준급행이 된다. 그래 과히 지루하지는 않다. 안양역 구내를 벗어난 직후부터 점점 그 수효가 줄어들기 시작한 전등불들이 군포역을 통과하고서부터는 아예 없어졌다.

현수의 시야에 들어온 공간은 어둠만이 꽉 차 있어 마치 모든 것이 정지한 듯한 착각마저 일으키게 했다.

그랬던 시계視界 정면이 확 트이며 은빛 벌판이 들어왔다. 부곡富谷에 있는 인공 저수지였다.

엄청나게 넓은 은빛 벌판— 그 언젠가 혹부리 영감을 따라서 붕어잡
이 왔던 일이 내켜, 부곡 저수지임을 알아차린 현수는 거의 본능적으로
뒷걸음질 치고 있었다.

현수는 오늘 아침, 아니 이젠 어제 아침, 급조된 한강변의 호수를 연
상한 것이다.

좀 더 정확히 말하면 그 급조된 호수에 빠져 죽은 일곱 구의 시체가
눈앞에 떠오른 것이다. 현수는 객차 도어 앞까지 물러섰다. 돌부처처럼
질서 있게 누워 있던 일곱 구의 시체가 일제히 일어나 현수에게로 다가
온다. 그러나 그 환각은 짧은 순간이었고, 현수의 귀에는 차바퀴 돌아가
는 소리만 요란하게 들려올 뿐이었다.

현수는 조용히 객차 도어를 열고 안으로 들어갔다.

삼등 객차였다. 대부분의 승객이 행상이나 그와 비슷한 직업의 사람
으로 보이는 삼등 승객들은 차창에 머리를 기댔거나, 서로 어깨를 맞대
었거나, 아니면 각기 무릎 사이에 얼굴을 묻었거나 한 그러한 자세로 시
체처럼, 진정 시체처럼 그렇게들 잠들어 있었다.

자기에게는 더할 나위 없이 합당한 부위기라고 여기며 이 야간 완행
열차의 승객이라는 수레바퀴에서 벗어날 수 없는 스스로를 현수는 또렷
이 의식하였다.

기호가 퇴원하여 귀대한 며칠 후였다.

전투 지구인 제주도 현지에서 제○연대 3대대인 서북대대는 새로 이
동되어 온 제 ○연대로 전원이 배속되었다. 그리고 진급 선풍이 일었다.
육지로 철수한 제○연대에 입대시킬 때에 이미 내정되었던 것이라지만
서북대대의 4개 중대 전 대원의 대대적인 진급은 가히 선풍이라고 이름

할 만했다. 무엇보다도 고병 하사관 전원을 타 대대로 전출시키고 중대 기간요원까지를 모두 입대한 지 석 달밖에 안 된 초년병으로 충당했다는 사실이다. ○○중대의 경우, 입대 시의 인솔 책임자, 부책임자를 각각 일 등상사, 이등상사로 진급시켰으며, 각 소대에서 우수한 사병 두 명씩을 뽑아 일등중사, 이등중사로 진급시켜 각각 소대 선임 하사 향도向導 근무를 명하였다. 그리고 이십여 명을 골라 하사로 진급, 본부 소대의 행정 근무와 각 전투 소대 분대장 근무를 명하였으며, 나머지 전원을 일등병으로 진급시켰다.

열등병인 현수, 주정뱅이 봉수, 그리고 늦게 입대한 민구 등은 모두 일등병이었다.

V형 세 개를 한일자〔一〕가 받친 일등중사 계급장을 왼팔과 철갑모에 척 붙인 당당한 외모의 기호가 말했다.

"4계급 특진이 되나? 그러니까 정일이와 재철이는 5계급, 6계급 특진이 되는 셈이군. 아마도 세계 어느 나라 군대에도 이런 예는 없을 거다."

"너희들 서북 출신의 존재를 높이 산 거야."

유일한 제주 출신인 양민구 일등병에게 위엄이라도 시위하듯 이기호 일등중사는 당당히 말했다.

"무식하고 겁쟁이가 많은 이남 출신 고병 하사관들이 우릴 통솔할 수 없다는 엄연한 현실을 이제 상부에서 안 때문이지. 하사관뿐 아니라 장교, 병졸도 마찬가지야. 공연히 말썽만 부리지 않았나. 하나 일종의 외인 부대인 우리에게 계급 따위는 실제로는 그리 중요하지 않아. 제주도 빨갱이만 깨끗이 소탕하면 우리 임무는 끝나는 것이니까."

무슨 예언처럼 뇌까린 기호의 말대로 된 것은 그로부터 사흘 뒤였다.

대장 하영도 중위는 제일대대로 전속되어 가고 서북 출신 장교가 네 번째 중대장으로 부임해 왔으며, 제주 출신인 양민구 일등병은 연대본부

대기발령을 받고 ○○중대에서 떠나갔다.

그날 밤.

자정 무렵, Y리 해변에는 여덟 발의 총성이 요란스럽게 울렸다. 그런데도 비상이 걸리지 않았다. 중대장은 물론이요, 위병들까지도 미리 알고 있음이 분명하였다.

어렴풋이 잠이 들었던 현수는 그 총소리를 꿈결 속에서 들은 듯했다. 꿈이려니 하며 도로 잠을 청하려는데 얼마 후 화약 냄새가 확 콧속으로 풍겨 왔다.

어느새 잠자리에서 빠져나갔던 사나이 둘이 각각 제자리에 눕는다. 기호와 봉수였다.

'조금 전에 울린 총소리는 무엇이며 기호와 봉수는 어딜 갔다 오는 것일까? 그리고 화약 냄새는?'

잠이 아예 달아나버린 현수는 물으려다가 귀찮은 생각이 들어서 자는 척했다.

소대 내무반은 다시 조용해졌고 이어 기호의 코 고는 소리가 들려왔다. 휴식 시간에 시체처럼 곯아떨어지는 기호의 숙면은 전 중대에서 유명했다. 극히 짧은 시간에도, 또 어떠한 장소에서도 기호는 잘도 잔다. 기호의 스태미나는 그렇게 축적되는 것이라는 생각을 되뇌이기도 하며 현수는 억지로 잠을 청하려고 셈을 했다. 하나, 둘, 셋, 넷…… 열…… 스물…… 백쯤 세었을 때 봉수의 귀엣말이 들려왔다.

"아우 자나?"

"아니요……."

"조금 전에 울린 총소리 들었간디? 우릴 일본으로 안내해준다던 기 새끼를 기호가 해치웠구만! M1 한 통을 말이디, 기리니깐 야들(8) 발鏺이 아니가서……. 야들 발을 갈기니까니 말이디 대자(5척尺)쯤 하늘루 떴다가 떨어져서라무니 폭삭 쓰러디두만."

"그자 하나뿐이었소?"

"기래, 한 놈뿐이야, 한 놈뿐이구 말구."

"……."

대답 없이 한숨을 짓는 현수가 의아스러운 듯 봉수는 반신을 일으키며 다그쳐 물었다.

"왜 그래, 아우?"

"……."

"모르갔구나, 아우? 내레 아우에게 겁소리(거짓말)하갔나 원…… 아우, 말 좀 하라우, 내레 이거 답답해 죽갔구나 원……."

"김 형은 왜 따라갔소?"

"둥대당이 가라구 기랬다디 않가서, 기호가……. 내야 기호가 가자니까니 간 거디."

"중대장이 직접 김 형더러 가라구 하셨어요?"

"기건 아니디……. 허디만 기 새끼레진 벌갱이라디 않가서?"

"……."

"우습게 보다간 큰일 나가서…… 기 새끼레 진벌갱이라니 원……."

"하지만 김 형! 아무런 절차도 없이 죽인다는 걸 난 찬성할 수 없는데요? 안 그래요?……"

현수는 말끝을 맺지 못했다. 그때 잠든 줄만 알았던 기호가 어느새 엿듣고 있다가 현수를 쏘아보며 말했다.

"공비가 우리를 습격할 때 절차를 밟던가?"

"……."

"우리의 적은 무장공비만이 아냐! 현수가 그걸 모를 턱이 없는데 왜 그러나?"

"……."

"가까운 주변부터, 우리 주변의 공산당부터 모조리 샅샅이 쓸어버려야 하는 거다!"

"……."

"그걸 모를 리 없는 현수가 왜 그러나?"

"……."

"공산당놈들을 철두철미 소탕하지 않으면 놈들의 손에 우리가 죽는 거야, 저번 날처럼……."

평소의 기호답지 않게 잠꼬대처럼 지껄이고 나서 잠시 눈을 감고 생각하다가 도로 자리에 누우면서 그는 날카로운 말투로 무슨 결론을 내리듯 말했다.

"내일부터는 매일 출동이다! 일주도로변 외의 부락은 모두 철수시키는 거다! 산간마을이 무장공비의 온상지가 되구 있어……. 이건 전투 사령부의 공개 작전이야."

"……."

"물론 우리 중대의 첫 목표는 D리지! 그리고 우리 소대의 담당이다, 알겠나?"

"그런 말을 기호는 어째서 내게 하나?"

"아무래도 현수! 너는 어디가 잘못됐군 그래."

"내가 뭣이 어떻게 됐다는 거지? 내가 빨갱이들에게 포섭이라두 됐단 말인가?"

"이건 또 무슨 소리야, 현수답지 않게?"

기호는 다시 일어나 현수는 주시하며 말하였다.

"아무려나 현수는 출동 안 해도 좋을 게다!"

"그건 어째선가?"

묘한 반발심에서 벌떡 일어나 마주 앉는 현수를 무시하듯 기호는 말하였다.

"현수 체질은 소탕 작전에 적당치 않은 것 같아서네."

"자네 마음대로 말인가? 하긴 자네는 소대 선임 하사관이니까 그 정도의 권한이 있을지 모르나 그렇게 못하겠어! 내일 출동 시까지, 나는 전투소대 소대원이야! 설마 기호가 오늘 밤중에 나를 본부소대로 내쫓진 못할 테지?"

"……"

여느 때와는 달리 말이 많아진 현수의 태도에 어리둥절해진 기호는 더욱 사나워진 눈초리로 현수를 쏘아보다가 아무 말 없이 누워버린다.

그때까지도 현수는 기호의 그러한 태도가 무엇을 의미하는지를 알 수가 없었다.

'기호가 봉수와 둘이 처치해버린 그 김칠성이란 자와는 나도 관련이 있지 않는가! 그런데 기호는 어째서 봉수만 데리고 나갔는가? 내가 중대장의 명령을 거역할 것 같아서 나에겐 아무 말도 안 했단 말인가? 상사의 명령은 적어도 군대에서의 상관 명령은 곧 국가 명령이란 이치마저 내가 모르는 놈이라고 기호는 그렇게 생각하는가?'

그런 반발이 솟구쳐 현수는 기호에게 반발한 것이었는데 기호는 이해를 못한 눈치였다.

"흥! 현수가 간다구 해서 민구 가족을 구출해낼 수 있을 것 같은가? 어림도 없는 생각은 아예 집어치워……"

"……"

현수는 참으로 어처구니가 없어 아무 말도 못하고 얼빠진 사람처럼 그대로 멍하니 기호의 얼굴을 주시한 채 앉아 있었다.

기호는 현수의 그런 표정이 몹시 비위에 거슬렸던지 벌떡 일어나 앉으며 싸우기라도 하듯 큰 소리로 퍼부어댔다.

"엉뚱한 생각 말고 잘 들어! 계엄사령관 포고문에 어제 십칠 시까지 아니, 이젠 그제로군. D리의 전 부락민은 H리 혹은 M리로 소개키로 돼 있어! 계엄사령관 명령에 응하지 않는 자는 신분 여하를 막론하고 공비로 간주키로 돼 있어. 이런 조치도 자넨 진정 못마땅한가? 포고문이 며칠 전부터 D리의 집집마다에 붙어 있는데도 민구 가족은 아직도 떠나지 않고 있어. 민구 아내가 무식해서 포고문을 읽지 못할 리도 없지 않는가? 어떻게 생각해? 현수는 내 생각이 역시 잘못이라고 생각하나?"

"……."

"내일 출동 후까지 민구 가족이 남아 있을 경우, 현수 손으로 죽여버릴 용기 있나? 용기가 있다면 소대 선임 하사 이기호 일등중사는 안현수 일등병에게 명령한다! 안현수 일등병은 출동에 앞장서라구!"

"명령이라구?"

"그렇다!"

"지금 너와 나는 사담을 하고 있다고 생각되지 않나?"

"안 일병! 이 장소는 내무반이다! 아니, 전투 지구의 병영이다! 공사를 혼동하지 마라!"

"……."

대답 대신 현수의 주먹이 기호의 면상을 향해 날 찰나였다.

그때까지 두 사람의 대화를 들으면서 그 큼직한 두 눈알을 굴리며 현수와 기호를 번갈아 살피던 봉수가 둘 사이에 불쑥 끼어들며 결론을 내렸다.

"뭣들이야, 임마! 벌갱이야 우리 손으로 죽이야디! 벌갱이라면 제 네펜네도 죽이야 되는 판국인데 기호 님자는 뭘 기린마! 현수 아우가 친구처라구 해서 못 죽일 것 같음마? 기호! 임자는 현수 아우와 등학 동창이라면서두 아우를 나만치도 모름메레! 나 원……."

새벽의 D리는 짙은 안개 속에 잠겨 있었다. 산간부락이긴 하나 해안에서 일 킬로도 안 떨어진 곳이어서 여름, 겨울 없이 새벽에는 안개가 짙은 곳이었다.

출동부대가 도착하였을 때 주민들은 거의 소개한 뒤였다. 집집마다에 붙어 있던 계엄사령관의 포고문이 한결같이 찢기워 미풍에 나부끼고 있을 뿐, 겉으로 보기에는 평화스러웠다.

출동부대 지휘관인 이기호 일등중사는 말하였다.

"가장 악질 부락이다! 포고문을 봐라! 정상을 참작할 여지는 조금도 없다! 남아 있는 놈은 노인이든 어린애든 사살하라! 저 포고문들을 보란 말이다! 정상을 참작할 여지는 추호도 없다!"

"어린애까지?"

"왜 못마땅한가? 이건 상관의 명령이다!"

혼잣말처럼 토한 현수를 노려보며 기호는 전 대원에게 명령하였다.

"각 대원은 즉시 집집마다에 휘발율 끼얹어라!"

"불을?"

"안 일병! 명령에 반발할 셈인가! 모두 태워버리기로 돼 있어! 태우지 않으면 또다시 공비들의 거점이 된단 말이다!"

"……."

"모르겠나? 안 일병!"

"……."

기호는 필요 이상 들떠 있었다. 현수는 입을 벌리고 싶지 않았다. 기호는 개의치 않고 말하였다.

"부락 속에는 노인이나 부녀자, 어린이 등 비전투원이 있을지도 모르지만 어쩔 수 없다! 그들도 곡식을 먹어야 살아. 그리고 그 곡식을 공비들과 나누어 먹는다. 주민들이 자진해서 내놓지 않으면 공비들이 뺏어서라두 먹는다. 말하자면 우린 적의 거점 하나를, 아주 중요한 거점 하나를 없애버리는 거다!"

"……."

"현수! 너부터 먼저 성냥을 그어 대라! 명령이다!"

"……."

현수가 자세를 바로 하였을 때 다른 대원들은 이미 달려가고 있었다.

가호 수와 대원 수는 비슷했다. 한 사람이 한 집을 맡아야 했다. 달려가기는 현수가 늦었지만 성냥불은 맨 먼저 그어 댔다. 다른 대원들은 기호의 마지막 명령을 기다렸던 것이었다.

"불을 질러라!"

부락은 순식간에 화염에 싸였다.

대원들은 각기 삼십 미터쯤씩 물러서서 지켜보고 있었다.

불길이 세차게 피어오를 뿐 인기척은 없었다.

"기호의 짐작과는 달리 나머지 부락민들도 어젯밤 말끔히 떠나간 것이 아닐까……."

그런 생각에 잠겨 있던 현수는 그다음 순간 본능적으로 고개를 돌려버렸다.

흡사 넝마 같은 옷에 댕긴 불길을 꼬리처럼 달고 현수가 서 있는 쪽으로 육십 세는 되었을 노인이 달려오고 있어서였다.

"뭘 해, 현수!"

기호의 고함 소리에 반사적으로 고개를 든 현수는 총구를 올리며 몇 발짝 뒤로 물러섰다.

"현수! 쏴라!"

현수는 무아무중으로 방아쇠를 마구 당겼다.

달려오던 노인은 도로 발길을 돌려 달리다가 비명도 없이 불더미 속으로 거꾸러졌다.

그 연후에도 현수는 그냥 방아쇠를 당기었다.

"찰칵!"

헛 걸린다. 현수는 M1의 팔연발을 모두 쏘아버린 것이었다.

총성이 계속 울리고 있다. 현수는 좌우 전후를 두루 살폈다. 대원들은 그냥 사격을 계속하고 있었다.

'잔류민은 더 남아 있는 모양인가? 포고문에 의해 공비로 간주된 부락민은 더 남아 있는 모양인가……'

총알을 재울 생각도 못하고 멍하니 서 있는 현수의 귓전에 기호의 고함 소리가 또 한 번 울렸다.

"현수!"

황급히 또 한 케이스의 M1 탄알을 장전하고 나서 현수는 고개를 들고 곧바로 앞을 주시했다.

불더미 속에서 비틀거리며 나오는 또 하나의 그림자를 현수는 보았다. 총구를 올리고 겨누었다. 총구 저쪽에서부터 달려오는 그림자를 따라 총신은 움직이었다. 점점 다가온다.

"앗!"

현수는 외마디소리를 지르며 주춤했다.

달려오는 그림자는 여자였다. 겉옷을 벗어던진 반나체의 여자였다. 얼굴은 반 이상 타버린 맨발의 여자였다. 현수는 정신을 바짝 차리며 손가락을 방아쇠에 걸었다.

그러한 현수의 동자을 알아차렸음인지 여자는 돌격하듯 일직선으로 달려온다.

무아무중에, 진정 얼떨결에 방아쇠를 당긴 조금 전과는 달리 현수는 여자를 겨누고 정확히, 아주 정확히 방아쇠를 당겼다.

"으악—."

비명을 지르면서 엎어졌다가 대뜸 일어나 여자는 현수의 발밑까지 와서 푹 거꾸러졌다. 그리고 모기 소리처럼 나지막하나 앙칼진 목소리로 울부짖었다.

"바로 네놈이구나, 이기호라는 노랑개가……."

민구의 졸업 앨범에서 본 기호와 현수의 얼굴을 여자는 착각한 모양이었다.

부락을 뒤덮었던 불길은 미구에 가라앉았고 자욱하였던 연기도 아침 안개와 더불어 점점 연해졌다. 오늘도 변함없이 솟아오른 태양빛 속에 부락을 한 바퀴 돌고 나서 현수 곁으로 다가온 기호는 혼잣말처럼 뇌까렸다.

"열일곱이나 남아 있었군."

여기저기 쓰러져 있는 시체들을 봉수는 질질 끌어 고구마밭 한복판으로 모아놓고 있었다. 빨병의 소주를 연방 마시면서였다.

기호는 다른 대원들을 거느리고 타버린 잿더미를 뒤적이고 있었다.

현수는 봉수가 하라는 대로 시체를 고구마밭 한복판으로 옮기는 작업에 열중하고 있었다.

"머이〔墓〕는 못 만들어줘두 말이웨, 파묻어주는 게 됴티 않가서."

현수가 다섯 구의 시체를 운반하고 났을 때였다. 돌각담 쪽에서 짐승 아닌 사람의 울음소리가 들려오는 것 같아 동작을 멈추었다.

"?……."

처음에는 환청인가 싶었다. 분명 갓난아기의 울음소리였다. 그 울음소리를 향해 현수는 한 발짝, 두 발짝 조용히 다가갔다. 시체를 묻을 구덩이 파기에 여념이 없는 봉수는 현수의 거동을 눈여겨보지도 않았다.

현수는 참으로 오랜만에 가슴의 고동을 의식하였다. 눈앞의 양상 따위와는 추호도 관련이 없는 벅찬 환희—걸음을 옮기는 사이에 현수의 마음은 더 없이 평화스러워졌다.

바람이 많기로 유명한 제주도에는 밭과 밭 사이의 경계를 돌각담으로 쌓아서 표시한다. 시방 갓난아이의 울음소리는 그 돌각담 쪽에서 들려오는 것이었다.

갓난아이의 울음소리는 점점 또렷해진다. 거리가 가까워진 것이다. 돌연 울음소리가 뚝 그친다. 기둥처럼 그 자리에 서버린 현수의 눈앞에는 무수한 꽃송이가 떨어져 내린다. 그리고 울음소리가 다시 일자, 떨어져 내리던 꽃송이들은 거꾸로 훨훨 하늘로 하늘로 번져나가고 있었다.

현수는 더욱 파동 치는 설렘을 달래며 울음소리가 들려오는 돌각담을 향해 무작정 걸어갔다. 갓난아기의 울음소리는 분명히 돌감담에서 새어나오고 있었다. 현수는 거기 발을 멈추고 조용히 돌각담을 응시하였다.

돌각담에는 시들어 빠진 무슨 덩굴 같은 것이 엉켜 있었다. 박덩굴일까. 분명히 호박덩굴은 아니었다. 호박은 줄기보다 잎사귀가 끈질기다. 머루나 다래 덩굴인지도 모른다고 그런 생각을 하는 사이에 갓난아기의 울음소리는 마치 현수를 부르기라도 하듯 드높아지는 것이었다.

현수는 무엇이라 형용할 수 없는 감동 속에 젖어들면서 잠시 그렇게 서서, 참으로 오랜만에 미소조차 띄우며 그렇게 서서 덩굴이 고기그물같이 씌워져 있는 돌각담을 바라보았다. 아기의 울음소리는 그치지 않았다. 주저할 이유가 그 무엇이란 말인가. 현수는 그저 유혈의 참극이 조금 전에 벌어졌던 하늘과 땅을 두루 살폈을 뿐이었다. 기호와 봉수와 그 밖의 동료들의 거동을 그저 살폈을 뿐이었다.

고구마밭 한복판에서는 구덩이를 파고 있는 봉수를 기호가 우뚝 서서 내려다보고 있었다.

"구덩이는 왜 파지?"

"와?"

힐끗 고개를 치켜들고 그 커다란 두 눈알을 휘둥거리며 기호를 한 번 치어다보았을 뿐 봉수는 다시 구덩이 파기 작업에 열중하였다.

"시체를 간수해줄 만한 것들이라면 애당초 죽이질 않았겠다!"

"뭣이 어드래? 한 번 더 말해보라우야!"

"저것들은 까마귀밥으로 알맞다 그 소리야."

"야레 와 이리간? 네레 사람이가? 네레 사람이야?"

연방 삽질을 계속하면서 봉수의 토해버리듯 큰 소리로 외치는 소리가 현수의 귀에까지 울려왔다.

"기호야! 잘 들으라우! 나는 무식하디만 말얏! 죽은 사람에겐 발쎄 죄가 없다는 것쯤은 말얏! 알고 있다— 그 말이다야! 나는 말이웨! 도락꾸 운전수나 해 먹던 말이다! 등학교 근처에두 못 가본 무식쟁이디만 말이다! 사형수에게두 말이다! 신부님이 영세 미사해준다는 것쯤은 알고 있다, 그 소리다. 알가서, 기호! 네레 와 기리네야! 정말루 짓동물었게 (증오스럽게) 놀디 말라우야!"

기호의 간섭을 무시하고 그냥 작업을 계속하는 봉수의 모습이 확인되자 현수는 자세를 바로 했다.

시들어버린 덩굴을 헤치기 시작하였다. 겉으로 보기와는 달리 덩굴은 성장했다가 시들어버린 그대로가 아니었다. 그 위에 더 많이 긁어모아 덮은 흔적이 역력하였다.

덩굴이 모두 젖혀지자 거기 사람의 몸뚱이 하나가 가까스로 들어갈 만한 구멍이 나타났다.

화산 지대인 제주도에는 흔해빠진 것이 동굴이다. 해발 1천 미터쯤만 올라가면 아열대의 식물로 뒤덮인 정글투성이며, 그 밀림 속에는 으레 무수한 동굴이 벌집 구멍처럼 뚫려 있음을 현수는 여러 차례의 출동에서 보아왔다. 그러나 이렇게 덩굴로 뒤덮인 돌각담 속의 동굴은 처음이었다.

갓난아기의 울음소리는 그 동굴 바로 초입에서 새어 나오고 있었다. 더욱 벅차게 파동 치는 가슴을 달래며 허리를 구부리고 앉은 현수는 두 손을 조용히 구멍 안으로 넣었다. 스스로가 생각하기에도 이상하리만큼 현수의 두 손은 떨리거나 하지 않았다. 그다음 순간, 비길 데 없이 부드러운 감촉과 더불어 아기의 울음소리가 뚝 그치었다. 그리고 현수의 가슴에는 군용담요에 싸인 아기가 안겨졌다.

울음소리와는 달리 생후 석 달이 될지 말지 한 고사리처럼 마른 아기였다. 다시 울기를 시작한다. 좀처럼 울음을 안 그쳤다.

현수는 혀를 꼬부라쳐 가지고 재게 놀리며 얼러보았다. 그제야 겨우 아기는 방긋방긋 웃기 시작하였다. 현수는 그냥 혀를 꼬부라쳐 가지고 재게 놀려대었다.

"쭛 쭛 쭛 쭛, 쭛 쭛 쭛 쭛."

아기의 얼굴에는 함박꽃이 활짝 피어나는 것이었고, 그 함박꽃은 오래오래 사라지지 않았다.

현수는 담요 속으로 손을 살며시 넣어보았다. 아기의 몸에서 자기 손을 통해 전해지는 온기가 전신으로 번져나가는 것 같았다. 현수는 손을 더 깊숙이 넣었다. 무의식중에 현수는 무엇을 확인하기 위한 욕망이 솟아났던 것이었다.

현수의 손은 기저귀 속을 더듬고 있었다. 한 줌이 될락 말락 한 보드라운 물체의 감촉에 현수는 벌쭉 웃었는데 아기는 반대로 그만 소리 내어 울기 시작하였다. 더할 나위 없이 마음속이 후련해진 현수는 아기를 두 팔에 안은 채 일어섰다.

"쯧 쯧 쯧 쯧."

아기를 달래기 위해서 또 혀를 꼬부라쳐 가지고 재게 놀리며 발길을 옮기던 현수는 잠시 후 거기 기호의 사나운 두 줄기 시선에 묶이지 않으면 안 되었다.

삽을 놀리던 손을 멈춘 봉수도 이쪽을 보고 있었다. 그리고 기호의 명령조의 목소리가 현수의 귓전을 때리는 것이었다.

"현수, 버렷!"

"……."

"못 버리겠나?"

"……."

"정말 못 버리겠어?"

"……."

"그렇다면 내가 버리게 해줄 테다!"

현수 곁으로 다가온 기호는 총구를 치켜들었다.

"버렷!"

"……."

"호랑이 새끼 키울 작정이냐? 버렷!"

"……."

"안 버리면 쏜다!"

"……."

"어서 버렷! 안 버리면 쏠 테다!"

기호가 쏘는 총알에 맞아 죽으면 죽었지 현수는 아기를 버릴 수는 도저히 없다고 생각했다. 아니, 결심했다. 아기를 두 팔에 안은 채 아기와 더불어 죽기를 바랐다. 아니, 자기는 죽더라도 아기는 살려야 한다고 현수는 그렇게 생각했다.

지금 자기 품 안에 있는 아기를 버린다는 것은 현수 스스로의 모든 것을 버리는 것만 같아서였다. 인간 사회의 모든 것을 버리는 것만 같아서였다.

"현수! 여긴 전장이다! 죽이지 않으면 죽는 싸움터다, 그 말이야. 얼마나 말해야 알아듣겠나? 버렷!"

"……"

"소대 지휘관 일등중사 이기호는 안현수 일등병에게 명령한다! 손에 든 것을 즉각 버렷!"

"……"

다시 마구 울어대는 아기를 꼭 안은 두 팔에 힘을 가하며 현수는 그저 그렇게 서 있을밖에 별 도리가 없었고, 이제 어떠한 사태가 벌어지더라도 후회가 없을 것이라고 다시 한 번 결심을 다짐하였을 뿐이었다.

"버렷!"

"……"

완연히 명령조인 기호의 일곱 번째 고함 소리와 더불어 총성이 귓가에 울렸으나 현수는 까딱 않고 그저 그렇게 서 있었다.

그리고 다시 방아쇠에 걸리는 기호의 손가락을 냉정히 살필 수가 있었다.

"버렷!"

"……"

여덟 번째 고함 소리와 더불어 총성은 하늘과 땅에 번져나갔고, 그와 동시에 고구마밭 이랑에 엉덩방아를 찧는 기호를 현수는 보았다.

"야레 와 이리간! 네레 현수를 죽이가서? 정 죽이가서 야? 정신 똑똑히 차리라우! 내레 널 먼저 죽이가서! 알간?"

봉수는 진짜 쏘기라도 할 듯이 기호의 가슴에 총 끝을 바싹 들이대고
있었다.

"보자 보자 하니 헹펜 무인디경이구나. 기호, 네레 일등둥사문 둥사
디 현수를 죽이가서야?"

"……."

"현수 못한 게 뭐이가? 뭐이야? 갓난애 살래낸 게 기리케 잘못이가?
갓난애두 벌갱이가? 벌갱이 새끼는 어디꺼정 벌갱이 새끼디, 벌갱인 아
니디 않네야!"

"……."

"와 말이 없네? 벌지(벙어리) 됀? 벌지 돼서? 좀 기리디 말라우야! 네
레 현수에게 총질이 뭐이가? 안 기레? 우리덜끼리 서루 총질하자구 삼팔
선 넘어온 건 아니디 않아? 그게 뭐이가, 그게 뭐이야! 엉뚱하게시리 총
질이 뭐이가? 말해보라우야! 내 맘 모르가서, 저엉 모르가서야, 기호!"

"……."

두 눈만 사나워진 기호는 꼼짝 않고 봉수를 쏘아보는 것이었고 총을
버리고 기호의 두 어깨를 붙잡아 마구 흔들어대는 봉수의 얼굴은 온통
눈물 투성이였다.

돌각담 위에 나란히 앉아 기웃거리는 한 쌍의 까마귀에 시선을 둔 채
현수는 무슨 보물이라도 간직하듯 품속에 든 아기를 감싸 안은 두 팔에
힘을 가하고 있었다.

지금 현수는 이십 년 전에 두 팔에 안았던 아기의 얼굴을 들여다보며
있다.

심야 열차에도 승강객乘降客은 있었다. 스피커에서는,

"수—원, 수—원—."

잠에서 덜 깬 목쉰 소리가 울음처럼 새어 나오고 있었을 때였다. 보따리 두 개를 들고 갓난아기를 등에 업은 시골 여인이 숨을 헐떡이며 올라와 현수 바로 곁에서 이리저리 몸을 뒤트는 것이었다. 현수는 지금, 그 시골 여인의 등에서 깊이 잠들어 있는 갓난아이의 얼굴을 들여다보며 말했다.

"그 보따리 하나 이리 주시오, 아주머니!"

"괜찮아유."

저도 모르는 사이에 불쑥 내민 현수의 손이 무색해졌다.

시골 여인은 현수의 호의를 거절하고는 연상 몸을 이리저리 뒤튼다. 좌석은커녕 두 발을 디딜 만한 바닥도 마땅치 않아서였다.

등의 갓난아이가 울어대기 시작한다. 그 언저리의 좌석에서 잠들어 있던 승객 두엇이 눈을 뜨고 여인을 쳐다본다. 여인은 아기의 볼기짝을 두어 번 세차게 갈기었고 이어 드높아지는 아기의 울음소리.

단꿈에서 깨어난 두 승객은 군입을 쩝쩝 다시었을 뿐, 그 여인을 나무라거나 그렇다고 자리를 양보하지도 않고 도로 눈을 감아버린다.

이윽고 짐승의 울음 같은 벨 소리가 그치자 열차는 다시 움직이기 시작하였다. 아기도 겨우 울음을 그치었다. 차바퀴 돌아가는 소리가 점차 빨라지며 차 안은 도로 조용해졌고 삼등 승객들은 다시 시체처럼들 잠들어버린다. 간단없이 들려오는 차바퀴 돌아가는 소리에 끌리기라도 하듯 현수는 발을 떼었다. 차바퀴 돌아가는 소리에 끌린 것이 아니라고 현수는 고쳐 생각한다. 이미 삼등객차 안마저 현수를 쫓아버리는 것인지도 몰랐다.

참으로 무엇에 쫓기기라도 하듯 황급히 도어를 밀고 한 발짝 나선 현수는 거기 금테 두른 모자와 부딪쳤다. 검찰을 해 오는 여객 전무專務와 승무원들이었다.

"차표!"

"……"

승차권을 어디다 간수했는지 얼른 생각이 나지 않아 이 호주머니 저 호주머니를 뒤지노라니까 금테 모자의 의젓한 사나이가 모멸찬 말투로 뇌까린다.

"공차 탄 것 아냐? 낫살이나 먹어가지고 창피하지도 않소?"

"……"

머리털이 덥수룩한 잠바 차림의 사십대를 무임 승차자로 오인하는 것도 무리가 아니라고 속으로 뇌이며, 그때 마침 바지 뒷주머니에서 손에 잡힌 승차권을 당황히 꺼내 금테 모자 코앞에 내밀고 현수는 고개를 돌렸다. 쑥스러워져서였다.

"아, 아니……"

승차권을 받아 든 금테 모자는 약간 놀라면서 설컥 차표에 구멍을 뚫고 나서 도로 내준다.

"죄송합니다, 손님. 흐흐흐."

별스런 웃음을 짓고 나서 말한다.

"이등차는 이 객차 바로 다음 칸입니다. 참 안내해드려요, 미스터 김!"

그제야 자기가 2등 승차권을 갖고 있다는 사실이 내킨 현수는 좀 거북한 느낌이 들었다.

그리고 곧 기호가 사준 고깃배로 해서 얻은 지폐를 지불하고 구입했다는 사실이 내켜 더욱 쑥스러워졌다. 사실 현수는 삼등차로도 얼마든지 편할 수 있다.

'사람이란 사람이 살 수 있는 환경에선 어떠한 조건에도 익숙해지게 마련이라지 않는가.'

현수에게는 이등차와 삼등차와의 차이 같은 것은 애당초 의식되지 않았다. 의자가 좀 푹신하다고 해서 규격 있는 상자 속에 갇힌 듯한 거북함을 겪기보다는 다소 육신이 불편스럽긴 하나 그것에 곧 익숙해지면 삼등차 안에는 다채로운 시계가 있지 않은가. 요지경 속쯤의 흥취는 실히 있는 아까와 같은 시계가……

승무원 미스터 김의 안내를 사양한 현수는 승강구에 한참 멍하니 서 있었다. 이미 자정이 지났나보다. 반딧불처럼 깜박이던 농가의 불빛마저 시야에서 사라지자 현수의 마음은 그 어둠 속으로 달려가고 있었다.

후문에서 보초 근무 중인 현수의 이름을 나직이 부르는 목소리가 들려왔다. 울타리 바깥쪽에서였다. 자정이 지난 제주도의 Y리에서였다.

"현수……, 현수……."

"?"

처음에는 무단 외출한 중대원으로 알고 심상히 여겼는데 아무래도 다정스러운 목소리였다.

"현수, 나야……, 민구야……."

그 순간 현수는 눈앞이 아찔했다.

자기 총에 죽어간 민구의 아내 얼굴이 눈앞을 스쳐 갔다.

민구는 웬일인지 돌각담 밑에 쪼그리고 앉아 있었다. D리 소탕작전이 있은 삼 일 후의 밤이었다. 위병 근무자를 제외한 전 중대원이 출동 중이어서 영내는 텅 비어 있었다.

"현수와 만나려구 이 돌각담을 사흘 밤째 돌았네."

"……."

현수는 민구의 말뜻을 얼른 알아차릴 수가 없어서 울타리 밖으로 나가려는데 민구가 말했다.

"지금 나올 것 없네. 몇 시에 교댄가?"

"삼십 분쯤 남았을 거야. 두 시간마다 교대니까……."

"그럼 그때 조용한 데서 만나자구. 참 뾰족바위가 좋겠군. 꼭 나와야 하네."

울타리 밑에 쪼그리고 앉아 있던 그림자는 해안 쪽을 향해서 환영처럼 사라져갔다.

삼십 분 후, 뾰족바위에는 아까 돌각담 밑에서 본 그림자가 태연한 자세로 앉아 있었다.

현수는 뒤숭숭해진 마음을 달래며 다가갔다. 민구 쪽에서 먼저 알아차리고 입을 열었다.

"나오라구 해서 미안하다, 현수……."

"사람두 원, 미안하긴……."

민구의 말투는 다정스러웠지만 거기 총구 같은 것이 쑥 나올 것만 같은 착각을 느끼면서 가까이 간 현수는 또 한 번 놀랐다. 조용히 일어선 민구는 군복 차림이 아니고 검정빛 무명 바지저고리를 입고 있어서였다.

"우리 현호를 민보 단장 집에 맡겼더군. 고마워……."

"……?"

대뜸 납득이 안 되었지만 민구의 설명을 들을 것도 없이 곧 말뜻을 알아차린 현수는 어찌할 바를 몰랐다. D리에서 안고 온 갓난아기를 두고 하는 말이 틀림없어서였다.

"현수가 안고 온 아이는 바로 내 아들이야. 현호는 내 손에서 바로 현수 손으로 옮겨진 거네. 얼마나 다행스러웠던지 몰라."

'그때 민구가 그 동굴 속에 있었단 말인가?'

물으나 마나 한 소리지만 현수는 다짐하지 않고는 견딜 수 없었던 것이었다.

'그러나 지금 그런 말을 담담한 말투로 지껄일 수 있는 민구는 도대체 뭔가?'

현수는 지금 자기가 꿈을 꾸고 있지 않나 싶었다.

민구는 변함없이 담담한 말투로 계속하였다.

"자네들이 마을에 불을 지르는 것도 또 자네가 순이順伊를 죽이는 광경도 나는 똑똑히 봤어. 그 동굴 속에서 말이네."

"……"

순이란 민구의 아내 이름이리라— 그런 부질없는 생각을 해보았을 뿐 현수는 아무 말도 못하고 민구의 다음 말을 기다릴밖에 없었다.

"그래, 현수를 책하려구, 순이를 죽인 현수에게 분풀이라도 하려구 울타리 주위를 사흘 밤 배회한 건 아냐. 그럴 만치 나는 옹졸하진 않아. 순이의 죽음을 현수가 책임질 건 하나두 없네. 그건 기호도, 기호도 마찬가지야……."

"……"

현수는 쇠망치로 머리를 얻어맞았을 때처럼 벙벙하였다.

민구의 말을 어떻게 받아들여야 할지 엄두조차 나지 않았다. 어디까지가 진실이고 어디서부터가 위장인지 분간할 수가 없었다. 아니, 진실, 위장의 문제가 아니었다. 민구의 한마디 한마디가 진실 정도가 아니라 그의 뼛속, 핏속에서 짜져 나오는 것임을 의심할 나위가 없다. 다만 현수는 민구의 담담한 태도와 말투가 견딜 수 없었다.

그래, 현수가 밤하늘에 시선을 던지고 아무 말도 안 하니까 민구는 다소 노기 어린 말투로 따지듯 물었다.

"못 믿는군……. 내가 현수나 기호를 비웃는 줄 그렇게 생각하나?"

"아니네. 나는 민구 말이 진실임을 굳게 믿어. 계속하게."

"고마워……."

현수의 시선과는 반대쪽인 어두운 해면을 내려다보며 민구는 계속하였다.

"이제 와서 내가 뭣 때문에 거짓말을 하겠나. 조금도 나는 현수나 기호를 증오하거나 원망하지 않아. 그건 그날 순이와의 관계를 깨끗이 청산하지 않았다 해도 마찬가지였을 거야. 어차피 우리가 왈가왈부할 문제가 아니지 않아?"

"……."

"자네들이 몰려온 그날 말이네. 나는 생전 처음으로 산다는 것이 얼마나 주체스러운 노릇인지를 절실히 깨달았어. 기호나 현수에 대해서도 많은 생각을 했지. 기호의 명령으로 불길이 일어나고 현수가 쏜 총알에 순이가 숨진 것은 사실이지만, 자넨 사형수가 오판의 경우라도 사형 집행인을 원망한다고 그렇게 생각하나? 마찬가지 이치야."

"……."

진정 현수는 몸 둘 곳을 몰랐다.

그러나 민구는 현수나 기호를 사형 집행인쯤으로 여기는 기색도 없었다. 민구의 말투는 어디까지나 담담했고 조리가 뚜렷하였다. 뿐만 아니라 그전과 조금도 다름없는 우정 어린 태도였고 여유마저 있는 성실었다.

"……객담은 그만하고……. 그 전날, 그러니까 전투사령관의 포고문에 명시된 십칠 시를 얼마 앞두고 나는 순이에게로 달려갔었지."

여기까지 말하고, 무엇 때문인지 민구는 잠시 말을 끊고 해변을 주시하던 시선을 반대쪽으로 돌렸다.

민구의 시선 끝에는 달빛 속이라서 웅장한 맛이 더한 한라산이 있었다. 민구의 시선은 좀처럼 한라산에서 떨어지지 않았다.

현수도 자연 민구의 시선을 쫓아 산을 쳐다보았다. 웅장─하다기보다 신비스럽다고 함이 가깝다는 그런 느낌이 들기도 하였으나 한참 쳐다보고 있노라니까 심상해졌다. 해발 1,950미터로 남한에서 제일 높은 산이라는 물리적 계산이 내켜서인지도 몰랐다.

민구는 그렇지 않은 모양이었다. 제주도라는 것이 한라산이라는 하나의 화산(지금은 사死화산)으로 이룩되어 있어, 제주도 해안이라면 어느 지점에서나 손에 잡힐 듯한 곳에 있고, 그래 민구는 어릴 적부터 보아온 까닭에 무슨 습성에서 시선을 떼지 않는 것이라고 여겨졌다.

현수가 시선을 돌리자 그제야 민구도 겨우 시선을 도로 해변으로 옮기며 말하였다.

"그전의 이야기부터 해야겠어. 그래야 현수가 빨리 납득하겠기에."

"아무려나……."

현수는 대뜸 소극적이기는 하지만 찬의를 표하였다. 공연히 가슴속이 설레기도 하여 민구의 마음이 내키는 대로 맡기자는 심산에서인지도 몰랐다.

민구는 다소 무거워진 말투로 계속하였다.

"아버지가 저승으로 간 이야긴 전에 했지? …… 그때 난 K대학 졸업반이었어. 그러니까 너와 기호가 알고 있는 B전문 후신이지. 학업을 집어치울 생각은 아니었는데 집으로 돌아와 보니 순이가 임신 육 개월이겠지. 남편의 의사라면 티끌만치도 거역할 줄 모르는 여필종부의 전형이었어. 아버지와 오빠 둘이 모두 입산했지만 남편인 내 말이라면 죽음조차 마다하지 않을 정도였으니까. 믿어지나?"

"……."

현수는 말없이 고개를 한 번 끄덕이었다.

믿고 못 믿고가 없었다. 현수는 좀 지루한 느낌이 들었다. 들을 필요가 없는 소리를 듣고 있다는 느낌을 어쩔 수 없었다. 민구의 장인과 처남들이 입산했다는 사실이 거북스러웠는지도 몰랐다.

그러나 민구는 다시 그 말을 잇는 것이었다.

"자네들이 주둔한 직후에 태어난 그 아이의 이름을 내 주장대로 현호로 입적시킨 한 가지 사실만 보더라도 의심할 나위가 없지 않나."

현호— 그 두 글자를 머릿속에 그려보고 나서야 현수는 자기 이름과 기호의 이름에서 한 자씩 땄음을 깨닫게 되자 새삼스레 민구의 우정이 사무치었고, 밀물처럼 몰려오는 괴로움을 어쩔 수가 없었다.

"그랬던 순이가 한 달쯤 후에 아주 딴사람이 됐어. 외출이라곤 통 모르던 사람이 부녀자들에게 노래를 가르치고 많은 사람들 앞에 나서서 소리 높이 불러제낄 정도로 말이네……. 부대에서 회식날 내가 현수를 붙들고 울어대던 일 생각나지? 물론 술 탓이었지만 술을 그렇게 마시게 한 것은 순이의 변화였어. 하루 사이에 능동적인 여자가 되어버린 순이는 나를 엄격히 거절했어. 엄격히 따지면 하루 사이의 변화가 아니었지만 회식날 처음으로 당했으니 나로서는 하루 사이의 변화로 간주할밖에 더 있겠나? 순이는 아주 나를 엄격히 거절했어. 심신 양면으로……. 왠지 아나? 순이가 날 그처럼 거절한 이유가 뭔지 알겠나, 현수?"

"……"

반달이 한복판에 박힌 겨울 하늘은 끝없이 높았고, 거기 무수히 뿌려져 있는 별들이 웃고 있었다.

하늘을 퍽 오랫동안 우러러보던 민구는 다소 격해진 말투로, 그 어느 날 밤의 기호처럼 나지막하면서도 날카로운 말투로 이었다.

"처음 나는 장인이나 처남들이 죽었다는 소식이라도 들었는가……. 그 정도로 여겼는데, 순이는 당했던 거야. 총 앞에 당했던 거야. 스스로의 목숨을 지키기 위해서가 아니라 아기의 목숨을 건지기 위해서 버렸던 거야. 자기 남편과 똑같은 복장을 한, 자기 남편과 동일한 목적을 지니고 이 섬에 온 사나이에게 알몸을 내맡기고 웃어준 거야……."

"……."

'그만! 그만해, 민구!' 하마터면 이런 말이 입 밖으로 튀어나올 뻔했으나 그러한 현수의 의사를 헤아리고 저지라도 하듯 민구는 도로 담담한 말투로 속삭이듯 말했다.

"그 사실을 며칠 전에 알았던들 사정은 달라졌을 거네. 아니, 단 하루만이라도 일찍 알았던들 오늘처럼은 안 됐을 거야. 현수가 알고 있었던 대로 제주시에 가 있던 나는 그날에야 알았고, 자네들 소탕부대가 해안도로의 D리 입구에 다다랐을 그제야 결말이 났어. 순이와 난 헤어지기루 말이네……."

"……."

민구의 주변에는 찬바람이 돌고 있었다.

그러나 현수로서는 무엇이라 대꾸할 적당한 말이 생각나지 않아 잠자코 있었다.

민구의 감상은 이해가 되지만 그렇다고 위로의 말 따위가 이제 그에게 무슨 소용이 있겠는가 싶어서였다. 이승에 태어난 사람은 누구나가 자기 나름의 길을 걷게 마련이다. 민구는 지난 일을 후회하는 모양이나 현수의 말 한마디로 더욱더 후회할 길을 밟게 될지도 모르는 일이었다.

결국 현수는 침묵을 지키었고, 민구는 더욱더 감상적인 말투로 지껄이었다.

"현호를 안고 집을 나서는 남편을 물끄러미 바라보던 순이의 얼굴이 지금도 눈앞에 선하네. 잊혀지지 않을 거야. 영원히 내 눈앞에서 사라지지 않을 거야. 이렇게 될 줄 알았다면…… 순이가 저승으로 가고 내 마음이 이렇게 될 줄 알았다면…… 차라리 입산을 하겠다는 순이의 고집에 내가 지는 게 옳았을지 몰라……."

"……."

달빛이 반사되는 민구의 얼굴은 눈물로 흠뻑 젖어 있었지만 소리 내어 울지는 않았다.

그러한 민구의 얼굴이, 기호의 얼굴이었다가, 도로 민구로 되었다가, 기호로 되었다가, 민구로 되었다가 하는 사이에 현수는 차츰 스스로를 의식하였다. 이제 민구의 말들을 되씹을 필요가 없었다. 민구의 심경 변화를 새삼스레 다짐할 필요도 없다고 현수는 속셈을 했다. 동굴 속에서 명확히 목도한 불타는 마을과 사랑하는 아내의 죽음…… 그런 벅찬 체험을 한 사나이가 다정하였던 벗이며, 또 자기와 기호가 직접 관련되었던 까닭에 잠시 그의 얼굴이 기호의 얼굴로 착각되거나 하였을 뿐이 아니겠는가. 무엇이라 입을 연다는 것은 둘의 사이를 더욱 어색하게 만들 것만 같아 그저 그렇게 잠자코 있었다. 그때 마침 민구가 입을 열었고 현수는 안도의 한숨을 지으며 귀를 기울였다.

"이제 더할 말이 뭐겠나? 할 필요도 없을 거구…… 또 현수도 듣고 싶어하는 얼굴이 아니로군. 현호에 관해서도 현수는 모르는 편이 좋았을 뻔했어. 이렇게 내가 현수를 불러낼 필요조차 없었던 것 같네."

민구와 현수는 이제 그대로 헤어질밖에 없이 되었다. 그런데 현수는 무엇에 쫓기는 사람처럼 토해버리고 말았다.

"민구, 내 이야기 한마디만 들어보겠나?"

"……."

민구는 말없이 고개만 끄덕이었다. 일은 뜻하지 않았던 방향으로 흘러가고 있었다.

'안 듣는다!'

하고, 민구가 뛰쳐 갔거나 했던들 참으로 현수는 입을 벌리거나 하지 않아도 되어 편했을 것이었다.

그리 흔하지 않은 우정 사이에 장벽이 가로막히는 듯하고, 그래 이대로 헤어지기가 어쩐지 아쉬울뿐더러 영원한 이별이 될 것 같은 그런 심정에서였을까? 현수가 입을 벌린 것은 결국 뚜렷한 목적의식에서는 아니었다.

"김봉수라는 친구 알지, 민구? 평안도 사투리가 아주 심한 나이 든 친구 말이네. 그 사람이 듣고 싶어했던 이야긴데 말이야. 지금 민구에게 들려주고 싶어졌네. 뭐 별다른 이야기는 아니고 내가 삼팔선을 넘어 월남하게 된 동기야. 이 제주도의 공비들과는 달리 정규 공산군이 엄중히 경계하는 삼팔선을 넘어설 수밖에 없었던 곡절 같은 것 말이네. 민구도 대강 아다시피 난 가난한 집에서 자라났어. 아버지의 직업이 뭐냐 하면 말이야, 정미소에서⋯⋯."

현수는 잠시 머뭇거리다가 토해버리듯 쏟아놓기 시작하였다.

"정미소에서 쌀가마니를 묶었단 말이네. 정미기에서 폭포처럼 쏟아져 나오는 쌀을 가마니에 넣어 새끼로 묶어서 던지는 그런 노동을 삼십 년간 계속하였는데, 말이 삼십 년이지, 그 일이 보통 작업이 아니었단 말이네. 어렸을 때 어머니 심부름 가서 여러 번 봤지. 그땐 몰랐는데 성인이 된 후에 어떤 책에서 읽었어. 그렇지! 북구 쪽의 소설이네. 아주 유명한 소설인데 제목은 잊었지만 거기 이런 대목이 있었어. 중죄인을 죽을 때까지, 그러니까 무기형을 받은 죄수에게 어떤 일을 시켰는가 하면 말이야, 양동이 두 개를 주는데 한 쪽엔 물이 있고 다른 한 쪽엔 물이 없어. 그 물을 빈 쪽에 붓는 거야. 다시 먼저 쪽에 붓는 거야. 또 이쪽으로 붓는 거야. 죽을 때까지 말이네. 헌데 가만히 생각하니까 우리 아버지가 해온 일이 그와 비슷하다, 그 말이야. 빈 가마니에 쌀을 넣어서 새끼로 묶어 던진다, 넣고 묶어서 던진다, 넣는다, 묶는다, 던진다─ 지루한가?"

"⋯⋯."

대답 대신 민구는 빙그레 웃었다.

현수는 안심하고 자기 말을 계속할 수가 있었다.

"우리 아버지 말이네. 빈 가마니에 쌀을 넣어서 묶고 던지는 일을 삼십 년간 되풀이했으니 그 북구라파의 무기징역수와 다를 게 무엇이란 말인가? 안 그래, 민구? 아무튼 그 짓을 해서 우리 아버지는 날 중학교에 보내주었단 말이거든. 물론 졸업 전 이 년쯤은 민구도 잘 아는 바와 같이 아르바이트도 했지만 아무튼 내가 중학교 마치기를 몹시 원했던 그런 아버지가 내 졸업을 못 보고 그만 징용으로 끌려갔단 말이네. 나는 중학을 마치자 곧 취직하기로 작정하고 시험을 거쳐 철도국엘 들어가게 됐어. 그리고 해방이야. 민구도 아다시피 이북엔 가난한 사람을 위한다는 공산주의라나 하는 바람이 일었어. 그런 세상에선 나와 같은 신분이 썩 어울린다더군. 참 그자들은 출신 성분이라고 말했어. 이를테면 성분이 좋다는 거야. 그렇지 않더라도 월급을 받으니까 열심히 일했지. 헌데 말이야, 재작년 여름에 묘한 일이 생겼단 말이네. 이북엔 기관차가 모자라서 철도 수송이 원활치 못했어. 화차가 시발역에서 한 달 묵는 게 보통이었어. 화물을 적재한 후에 말이거든. 그사이에 가뜩이나 낡은 화차는 지붕이 터져 비가 새구, 바닥이 들창 나서 물건이 빠지기가 예사였단 말이네. 내가 일을 보던 C역은 쌀 발송을 많이 하는 곳인데 장마통엔 화차 안에서 쌀이 흘러내리지 않겠나. 아깝더군. 철야근무할 땐데 말이야. 쌀이 흘러내리는 그곳에 세숫대야를 받쳐 놓았던 것이네. 밥을 지어 가자든가, 집으로 가져간다든가 그런 생각도 아니었단 말이네. 하지만 구속 기소되어 재판을 받을 땐 도둑놈으로 몰아세우더라 그 말이거든. 이 년 징역을 선고 받았지. 개인의 물건이라도 국가가 관리하는 교통수단에 의해 수송 도중에 있는 것을 약탈한 자의 최경 형량이 이 년이라는군. 악질 검사, 판사에 걸린 탓이라 민구는 그렇게 생각하나?"

"글쎄? 아무튼 얘길 계속해보게나."

"민구는 그렇게 생각할지 모르지만 천만에 말씀이야. 나중에 알고 보니 법조문이 그렇게 돼 있어서 법관들도 별 도리가 없으며, 이북에서 '정상참작' 같은 그런 건 절대 없다 그 말이네. 결국 인민공화국이라나 하는 것이 생겨, 소위 대사령으로 풀려나오자 어머니의 간곡한 권고대로 삼팔선을 넘기로 했지. 그때까지 황해도 어디엔가 숨어 있었다던 기호와 삼팔선상에서 우연히 만났는데 또 묘한 소릴 들었단 말이야. 내가 고만 일에 이 년이나 징역 받은 건 기호와 중학 동기동창이기 때문이라는군. 내무성 정보국인가 어디서 기호 집에 있던 졸업 기념 앨범을 압수해 갔다나. 그때 기호는 민구 말도 했지! 만약 민구도 이북에 살고 있었다면 직장인이든, 학생 신분이든 어떤 올가미를 씌워서라두 징역을 보냈다는 거네. 우리 셋이 창경원 원숭이 울 앞에서 찍은 사진 있잖아. 그걸 복사해가지구 형사들에게 나누어 줬다든가 어쨌다든가, 그 진상이야 어찌 되었건 간에 내가 어머니의 간곡한 권고에 월남을 결심하게 된 건 말이네, 단 한 가지 이유만으로도 충분해. 아니, 단지 네 글자 때문이지. '정상참작' …… 그 정상참작이 있는 세상에서 살아야겠다는 그 때문이야. 민구는 실감이 안 날지 몰라도 정상참작, 그 말이 얼마나 부드럽구 고마운 건지 알겠나?"

너무 길어져서 미안하다는 말을 덧붙일까—현수는 생각하며 민구의 얼굴을 살폈다. 그의 얼굴은 조금도 지루한 표정이 아니었다. 현수가 머뭇거리자 민구가 먼저 입을 열었다.

"그만인가?"

"응."

결국 현수는 다시 민구의 말을 들을 차례가 되었다.

"현수 말을 대체로 믿는 전제로…… 아니, 전적으로 믿기 때문에 말하는데 듣겠나?"

"나는 주로 듣는 편을 좋아해. 특히 기호나 자네같이 적나라하게 들려주는 말은 즐거우니까."

현수의 얼굴을 잠시 응시하며 민구는 무엇인가를 다짐하고 나서 입을 열었다.

"제주도 삼십만 도민이라고 하지만 실은 이십삼만 몇 천이야. 그중 십만 가까운 사람들이 지금 정든 마을에서 떠나 산에서 살고 있네. 정글 속이나 동굴 안에서 살긴 하지만 면面은 옮기지 않아. 조천면민은 조천면 안에 있는 정글이나 동굴, 구좌면민은 구좌면 안에 있는 정글이나 동굴, 그런 식으로 말이네. 제주도 행정 구역이라는 것이 참으로 묘하게 갈라져 있거든. 한라산 정상을 정점으로 아홉으로 갈라져서 어느 면이나 정글, 동굴이 없는 면이 없다네. 좌우간 그들 십만 가까운 도민이 어째서 산으로 가는가 하면 말이네, 현수! 자네 짐작되나?"

"……"

민구의 질문은 대답을 듣자기보다 강조하는 것이겠기에 현수는 대답할 필요를 느끼지 않았다.

"하루라도, 아니 한시라도 더 살고 싶어서라네. 밤이 되면 무장공비가 나타나서 식량을 요구하거든. 안 주면 죽는 거야. 그래 주면 어떻게 되지? 경찰이나 국군이 죽여. 그들은 피란 간 거야, 알겠나 현수? 엄격히 따지면 대부분이 피란 간 거야. 그들의 조상들이 난리가 날 때마다 산으로 피란 가듯 그렇게 피란 간 거네. 이곳 지리에 밝을뿐더러 대부분 이 제주도가 고향인 무장공비에게 발각되면 식량을 제공할밖에 없구, 경찰이나 자네들에게 잡히면 비무장공비 또는 입산자가 되지만 그 위험도가 마을에서보다 훨씬 덜하다는군. 알겠나, 현수? 그렇게 살면서도 그들은 이 제주도에서 살고 싶어서…… 조상 때부터 대대로 살아온 이 보잘것없는 섬에서 살고 싶어서 배를 타고 이 섬을 떠나거나 하지 못하는 거네.

아니, 대부분은 그런 생각조차 품지도 않을 걸세. 대부분의 사람은 그저 숙명으로 돌리고 인내하는 거야. 인내는 결코 굴종이 아니거든. 그 누구에 굴복하는 게 아니다, 그 말이야. 현수는 어떻게 생각하나?"

"……."

현수는 별로 제시할 의견이 없어서라기보다 민구 스스로가 모두 자문자답했기 때문에 잠자코 있을 뿐이었는데, 민구는 현수가 외면하는 것으로 여겼던지 열띤 목소리로 다시 말했다.

"현수! 나는 그 사람들을 위해 일하기로 결심했네. 결코 무장공비를 위해서가 아니네. 숙명으로 돌리고 인내하는 사람들을 위해서 말이야. 어떠한 애로가 있더라도, 내 한 몸이 산산조각이 나더라도 말일세."

그런 말을 않더라도 민구의 방향은 이제 뻔했다.

군복을 벗어버리고 무명 바지저고리를 입은 민구의 방향은 시초부터 명약관화했다.

그러나 현수는 그런 생각에 골똘하거나 하지는 않았다. 환담, 교담…… 그런 따위를 즐기지도 않았고 즐겨본 경험도 없었던 현수는 일종의 희열에 젖어 있었던 것이다.

복장이 그렇고, 언동이 그렇다 하더라도 명확한 의사 표시를 않은 민구의 방향을 궁금하게 여길 겨를이 없을 만치 현수는 참으로 오랜만에 들떠 있었던 것이다. 그것은 민구도 마찬가지였을지도 몰랐다. 왜냐하면 두 사람은 헤어지는 마당에 있어서 비슷한 뜻의 말을 한마디씩 교환하였기 때문이었다.

"잘 있어, 현수."

"또 만나세, 민구."

만나고 헤어짐은 인생의 상사였다. 헤어져 있는 시간의 짧고 길고에 차이가 있을 따름이다.

현수에게 있어 목포행 심야열차의 승무원 미스터 김은 분명히 구면이었다. 미스터 김은 다소 짓궂은 사나이임에 틀림없었다. 검찰을 마치고 돌아오는 길에 현수와 다시 마주치자 한사코 이등차로 가자고 조르는 것이었다. 마지못해 현수는 끌려가는 꼴이 되었다. 주제에 미스터 김은 이등객차 승강구까지만 데려다 주곤 훌쩍 가버리었다.

이등차 승객들은 한가로워 보인다. 좌석이 반쯤 비어 있는 그곳은 차라리 을씨년스러웠다.

승차권을 꺼내 쥔 현수는 그 뒷면의 아라비아 숫자와 차창 위에 붙어 있는 아라비아 숫자를 대조하기 위해 여기저기를 기웃거리지 않으면 안 되었다. 어슷비슷한 아라비아 숫자는 좀처럼 가려낼 수가 없다. 숫자나 계산 같은 것에 익숙지 못한 현수는 좀 난처해질밖에 없었다.

지금과 비슷한 일이 전에도 있었다고 현수는 생각했다.

'그렇지! 평양 형무소 안에서였다······.'

현수는 혼자 속으로 중얼거렸다.

미결수에서 기결수가 되었을 때 현수는 사물私物을 잔뜩 안고 이 방, 저 방 앞에 붙어 있는 아라비아 숫자를 들여다보았던 것이다. 그때의 간수 녀석은 조금 전의 미스터 김과 비슷했다.

"4사舍 8방房으로 들어갓!"

그랬지만 감방이 어찌나 많은지 4사를 찾는 것부터가 어려웠다.

형무소 울타리 밖에서 작업을 할 때는 두 눈에 시퍼렇게 불을 켜는 자들이 울타리 안에서는 딴사람처럼 방심했던 기억이 되살아났다. 아마도 형량이 적었기 때문일 것이라고 그런 생각을 하며 이등객차의 이 구석 저 구석을 기웃거리던 현수는 섬뜩 발을 멈추지 않을 수 없었다.

지금 눈 아래 좌석에서 주간 신문을 열심히 읽고 있는 사나이의 존재 때문이다.

'삼등객차로 도망가 버릴까?'

우물쭈물 서성거리다가 현수는 그만 그 사내에게 들키고 말았다.

"아니, 현수가······."

기호였다.

읽고 있던 신문을 맞은편 좌석에 픽 던지고 나서 기호는 말하였다.

"웬일인가? 병원에 전화를 걸었더니 나가고 없다지 않겠나······."

아주 얼빠진 얼굴이 되어버린 기호의 표정이 좀 우스운 생각이 들어서 현수는 피식 웃으며 말하였다.

"기호야말루 웬일인가? 내일 꼭 들르겠다구 말해놓고······. 참 이젠 오늘이로군."

"응, 그래서 전활 걸었는데. 갑자기 출장을 가게 돼서······. 아무튼 거기 앉아서 얘기하세."

"······ 내 좌석이 아닌데 괜찮은가? 언젠가 번호를 가지구 호통 맞은 적이 있단 말이네."

"?······"

기호는 현수의 말뜻을 알아차리지 못하여 잠시 어리둥절해한다. 당연하다고 현수는 생각했다.

철도 열차에 이등객차가 부활된 후 현수는 도대체 기차 여행을 한 적이 없음을 기호도 알고 있어서였다.

"정말 앉아도 괜찮겠나?"

얼김에 그런 말까지 토해버린 현수는 쑥스러운 생각이 들었으나 기호는 현수의 말을 다른 뜻으로 받아들인 눈치였다.

참으로 언어란 여러 가지 뜻을 내포하는 복잡한 것이라고 현수는 새삼스레 감탄하였다.

"텅텅 비어 있는데 어때. 그런데 자네 서울을 떠나 있는 것 아무래도 좋지 않은 것 같네. 경찰 조서가 불리해질 것 같단 말이야."

"어때 그까짓……."

"뭣?"

기호는 퍽 오랫동안 말없이 현수를 응시하고 있었다.

이럴 경우, 기호의 표정은 신중하고도 날카롭다. 현수는 지난 삼십 년간의 체험으로 잘 알고 있었다.

"그렇질 않아! 문서라는 것은 한 번 기록되면 좀처럼 수정되기가 힘 드네. 현수가 없는 사이에 꾸며지는 다른 관계자들의 조서로 해서 자넨 불리해질 수도 있어. 그 중년 넥타이 말이네. 현수에게 유리한 증언을 한 그 친구가 끝내 증언을 해주면 모르지만 바쁜 사람일 경우, 서류가 어떻 게 꾸며질는지 모른단 말이네……. 아무래도 안 되겠어!"

기호는 그 옛날 기상나팔이라도 들었을 때처럼 벌떡 일어난다. 흡사 이십대 청년의 눈동자처럼 휘둥그레졌다.

"원 사람두."

"……."

말없이 입구 쪽으로 몇 발짝 옮기다가 도로 되돌아섰다가, 다시 몇 발짝 옮기다가—그렇게 안절부절못하며 기호는 혼잣말처럼 뇌까렸다.

"경찰서 순회 기자에게 일러두긴 했는데 아무래도 걱정이군. 현수가 이렇게 병원에서 빠져나올 줄은 몰랐다……. 아무래도 안 되겠어. 전보 를 쳐야겠군. 가만있자, 전보보다는 내일 아침 전주에서 직접 전화를 걸 지. 그게 좋겠군……. 됐어, 됐어."

"……."

현수는 좀 우스운 생각이 들기도 했지만 어리둥절해져서 그렇게 서 있노라니까, 기호는 단호히 말했다.

"경찰서 순회 기자 솜씨가 보통이 아니거든. 걱정 말어……. 앉아! 사람, 일어서긴."

현수는 저도 모르는 사이에 일어서 있었던 것이다. 약간 불안해져서였다.

무슨 형벌을 받게 될 결과 따위에서가 아니라 기호의 동작에 공연히 불안해진 탓이었다.

옛날 학생 시절에는 기호의 이러한 점을 좋아했고 부러워하기도 했는데 왜 그런지 불안하게 느껴지는 것이었다. 오판이 거의 없는 기호를 정밀기계라고 평하던 학창 시절의 이야기가 생각난다. 정밀기계에서 산출되는 해답의 값어치는 과연 어떤 것일까? …… 엉뚱하게도 그런 생각에 잠겨버린 현수를 기호는 나무라듯 맞은편 좌석에 끌어 앉힌다.

"사람두, 아무 걱정 말아! 내가 자넬, 적어도 대한민국에서 이기호가 안현수를 감방으로 보내겠나? 사정이 있어서 잠시 다른 곳으로 자네를 격리시켰다구 출입 기자에게 전활 걸구 말일세. 봐서 관할 서장에게두 연락해둬야겠어. 그럴싸한 구실을 붙여서 말이네. 자넨 과실치사 용의자이긴 하지만 무죄 될 건 뻔하니까. 또 내일 모레, 그렇지 늦어도 모레 저녁엔 내가 서울로 돌아가니까 내게 맡겨둬."

기호의 그런 말들이 모두 현수는 자기를 위해서라는 따위의 생각은 조금도 들지 않았다.

현수는 무료해질밖에 없었다. 그래서 성급한 사람처럼 좀 빠른 말투로 물었다.

"기호, 전주 가나?"

"응, 여야 중진급 유세란 말이네. 정치부장 녀석 담당인데 국장이 나더러 가라지 않겠나."

"……"

말의 뜻을 잘 알아들을 수가 없어서 현수는 대답을 못했다.

대화란 으레 상대적인 것인데 도무지 현수는 기호의 말 상대가 못 되는 것이었다.

기호는 짐작이 간다는 듯이 싱긋 웃으며 말했다.

"삼선 개헌안에 대한 찬반 유세 말이네. 국회 결의가 어찌 될지도 모르는데 꽤 활발하거든. 우리 대한민국두 이젠 제법이야. 자유 민주주의란 건 말이네. 여론 정치니, 대의 정치니 뭐니 하지만 요는 대화 있는 공개 정치라고 나는 생각하네. 그 대화의 광장이 얼마나 넓은가—하는 것에 달렸다구 볼 수 있지. 자— 이 신문을 보게. 대전의 찬반 연설회 기산데 대통령 욕을 마음대로 하고 있다, 그 말이네. 김일성이 치하에서는 어림이나 있는 일인가……. 아아, 졸린다. 나 한잠 잘 테니까 말이야, 현수! 자네 졸리지 않거든 이 신문이라도 읽으라구. 아주 재미있어."

제멋대로 지껄이고 난 기호는 두 사람분 좌석에 누우면서 또 덧붙이는 것이었다.

"참 현수, 표를 어디까지 끊었나?"

하며, 마침 주머니 속에 넣으려는 현수의 승차권을 뺏다시피 하여 들여다보며 기호는 입을 다물어버렸다.

'기호는 어째서 입을 다물어버리고 말이 없는가?'

현수는 별나게 초조해져서 더욱 빠르게 입을 놀렸다.

"왜 그러나? 내가 뭣을 잘못했나, 기호? 여행지에 관해선가? 난 말이네. 목포에 가려는 게 아니구 그저 무심결에 종착역까지 끊었을 뿐이네. 마침 돈이 있었거든. 참 자네가 사준 고깃배 안 있나. 이번에 톡톡히 재미를 본 셈이지. 선체는 망가져버리고 말았지만 말이네. 기호두 알지 왜, 내가 나룻배 사공 노릇 한 것 말이네. 이 사람 정말 화났나? 내가 이등차표 사선가? 이러지 말게, 기호! 물론 자네가 사준 고깃배로 해서 얻은 수

입 덕분에 이등표를 살 수가 있었다지만 그건 어디까지나 내 노동의 대가네. 하긴 내가 이등차에 타는 건 어울리지 않을지도 몰라. 하지만 그건 내 탓이 아니네. 난 이등차보다는 삼등차를 좋아하는 편이야. 다만 아까, 이제는 어제군. 서울역으로 달려 나왔을 때 삼등 매표구는 굳게 닫혀 있었거든. 열어논 데라곤 이등뿐이었다, 그런 말일세. 알아듣겠나, 기호?"

"……."

기호는 대답은커녕 아무런 반응도 나타내지 않았다.

그는 어떤 상념에 깊이 잠겨 있음을 현수는 알아차렸다. 기호의 습성이었던 것이다. 현수는 조금 전에 그리 오래 지껄인 자신이 쑥스러워지기도 했으나 금방 심상해졌다. 틀린 말은 하나도 없었음을 자신할 수 있었다. 퍽 오랫동안 침묵이 흘렀다. 실은 짧은 순간이지만 현수에게만 긴 시간처럼 착각되었을 뿐이며, 그러니까 그때처럼 기호는 무슨 부탁이 있음이 확연했다. 그리 어렵지도, 아무렇지도 않은 일일 경우에도 제 편에서 부탁이 있을 때는 으레 침묵이 흐른 뒤에 말을 꺼내는 것 역시 기호의 습성임을 현수는 알고 있는 것이었다.

걸었다. 낮이고 밤이고 걸었다. 주둔지인 대록봉을 중심으로 반경 십 킬로쯤의 일대를 세 패로 나누어진 ○○중대 1백여 명은 그저 걸었다. 꿩 사냥, 때로는 노루 새끼를 만나기도 하는 낮을 기호는 좋아했고, 부엉이 울음소리를 노상 들으면서 걷는 밤이 현수는 좋았다. 체중 팔십 킬로의 봉수는 낮도 밤도 싫어했다.

"우리가 포수가? 총대 메구 밤낮 걷기만 하게……. 아우! 이건 정말 죽갔구나야! 벌갱이 새끼덜두 없는데 뭘 찾아 먹자구 원……. 알다가도 모를 노릇이구만."

"그렇질 않아요. 우리가 이러고 있을 사이에 전투 사령부에는 귀순자가 1만 8천이나 내려왔대요."

"기건 비무장폭도 아니가. 우리두 더러 잡는. 무장폭돌 잡아야지. 걸씨 단압되구 눅디(陸地)에도 가게 될 것 아니간?"

"무장이구, 비무장이구 없대요. 무장공비들도 총을 버리고 빈손으로 다닌다니까."

"기레? …… 기르문 전장 끝당난 건데 개미 쳇바퀴 돌 듯 뱅뱅 돌긴 와 돌간? 띠 같아서 원."

봉수의 불만은 행군보다 실은 민가 없는 산중이라서 술을 못 마셔서였지만 그의 말대로 제주도의 총성은 멎은 셈이었다.

산간 부락 소탕 작전에 이은 해안 부락의 축성築城 작전이 끝남으로써 공비들은 독 안에 든 쥐가 되었던 것이었다. 화산 지대인 제주도의 돌은 가벼웠다. 해토와 더불어 비롯된 축성 작전은 한 달도 채 안 걸렸으며 각 단위 부대는 한라산 중턱으로 주둔지를 옮긴 것이었다.

해안 부락의 방위는 경찰과 민보단만으로도 가능할 정도로 작전은 순조롭게 진행되었다.

거점을 잃은 공비들은 식량이 떨어졌고 단순히 살기 위해서 피란 갔던 입산자들의 귀순에 이어 비무장공비들이 하나둘 빠져나오기 시작하자, 전투사령부로부터 사령관 H대령의 사인이 든 귀순 권고 전단을 공중으로부터 살포하였다. 무장폭도일지라도 총을 버리고 귀순하면 생명을 보장하겠다는 내용이 인쇄된 삐라는 한라산의 정글을 뒤덮었고, 골짜기마다를 메웠으며 심지어 동굴 안에까지 날아들어 갔다. 각 단위 부대의 출동 작전도 일단 매듭을 짓고 다음 작전 명령을 대기 중이었다.

그 무렵의 어느 날이었다. 대록봉 기슭에 주둔한 ○○중대 전 대원은 천막 속에 뒹굴고 있었다.

현수는 비스듬히 누워 한쪽 손으로 턱을 고이고 봉수의 이야기를 즐기고 있었다.

제대 후의 생활 설계를 열심히 외고 있는 봉수의 표정과 말투는 그 억센 평안도 사투리로 해서 유머 그대로였다.

"도락꾸는 말이야, 다꾸시와 달라서라므니 대테루 먼 데를 뛰거덩. 봄에는 대테루 이삿짐이구, 여름에는 물고기, 수박, 차무* 따위, 가을에는 말이디, 딘장(김장)철이 돼놔서 이건 눈코 뜰 사이가 없다니까, 흐흐흐."

"봉수 형, 아직 운전에 자신이 있어요?"

전에 없었던 현수의 대꾸에 봉수는 한층 더 신이 나서 지껄여댔다.

"아우, 와 기린마? 이래 뵈두 양덕 맹산에 개고개, 구현령, 강계, 만포, 안 댕긴 데 없음메. 딘장철이 디나면 산골에서는 장재기 숯통 등이 와락와락 쏟아져 나오구, 반대루 대처에선 산골루 저런 생선덜이 냅다 들어가디 안카서. 수지 맞는 건 딘장철에서 노랑 봄철꺼정이웨. 도락꾸 하나만 있으믄 말이디, 현수, 네 하나 학비쯤 문데가 아니디 아니야. 기호 학비두 내가 대디, 대! 갸하구 아우하군 공부를 더해야 돼, 알갔음마?"

이때, 중대장과 더불어 연대본부에 갔던 기호가 천막 안으로 들어섰다.

"또 연설이요, 봉수 형?"

"아새끼, 호랭이 제 소리 하믄 온다더니, 흐흐흐."

"자요! 소준 없어서⋯⋯."

기호가 바지 뒷주머니에서 끄집어낸 것은 위스키였다.

"야하— 이거 양놈의 술 아니가, 야하!"

"마음에 안 들우?"

"아니웨. 입술이 부풀까봐 기리디 안캈음마. 고맙씀메, 기호! 참말루 고맙씀메⋯⋯."

| * '참외'의 사투리.

큼직한 봉수의 두 눈에는 금방 물기가 어리는 듯했다.

"현수, 나 좀 봐."

"?"

현수가 기호의 뒤를 따라 밖으로 나갔다.

맑게 갠 하늘 아래 그날따라 바람 한 점 없었다. 대록봉 근처의 고원에는 지평선이 있다. 그 위에 둥실 떠 있는 솜구름 한 송이를 쳐다보며 뇌까린 기호의 첫마디는 서정적이었다.

"해발 1천 미터 가까운 지대에 지평선이 있군."

"글쎄 말이네."

"얼마 안 남았어. 우리가 이곳에 있는 것도……. 곧 군경민 작전이 벌어지네. 군대, 경찰, 민보단 전원이 총동원되어 제주도를 해안선에서 포위, 한라산 꼭대기까지 훑는 거야."

"끝장이 나는 거군."

"그런데 사실은 그렇질 못하다는 거네. 무장폭도 수를 삼백으로 보는데 현재 노획한 무기는 그 절반 정도라는 거야. 1백 오십 정쯤은 땅속에서 휴식 중이라는군. 어스승오름 근처라는 정보에 의해 연대 주력이 그곳에서 보물찾기 작전을 벌이고 있어. 별스러운 전쟁도 있지. 성 쌓기 작전, 보물찾기 작전—영락없는 어린애 병정놀이지."

고원 한복판쯤에서 산꿩 한 마리가 푸드득거리며 날았다.

여느 때 같으면 날쌔게 총질하였을 기호가 웬일인지 물끄러미 쳐다만 보며 서 있었다. 별로 할 말이 없는 현수는 그러한 기호를 조용히 바라보며, 어째서 이야기를 중단하는가, 하다못해 꿩에 관해서라도 말이 있을 법한데 하고 그런 생각을 하고 있는 사이에 그 산꿩마저 시야에서 사라져 갔다.

비로소 기호는 말을 이었다.

"아무튼 그 무기들을 파내지 못하면 제주도는 시한폭탄을 안고 있는 셈이네. 소위 남로당 도당 최고 간부놈들만 알고 있는 그 은닉 장소를 우리는 무슨 수를 써서라도 알아내야 한단 말이야. 무장 행동대에만 치중하였던 과거의 작전에도 구멍이 있었다는 거네. 연대 참모장 말이……."

"……."

현수는 조금 지루한 생각이 들었다. 기호는 무엇 때문에 나에게 그런 말을 들려주는 것일까……. 그러나 나중에는 그런 생각마저 흐지부지 날려버리고 그냥 잠자코 서 있었다.

기호는 또 한참 말을 끊었다가 더 신중해진 말투로 계속했다.

"진짜 고수들인 도당 간부의 명단조차 입수 못하고 있으니 말이네. 이만여의 귀순자 속에 숨어버린 그들은 언제든지 땅속에 묻어둔 무기를 파내가지고 소동을 일으킬 수 있다, 그 말이더군……."

"한 놈도 못 잡았나?"

저도 모르는 사이에 강한 반응을 보인 현수의 얼굴을 상기된 눈으로 주시하며 기호는 말했다.

"한 놈을 잡았어. 아주 젊은 녀석인데. 소위 선전책宣傳責이라는 군……."

"그래서?"

무슨 이유에서인지 기호는 거기서 또 잠시 말을 끊었다가 그 언젠가처럼 차분히 말했다.

"실은 그자의 이름이 문제란 말야, 현수……."

"……."

"양민구란 말이네. 그 선전책이란 젊은 녀석의 이름이……."

"……."

"……."

퍽 오랜 침묵이 흘렀다.

아무런 뜻이 없는 침묵이라고 현수는 생각했다. 이런 경우 현수는 대체로 입을 열지 않는 편이었다. 그러나 기호는 그렇지 않았다. 으레 핏대를 세우며 울분을 토했었고, 또 그래야만 기호답지 않았던가. 차분해지는 경우도 있기는 하였지만.

'기호는 나더러 무슨 말을 하라는 뜻인가? 그리고 무슨 말을 해야 합당하고 또 기호는 흡족해할 것인가? 민구가 어떻게 그런 우두머리가 되었을까? 하는 따위의 말이라도 하란 말인가? 혹시 너는 알고 있지 않느냐 하는 따위일까?'

푸르렀던 하늘이 순식간에 회색빛으로 변해버릴 만큼 현수는 그날따라 침묵이 싫었다.

"현수."

"왜 그러나?"

"현수가 수고 좀 해줘야겠어. 민구에 관해서 말이네."

"무엇을 어떻게?"

"민구를 설득시키는 일이야. 현수 말이라면 민구는 실토를 할는지도 몰라……."

"실토라니? 실토하도록 설득시켜라 그 말인가?"

"이를테면 그렇지."

"기호가 설득시키지 못한 민구를 내 말로는 설득될지 모른다는 건 좀 우습지 않나?"

현수는 다소 못마땅해져서 항의하듯 그렇게 되물었지만 기호는 묵살하는 투로 자기 주견만 늘어놓았다.

"……어스승오름에서 마지막 간부회의를 열고 도당 책임비서와 조직책 둘이서만 삼십 분쯤 나갔다가 돌아왔다는 그 이상의 얘길 민구는 안

한단 말이네. 우리 대대를 제외한 전 연대 병력이 일주일째 어스승오름 일대를 파헤쳐도 놈들이 묻었다는 무기는 나타나지 않네. 민구는 거짓말을 하고 있는 거야. 그리고 민구의 입을 열게 할 사람은 현수 외엔 없어. 민구를 살려내는 길이기도 하지. 참모장이 분명히 약속했네."

"뭣을 말인가?"

"민구를 살릴 수 있다구. 진정으로 회개하고 실토하면 특별 취급하겠다구 말이네."

"기호답지 못하게 얄팍한 소릴 하는군."

"아무튼 민구는 너를 만나고 싶어하니까, 현수 말은 들을 거야. 수고 좀 해줘."

"알았네."

"고맙다, 현수! 지금 곧 떠나야 하네. 연대 참모장이 목이 빠지도록 너를 기다리고 있어. 부탁한다, 현수!"

"알았다니깐! 하지만 기호가 내게 부탁한다는 건 좀 우습군."

기호가 삼십 년에 이르는 교우 기간에 현수에게 부탁을 한 것은 그때 한 번뿐이었다.

현수는 시방, 목포행 심야열차 이등차 안에서 침묵에 잠겨 있는 기호를 기대에 찬 얼굴로 바라보고 있었다. 지금의 기호는 민구를 찾아가 달라던 그날의 기호와 어쩌면 그다지도 흡사하단 말인가. 그 무슨 깊은 상념에 잠겨 있던 기호는 조용히 말했다.

"현수! 자네 목포까지 표를 샀다고 했지? 이왕 샀으니 제주도에 다녀오는 것 어떤가? 다녀오게! 그게 좋겠어. 원만히 수습해놓은 후에 올라오라구. 하지만 주소만은 집으로 알려주게나. 부탁이야. 엽서 한 장이면 되잖아. 그리구 자네 노자가 없겠군. 자— 받아두게."

기호는 만 원 뭉치 하나를 현수의 코앞으로 내밀었다.

"아냐, 기호! 나 돈 많네. 대부분이 십 원짜리지만 말야."

"오오라, 도선료 받은 거로군? 하하하."

"모두 자네 덕분이지, 하하하."

"좌우간 이것두 넣어둬!"

억지로 현수 주머니 속에 쑤셔 넣어주고 나서 기호는 두 사람분 좌석에 길게 누우며 혼잣말처럼 지껄여댔다. 향수에라도 젖어드는 듯 두 눈을 지그시 감고 지껄여댔다.

"제주도…… 아주 달라졌다……. 우리가 쌓은 그 성城들 말이네. 모두 헐어버렸어. 역사적 유적이 될 수 있었는데 말이네……. 1940년대의 제주 유혈사를 말해주는 생생한 증거물이 될 수 있었는데 말이네……. 교통에 장애가 됐다던가……. 아니야, 제주 도민의 기억 속에서 4·3 비극을 영원히 몰아내기 위해서 젊은 경찰국장이 철거를 단행하였다던가……. 역사의 수레바퀴는 그런 것쯤 간단히 문질러버리지……. 역사의 수레바퀴……. 우리가 주둔해 있던 대록봉 기슭…… 거긴 지금 목장이 됐지……. 공비들의 최대의 거점이었던 어스승오름, 성판오름…… 이젠 모두 훌륭한 관광지가 됐지……. 역사의 수레바퀴…… 역사의……."

두 눈을 감은 채 잠꼬대처럼 중얼거리는 기호는 추억에 젖어 있음이 확연하였다.

전에 없이 감상적인 기호의 말투가 현수는 흡족했다. 가슴속이 설레기조차 했다. 두 눈은 감고 있지만 입술에는 엷은 미소가 흐르고 있다.

'기호는 이처럼 여성적인 면도 지니고 있었던가? 필경 민구에 관한 이야기도 나올 것이 아닌가?……'

흥분되는 마음을 달래며 현수는 기호를 주시하고 있었다.

그러나 기호는 좀처럼 이야기를 계속하지는 않는다. 입술 언저리에는 엷은 미소가 흐르고 있지만 두 눈은 감은 채였다. 현수는 자기 차례임을 직감적으로 느끼고 흥분된 어조로 말하였다.

"나 신문 별로 안 읽지만 말야, 기호! 제주도에 관한 기사만은 열심히 오려둔다네. 하이웨이가 처음 개통된 것도 제주도였지. 단순한 고속도로가 아니고, 통행료를 내야만 달릴 수 있는 현대식 도로가 제주도에 맨 처음 생겼다 그 말이거든. 제주시에서 일직선으로 서귀포로—남북을 종단하는 그 하이웨이가 한라산 중턱을 슬쩍 넘는다니 말이네……. 참 야간 통행금지가 해제된 것도 제주도가 먼저였어. 충청북도도 동시에 없어졌지만 말이네. 그러니까 네 군데의 경찰서 중 모슬포, 성산포 두 군데가 없어진 것은 당연하고도 당연하지. 그때 자네 이런 말 못 들었나? 기호! 자네도 분명히 들었어. 민구가 온 그날이야. 일정 때, 오십 명의 경관으로 치안이 유지되던 제주도에 일 개 연대의 병력에다가 일 개 독립대대를 합쳐 전투 사령부를 설치하고 거기에다 일 개의 경찰국, 네 개의 경찰서, 그래도 모자라서 일 개 전투 경찰대대가 동원되었는데도 진압이 안 되니 말도 안 된다구, 분명히 민구가 그런 말을 했지? 기호! 자네도 기억하지?"

"……."

현수는 참으로 오랜만에 신이 나서 지껄였다. 그러나 그때 이미 깊이 잠들어버린 기호의 대답은 코 고는 소리가 대신했다.

민구는 연대본부 영내 한구석에 세워져 있는 퀀셋 속에 연금되어 있었다. 곤색 싱글에 이발까지 말쑥하게 마친 민구는 현수가 들어서자 싱긋 웃으며 말하였다.

"기호는 역시 고마운 친구로군. 현수를 만나고 싶다고 말했더니 알았

다고 대답하질 않았겠어. 바루 오늘 아침의 일이었어. 현수와 만나려면
몸치장을 깨끗이 하는 게 좋겠다구 이 옷을 가져다주고 이발까지 시켜
주었거든. 하지만 현수가 이렇게 빨리 올 줄은 정말 몰랐네……."

　"……."

　민구를 조용히 바라보는 사이에 현수는 이런 광경이 전에도 분명히
있었다고 생각했다.

　중학교 졸업식을 며칠 앞두고서였다. 서울의 B전문 입학이 결정된
민구와 평양에 있는 D공전으로 진학하게 된 기호들이 떼를 지어 밀려다
닐 때, 현수는 용산 하숙방 바닥에 뒹굴고 있었다.

　졸업이랍시고 해봤자, 할 일도 없으니 만주에라도 건너갈까? ……
그따위 생각을 하고 있는데 말쑥한 싱글을 입은 민구가 들어섰다.

　"이런 옷을 맞춰 입자고 기호가 제안했네. 국민복에 각반을 치는 건
쪽발이(일본인의 속칭)들만으로 족하다구 하면서 말이네."

　현수는 오 년 전으로 돌아온 착각이 오래 계속되기를 절실히 바랐으
나, 그러나 현수와 민구는 역시 한라산 기슭에 있었다.

　"기호는 나더러 총을 묻어둔 곳을 말하라는데 정말 나는 몰라. 책임
비서하구 조직책하구 단둘이서만 묻었거든. 난처하더군. 기호 입장두 난
처한 모양이지?……."

　"?……."

　현수는 오 년 전으로 돌아간 듯한 착각은, 비단 민구의 차림새 때문
만은 아니라는 사실을 알아차리고 목이 메어지는 듯했다. 민구는 흡사
오 년간의 인생을 뒷걸음질 치듯 중학 시절 그대로였다. 특히 말투가 그
렇다고 현수는 혼자 속으로 다짐하면서 민구의 거동을 살피고 있었다.

　"현수! 기호가 정말 난처한 모양이지? 나중엔 내 가슴에 총을 들이대
구, 나를, 이 나를 죽여버리겠다는 거야……. 그러나 곧 총을 내리구 애

원하는 것이었어. 실토를 해달라구 말이네. 좌우간 현수와 만나게 해달라구 부탁했지. 그랬더니 현수가 이렇게 찾아왔구먼. 현수! 제발 너만은 총 묻은 곳을 묻지 말아줘. 난 정말 모른단 말이다! 현수, 난 정말 몰라! 몰라!"

"……."

암말 없이 그냥 쏘아보는 현수의 얼굴이 무섭게 비치었던지 민구는 뒷걸음질 치기 시작하였다.

현수는 혼자 속으로 울고 있었다. 우리를 이런 식으로 만들어놓은 것은 무엇인가. 우리는 얼마든지 오 년 전으로 돌아갈 수가 있다. 우리로 하여금 총을 잡게 한 것은 무엇인가. 우리는 복사꽃 피는 고향 마을에서 살면 되는 것이다. 우리를 서로 원수처럼 만들어놓은 것은 무엇인가. 진정 우리는 문명의 소리가 필요 없었다고 현수가 그런 감상에 젖어 있는 사이에 민구는 퀀셋 복판쯤까지 뒷걸음질하고 있었다.

"민구!"

현수 입에서는 저도 모르는 사이에 외마디소리가 튀어나왔다.

흠칫 놀라며 그 자리에 기둥처럼 서버린 민구의 곁으로 다가간 현수는 나직이 말했다.

"놀랄 것 없다, 민구! 나는 너를 괴롭히려 온 것이 아냐. 기호처럼 좋은 옷을 주거나 이발을 시켜주진 못하지만 민구 가슴에 총구를 대거나 하진 않아. 자, 봐……."

현수는 두 팔을 한껏 벌려 빈손임을 알려주고 계속하였다.

"나는 총은커녕 칼 한 자루 갖고 있지 않아. 내가 민구에게 총구를 겨눌 리 있나! 안 그래, 민구? 날 믿어줘, 민구."

"현수!"

그다음 순간 민구는 현수에게로 전신을 던져 왔다.

"민구!"

반사적으로 현수도 민구의 이름을 부르며 힘껏 끌어안았다.

옷을 갈아입고 이발을 말끔하게 해서 멀쩡해 보일 뿐이지 민구의 전신은 뼈다귀가 앙상했다. 불과 몇 달 사이에 사람이 이렇게 되는 수도 있구나—현수는 지금 자기의 임무가 무엇인지를 잊어버리고 품속에 든 민구의 얼굴을 들여다봤다.

민구는 울고 있었다. 정말 주먹 같은 눈물을 흘리고 있었다. 그 눈물방울들이 자기의 볼을 거쳐 목덜미로 흘러 내려감을 의식하면서 현수는 되도록 부드러운 말투로 속삭이듯 말했다.

"사람두 울긴…… 우리 헤어질 때 주고받은 말 생각 안 나? 민구는 나에게 잘 있으라구 했고, 나는 민구에게 또 만나자구 했었지 않나. 안 그래, 민구?"

"……."

"우린 그렇게 만난 거야. 안 그래, 민구? 우린 그렇게 만났을 뿐인 거다. 날 못 믿겠나? 제발 날 믿어줘, 민구!"

"……."

민구는 안긴 채 한참 말없이 현수의 얼굴을 응시하다가 그의 허리를 끌어안았던 두 팔을 풀고 물러서며 좀 쑥스러운 표정이 되었다. 그리고 얼굴은 온통 땀투성이가 되어 있었다. 눈물만큼이나 많은 땀마저 흘리고 난 민구는 극도로 피로한 모양이었다. 거기 놓인 야전용 침대에 털썩 주저앉았다.

"아예 눕게. 민구는 피로했어."

"고마워."

침대 위에 두 다리를 뻗고 나서도 민구는 현수의 얼굴을 조심스레 쳐다보고 있었다.

민구는 아직도 공포 속에 있음이 역력했었다. 정신 상태가 정상일 수 없다고 현수는 생각했다. 그런 민구에게서 무기 은닉처를 알아내기란 불가능하리라고 생각했다. 아니, 민구는 자기 말대로 그 장소를 모르기 쉽다고 현수는 생각했다.

'그렇다면 내가 할 일은 무엇이란 말인가?'

허망한 노릇이었다. Y리 해안에 있는 뾰족바위에서 그 많은 사연들을 교환한 현수와 민구는 실제도 들을 말도 들려줄 말도 피차 없었다.

현수는 퀀셋 한복판에 아까 민구가 기둥처럼 서 있던 그 자세로 퍽 오랜 시간을 보냈다. 자연 침대에 누워 있는 민구를 내려다보는 꼴이 되었다. 그러한 현수의 시선이 민구는 견딜 수 없었던지 단말마적인 외마디소리를 지르는 것이었다.

"보지 마, 현수! 날 노려보지 마라, 현수! 너까지 날, 기호처럼 노려보지 마! 제발 그러지 마, 현수!"

민구는 야전용 침대에 얼굴을 파묻고 흐느끼며 계속했다.

"어서 날 죽여다오, 현수! 기호에게 아무리 간청해도 날 안 죽이거든. 총알 한 방이면 되잖아, 현수! 머리나 심장이라면 한 방이면 되잖아. 제발 부탁이다. 현수 손에 죽으면 난 한이 없겠어. 천당에 갈 수 있을 거야. 지옥이 아닌 천당엘."

"민구."

되도록 담담하게 민구의 이름을 불러줘야겠다고 현수는 생각했다. 민구가 엎드려 흐느끼는 야전용 침대를 오 년 전 중학 시절의 하숙방으로 착각되기를 현수는 애써 바랐다. 자기 자신부터 오 년 전의 학생 시절로 돌아간 기분이 되어야겠다고 다짐하며 현수는 야전용 침대에 앉았다.

그리고 민구의 한쪽 어깨에 바른손을 얹으며 되도록 부드러운 말투로 말했다.

"오해하지 말게, 민구. 내가 이렇게 민구를 찾아온 건 기호의 경우와는 다르네. 아까두 말했지만 우린 다시 만나기로 기약했었지 않아. 그땐 민구의 청으로 만났는데 오늘은 내가 민구를 만나고 싶어서 온 것이 다를 뿐이네. 날 믿어주겠나?"

"……"

엎드린 채 겨우 고개를 쳐든 민구는 현수를 치켜보며 두어 번 끄덕이었다.

현수는 괴롭기 그지없었다. 어떠한 이유에서든 민구에게 거짓말을 한다는 것이 견딜 수 없었다. 창자 속까지 주고받은 벗에게 거짓말을 건네고 있는 스스로가 현수는 싫어졌다. '나는 지금 민구에게서 어떤 정보를 얻어내려고 우정을 앞장세우고 있는 것이 아니냐?' 그러나 한편, 민구가 이런 경우에서가 아니고, 실제로 정신이상을 일으켰다고 가정하면 나는 무슨 말을 건넬 것인가를 현수는 생각하고 있었다. 그렇다! 무슨 말이든지 해줘야겠다. 아니, 진지한 이야기를 들려줘야겠다고 현수는 생각했다. Y리 해안에 있는 뾰족바위에서 미처 못한 그와 같은 말들을.

'이와 같은 나의 태도는 이 자리를 마련해준 기호의 의사와 다를 뿐 아니라 군인으로서도 용납될 수 없지 않겠는가? …… 아니다! 민구에게서 무기 은닉장소를 알아내는 일과 결코 무관하지 않다!'

현수는 겨우 소신이 섰다. 아내의 죽음을 계기로 밟기 시작한 민구의 걸어온 길이 온당하지 못하다는 자기 의견을 진지하게 들려줘야 한다고 현수는 결심했다. 그와 같은 나의 의견이 민구에게 받아들여진다면 무기 은닉장소도 저절로 밝혀지리라—고 현수는 생각했다.

그러나 다음 순간 현수는 그것은 다음 문제라고 스스로를 타일렀다. 민구가 제 고집을 굽히지 않고 자기 의견에 공명하지 않는다고 해도 진지한 말을 전해줘야 한다고 현수는 결심했다. 그러니까 현수에게는 민구가 무기 은닉장소를 알고 있거나 모르고 있거나 별반 상관이 없는 일이었다. 중요한 것은 진실의 전달이다. 군인의 신분, 나의 임무, 그런 따위들은 얼마든지 진실 속에 포함될 수 있지 않으냐—고, 속으로 다짐하면서 현수는 다정스레, 진정 다정스레 입을 열었다.

"저번 날 민구에게서 이런 말을 들은 것 같군. 입산자의 대부분은 공산주의자가 아니고 단 하루라도 더 살기 위해서 입산한 것이라던. 민구와 헤어진 후에도 깊이 생각해보고 또 여러 날 동안 귀순자들을 대해보고 나니까 민구의 말을 대체로 알겠더군. 민구의 깊은 애향심을 나는 알게 됐다, 그 말이네. 그리고 민구의 그 애향심은 곧 애국심일 수도 있어. 자네 국어 독본에서 이런 대목 배운 기억나지 않나? 일본 사람들 교과서지만 말이네. 군郡에서 본다면 마을이 즉 고향이요, 도道에서 본다면 군이 즉 고향이요, 전국全國에서 본다면 도가 즉 고향이요, 세계世界에서 본다면 나라가 즉 고향이라는 그 대목 말이네."

"……"

조용히 듣고만 있을 뿐 대답은 없으나 민구의 얼굴은 훤히 상기되고 있었다.

현수는 전신에 팽배해지는 희열을 의식하면서 열을 올렸다.

"그러니까 민구의 애향심은 곧 애국심으로 통할 수 있다, 그 말이네. 아니, 나는 단정한다. 민구는 진정으로 이 제주도를 무엇보다도 사랑하고 있다고 말이네……."

"……"

현수가 말을 중단한 데는 이유가 있었다.

훤히 상기된 얼굴로 귀를 기울이고 있는 민구의 두 눈마저 빛나기 시작하였던 때문이었다. 민구의 저 상기된 얼굴이 달라지거나 하기 전에 할말을 모두 건네야겠다고 생각하며 현수는 말했다.

"우린 역사라는 걸 생각해볼 만하다고 민구는 생각해본 적 없나? 역사상의 모든 인물들은 어떤 의미에서든 이웃을 위하고 가족을 위해서 존재하지 않은 사람이 없었다고 나는 그렇게 생각하는데 민구 생각은 어떤가? 그런데 역사라는 것은 많은 인간들의 행적을 기록하면서 더러는 비인간의 행적도 기록한다 그 말이네. 역사라는 것은, 적어도 참된 역사는 권력에 의해서 남겨지는 것이 아니라는 말을 나는 신용하네. 역사란 어디까지나 문화로서 남는다는 말을 나는 절대 신용해. 그렇다면 역사상의 비인간적 인간들은 좀 우습다고 민구 자네 그렇게 생각되지 않나?"

"……"

민구는 다소 어렵다는 듯이 얼굴을 찌푸렸다.

다음 순간 민구가 얼굴을 찌푸린 의미는 정반대라고 현수는 고쳐 생각했다. 그렇다면 나는 어째서 이 퀸셋 안에 감금되어 있느냐고 민구가 그렇게 생각하는 것이 틀림없을 것 같아 현수는 다소 빨라진 말투로 선언하듯 말했다.

"민구나 기호는 고등교육까지 받았으니 더 자세할 테지만 말이네. 중학을 겨우 마쳤을 뿐인 내 생각에는 아무래도 석연치가 않아. 역사상에 남아 있는 이른바 비인간적인 인간들 말이네. 그들도 이웃은 위하지 않았을지 모르나 적어도 가족들은 사랑했으리라고 민구는 그렇게 생각한단 말이지? 가족이 없었다면 자기 자신에 대해선 충실했다고 그렇게 생각한단 말이지? 인간 세상엔 자학이라는 말도 있었지만, 결국 그 자학 행위 자체는 스스로를 위한 것이어서 합당하다고 자넨 그렇게 생각한단 말이지? 이를테면 말이네, 내가 자네에게 하고 싶은 말은 자학 행위를 그만하라 그것이야, 민구!"

"아니다, 현수!"

침대에 엎드려 있던 민구는 벌떡 일어나 앉으며 현수를 무섭게 노려보았다. 그리고 울부짖었다.

"현수는 지금 무슨 말을 하고 있는 거야! 나는 고향을 버린 적 없다. 현수! 한시 한초도 고향을 버린 적이 없어, 나는! 너마저 나를 몰라주는 구나. 내가 산으로 올라간 건 고향을 지키기 위해서였다. 어디까지나 고향을 아끼고 사랑하기 때문이었다! 현수, 너까지 날 의심하는 거냐? 나는 이 땅을 이 꼴로 만들어놓은 김달삼이란 자를 누구보다도 경멸하구 증오한다. 내가 지금 이 꼴로, 김달삼의 졸도가 된 꼴로 이렇게 와 있는 건 어디까지나 현상적인 거야. 현수의 말에 한마디만 보태겠다. 역사가 비인간적인 인간을 더러 그리는 건 역사의 의지를 위해서 그리는 거다. 그리고 그 역사의 의지는 바로 인간의 의지며 유물사관 따위와는 아무 상관이 없다는 것쯤 나도 알고 있다. 현수, 너까지 날 의심하는 거냐? 너마저 나를 비인간적인 인간으로 여기는 거냐, 현수!"

"……."

"왜 대답을 못해?"

"……."

민구의 강렬한 시선을 받으며 현수는 어찌할 바를 몰랐다.

민구는 정신이상 상태에 있다거나 아니면 어쩔 수 없는 함정 속으로 빠져버렸는가? 하는 의구심 따위에서는 결코 아니었다. 그것은 민구의 맑은 두 눈이 여실하게 말해주고 있었다.

그래서 현수는 좀 더 진지한 말을 건네주려고 자세를 바로 하였을 때 퀀셋 도어가 열렸다. 그리고 연대본부 참모장의 목소리가 울렸다.

"안 일병, 잠깐."

도어가 닫히자 침대 위에 앉아 있던 민구는 벌떡 일어나서 현수 곁으로 다가왔다.

"어서 나가봐, 현수! 너에게 할 말이 조금은 더 있는데 필요 없이 된 것 같다."

"민구야말루 무슨 소릴 하고 있는 거야?"

"아니야, 현수! 어서 나가봐……. 그리구 말이다 현수, 날 네 손으로 꼭 죽여줘. 알았지, 현수? 다른 사람 손엔 죽고 싶지 않단 말이다. 꼭 네 손으로……."

"쓸데없는 소리 집어치우고 기다리고 있어!"

신경질적으로 소리치고 밖으로 나온 현수 앞에는 그러나 민구의 짐 작대로 엄연한 현실이 기다리고 있었다.

"안 일병, 그럴 필요가 없이 됐다. 무기가 발견됐어. 저자가 말한 어 스승오름에서가 아니고 반대 방향인 성판오름에서다. 지독한 놈이야. 빨 간 물이 철저하게 들었다. 곧 헌병들이 올 게다."

"하지만 참모장님, 양민구의 입산 동기는 단순치가 않습니다."

"알고 있어. 이 중사나 안 일병과 중학교 동창이라고 했지? 그러나 이것만은 어쩔 수 없는 일이다. 친형제 간에도, 사감私感 없이도 인간들은 많은 피를 흘렸다는 사실을 안 일병은 모르나?"

무엇을 어느 정도 알고 있는지 모르나 참모장의 결정은 이제 변경될 여지가 추호도 없음을 현수로서는 어찌할 수 없었다.

민구와 대화 중인 현수를 불러낼 때 '안 일병, 잠깐만' 하는, 그 한마 디가 이미 사형선고였다. 그보다 Y리 해안에 있는 뾰족바위에서 현수 와 헤어져서 입산할 때 민구는 이미 이승에서 저승으로 간 격이었던 것 이라고 현수는 생각했다.

"안 일병, 공사를 분명히 해야지. 그러나 이 중사 부탁도 있고 하니, 안 일병 손으로 처치하는 것은 무방하다."

안개가 소리 없이 흐르고 있었다. 한라산과 바다가 보이는 장소를 택

해달라는 민구의 소원은 하나마나한 것이었다. 정글 속이나 동굴 속으로 데리고 갈 이유가 없었고, 그런 곳을 제하면 제주도에 한라산과 바다가 안 보이는 지점이 없는 것이었다. 실제 두 헌병은 조망이 좋은 분화구 앞에 민구를 세워놓았다. 높이 이십 미터는 실히 될 분화구 앞에서 민구는 미소 짓고 있었다.

헌병이 수건을 내주었다. 민구는 미소를 크게 띠며 거절했다. 오 미터쯤 앞에 서 있던 현수는 분화구 안을 내려다보았다. 활화산이 아니어서 불은 없었고 정상 근처의 분화구와도 달리 물도 없었다. 대신 주위의 암벽에 철쭉이 한창이고 뻐꾹나리의 봉우리들이 무르익어 있었다. 이곳이 민구의 천국이기를 바라며 또 민구가 그렇게 의식하기를 바라며 현수는 마지막 말이 있으면 하라고 말했다. 민구는 웃으며 고개를 좌우로 조용히 저었다.

그리고 두 헌병에게 손을 들어 잠깐 기다리라는 뜻을 전하며 미소를 보내고 현수에게는 좀 큰 미소를 보내고 나서 조용히 고개를 돌렸다. 한라산을 오래도록 바라보는 것이었다. 웅장하고 신비로운 한라의 주봉을 민구는 담담히 바라보는 것이었다.

이윽고 조용히 고개를 돌린 민구는 바다를 내려다보았다. 안개가 걷히고 있는 바다는 지금 마악 잠에서 깨어나는 듯했다. 그 바다에서 시선을 거둔 민구는 품속에서 무엇을 꺼냈다. 손거울이었다. 또 한 번 미소 지으며 그 거울에 자기 얼굴을 비추어 보고 나서 민구는 그 거울을 버리면서 현수를 향해 고개를 끄덕이었다.

그리고 두 눈을 조용히 감았다. 현수는 더 이상 견딜 수가 없었다. 그 어떤 행동을 취하지 않고는 견딜 수 없었다. M1 총신을 올리고 방아쇠를 당겼다. 나무가 쓰러지듯 민구는 앞으로 푹 고꾸라졌다. 그렇게 쓰러진 민구를 두 헌병이 맞들어다 이십 미터 높이의 분화구 안으로 넣었다. 분화구 밑바닥에는 그때까지도 짙은 안개가 깔려 있었다. 고개를 떨구고 있던 현수는 발밑에 널린 여덟 개의 탄피를 저절로 확인했다.

목포행 심야열차는 대전 시가의 등불들을 왼편에 끼고 돌아 뒤로 뒤로 떨구며 기세 좋게 달리고 있었다.

현수는 무료해졌다. 기차 바퀴 돌아가는 소리와 기호의 코 고는 소리만이 주위를 둘러싸고 있을 뿐이었다. 기호는 참으로 잘 자는 녀석이라고 생각하며 현수는 그가 넣어준 만 원 뭉치를 만지작거리고 있었다.

기호는 역시 고마운 친구였다. 돈 뭉치 맨 윗장 하나를 만지작거리며 이십 년이 경과한 오늘의 제주도를 현수는 그리고 있었다.

'그때의 양상은 찾아볼 수 없으리라……. 과연 그럴까? 아니다. 산과 바다는 그대로리라. 또 있다. 민구의 무덤 말이다!'

민구의 생각만 떠오르면 발랄해지는 습성을 현수는 어느새 지니게 되어 있었다.

민구의 자취는 무덤이 아니고 비석으로 현수들은 남겼다. 천연석에다가 기호가 쓴 글씨를 현수는 봉수와 둘이 M1대검으로 한종일 새겨 가지고 민구의 수형 장소에 세웠던 것이었다.

'민구가 이승에서 저승으로 가는 정거장이 되었던 그 분화구는 그대로 남아 있을까? 그 분화구만 남아 있다면 비석은 틀림없이 남아 있으리라…….'

그때 민구의 시체를 찾지 못했다. 높이 이십 미터나 되는 분화구 안으로 떨어진 시체를 찾아내기란 여간 어려운 일이 아니었다. 분화구에는 그전과 다름없이 불이나 물이 차 있지는 않았지만 그 안으로 들어가려면 로프를 비롯한 여러 가지 장비가 필요했다. 군대에서도 졸병인 그들의 신분으로서는 도저히 불가능한 일이었다.

'비석이면 됐지, 무덤이라고 민구의 얼굴이 보이는 것도 아니지 않는가.'

그런 생각들이 되풀이되자 현수는 공연히 조급해졌다. 왼쪽 차창이 훤해 온다. 이제 곧 기호가 내리는 이리역에 당도할 것이다.

현수는 자리에서 일어나지 않고는 못 배겼다. 기호가 잠을 깨지 않도록 슬그머니 자리에서 일어섰다. 제주도로 가라는 것은 기호의 제안이었고 노자까지 내놓았지만 그가 일어나서 마음이 달라진다면 큰일이다. 기호는 그런 면이 있는 사나이임을 현수는 삼십 년간에 이르는 교우 관계에서 잘 알고 있었다.

'기호는 유동적인 사나이가 아니냐. 이치에 밝고 이치에 따르는 사나이임을 나는 누구보다도 잘 알고 있다. 잠을 깬 후의 기호는 제주도에 가선 안 된다는 이치를 내세울지도 모르며 나는 그 이치에 압도될지도 모른다. 아니, 십상 그렇게 될 것이다. 지난 삼십 년 동안 대체로 그러했지 않느냐…… 이제 그럴 순 없어, 절대 그럴 순 없다!'

왼쪽의 차창은 완연히 밝아졌다.

기호의 곁을 떠난다고 해도 이리역까지는 별 수 없이 그와 같은 열차 안에 있어야 하는 것이지만 현수는 슬그머니 기호가 누워 있는 좌석에서 물러나고 말았다.

하오의 제주항은 '도떼기시장'처럼 소란스러웠다. 이십 년 전과 별반 달라진 데가 없었다. 자연 지난 이십 년간이 현수는 꿈결처럼 착각되었다.

부두에서 도심에 이르는 사이의 짧은 거리를 걸으면서야 현수는 겨우 생각해냈다. 이십 년이 경과한 지금의 제주항이 낮이 설지 않은 그 이유를 생각해냈다.

제주도에 관한 것이라면 현수는 무엇에든지 관심을 쏟았었다. 서적이

건, 사진이건, 신문기사건 간직할 수 있는 물건은 모두 가지고 있었다. 판잣집이긴 하나 현수의 거처에는 제주도에 관한 물건만은 풍부했었다.

지난 이십 년 동안 현수는 제주도와 더불어 살았다. 그랬던 것이 한강변의 급조된 호수를 왕래하던 나룻배 전복사고를 고비로 순식간에 무너져버린 것이었다. 현수의 생활 붕괴로 제주도에의 영상은 자연 흐려져 있었다. 문제는 그 무엇이 그토록 제주도에 집착하게 하였는가—고 현수는 생각하며 눈에만 익은 낯선 거리를 걷고 있었다.

'그렇다. 민구 때문이다. 기호, 봉수 그리고 내가 겪은 따위와는 비할 수 없는 민구의 처절하였던 체험……'

현수의 걸음은 자연 빨라질밖에 없었다. 어서 민구의 자취가 서려 있는 비석 앞에 서야 한다는 일념에 젖어버린 현수는 조급해졌다.

빠르게 발을 옮기는 현수의 옆을 지나가려던 트럭 한 대가 속력을 잠시 평행선을 그으며 서행한다. 무심코 걸음을 옮기던 현수가 발을 멈추게 된 것은 그 트럭이 급정거해서였다. 그리고 현수의 귀에는 아주 심한 평안도 사투리의 낱말들이 흡수되었다.

"현수, 당신 현수디? 안현수 씨디? 당신 안현수 씨디?"

"……"

트럭에서 내린 오십대의 운전사는 봉수였다. 이십 년 전 주정뱅이요, 사고뭉치이던 김봉수였다.

"하하하, 이거야 예수님이 도운 거디. 이렇게 떡각 만나다니, 하하하."

가까운 다과점에 현수와 봉수는 마주 앉았다.

목소리는 그때보다 한결 맑아졌지만 웃을 때마다 하마의 입처럼 벌려지는 입술 언저리는 이십 년 전 그대로였다. 현수는 진정 이십 년 전으로 되돌아간 듯하여 즐거웠다.

"늙었음매, 아우. 그래 아들딸 맷이나 두었음마?"

"난 아직 혼자야요."

"기이래? …… 하기야 혼자가 됴킨 됴티. 무자식 상팔자라는 말도 있디 않나……. 기린데 난 칠 남매웨. 요새거티 각박한 세상에 칠 남매가 뭐이갔음마. 네펜네가 '네곤' 종륜디 원 자꾸 낳는 걸 어리커마, 하하하."

말은 그런 투로 했지만 내심으로는 흐뭇해하는 눈치가 확연한 봉수가 많이 달라졌음을 현수는 대뜸 의식할 수가 있었다.

'칠 남매의 아버지, 사투리는 여전하지만 점잖아진 말투, 맑아진 웃음소리…….'

그 외에 분명히 달라진 것이 있는데 현수는 얼른 생각이 나질 않았다.

"봉수 형님도 많이 늙었습니다."

"올해 갓 쉰인데 와 안 늙었갔음마. 기래두 여태 일하는 덴 젊은 사람들한테 안 짐메, 안 져, 하하하."

"……."

D리 소탕작전 때의 일을 생각하는 등 지난날의 회상에 잠겼던 현수는 봉수가 한쪽 손을 덥석 잡아 일으킨 그제야 말했다.

"봉수 형만 바쁘시지 않으면 좀 더 앉아 있습시다……."

"나야 늘 바쁜 몸이디만 아우가 누군데 오늘 같은 날 일하갔음마? 눅이오 땐 초산까지 갔다 왔디만 말이디 난 정말 아우 같은 친굴 못 봤음메. 아우가 그 갓난애기 살내누라구 얼메나 혼났음마."

"그야 봉수 형 덕분이었죠."

"아니웨. 괜한 소리 말라우. 아우가 그 애를 죽이디 않을라구 얼마나 애썼음마. 민보 단당두 애국부인회당두 사실은 죽일라구 했던 거웨. 아우가 아니였드랬으믄 어림이나 있었가서. 그 복새판에 갓낸애 울음소릴 들은 것만 봐두 기리쿠."

"……."

현수는 봉수에게 D리에서의 일에 대한 사의를 정중히 표할 겨를도 없이 이십 년 전으로 돌아가고 있었다.

민구의 아들 현호를 내무반에서 키운 일이 되살아나 현수는 흐뭇해졌다.

공비토벌작전이 끝나고 육지로 돌아가기로 결정된 한 달쯤 전이었다. 시간을 내어 봉수와 둘이서 D리에 다녀온 적이 있었다. 민보 단장 집에 맡겨던 현호는 애국부인회 회장 집에 있었다. 민보 단장과 부인회장이 한 달씩 교대로 키운다는 것이었다. 참대 꼬챙이처럼 말라버린 현호를 그대로 둘 수는 도저히 없었다. 현수는 봉수와 함께 현호를 내무반으로 데려왔다. 육지로 돌아가기 전에 아들 없는 집을 물색할 생각이었는데 마땅한 데가 없었다. 며칠 후에 민보 단장과 애국부인회장이 주둔지인 제주 시내까지 달려나와서 백 배 천 배 사죄하는 바람에 돌려주었다.

그다음 날 제주도를 떠나오게 되었기망정이지 하루만 늦었던들 현호를 데리고 육지로 왔을 것이며, 그리 되었던들 나의 인생은 달라졌을 것이라고 그런 생각을 하고 있다가 봉수의 웃음소리에 후다닥 현수는 현실로 돌아왔다.

"하하하. 아우는 그때와 조금도 달라진 게 없음메, 하하하. 좌우디간에 그만 일어나서 우리 집엘 갑세. 내가 술을 못하니까니 어리캄마. 밖에서 뭘 대접하갔음마, 하하하."

"……."

참으로 오랜만에 치솟는 웃음을 참고 현수는 흐뭇한 눈초리로 봉수를 주시하고 있었다.

김봉수는 술을 끊은 것이었다. 단 하루도, 아니 한나절도 못 참던 술을 김봉수는 끊은 것이었다.

"댁에는 천천히 가고 얘길 좀 더 합시다."

"아우 마음대로 합세. 오늘 돌아가는 거 아닐 테디?"

"아, 그럼요. 열흘이구 한 달이구 상관없습니다……. 그런데 봉수 형 용케 술을 끊었군요?"

"하하하, 아까부터 아우 그 생각했음메레? 하하하하."

비로소 현수의 수상한 거동이 납득이 되었다는 듯이 세 배는 더 길게 웃고 나서 봉수는 말했다.

"네펜네가 예수님 믿는 바람에 별수 이시야디. 처음엔 고통스러웠는데, 이젠 아주 편해. 소화두 잘돼구 간장도 튼튼해디구 말이웨. 한데 담배만은 못 끊었음메. 아우는 여태 안 피우는 것 같구만."

"예…… 생리에 안 맞는 것 같아요."

기껏 그렇게 말했을 뿐 더 할 말이 없어 현수는 봉수의 얼굴을 그저 바라보았다.

말을 주고받지 않아도 두 사람은 얼마든지 즐거울 수 있었다.

침묵이 다소 길어져서 분위기가 어색해지면 봉수 쪽에서 먼저 이야기를 꺼내곤 해서 현수는 참으로 즐거웠다. 사람들은 어쩌자고 그렇게 많은 말들을 주고받고 하는 것일까. 세상에 봉수 형 같은 사람만 있다면 학식도, 문명도 필요 없으리라……. 그따위 생각에 잠겨 있는데 봉수가 다시 말을 이었다.

"네배당에 나가면서 말이웨. 담배 피우긴 안 됐디만 이건 네펜네두 허락했음메. 안 기레야 별수 있시야디. 밖에 나와선 피는 걸 말이웨, 하하하."

"……"

현수는 무엇이라 대꾸할 의욕이 솟았으나 그만두기로 했다.

현수가 할 말이란 담배에 관해서다. 담배를 피운다는 사실에 봉수 형 은 가책을 받을 아무런 이유도 없다. 선교사들이 포교할 때 우리나라에

와서는 술 담배를 못 피우게 했지만 중국에서는 아편을 못 피우게 했다. 따라서 나는 술과 담배를 못 배운 사실에 대해서 다행이라는 생각이 들곤 하는 그만큼씩 열등감도 느끼며 살아왔다는 등속의 말을 할까 했으나 그만두었다.

봉수가 알아차리기 까다로우리라는 짐작에서는 결코 아니다. 사람의 언어란 공간을 점령한 상태에서도 사람에 따라 해석이 구구하다는 이유 때문만도 아니었다. 진정 현수와 봉수는 그런 따위들의 언어가 내포하고 있는 것과는 비할 나위 없이 고귀한 감정을 주고받고 있어서였다. 그리고 그런 따위들의 언어를 주고받음으로써 이십 년이 경과한 오늘에 이르기까지 추호도 동요되지 않은 봉수에 대한 스스로의 감정이 상하는 게 되는 결과를 초래할 사태가 유발된다면 참으로 어처구니없는 일이겠기에 그저 현수는 잠자코 있었다. 그러니까 거의 한 시간 가까이 침묵 끝에 현수 쪽에서 먼저 이야기를 건넨 것은 순전히 무료해서였다.

"제주도엔 언제 다시?"

"기리티. 아우는 모르갔구만. 내 이 멍텅구리 대갈통 좀 보라구. 아우 만난 게 그저 반가워서 덱각 던해줄 니야긴 안 하고 말이웨. 하하하."

봉수는 하마 같은 입을 한껏 벌리고 통쾌하게 웃고 나서 말을 이었다.

"세상 죄지구 못 삼메, 못 살아…… Y리에 있을 때 말이웨. 나 체네를 하나 봤디랬디 않았갔음마. 그때야 그저 술이디 네잘 알았나 내야. 매일 밤 술 받으레 가는 집이 있었질 않았갔음마. 바로 그 집이 현재 처갓집이디만 말이웨. 억지루 떼맡긴 거디. 어떤 의미로선 말이웨. 작은아들이 벌갱이가 돼서 산으로 올라갔던 거웨. 그야 내 나중에, 기리티, 눅이 오동란이 끝당난 뒤에야 알았디 뭐이갔음마, 하하하."

"그럴 수도 있죠, 얼마든지."

"하하하, 솔딕히 말해서 그때 우리 아이덜 체네만 보믄 독수리 병아리 덥티듯 하디 않았음마. 허디만 이 김봉수는 술이믄 술이디 매일 밤 와 두 네잘 내라군 안 했다―그 말이거덩, 하하하."

"……."

현수는 그저 빙그레 웃으며 봉수의 다음 말을 기다렸다.

"내레 이런 말 하면 아우가 어리케 생각하는지 모르디만 말이웨. 나는 순전히 우리 가시오마니 꼬임에 넘어갔다구두 할 수 있네. 그때 제주도에서 국방군이나 순사(경찰)를 사위로 삼으면 애무한 죽음을 멘할 수 있었디 않았음마. 지금 가시오마니가 넨지시 말을 걸어온 거웨. 기리티만 눅디로 갈 땐 시치미를 뺙 뗐디, 하하하."

"……."

현수는 다소 못마땅했지만 못 알아차린 눈치였다.

원래 말수가 적은 현수의 표정에는 거의 변화가 없었다. 그러나 현수의 못마땅한 느낌은 곧 해소되었다.

"현수, 임자 정말 날 오해하디 말게. 몇 번 데리구 자디 않았는데 아기를 개졌던 거웨. 지금 우리 큰놈이디. 그걸 눅이오 나구서야 알았으니까니 죽일 놈이디, 죽일 놈이야. 텬벌을 맞을 뻔했디. 짐성두 제 새끼를 간수하는데 될 말이가. 눅이오 때 나 X연대 GMC 끈 것 아운 모르디? 그때, 셋째 처넘이 데까닥 입대해 오지 않았갔음마. 우린 기때 제주도 사람을 모주리 벌갱이 새끼로 보았다만 기린 게 아니었음메. 눅이오 때 벌갱이를 데일 많이 테부순 X연대는 말이웨. 제주도 청년 학생을 둥심으로 시작한 거웨. 아무턴 눅이오가 끝당나구 제대할 때 말이웨. 셋째 처남이 저네 집에 다꾸 가자는 거웨. 우리 큰놈 세 살 때디. 아, 그놈을 턱 내밀고 우리 누이 어디칼 작뎡이냐구 따지디 않았음마, 하하하."

"참 잘하셨어요, 봉수 형……."

"백 번 잘했다. 공일날 녜배당에서 기도드릴 적마다 예수님께 감사드린담메. 처남 만나게 해주신 데 대해서 말이웨. 통일될 때꺼정 이리케 사는 거디. 사람 사는 게 다 기린 거디 별 재간 있갔음마, 하하하."

"그때 우리에게 나라가 없다고 한 말 생각나우?"

봉수의 웃음소리에 도취되어 현수는 불쑥 물었다.

어찌 보면 봉수의 아픈 데를 찔렀으므로 현수는 다소 불안했지만 그는 태연자약했을 뿐 아니라 현수의 그런 감정마저 깨끗이 해소시켜주었다.

"생각나디. 나. 나구말구. 아우하구 도망틸 의논했을 때 말 아니가서. 기야, 내가 철이 덜 들어 기랬다. 아, 내 본(本貫)이 어딘데 기림마. 김해 김씨라구. 기리니까니 우리 조상은 이남하구 남쪽이거덩. 난 더 남쪽으로 와서 있디만 말이웨, 하하하."

기어코 제 집으로 가자는 봉수를 가까스로 뿌리치고 여관 방으로 들어와 누운 후에도 현수는 흐뭇했다. 일요일마다 교회로 나가 하마 같은 입을 넙죽거리며 찬송가를 부르는 봉수의 모습을 그리며 여관 방 장판 바닥을 등에 지고 누워 있자니까 흐뭇할 뿐 아니라 저절로 웃음마저 터져나오는 것이었다.

자욱한 안개 속의 새벽길을 현수는 가벼운 마음으로 걷고 있었다. 산과 바다만이 이십 년 전 그대로가 아니요, 모든 것이 별로 달라지지 않았음이 확인되었을 때 현수의 마음과 몸은 극히 평온해지는 것이었다.

기호의 말대로 그때 쌓은 성은 없어지고 전등불들은 엄청나게 많아졌지만 옛날 그대로의 뱃고동이 목쉰 소리로 울어주는 항구―.

고속도로가 한라의 중턱을 넘어 밋밋하게 뻗쳐 있긴 하지만 돌각담 사이에 옛날 그대로 푸르른 고구마 덩굴들―.

술을 끊고 예수교 신자가 되었을뿐더러 칠 남매의 아버지가 되긴 했지만 이십 년 전과 다름없이 텁텁한 봉수의 우정—.

그리고 경사진 이 언덕에 소리 없이 흐르고 있는 아침 안개……. 십 년이면 강산도 변한다는 말은 누가 했던가. 달라진 것은 오히려 자기뿐 인지도 모른다고 생각하며 현수는 발을 옮기고 있었다.

'이십 년 동안 무심하였던 주제에 새삼스레 민구의 비석을 이렇게 찾 아가고 있는 나는 무엇인가? 아니다. 나는 결코 무심하지 않았다. 내가 여기 못 온 것은 민구의 맑은 두 눈을 당해낼 수가 없어서였다. 한라산과 바다와 손거울에 비친 자기 얼굴을 들여다보고 지었던 민구의 미소를 나 는 되새길 수가 없었을 뿐이다…….'

민구가 이승에서 저승으로 가는 데 있어, 정거장이 되었던 분화구도 옛날 그대로였다. 이미 철쭉의 계절은 아닌 듯 한 송이도 보이지 않고 안 개에 젖은 뻐꾹나리들만이 얼굴을 들고 있었다.

'핏빛 꽃잎들은 민구가 모두 가져가버렸는가…….'

그런 생각을 하며 비록 꽃은 없지만 싱싱하게 푸른 철쭉 잎을 골라 보며 비석이 서 있는 쪽으로 가던 현수는 걸음을 멈추지 않으면 안 되었다.

"누구냐?"

"저올시다, 아버지."

"혼자냐?"

"소자가 아버지와의 약속을 어길 리 있습니까?"

현수는 거기 바위 뒤에 몸을 움츠렸다.

스물 안팎의 젊은이와 오십쯤 되어 보이는 노인이 마주 서 있었다. 노인은 커다란 부대를 둘러메고 있었다.

"가까이 오너라."

"네."

젊은이가 앞으로 다가서자 노인은 비로소 부대를 땅 위에 내려놓으며 말했다.

"올해 버섯은 글렀다. 늦장마 지는 해는 으레 벌레가 성하는 법이다."

"손수 가져오실 것까지……. 이번 주일엔 가 뵐 생각이었습니다."

노인은 귀가 먼 듯 젊은이는 입을 노인의 귀에 바싹 대고 큰 소리로 말하는 것이었다.

"서울 지방엔 대홍수가 났답니다."

"바다는 어떠냐? …… 어황 말이다."

"전복, 도미는 외국으로 많이 나가 제대롭니다만 그 외는 값이 떨어졌습니다."

"새우의 양식이 좋은 편이라는데 궁리해보아라."

현수는 그제야 목소리의 주인이 누군가를 확인하고 온몸이 감전된 듯 찌릿해졌다.

"누굴 데리고 온 것 아니냐? 인기척이 있다."

"아닙니다, 아버지."

"그럼 짐승인가?"

"그럴 것입니다."

"아니다. 분명히 사람이다."

노인은 부리나케 젊은이에게 접근해서 귀엣말을 하고는 다람쥐같이 민첩하게 골짜기 밑을 향해 내려갔다.

바로 그때 현수는 '민구!' 하고 부르며 달려갔으나 젊은이에 의해 저지당하고 말았다.

"고정하십시오."

"민구, 너는 틀림없는 민구다."

"그렇습니다. 그리고 저는 현호입니다. 그러나 안 선생님, 이미 늦었습니다."

"아니네, 현호 군! 부친께서 나만은, 이 나만은 만나고 싶을 거야."

"그랬습니다. 지금으로부터 오 년, 이전이라면 그랬습니다. …… 저리로 가시죠. 선생님이 세우신 비석 있는 곳으로……."

"……."

이십 년의 풍상은 그 비석에 있었다. '양민구지묘'의 다섯 글자는 그 윤곽조차 희미하였고 골고루 곱게 돋아난 이끼가 푸르렀다.

한결 연해진 안개 속에 그 비석과 마주 선 현수는 꿈속만 같아 퍽 오랫동안 움직이지 않고 있었다. 격정이 태풍처럼 스치고 지나가자 현수에게는 허망이 왔다. 꿈속이 아니고 무엇인가? 그때 마침 현호가 입을 벌리지 않았던들 눈앞의 모든 것과 더불어 현수는 꿈속으로 잠겨져 버렸을지 몰랐다.

"아버지는 구태여 이 비석을 없애지 못하게 했습니다. 죽은 사람이 살아 있다는 사실이 탄로날까봐 두려워하신 줄 아십니까? 이 비석을 끌어안고 십오 년간 아버지는 선생님을 기다린 것입니다. 현수, 현수만은 꼭 이곳에 오리라고 하시면서……. 아버지 말씀대로 선생님은 이렇게 오셨습니다만 오 년이 늦으신 겁니다. 그리고 저마저, 선생님 은혜로 이렇게 살고 있는 저마저 선생님을 미워하게 됐습니다."

삼백 미터쯤 떨어진 서쪽 산허리를 곧바로 올라간 고속도로를 달려가는 승용차가 매미만큼으로 작아지면서 한라산 품속으로 사라지곤 한다. 그리로 오래 주었던 시선을 거두며 현수는 겨우 입을 열었다.

"현호 군, 좀 더 소상히 들려줄 수 없겠나?"

"소용이 있을까요? 소용이 되신다면 열 번이라도 말씀드리죠. 보행도 어려웠던 이곳에 종단도로가 생기고, 피 냄새로만 가득찼던 곳이 놀이터가 되고, 노루와 너구리의 집이던 굴속에 전깃불이 켜지고, 젖이 없어 하루 종일 울어댔다던 제가 이렇게 성년이 된 오늘에 이르러서도 성판오름 정글 속에 묻혀 사시는 아버지에게가 아니고 선생님에게 소용이 되신다면 열 번, 백 번, 천 번이라도 말씀드리겠습니다."

"……."

현수는 피고인이 판사의 선고를 기다리는 꼴로 그렇게 서 있을밖에 없었다.

"아버지가 살아나신 경위가 제일 궁금하실 테죠? 천우신조나 기적으로 생각하십니까? 선생님의 총 쏘는 솜씨가 서툰 탓도 있지만 아버지는 당연히 사필귀정으로 살아나신 것입니다. 이십 미터 깊이의 이 분화구 안에는 동굴이 있습니다. 그 동굴 속에는 아버지와 똑같은 마음을 지닌 제주도 도민이 살고 있었습니다. 그들은 아버지가 국군의 총에 맞았건, 공비의 총에 맞았건 그런 것은 따질 줄 모르는 피란민들이었습니다. 그들은 이치를 따질 필요 없이 당연히 아버지를 간호하였고 그렇게 해서 양민구 아닌 또 다른 양민구는 이 세상에 태어난 것입니다. 아버지가 어째서 선생님을 기다렸는가를 말씀드릴 차례군요. 이십 년간, 엄격히 따지면 제가 말귀를 알아들은 후부터니까 십오 년쯤 될 겁니다. 아버지가 저에게 들려준 이야기의 구할 구부는 선생님에 관해서였습니다. 현수만은 당신의 진실을 알아줄 것이라고 말씀입니다. 무엇을 믿어주기를 바랐는지 짐작이 안 되십니까? 간단하죠. 그건 아버지의 입산 동기, 아니 목적이라 함이 옳을 것입니다. Y리 뾰족바위에서 선생님과 헤어져 입산한 아버지는 그길로 남로당 도당 간부들을 찾아간 것입니다. 왠지 아십니까? 스물세 살짜리 청년 양민구는 그 악랄한 공산당 간부들을 설득하려 했고 또 언젠가는 설득되리라는 신념을 끝까지 안 버렸습니다. 삼십만 도민을 위해서 총을 버려달라고……. 아버지는 도당 선전책 직을 맡았습니다. 그것 역시 그들을 설득하기 위해서였습니다. 결과는 공산도배들에게 실컷 이용만 당하고 오늘의 처지가 되어버렸습니다만 어떻게 생각하시겠습니까? 스물세 살짜리 철없는 자의 우행으로 여기고 선생님마저 웃으시겠습니까? 아닐 테죠. 선생님만은 그걸 믿어주실 거라구 아버지는 확신하고 계셨으니까요."

어느새 두 눈을 가리는 안개를 현수는 어찌할 수가 없었다. 그것이 샘물이 되어 쏟아져 내리는 동안 외면하고 있던 현호는 곧 자세를 바로했다.

"눈물입니까? 괴로우시면 그만두겠습니다. 아버지는 지금 선생님이 흘리시는 눈물의 몇 배, 몇 십 배, 몇 백 배 흘리셨지만요, 그건 이미 과거에 속하는 이야기가 아니겠습니까……. 그리고 저는 선생님에게 눈물을 강요할 처지가 아니지 않습니까? 저에게 있어서 선생님은 제2의 아버지니까요…… 이건 제 진정입니다."

"고맙다, 현호 군……. 뻔뻔스러운 생각일는지 모르나 아버지께서 십오 년간만 기다린 이유를 말해줄 수 있겠는가?"

"그리고 지금은 왜 안 기다리느냐는 말씀이군요? 아버지의 기다림은 애당초 소용이 없는 것이었습니다. 당신의 진심을 알아달라는, 단 한 사람이라도 알아달라는 그런 마음으로 선생님을 기다린 아버지를 처음 저는 저주했습니다. 집념, 차라리 하찮은 고집이라고 저주했습니다. 그러나 이젠 알고 있습니다. 아버지의 심원한 사랑을……. 자식인 저에 대해서뿐만 아니라 제주도 도민 전체에 대한, 모든 인간에 대한 심원한 사랑을……. 오 년 전인 십오 년 만에 아버지에게 엄청난 재산이 생겼습니다. 오십 호가 넘는 고향 마을에서 생존자는 아버지 혼자였습니다. 거기에다가 저의 외갓집의 재산도 아버지의 소유로 돌아왔습니다. 만 십오 년은 법률시효가 끝나 떳떳해진 아버지에게 4·3 비극을 영원히 잊을 수 없게 한 불행스러운 계기가 되었습니다. 할아버지와 외조부들이 남긴 많은 땅과 어선들, 이를테면 막대한 재산을 저에게 몽땅 넘겨주고 성판오름 정글 속을 영주지로 택한 아버지의 심원한 사랑을 선생님은 다소라도 짐작이 안 되십니까? 아버지는 아직도 이 제주 땅을 디디고 서 있는 것입니다. 아버지에게는 이 제주 땅이 있습니다. 선생님은 뭡니까? 체면상, 혹은 자위 방법으로 비석쯤 세웠을 뿐인 선생님에겐 무엇이 남았단 말씀입니까?"

"현호 군, 그 변명은 아버지를 만나서 하겠다. 아버지와 만나게 해다오."

"하하하."

웃고 있었다. 격해진 줄로 알았던 현호는 큰 소리로 웃으며 말했다.

"아버지의 뇌리에서 선생님의 존재가 오 년 전에 사라졌다는 제 얘길 안 믿으시는군요. 버섯과 고사리와 산새와 노루, 그런 것들만 상대해온 아버지는 자신의 이름마저도 기억 못하실지 모릅니다. 사람이라곤 저 하나를 일 년에 세 번쯤 대하시는데 저는 아버지의 이름을 부를 수가 없는 사람 아닙니까?"

"그래, 아버지가 날 못 알아보신다, 그 말인가? 그건 현호 군의 기우에 지나지 않아. 아버지는 나를 알아보신다. 반드시 나만은 알아보신다. 한시바삐 만나게 해다오, 현호 군!"

"그야 아버지가 반대하시더라도…… 아니, 아버지는 선생님을 포함한 인간 세상사를 깨끗이 잊고 계시니까 반대고 뭐고 없습니다만……. 만나게는 해드리겠습니다."

"고맙다, 현호 군……."

"그러나 한 가지만은 약속해주셔야겠습니다. 아버지께서 선생님을 몰라보시거나 거절하실 경우 더 이상 추궁하지 마실 것을……."

"약속하지, 약속하구말구."

"아버지는 일 년에 세 번에서 다섯 번쯤 저만을 만나주십니다. 장소는 세 군데로 한정돼 있습니다. 이곳 외에 D리가 한눈에 내려다보이는 봉우리, 그리고 대록봉 정상입니다. 다음 장소와 시일을 두 달 후 대록봉 정상으로 정하셨습니다. 시간은 으레 일출십니다. 비가 오나 눈이 오나 또 병에 걸렸거나 아버지는 한 번도 약속을 어기신 적이 없습니다."

현수는 하늘에라도 올라갈 것만 같았다.

현호와 헤어져 여관으로 돌아온 현수는 흡사 어린애처럼 노상 웃음을 짓고 있었다. 벽에 조용히 기대인 채 그냥 웃음 짓고 있었다. 뱃고동 소리가 들려온다. 여전히 목쉰 소리였지만 현수의 귀에는 구슬프거나 처량하게 들리지 않고 희망의 출범을 알리는 신호로 명확히 들려왔다.

그 두 달이 일 년, 아니 십 년처럼 초조하였지만 현수에게는 더할 나위 없이 즐거운 기다림이었다.

첫닭 울음과 더불어 일어나 출타 준비를 하고 있다가 동쪽 하늘이 희끄무레해지자 여관집 현관을 나서는데 봉수를 앞세우고 기호가 들이닥치었다.

"사람두, 엽서 한 장도 없이 이런 데 박혀 있으면 어쩌자는 건가?"

대답은커녕 화석처럼 꼼짝 않고 서 있는 현수가 기호의 눈에 수상하게 비쳤을 것은 말할 나위도 없었다.

"새벽부터 어딜 가나? 어서 들어가세. 할 얘기도 있구."

"아니네. 난 급히 가볼 데가 있어."

두 사람의 거동이 심상치 않음을 알아차린 봉수가 가운데 끼며 말했다.

"와 이린마, 아우! 기호랑 이리케 셋이 만나기가 쉽습마. 아마두 우리 일생에 두 번 다시 없기 쉽습메. 자, 어서 들어덜 가자구."

옷소매를 잡아끄는 봉수에게 현수는 조용히, 그러나 단호히 말했다.

"봉수 형은 먼저 댁으로 돌아가주시오. 난 기호하고만 긴히 할 말이 있어요."

"정 기리타문야……. 그럼, 난 그냥 가디만 말이웨. 니지비리디딜 말 구 꼭 와줘야 함매. 알았디 현수, 기호두?"

봉수가 사라지자 기호는 대뜸 말하였다

"어딜 가는진 모르지만 얘길 좀 하면 좋겠네. 그 사건 말이야. 며칠 전에 겨우 자넨 불기소가 됐어. 우선 안심하게."

"그런 건 아무래도 좋아."

"뭣? …… 이 사람이 더 심해졌군. 뭐 내가 공치사하는 건 아니네만 얼마나 애먹었는지 아나? 요는 현수가 서울에 없었기 때문에 힘이 두 배 나 들었어. 제발 좀 그러지 말게. 오늘 오후 비행기 편을 마련해놨으니 좀 쉬었다가 함께 올라가세. 봉수 형 편지를 받고 그냥 달려왔네. 마침 주말이기두 해서…… 아, 피곤하다. 이 집 빈 방 있을 테지?"

이제 현수는 민구의 생존을 기호에게 알려줄밖에 없다고 생각했다. 치사하게 거짓말을 해서 이 자리를 피하고 싶지 않았다.

"기호, 민구 알겠나? 양민구 말이네."

"양민구?"

"기호에게두 건망증이 있는가? 이 제주도 태생인 우리 중학 동창 말 이네."

"응, 응, 그런 친구 있었지. 생각나는군. 나중에 폭도가 돼가지구 우 릴 애먹인 자 말이지? 생각나는군……. 참 자네 손으로 죽였었지 아마?"

"맞았네. 참모장 명령에 의해 내가 죽였지……. 그런데 말이야. 그 민 구가 죽지 않고 살아 있네."

하고 나서 현수는 기호의 표정을 조심스레 주시했다.

"응, 응, 그리고 보니 나두 언젠가 얼핏 그런 말 들은 적이 있었네. 그렇지. 하이웨이 개통식 취재차 왔을 때였어. 십 년쯤 전이 되나? Y리의 민보 단장이던 영감에게서 들었는데 그 녀석 아주 폐인이 됐다더군."

현수가 받은 충격은 웃음이란 형태로 나타났다. 사실 우습지 않을 것도 없다. 민구의 생존을 기호는 이미 십 년 전에 알고 있었다는 사실—그리고도 저렇게 태연할 수 있는 기호를 현수는 웃지 않고는 못 배겼다.

"왜 그러나? 그자가 살아 있다는 것이 그토록 우스울 건 뭔가?"

"민구가 살아 있다는 사실이 우스운 게 아니라, 자네가 십 년 전에 이미 알고 있었다는 사실이 나는 우스운 거야. 좌우간 알았네, 기호. 자넨 어쩔 수 없는 사람이란 걸 말이네. 자넨 어느새 그런 사람이 되어 있었군. 아니, 자넨 애당초 그런 사람이었어. 몰라 봤네. 참말 몰라 봐서 미안하네."

현수는 말을 끝내자 쏜살같이 골목 밖으로 달음질치는 것이었다.

어리둥절하였던 기호는,

"현수!"

하고, 달려가는 현수의 뒷모습에 소리쳤으나 그는 한 번 뒤돌아보지도 않고 골목을 돌아 사라져버렸다.

대록봉 정상에도 안개가 흐르고 있었다.

현수의 마음은 참으로 잔잔했다. 조용히, 울렁이는 가슴을 달래며 민구가 나타나기를 기다렸다.

마침내 동쪽 바다 한 모퉁이가 유달리 훤해 온다. 붉은빛이 이어진다. 이윽고 골짜기에서 올라오는 조용한 발짝 소리가 들렸다. 그리고 저만치 사람의 그림자 하나가 나타났다. 현수는 조용히 다가갔다.

이쪽으로 오던 그림자는 발을 멈추고 접근하기를 기다리고 있었다.

"민구!"

"?……"

이쪽의 말을 못 알아들은 그림자는 고개를 한 번 갸웃했다.

현수는 몇 발짝 더 다가가며 역시 조용히 말했다.

"민구, 나야, 현수야!"

그다음 순간 그림자는 어깨에 메고 온 부대를 버리고 발길을 홱 돌려 골짜기 밑을 향해 달음질치기 시작하였다. 흡사 기습을 당한 짐승 바로 그것이었다.

현수는 잠시 어리둥절한 채 그 짐승의 뒷모습을 멀거니 바라보다가 그 그림자의 뒤를 고함을 지르며 따라 내려갔다.

"민구! 나를 어째서 피하지? 민구! 현수라니깐, 민구!"

그따위 소리는 아랑곳없다는 듯 그림자는 무서운 속도로 골짜기를 달려 내려갔다. 있는 힘을 다하여 뒤쫓아 내려가는 현수의 시야에 그림자는 겨우 들어왔다.

그림자는 한쪽 다리를 절고 있었다. 포수에게 화살을 맞고 필사적으로 도망치는 사슴……. 그 사슴을 향해 현수는 소리쳤다.

"민구, 멎어! 날 어째서 피하는 거야? 그토록 나를 기다렸다면서 왜 피하는 거지? 노했나? 내가 늦어서 노했군, 민구……."

골짜기 밑으로 내려선 그림자는 한 번 뒤돌아보지도 않고 경사진 언덕을 뒤덮은 수풀 속으로 잠겨버렸다.

현수는 필사적으로 뒤따랐다. 골짜기를 지나 수풀 속으로 뛰어들었다. 가시덤불을 헤쳤다. 얼굴이며 손이며 온통 상처투성이가 되고 옷이 갈기갈기 찢어져 나갔지만 현수는 가시덤불을 그냥 헤치고 헤치며 그림자의 뒤를 따랐다. 그 가시 덤불투성이의 수풀이 끝나는 지점에 이르러서야 겨우 현수는 그림자와 어깨를 나란히 할 수가 있었다. 옷이 갈기갈기 찢어지고 피투성이가 된 현수와는 달리 그림자는 호흡이 가빠지지도 않았고 태연했다.

"민구, 날 몰라보는 건가? 민구, 날 몰라보는 거야?"

"……."

걸음을 멈춘 그림자는 그제야 조용히 현수 쪽으로 고개를 돌렸다.

현수는 비로소 민구의 외모를 관찰할 수가 있었다. 주먹만한 구멍이 뻥 뚫려 있는 왼쪽 눈, 삼분의 이쯤이 달아나버려 흡사 말라붙은 오가리인 오른쪽 귀, 이마와 오른쪽 볼에 눈썹달만치의 크기와 깊숙한 흉터— 그것은 도저히 이십 년 전의 양민구는 아니었다. 반사적으로 현수는 뒷걸음질을 쳤고 하마터면 비명을 지를 뻔했다. 그러나 그때 도로 돌아서면서 빛을 남긴 민구의 한쪽 눈에 의해 현수는 목구멍까지 치밀었던 비명을 가까스로 삼키고 뒤를 따라갔다.

가시덤불이 엉킨 정글 저쪽은 고원이었고, 거기 지평선이 있었다. 아까와는 달리 민구는 목초를 밟으며 느릿느릿 두 발을 옮기고 있었다. 뒤쫓아간 현수는 겨우 민구의 걸음에 맞추어 걸으면서 말했다.

"민구, 얼마나 고생스러웠나? 날 얼마나 원망했나, 민구?"

"날 몰라보는 건가? 민구? 나야, 현수네, 안현수란 말이야."

"……."

민구는 대답은커녕 고개 한 번 돌리지 않고 목초를 밟을 뿐이었다.

현수는 그러한 민구를 두 가지로 해석할 수가 있었다. 그 하나는 현수를 완강히 거부하는 것이요, 다른 하나는 버섯과 고사리, 그리고 노루, 산새들하고만 살아온 민구는 외부 세계의 일체를 망각했거나 망각하기 위한 소치일 것이었다.

민구의 태도가 그 후자이기를 바라면서 현수는 그냥 따라갔다.

"나를 몰라보는 건가? 나를 용서 못하겠다는 말이로군. 그건 민구답지 못한 태도네. 자넨 이런 말 하지 않았나. 사형수가 사형 집행인을 원

망하는 법은 없다구. 오판인 경우라도. 내가 뭐 잘못했나? 난 집행인에
지나지 않았단 말이네. 사람이란 누구나가 의식적이든 무의식적이든 집
행인이 되게 마련이네. 그래, 난 집행인이 안 되기 위해 혼자 살아왔네.
사람을 피해 조용히 혼자 사는 방법만 궁리하고 또 실제 그렇게 살아왔
단 말이네. 자네처럼 산중에서 버섯, 고사리, 노루, 산새들하구만 살진
못했지만 그건 내게 땅이 없었기 때문이네."

"……."

"끝내 나를 용서 못하겠단 말인가? 아니면 날 몰라보는 건가? 아무래
도 좋네. 어느 쪽이라도 좋아. 민구 목소리쯤은 들려줄 수 있지 않나. 정
말 나를 몰라보는 건가 민구?"

이제, 고원에는 햇빛이 한껏 널렸다. 이슬에 젖은 목초들은 은빛을
발하고 있었다.

마침 어디서인가 들려오는 산새 소리와 더불어 민구의 한쪽 눈이 빛
나며 짤막한 그의 목소리가 현수의 귀를 때렸다.

"모르꾸다."

대록봉 기슭에서 시작되는 고원 한복판에서 꿩 한 마리가 푸드덕거
리며 날아올랐다.

그 언젠가 저와 똑같은 광경을 본 적이 있었다—고, 그런 생각을 하
고 있는 현수 곁으로 다가서는 그림자가 있었다.

"현수답군."

"……."

기호였다.

현수의 곁에는 민구도 봉수도 아닌 기호가 서 있었다.

"뒤따라왔나?"

"물론이지. 현수가 뭐라구 해도 우린 삼십 년간의 친우야. 적어도 나

에게 현수는 그래. 양민구가 살아 있다고 해서 금이 갈 순 없어. 물론 민구에 대한 자네 우정을 나는 나무라지도 않으며 간섭하지도 않아. 그러기 때문에 나는 현수 뒤를 밟았을 뿐, 뛰어들진 않았네."

"기호는 내게 무슨 말을 하려는 건가?"

"도대체 양민구의 생존이 그리 대수로운가? 죽은 줄 알았던 사람이 살아 있는 예는 너무나도 흔해. 여러 차례 혼란을 겪은, 지금도 겪고 있는 우리나라와 같은 사회에선 말이네. 나는 양민구의 입산을 절대로 용서할 수가 없어. 그 동기, 목적이 어떻든 간에 난 용서 못해. 그리고 오늘 민구는 현수의 우정을 거절했어. 현수, 자넨 제발 쓸데없는 생각 말구 스스로를 지키는 방법이나 강구해. 알겠나, 현수? 금수도 자위 방법을 몸에 지니고 있어. 자넨 스스로를 지키는 방법을 익혀야 해."

"자네처럼 말인가?"

현수답지 않은 반문에 기호는 반사적으로 선언하듯 말한다.

"독수리처럼 말이다! 무한한 창공을 홀로 유유히 날아다니는 독수리처럼 말이다!"

"……."

그때 또 한 마리의 꿩이 고원 서쪽 끝에서 날아올랐다.

"이십 년 전만큼은 못해도 제법 꿩이 많아졌군. 여러 기관, 단체에서 자연보호 캠페인을 벌인 효과를 보는 셈이군. 여러 사람의 힘은 큰 거네……. 참 자네 사건 말이야. 실은 퍽 재미있는 사건이라고 법조계에서 화제가 됐었어. 그 습지에 물이 일주일 이상 괴어 있었던 이유가 있었던 거네. 금년 홍수가 몇 년 만에 있는 큰 홍수라곤 하지만 몇 년 전에도 금년과 비슷하게 한강 수위가 불어난 적이 있었다더군. 그 습지는 그때도 잠겼었는데 하룻밤뿐이었다는군. 왠지 아나? 물이 빠지는 그 통로에 고속도로가 턱 막혔다—그 말일세. 그러니까 고속도로만 아니었던들 사고가 안 났을 게고 자네가 과실치사 용의자가 되거나 했을 턱도 없었네. 그렇다고 고속도로를 원망할 수는 물론 없는 일이 아니겠나? 문명의 발달엔 으레 희생이 따르기 마련이니까…… 아아, 졸린다. 현수, 그만 가세. 비행기 시간에 늦겠어."

"기호, 먼저 올라가게. 나 며칠 더 여기 있고 싶네."

"그건 좋지만 현수, 민구 따위를 다시 찾아가는 건 아닐 테지?"

"민구가 나를 엄격히 거절하는 것을 자네 눈으로 직접 보구서두 그런 말하나? 아무것두 묻지 말고 여기 좀 혼자 있게 해주게."

"알았다, 현수. 이건 말이다, 내 노자에서 남은 거다. 봉수 형 덕분에 자넬 대뜸 찾아서 필요 없게 됐어."

기호는 만 원 뭉치 하나를 휙 던져주고 돌아서는 것이었다. 기호의 성품을 잘 알고 있는 현수는 그의 호의를 거절할 엄두도, 그렇다고 대뜸 돈뭉치를 집어 들 엄두도 않고 멀어져 가는 기호의 뒷모습을 주시하고 있었다.

'독수리 같은 녀석……'

현수는 혼자 속으로 중얼거리고 있었다.

'기호, 자넨 독수리의 자위 방법만 알고 군조群鳥의 집단방어를 모르는 독수리 같은 녀석이야. 자네 물오리의 생태 모르지? 바다에서 강으로 먹이를 찾아 올라올 때 물오리가 어떻게 하는지 자네 모르지? 먼저 척후병 하나를 보내는 거네. 그다음에 셋을 보낸다. 함께 넷이 무사함을 확인한 연후에 수백 수천이 떼를 지어 밀려가는 거네. 또 아프리카의 어느 집단 약체 동물은 맹수가 동료 하나를 물고 갈 때 일제히 울음을 터뜨린다네. 그 울음소리에 맹수는 도망간다는 거네. 기호, 자네 어떻게 생각하나?'

기호의 모습이 수평선 저쪽으로 사라지자 현수는 비로소 고개를 돌렸다. 대록봉 정상에 검은 그림자 하나가 어른거렸다. 자세히 쳐다보니 어른거림이 아니요, 우뚝 서 있었다. 사람의 그림자에 틀림없었다.

'민구! 민구에 틀림없으리라.'

그러나 이제 현수는 민구가 서 있는 대록봉을 향해 달려가지 않았다. 거기 풀밭에 현수는 벌렁 누웠다. 풀을 만지며 현수는 생각했다. 이십 년 전 D리에서 민구의 처 순이가 죽으면서 자기를 기호로 착각한 것처럼 지금 수평선 끝으로 사라져 간 기호를 자기처럼 착각하고 있었는지도 모른 다는 그런 따위의 생각이 아니었다.

현수는 이제 스스로가 걸어가야 할 길을 생각하고 있었다. 민구처럼 땅도 없고 기호 같은 독수리식 자위 방법도 모르니 천생 물오리처럼 살아 야 한다고 생각했고 역시 봉수와 같은 물오리들 속에 이제 거리낌 없이 휩쓸려야 한다고 생각한 현수의 입 언저리에는 저절로 미소가 떠올랐다.

— 『방어』, 명서원, 1976. 7.

곽학송의 생애와 소설

_문혜윤

곽학송의 생애와 소설

1. 곽학송의 생애[*]

곽학송은 1929년[**] 평안북도 정주에서 아버지 곽문빈(현풍 곽씨)과 어머니 박문옥(밀양 박씨) 사이의 12남매 중 11번째, 5대 독자로 태어났다. 아버지는 농업에 종사하는 평범한 생활인이었지만, 3·1운동에 참여했다가 다리에 총알을 맞은 전력을 가지고 있다. 이 때문에 왼쪽 다리를 살짝 절었다. 아버지는 곽학송이 소학교를 졸업한 후 오산중학교에 진학하기를 바라 중학교 통학에 필요한 자전거를 미리 사올 정도로 외아들의 교육에 열의를 보였으나, 그 아들이 소학교 심상과 6학년이었을 때 세상을 떠나고 만다. 그래서 곽학송은 중학교 대신 소학교 고등과로 진학하게 된다. 이즈음 부친의 타계에 절망한 곽학송은 육군소년항공병에 지원해 일본 오오츠[大分]에 갔다가 두 달 만에 도망쳐 왔다고 한다.

1944년 조혼을 시키려는 어머니를 피해 서울로 가출하여 용산 철도

---

[*] 여기에 정리된 곽학송의 생애와 부록으로 실린 작가 연보는 곽학송, 『문학 속에 낚시 속에』(전원출판사, 1978); 곽학송, 「흔적」(《현대문학》, 1978. 5~1979. 11); 박인준, 「곽학송 소설 연구」(대구대학교 석사논문, 1999. 8) 등을 참고하여 작성되었다.

[**] 호적상으로는 1927년생으로 되어 있지만 실제로는 1929년생이라고 한다. 5대 독자인 곽학송의 조혼무婚을 위해 부친이 두 살 올려 출생신고를 한 것이다(박인준, 위의 논문, 16쪽).

학교 시험에 응시했다가 합격한다. 당시 철도학교는 관비가 지급되는 기술자 양성학교였기 때문에 학비를 걱정하지 않고 공부할 수 있었다. 그러나 철도학교에 다니던 중 어머니의 간곡한 요청으로 한 살 연상의 강미옥과 결혼을 하게 된다. 1945년 해방 되던 해에 철도학교를 졸업하고 고향으로 돌아가 철도국에서 근무를 시작하지만, 조선노동당의 정책에 협력하지 않아 '직무태만죄'라는 애매한 죄명으로 6개월간 옥살이를 한다. 이것이 결정적인 이유가 되어 1948년 월남의 길을 택한다. 곽학송의 뒤를 따라 홀어머니와 임신한 아내, 여동생도 월남하였다. 가족들이 서울에 도착했을 때는, 그가 친구의 권유로 '공비토벌대'의 일원이 되어 제주도에 가 있었을 때라고 한다.

곽학송은 1950년 5월 서라벌 예술학원 문예창작과를 수료하고, 6·25 발발 직후인 1950년 7월 국군에 자원입대했다가 전쟁이 소강상태로 접어든 1951년 5월 제대하여 서울 철도국에 복직했다. 중간에 몇 번의 휴직 기간이 있지만, 1945년부터 1957년까지 철도국 근무를 계속하였다. 어렸을 적에는 작가가 될 꿈을 가진 적은 없지만, 소학교 때부터 친구의 책을 빌려 읽는 것을 좋아하였고, 철도학교 시절에도 기숙사에서 소설을 탐독하였다고 한다. 해방 전에는 한글로 된 소설을 읽지 못했고 일본어로 된 소설, 일본을 통해 수입된 서양소설 등을 읽었는데, 해방 이후 김동리, 황순원, 정비석 등의 한글로 된 단편소설을 읽으며 감명을 받고 나서 소설을 써보자는 생각을 품게 되었다.

1951년 6월 《대전일보》 콩쿠르에 「마음의 노래」가, 1952년 《대한신문》 신춘문예에 「성종聖鐘」이 연이어 당선되었다. 그러나 전쟁 중이어서였는지 휴전 후에 다시 등단 절차를 밟는다. 1953년 《문예》 9월호에 「안약」으로 1회 추천을 받고, 11월호에 「독목교獨木橋」로 추천 완료되었다. 모두 서울역 전신대 앞에서 쓴 소설들이라고 한다. 이때부터 곽학송은 본격적인 작가 활동을 시작한다. 전쟁 후의 혼란 상태에서 등단지인《문예》가 폐간되는 등 발표 지면의 부족을 겪기도 하지만 이것은 잠시였다. 1955년 1월《현대문학》이 창간되는 등 전후 문단이 정비·팽창되었고, 이와 더불어 곽학송도《현대문학》에 매년 좋은 작품 두 편씩을 발표하겠다는 의욕을 보이면서 활발히 작품 활동을 해나갔다. 그리하여 1955년에는 「안악」과 그 이후에 쓴 8편의 단편을 묶은 첫 번째 소설집『독목교』가 간행되었다.

아버지를 이른 나이에 여읜 5대 독자 곽학송은 어머니의 지대한 관심과 사랑을 받으며 자랐다. 그만큼 어머니와의 관계가 친밀했다고 할 수 있다. 그의 자전소설『흔적』을 참고하면, 어머니는 아들의 조혼을 강행했던 사람이기도 하지만, 오랜 시간 아들을 의지해 살아온 만큼 아들과 며느리 사이를 질투했던 사람이기도 한 것 같다.『독목교』의 후기에서 자전적인 이야기라고 밝힌 바 있는 「석양」은, 첫 번째 이혼의 사유를 짐작케 하는 작품이다. 이 작품 속의 아내는, 남편과의 문제에 시어머니의 개입 혹은 생떼가 심해지자 어린 아들을 남겨두고 집을 나간다. 처음에는 별거 생활을 유지하다가 그러한 생활이 길어지면서 서류를 정리하게 된다. 어머니의 요구, 소망, 애원을 충족시켜야 하는 아들로서의 입장, 아내와의 불화와 이혼, 엄마 없이 자라는 아들에 대한 애처로움은 곽학송의 여러 소설에서 반복해서 등장하는 모티프이다.

그는 16세 때의 첫 결혼 이후 두 번의 결혼과 이혼을 더 거친다.《동아일보》1962년 9월 25일자에는 73세의 노모 박문옥 씨가 아들 곽학송과 며느리 이 씨를 존속학대 및 폭행치상으로 서대문경찰서에 고발했다는 기사가 실린다. 그리고 바로 다음 날인 9월 26일자에 노모가 노망이 들어 벌인 일로 아들과 며느리는 '혐의 내용이 없음'이 밝혀졌다는 기사가 다시 게재된다. 세 아내와의 이혼 사유가 전부 어머니와 관련되었던 것은 아닌 듯하지만, 곽학송이 홀어머니와 아내 사이에서 마음고생을 했던 것은 확실한 듯하다. 어쨌든 곽학송은 32세 때인 1960년에 이미 3남 2녀의 아버지가 되어 있었다.

1957년까지 철도에 종사하면서 가족들을 부양했고, 전업작가의 길에 들어선 이후에도 소설 이외의 원고들을 많이 썼다. 단편소설을 위주로 하던 창작 활동은 1960년대 들어 장편 연재 쪽으로 기울었는데, 『밀약의 선』(1961, 《국제신보》 연재), 『그 여자는 알고 있다』(1962, 《농원》 연재), 『백색의 공포』(1963, 《조선일보》 연재) 등은 모두 추리물이었다. 이 시기에는 익명이나 기명으로 시나리오를 수십 편 쓰기도 했다.

그런데 1960년대 들어 그의 작가 이력은 순탄치 않았던 것으로 보인다. 1964년 10월부터 《서울신문》에 연재하기 시작한 실명소설 『한강』은 소설에 등장한 한 정계인물의 후손이 '내 아버지는 그렇지 않았다'고 강력 반발하면서 1965년 3월, 147회 만에 연재가 중단되었다. 1965년 《대한일보》에 연재된 『검은 해협』은 기지촌을 중심으로 살아가는 양공주의 이야기인데, 《경향신문》 1965년 12월 2일자에는 곽학송의 부인 최성희 씨가 과거의 생활을 청산하고 새로운 삶을 살려고 노력하는 양공주 애니 박의 법적 후견인이 되어주고 있다는 기사가 실린다. 아마도 이러한 관계로 곽학송이 양공주의 이야기를 가지고 영화 제작에 손을 대었던 것으로 보이는데, 이때 영화가 실패하면서 가정적, 경제적 어려움에 직면하게 된다. 자전소설 『흔적』에서는 세 번째 부인과의 이혼 후에도 오랫동안 빚을 갚으며 살았다고 되어 있는데, 영화 제작 실패가 세 번째 이혼과 이후의 경제적 어려움을 초래했던 것 같다. 여기에 더해, 곽학송은 친구와 사상적 갈등을 겪으면서 한동안 술과 낚시로 소일하게 된다.

곽학송의 이력에서 낚시는 뺄 수 없는 것인데, 본격적인 낚시 행보는 1954년 망우리 고개 너머에 있는 '장자못'에서 시작되었다. 이날은 소설가 허윤석, 오영수, 시인 최재형과 함께였다. 곽학송은 문인낚시회의 일원이었고, 여러 낚시회의 회합에 꾸준히 참여했으며, 낚시를 하지 않는 주위 사람들을 낚시꾼으로 만드는 낚시 전도사이기도 했다. 전문적인 낚시 실력으로 《조선일보》에 상당 기간 낚시 방법에 관한 글을 연재하기도 했고, 최초의 낚시 전문 종합지인 《낚시춘추》의 편집인을 지내기도 했다. 또 해외로 낚시 여행을 떠났다가 월척을 낚아 신문에 기사가 실리기도 했다. 수필집 『문학 속에 낚시 속에』(1978)는 반 이상의 글이 자신의 낚시 편력과 낚시로 맺어진 친구들에 관한 것으로 채워져 있다. 낚시는 그에게 취미이자 삶의 낙이었다. 일신상의 어려운 일들을 낚시를 하면서 견뎌 나갔다고 할 수도 있다.

다소 문단과 멀어졌던 그는 1969년 시인 신동문의 격려로 중편 「집행인」을 탈고하여 발표하였고, 이를 개작한 「제주도」가 제1회 도의문학 저작상을 수상하면서 다시 본격적인 소설가의 길로 돌아온다. 1970년대의 단편에는 낚시가 소재로 등장하는 소설들이 많다. 「김과 리」, 「두 조우釣友」, 「노조사老釣士」, 「방어放魚」, 「도道」 등이 1976년에 간행된 두 번째 소설집 『방어』에 실려 있다. 이 소설들에서 낚시는 소설의 사건을 엮어 나가기 위한 매개가 된다. 「김과 리」는 '나'와 '김'이 떠나는 낚시 여행의 경로를 따라, 국군이었던 '김'과 인민군이었던 '리'의 이야기를 서술한다. '김'과 '리'가 6·25 발발 직전부터 어떤 관계를 맺었고 6·25의 와중에 어떤 입장에 처했다가 어떤 식으로 다시 만나고 헤어졌는지에 관해 기술하고, 지금은 낚시터의 뱃사공이 되어 살고 있는 '리'를 만나는 데서 끝난다.

곽학송은 1974년 가을 고혈압성 비출혈로 쓰러진다. 낚시 여행을 떠나려던 날 새벽 그의 동행이자 《낚시춘추》의 창간인이기도 한 한형주 박사가 코피 나는 그를 자기 병원으로 데려가 응급 지혈을 해주었다. 치료

비를 한푼도 받지 않고 치료해준 친구의 우정이 고마워서 금주와 식이요법을 해야 한다는 한형주 박사의 말을 열심히 따른 곽학송은 건강을 회복하게 된다. 그러나 혈압과 술은 그의 건강에 거듭 문제를 일으켰다. 1980년대 그의 소설에는 병후의 일상을 그리는 내용이 자주 등장하였다. 곽학송은 1989년 뇌졸중으로 다시 쓰러져 투병생활을 하다가 1992년 1월 3일 별세하였다.

2. 곽학송의 소설

곽학송의 소설적 시기는 다음과 같이 흘러갔다. 등단을 하고 활발히 작품 활동을 하던 시기, 애정·추리소설 연재나 영화 시나리오 작업에 몰두했던 시기, 「집행인」이라는 작품으로 다시 문단에 복귀하여 창작에 임한 시기, 건강상의 어려움 속에서도 창작의 끈을 놓지 않았던 시기.

그는 1951년부터 1989년까지 근 40년에 이르는 기간 동안 꾸준히 작품을 발표하여, 중단편 80여 편, 장편 15편을 남기고 있으며 소설의 경향도 여러 갈래이다.

첫째, 6·25전쟁을 제재로 한 '전쟁소설'이 있다. 이 책에 실린 다수의 작품, 『자유의 궤도』, 「독목교」, 「황혼 후」, 「완충지대」, 「김과 리」, 「해후군」 등이 여기에 속한다. 『자유의 궤도』는 6·25 당시 인민군의 수중으로 넘어갔던 90일 동안의 서울을, 「독목교」는 총알이 빗발치는 전쟁터를, 「황혼 후」는 수복 후 부역자 색출이 벌어지던 서울을, 「완충지대」는 전쟁 직전 삼팔선 접경 지역을, 「김과 리」와 「해후군」은 인물들의 과거 회상을 통해 전쟁터, 포로수용소 등에서의 이야기를 다루고 있다.

둘째, '자전적 경험을 반영한 소설'이 있다. 자전적인 경험이라고 하면 특히 5대 독자로서 어머니와 맺은 관계나 세 번에 걸친 결혼과 이혼에서 모티프가 나온 것인데 이는 고부간의 문제, 자신과 아내의 문제, 아내가 떠난 후 자식들과의 문제 등으로 연결된다. 허구적 변용이 큰 작품들이 있어 자전소설이라고 말할 수는 없으나 개인적인 사건이 소설화된 경우이다. 「석양」, 「반포지효」, 「백치의 꿈」 등이 여기에 해당한다.

셋째, '애정소설'이 있다. 1950년대 후반부터 1960년대 전반 《여원》, 《명랑》, 《소설계》 등의 잡지에 발표된 작품들로서, 남녀 간의 연애와 결혼 등 애정 문제를 기반으로 하고 있다. 불륜, 치정, 성폭행, 근친상간 등 민감하거나 극단적인 주제도 상당수 포함한다.

넷째, '추리소설'이 있다. 이 책에 실린 「태아」 등의 단편을 비롯하여, 『밀약의 선』, 『죽음의 창』, 『그 여자는 알고 있다』, 『백색의 공포』, 『도시의 그림자』와 같은 장편이 여기에 속한다.

다섯째, '역사소설'이 있다. 「진주함성」, 「의병」, 「장군 계백」 등이 그 예이다. '계백'은 정부 주도의 '문예 진흥 5개년 계획'의 일환으로 역사적 인물을 소설화하는 작업에서 곽학송에게 할당된 주제였다. 이를 제외하고 그의 역사소설에 자주 등장한 것은 조선 후기 의병이었는데, 이는 의병장 곽재우의 후손이라는 점이 작용했던 것으로 보인다.

그의 평생 취미였던 '낚시'와 관련된 작품들도 상당수 있으나 '낚시' 자체만을 다루었다기보다 「김과 리」처럼 낚시를 하면서 전쟁 때의 친구를 만난다거나 하는 식이므로 '낚시소설'이라는 장르로까지 분류하기는 어렵다. 그러나 그는 낚시에 관한 글을 신문이나 《낚시춘추》에 오랫동안 기고한 경험을 가지고 있으므로 '낚시수필'이라 불릴 만한 것은 상당량 존재한다.

여러 작품 경향이 혼재되어 나타나지만, 곽학송이 처음부터 끝까지 일관되고 집요하게 다루었던 문제는 '6·25전쟁'이었다. 그는 김성한, 장용학, 손창섭, 정한숙, 전광용, 이범선, 이호철, 선우휘, 오상원, 서기원 등과 비슷한 시기에 등단하여 활동한, 전후 '신세대 작가' 중의 한 사람이다. 몇몇 예외가 있기는 하지만 이들은 대부분 1920년대에 출생하여 1930년대에 학교에 입학하여 글을 배웠으므로 주로 일본어를 접하고 자란 세대이다. 6·25전쟁을 겪었고, 전쟁 직후(혹은 전쟁 직전이나 전쟁 중)에 등단하여 전쟁 시기의 체험을 기술하는 것으로써 자신의 문학적 이력을 시작한 사람들이다. 곽학송은 여기에 더해 북쪽의 정치 세력을 피해 월남, 1948년 제주도에서 '공비토벌대'로 활동(이때의 이야기가 이 책에 실린 「제주도」에 반영되어 있다), 군인으로 전쟁에 직접 참가했던 이력 등을 가지고 있으므로, 전쟁과 전쟁 전후 시기의 체험이 그의 작품에 중요한 제재가 되는 것은 당연해 보인다.

'6·25전쟁'이라는 소재는 그가 작품 활동을 했던 전 기간 동안 매우 빈번하게, 다양한 방식으로 등장하였다. 긴박한 전투 상황, 공산군이 밀고 들어온 서울에서 혹은 피란지에서의 삶, 수복 후 서울의 분위기, 자신을 비롯하여 어머니와 임신한 아내가 삼팔선을 넘었던 상황에 대한 기억, 포로수용소에 대한 이야기, 휴전 이후 남한의 정치 상황이나 전쟁 체험 세대의 후일담, 심지어는 전쟁 미체험 세대와의 비교 등 '6·25전쟁'의 그림자는 그의 거의 모든 작품에 드리워져 있다고 보아도 과언이 아니다. 따라서 곽학송의 소설에서 다루어진 전쟁이 어떠한 것이었는지를 파악하는 일은 그의 소설이 지닌 주제와 구조를 파악하는 중요한 통로가 된다.

1) 6·25전쟁, 반공, 그리고 소설의 구조

곽학송이 활발히 활동했던 1950년대에는 오영수의 「갯마을」(《문예》,

1953. 12), 장용학의 「요한시집」(《현대문학》, 1955. 7), 김성한의 「바비도」(《사상계》, 1956. 5), 서기원의 「암사지도」(《현대문학》, 1956. 11), 선우휘의 「불꽃」(《문학예술》, 1957. 7), 송병수의 「쑈리킴」(《문학예술》, 1957. 7), 박경리의 「불신시대」(《현대문학》, 1957. 8), 오상원의 「모반」(《현대문학》 1957. 11), 손창섭의 「잉여인간」(《사상계》 1958. 9), 이범선의 「오발탄」(《현대문학》, 1959. 10) 등이 발표되고 있었다. 이렇듯 암시적으로, 비유적으로, 직접적으로 전쟁과 인간 실존의 문제를 다루는 것이 1950년대의 주요 경향이었다. 그런데 곽학송은 손창섭처럼 음울한 분위기를 형성하거나 장용학처럼 우화, 요설 등을 차용하거나 선우휘처럼 직설적이고 남성적인 화법을 구사하지 않았다.

곽학송의 소설은 전쟁터, 치안대 사무실, 집, 직장, 방공호 등에서 벌어지는 실제적인 사건에 초점이 맞추어진다. 추천 등단작 중 하나인 「독목교」는 6·25전쟁 중의 전쟁터를 배경으로 한다. 「제주도」는 4·3사건 당시의 전투를 보여주며, 「해후군」은 과거 회상을 통해 전쟁터에서의 이야기를 서술한다. 총알이 빗발치는 전쟁터에서 갓 입대한 병사들을 몇 번의 사격 연습만 시키고 전투에 내보냈던 이야기, 사망자와 실종자 이름을 바꿔 표기하는 바람에 살아 돌아온 실종자의 이름이 없어진 이야기 등 전쟁터에서 벌어졌던 사건을 다루고, 그러한 사건을 회상하는 1960년대의 시점에서 제대 후 전우들의 후일담을 적고 있다. 마땅한 일자리를 잡지 못해 생활의 곤란을 겪거나, 경제적인 궁핍으로 친구들에게 '구걸'을 하러 다니거나 군인이었을 때 부하였던 사람의 도움으로 회사의 고위 관리로 승격되는 일화 등이 등장한다.

그리고 곽학송의 소설에는 결국은 6·25로 이어지는(6·25를 추동한) 굵직한 사건들, 정치적·역사적으로 민감한 사안들이 자주 등장한다. 6·25전쟁이 민족통일을 위한 내전, 유엔군과 중공군까지 참여한 국제

전, 이데올로기 분쟁의 대리전 등의 복합적인 성격을 지닌 것임은 주지의 사실이다. 6·25가 발발하기까지 국내의 정세와 국제적인 힘의 역학 관계가 복합적인 구도로 작용하였다. 「제주도」에서 다루는 4·3사건이나 「완충지대」에서의 북파 간첩에 관한 이야기도 6·25의 영향력 아래에 포섭된다. 「제주도」는 빨갱이로 몰아 처형한 사람들이 우익 인사들이었다든가, 군인들이 마을의 여자를 성폭행했다든가 하는 일화를 보여주고 민간인에게 총을 무차별 난사하고 마을에 불을 지르는 일명 빨갱이 소탕작전이라는 것의 실상도 보여준다. 『자유의 궤도』나 「황혼 후」는 서울 수복 이후 부역자들의 처결 과정에서 심문뿐 아니라 고문이 자행되었던 것을 알려준다.

이렇듯 그의 소설에는 정치적으로 민감한 사안이 자주 등장하지만, 작가의 목소리가 정부 비판적이지는 않다. 『자유의 궤도』의 '안현수'는 피란을 가지 못해 직장에 나갔을 뿐인데 부역죄로 고문을 받고 목숨을 위협받는다. 한강 다리까지 폭파하며 피란을 갔던 정부는 돌아오자마자 가장 먼저 서울에 남아 있던 사람들을 분류하고 심사하고 처형하였다. 90일간 현수가 서울에서 어떻게 지냈는지를 알고 있는 독자들은 그의 체포와 구금, 고문 등의 과정이 부당하다고 생각하지만, 작가는 주위의 그 누구도 원망하지 않는 현수를 그린다. 「황혼 후」에서는 부역의 정도에 따라 사람들을 갑, 을, 병, 정의 네 단계로 구분하여 처형, 무기징역, 투옥, 방면하였던 이야기를 다룬다. 판정관으로 등장하는 소설의 주인공은 억울한 사람이 없도록 하기 위해 신중을 기해야 한다고 말한다. 그런데 자신이 무기징역으로 처리한 인물을 처형하도록 명령한 검사의 입장도 어쩔 수 없는 것이며 이해할 만하다는 태도를 보인다. 당시의 부역 심사가 무원칙적이었던 것이 아니라, 일정한 기준에 입각해 정식 절차를 거쳐 이루어졌다는 점을 강조하는 듯하다. 「제주도」 역시 마찬가지인데,

제주도에 거주하는 사람들이라면 모두 '빨갱이'로 보는 당시의 시선이 어느 정도 개입되어 있다. 그래서 진압을 위해 민간인에게 총을 발사한다든가 하는 일들이 정당한 것이었다는 식의 관점이 개입되기도 한다.

「독목교」에서는 전략상 가치가 없는 고지를 사수해야 한다면서 무리한 전투를 감행해 소대원을 거의 전멸시킨 '이덕호' 중위의 입장을 이해하게 되는 과정을 그린다. 부사관 '김영수'는 발을 다친 덕호를 데리고 후퇴하던 중 덕호 때문에 죽은 부하들을 생각하며 혼자 외나무다리를 건너버릴까 생각한다. 하지만 무모한 명령을 내린 것은 덕호가 아니라 연대장이었다는 새로운 사실을 알게 되면서 공연히 덕호를 미워한 자기의 행동을 뉘우친다.

「완충지대」에서 북으로 넘어갔다가 붙잡혀 옥살이를 했던 '돌쇠'는 남한으로 돌아와 그런 사람들이 거쳐야 하는 교육대에 들어가게 되는데, 자신을 배신자로 오해하는 사람들에게 따지기 위해 교육대를 탈출한다. 돌쇠는 그만큼 우직한 사람이었던 것이다.

「제주도」에서는 '민구'가 빨치산이 될 수밖에 없었던 가슴 아픈 사연, 그것이 사실은 '빨갱이'를 설득하려는 것이었다는 점을 이야기한다. 민구는 인간적으로는 이해받지만 그래도 처형되어야 하는 사람이었다.

「김과 리」에서 국군인 '김'과 인민군인 '리'는 소주와 통조림을 교환하기 위해 삼팔선의 경계인 넓이 5미터도 채 되지 않는 개울에서 처음으로 만나 어색한 인사를 나누고, 다음번에는 자신의 이야기를 하게 되고, 또 그다음 번에는 전쟁터에서 적군이 되어서도 서로의 목숨을 구명해주는 우정을 나눈다. 김이 보기엔 '진빨갱이'인 리, 그리고 리가 보기엔 '악질반동'인 김은 자신의 이념과 배치되는 우정을 위해 노력하는 인물들이다. 하지만 결국 김의 우정은 리를 떳떳한 대한민국의 시민이 되게 해주는 데 있다는 점에서 곽학송의 정치적 지향이 드러난다.

「시발점」은 4 · 19 때의 이야기를 다루는데 이승만 정권의 비도덕성을 비판하는 것에는 동조하지만 그것이 정권교체의 필연성으로까지 이어지지는 않는다. 곽학송은 대부분의 인간이 선의를 가지고 있다고 믿는다. '그래도 착한 사람이 더 많다'는 긍정적인 가치관이 정치적 지향과 연결될 때 보수적인 견해의 강화를 가져오는 것이 사실이다.

곽학송은 자신이 사상적, 정치적으로 반공주의자임을 여러 차례 표명한 바 있다. 북한 노동적위대의 실상을 고발한『노동적위대』를 출간하면서 그 후기에서 자신은 주위 사람들에게 '공산당 노이로제 환자'라는 놀림을 받곤 하지만 "공산주의자 중에서도 극악스러운 김일성 도당이 우리나라 영토 북녘에 도사리고 앉아 내가 살고 있는 땅을 노리고 있기 때문"에, 그리고 공산당을 직접 체험해보지 않고 마르크스 레닌주의에 물드는 남한 학생들 때문에 항상 '불안'하다고 말하였다.* 반공문학 작품집이라는 시리즈가 묶일 때 소설선의 1번으로 곽학송의 소설선집이 나왔고 그 후기에서 "진실된 모든 문학은 반공문학"이라고 말하고 있거니와** 전쟁과 관련된 한 심포지엄에서는 "6 · 25세대(동란 중에 작품 활동을 시작한 작가 · 시인들)의 일원인 필자에게 있어서는 반공이란 곧 자유와 민주주의를 뜻하며 반공문학은 '참다운 문학'으로 직결된다"***고 말한 바 있다. 반공문학상을 받은 경력도 있다.

그러나 곽학송은 선우휘가 그랬던 것처럼 반공 이데올로기를 전파하고 역설하는 데 앞장서는 '반공 이데올로그'는 아니었다.****『자유의 궤도』의 '안현수'가 근무가 없는 날 '철도통신약어'를 연구하고 있는 것과

* 곽학송 편, 「후기」, 『노동적위대』, 백민사, 1970, 246~249쪽 참조.
** 곽학송, 「후기」, 『낯설은 골짜기』, 신기원사, 1981, 273쪽.
*** 곽학송, 「참여문학고考」, 『문학 속에 낚시 속에』, 전원출판사, 1978, 44쪽.
**** 한수영, 「윤리적 인간, 혹은 반공이데올로기의 기원」, 『사상과 성찰』(소명출판, 2011)에는 '행동주의' 적 문학의 대표 주자이자, 반공 이데올로그로서의 선우휘의 모습이 상세하게 다루어지고 있다.

비슷하게, 작가도 앞에 나서기보다 낚시 등과 같은 '외로운 사업'에 골몰하는 것을 더 선호하였다. 『자유의 궤도』는 반공 호국적인 제목을 달고 있지만 그 내용까지 그렇지는 않다. 서울 수복 이후, 인민군이 서울에 들어왔을 때 피란을 떠났던 도강파와 서울에 남아 있던 잔류파 사이의 부역 문제 심사로 두 파 사이에 골이 생긴다. 곧 미군이 온다는 선전용 방송을 믿었거나 정부가 다리를 폭파하는 바람에 강을 건너지 못했던 많은 사람들이 부역자로 몰렸던 문제적인 사건이었다. 곽학송의 잔류파에 대한 태도는 극단적이지 않다.

그러나 내가 이들 앞에 죄인처럼 끌려 나올 까닭은 무엇이며, 이들이 나를 데려올 권한이 어째서 있단 말인가? 결국 그들과 나는 마찬가지인 것이다. 그들이 지난 석 달 동안 그 이전에 만지던 펜과 종이와 장부 대신 선로의 풀을 뜯고 있었거나 아니면 삽이나 곡괭이를 들고 복구작업을 하였던 것처럼 말하자면 그들이 육체노동자로 전락하였던 것처럼 나 역시 전신대와 전보용지와 연필을 버리고 펜치와 삽과 곡괭이를 잡고 있었던 것이다. 다름이 있다면 그들은 서로 그러한 자기네의 행동들이 진의가 아니었다는 이야기를 확실히 주고받았다는 데 비해 나는 그 누구에게도 나의 진심을 말할 필요가 없었다는 것뿐이다. 그것이 무슨 중요성이 있단 말인가? 자기의 진심을 남에게 말한다는 것은 퍽 믿을 수 없는 말이다. 또 우스운 이야기다.

(138~139쪽)

"제가 그 몹쓸 놈들과 휩쓸려 다닐 때 왜 안 선생은 잠자코 계셨어요……."

현수는 번개같이 머리를 스치는 것이 있었다. 순이의 말대로 그때 내가 순이의 행동을 말렸던들 오늘 순이는 죽어가지 않을는지도 모르는 것이다. 그러나 현수는 역시 순이를 말릴 수가 없었던 것이다. 그건 순이를 사랑하지 않은 탓이거나 경혜가 있었던 탓이거나 한 것은 아니다. 형태야 어떻든 간에 진심에서 우러나온 것이라면 무슨 짓이라도 의의가 있다고 생각했었고 지금도 역시 그런 것이다. 그때도 순이가 나쁜 것이 아니다. 순이의 마음은 잠시도 잘못됨이 없었을는지도 모르는 것이다.

(124~125쪽)

첫 번째 인용문은 부역 심사가 얼마나 자의적이었는지를 드러낸다. 두 번째 인용문은 좌익운동에 참여했던 '순이'를 이해하는 현수의 모습을 보여준다. 현수의 주위에는 '기호'(우익)라는 친구와 '강'(좌익)이라는 상사가 있다. 기호는 인민군을 피해 도망가자고도, 지하활동을 하는 자신들의 무리에 함께 참여하자고도 했다. 또 강은 공산당에 입당하라고 압력을 가했다. 그러나 현수에게 그런 식의 선택은 체질적으로 맞지 않았다. 결국 현수는 국군이 들어온 후 인공치하에서의 행적이 문제되어 고문을 받으면서도 어느 편에도 속하고 싶지 않다는 기존의 주장을 되풀이한다. 그는 "이 순간의 행동 여하로(엮은이: 고문하는 사람이 원하는 방향으로 진술을 하여서) 나라를 위하여 싸운 투사가 되기도 하고 적군의 협력자가 되기도 하는 그런 것은 좀 우스운 노릇"이라고 생각한다.

곽학송의 여러 소설에는 '안현수'(때로는 '경수'), '이기호'라는 동일한 이름을 가진 인물이 등장하는데, 그 둘은 같은 고향에서 자라 같은 학교를 다닌 친구(때로는 절친한 직장 동료) 사이이다. 현수가 공비토벌대로 제주도에 가게 된 것은 기호의 권유 때문이었으며(「제주도」), 부역 문제로 목숨이 위태로울 때나 탈영으로 인해 처형의 위험에 처했을 때 구해준 사람도 기호였다(『자유의 궤도』, 「제주도」). 그리고 기호는 휴전이 되기 전에 제대한 현수와는 달리 낙동강 전선에서 압록강 초산까지 진격한 경험이 있고, 제대 후에는 신문기자와 논설위원으로 활동한다(「해후군」, 「배족」, 「제주도」). 기호는, 현수처럼 직무태만죄와 같은 별 볼일 없는 죄명으로 옥살이를 하는 바람에 월남한 것이 아니라, 강양욱이라는 북한 고위 관료를 암살하려다 실패하여 월남한, 그야말로 우익 청년을 대표하는 인물이다. 투철한 반공신념을 가진 행동파이다.

곽학송의 소설에서 작가를 대리하는 인물은 이기호가 아닌 안현수이다. 안현수가 현실에 대처하는 방식, 전쟁을 대하는 태도 등은 작가 곽학송이 손창섭이나 장용학처럼 전쟁을 비유적으로 사고하는 것이 아니고, 선우휘처럼 이데올로기(입장)를 설파하려는 자세를 가지고 있는 것도 아니라는 점을 보여준다. 현수는 감정이나 정치와 같은 '관계의 방식'에서 벗어나 '실제를 살기' 원한다. "적어도 그들이 꽁무니에 펜치를 차고 전주에 올라가 눈 아래서부터 끝없이 뻗친 철길을 바라보면서 전선을 이을 때는 이미 그들은 지배자를 생각하지는 않았던 것입니다. 그때의 그들의 모습은 무엇보다도 성스러운 것이라고 나는 생각했습니다"와 같은 진술이 이를 뒷받침한다. 하지만 전쟁의 와중에 관계를 벗어난 개인이 되고자 했다는 점에서 소설 자체가 이미 입장의 균열을 예비해놓고 있는 것이기도 하다. 전쟁의 상황은 이러한 인물의 '비정상성'을 더욱 강조하는 효과를 낳는다.

곽학송의 소설에서 6·25가 미치는 영향은 비단 전투 상황이나 피란의 문제만이 아니다. 6·25는 발발 이전부터 휴전 이후까지 그의 소설 속 인물들에게 영향을 미치는 사건이다. 곽학송은 한국 사회의 현재적인 모습이 6·25로 인해 형성되고 변형되었으며 그가 살았던 시점까지 영향을 미치는 광범위한 사건이라 여기고 있는 듯하다. 곽학송이 언제나 반공을 강조하는 것은, 한국이 '종전終戰'이 아닌 '정전停戰'의 상태이기 때문이었다. 곽학송이 보기에, 6·25 이전의 정치적 문제들은 6·25로 수렴되었고, 6·25 이후에는 전쟁의 영향이 계속되고 있다.

2) 전후戰後의 인간, 의혹과 주저의 불완전한 개인

전쟁의 영향이 현재진행형이라는 곽학송의 인식 때문인지도 모르나 그는 전쟁과 관련된 이야기를 평생의 소설 화두로 삼았다. 그것도 실제적인 방식으로 말이다. 그런데 한 가지 간과할 수 없는 사실은 그의 소설에 심리나 의식의 흐름에 따른 진술이 상당히 많다는 점이다.

『자유의 궤도』는 주인공 현수의 끊임없는 생각의 연쇄를 보여준다. 예를 들어 인민군이 들어온 이후 집의 천장에서 지내던 현수가 방으로 뛰어내리자 어머니는 '방금 사람이 다녀간 것'을 알면서 왜 이런 행동을 하느냐며 놀란다. 그러나 이런 어머니를 현수는 이해할 수 없다.

> 알 수 없는 일이다. 어머니가 나의 태도를 염려할 필요는 없는 것이다. 금방 나를 데리러 사람이 다녀갔다는 사실과 지금 내가 천장에서 뛰어내린 것과는 아무 상관이 없다. 관리자가 바뀐 일터에 나가야 되느냐, 그대로 천장에 숨어 있어야 하느냐를 나는 생각한 적이 없기 때문이다. 그런 것은 아무런 중요성이 없는 일이다. 애당초 천장에 거처를 정한 이유도 그런 때문은 아닌 것이다. 공산군의 출현과 함께 몸을 감춘 숱한 사람들처럼 생존의 위협을 느낀 탓은 아닌 것이다. 오직 나는 짧은 시간에 급작스레 달라진 주위가 어색하였을 뿐이다.
>
> (35쪽)

이러한 그의 태도는 작품의 전편에 걸쳐 일관되게 나타난다. 그는

'아무런 신경을 쓰지 않고' 직장으로 나가 일을 하고, 수복이 된 이후에는 그동안의 일이 피곤하여 며칠 쉬기로 결심하고 나가지 않는다. 그의 결정과 그에 따른 행동은 모두 그의 의식에 의해 이루어지는 것이지 주위의 상황에 영향을 받지 않는다. '나 자신'을 되찾고, 유지하려는 것이 『자유의 궤도』의 주인공 현수가 추구하고자 하는 바다.

"순이가 내 말을 듣고 싶어하는 그런 마음을 버리시오. 나의 말이 순이에게는 아무 소용이 없는 것입니다. 이 시간에 있어서, 또 어느 시간에 있어서나 순이가 그렇게 혼자 서 있는 것처럼 순이와 나 사이에는 이만치 거리가 있는 것처럼 순이의 마음도 그렇게 혼자 있는 것입니다"라거나 "그가 나의 마음을 알아준다는 사실, 그런 것은 아무런 가치가 없는 일인지도 모른다. 상대가 수장이 아니고 설사 어마어마한 권력을 가진 사람이더라도 아무런 가치가 없는 일이다. 남이 나를 알아주거나 그렇지 않거나 나는 어디까지나 나대로 있는 것이다"와 같은 서술을 통해 '나 자신'이 무엇인지 찾고자 하는 작가의 주제의식이 나타난다.

전쟁을 빼놓고 그의 작품을 설명하는 것은 무리지만, 자세히 살펴보면 그의 작품은 전쟁을 차용하긴 하되 전쟁 그 자체에 중점을 두지는 않는 경우가 많다. 예를 들어 첫 번째 소설집 『독목교』에 실려 있는 「지구전」은 전쟁터에서 두 사람의 경쟁 심리가 본격화되는 작품이다. "김 상사 나는 드디어 너를 죽였구나"라는 문장으로부터 시작한다. 나의 앞으로 다가서며 어서 죽여달라고 매달리던 너에게 자동소총을 세 발 쐈다는 이야기다. 그들은 부대에서 떨어져 나와 골짜기를 헤매고 있었다. 학창 시절, 하사관 임명 등의 모든 과정에서 그에게 뒤처졌던 나는 그가 사랑한 여자를 함께 사랑했다. 그런데 그것은 단순히 그와의 경쟁심 때문이었다. 그리고 '어차피 그 여자는 자신이 먼저 차지했기 때문에 너는 진 것'이라는 김 상사의 말에 격분해 총을 쏘게 된 것이다. 그와 나 사이의 경쟁구도에 관한 서술이 대부분을 차지하는 이 소설은 전쟁터가 배경이어야 할 이유는 없다.

추천 등단작 중 하나인 「안약」에서 주인공 종수는 군인이다. 작은아버지가 종수에게 전선戰線의 상황을 물어보는 장면이 등장한다. 하지만 그가 군인이라는 점은 명백하게 확인되지 않으며, 휴가를 나와 있는 상태인지 제대를 한 것인지도 밝혀지지 않는다. 이 작품은 눈이 점점 실명 상태에 가까워지고 있는, 다락방에 누워 죽을 날을 기다리는 할머니가 종수가 가지고 오는 안약을 기다린다는 것, 할머니의 당부를 기억하지 못했던 종수가 며칠 후 다시 안약을 사가지고 할머니께 가지만 이미 돌아가신 후라는 것이 중심이다.

『자유의 궤도』의 후기에서도 곽학송은 다음과 같은 말을 한 바 있다.

"그러니까 (엮은이: 오랫동안 철도국에 종사해왔기 때문에) 나는 이 소설의 무대를 철도로 한 것은 지극히 당연하지만 시간은 반드시 6·25동란으로 설정하여야 한다는 아무런 이유도 없다. 다만 인간의 본성이란 전쟁과 같이 절박하고 격동하는 시간에 보다 더 여실하게 탄로된다는 말을 믿었던 것이며 실지 나는 6·25동란으로 철도가 완전히 마비상태에 빠지고 누구나가 긴장되었을 때 좀 더 정확하게 그 '무엇'을 느꼈던 것이며, 그 '무엇'에 지배당하고 있는 수많은 인간을 보았던 것이다."*

하지만 역설적이게도 『자유의 궤도』에서 느꼈던 그 '무엇'이라는 것은, 인간은 혼자일 수 없다는 점에 대한 끊임없는 환기였다. 전쟁은 현수를 환경으로부터 동떨어진 개인으로 만들어주지 않았다. 그는 주위를 전혀 신경 쓰지 않지만, 그럼에도 불구하고 그를 폭사爆死의 위험에 빠뜨리거나 고문을 받게 하거나 어딘가의 가입을 요구하거나 하는 것들은 모두

---

* 곽학송, 「후기」, 『자유의 궤도』, 노동문화사, 1956, 253쪽.

전쟁 때문이다. 다른 모든 것과의 관계를 끊은 독립된 개인으로 돌아가려는 그의 노력과 전쟁으로 인해 유발되는 사건들은 끊임없이 모순을 빚는다. 그럼으로써 개인의 자유라는 것이 어디까지 가능한 것인가에 대해 질문하게 만든다. 곽학송은 '남한에서도 필화사건이 있긴 하지만 작품을 검열 없이 발표할 수 있는 자유를 사랑한다'고 말한 바 있다. 그 자유라는 것은 결국 정부가 주는 것이다. 전쟁이라는 것도 마찬가지이다. 그는 논리적인 어투로 서로 상관이 없는 것임을 거듭 강변하지만, 주위의 사건과 사람들은 그를 자꾸 옭아 넣는다. 세상을 이해하고 설명하려고 하나 그가 가장 먼저 느끼는 것은 '어색함'이라는 감정적인 반응이라는 점도 마찬가지이다. 전쟁은 실존의 한계 상황이다. 이 한계 상황에서 인간의 행동을 시험해보는 것이 곽학송 소설의 의도인지도 모른다. 전쟁을 통과했을 때에만(전쟁을 겪는 과정에서만) 나타날 수 있는 새로운 형태의 인간형이다. 이것을 '전후의 인간형'이라고 이름 붙일 수 있을 것이다.

「안약」에서 종수의 어머니는 시집올 때 혼수를 넉넉하게 해오지 않은 것에 대해 타박을 받다가 자살했고, 아버지는 술만 마시면 아내의 죽음이 할머니 탓이라고 원망하다가 자살했다. 종수는 할머니를 싫어해야 마땅하지만 그의 생각은 '이것'과 '저것' 사이를 끊임없이 왔다 갔다 한다. '이것이 맞지만 어떻게 생각하면 또 저것도 맞다, 이것도 틀리고 저것도 틀리다'와 같은 식의 의식의 흐름이 문장을 구성하면서 곽학송 특유의 의혹과 주저의 문체가 나타난다. '나 자신'으로 돌아가기 위한 노력으로 이것과 저것에 대해 생각하고 비교하고 결론을 내리는 서술이 등장하는 것이고, 그로 인해 의혹과 주저의 문체가 만들어진다.

「안약」에서 드러났던 생각의 패턴과 그로 인한 의혹과 주저의 문체가 「독목교」에서 사라진 것은 아니다. 당장 달려가서 연대장을 죽이겠다는 덕호의 입장은, 더 많은 병사를 살리기 위한 것이었던 연대장의 입장을 이해하지 못하는 것은 아닌지, 즉 덕호와 연대장의 관계는 소대원을 두고 자신(영수)과 덕호가 빚었던 갈등의 확대판은 아닌지 생각을 하게 되는 것이다.

「태아」는 요정의 마담인 엄마(이월선)에게 치근덕대는 남자를 살해한 소년의 이야기다. 여러 사람이 용의자로 지목되지만 범인은 잡히지 않고 사건은 미궁에 빠진 채 종결된다. 그러나 소설가 '윤상주'는 그 소년이 범인임을 예감하고 있었다. 그 소년은 알고 보니 자신의 아들이기도 했다. 세월이 흐른 후 이월선의 묘 앞에서 조우했을 때 상주는 소년을 두고 생각한다. '법률시효가 끝나려면 5년이 더 필요하지만 너는 불안해할 것 없다. 너는 아직도 어머니의 뱃속에 있는 태아니까'라고. 하지만 이 소설은 이월선—윤상주—살해당한 그 남자의 과거 애정 관계에 집중하는 소설이지 이월선과 아들의 관계에 집중하는 소설은 아니다. 다른 작품에서도 이러한 논리적인 비약이 자주 나타난다. 「시발점」에서 4·19데모에 나선 영배가 반드시 죽었을 것이라는 추측 등이 그것이다.

「안약」에서는 할머니가 죽으면서 종수를 걱정했다는 이야기를 듣고 나서 종수의 심리가 전환되지만 이는 다소 억지스럽다. 「환영」은 판단과 그것의 번복, 주저와 갈등의 심리적인 추이가 전면에 나타나는 작품이지만 '생각을 위한 생각'인 경우가 많다는 점에서 성공적인 작품은 아니다. 아버지로부터 외면당하고 아버지가 밖에서 낳아온 딸들로부터 무시당하고 사는, 또 전적으로 그들의 그런 행동에 영향을 받지 않고(신경 쓰지 않고) 사는 그의 눈앞에 '그놈'이라는 환영幻影이 나타난 것은 이부異父 여동생의 육체를 범하고 나서부터이다. 그는 이 행위가 타당하다는 결론을 내리게 되기까지의 과정을 설명하지만, 나를 노려보는 '그놈'이 나타났다는 것은 어쩔 수 없는 죄책감의 표현이다. 그녀를 임신시키고 아내로 삼는다는 이야기를 통해 말하려는 주제, 이야기를 그렇게 전개시켜나가는 이유를 뒷받침할 만한 내용이 부족하다. 이러한 다소간의 억지, 논리적인 비약의 근거는 '설명이 불가능한' 전쟁의 속성과 맞닿아 있다.

인간은 주위의 관계와 상황—특히 그것이 전쟁과 연관될 때—으로부터 벗어날 수가 없다. 내가 나임이 명백해지는 것은 살아 있다는 '사실'로부터 나오는 것이지만, 전쟁은 비논리적이고 불가해한 방식으로 끊임없이 나와 관계를 맺는다. 따라서 곽학송의 인물이 드러내는 주저와 의혹, 그로부터 빚어지는 억지와 비약은 전쟁을 거친 인간이 가지는 의식이라고 할 수 있다. 이것이 곽학송의 거의 모든 작품에 전쟁의 그늘이 드리워졌다고 말하는 또 다른 이유이다.

6·25전쟁은 40년에 이르는 곽학송의 소설 이력에서 매우 중요한 소재이자 주제이다. 비단 전쟁의 장면이나 전쟁 때의 일화가 등장하기 때문은 아니다. 직접적인 전쟁의 체험, 전쟁을 통해 형성된 의식의 구조는 전쟁을 다루지 않은 그의 다른 경향의 작품들에도 일정한 영향을 미친다. 때문에 곽학송의 '전쟁소설'을 다시 읽는 일은 곽학송을 새롭게 이해하는 첫 번째 단계가 된다.

1929년   평안북도 정주에서 부 곽문빈, 모 박문옥의 12남매 중 11번째, 5대 독자로 출생.

소학교 심상과 4학년 때, 전학 온 친구로부터 요시카와 에이지〔吉川英治〕, 야마나카 미네타로〔山中峯太郎〕의 일본소설, 어린이들이 쉽게 읽을 수 있도록 꾸민 서양소설 등을 빌려 읽음.

소학교 심상과 6학년 때, 부친을 여읨. 부친 타계 후 경제적 문제로 중학교 진학을 포기하고 소학교 고등과로 진학.

1943년   부친의 타계에 절망하여 육군소년항공병에 지원해 일본 오오츠〔大分〕에 갔다가 두 달 만에 도망쳐 옴. 중학생 모자를 쓴 소학교 동창들이 보기 싫어 고성에 있는 큰누나 집에 가 소설을 읽으며 지냄. 한글로 된 책은 구하기 어렵고, 한글이 서투르기도 하여 한글 소설은 읽지 못함.

1944년   용산 철도학교에 입학하여 전신 기술을 배움. 학교 기숙사에서 북유럽의 소설과 희곡, 일본의 단편소설을 읽으며 지냄.

7월 20일, 한 살 연상인 강미옥과 결혼.

1945년   용산 철도학교 졸업. 철도국 근무(~57년).

1947년   '직무태만죄'라는 죄명으로 6개월간 옥살이.

1948년   10월, 정국이 불안하고 38선을 사이에 둔 남북의 긴장관계가 예사롭지 않은데다가 누나들과의 사상적 불화가 잦아 단신 월남. '공비토벌대'로 제주도에 감.

12월, 누나들을 제외하고 모친, 임신한 부인, 여동생이 월남.

1949년   서울 철도국 현장 직원.

월남 이후 한글로 된 단편소설을 접하게 되었고, 특히 김동리, 황순원, 정비석 등의 단편에 감명을 받고 소설을 써보자는 생각을 품게 됨.

3월 1일, 대전직할시 동구 소재동 299번지에서 장남 경욱 탄생.

1950년   5월, 서라벌 예술학원 문예창작과 수료.

전쟁이 발발한 후 국군에 자원입대, 육군 정훈관으로 참전. 1950년 7월~1951년 5월 거제도에서 근무.

1951년	서울 철도국 복직.
	11월 6일, 대전직할시 동구 소재동 299번지에서 차남 경식 탄생.
	《대전일보》콩쿠르(현상문예)에 단편 「마음의 노래」가 특선으로 당선.
1952년	《대한신문》신춘문예에 단편 「성종聖鐘」당선.
1953년	7월 7일, 대전직할시 동구 소재동 299번지에서 장녀 경심 탄생.
	《문예》9월호에 단편 「안약」으로 1회 추천받고, 11월에 「독목교獨木橋」로 추천 완료됨.
1954년	이른 봄 망우리 고개 너머에 있는 '장자못'에서 소설가 허윤석, 오영수, 시인 최재형 등과 낚시를 함. 이후 낚시를 본격적으로 즐김.
1955년	소설집 『독목교』를 중앙문화사에서 간행.
1958년	월간지 《화제話題》편집장을 맡았다가 몇 달 후 자진 사임.
1959년	5월 5일, 서울 서대문구 연희동 211-2번지에서 차녀 경임 탄생.
1960년	4월 20일, 서울 서대문구 연희동 211-2번지에서 삼남 경선 탄생.
1963년	삼중당에서 간행하는 『이광수 전집』의 편집 일을 도움.
1965년	서울신문에서 연재 중이던 실명소설 『한강』의 등장인물 중 한 정계인물의 후손이 '내 아버지는 그렇지 않았다'며 강력 반발하여 147회 만에 연재 중단. 실의에 빠져 영화계를 기웃거림. 『검은 해협』등 기지촌을 중심으로 살아가는 양공주들의 삶을 그린 영화 제작에 손을 댔으나 실패. 가정적·경제적으로 어려움에 직면. 친구와 사상적 갈등을 겪음. 술과 낚시로 소일. 이후 국방부 정훈참모부 군무원으로 재직.
1969년	중편 「집행인」을 신동문의 격려로 탈고. 「제주도」로 개작하여 제1회 도의 문학 저작상 수상(삼성문화재단).
1970년	한국문인협회 소설분과 이사. 육군 9818부대 집필위원(~73년).
1971년	한국문인협회 소설분과 이사.
	2월, 일신상의 이유(직장 관계)로 《월간문학》에 연재 중이던 「신부神父의 아들」 연재 중단.
1973년	한국문인협회 소설분과 이사.
1974년	산업통신사 편집부국장으로 반 년간 근무.
	가을 '고혈압성 비출혈'로 쓰러졌으나 회복됨.
1976년	소설집 『방어』를 명서원에서 간행.

1977년　한국문인협회 소설분과 위원장. 『낚시춘추』 편집위원.

1978년　중편 「낯설은 골짜기」로 제3회 반공문학상 수상. 장편 『도시의 그림자』를 향서각에서 간행. 수필집 『문학 속에 낚시 속에』를 전원출판사에서 간행.

1979년　한국문인협회 소설분과 위원장. 장편 『혼적』을 예일출판사에서 간행.

1980년　서울시 문화상 문학부문 수상. 장편 『백색의 공포』를 대완도서에서 간행.

1981년　소설 선집 『낯설은 골짜기』를 신기원사에서 간행.

1983년　한국문인협회 납북작가 대책위원회 위원. 고미가와 쥰페이〔五味純川平〕의 실록소설 『인간의 투쟁』 전10권을 번역, 신흥서관에서 간행.

1985년　소설가협회 대표위원. 보관문화훈장 수훈.

1987년　한국문인협회 이사. 평북문화상 문학부문 수상. 낚시에 관한 글을 《낚시춘추》에 다수 발표.

1988년　장편 『모란봉에서 한라산까지』로 제14회 한국소설문학상 수상.

1989년　중풍으로 투병 생활.

1992년　1월 3일, 숙환으로 서울 강서구 공항동 40-23번지 자택에서 별세.

|작품 목록|

■ 중 · 단편소설

1951년 「마음의 노래」, 《대전일보》, 6. 22～, 총14회.

1952년 「성종聖鐘」, 《대한신문》.

1953년 「안약」, 《문예》, 9.

「독목교獨木橋」, 《문예》, 11.

1954년 「환영幻影」, 《신태양》, 9.

1955년 「귀환 후」, 《협동》, 1.

「녹염綠焰」, 《현대문학》, 2.

「지구전持久戰」, 《사상계》, 4.

「석양」, 《현대문학》, 8.

「유성遊星」, 《문학예술》, 8.

「바윗골」, 《중앙일보》=「동족」, 《북한》 11, 1972. 11.

「실향보失鄕譜」

「자치기」

「허 원장許院長」

1956년 「백치의 꿈」, 《현대문학》, 1.

「마음」, 《문학예술》, 2.

「장례식날」, 《문학예술》, 5.

「황혼 후」, 《신태양》, 6.

「밀고자」, 《동아일보》, 6. 2～6. 16, 총15회.

「공상일기」, 《여원》, 7.

「연속선」, 《현대문학》, 10.

1957년 「아이스크림」(콩트), 《조선일보》, 7. 19.

「난맥」, 《현대문학》, 7～8.

「허세」, 《신태양》, 8.

「갱생녀」, 《여원》, 9.

1958년 「신문」, 《자유문학》, 1.

「완충지대」,《현대》, 4.

「미련」,《명랑》, 5.

「밀서」,《현대문학》, 7~8.

「황색녀」,《자유문학》, 8.

1959년 「망부의 일기」,《소설계》, 2.

「다시 만날 때까지」,《소설계》, 11.

「영광의 침실」,《소설계》.

「화려한 비련悲戀」

1960년 「산꿩」,《현대문학》, 8.

「시발점」,《현대문학》, 11.

1961년 「완전한 애정」,《소설계》, 4.

「도회 사각선四角線」,《소설계》, 5.

「결혼 전후」,《소설계》, 6.

「환장換腸」,《소설계》, 7.

「심신상극心身相剋」,《소설계》, 8.

「인기 여점원」(콩트),《소설계》, 9.

「귀향 전후」,《소설계》, 10.

「시골 미용사」,《소설계》, 11.

1963년 「사라진 아이」,《소설계》.

1964년 「김金과 리李」,《현대문학》, 3.

「태아」,《문학춘추》, 7.

1969년 「집행인」(중편),《창작과비평》, 12. =「제주도」,『방어』, 명서원, 1976.

「해후군邂逅群」,《월간문학》, 12.

1970년 「반포지효」,《현대문학》, 1.

「두 위도선」(중편),《현대문학》, 7~8.

1971년 「난수표」,《현대문학》, 7.

1972년 「동족」,『북한』11, 북한연구소, 11. =「바윗골」,《중앙일보》, 1955.

「도피」,《현대문학》, 7.

1973년 「두 조우釣友」,《현대문학》, 1.

「세 참모 이야기」,《문학사상》, 4.

「가면」, 《북한》 19, 북한연구소, 7. =「배족」, 《한국문학》, 1974. 4.

1974년 「배족背族」, 《한국문학》, 4. =「가면」, 《북한》 19, 1973. 7.

「의병」, 《현대문학》, 5.

「진주 함성」, 《신동아》, 6.

「노조사老釣士」, 《현대문학》, 9.

1975년 「두 실향인」, 《월간문학》, 2.

「방어放魚」, 《현대문학》, 4.

「구긴 속」, 《현대문학》, 11.

「장군 계백」(중편), 『민족문학대계 4』, 동화출판공사.

1976년 「고개 너머 마을」, 《월간문학》, 2.

「도道」, 《신동아》, 2.

「분이의 상경」, 《소설문예》, 4.

1977년 「소안韶顔」, 《월간문학》, 5.

1978년 「피면회인」, 《월간문학》, 2.

「눈 오는 밤에」(콩트), 《소설문예》, 2.

「낯설은 골짜기」(중편), 《월간문학》, 4.

1979년 「접경의 마을」, 《북한》 91, 북한연구소, 7.

1980년 「구니拘泥」, 《월간문학》, 3.

「낚시와 전쟁」, 《월간문학》, 11.

1981년 「수의囚衣」, 《소설문학》, 5.

1982년 「병인病因」, 《월간문학》, 10.

1984년 「인간관계」(중편), 《현대문학》, 7.

「망향보류望鄕保留」(중편), 《월간문학》, 10~1985. 3, 총6회.

1985년 「양재천변」, 《현대문학》, 1.

「사死의 삼각지대」, 《한국문학》, 9.

「이질화」, 《소설문학》, 11.

1986년 「상실」(중편), 《월간문학》, 11.

1987년 「판문점 비화」, 《문예정신》, 2.

「연옥」, 《동서문학》, 3.

「새벽의 죽음」, 《현대문학》, 3.

1988년   「성묘」

1989년   「세월」

         「구우애환」

■ 장편소설

1955년   「철로」,《교통》, 5~1956. 6, 총14회=『자유의 궤도』, 노동문화사, 1956.

1956년   「화원花園」,《대구매일신문》, 8. 5~1957. 2. 12, 총163회.

1957년   「꽃은 지고 피고」,《민주신보》=『다시 만날 때까지』, 새싹사, 1959~
         1960.

1961년   「밀약密約의 선線」,《국제신보》.

1962년   「죽음의 창窓」,《대한일보》, 8~12.

1963년   「백색의 공포」,《조선일보》, 7. 21~1964. 4. 3, 총200회=『도시의 그림
         자』, 향서각, 1978.

         「비밀의 문」,《명랑》, 11~1964. 6.까지 확인.

1964년   「그 여자는 알고 있다」,《농원農園》, 1964. 5~12, 총8회.

         「한강」,《서울신문》, 10. 1~1965. 3. 23, 147회 만에 연재 중단.

1965년   「검은 해협」,《대한일보》.

1970년   「신부神父의 아들」,《월간문학》, 8~1971. 2. 연재 중단.

1975년   「대지의 미소」,《새마을》, 5~1976. 7, 총15회.

1978년   「흔적」(자전소설),《현대문학》, 5~1979. 11, 총18회.

1981년   「둔주로遁走路 1부」,《현대문학》, 4.

         「둔주로遁走路 2부」,《월간문학》, 5.

1988년   「모란봉에서 한라산까지」

■ 수필 · 기타

1953년   「벗에게」(당선소감),《문예》, 11.

1954년   「이단異端의 작가 스트란드베리」,《현대공론》, 11.

1956년   「직업유감」,《조선일보》, 7. 5.

         「손진규『흘러간 십 년』」,《동아일보》, 9. 18.

         「왜곡된 인간상」,《동아일보》, 11. 29.

1962년	「그치지 않는 춘원 박해―송민호 교수의 「춘원과 시장의 우상」에 답하여」,《조선일보》, 1. 17.
1963년	「작가의 추리―나는 이렇게 풀어본다」,《경향신문》, 11. 7.
1966년	「문단이란 이름의 상점」,『현대한국문학전집 10』, 신구문화사.
	「추리소설과 주변 얘기」,《동아일보》, 3. 24.
1975년	「봄의 활기―낚싯대를 만지며」,《경향신문》, 3. 10.
	「청론독설淸論獨設―죽제竹制 낚싯대」,《동아일보》, 8. 1.
	「청론독설淸論獨設―정서교육」,《동아일보》, 8. 8.
	「청론독설淸論獨設―장발유감」,《동아일보》, 8. 19.
1977년	「낚시―떡밥에 묘방은 있는가」,《조선일보》, 6. 1.
	「낚시―떡밥은 '소박' 해야 한다」,《조선일보》, 6. 2.
	「낚시―떡밥은 사용법이 중요」,《조선일보》, 6. 3.
	「낚시―떡밥에도 대어는 낚인다」,《조선일보》, 6. 5.
	「낚시―떡밥이 커야 대어가 무는 건 아니다」,《조선일보》, 6. 7.
	「낚시―동풍에는 낚시가 안 되는가」,《조선일보》, 6. 8.
	「낚시―기상변화보다 경험이 중요」,《조선일보》, 6. 9.
	「낚시―낚싯대 채가는 것은 월척이 아니다」,《조선일보》, 6. 12.
	「낚시―낚시상의 매도는 위선이다」,《조선일보》, 6. 14.
	「낚시―낚시꾼과 선의의 거짓말」,《조선일보》, 6. 15.
	「낚시―정성스러운 자세」,《조선일보》, 6. 16.
	「조도釣道는 달라졌는가」,《조선일보》등 수필 58편 발표.
1980년	「전중戰中세대 · 전후戰後 6 · 25 좌담」,《동아일보》, 6. 25.
1981년	「고향의 겨울―오산학교와 정주」,《매일경제》, 1. 9.
	「다시 읽어보는 나의 대표자―곽학송 장편『철로』」,《조선일보》, 7. 12.
1982년	「아호청담雅號淸談―고촌高村 이종근李鐘根」,《매일경제》, 1. 16.
	「다시 어른거리는 고향의 거리」,《경향신문》, 2. 1.
	「한국인의 멋―연鳶」,《매일경제》, 3. 8.
1983년	「나의 현대작가 편력」,《월간문학》, 3~1984. 2. 총12회.
1984년	「생각하며 생활하며―현대인의 언어생활」,《기계산업》 86, 한국기계산업진흥회.

「국기론」, 《월간 씨름》, 9.

1987년　「이데올로기와 문예활동—반공문예의 소외현상 진단」(공저), 《자유공론》
　　　　247, 한국반공연맹, 1987. 10.

1988년　「민주화와 한국의 문학적 현실」, 《월간문학》, 1988. 7.

■ 영화각본 · 각색

1959년　「영광의 침실」
　　　　「나는 고발한다」

1965년　「폭력지대」
　　　　「송화강의 삼 악당」

1967년　「칠부열녀」

1968년　「낙엽」
　　　　「다시 만날 때까지」
　　　　「연상의 여인」

1969년　「만고강산」
　　　　「춘원 이광수」

연대 미상 「진혼」, 「태양의 딸」, 「태권도 최후의 일격」, 「올케」

■ 중 · 단편소설집

1955년　『독목교』, 중앙문화사.

1976년　『방어放魚』, 명서원.

■ 장편소설(단행본)

1956년　『자유의 궤도』, 노동문화사.

1959년　『다시 만날 때까지—일명 꽃은 지고 피고』(전편), 새싹사.

1960년　『다시 만날 때까지—일명 꽃은 지고 피고』(후편), 새싹사.

1978년　『도시의 그림자』, 향서각.

1979년　『흔적』, 예일출판사.

1980년　『백색의 공포』, 대완도서.

■ 선집 · 전집

1966년　『철로』(한국현대문학전집 10), 신구문화사.

1970년　『집행인』(신한국문학전집 25), 어문각.

1971년　『두 위도선』(한국문학전집 41), 삼성당.

1972년　『밀약』(한국문학전집 42), 신여원.

　　　　『철로』(한국문학전집 41), 삼성출판사.

1975년　『밀약』,《여원》, 1975. 12. 별책부록, 선일문화사.

1978년　『철로』(한국현대문학전집 25), 삼성출판사.

1980년　『밀약』, 신기원사.

1981년　『낯설은 골짜기』, 신기원사.

1986년　『집행인』(정통한국문학대계 33), 어문각.

■ 수필집

1978년　『문학 속에 낚시 속에』, 전원출판사.

■ 기타 단행본

1961년　『춘원 이광수—그의 생애 문학사상』(공저), 삼중당.

　　　　「세설細雪」(번역, 저자 谷崎潤一郎),《소설계》, 1.

　　　　「폐원廢園」(번역, 저자 原田康子),《소설계》, 2~3.

1962년　『사랑은 가시밭길—춘원 이광수의 사랑과 종교』, 광화문출판사.

1963년　『어두운 비밀을 지닌 소녀』(번역, 저자 W. Johnston), 왕자출판사.

1970년　『노동적위대—거대한 병영 북괴 어제와 오늘의 수기』(편저), 백민사.

1980년　『항우와 유방』(상, 하)(번역, 저자 司馬遼太郎), 지경사.

1981년　『이광수—남몰래 흘린 눈물』(공저), 명서원.

　　　　『김백봉—마음에 무지개』(공저), 명서원.

　　　　『안익태—님의 멜로디』(공저), 명서원.

　　　　『김소월—그 아픈 사연을』(공저), 명서원.

1983년　『인간의 투쟁』(1~10)(번역, 저자 五味川純平), 신흥서관.

|연구 목록|

곽종원, 「주제의 빈곤」, 《동아일보》, 1956. 2. 25.

김동리, 「『독목교』에 대하여」, 『독목교』, 중앙문화사, 1955. 12. 25.

───, 「소설천후기」, 《문예》, 1953. 9.

김동리 외, 『한국대표단편문학전집 20』, 정한출판사, 1975.

김동윤, 「4·3의 기억과 소설적 재현의 방식」, 《민주주의와 인권》 5권 1호, 전남대
　　　학교 5·18연구소, 2005. 4.

김병걸, 「끊어진 혈족의 목소리」, 《경향신문》, 1971. 8. 26.

───, 「역사소설의 두 가지 문제」, 『민족문학대계 4』, 동화출판공사, 1975.

김양수, 「곽학송·오상원·오유권의 작품세계」, 『정통한국문학대계 18』, 어문각,
　　　1986.

김우종, 「지식인 사명 체험으로 자각」, 《경향신문》, 1976. 6. 23.

김외곤, 「전쟁 속에 강요된 자기동일성 비판」, 『한국소설문학대계 38』, 동아출판사,
　　　1995.

김태길, 「현대소설에 나타난 한국인의 가치관」, 《매일경제》, 1983. 2. 15.

박인준, 「곽학송 소설 연구」, 석사학위논문, 대구대학교 대학원, 1999. 8.

방민호, 「한국의 1920년대산 작가와 한국전쟁」, 《한국문학평론》 통권 26호, 2003.
　　　가을·겨울.

백　철, 「비중이 커졌다─금년도 창작계」, 《경향신문》, 1956. 12. 22.

───, 「소설의 만네리즘사史(5)」, 《경향신문》, 1958. 8. 13.

손종업, 「1950년대 한국 장편소설 연구─전후의 근대성과 언어 형식」, 박사학위논
　　　문, 중앙대학교 대학원, 1998. 2.

신동한, 「전후소설의 기수들」, 『현대한국단편문학 15』, 금성출판사, 1987.

염무웅, 「현실과 밀폐된 개인─『철로』」, 『현대한국문학전집 10』, 신구문화사, 1966.

이무영, 「패배의 3월 작단─현저해진 통속문학의 침투(하)」, 《동아일보》, 1956. 3.
　　　24.

이유식, 「글로써 많은 인연 맺은 소설가─곽학송」, 『이유식의 문단수첩 엿보기』, 청
　　　어, 2011.

───, 「내면세계의 사실화寫實畵─곽학송론」, 『현대한국문학전집 10』, 신구문화

사, 1966.

———, 「내면세계의 사실화寫實畵―곽학송의 문학」, 『한국현대문학전집 25』, 삼성
출판사, 1978.

임긍재, 「성실성의 제시」, 《동아일보》, 1955. 3. 10.

———, 「현실과 인간묘사의 결핍」, 《동아일보》, 1955. 5. 3.

임종국, 「인간성의 상실과 회복―곽학송의 「독목교」 기타」, 《여학생》, 1979. 3.

장백일, 「불신사회의 양상」, 『신한국문학전집 12』, 어문각, 1976.

———, 「인간옹호에의 제양상―강신재 · 서근배 · 장용학 · 곽학송」, 『한국단편문학
대전집 6』, 동화출판사, 1976.

장석홍, 「곽학송론―「독목교」와 『철로』를 중심으로」, 《건국어문학》, 건국대학교 국
어국문학연구회 21 · 22집, 1997.

전혜자, 「'전시문학'과 작가의식」, 한국현대문학연구회 편, 『한국의 전후문학』, 태학
사, 1991.

정창범, 「작용력의 결핍」, 《동아일보》, 1955. 12. 17.

정희모, 「역사체험의 회복과 실감 있는 전쟁의 엿보기―곽학송의 『철로』」, 《민족문
학사연구》 8, 민족문학사학회, 1995.

———, 「전쟁 상황의 구체적 묘사와 역사 체험의 회복」, 『1950년대 한국문학과 서
사성』, 깊은샘, 1998.

최인욱, 「8월의 소설」, 《동아일보》, 1955. 8. 10.

한명희, 「곽학송 『철로』 연구」, 석사학위논문, 성신여자대학교 교육대학원, 2001. 2.

홍기삼, 「이달의 소설」, 《동아일보》, 1974. 4. 26.

한국문학의 재발견-작고문인선집

곽학송 소설 선집

지은이 ｜ 곽학송
엮은이 ｜ 문혜윤
기　획 ｜ 한국문화예술위원회
펴낸이 ｜ 양숙진

초판 1쇄 펴낸 날 ｜ 2012년 4월 17일

펴낸곳 ｜ ㈜현대문학
등록번호 ｜ 제1-452호
주소 ｜ 137-905 서울시 서초구 잠원동 41-10
전화 ｜ 02-2017-0280
팩스 ｜ 02-516-5433
홈페이지 www.hdmh.co.kr

ISBN 978-89-7275-603-3 04810
ISBN 978-89-7275-513-5 (세트)